飓光志[卷一]

王者之路 下
The Way Of Kings

[美]布兰登·桑德森——著

黄公夏——译

重庆出版集团 重庆出版社

35 庶可有明

"虽然很多人希望把乌有斯麓建在阿勒瑟拉,但这显然办不到。所以我们要求把它建在西方,建在最靠近荣誉的地方。"

——这是《巴维布拉》第1804行的一段引文,或许是现存最古老的、提及该城市的原始文献。如果能找到翻译晨颂文的方法,我愿付出一切。

飓幕的冲力几乎把他打晕,但突如其来的冰寒立即又将他震醒。

此时此刻,卡拉丁只感觉到寒冷。他被漫天的水流死死摁在营墙上。石块和树枝狠狠抽打着他,抽打着他身旁的石墙;他已毫无知觉,不知皮肉上挨了几下。

他恍恍惚惚地忍耐着,紧闭双目,强忍呼吸。飓幕终于过去,继续排山倒海般前进。下一波狂风来自侧面——空气化作旋涡,从四面八方撕扯着他。风把他甩得左右摇摆,令他的背部与石墙剧烈摩擦,然后又从背后将他甩上半空。风势稳定下来后,转成从东向西。卡拉丁倒悬于黑暗之中,双脚被绳子勒得死死的。他一阵恐慌,意识到自己就像一张任风摆布的风筝,系在营房斜顶的铁环之上。

那条绳子是他唯一的依靠,没了它,他就会和其他残骸一起被卷得不知所踪,随飓风一路奔向柔刹大陆的尽头。有那么几下心跳的工夫,他无法思考,只能感觉到从胸腔内向外沸腾的恐慌,还有从皮肤传至五脏六腑的冰冷彻寒。他狂吼着,攥紧仅有的润石,仿佛那是他的救命稻草。但这种时刻叫喊是一个错误,寒气直冲进嘴里,就像一个硬要把胳膊塞进他喉管的幽灵。

这风就像旋涡,混沌无序,无处不在。有一股风狠狠从他身上扯过,把他腾空掀起,重重砸向屋顶。转瞬之后,可怕的狂风又想令他浮空,于是用一阵阵混杂着冰碴的雨水席卷他。轰雷炸响,好似这头把他吞噬的野兽的心跳。闪电划破黑暗,就像白色獠牙。风声咆哮、呜咽,大得几乎淹没了雷声。

"抓紧屋檐,卡拉丁!"

茜尔的声音,那么小、那么轻,他怎么听得见呢?

他麻木地意识到自己正头下脚上地趴在倾斜的屋顶上。坡度并不陡,不至于让他立即跌落,何况大部分风都在把他往后吹。他照茜尔的话,用冰冷湿滑的手死死抠住屋檐,把头埋到两臂之间。手里的润石还在,被他紧紧按在石砖上。他的手指渐渐吃不住劲,可怕的风势一个劲儿地把他往西撑,如果他松劲,就会再次在风中摇摆。可惜绳子的长度不够让他爬到屋顶另一侧,那边还能有些遮挡。

一块大石砸到他身边,在这片狂暴的黑暗中,他听不到撞击声,也无法看见石头,但可以感觉到房屋震动。那块大石继续向前翻滚,然后重重坠落。风暴整体上并没有如此强大的力量,但骤起的厉风可以卷起大件物体,甩出数百尺之远。

他的手指又往后滑了几寸。

"铁环。"茜尔轻语。

对,铁环。绳索绑着他的腿,系在身后的铁环上。卡拉丁松开手,任风把他往后吹,随后看准时机抓住铁环。绳子依旧绑在腿上,长度和他的身高差不多。他一时产生了解开绳子的念头，但他不敢松开铁环。他用双手死死攥住它，人就像一面旗帜在风中招展。润石握在一只手的掌心，与铁环紧贴在一起。

他无时无刻不在挣扎。风把他掀到左边，又甩到右边。他不知道这一切持续了多久，时间在这片混乱和狂暴中失去了意义。他思维麻木、心力交瘁，开始觉得是在做噩梦，一切只是他头脑中一段可怕的梦境，充斥着活生生、黑黝黝的风。空气啸叫嘶吼，闪电惨白雪亮，映照出一个扭曲恐怖的混沌人间。楼房仿佛都被吹得歪向一边，整个世界直不起腰，被飓风可怕的威力所笼罩。

只有在那些转瞬即逝的光明下，他才敢睁开眼。他似乎看到茜尔就站在他眼前，面朝风来的方向，小小的手儿向前张开，仿佛想挡住暴风，像中流砥柱一般劈风断流。

冰冷的雨水令他感官麻木，感觉不到淤伤和擦伤，但也麻木了他的手指，使他感觉不到指尖的滑动。等反应过来，他又飞上了半空，被甩向一侧，然后重重砸落到屋顶上。

他摔得很重，眼前金星直冒，这些光斑渐渐汇成一点，消失，最终只剩下一片黑暗。

意识还在，但光明消失了。

卡拉丁眨眨眼。一切都平静下来，风暴平息了，世界只剩下纯粹的黑暗。*我死了*。他立刻想到，可为什么还能感觉到身下屋顶潮湿的石面呢？他甩甩头，雨水顺着脸庞滑落。没有光，没有风，没有雨。这寂静太不自然。

他挣扎着站起来，设法在略带斜度的屋顶站定。脚趾下的石面滑腻腻的。他感觉不到伤痛，身上哪儿都不疼。

他张开嘴，想在黑暗中呼喊，但有些犹豫。这份寂静还是不去打破为好。空气仿佛变得轻盈，他也一样，他简直觉得自己能飘起来。

在那片黑暗之中，一张巨大的脸庞浮现在他眼前，那是一张黑色的脸，但在晦暗的背景下依稀可见得轮廓。这张脸有巨型雷暴云那么大，左右延伸得很远，但不知为何，卡拉丁还是能看到全貌。这张非人的脸正在微笑。

卡拉丁感到深入骨髓的冰寒——就像一根飞旋的冰凌猛扎入脊椎，从头顶一直穿透脚底。手中润石突然怒放出苍青色光芒，照亮了脚下的石面，他拳头里如有一团蓝色火焰。他低头看看自己，浑身皮开肉绽，衣衫褴褛，不禁愣了一下，又抬头看向那张脸。

脸不见了，眼前只有黑暗。

闪电划过，痛苦回到卡拉丁身上。他喘息着跪倒在地，雨和风也同时落下。他滑倒后，脸重重地摔在屋顶。

那是什么？启示？幻觉？体力在流失，思维再次模糊。风势不似之前那么强了，但雨水冰冷依然。卡拉丁觉得浑浑噩噩、昏昏欲睡，几乎要被疼痛压垮。他把手举到身边，看着那块润石。透过自己的血污，他看到润石发出的光芒。

他浑身是伤，也耗尽了力气。闭上眼，他再一次被黑暗包裹，这一回是失去意识的黑暗。

飓风平息后，石头第一个冲到门外。泰夫特稍慢一步，唉声叹气地跟在后面。他膝盖疼。飓风前后，他的膝盖总是会发作。祖父晚年发过同样的牢骚，泰夫特说他是发痴，现在自己也尝到了滋味。

*天杀的邪风。*他吃力地走到屋外。雨还没停，那是当然的。狂暴的飓风后总是跟着一场细雨，也就是飓雨。一些雨灵坐在水洼里，像蓝色的烛火，还有一些风灵在风中翩翩起舞。雨水冷冰冰的，他踏着水花往前走，水洼浸没了双脚和拖鞋，寒意刺透肌肤。他憎恨湿漉漉的感觉，但说起来，他憎恨的事情可多了。

有一段短暂的时光，生活似乎有了盼头，但现在又不是了。

为什么所有的好事都会突然之间变得糟糕？ 他紧紧抱着胳膊，盯着脚面一步一停。有些士兵走出了营房，披着雨衣站在不远处旁观，可能是想防止有人提前把卡拉丁放下。但他们没有阻拦石头，飓风已经过了。

石头冲向营房另一侧。泰夫特跟着他，其他冲桥手也走出营房。吃角族人跑得风风火火，仿佛一头笨重的红甲蟹。他当真信了卡拉丁的话。他觉得自己会看到年轻的冲桥队长，看到那个傻瓜还活着。也许，他们会看到他品着一杯上好的香茗，在荫蔽下和飓风之父把盏言欢。

你就不信吗？泰夫特扪心自问，依旧低着头。如果你不信，为什么要跟来？可如果你信，就不会一直盯着脚面，你会抬起头。

一个人可能既信又不信吗？泰夫特在石头身边停下脚步，抑制住内心的不安，抬头望向营房墙壁。

在那里，他看到了意料中的景象，害怕看到的景象。那具躯骸看起来就像是一堆屠宰场里的烂肉，血肉模糊。那还是个人吗？卡拉丁身上有数以百计的伤口，鲜血和雨水混在一起，顺着墙面往下淌。他的身体依旧悬在半空，绳子勒着脚踝，上衣被撕个精光，冲桥手的裤子烂成了布条。讽刺的是，他的脸经过风暴冲刷，倒比他们先前离开时干净。

泰夫特在战场上见多了死人，明白眼前景象意味着什么。**可怜的年轻人。** 他摇摇头。第四冲桥队的其余成员聚拢过来，石头说不出话，一脸骇然。*你差一点儿就让我信了。*

卡拉丁突然睁眼。

聚拢的冲桥手们失声惊叫，有几人咒骂着跌倒在地，溅起一片水花。卡拉丁断断续续地吸了一口气，艰难地喘息着，眼珠直直地瞪着前方，目光炽烈，却又视若无物。他吐出一口气，呕出几团带血的唾液，挂在他唇边。垂于两侧的双手慢慢松开。

有样东西落了下来，是泰夫特给他的润石。润石"扑通"一声坠进一片水塘，定在那里，暗淡无光，宝石里没有飓光。

克勒克在上，这怎么可能？ 泰夫特跪倒在地。把润石放在户外接受飓风的洗礼，它会积蓄飓光。卡拉丁攥在手里的润石应该充满才对。究竟发生了什么？

"'乌马拉开吉'！"石头抬手指着卡拉丁大吼，"'卡马, 莫霍来, 那马瓦'——"他闭上嘴，意识到用错了语言，"快帮我把他放下来！他还活着！梯子和小刀！快！"

冲桥手们忙作一团。士兵们靠拢过来，交头接耳，但没有阻止他们行动。撒迪亚斯本人宣称，卡拉丁的命运由飓风之父裁定。人人都以为这与死无异。

除非……泰夫特站直身子，手握那枚无光的润石。*飓风过后，润石无光，* 他心想，*必死之人，逃过一劫。两件不可能的事。*

联系在一起，两者甚至暗含着某个更大的不可能。

"梯子呢？"泰夫特不知不觉大吼起来，"你们这些该死的，快，快！我们得给他包扎。谁去把他每次都给伤员敷的药膏取来！"

他回头看了一眼卡拉丁，用低沉得多的声音说："你最好别死，孩子，我需要答案。"

36 上课

"他手脚并用地攀爬为令使所造的台阶,每一级都有十步之高,朝着上方的宏伟庙宇前进。他携着晨瑛,它可以束缚一切虚无或肉生的生物。"

——引自《伊斯塔诗篇》,我没有找到对于"晨瑛"的现代解释,它似乎被现代学者所忽视了,但在早期神话记载中显然普遍提及。

在无主山岭旅行,不难遇见土著,沙兰读到,毕竟,这片古老的土地曾是一个白银王国。有人会好奇,当时是否已有巨壳兽和人类分享这片土地,又或,是人类遗弃此地之后,那些生物才来此栖息。

她靠上椅背,湿润的空气环抱四周,带来暖意。在她左边,迦熙娜·寇林静静地浮在浴池里,浴池陷入澡堂地板,水面与地面平行。迦熙娜喜欢泡澡,沙兰颇能理解。她这辈子的大部分时候,洗澡都是件麻烦事,需要几十个仆族拿推车运来一桶桶热水,然后得趁黄铜浴盆里的水没凉时匆匆搓上两把。

卡哈巴兰斯的宫殿远比她家要奢侈。石砌浴池就像专为一人准备的小湖,以高明的法器提供热量,水温非常舒适。沙兰目前对法器所知不多，但有时也非常好奇。澡堂里这类法器正在不断普及，不久前，大岩宫的职员还送了沙兰一台，好给她的房间取暖。

水也不必靠桶来提，而是通过管子流进来的。只要拉动拉杆，水就会流进浴池，而且一出管子就是热的，并依靠安装在浴池四壁的法器保持热度。沙兰也在这里洗过澡，那绝对是美妙的享受。

澡堂陈设简单实用，石壁上嵌着一块块彩色小石子。沙兰衣裙齐整地坐在池边，一边读书，一边随时等待迦熙娜召唤。这本书是迦维拉尔初遇那些怪异的仆族——也即后来所称的仆族智者——后所作的记述，国王几年前口述给迦熙娜的。

我们探险时，也能遇到土著。她读到，不是仆族，是纳坦人，皮肤白中带青，鼻梁宽大，白发如羊毛。送上一些食物，他们就会为我们指明狩猎巨壳生物的场所。

后来我们遇到了仆族。我曾六次前往纳塔纳坦，但从未见过这种场景！自由生息的仆族？一切逻辑、经验和科学都宣称那是不可能的，历史反复证明，仆族需要文明开化的民族来指引。把一个仆族抛弃在旷野，他将一动不动地坐在那儿，什么也不做，直到有人过去向他下达命令。

然而眼前有一群仆族，他们会打猎、建筑、制造武器，还——不折不扣地——创造了属于自己的文明。我们马上意识到，这一发现将拓展——甚至颠覆——我们对那些温顺的仆从的认知。

沙兰的视线扫到书页底端，那里有一条分隔线，线下用潦草的小字写着一段脚注。大部分由男性口述而成的书籍都有脚注，出自为他执笔的女性或虔诚者之手。基于某种不成文的规矩，这些脚注从不曾被大肆宣扬。有时，妻子会在脚注中澄清——甚至反驳——她丈夫的叙述。为了给后世学者保留诚实的记录，唯一的方法就是坚持文字的神圣性和独特性。

需要注明的是，这是迦熙娜写在这段文字下的注释，在父亲授意下，我改动了他的原话，以适应文字记载的要求。也就是说，她把父亲的口述改得更加学术、更为准确，此外，据大部分相关人士证实，迦维拉尔国王起先对这些古怪的、自给自足的仆族并不在意。直到身边的学者和文书加以解释后，他才明白这一发现的重要性。这段补记不是要突出我父亲的无知，而是要强调他过去是、现在依然是个战士，他关注的并非这场探险的人类学考察意义，而是作为其高潮的狩猎。

沙兰合上书本，陷入沉思。这本是迦熙娜的私人藏书——帕拉奈图书馆中有几份抄本，但沙兰无权将图书馆的书带进澡堂。

迦熙娜的衣衫放在澡堂墙边一张长凳上。一只金色的小袋放在码得整整齐齐的衣物上，里面便是魂器。沙兰瞟了迦熙娜一眼。公主浮在池中，闭目仰面，黑发披散，在脑后荡漾成扇形。每天一次的泡澡似乎是她完全放松的时刻。现在的她显得年轻许多，褪去了衣衫，也便褪去了那份精悍，她像个在水里扑腾了一整天的孩子，只是静静地漂着。

三十四岁，从某种意义上讲算是很老——在这个年纪，有些妇女的孩子都有沙兰那么大了。但也可以属于年轻，可以让迦熙娜的美貌被人称颂，可以让男子为她的独身表示惋惜。

沙兰瞥了眼她的衣物。破损的魂器就在自己的禁袋里，她可以现在来个偷梁换柱，这是她等待多时的机会。迦熙娜非常信任她，敢在她面前轻松地泡澡，毫不担心自己的魂器。

沙兰做得出来吗？她能背叛这个接纳了自己的女人吗？

想想我做过些什么，她想，这完全不算什么。这不是她第一次背叛别人的信任。

她站起身。一旁，迦熙娜的一只眼睛微微张开一条缝。

糟糕。沙兰把书夹在腋下，踱着步子，摆出沉思之状。迦熙娜看着她，似乎并不怀疑，只是好奇。

"您父亲为什么想与仆族智者签订盟约？"沙兰一边走，一边脱口而出。

"为什么不呢?"

"这不算回答。"

"当然算,只是毫无意义的回答。"

"光明女士,如果您能给我一个有用的回答,对我会大有裨益。"

"那就问一个有用的问题。"

沙兰咬咬牙:"仆族智者有什么东西是迦维拉尔国王想要的?"

迦熙娜笑笑,重新闭上眼:"接近了。不过,也许你自己能猜到答案。"

"碎瑛。"

迦熙娜点点头,仍然保持放松的状态。

"书里没提。"沙兰说。

"父亲没说。"迦熙娜道,"但根据他所说内容来推断……我现在怀疑那是他与仆族智者结盟的动机。"

"可您能肯定吗?也许他只想要琼心石。"

"也许吧。"迦熙娜说,"见我们对他们编在胡子上的石头那么感兴趣,仆族智者很是惊奇。"她笑道,"我们发现了仆族智者获得琼心石的场所,真希望你亲眼看看我们当时震惊的表情。枪兽在摧毁艾米亚的战火中灭绝后,我们以为再也见不到大号琼心石了,谁知竟有一种巨壳生物也长着这种宝贝,栖息地离塔冠城还不远。

"总之,仆族智者愿意与我们分享琼心石,只要不妨碍他们继续狩猎。他们觉得,若你肯下功夫捕猎深渊恶魔,自然有权得到相应的琼心石。我怀疑盟约是否必要,可就在起程返回阿勒斯卡之前,父亲突然以极大的热情谈论起结盟一事。"

"究竟发生了什么?为什么变了主意?"

"我不敢断言,但他曾描述一名仆族智者战士在狩猎深渊恶魔时的古怪行为。当那头巨壳生物出现,他没有伸手取矛,而是把手伸向一侧，摆出非常可疑的姿势。除了我父亲，谁都没发现；我怀疑，他认定此人打算召唤一把碎瑛刃。那个仆族智者意识到自己的冒失，便停手了。父亲没有多说，我揣测，当时的破碎平原已是世所瞩目的焦点，他不想让世人的关注再多一分。"

沙兰拍拍手中的书："这点证据似乎不够分量。如果他如此肯定，一定是发现了更多的证据。"

"我也有怀疑。可他死后，我仔细研读过条约。贸易优惠和边境开放条款很可能是将仆族智者的栖息地纳入阿勒斯卡王国的第一步。可以肯定，这些条款将使我们成为同仆族智者交易碎瑛的第一对象。也许这就是他的全部意图。"

"可为何要杀他？"沙兰两手抱胸，朝迦熙娜放衣服的地方走去，"是不是因为仆族智者发现了他对碎瑛刃的企图，于是先下手为强？"

"说不准。"迦熙娜犹疑地答道。她凭什么认定是仆族智者杀了迦维拉尔？沙兰几乎把这个问题问出口，但她有种感觉，知道没法从迦熙娜口中问出更多东西了。这个女人期待沙兰自己思考、发现并得出结论。

沙兰站在长凳边。装魂器的袋子敞开着，封口绳没扎上，珍贵的魂器就躺在里面。要偷梁换柱很容易，她曾花去很大一笔钱，买来几块与迦熙娜的一模一样的宝石，并装到破损的魂器上，两者现在看来完全一样。

对于魂器的用法，她还是毫无头绪；她试探着问过，但迦熙娜闭口不谈塑魂术，硬要追问会显得可疑。沙兰必须另辟蹊径，也许能从卡波萨嘴里问出来，或是从帕拉奈图书馆里的某本书中找到答案。

不管怎样，时间在一分一秒地流逝。沙兰不由自主地把手伸进禁袋，感受着魂器的触感，用手指抚摸链条。伴着越来越快的心跳，她朝迦熙娜瞥了一眼。那女人安逸地躺着，两眼紧闭。万一她睁开眼怎么办？

别想那么多！沙兰告诉自己，只管动手、调包。它就在眼前……

"你的进步比我预想的快。"迦熙娜突然开口。

沙兰骤然转身，但迦熙娜的眼睛依然闭着。"我错了，不该因为你过去的教育水平就对你做出如此苛刻的评价。我自己常说，热情比成长环境更重要。沙兰，你拥有成为一名可敬的学者所需的决心和潜力。我明白，寻找答案的过程总是很漫长，但只要不断钻研，你总有一天会找到。"

沙兰呆呆地站了一会儿，手放在禁袋里，心跳得无法控制。她觉得恶心。*我办不到*。她豁然领悟，*飓风之父啊，我真蠢，好不容易到了这一步……可竟然下不了手*！

她把手抽出袖袋，回身向自己的座椅悄无声息地走去。她该怎么对兄长们解释？她是不是把家族推进了万劫不复的深渊？她坐下来，把书放到一边，用叹气声吸引迦熙娜睁眼。迦熙娜看看她，在水里坐起身子，指了指发皂。

沙兰咬紧牙关，起身取过皂盘，蹲下身递到迦熙娜手边。迦熙娜沾了一些皂粉，搓出泡沫，然后用双手涂抹乌亮柔滑的黑发。就算是裸体时，迦熙娜·寇林的举止也端庄有节。

"也许最近我们闷在屋内的时间太久了。"公主说，"你看起来憋坏了，有点焦躁，沙兰。"

"我很好。"沙兰急忙抢白。

"嗯，是呢，你那无比理性而轻松的语调就是最好的证明。或许，该把你的一部分历史课改成更具实践性、更注重本能的课程。"

"就像自然科学？"沙兰精神一振。

迦熙娜把头往后一仰。沙兰跪在浴池边一块大浴巾上，伸出闲手，将皂沫揉进导师那头浓密的秀发。

"我在想，不妨上几堂哲学课。"迦熙娜说。

沙兰眨眨眼："哲学？那有什么用？"那不就是研究怎么变着

法子说废话的艺术吗?"

"哲学是学术中的重要领域。"迦熙娜不苟言笑地说,"若打算涉足宫廷政治,它就显得尤其重要。道德的本质必须加以考虑,最好是在需要你做决断的道德困境出现之前。"

"您说得对,光明女士,可我还是看不出,哲学怎么会比历史更具'实践性'。"

"按其定义,历史是无法亲身体验的。发生的便是当下,不属于历史,但属于哲学范畴。"

"那只是定义。"

"对。"迦熙娜说,"所有的词汇都取决于其定义。"

"说的是。"沙兰身子往后一仰,让迦熙娜把头发浸在池水中冲洗皂沫。

公主开始用性质温和的擦皂揉搓肌肤:"这种回答真是索然无味,沙兰,你的机灵劲儿哪儿去了?"

沙兰瞥了眼长凳,还有凳子上那块珍贵的魂器。今天,她证明了自己的软弱,无法去做必须要做的事情。"我的机灵暂时缺席,光明女士,"她说,"它正在接受它的同僚——真诚与莽撞的审查。"

迦熙娜冲她扬了扬眉毛。

沙兰坐到脚跟上,膝盖依旧不离浴巾。"你怎么知道什么是对的,迦熙娜?你都不肯听虔诚会布道,又如何对他们下了判断?"

"这取决于一个人的哲学观。对你来说,最重要的是什么?"

"我不知道,你能告诉我吗?"

"不能,"迦熙娜回答,"如果我给你答案,那我就和虔诚者成了一丘之貉,把信仰当药方乱开。"

"他们并不是恶人,迦熙娜。"

"除了他们曾想统治世界。"

沙兰抿紧嘴唇。失落战争摧毁了神权统治,使沃林教会分裂成一个个虔诚会。追求统治权的宗教逃不过这样的下场。虔诚会是道德的传扬者,但不是执行人。光眼种才是执行人。

"你说不能给我答案,"沙兰道,"可我就不能向智者求解吗?向某个逝去的智者?如果不想影响他人,又为何要著书立说,提出理论?您自己都说,不用于下判断的信息是无用的。"

迦熙娜笑笑,把双臂泡进水里,冲去泡沫。沙兰发现,有一丝胜者的光彩在王女眼中微微流动。看来她提出这些观点只是为了刺激沙兰思考,其本人未必真信。这实在让人烦躁。如果迦熙娜总是这样,故意玩弄矛盾的观点,沙兰又如何知道她真正的想法?

"听你的口气,仿佛真能找到答案。"迦熙娜示意沙兰去取浴巾,起身出浴,"还是唯一的、永远完美的答案。"

沙兰急忙递上一块松软厚实的大浴巾:"这不是哲学存在的价值吗?寻求解答、寻求真实、寻求万物真正的意义?"

迦熙娜一边擦身,一边朝她挑挑眉毛。

"怎么了?"沙兰突然觉得有些不自在。

"该上实践课了。"迦熙娜说,"我们到帕拉奈图书馆外面去。"

"现在?"沙兰问,"现在很晚了!"

"我说过,哲学是门实践艺术。"迦熙娜裹上浴巾,走到凳子边,从袋子里取出魂器,把手指滑进链条,将宝石扣在手背上,"我会证明给你看。来,帮我穿衣。"

孩提时,沙兰很享受能溜进花园的夜晚。当黑暗像一块毯子蒙上大地,这些花园就成了完全不同的地方。在暗影中,她能把石壳木、页岩皮木和树木想象成奇异的动物。飓虫爬出岩缝时的细碎刮擦声成了神秘的远方来客的脚步:大眼睛的深族商人、骑巨壳生物的喀德克人，或是撑着纤纤细船的淳湖船民。

可走在卡哈巴兰斯的夜色下，她没有任何想象。想象出夜里出没的旅者本是引人入胜的游戏，可在这里，没准儿真会碰到黑暗中游荡的不速之客。夜晚的卡哈巴兰斯没有变成神秘而有趣的地方，在她眼里几乎和白天一样——除了更加危险。

迦熙娜无视人力车夫和轿夫的吆喝，裹着一袭紫罗兰色和金色的丝裙款款而行，沙兰跟在后头，一身蓝色绸缎。迦熙娜泡完澡直接跑了出来，头发来不及打理，松松地披散着，从肩头如瀑布般垂落，轻扬不羁，简直有点儿不体面。

她们走上阮林沙，这条之字形干道位于山上，连通大岩宫和港口。时辰已晚，路上还是人头攒动，很多行走奔波的人仿佛中了夜色的毒，变得更粗鲁，脸色更阴暗。城里依旧人声鼎沸，但叫喊声怀着夜气，从言辞的粗俗和语调的高亢中就听得出来。陡峭歪斜的山壁是城市的主体，和平时一样密密麻麻、遍布建筑，但这些建筑似乎也被夜色吞没，黑糊糊的，像火燎过的石头，里头没有半分活气。

铃声依旧。黑暗中，每一声铃响都仿佛是轻微的尖叫。它们令风更有存在感，像是活物，每次经过，都会敲出一片刺耳的叮当声。微风乍起，一连串发颤的铃声从道上飘过，吓得沙兰几乎要找地方躲起来。

"光明女士，"沙兰说，"我们要不要请个轿子？"

"轿子会妨碍授课。"

"如果您不介意，这一课我白天学也行。"

迦熙娜停下脚步，视线离开阮林沙，对准某条更黑的小巷，"你觉得那条街怎样，沙兰？"

"我不太喜欢。"

"但是，"迦熙娜说，"从阮林沙到剧场区，那条街是最近的路线。"

"我们要去剧场区？"

"我们哪儿也不'去'。"迦熙娜扭身朝小巷走,"我们正在行动、思考和学习。"

沙兰紧张地尾随。夜色吞噬了她们,只有营业到深夜的酒馆和店铺偶尔带来一些光明。迦熙娜戴上黑色无指手套遮住魂器,藏起宝石的光芒。

沙兰蹑手蹑脚、胆战心惊地走着。隔着凉鞋,她脚底能感受到地面的每一处变化,每一块卵石、每一条裂缝……从一群聚集在酒馆门口的工人身边经过时,她紧张得四处张望。这些工人自然是暗眼种,夜里,差异变得更加显著。

"光明女士?"沙兰哑着嗓子问。

"我们年轻时,"迦熙娜说,"总想要简单的答案。或许,年轻人最大的特质,就是渴望一切都处于其应有的理想状态,并亘古不变。"

沙兰蹙额,视线依旧不离身后酒馆旁的人群。

"我们越是成长,"迦熙娜说,"就问得越多。我们开始询问理由,然而,我们依然希望得到简单的答案。我们坚信身边的人——大人、领袖——知道答案。不管他们怎么回答,往往能使我们满意。"

"我从不满意,"沙兰小声说,"我想要更多的答案。"

"那是因为你成熟了。"迦熙娜说,"随着年龄增长,你的心态大部分人都会产生。在我看来,成长、智慧和质疑是同义词。年龄越大,我们就越不满足于简单的答案。除非有人闯入你的世界,命令你无论如何都要接受。"迦熙娜眯起眼,"你好奇我为什么拒绝虔诚会。"

"是的。"

"大多数虔诚者致力于打消人们的疑问。"迦熙娜止住话头,褪下一小截手套,借里面的光照亮周围街道。她手背上的宝石比布罗姆还大,红白灰三色亮如火炬。

"如此展示您的财富算是明智之举吗,光明女士?"沙兰说得很轻,还瞥了她一眼。

"不,"迦熙娜说,"绝对不明智,特别是在这种地方。你知道吗,这条街近来名声不小,过去两个月发生了三起拦路抢劫,被害者都是看完戏走这条街回主干道的人,而且他们都被盗匪杀了。"

沙兰觉得自己一定脸色惨白。

"城里守卫没采取任何行动。"迦熙娜说,"塔拉梵吉安就此严辞叱责过几次,可守卫队长是城里某个权势熏天的光眼种的表亲,塔拉梵吉安又算不得铁腕国王。有人甚至怀疑不止于此,盗匪可能贿赂了守卫。但我们先不用考虑这一层猫腻,因为如你所见,此地虽恶名在外,却没有一个守卫。"

迦熙娜重新拉起手套,让街道复归黑暗。沙兰眨眨眼,需要慢慢适应。

"两个衣装华贵、珠光宝气的弱女子孤身来到此地,"迦熙娜说,"你觉得我们有多蠢?"

"非常蠢。迦熙娜,我们能回去吗?求求你,不管你想要上什么样的课,都不值得犯这种险。"

迦熙娜抿紧嘴唇,看向一条更黑暗、更狭窄的支巷。她重新戴好手套后,里头一片漆黑。

"你正处于人生中一个相当有趣的阶段,沙兰。"迦熙娜活动了一下闲手,"你有足够的人生阅历去疑问、去好奇、去拒绝摆在你面前的现成答案,但你依然执着于年轻人的理想主义。你觉得必定存在某种唯一的、包罗万象的真理——你认为只要能找到它,曾使你困惑的一切都会豁然开朗。"

"我……"沙兰欲行争辩,但迦熙娜的话字字是实。沙兰做过的可怕之事、她本打算要做的可怕之事,在她心头阴魂不散。以行善的名义做恶,真的可以吗?

迦熙娜走进那条支巷。

"迦熙娜！"沙兰说，"你在干什么？"

"哲学实践，孩子，"迦熙娜说，"跟我来。"

沙兰站在巷口犹豫不决，心怦怦直跳，思维一片混乱。微风吹过，响起铃声一片，仿佛落地开花的冰雹。凭着一瞬间的决断，她快步赶上迦熙娜：宁可在黑暗中有人相伴，也不能落单。黑手套下微微透出魂器的光芒，但两人几乎看不清脚下道路，沙兰紧紧跟着迦熙娜的影子。

身后有异动。沙兰一惊，猛一回头，只见几个黑漆漆的人影聚拢到她们身后。"噢，飓风之父。"她低语。为什么？迦熙娜为什么要这么做？

沙兰用闲手抓住迦熙娜的裙子，浑身发抖。另几个黑影出现在小巷远端，堵到她们身前。他们步步进逼，口中念念有词，肮脏腐臭的死水坑被踩得水花四溅。刺骨的冷水已浸透了沙兰的凉鞋。

迦熙娜停下脚步，手套中的魂器所发出的微光照射在尾行者手中的铁器上，有些是长剑，有些是短刀。

他们有心要杀人灭口。沙兰和迦熙娜都是有来头的女人，不可能抢完还留活口，让她们成为证人。这种人不是浪漫故事中那些风度翩翩的侠盗。他们生存的每一天都明白，如果被抓就会上绞架。

沙兰吓瘫了，连叫都叫不出来。

飓风之父，飓风之父，飓风之父！

"现在，"迦熙娜开口，声音坚定有力，"上课了。"她猛地拔下手套。

突如其来的光明几乎使人眼瞎。沙兰抬手遮挡，踉跄后退，靠到巷边墙壁上。周围有四名男子，不是酒馆门口那些，而是其他暗中盯上她们的人，沙兰之前没有发现。她能看到那些刀刃，也能见到他们眼中的杀意。

尖叫声终于冲破她的喉咙。

强盗们被突如其来的强光照得不断呻吟，但还是不管不顾地蜂拥而上。有个身板厚实的黑胡子冲到迦熙娜跟前，高举兵刃。面对从天而降的刀锋，王女不慌不忙地伸出手，五指张开，按住他的胸口。沙兰紧张得喘不过气。

迦熙娜的手没入了男子的肌肤，他定住了，一秒后，他开始燃烧。不对。他变成了火。他在眨眼之间被转化成了火焰。以迦熙娜的手掌为中心，火焰慢慢扩散，勾勒出一个仰天大叫的男性轮廓。那一瞬，死亡之焰比迦熙娜的宝石更耀眼。

沙兰停止了惊叫。这朵人形火焰异常华美，但也如此短暂，迅速消散在夜色中，化作乌有，在沙兰的眼膜上留下一斑橘黄色残影。

另三人咒骂着匆忙后退，慌乱中撞到了一起。有一人摔倒在地，还没来得及爬起来，迦熙娜已云淡风轻地转身，手指拂过他肩头。他变作了一块水晶——连同身上的衣服，化作一座纯净无瑕的石英雕塑。迦熙娜魂器上的钻石黯淡下来，但依然有足够的飓光在晶莹的尸体中引出绚烂的彩虹。

剩下的两人掉头朝不同方向跑去。迦熙娜深吸一口气，闭上眼，把手举过头顶。沙兰用禁手按住胸口，她感到震惊、困惑和恐惧。

飓光从迦熙娜手中射出，像两道对称的闪电，分别击中一名盗匪。他们"砰"的一声化作烟雾，空空如也的衣物颓然落地。魂器上的烟晶石发出一声脆响，裂成两半，不再发光，只剩下钻石和红宝石。

两名盗匪的尸骨化作两团滚滚的油烟，腾入半空。迦熙娜睁开眼，眼神平静得可怕。她用禁手将手套抵在腹部，套在闲手上。随后，她波澜不惊地原路返回。水晶尸雕跪在原地，一手高举，势必将永远保持如此的状态。

沙兰好不容易从墙边站起，急忙追向迦熙娜，她浑身难受，又惊诧不已。虔诚者被禁止对人使用塑魂术，甚至很少当着外人的面施法。而且，迦熙娜又是如何隔空击倒两名男子的？沙兰把能找到的一切关于塑魂术的文字记载都读了一遍，虽然内容不多，但这些文字都声称塑魂术需要直接接触。

迦熙娜在招呼轿子。沙兰心力交瘁，没力气开口提问，只能静静站着，闲手扶头，努力控制身体的颤抖和急促的呼吸。一顶轿子终于来到两人身边，她们钻了进去。

轿夫抬着二人朝阮林沙走去，沙兰和迦熙娜面对面坐在轿子里，随着轿夫的脚步左右摇摆。迦熙娜漫不经心地取下破碎的烟晶石，塞进口袋。破碎的宝石可以卖给宝石匠，他们会把碎块切割成小块宝石。

"刚才太吓人了，"沙兰终于开口，手依旧抚着胸口，"这几乎是我见过的最可怕的事。你杀了四个人。"

"四个打算殴打、抢劫、谋杀，也许还会强暴我们的人。"

"是你引诱他们下手的！"

"我逼他们犯罪了吗？"

"你亮出宝石招摇过市！"

"女人就不能带着自己的财物在城市街道上走动？"

"在大半夜？"沙兰问，"穿过一条小巷？还把值钱的东西亮在外面？你根本是希望发生那种事！"

"这就证明他们是正确的？"迦熙娜向前倾了倾身，"你能宽恕那些人邪恶的企图？"

"当然不能。但那也不能代表你的行为是正确的！"

"可那几个盗匪被清理了，市民们现在会安全得多。令塔拉梵吉安无比烦心的问题解决了，再也不会有剧场观众落入他们的魔爪。我拯救了多少性命？"

"我只知道你夺去了几条人命，"沙兰说，"而且是用一种圣洁的力量！"

"对了，这就是哲学实践，对你来说，这是重要的一课。"

"你干出这一切，只为证明一个观点，"沙兰轻声道，"只为了证明你有这本事。以诅咒之地的名义,迦熙娜,你怎能干出这种事来?"

迦熙娜没有回答。沙兰死盯着这个女人,在那双无情的眼眸中寻找感情的波澜。飓风之父,我真的认识这女人吗?她到底是什么人?

迦熙娜往后一靠,看着城市的夜景徐徐掠过。"我不是为证明什么才这么做的,孩子。这段时间,我一直觉得有愧于国王陛下的盛情。与我结交会给自己带来什么麻烦,他并不清楚。何况,像那类……"她话里有一种别样的语气,一种沙兰未曾听过的锋芒。

她受过什么刺激?沙兰又惊又怕,是谁干的?

"总之,"迦熙娜接着讲,"今晚会发生那种事,是因为我自己选择走那条路,并非是想让你开什么眼界。不过,这也算是个指导和提问的好机会。我是怪物还是英雄呢?我是屠杀了四个人,还是除掉了四个在街上游荡的杀人犯?如果一个人主动把自己送到恶徒手中,是否就活该承受因此导致的恶行?我有没有自卫的权利?又或者,我只是在寻找杀人的借口?"

"我不知道。"沙兰小声说。

"下周,你必须研究和思考这些问题。如果你想当个学者,一个能改变世界的真正的学者,就需要直面这种问题。沙兰·达瓦,总有一天,你必须做出让自己反胃的决定,我要让你为此做好准备。"

沙兰沉默不语,扭头看着一侧。轿夫抬着她们,朝大岩宫行进。她心烦意乱,什么也不想再说,余下行程中都没有开口。下了轿,她随迦熙娜穿过静谧的廊道,从一些前往帕拉奈图书馆打发午夜时光的学者身边走过,回到二人的房间。

进了屋,沙兰帮迦熙娜宽衣,尽管她连碰一碰那女人都觉得讨厌。她不该有这种感觉,迦熙娜所杀的都是罪大恶极之人;如果迦熙娜不动手,死的就会是她们——沙兰对这点绝无怀疑。但困扰她的并非杀人行为本身，而是迦熙娜冰冷无谓的态度。

迦熙娜摘下身上的珠宝，放到梳妆台上。依然麻木的沙兰帮她去取睡袍。"你可以放另外三个一条生路，"沙兰一边往回走，一边说，"只杀一个就够了。"

"不，不够。"迦熙娜坐在梳妆台前，一边梳头一边说。

"为什么？这足以震慑他们，让他们不敢再犯。"

"对此你无法肯定，而我真心想让他们彻底消失。一个粗心大意、走错回家路的酒馆女招待没办法保护自己，但我能，而且我会出手。"

"你无权这么做，这里不是塔冠城。"

"不错，"迦熙娜说，"这是另一个你需要考虑的问题。"她把梳子举到头顶，刻意把头转开，闭上眼，仿佛要把沙兰拒之门外。

魂器躺在梳妆台上，就在迦熙娜的耳坠边。沙兰咬着牙，手指掐着松软的丝质睡袍。迦熙娜一身白色衬裙，坐在那里梳头。

沙兰·达瓦，总有一天，你必须做出让自己反胃的决定……

我已经面对过这种抉择。

我现在就在面对。

迦熙娜岂能这么做？岂能把沙兰拖下水？岂能用美丽而神圣的器物做出毁灭和破坏的行径？

迦熙娜不配拥有魂器。

在叠起的丝袍遮挡下，沙兰把闲手伸进禁手袖子，伸进禁袋，灵巧地从父亲的魂器上卸下烟晶石。然后她走到梳妆台前，利用将睡袍放到台上的动作作掩护，完成了调换。她的禁手握着完好的魂器，缩进袖子，往后退了一步。迦熙娜睁开眼，瞥向睡袍——袍子与无法使用的魂器并排摆着，显得如此无辜。

沙兰紧张得喘不过气。

迦熙娜又闭起眼，把梳子递给沙兰："*梳五十下，沙兰。今天够累人的。*"

沙兰机械般地梳着导师的头发，隐藏在袖内的禁手紧紧攥着偷来的魂器，担心迦熙娜随时会发现。

王女没有发现。穿上睡袍时没有，将损坏的魂器放进首饰盒时没有，用入睡时挂在脖子上的钥匙给首饰盒上锁时也没有。

沙兰木然地走出房间，脑子里乱成一团。疲惫、恶心又迷茫。

但她没被发现。

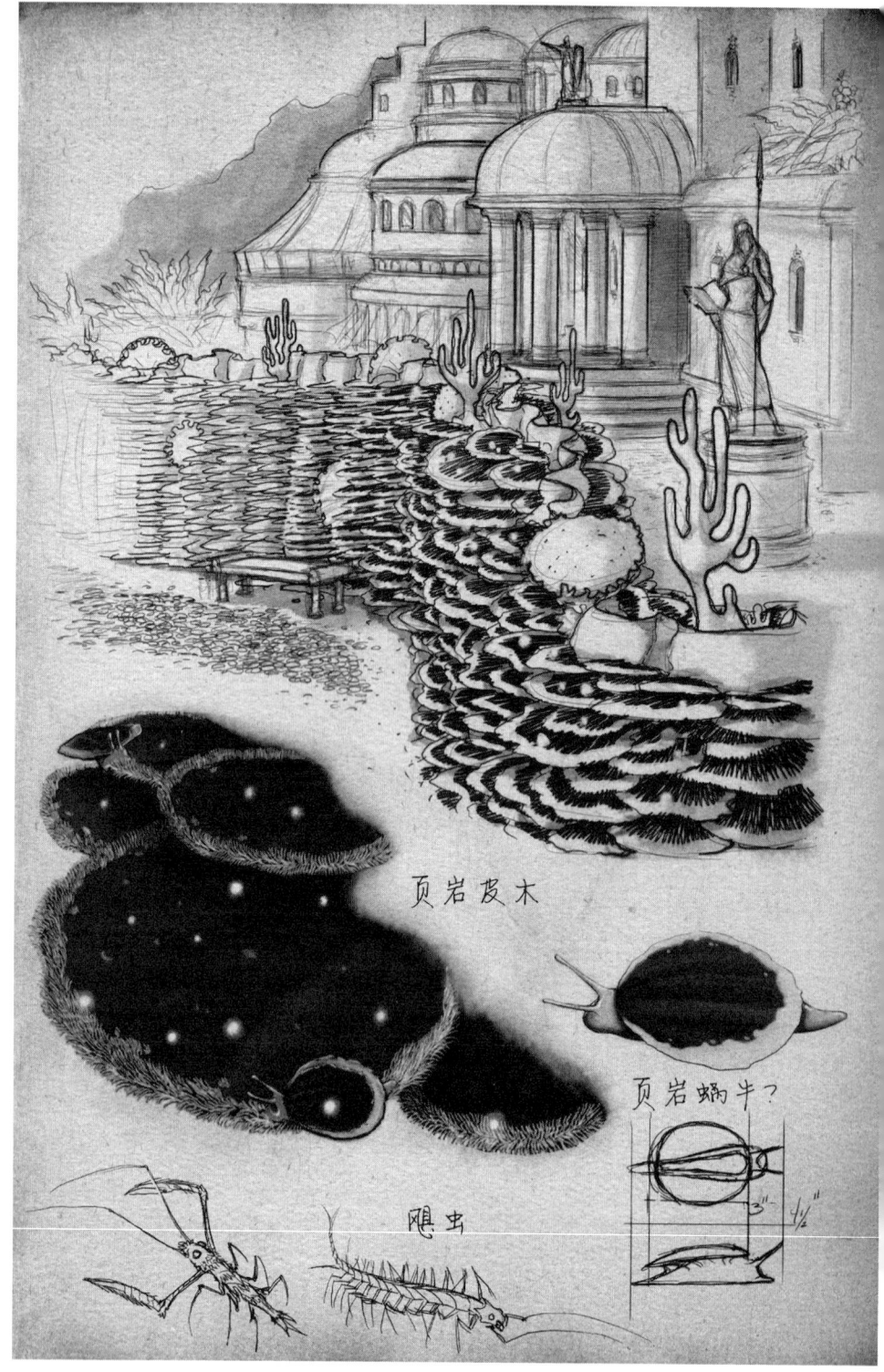

37 不同角度

五年半前

"卡拉丁,你看这块石头,"提安说,"从不同角度看,颜色会变呢。"

卡尔把视线从窗外拉回来,看着弟弟。提安如今十三岁了,从一个爱闹腾的小男孩变成了一个爱闹腾的大男孩。虽然长了个儿,但他在同龄人中还是偏小,黑褐相杂的拖把头依旧怎么也不肯服帖。他蹲在上了漆的玉穗木餐桌旁,眼睛与光滑的桌面齐平,看着桌上一块粗糙不平的小石头。

卡尔坐在凳子上,用小刀给长根薯去皮。长根薯是褐色的,外面很脏,切开后会流出黏糊糊的根液,所以他的手指沾了厚厚一层飓砂。他削好一根递给母亲,母亲冲洗一番,切成片放入炖锅。

"妈妈,你看。"提安说,临近傍晚的阳光透过背风的窗户照进来,撒在桌台上,"从这边看,能看到红色亮点,但换一边却是绿色的。"

"也许是一块有魔力的石头。"赫希拿说。一块块长根薯"扑通扑通"落入水中,溅落的音调略有不同。

"我觉得一定是。"提安道,"不然就是附着灵体。灵体会住在石头里吗?"

"灵体哪儿都住。"赫希拿回答。

"**总有些地方没法住。**"卡尔把一块皮扔进脚旁的垃圾桶。他瞥向窗外,望着从镇子通往城主宅邸的街道。

"它们真的无处不在。"赫希拿说,"每当事物发生变化,灵体就会现身——例如感到恐惧,或是变天下雨。它们是变化之本,所以也是万物之本。"

"那这条长根薯呢?"卡拉丁把它举高,面露怀疑。

"它也有灵体。"

"如果把它切开呢?"

"每一片都有灵体,只是小一些。"

卡尔皱着眉头,上下打量这一长条块茎。它们长在积水的岩缝里,吃起来带一点矿物味,但易于种植。这阵子,家里需要靠便宜的食物过日子。

"那我们是在吃灵体喽。"卡尔就事论事地说。

"不,"她道,"我们吃的是树根。"

"因为我们只能吃这个。"提安苦着脸说。

"那灵体去哪儿了?"卡尔追问。

"它们被解放出来,回到灵体生息的地方。"

"我有灵体吗?"提安低头看着自己的胸口问。

"你拥有灵魂,小心肝,你是个人。但你身体的每一部分很可能都住着灵体,小小的。"

提安在自己身上掐来掐去,似乎想把小灵体揪出来。

"大便。"卡尔突然说。

"卡尔!"赫希拿嗔怪道,"吃饭时不能说这个。"

"大便也有灵体?"卡尔倔头倔脑地问。

"我想是有的。"

"大便灵。"提安说罢,忍不住偷笑。

母亲继续切菜:"怎么突然问这些?"

卡尔耸耸肩:"我只是——好奇。因为我不知道。"

最近,他一直在思考世界运转的方式,思考自己在其中的位置,思考自己应该做些什么。这个年纪的男孩通常不会操心这些。大部分人知道自己的未来在哪里、该干什么——在农田里务农。

但卡尔有选择余地。过去数月间,他终于做出决定:他要当兵。由于已满十五岁,等招募官下一次经过镇上就可以自愿报名,这是他的打算。不再犹豫,他将学习如何战斗,事情就这么定了,不是很好吗?

"我想弄明白。"他说,"我只希望一切都有合情合理的解释。"

听闻此言,母亲笑了。她穿着棕色工作裙,头发扎成马尾,头顶包一块黄色方巾。

"怎么啦?"他一本正经地问,"你为什么笑?"

"你只希望一切都有合情合理的解释?"

"对。"

"好吧,等虔诚者下次来镇上焚符祷告、帮助人们提升感召时,我会替你转告的。"她笑道,"现在,你给我老老实实削皮。"

卡尔叹口气,但还是乖乖听话。他再次查看窗外,惊得差点儿把树根掉到地上。窗外有辆马车,沿道路从城主宅邸的方向驶来。他感到一阵紧张、犹豫。他本以为都盘算好了,可当这一刻真的到来,他却只想坐在这里削皮。下次一定还有机会,一定……

不。他站起来,尽可能若无其事地开口,试图隐藏心中不安。"我去冲一下。"他举起覆满飓砂的手。

"我不是说了吗,你应该先把长根洗干净再削。"母亲应道。

"知道啦。"卡尔说。他那懊恼的叹气声听来假不假?"也许我该现在去把它们洗了。"

赫希拿没说什么，任由他捧着剩下的树根跑到门外。怀着一颗狂跳不止的心，他踏进傍晚的暮色中。

"瞧，"提安在他身后道，"从这一面看是绿色的。我觉得这不是灵体的原因，妈妈，是光，光改变了这块石头。"

门被关上了。卡尔放下块茎，在赫斯通镇的街道上飞奔，从劈木头的男人、泼洗碗水的女人和一群坐在台阶上看夕阳的老爷爷身边经过。他在一口蓄雨桶里浸了浸手，随即继续飞奔，边跑边甩水。他跑过牧猪人马伯的家；跑过公共水池——镇中心的一块大石头，中间挖了蓄水坑；又沿着断风坡继续跑，那是一道陡峭的山壁，镇子就依托此山建成，靠它来遮挡飓风。

在这里，他看到一小丛墩树，树身约莫一人高，长得疙疙瘩瘩，树叶只长在背风面，沿着树干披散下来，就像梯子上的横杠，在冷冷的微风中摇曳。卡尔一靠近，招摇的大叶子猛然收拢，贴紧树干，发出一连串嗖嗖声。

卡尔的父亲站在树丛另一侧，双手交握于身后，看样子是在等人。这里是道路分岔口，从城主宅邸来的车驾就从这里转进赫斯通。见到卡尔，李伦一惊，转过身来。他穿着自己最好的衣服：两侧排扣的蓝色外套，像是光眼种的外衣，但下身是一条穿旧的白裤。他透过眼镜端详着卡尔。

"我跟你一起去，"卡尔脱口而出，"去城主宅邸。"

"你怎么知道我要去？"

"大家都知道。"卡尔说，"光明贵人荣寿邀你共进晚餐，这种事情别人不会谈论吗？尤其是你被邀请。"

李伦看向别处："我都叫你母亲别让你闲着了。"

"她试过。"卡尔苦笑，"等她发现丢在门口的那堆长根薯，大概要暴跳如雷了。"

李伦什么也没说。一辆马车缓缓停到路边，车轮碾压着石地，吱呀作响。

"这顿饭不会轻松，也不会愉快，卡尔。"李伦说。

"我不笨，父亲。"当镇上的人说他们不再需要赫希拿在镇里干活时……好吧，他们落得只能吃树根不是没有原因的，"你要和他对质，得有个帮手。"

"那个人是你？"

"你也只有我。"

车夫清清嗓子，他没像对待光明贵人荣寿那样下车开门。

李伦看着卡尔。

"如果你叫我回去，我会走的。"卡尔说。

"不。如果你非去不可，那就来吧。"李伦走到车前，拉开门。这不是荣寿坐的那辆烫金饰的豪车，而是备用车，那辆棕色的旧车。卡尔爬上车，为这场小小的胜利着实激动了一把——惶恐感也同样强烈。

终于，他们要直面荣寿了。

车里的座椅棒极了，红色衬布比卡尔摸过的任何东西都柔软。他坐下来，被椅子的弹性吓了一跳。李伦坐到卡尔对面，拉上门，车夫冲马儿挥鞭。马车掉了个头，"嘚嘚"地重新跑上道。座椅有多软，这一路就有多颠，卡尔的上下颌被颠得直打撞。坐货车都没这么糟糕，不过也许是因为他们现在的车速更快。

"你为什么要瞒着我们？"卡尔问。

"我不能确定会不会赴约。"

"如果不去呢？"

"那就搬走。"李伦说，"带你去卡哈巴兰斯，逃离这个镇子、这个王国，还有荣寿的小肚鸡肠。"

卡尔惊得直眨眼，他从没想过那一茬。世界仿佛扩张开去，只

651

剩他孤零零地留在原点。未来改变了，正在扭曲、折叠，变成全新的模样。父亲、母亲、提安……和他。"真的？"

李伦漫不经心地点点头："就算不去卡哈巴兰斯，我敢肯定，也有很多阿勒斯卡的城镇会欢迎我们。大部分镇子从未拥有能照料他们的手术师，只能依靠从迷信中获得知识或偶尔给红甲蟹治过伤的本地人。我们甚至能去塔冠城。我的技术足以在那里成为某个医师的助手。"

"那为什么不去呢？为什么我们之前没去？"

李伦望向窗外："我不知道。按理说，我们应该走。我们有路费，又不被待见。城主恨我们，镇民不信任我们，连飓风之父似乎都想把我们压垮。"李伦话里有话。是懊悔吗？

"我尝试过，非常努力地尝试过，"李伦的语气缓和了一些，"但我走不了。一个人的故乡和他的心灵有某种羁绊。我照顾过这些人，卡尔，我为他们接生、正骨、疗伤。你见过他们最坏的一面，这种情况持续了几年。可之前不是这样，也有过一段好时光。"他转头看着卡尔，两手交握在身前，马车依旧颠簸着前进，"他们属于我，儿子，我也属于他们。现在韦斯提欧不在了，我必须对他们负责，不能把他们丢给荣寿不管。"

"即使他们乐于见到荣寿的行为？"

"特别是因为这个。"李伦抬手按头，"飓风之父啊，这句话想想就蠢，说出口的感觉更蠢。"

"不，我能理解，"卡尔耸耸肩，"大概吧。你看，他们受伤时还会来找我们。他们觉得把人体切开是一种变态行径，发了不少牢骚，可还是会来。我一直想不通为什么。"

"你有结论了？"

"算是吧。到头来，他们还是宁愿骂骂咧咧地多活几天，他们就是这路货色，就像你总会给他们疗伤一样。再说，他们过去一直给你钱。不管一个人嘴上说些什么,他的润石放在哪儿,他的心就搁在哪儿。"卡尔蹙眉,"我猜,他们曾经是感激你的。"

李伦笑了:"有见地。我一直没留意,你都快成年了,卡尔。你什么时候变得这么像大人了?"

我们差点儿被抢的那一晚。卡尔立刻想到,当你把光照到屋外那些人脸上,证明勇气和扛矛上战场没有必然关联。

"但有一点你说错了。"李伦道,"你说他们曾经感激我,其实他们现在依然感激。哦,他们是会抱怨,也一直都这样。但他们也留食物给我们。"

卡尔一惊:"真的?"

"你以为我们这四个月吃的东西是哪儿来的?"

"可是——"

"他们怕荣寿,所以没有声张。他们趁你母亲去打扫时留给她食物,或把食物放在空的蓄雨桶里。"

"他们想来抢劫。"

"而那些人也给过我们食物。"

卡尔思索着,直到马车抵达宅邸。他有好一阵没到这座两层的大宅子来玩了。其屋顶是标准的斜坡式,坡面朝着飓风的来向,但比一般的屋顶大得多。墙壁是厚厚的白色石墙,背风面还有气派宏伟的方柱。

会见到拉劳吗?最近很少想她,这令他有些惭愧。

宅邸的前庭有堵矮石墙,爬满了各种异国植物。墙顶有一排石壳木,藤蔓从墙边坠下。墙内侧有一排球根类的页岩皮木,绽放出一簇簇色彩明艳的花朵,有橘、红、黄、蓝,有些探头的花苞形如成堆的衣衫,层层叠叠,如扇子般展开,还有一些长成角状。它们大部分都有细细的卷须,随风摇曳。光明贵人荣寿为这片园子花的心思比韦斯提欧多多了。

他们走过刷得雪白的柱群，穿过一道双开厚木防风门。门后是前厅，天花板并不高，铺着瓷砖。照明的锆石在瓷砖上投下苍蓝的光晕。

一名高高的男仆前来迎接二人。他穿着黑色长外套，打一条亮紫色领巾。他是那提尔，来自答里拉克，那是北方海边的大城市。米利福死后，他成了管家。

那提尔领他们来到一间餐厅，荣寿端坐在一张长长的黑木桌边。他微微发福，但还算不上胖，嘴上依旧留着有点发灰的胡子，油光光的长发梳成大背头，垂到领边。他穿着白裤和紧身红马甲，马甲下有件白衫。

他已经开始用餐，香料的气味令卡尔的胃一阵蠕动。他有多久没尝过猪肉了？桌上摆着五种蘸酱，一杯深橘色的酒放在荣寿跟前，酒液晶莹剔透。他一个人吃着，没把李伦父子当回事。

仆人指了指一张放在隔壁屋子的次桌。卡尔的父亲看了一眼，然后走到荣寿的桌前坐下。荣寿的肉串刚到嘴边，顿时停在了那儿，褐色肉汁滴落在身前的桌布上，香气四溢。

"我是二等暗民，"李伦说，"而且得到你亲自发来的邀请函。你一定会遵循等级惯例，让我同席就餐吧？"

荣寿咬咬牙，但没有反对。卡尔深吸一口气，坐到父亲身边。**在离家前往破碎平原参战前，他必须搞清楚，父亲究竟是懦夫还是勇者？**

在家里的光线下，李伦总是显得孱弱。他在手术室埋头工作，把镇民的闲话当耳边风。他不许儿子练矛，也禁止他有从军的念头。这些难道不是懦夫所为吗？可五个月前，卡尔在父亲身上看到了出乎意料的勇气。

在荣寿大宅的苍蓝色光线下，李伦直视城主的眼睛，直视一个阶级、财富和权势远高于自己的男人，没有丝毫畏缩。他是怎么做到的?卡尔的心怦怦直跳,根本无法控制,他必须把手夹在大腿中间,免得它们做出什么奇怪的动作,暴露自己的紧张。

荣寿冲一名仆人挥挥手。不久后,新的餐具就摆好了。餐厅四周黑糊糊的,这张餐桌是一座闪亮的孤岛,被一片浩瀚的黑暗所包围。

他们身边有洗手用的水盆,还有浆过的白色餐巾,这是一顿光眼种的晚餐。卡尔几乎从未吃过这么上等的食物。他尽力不出洋相,迟疑地拿起一串肉来,模仿荣寿的动作,用小刀切下最前端的肉,然后送入嘴里。肉质柔嫩,味道鲜美,但香料太辣,他吃不太惯。

李伦没吃。他把手肘搁到桌上,看着光明贵人进餐。

"我希望你先安安心心吃顿饭,"荣寿终于开口,"然后我们再谈正事。可你似乎不承我的情。"

"是的。"

"很好。"荣寿从篮子里拿起一块面包,裹住一串蔬菜用力一拔,连菜带面包一起嚼着,"那告诉我,你觉得能跟我硬扛多久?你全家已经走投无路了。"

"我们过得很好。"卡尔插嘴道。

李伦瞥了他一眼,但没有责怪他开口:"犬子说得没错,我们过得下去。假如没办法了,我们就搬走。我不会屈服于你,荣寿。"

"如果你搬走,"荣寿扬起一指,"我会和你的新城主联系,把你偷我润石的事情告诉他。"

"我将在法庭上获胜。何况,作为手术师,你能提出的大部分控诉我都可以得到豁免。"此话不假;有些行当对镇子来说必不可少,从业者及其学徒能得到特别庇护,就连光眼种也不能随便下手。沃林教的公民法典相当复杂,卡拉丁至今仍难以理解。

"没错,你能打赢官司。"荣寿说,"你做得滴水不漏,准备的文书分毫不差,韦斯提欧签字时只有你在场。怪得很,他的文员都不在。"

655

"文书是那些文员念给他听的。"

"然后他们离开了房间。"

"因为光明贵人韦斯提欧命令他们出去,我相信,他们也都承认了。"

荣寿耸耸肩:"我不必证明润石是你偷的,手术师,我只须保持现状。我知道你家人在吃树根菜叶,你要让他们为你的自尊心吃苦到何时?"

"他们不会畏惧,我也不会。"

"我没有问你们是否畏惧,我在问你们是否挨饿。"

"完全没有。"李伦的语调变得戏谑起来,"如果我们没东西吃,大可拿你慷慨赐予的关注来果腹,光明贵人。我们能感受到你的注视,听见你私底下对镇民的言语。从你关心我们的程度来判断,好像畏惧的是你才对。"

荣寿一时哑然,手中肉串无力地垂下,灿然的绿眼眯成一线,双唇紧闭。在黑暗中,这双眼睛简直像是光源。卡尔不得不控制自己,尽量不被这忿忿的怒视压得抬不起头。荣寿这样的光眼种总有一种发号施令的气场。

他不是真正的光眼种!只是个被放逐的败类。总有一天,我会见到真正的光眼种,拥有荣誉感的人。

李伦毫不避让:"我的反抗每延续一个月,对你的权威都是沉重打击。你没法把我抓起来,因为我能赢官司。你试图煽动其他人来对付我,可他们打心底里知道,他们需要我。"

荣寿把身子往前一靠:"我不喜欢你们这座小镇。"

这古怪的回答令李伦眉头一皱。

"我讨厌被流放的感觉,"荣寿接着讲,"不喜欢住在如此偏僻的地方,离一切重要事物都十分遥远。但最重要的是,我不喜欢不清楚自己的身份、自视过高的暗眼种。"

"恕我难以感同身受。"

荣寿恶狠狠地哼了一声,低头看菜,仿佛那菜少了什么滋味:"好得很。我们来做个……做个交易。九成的润石归我,你可以留一成。"

卡尔忿然起身道:"我父亲绝不会——"

"卡尔,"李伦打断他,"让我自己说。"

"可你当然不会同意的。"

李伦没有马上回答。过了一会儿,他说:"卡尔,到厨房去,问问有没有更合你口味的菜。"

"父亲,不——"

"去吧,儿子。"李伦说得很坚决。

真的吗?好不容易经历了这一切之后,父亲就这么屈服了?卡尔觉得脸涨得通红,拔腿便跑出餐厅,他要逃离这个地方。他知道去厨房的路,小时候,他常在那儿和拉劳在一起吃饭。

他不是因为父亲的要求才离开,而是因为不想让父亲或荣寿看到自己的情绪:刚起身驳斥荣寿,就要看着父亲和他达成妥协,是为懊丧;父亲竟然会认真"考虑",是为屈辱;最终又被父亲赶了出来,是为委屈。卡尔惊觉自己流下了不争气的眼泪。他碰上几名荣寿宅邸内的卫兵。他们站在门廊下,只有一盏灯芯剪得很短的油灯照明。琥珀色光线把他们粗犷的五官映照得愈发醒目。

卡尔急忙从他们身边走过,转了个弯,停在一株盆栽旁,努力抑制情绪。盆栽里种着一株家养花藤,是长年不谢的品种,一些圆锥形花朵从已退化的硬壳里探出头来,向高处攀升。盆栽上方的墙上挂着盏油灯,发出奄奄一息的微光。这里是宅邸的后屋,靠近仆役的居住区,所以不用润石照明。

卡尔往墙上一靠,大口喘气。他觉得自己就像十蠢之一——尤其像一直长不大的卡宾。可李伦的所作所为该怎么看?

他抹抹眼,推开双开弹簧门闯进厨房。韦斯提欧的主厨巴姆继续在荣寿手下工作。这名又高又瘦的男子留着一头编成辫子的黑发。他沿灶台走来走去,向助手们发出各种指示,还有几个仆族从宅邸后门进进出出,搬来一箱箱食材。巴姆拿着一把金属长勺,每次发号施令,都会拿勺子敲敲挂在天花板下的汤锅或平底锅。

他那棕色的眼睛几乎没朝卡尔转上一转,便招呼一名仆人去取一些面包和水果味的溻娄米来。典型的儿童餐。巴姆凭直觉就知道他来厨房的原因,卡尔觉得更丢人了。

卡尔走到厨子吃饭的隔间,等候食物。就餐区刷成白色,放着一张石板桌。他坐了下来,胳膊肘撑着石面,手托着脑袋。

父亲或许会用大部分润石来换取安全,这个念头为何令他如此愤怒呢?不错,如果演变成那样,就没钱送卡尔去卡哈巴兰斯了。可他已经决定要当兵了,所以这无所谓,不是吗?

我要参军,卡尔想,*我要跑得远远的,我会……*

突然之间,那个梦想、那个计划,变得难以置信地幼稚。那属于一个还在吃水果饭、大人谈要紧事时会被支走的孩子。有生以来第一次,他为可能失去跟手术师学艺的机会而感到遗憾。

厨房门被重重推开。荣寿的儿子瑞里尔意气昂扬地走进来,边走边和身后的人谈话。"……不知道……父亲为什么非要把这里搞得死气沉沉的。走廊里放油灯?他还能再土点吗?如果我能拉他去打几场猎,那对他才有好处。既然到了个偏僻地方,就该充分利用资源。"

瑞里尔看到卡尔坐在边上,但就这么从旁走过,仿佛他是一张凳子或一座酒架,完全可以视而不见、仿若无物。

卡尔的眼睛全盯着跟在瑞里尔身后的人。拉劳,韦斯提欧的女儿。

发生了这么多变故,隔了这么久,看到她的身影,褪色的情感再次涌上卡尔心头,其中有羞愧、也有激动。她知道卡尔的父母曾希望自己娶她吗?单单见到她,就几乎慌得他手足无措。不。父亲能直视荣寿的眼睛,他也能面对她的目光。

于是卡尔站了起来,朝她点头致意。她回看了一眼,脸色微微一红,走进来,身后跟着个老嬷嬷——她在社交场合的陪护。

他所认识的拉劳呢?那个披散着黑色中带金丝的秀发,喜欢攀岩架、喜欢在旷野中奔跑的女孩哪儿去了?如今的她裹着光眼种女子的时髦衣装——一条柔滑的黄丝裙,梳理得整整齐齐的头发染成全黑,以掩盖缕缕金丝,左手端庄地收在袖子里。拉劳看起来像个纯粹的光眼种。

韦斯提欧的财产——剩下的财产——被她继承。然后因为荣寿得到赫斯通的管辖权,那么这座宅邸和周围的土地便归他所有,轩亲王撒迪亚斯还送给拉劳一份嫁妆作为补偿。

"你,"瑞里尔朝卡尔歪歪头,用城里人的优雅语调说,"好小伙,请替我们取些吃的来。我们就在这里用膳。"

"我不是厨房的下手。"

"那又怎样?"

卡尔涨红了脸。

"如果你以为替我拿点儿吃的就能讨到小费或犒劳……"

"我不是这个意思,我——"卡尔看着拉劳,"告诉他,拉劳。"

她把头扭向别处。"去吧,小子,"她说,"照他吩咐的做。我们饿了。"

卡尔目瞪口呆地看着她,脸烧得更厉害了。"我……我什么也不帮你拿!"他好不容易挤出两句,"不管你给我多少润石,我都不干。我不是跑腿的,我是手术师。"

"哦,你是那家伙的儿子。"

"不错。"卡尔为这句话所带来的自豪感吃惊,"瑞里尔·荣寿,我可不会任你欺负,就像我父亲不会被你父亲恐吓一样。"

只不过,他们现在正在谈条件……

"父亲倒没说起你这人有多逗。"瑞里尔边说,边靠上墙。他只比卡尔大两岁,可看起来仿佛差了十岁,"这么说,你觉得给人端菜很丢脸?你当手术师就比厨子了不起?"

"不,那不是我的感召,仅此而已。"

"那什么是你的感召?"

"把病人医好。"

"我不吃饭,岂不是会生病?所以,让我吃上饭难道不是你的职责吗?"

卡尔皱眉:"这……反正,不完全是一回事。"

"我觉得很像一回事。"

"那么,你自己去拿不行吗?"

"这不是我的感召。"

"**那你的感召是什么?**"卡尔针锋相对,把同样的问题扔还给对方。

"我是少城主。"瑞里尔说,"我的职责是领导,确保各项工作的完成,让人人都从事有建设性的工作。因此,我把重任交付给游手好闲的暗眼种,让他们成为有用之人。"

卡尔憋不出话来,他愈发生气了。

"你瞧他的小脑袋是怎么转的,"瑞里尔对拉劳说,"就像快要熄灭的火苗,直冒黑烟,拼命消耗仅剩的一点燃料。啊,看他的脸,都被那股热量烧红了。"

"瑞里尔,请别这样。"拉劳把手放到他胳膊上。

瑞里尔瞧了她一眼,翻翻眼珠:"有时,你就和我父亲一样土气,亲爱的。"他站直身子,带着一脸"不和你一般见识"的神情,领她走过隔间,进入厨房。

卡尔重重坐回长凳,差点儿把腿给撞青。一名仆童为他端来吃的,摆到桌上,可这仅仅让卡尔意识到自己有多孩子气。所以他硬是不吃,一动不动地看着眼前的食物,直到最终父亲走进厨房。此时,瑞里尔和拉劳早已离开了。

李伦走到隔间，打量着卡尔："你没吃。"

卡尔摇摇头。

"你该吃才是，免费的。走吧。"

他们默默无言地走出宅邸，踏入夜晚的黑暗。马车在门外候着，很快，卡尔再次坐到车上，与父亲面对面。车夫爬上驾手的座位，令车子晃了几晃，随后一挥鞭，喝促马儿启程。

"我想成为手术师。"卡尔突然说。

父亲的表情隐藏在阴影中，无法辨读。但当他开口，卡尔听出了语气中的困惑。"我知道啊，孩子。"

"不，你不知道。我想成为手术师，我不想偷偷跑去打仗。"

黑暗中只剩下沉默。

"你有过那种念头？"李伦问。

"对。"卡尔承认，"我有过那种幼稚的想法，但已经改了主意。我决心去学习手术的技艺。"

"为什么？是什么让你改变想法的？"

"*我需要了解他们的思维方式。*"卡尔朝身后的大宅摆摆头，"他们练过一套绕着弯儿说话的法子，我必须掌握这种本事，才能面对他们、回敬他们。而不是像……"他不敢说下去。

"像我一样服软？"李伦叹着气问。

卡尔咬紧嘴唇，但有些事非问不可："你答应给他多少润石？剩下的还够我去卡哈巴兰斯吗？"

"我什么也没给他。"

"可——"

"荣寿和我聊了一会儿，争得很激烈。我假装气不过，走了。"

"假装？"卡尔闹不明白。

父亲凑上前，压低嗓门，确保车夫不会听见。车轮在石面上又滚又跳，轰隆作响，被偷听的风险本来很小。"必须让他以为我打算屈服。今天的会谈，是为了做出走投无路的样子给他看。先强硬对峙，然后表现挫败感，让他自以为得逞，最后撤离。不出数月，等他觉得已让我吃足了苦头，他还会请我去的。"

"你那时也不会屈服吧？"卡尔小声问。

"不会。不管给他多少，都会使他贪心不足，对剩下的润石打主意。这片土地的产出不如以往，而政治斗争的失利几乎令荣寿垮台。我依然不知道是哪个领主在幕后操纵、把他打发到这里来折磨我们，但我真希望能和那家伙在黑屋子里单独待上一会儿……"

李伦话语中的戾气令卡尔震惊。他从未听过父亲发出任何实实在在的暴力威胁，这算是最接近的一次。

"但说到底，为什么要演这出戏？"卡尔小声说，"你说过，我们可以坚持反抗，妈妈也这么想。我们吃不上好东西，可也不会挨饿。"

父亲没有回答，看起来心事重重。

"你要让他以为我们屈服了，"卡尔说，"或是快要屈服了。这样一来，他就不会再想方设法整我们？让他只顾着和你谈条件，而不会——"

卡尔一愣。他从父亲的眼神里看到某种陌生的东西，好像是罪恶感。一切突然有了逻辑。冰冷、可怕的逻辑。

"飓风之父啊，"卡尔低语，"润石是你偷的，是吗？"

父亲依然不说话，他坐在老旧的车厢里，裹在黑暗的阴影中。

"难怪韦斯提欧死后你一直如此焦躁，"卡尔小声说，"酗酒、忧虑……你是小偷！我们全家都是贼。"

马车转了个弯，萨拉斯的紫色光芒照亮了李伦的脸。从这个角度看，他完全不似刚才口气中那般骇人，实际上，他脸上只有疲惫。他两手交握身前，眼里反射着月光。"韦斯提欧临终前神志不清，卡尔。"他低声说,"我知道,等他一死,让我们两家结亲的承诺便无法兑现。拉劳还没有成年,新城主不会让一个暗眼种通过婚姻取得她的继承权。"

"于是你就抢了他的遗产?"卡尔发觉自己声音发抖。

"我只是确保他的诺言得到兑现。我必须做点什么,不能全指望新城主的慷慨。你也看到了,这是明智之举。"

一直以来,卡尔都认定这是荣寿出于恶意和仇恨所捏造的罪名。结果到头来,占理的却是他。"我不敢相信。"

"这又能改变什么?"李伦轻语,微光下的他显得幽暗迷离,"从结果来看,有什么不同?"

"完全不同。"

"没有任何不同。荣寿还是想拿走那些本属于我们的润石。如果韦斯提欧神志清醒,他会将润石交给我们,对此我敢肯定。"

"可他没这么做。"

"嗯。"

一切都没有变,但又都不一样了。失之毫厘,谬之千里。坏人变成了英雄,英雄变成了坏人。"我——"卡尔说,"我不知道你的做法究竟是勇敢之极,还是错得离谱。"

李伦叹口气。"我明白你的感受。"他往后一靠,"我恳求你,不要把我们的所作所为告诉提安。"我们的所作所为。赫希拿也参与其中。"等你再大一些就会理解了。"

"也许吧。"卡尔不住摇头,"但我有一点没变:我想去卡哈巴兰斯。"

"就算用偷来的润石?"

"我会想办法还上,不是给荣寿,是给拉劳。"

"用不了多久,她就会改姓荣寿。"李伦说,"可以预料,年底之前,她就会和瑞里尔订婚。荣寿不会放过她,至少现在不会,因为他在塔冠城的政治斗争中失势。想让儿子与一个像样的家族联姻，拉劳是屈指可数的机会之一。"

提到拉劳，卡尔顿觉胃里翻江倒海："我必须去学。也许我能……"

能怎样？他心想，能回来说服她抛弃瑞里尔，跟我在一起？荒唐。

他突然抬起头，看着父亲。父亲已垂下了头，满脸悲伤。他是个英雄。虽然也是坏人，但对家人而言他就是英雄。"我不会告诉提安，"卡尔小声说，"我要用这些润石去求学。"

他父亲抬起头。

"我想学习如何面对光眼种，就像你那样。"卡尔说，"每一个光眼种都能把我当傻瓜耍，我想学习他们的谈吐、他们的思维。"

"我希望你去学习能够帮助别人的手艺，而不是与光眼种较劲的本事。"

"我想我能兼顾，如果我能通过学习变得足够聪明的话。"

李伦嗤笑一声："你聪明得很，儿子，你从母亲那里遗传到的机智足够把那些光眼种说得目瞪口呆。进了大学，你就知道了。"

"从现在起，我想使用我的全名。"他为自己的回答吃了一惊，"卡拉丁。"这是男人的名字。他一直不喜欢其类似光眼种名讳的发音，但现在觉得很合适。

他不是暗眼种的农民，但也并非光眼种的贵人。他的位置介于两者之间。过去的卡尔是个想参军的孩子，因为这是其他男孩的梦想。现在的卡拉丁是个男人，他要努力学习手术的技艺和光眼种的一切。有朝一日，他会回到镇上，向荣寿、瑞里尔和拉劳证明，他们目中无人是个错误。

"很好，"李伦说，"卡拉丁。"

38 预见者

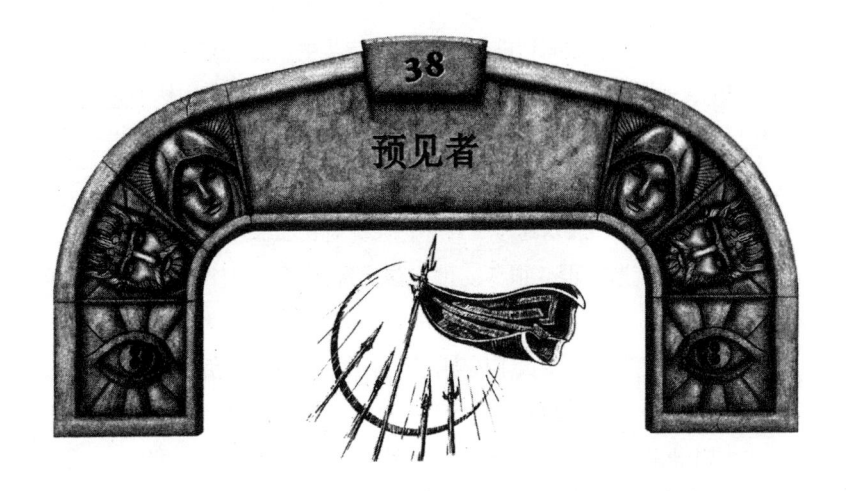

"他们生于黑暗，于是黑暗的印记始终印刻在他们的身体上，就像火焰印刻于他们的灵魂。"

——我认为纳瓦米斯之子加斯哈的记述是可信的史料来源，但对这段译文没有把握。也许，我应该从《瑟尔德》第十四卷中找出原文，亲手翻译？

卡拉丁在时空中飘游。

高烧不退，伴有冷汗和幻视幻听。可能是伤口感染所致。以消毒剂清洗，隔绝腐灵。保证患者的水分补充。

他回到了赫斯通，和家人在一起。只是他长大了，成为一名士兵，像个外人。父亲问个不停，这究竟是怎么回事？你说过要当手术师的，手术师……

肋骨骨折，因肋部遭受殴打所致。固定胸部，避免患者从事激烈活动。

他偶尔会睁开眼，看到一间黑屋子。屋里冷冷的，墙壁是石头，天花板很高。身旁躺着一排排的人，盖着毯子。尸体，都是尸体。这是一间仓库，他们被码得整整齐齐，等待买主。谁会来买尸体？

轩亲王撒迪亚斯。他会买下尸体。成交后，他们依然能走动，但已是行尸走肉。那些傻瓜会拒绝接受事实，假装自己依然活着。

面部、手臂和胸部割伤，有几处脱皮。因长时间暴露在飓风下所致。包扎伤处，敷以德诺士药膏，促进新皮生长。

时间在流逝，很久很久。他应该已经死了。为什么没死呢？他想躺着等死。

但不行。不。他辜负了提安，辜负了戈舍尔，辜负了亲生父母，辜负了戴立特。亲爱的戴立特。

他不能再辜负第四冲桥队，不能！

体温过低，由极度寒冷所致。为患者供暖，强迫其坐起，不能让他入睡。如果能挺过几小时，可能不会有持续的后遗症。

如果能挺过几小时……

没人指望冲桥手活着。

为什么拉马利尔会说那种话？哪有军队会布置人故意去送死？

不，他过去的思路太狭隘、太短视。他需要理解军队的目标。他惊恐地旁观着那场战斗的进程。他都干了些什么呀？

他必须回去，改变一切。不，他受了伤，不是吗？他的血流了一地，他是倒下的矛兵。他是第二冲桥队的冲桥手，被第四队的蠢货活活害死，因为他们转移了敌方所有弓箭手的注意力。

他们竟敢如此妄为？他们竟敢如此妄为？

他们竟敢为了自保而把我害死！

肌腱扭伤、肌肉撕裂、骨头挫伤、骨裂及全身疼痛。由极端恶劣的环境所致。采取一切必要手段强迫患者卧床休养。注意是否存在大面积和持续不愈的挫伤，或脸色苍白的状况。这可能由内出血导致，会构成生命危险。随时准备手术。

他见到了死灵。它们是黑色的，有拳头大小，长着很多腿，深红色眼睛会发光,划出一道道灼目的光迹。它们聚在他周围,飞来飞去,发出类似撕纸声的窃窃私语。他被吓到了,但他逃不了,因为现在几乎一动都不能动。

只有垂死之人才能见到死灵。见了它们,你就等死吧。只有极少数非常非常走运的人能够死里逃生。死灵嗅得到死亡临近的味道。

手指和脚趾起泡,因冻结伤导致。务必给所有破裂的水泡敷上消毒剂。促进肢体的自然恢复。留下持续性损伤的可能性不高。

有个闪着光的小小人形站在死灵面前,那是她,不似平常那样是半透明的,而是放出纯粹的白光。那张妩媚的女性脸庞显得更加高贵、更有棱角,就像从被遗忘的时空中穿越而来的勇士,没有半点孩子气。她守在卡拉丁胸前,握着一把光剑。

这团光芒如此纯净、如此甘美,仿佛是生命之光。只要有死灵靠近,她就会挥舞着夺目的光剑冲上去。

这束光把它们打退了。

但死灵数量众多。每当他神志清醒一点、可以睁眼时,所看到的数量都比上一次更多。

头部受重击,导致严重幻觉。继续观察患者,禁止摄入酒精,强迫休养。给患者服用深树皮以控制颅内压。极端情况下可使用火藓,但必须谨慎,以免患者成瘾。

如药物无效,可能需要给头骨钻孔以释放颅内压。

该手术死亡率极高。

正午时分,泰夫特走进营房。钻进阴暗的房内,就像走进一座洞穴。他朝左边看看,其他伤员一般都睡那儿。此时,他们出去晒太阳了。五个伤患都恢复得不错,包括雷滕。

泰夫特穿过屋子两侧一排排叠好的被褥，走向屋子后面，卡拉丁躺的地方。

可怜的人，泰夫特心想，*不知是奄奄一息更惨，还是成天待在这儿不见天日更惨*。这么做也是没办法。第四冲桥队在走钢丝，没人阻止他们放卡拉丁下来，目前也没人试图阻止他们照料卡拉丁。全军每个人都听到了撒迪亚斯的原话：让飓风之父来裁定卡拉丁的命运。

盖兹来过，见了卡拉丁的状况，哧哧偷笑了几声。他也许会告诉上级，卡拉丁必死无疑。带着那样的伤势活不长。

然而卡拉丁一直撑着。时不时有士兵开个小差，想来瞄上一眼。他能活着本身就是不可思议的事。军营里的人都在谈论。交给飓风之父审判，然后得到宽恕，这是个奇迹，撒迪亚斯不会喜欢的奇迹。你料不到何时会有个光眼种决定替他们的光明贵人解决掉这个麻烦。撒迪亚斯不能公然采取任何行动——那样会大失人心，但悄悄下毒或把卡拉丁掐死就能缓解尴尬的处境。

所以，第四冲桥队把卡拉丁安顿在尽可能远离耳目的地方，而且始终留一个人陪着，始终。

风杀的汉子。泰夫特跪在高烧不退的病人身旁。他裹着脏兮兮的被褥，双目紧闭，满头是汗，身上的绷带多得吓人，其中大多被染红了。他们没钱给他勤换绷带。

现在的看护人是斯卡。这个五官粗犷的矮个男子坐在卡拉丁脚边。

"他怎么样？"泰夫特问。

斯卡轻声说："看来是更糟糕了，泰夫特。他一边含糊不清地说什么黑色的形体，一边挥手叫它们退开。他睁着眼，但似乎看不见我，而是看到了别的东西。我敢发誓。"

死灵。泰夫特打着哆嗦，*克勒克保佑我们*。

"我来守吧，"泰夫特坐下，"你去吃点东西。"

斯卡站起身，脸色苍白。如果卡拉丁熬过了飓风，却因伤重而死，这对所有人都是沉重的精神打击。斯卡拖着步子走出屋子，肩膀沉沉地耷拉着。

泰夫特看着卡拉丁，看了许久，努力理清思路、抚平心绪。"为什么是此刻？"他轻声自问，"为什么是此地？经过那么多人的守望，你一直没出现，为什么现在却出现了？"

当然，泰夫特知道自己结论下得太早。他还不能确定，只是一些假设和希望。不，不是希望，而是恐惧。他曾拒绝加入预见者，现在却发现了这个。他从口袋里摸出三枚小号钻石润石。好久好久没存下钱了，但他留下了这三枚。他思索着，忧虑着，手中润石闪烁着飓光。

他真的想知道吗？

泰夫特咬紧牙关，凑到卡拉丁身旁，看着对方无意识的脸庞。"你这混蛋，"他轻声说，"你这风操的混蛋。你托起一串套在绞索上的人，刚让他们喘口气，现在又要放手？听着，我不允许，*绝不*。"

他把润石塞进卡拉丁掌心，拢起卡拉丁的手指，把那只手放到卡拉丁小腹上，然后屈膝坐下。会发生什么呢？预见者说的都是荒诞不经的故事和传说，泰夫特称之为愚蠢的鬼话。一群闲人发梦而已。

他等待着。什么也没发生，那是必然的。*你这个大蠢货*，泰夫特自嘲。他抓住卡拉丁的手，那些润石够他喝上几轮了。

卡拉丁突然一喘，短促有力地吸了一口气。

他手中的光芒渐渐暗淡。

泰夫特睁大双眼愣在那儿。卡拉丁体内腾起缕缕光雾，虽然很微弱，但毫无疑问，那些白色飓光来自他的躯体。这些光雾像皮肤上冒出的蒸汽，就仿佛卡拉丁突然洗了个热水澡。

卡拉丁的眼皮突然睁开，光雾同样从眼里溢出，带着浅浅的琥珀色。他再次大声喘息，光雾划着轨迹，在胸前的伤口边盘旋。有几道伤口自行合拢、收口。

随后，一切恢复如常。小齐普中的飓光已被耗尽。卡拉丁闭上眼，放松下来。他的伤势依然严重，高烧还在肆虐，但皮肤略微恢复了一点血色，几道伤口旁的红肿也有所消退。

"神哪，"泰夫特不自觉地颤抖起来，"全能之主，被逐出天堂、在我们心中找到归宿的全能之主……这是真的。"他弯下腰，额头触碰石地，双目紧闭，泪水从眼角渗出。

为什么是此刻？他再次思索，为什么是此地？

还有，看在老天分上，为什么是我？

他跪着数了一百下心跳，思索着、忧虑着。最后，他直起身子，从卡拉丁手中取回失去光泽的润石。他得去换一些带飓光的，带回来让卡拉丁吸收。

他必须小心，每天只动用几枚润石，不能多。如果这小子恢复太快，就会引来过多关注。

我还得报告预见者，他想，一定要去……

但预见者们都不在了，都死了，死于他的所作所为。就算有其他预见者活下来，他也不知该如何寻找。

他该告诉谁？谁会相信他？连卡拉丁自己恐怕都不会信。

最好先别声张，至少等他想明白该怎么做。

39 煎熬

"不到一下心跳的工夫,阿勒扎夫就到了那里,这段距离,徒步至少要四个月才能走完。"
——另一篇民间传说,收录于卡里南所著《暗眼之中》,第102页。这些故事中有大量关于瞬间转移和誓约之门的描写。

沙兰的手在素描本上滑行,仿佛自己拥有意志。炭笔忽而勾勒、忽而轻描、忽而重抹。先画出粗线条,像是大拇指在粗糙的花岗岩上磨出的血迹。然后是细密的工笔,笔触纤细,如同针尖划痕。

她坐在大岩宫一个小隔间里,这是迦熙娜从住处中分给她的小房间。隔间没有窗户,花岗岩墙壁光秃秃的,屋内只有床、床头柜和行李,还有一张比床头柜大一倍的小桌,被她用来当画桌。

一颗红宝石布罗姆给她的素描打上了血色光线。通常,为了让作品鲜活生动,她必须用心记下场景,一次眨眼,定格世界,印入脑海。迦熙娜诛杀盗匪时,她没这么做。她要么是被吓坏了,要么就是变态似的为那番景象着迷,于是没法动弹。

尽管如此,她还是能在头脑中回放出当时的每一个细节,活灵活现，仿佛刻意记过。而且就算把它们画出来，这些画面也不会从头脑中消失。她无法摆脱这些死亡的景象，它们已烙入她体内。

她往后一靠，端详着素描本，闲手微颤。眼前的炭笔画分毫不差地重现了那场令人窒息的噩梦：在两道逼仄的屋墙夹成的小巷里，一个人形火炬，满含痛苦，向黑漆漆的夜空升腾。那个瞬间，他的五官轮廓犹在，焦黑的双目圆睁，化作火焰的嘴唇大张。迦熙娜向他伸出闲手，仿佛在遮挡烈焰，又仿佛在祭拜上苍。

沙兰用沾了炭粉的手指捂住胸口，怔怔地看着自己的作品。她最近几天完成了十多幅这样的画作。化作火焰的男子、凝成水晶的男子，还有两个化为烟雾的男子——这两个男子，她只能画全一个，因为当时面朝东方。在她笔下，第四个死去的男子只是一团升起的烟雾，遗留的衣衫已经落在地上。

无法画下此人的死状使她有种罪恶感，这种罪恶感又令她觉得自己是个笨蛋。

从逻辑上讲，迦熙娜的行为无可非议。不错，王女刻意以身犯险，但这不能免除加害者的罪责。那些人的行径应当受罚。沙兰花了很多天来细读哲学书籍，据她看到的大部分道德体系判断，王女都是无辜的。

可沙兰当时正在现场，亲见了四人的死状，目睹了他们眼里的恐惧，而且自己也感到恐惧。难道就没有其他办法吗？

杀或者被杀，是质朴主义哲学提出的选择，据此迦熙娜无罪。

行为本身无所谓邪恶，但意图有正邪之分，而迦熙娜的意图是阻止恶徒侵害他人。这是意图主义哲学的观点，它赞扬了迦熙娜。

道德脱离于人类理念单独存在，凡人可以追求道德，但无法绝对掌握道德。这是理念主义哲学的观点，该派宣称消除邪恶是终极的道德，所以消灭恶人也一样。迦熙娜的行为在此获得了正义的立场。

手段是否正当取决于目标。如果目标值得实现，则所采取的手段都是正当的,哪怕其中一部分——孤立地看——应受谴责。这是抱负主义哲学的观点,比其他学派都更有力地支持了迦熙娜的道德立场。

沙兰从素描本上撕下那张画,揉成一团丢到床边,那里已散落着不少纸团。她的手指又动起来,握住炭笔,在空白画纸上作起新画。反正画纸被固定在桌面上,无处可逃。

她自身的偷盗行为和那些杀戮的景象一样让她心里难安。讽刺的是,迦熙娜要求沙兰学习哲学中的道德论,这强迫她思考自身的可怕罪行。她来卡哈巴兰斯盗走魂器,是为了把兄长及家族从巨额债务和即将来临的毁灭中拯救出来。可到头来,沙兰偷走魂器并非为这个,而是出于对迦熙娜的怒火。

如果意图比行为本身重要,那她必须谴责自己。也许,只有声称目标比实现目标的过程更关键的抱负主义者会赞同她的所作所为,但在所有的哲学中,她最不认同的就是这一支。沙兰坐在这里,一边画素描,一边揣测迦熙娜,可她自己却背叛了一个信任她、接纳她的女子。她还打算以非虔诚者的身份使用魂器,这更是渎神的罪过。

魂器藏在沙兰行李箱的暗格里。三天了,迦熙娜对魂器的失踪只字不提,每天都戴着假魂器。她什么也没说,行为毫无异常。也许她还没施放过塑魂术。全能之主保佑,别让她再去找什么麻烦,把自己暴露在危险之中,以为能用魂器杀死侵犯者。

那个夜晚还有件事她不能释怀。她身上原有一件秘密武器,却没拿出来用,甚至连想都没想过。她觉得自己很蠢,但她还没有习惯——

沙兰怔住了。她刚发现自己在画什么。这不是那晚的场景,而是一间奢华的房间,墙上挂着剑,地上铺着一块华丽的厚地毯,放着一张长长的餐桌,桌上摆着吃了一半的饭菜。

一个衣装华贵的死人趴在地上,浸在自己的血泊中。她跳了起来,抛开炭笔,把画纸捏成一团。她战栗着挪到床边坐下,脚边是一地纸团。她丢下皱巴巴的画纸按住额头,摸到一手冷汗。

她有些不对劲,她的画有些不对劲。

她必须走出去,逃离死亡、哲学和疑问。于是她站起来,大步走进正厅。跟往常一样,王女出去做学问了——她今天没要求沙兰去浣纱厅,是因为察觉到自己的学徒需要一点单独思考的时间,又或是怀疑沙兰偷走了魂器,不再信任她了?

沙兰匆忙穿过屋子,厅里只有一些最基本的陈设,都是塔拉梵吉安国王送的。沙兰拉开门,一头奔向走廊,差点儿和一名刚要敲门的侍从大师撞个满怀。

沙兰叫了一声,那女子一惊。"光明女士,"她立刻躬身道,"很抱歉。您的一支对芦亮了。"她举起芦笔,装在侧面的一小块红宝石一闪一闪。

沙兰大口呼吸,以平复心跳。"谢谢。"她说。她和迦熙娜都让侍从保管对芦,因为经常不在屋里,有可能错过通笔的呼叫。

她依旧心绪不宁,很想抛下不管,自顾走开。但她确实需要和兄长们通笔,尤其是和长子巴拉特,前几次联络家人他都不在。于是她接过对芦,关上门。她不敢回自己房间,那些画依旧折磨着她,但正厅就有桌子和对芦台,她上前坐下,拧了拧红宝石。

*沙兰?*芦笔写道,*身体可安泰?*这是一句暗语,表示另一头的是长子巴拉特本人,或者说,是他的未婚妻。

*我背疼,手腕发痒。*她用另半句暗语对答。

*抱歉错过了前几次通笔,*长子巴拉特传来文字,*我必须代表父亲出席一场宴会,是素·卡马办的,所以不能不去,尽管来回各要一天。*

*没关系,*沙兰写道,她做了个深呼吸,*东西到手了。*她拧拧宝石。

芦笔许久没有动静。最后,另一头的手急促地写道:*赞美令使。噢,沙兰,你成功了!你已经在回家路上了吧?在船上怎能用对芦呢?是*

不是在某个港口?

我还没走。沙兰写道。

什么?为什么?

因为那显得太可疑,她写道,想想看,长子巴拉特,如果迦熙娜使用魂器后发觉坏了,她也许不会立刻察觉自己上了当,但如果我突然以可疑的方式出走,那就不一样了。

我必须等待,等她发现魂器出了问题,再看她接下来的行动。如果她察觉是被人掉了包,我可以把她的怀疑引到其他嫌疑人身上,她对虔诚者已起了疑心。另一方面,假如她以为自己的魂器坏了,我们就可以彻底安心了。

她转转宝石,把芦笔摆好。

接下来的问题和她预想的一样:如果她立刻认定是你做的呢?沙兰,如果你无法栽赃给其他人呢?如果她命人搜查你的房间,发现箱子里的暗格呢?

她拿起笔。那我也是留下比较好,她写道,巴拉特,我对迦熙娜·寇林已有很深的了解。她是个咬定目标不放、下定决心就绝不回头的人。如果她认为我偷了她的东西,她是不会放过我的。她会追捕我,动用一切手段惩罚我。不出几日,我们的国王和轩亲王就会上门命令我们交出魂器。飓风之父!我敢打赌,迦熙娜在雅克维德有眼线,她的命令会比我更早到家。一上岸,我就会被抓。

唯一的希望是误导她,如果这不管用,留在这里承受她一时的狂怒还好些。她也许会夺回魂器,让我滚蛋;但如果逼得她煞费苦心地追捕我……她会做得很绝,巴拉特,我们都不会有好果子吃。

那头的回复过了很久才传来。你什么时候这么擅长逻辑思维了,小不点儿?看得出,你把一切都想周全了,至少比我想得仔细。但我们时间不多了,沙兰。

我知道,她写道,你说过可以再支撑几个月。现在我请求你撑下去，至少再给我两三个星期，看看迦熙娜的反应。此外，在这里，我还能查查魂器的使用方法。我尚未找到任何能提供线索的书籍，但这里的书太多，也许我只是没找到正确的那本。

很好，他写道，再等几星期。小不点，你要小心，给父亲魂器的那些人又来过一次，还问起你。比起财务状况，他们更让我担心。这些人令我从心底里感到不安。再叙。

再叙。她回道。

到目前为止，王女没有任何反应，甚至没提过魂器。这令沙兰紧张，她希望迦熙娜说些什么。等待令人抓狂。每一天，当她和迦熙娜坐在一起，沙兰胃里都如翻江倒海，几乎想吐。亏得几天前的杀戮事件，沙兰才有借口来掩饰自己的不安。

这是冰冷、镇定的逻辑，迦熙娜会以她为荣。

门上传来一声脆响。沙兰飞快收起写有对话的信纸，扔进壁炉烧掉。片刻后，一名宫里的侍女走进来，臂弯里搭着一口篮子，冲沙兰笑笑。日常打扫的时间到了。

见到她，沙兰突然感到莫名的恐慌。沙兰不认识这个侍女。如果迦熙娜派她或其他人来搜房间怎么办？莫非已经搜过了？沙兰对侍女点点头，为平息担忧，她走进自己的房间，关上门，扑向箱子，检查里面的暗格。魂器还在。她取出来检视一番。如果迦熙娜设法又换了回去，她能看出来吗？

你在犯傻，她告诉自己，迦熙娜是很高明，可也不至于那么高明。尽管如此，沙兰还是把魂器塞进了禁袋，信封状的衣袋几乎塞不下它。在侍女打扫房间时把它藏在身上，这使她稍稍安心了一些。何况，禁袋也许比行李箱更适合藏东西。

依据传统，女性的禁袋用于存放私密物件，或是十分珍贵、意义非凡的东西。搜女人的禁袋好比脱光搜身——考虑到她的身份，除非罪证确凿，否则很难想象会这么做。迦熙娜当然可能强行下达这样的命令，但如果她做得出这等事，自也能命人搜沙兰的房间，并重点关照行李。说实话，若被迦熙娜怀疑上，沙兰几乎无计可施，铁定藏不住魂器，所以藏在禁袋里不会比其他地方更不安全。

她收拢自己的画作，叠成一叠，正面朝下放在桌上，不想让侍女瞧见，也努力不去看它们。最后，她还是带着画具包出去了。她觉得有必要出去走走，暂时逃离这一切，画一些不属于死亡、不属于谋杀的画。与长子巴拉特的对话只令她更加心烦意乱。

"光明女士？"侍女问。

沙兰一愣，侍女提起一口篮子："是侍从大师留的。"

她犹犹豫豫地接过，往里一看：面包和果酱。一口果酱罐上扎着一张纸条，上面写着：蓝带酱。如果你喜欢，表示你神秘、矜持、爱思考。落款是卡波萨。

沙兰把篮子的提手架在闲手的臂弯上。卡波萨。也许她该去找他。跟他聊天总能让自己感觉好一些。

不行。她总要走的，不能一直黏着他，也不能一直欺骗自己。这份关系让她害怕，不知究竟会产生什么结果。她来到洞穴的主厅，随后走向大岩宫出口。她走到阳光下，深吸一口气，抬头看天。进出大岩宫的侍从和仆役川流不息，从她身边绕过。她抱紧画具包，感受拂过脸颊的凉爽微风，感受抚过额头和秀发的温暖阳光，感受这份相映成趣的对比。

说到底，最令她气恼的是迦熙娜说得没错。沙兰的世界里只有简单的答案，那是多么愚蠢而又幼稚的世界。她死抱着一份希望，相信能找到真理，并用它来解释——或许是开脱——自己在雅克维德的所作所为。可就算真理确实存在，也比自己设想的要复杂和阴郁得多。

而且有些问题似乎永远找不到合适的答案，只有很多错误的答案。她可以为自己的罪孽选择源头，但无法彻底抹消它。

两小时——大约二十张速写——后，沙兰放松多了。

她坐在王宫花园里，腿上搁着素描本，画着蜗牛。这片花园不如父亲的院子大，但花草种类丰富得多，更有宁静园般的静谧。和许多现代园林一样，其格局采用人工栽培的页岩皮木作隔断，设计成了一座迷宫，页岩皮木仿佛有生命的石头，隔出一条条错综复杂的走道。这些植物被裁得很低，只消站起来就能看到出口，但只要在某张随处可见的长椅上坐下，她便隔离于世，不会被人瞧见。

她向园丁打听过最醒目的那株页岩皮木的名字——他称之为"盘石"。这很贴切，因为它长成薄薄的圆盘，层层叠叠，就像碗柜里叠好的餐盘。从侧边看，它与一块饱经风霜的岩石无异，露出数百道细密的岩轮。细嫩的藤须从孔隙里钻出，在风中摇曳。岩石般的树壳色调偏蓝，但藤须泛着黄色。

她在画的蜗牛扛着扁平的外壳，壳边有点锯齿。她轻轻一拍，蜗牛就挤扁身子，躲进页岩皮木外壳上一道裂缝里了，与盘石天衣无缝地合为一体。只要不去惊扰，它就开始啃咬页岩皮木，但什么也没咬下来。

它在为页岩皮木作清洁，她一边画，一边想，**啃掉苔藓和霉斑**。没错，它爬过的地方显得更干净了。

一丛不同品种的页岩皮木挨着盘石生长，中心有团结瘤，朝天空伸展出手指般的茎秆。她凑近去看，发现有纤细多足的小飓虫沿茎秆爬行，边爬边啃，它们也是在做清理吗？

有趣。她一转念，开始为丁点儿小的飓虫画像，其外壳的颜色类似页岩皮木的茎秆，而刚才的蜗牛壳则几乎和盘石一样的黄蓝色调。仿佛全能之主把动物和植物设计成了一对，植物给动物提供庇护，动物为植物打扫卫生。

生灵似微小的绿色光点，飘浮在页岩皮木周围。有些在树皮的缝隙中起舞，还有一些荡在空中，像尘埃般蛇形攀升，又徐徐下落。

她用更细的炭笔写下一些关于动植物依存关系的想法。她没见过哪本书讲过这样的关系。学者们热衷于研究强大的动物，例如巨壳生物或白脊，可眼前的发现对沙兰来说也很美丽神奇。

蜗牛和植物尚能互相帮助。她想，**我却背叛了迦熙娜。**

她瞧瞧禁手，还有藏在袖子里的禁袋。把魂器带在身边让她觉得更安全。她还没敢拿出来试试，偷盗行为令她过于紧张，没胆子在迦熙娜身边取出来用。不过现在，她位于迷宫深处的一条死巷里，只有一条七拐八弯的路通向这里。她装作若无其事的样子，起身环顾四周，花园里没有人，她的位置也很深，园子外的人要花上几分钟才能到她身边。

沙兰重新坐下，把素描本和炭笔挪到一边。**我也许可以自己想办法弄明白**，她想，**也许没必要在帕拉奈图书馆大海捞针**。只要隔段时间站起来看看四周情况，她肯定不会被人撞见。

她取出那件禁忌的器物，拿在手里的感觉沉甸甸的，很结实。她做了个深呼吸，把链条绕在手指和手腕上，宝石固定到手背。金属的触感冷冷的，链条松弛。她活动活动手，把魂器收紧了一些。

她原本期待会感觉到魂器的法力，也许皮肤会刺痛，或者浑身充满力量和强大感。但什么也没有。

她敲敲三颗宝石——她把自己的烟晶石嵌入了第三个卡位。有些法器——如对芦——只要敲敲宝石就会启动。这想法实在很傻，因为她从未见迦熙娜做过这类事，那个女人只消闭眼触摸便能塑魂。这件魂器最擅长把物体变成烟雾、水晶和火焰。迦熙娜用它变出其他东西的情形，她只见过一次。

沙兰犹豫不决地从一株植物旁捡起一块脱落的页岩皮，用闲手举着，闭上眼睛。

变成烟！她在心里发令。

什么也没发生。

变成水晶！她换了条命令。

她把一只眼睛睁开一条缝偷窥，还是没变化。

火焰。燃烧！你是火！你——

她停了下来，意识到自己有多蠢。手上有来历不明的烧伤？不不，那还真是一点都不可疑呢。于是，她专注于水晶，再次闭眼，反复想象石英的样子，试图用意志令页岩皮变化。

仍然什么也没发生。她努力保持专注，想象页岩皮变形的样子。经过几分钟的徒劳后，她又试着去变袋子、变长椅、变自己的一根头发。全都不管用。

沙兰查探一番，确定周围没人，然后垂头丧气地坐下。长子巴拉特向卢维什打听过魂器的用法，他说有实物在手更方便说明。管家还保证，只要沙兰当真偷来迦熙娜的魂器，他一定会倾囊相授。

可现在他死了。难道她注定要遭此厄运，把魂器带回家只能立刻交给那帮危险的恶徒，无法用它来获取保护家族的财富？而这一切，仅仅是因为不知道如何启动？

她用过的其他法器很容易启动，但那都是现代法器师所造。魂器是古代法器，不适用于现代的启动方式。她盯着挂在手背上那三颗发光的宝石。怎样才能搞清一件来自数千年前，除了虔诚者任何人都禁止使用的器具的用法呢？

她把魂器塞回禁袋，看来还得去帕拉奈图书馆寻找答案，或是询问卡波萨。但她怎么做才能不引起怀疑？她掰开面包，打开果酱罐随口吃着，漫无边际地思考。如果卡波萨不知道答案，如果她离开卡哈巴兰斯时还没找到答案，是否另有他途可走？如果她把魂器交给雅克维德的国王，或交给虔诚者，没准儿他们能保护沙兰全家，作为这份大礼的回报？毕竟，从异端手里偷点儿东西是无可厚非的。只要迦熙娜不知道魂器在谁手里,他们就能安全。

不知为什么,这念头令她更不好受了。为拯救家族偷窃魂器是一回事,但要交给虔诚者、交给迦熙娜所蔑视的对象?这似乎是更大的背叛。

又一个困难的抉择。好吧,她想,好在迦熙娜执意要培养我应对这种状况的能力。一切结束后,我一定会成为骗子中的骗子……

40 红蓝之眼

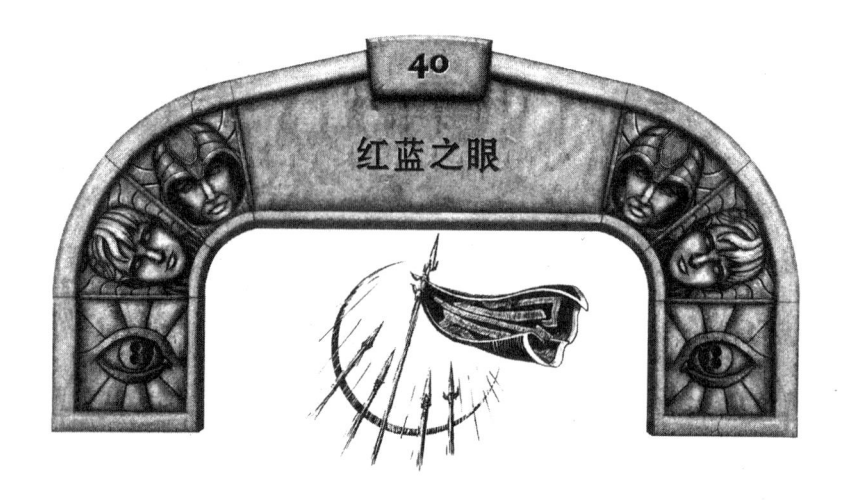

"唇上的死亡,空中的声响,肤面的火炭。"
——引自安碧兰的《最后的灭世》,第 335 行。

卡拉丁跌跌撞撞地走到亮处,抬手遮挡灼目的阳光。一双赤足从室内冰冷的石地踏到户外被太阳烘暖的地面,感受到截然的反差。空气温润,但不若几周前那么潮湿。

他一手扶着木质门框,双腿不听使唤地颤抖着,胳膊酸痛得好像连扛了三天三夜的桥。他大口呼吸,肋部应该疼得火烧火燎才对,可他只感到一点残留的疼痛。一些较深的伤口依旧结着痂,但小伤已完全不留痕迹。他的头脑清醒得出奇,甚至不觉得头痛。

他绕着营房的墙走着,虽然手一直不离墙面,但每迈出一步都觉得更有力气。他苏醒时,守在边上的是那个赫达孜人。

*我本该死的。*卡拉丁想,*怎么回事?*

绕到营房另一侧,他惊讶地发现众人正扛着桥,进行每天例行的训练。石头跑在前排正中,像从前的卡拉丁那样喊着号子。他们跑到堆木场另一头,又折返冲刺。直到快跑过营房时,前排才有一人——

莫阿什——发现卡拉丁。他当下愣住,差点儿把整支队伍绊倒。

"你什么毛病啊?"托芬从后面大喊。他的头整个被桥套住了。

莫阿什置若罔闻。他俯身走出桥底,瞪大眼睛看着卡拉丁。石头急忙呼喝众人放下桥。越来越多的人看到他,露出和莫阿什同样虔敬的表情。胡勃和皮特的伤都恢复得差不多了,已经开始和大家一起训练。那是好事,他们又能领到报酬了。

众人朝卡拉丁走来,披着皮背心,沉默不语。他们不敢围得太近,仿佛他一碰就碎,或是神圣无比。卡拉丁只穿着一条齐膝的冲桥裤,上身光着,露出快要愈合的伤口。

"你们确实需要练习,学会应付有人跌倒或脚步不稳的突发状况,伙计们。"卡拉丁说,"莫阿什急停时,你们都东倒西歪,在战场上,那可是要命的。"

他们瞪着卡拉丁,一脸难以置信的表情,看得他忍俊不禁。下一瞬,他们全都拥上来,欢笑着、使劲拍他的背。这决计不是欢迎病号的好方法,尤其不适合让石头来干,但卡拉丁着实感谢他们的热忱。

只有泰夫特没加入。这个上了年纪的冲桥手站在一边,双手抱胸,神情忧虑。"泰夫特?"卡拉丁问,"你没事吧?"

泰夫特哼了一声,但显出一丝笑意:"我只是觉得这些家伙洗澡不够勤快,不想跟他们挤成一团,别往心里去。"

卡拉丁笑道:"我懂。"他上回"洗澡"还是飓风淋浴。

那场飓风。

其他冲桥手笑个不停,嘘寒问暖,嚷嚷着要石头为今晚的篝火宴额外准备一些特制菜。卡拉丁笑着点头,说自己很好,让大家放心,但脑子里正在回忆那场飓风。

他记得很清楚。紧抓住屋顶的铁环,埋着头,双目紧闭,硬扛排山倒海的风暴。他记得茜尔站在身前保护他,仿佛有本事把飓风赶走。她现在不见了,去哪儿了呢?

他也记得那张脸。是飓风之父本人?肯定不是。那是幻觉。对……没错,他一定是产生了幻觉。关于死灵的记忆和人生的闪回混杂在一起,还掺杂着一股股怪异的、突如其来的力量,冰凉但让人为之一振,仿佛在空气污浊的屋子里待了一晚后吹来的清冽晨风,又仿佛用古柯特叶汁按摩酸痛的肌肉,既清爽又温热。

他把那些瞬间记得如此清楚。是什么原因?高烧吗?

"我昏迷了多久?"他一边问,一边点起冲桥队的人数。算上倭朋和不开口的达彼德,总共三十三人。几乎一个没少。这不可能。他的肋骨长好了,所以肯定昏迷了至少三周。期间出了几次桥?

"十天。"莫阿什说。

"不可能,"卡拉丁说,"我的伤——"

"所以见你能站起来走路,我们才这么吃惊!"石头笑着说,"你的骨头一定像花岗岩那么硬。我的名字该让给你了!"

卡拉丁往墙上一靠。没人纠正莫阿什,一整队人不可能把日子记糊涂。"艾多里和特雷弗呢?"

"我们失去了他们,"莫阿什收起笑容,"你昏迷期间,我们出了两次桥。没人受重伤,但死了两个。我们……我们不知道该怎么治。"

他的话令众人沉寂下来。但死亡与冲桥手如影随形,对死者念念不忘对他们是一种奢侈。卡拉丁拿定主意,要向几个人传授医术。

他到底是怎么站起来走路的?莫非伤没他想象的那么重?他按按身侧,摸了摸断掉的肋骨,只有一点酸痛。除了虚弱感,他觉得和往常一样健康。也许,他该对母亲的宗教教诲多上一点心。

大家恢复了欢乐的气氛,边聊边庆祝。他留意到众人看他时的表情:敬仰、虔诚。他们记得他在飓风前说的话。回想起来,卡拉丁意识到那时自己有些神志恍惚,那条宣言实在太狂妄,甚至有一股先知的意味。如果被虔诚者发现……

也罢，说过的话覆水难收，他只能继续前进。但你曾经在深渊边摇摇欲坠，卡拉丁对自己说，难道还要去攀爬更高的悬崖？

一阵凄厉的号角声突然响彻营地。冲桥手们陷入沉寂，号子又响了两回。

"三声。"纳塔姆说。

"我们在值勤吗？"卡拉丁问。

"是啊。"莫阿什说。

"整队！"石头大喊，"你们知道该做什么！让卡拉丁总长瞧瞧，我们全都没忘。"

"卡拉丁'总长'？"看着众人列队，卡拉丁开口问。

"是啊，黑发哥，"身旁的偻朋用与那随随便便的语气很不搭调的飞快语速说，"他们想让石头当冲桥队长，那没问题，但我们就开始叫你'桥务总长'，叫他'冲桥队长'，可把盖兹气坏了。"说完，他咧嘴一笑。

卡拉丁点点头。大伙都很开心，他却很难分享这份情绪。

当众人在桥边整好队列，他终于找到了自己忧愁的原因：伙伴们回到了原点，可能还更糟。他本人受了伤，浑身虚弱，又冒犯了轩亲王。得知卡拉丁没在昏迷中死去，撒迪亚斯绝不会高兴。

冲桥手还是注定要被一个接一个射杀。侧扛失败了，他没能挽救自己的手下，只是把他们的死期稍微延后了一些。

没人指望冲桥手活命……

他不明白这是为什么。卡拉丁咬紧牙关，松开扶墙的手，走向冲桥手们列队的地方。小队长们正在飞快地检查队员的背心和凉鞋。

石头看看卡拉丁："你又要搞什么？"

"我和你们同去。"卡拉丁说。

"如果你的手下刚从持续一周的高烧中恢复，你会对他说什么？"

卡拉丁一时语塞。*我和别人不一样*，他心想，但马上感到后悔。他不能以超人自居，以眼下这副弱不禁风的身子骨和队员们一起跑，纯粹是犯傻。"你说得对。"

"您可以帮我和闷哥运水，黑发哥，"偻朋说，"我们现在也算个团队了，每次出桥都会跟去。"

卡拉丁点点头："好。"

石头瞧了他一眼。

"通过最后一座固定桥梁后，如果觉得太虚弱，我保证会回去。"

石头勉强点点头。众人扛桥奔向集结区，卡拉丁和偻朋及达彼德一起给水袋灌水。

♛

卡拉丁站在悬崖边，双手交握于身后，脚趾从凉鞋里钻出来，紧贴悬崖边缘。下方的深渊抬头瞪着他，但他没有回视。他专注于另一侧高地上的战斗。

这一趟跑得很轻松，他们与仆族智者同时抵达。对方没有费劲射杀冲桥手，而是环绕高地中央的石蛹布下防御阵形。现在，撒迪亚斯的部下正与他们交战。

因为白昼的热度，卡拉丁的额头被汗打得湿腻腻的，初愈的身体疲惫未消。按理说，他的状况应该比现在要糟得多，手术师之子对此十分不解。

但在那一刻，士兵的本能压倒了手术师的意识，他全身心观察着战局。阿勒斯卡矛兵一身亮盔皮衣，排成偃月阵向仆族智者施压。大部分仆族智者武士使战斧或大锤，也有少数挥舞刀剑棍棒。他们都长着天然的橘红色盔甲，成双成对地战斗、歌唱。

这种战斗最可怕，这是贴身肉搏。在一场敌人迅速占据上风的遭遇战中，你的损失往往会小一些，指挥官会下令撤退以控制损失。可肉搏战……残忍嗜血。他注视着战斗进行——躯体直挺挺地倒向岩地、兵刃闪着寒光、不时有人被推下悬崖——回想起初次作为矛兵上阵的经历。当时卡拉丁对血腥场面毫不在意，他的指挥官大为震惊，即便卡拉丁的父亲见了，也会惊叹于他面不改色地让矛头见红的本事。

他在阿勒斯卡境内参与的战斗与破碎平原上的战斗有一个很大的区别：在那里，他身边是全阿勒斯卡最差劲——至少是训练最差劲——的士兵，他们无法保持阵形。但尽管那里的战斗毫无秩序可言，至少他能看懂；破碎平原上的战斗依然令他莫名。

那便是他误算的根源。没搞懂战略就擅加变动，类似的错误不会再犯了。

石头走到卡拉丁身旁，西格吉尔也靠过来。四肢粗壮的吃角族人与矮小安静的亚泽尔人形成了鲜明对比。西格吉尔的皮肤是深褐色——不同于某些仆族的纯黑——一般喜欢独处。

"烂仗，"石头两手抱胸，"士兵不会高兴，不管输还是赢。"

卡拉丁心不在焉地点点头，聆听呐喊、惨叫和咒骂："石头，他们为什么战斗？"

"为钱，"石头说，"也为复仇。你应该知道，仆族智者杀死的不是你们的国王吗？"

"哦，我明白我们战斗的理由，"卡拉丁说，"可仆族智者呢，他们为什么战斗？"

石头咧嘴一笑，"我看，他们不太喜欢因为杀了你们的王而被砍脑袋！他们真是很不想让你们称心如意。"

卡拉丁笑了，但觉得一边看人送命一边发笑有点儿变态。他被父亲熏陶得太久，对任何死亡都不能无动于衷。"也许吧，可他们又为何要争夺琼心石？这种遭遇战给他们造成了重大损失。"

"你连这都知道?"石头问。

"他们出击的频率不比以往了,"卡拉丁说,"营里的人说起过。而且他们攻击的区域也不似以前那么深入。"

石头若有所思地点点头:"听起来在理。哈!也许我们马上能打赢战争,然后回家。"

"不。"西格吉尔轻声说。他的口语非常纯正,几乎不带一丝口音。说起来,亚泽尔人究竟说什么语言?他们的王国十分遥远,除了西格吉尔,卡拉丁只遇到过一个亚泽尔人。"恐怕没这种好事。而且,我可以告诉你他们战斗的原因,卡拉丁。"

"真的?"

"他们一定有塑魂者,所以需要琼心石。和我们一样,是为了制造食物。"

"有道理,"卡拉丁的两手依旧交握在背后,两脚开立——"稍息"仍是让他觉得自在的站姿,"虽然是猜测,但说得通。那我来问点别的,为什么冲桥手不能持盾?"

"因为盾牌会拖慢速度。"石头说。

"不对。"西格吉尔说,"他们可以让一部分冲桥手扛盾站在最前排,这不会减慢任何人的速度。诚然,这需要部署更多冲桥手,但靠那些盾牌能保住很多人的命,多招点人算什么?"

卡拉丁点点头:"撒迪亚斯已经拥有过多的冲桥队。大部分情况下,就位的木桥比他需要的数量更多。"

"到底为什么呢?"西格吉尔问。

"因为我们是好靶子,"卡拉丁轻声说,心中豁然开朗,"我们被派到阵前,吸引仆族智者的注意力。"

"我们当然是,"石头耸耸肩,"军队都这么干。让最杂牌、训练最差劲的人打头阵。"

"我知道,"卡拉丁说,"可通常至少会给他们一点自卫手段。

你没发现吗？我们不仅是打头阵的牺牲品。我们还是诱饵，毫无保护，所以仆族智者忍不住要朝我们射箭。他们的弓箭手瞄准冲桥手，于是正规军可以毫发无伤地接近。"

石头皱起眉头。

"盾牌会降低我们的吸引力，"卡拉丁说，"所以他们才禁止。"

"有可能，"一旁的西格吉尔陷入沉思，"可这么浪费人力似乎很傻。"

"其实不傻，"卡拉丁说，"若必须反复进行攻坚战，训练有素的精兵就损失不得。你们不明白吗？撒迪亚斯的精兵数量有限，但没受过训练的杂兵很容易找。冲桥手多挨一箭，士兵就少挨一箭，而士兵的装备和训练需要投入大量金钱。所以对撒迪亚斯而言，大量部署冲桥手比起使用数量较少——但有保护——的冲桥队划算。"

他本该早些醒悟，冲桥手对战斗的重要价值局限了他的视野。如果木桥到不了悬崖边，军队就过不去。但每支冲桥队都人员充足，战斗中派出的冲桥队数量又常常是所需的两倍之多。

木桥倾覆的场景一定会给仆族智者带来极大的满足感，在比较糟糕的战斗中，通常会有两三座木桥倒在半途，有时还更多。只要冲桥手在不断送死，仆族智者就不会去费神射击士兵，撒迪亚斯便有理由让冲桥手保持任人宰割的状态。仆族智者本该看穿这套把戏，可你很难把箭头从扛着攻坚器械、毫无防备的人身上挪开。据说仆族智者是质朴的战士，的确，用心观察过另一侧的战斗之后，他发觉此话不假。

阿勒斯卡军维持着井然有序的线形战列，士兵与士兵彼此保护、呼应。仆族智者则两个一组地发动独立攻击。阿勒斯卡军的技巧和战术更胜一筹。不错，论单兵，仆族智者更有力量，运用战斧的技艺也很高明。但撒迪亚斯军熟习现代阵法，一旦站稳脚跟，把战斗演变成持久战，他们的纪律性往往能带来最终胜利。

在这场战争之前，仆族智者没经历过大规模战斗。卡拉丁判断。他们习惯于小型遭遇战，也许是村庄或部族之间的战斗。

其他几名冲桥手也聚到卡拉丁、石头和西格吉尔身边。不久后，第四冲桥队的大部分队员都站到了那里，有些人还模仿卡拉丁的站姿。又过了一小时，战斗结束了，撒迪亚斯赢得胜利。但就如石头所言，士兵们表情沉峻，他们今天失去了不少朋友。

卡拉丁等人架桥领着一群疲惫而委顿的矛兵班师回营。

♛

数小时后，卡拉丁坐在第四冲桥队篝火旁的一截木墩上。茜尔坐在他膝头，化作一朵微小的、半透明的蓝白火焰。她是在部队返程途中回到他身边的。见他能起身走动，她欣喜地绕着他转来转去，但没解释之前都跑哪儿去了。

一团真正的火焰噼啪作响地燃烧着，石头的大锅架在火上，咕嘟咕嘟冒泡，几只火灵在柴薪上舞蹈。每隔几秒就有人来问石头煮好没，还屡屡用勺子戏谑地敲打碗边。石头闷头搅着锅里的汤水，偏不说话。他们都知道，吃角族人没说煮好，谁也不能开吃。他非常在意这点，绝不拿"凑合"的食物示人。

空中飘着煮熟面团的香味，还有众人的欢笑。他们的冲桥队长死里逃生，今天出桥也没有任何伤亡，大伙儿情绪高昂。

只有卡拉丁除外。

他现在明白了，明白他们的挣扎是多么无力，明白撒迪亚斯为何甚至不关心他死里逃生。因为他已是冲桥手，这和死刑无异。

卡拉丁原本希望向撒迪亚斯证明，他们这些人也有战斗力。他希望证明他们配得上一些保护措施——盾牌、盔甲、训练。卡拉丁以为，只要他们有士兵的样子，也许就会被看作士兵。

一切都是妄想。活下来的冲桥手，从本质上说只是失败的冲桥手。

队员们欢声笑语，享受篝火边的乐趣。他们相信他，因为他把不可能变成现实，带着伤、被吊在墙边、从飓风中存活，他一定能帮他们实现另一桩奇迹。他们都是好样的，但只会以大头兵的方式思考，长远问题全扔给军官和光眼种头疼。他们只要能吃饱开心，似乎就够了。

但这对卡拉丁不够。

他又与那个男人面对面了，那个他在放弃跳崖的夜晚一度甩开的男人。那个人有一双写满痛苦的眼睛，丢弃了心和希望，是一具行尸走肉。

*我会辜负他们。*他心想。

他不能任由他们一次又一次出桥，一个接一个死去，但也想不到其他出路。所以，他们笑得让他痛彻心扉。

有人站了起来，高举双臂示意大家安静。是图人。现在是两月交替的时辰，所以他身上的光几乎全部来自篝火；天穹也撒下一片星光，有些星在运动，那些小小的光点彼此追逐，划出弯弯曲曲的轨迹，就像远处会发光的昆虫。那是很少见的星灵。

图人长着一张扁脸，胡子茂密、眉毛粗厚。大家管他叫图人，因为他发誓说自己胸前的胎记与阿勒斯卡地图一模一样，虽然卡拉丁看不出相似之处。

图人清清嗓子："诸位，这是个美好的夜晚、特殊的夜晚。我们的冲桥队长回来了。"

众人齐声鼓掌。卡拉丁努力不把内心深处的痛苦表现出来。

"马上还有好东西吃，"图人看着石头，"是马上吧，石头？"

"马上。"石头边搅边说。

"你肯定吗？我们可以再出一趟桥，多给你点儿时间。你懂的，五六个钟头吧……"

石头恶狠狠地瞪了他一眼。众人开怀大笑,有几人还用勺子使劲敲碗。图人也忍不住笑了,然后从被他当凳子坐的石头后面取出一个纸包,扔给石头。

高大的吃角族人猝不及防,纸包差点儿没掉进锅里。

"大伙一起送的。"图人有点不好意思,"算是报答你每晚给我们炖菜。别以为我们不知道这有多辛苦。我们很放松,可你还要煮菜,而且你总让别人先吃。所以我们买了点儿东西,聊表谢意。"他略煞风景地抬起胳膊擦擦鼻子,然后坐下。几个冲桥手拍拍他的背,夸他讲得好。

石头解开纸包,看了好一会儿。卡拉丁凑上去,想瞧瞧究竟是什么。石头伸手取出里面的东西,那是一把亮闪闪的金属剃刀,刀锋处裹着木套。石头摘下套子,检视刀锋。"你们这群吸多了空气的低地傻瓜,"他轻声说,"真漂亮。"

"还有一片抛过光的金属板,"皮特说,"给你当镜子。还有一些剃须膏和用来磨刀的皮带。"

令众人吃惊的是,石头竟然湿了眼眶。他转过头去,背对大锅,把礼物攥在身前。"菜煮好了。"说完,他一口气冲进营房。

众人默默坐着。"飓风之父,"年轻的杜内最终打破沉默,"我们没做错什么吧?听他抱怨的口气……"

"我想是那礼物太好了。"泰夫特说,"给那傻大个儿一点时间,让他平静一下。"

"对不住,我们没给您准备点啥,长官,"图人对卡拉丁说,"也不知道您还能不能醒。"

"没事。"卡拉丁说。

"好啦,"斯卡道,"谁来分下菜?难道我们就饿着肚子,干坐着看锅子烧穿?"

杜内跳将起来,抓起长勺。大伙聚到大锅旁,争先恐后地让杜内给自己舀菜。没有石头的怒骂让他们乖乖排队，场面几乎陷入混乱。只有西格吉尔超然于外，这名安静的深肤色男子坐在一旁，火光在他眼里跳动。

卡拉丁站了起来。他感到担忧——甚至算得上恐惧，怕自己又变回那个可悲的男人，因看不到出路而漠视一切。他想找人说话，便走向西格吉尔。这一举动惊扰了茜尔，她哼唧着飞到他肩头，依然保留着火苗的外形。肩上有这么个东西更让人心烦，但他没说什么。如果茜尔知道这么做能烦到他，可能会变本加厉。毕竟，她是一只风灵。

卡拉丁坐在西格吉尔身旁："不饿？"

"我没他们那么急，"西格吉尔说，"按过去的经验看，等他们的碗都填满了，剩下的还是够我吃。"

卡拉丁点点头："你今天在高地上的分析很有一套。"

"我有时挺擅长那种分析。"

"你的谈吐和举止都像是受过教育的人。"

西格吉尔犹豫了半响。"嗯，"他终于承认，"我们的族人不把思维敏捷看成男性的罪过。"

"阿勒斯卡人也不这么看。"

"按我的经历，你们只关心打仗和杀戮的艺术。"

"可除了军队，你对我们还有什么了解？"

"不多。"西格吉尔承认。

"一个受过教育的人，"卡拉丁若有所思，"却在冲桥队里。"

"我的教育只是半吊子。"

"我也差不多。"

西格吉尔用好奇的眼神看着他。

"我当过手术师的学徒。"卡拉丁说。

西格吉尔点点头，浓密的黑发落到肩头。他是极少数还费心打理胡子的冲桥手之一。现在，石头有了把剃刀，也许情况会有所改观。

"手术师啊,"他说,"见过你处理伤患的手法后,我对此并不吃惊。有人说你隐藏了身份,其实是级别很高的光眼种。"

"什么?可我的眼睛是深褐色的!"

"抱歉,"西格吉尔说,"我用词不当——你们的语言中没有合适的词来表达我的意思。对你们来说,光眼种等同于领袖;但在其他王国,别的因素也能让人成为……成为……这该死的阿勒斯卡语。成为出身高贵的人,成为光明贵人,只是没有光眼。总之,大家觉得你一定是在阿勒斯卡境外长大、被作为领袖培养成人的。"

西格吉尔回头看看其他人。他们陆续坐回原位,可劲儿吃起碗里的菜汤。"你挺身而出,率领大家,做得如此自然,让大伙儿都愿意听你的话。他们觉得这些特质是光眼种独有的,所以为你编了一套过去的经历。现在,你想让他们不信也难了。"西格吉尔瞧瞧他,"就算这些是胡编乱造,可你耍矛那天我也在崖底。"

"那是矛,"卡拉丁说,"是暗眼种士兵的武器,不是光眼种用的刀剑。"

"对很多冲桥手来说,这差别可以忽略不计,反正都高不可攀。"

"那你又有什么经历?"

西格吉尔嘿嘿一笑:"我就知道你会问。别人说起过,你想打听他们的出身。"

"我想要了解跟随我的人。"

"如果某些人是杀人犯呢?"西格吉尔平静地问。

"那我就有伴了。"卡拉丁说,"如果你杀的是光眼种,我没准儿还要请你喝一杯。"

"不是光眼种,"西格吉尔说,"他也没死。"

"那你就不是杀人犯。"卡拉丁说。

"不是我不想杀,"西格吉尔的眼神迷离起来,"我自以为肯定得手了。这算不上我最明智的选择。我师傅……"他声音渐弱。

"你想杀你师傅？"

"不是他。"

卡拉丁等他说下去，但西格吉尔沉默了。他是一个有学问的人，他想，至少是读过书的人，一定能加以利用。

想想办法，逃离这个死亡囚笼，卡拉丁。好好运用你手头的资源，一定会有办法。

"你关于冲桥手的判断没错，"西格吉尔说，"我们是被派去送死，这是唯一合理的解释。有个地方叫玛拉贝提亚，你听说过吗？"

"没听说过。"卡拉丁说。

"那个国家在北方的瑟莱一带，靠海，国民以热衷辩论著称。城中每个街角都设有高台，供人站上去发表观点。据说，每个玛拉贝提亚人都随身带着一袋烂水果，以便在听到不认同的观点时丢向发言人。"

卡拉丁皱皱眉。成为冲桥手同伴这么久，他从未见西格吉尔如此健谈。

"你今早在高地上说的话，"西格吉尔平视前方，继续讲道，"让我想起了玛拉贝提亚人。你知道吗，他们惩罚罪犯的方式很奇特。他们把罪犯倒吊在城市附近的海崖下，降到头刚好不会被涨潮的水位淹到的高度，并在脸颊上划两道口子。那片海洋深处栖息着一种独特的巨壳生物，肉质鲜美，当然也有琼心石，虽比深渊恶魔的小得多，但也很不错。他们是把罪犯当成诱饵，罪犯可以要求用处刑来替代这种惩罚，但据说，只要挂一个星期不被吃，你就自由了。"

"那种情况经常发生吗？"卡拉丁问。

西格吉尔摇摇头："那种情况从未发生过，但几乎所有的犯人都想试试运气。玛拉贝提亚人有句俗语，用来形容不愿意面对真相的人：'你有一对红蓝之眼'。红色是伤口滴下的血，蓝色是海水。据说，这两者是倒挂的犯人能看到的一切。他们一般不出一天就会遭到攻击。可大多数人仍想碰碰运气,宁可选择虚幻的希望。"

红蓝之眼。卡拉丁想象着那幅病态的画面。

"你做得对,"西格吉尔拿起碗站起来,"一开始,我恨你欺骗大家。可后来我认识到,虚幻的希望足够使他们快乐。你的所作所为就像给垂死的病人缓解痛苦的药物。现在,这些人能笑着度过人生最后几天。你是真正的医生,'飓风恩护者'卡拉丁。"

卡拉丁想要反驳,想说这份希望不过是虚幻,但他无法反驳,至少现在不能。他已经知道了真相,心里堵得慌。

不一会儿,石头从营房里风风火火地冲出来。"我觉得自己又是一个真正的'阿里尔提齐'了!"他高举剃刀宣布,"我的朋友们,你们不明白这对我有多重要!终有一天,我会带你们到群峰之巅,享受国王般的礼遇!"

虽然发了那么多牢骚,他还是把胡子剃个精光,只留下长长的金红色鬓角,打着卷儿垂到下巴边。下巴尖和唇边都刮得干干净净。如此一来,这鹅蛋脸的大个子显得相当与众不同。"哈!"石头大步走到篝火边,把离他最近的两个人一把揪住,使劲往怀里摁,比西格差点儿被挤得把刚吞下的菜汤吐出来。"我要把你们都认作亲眷。峰巅之民的'胡马卡阿邦'就是他的荣耀!我觉得又像个真正的男人了。听好,这把剃刀不属于我,而属于大家。你们想用就用,不准客气!这是我的荣幸。"

大家笑了,有几人站起来,应承他的好意。但卡拉丁没有。他只是……觉得无所谓。他接过杜内递来的菜汤,但没开吃。西格吉尔最后也没坐回他身旁,而是退到了篝火另一侧。

红蓝之眼,卡拉丁想,**不知这四个字适不适合我们**。要有一对红蓝之眼,卡拉丁至少得相信冲桥队还有一线生机。但今晚,他很难说服自己。

他向来不是乐观主义者,他观察的、或者试图观察的,是世界的本来面目。但如果现实如此可怕,这种性格就成了问题。

噢,飓风之父啊,他低头看着碗里的菜汤,感到肩头有山一般沉重的绝望,我要变回原来那个废物了。我快撑不住了,我没法独立承担。

他扛不动所有冲桥手的希望。

他不够强。

斧狐犬

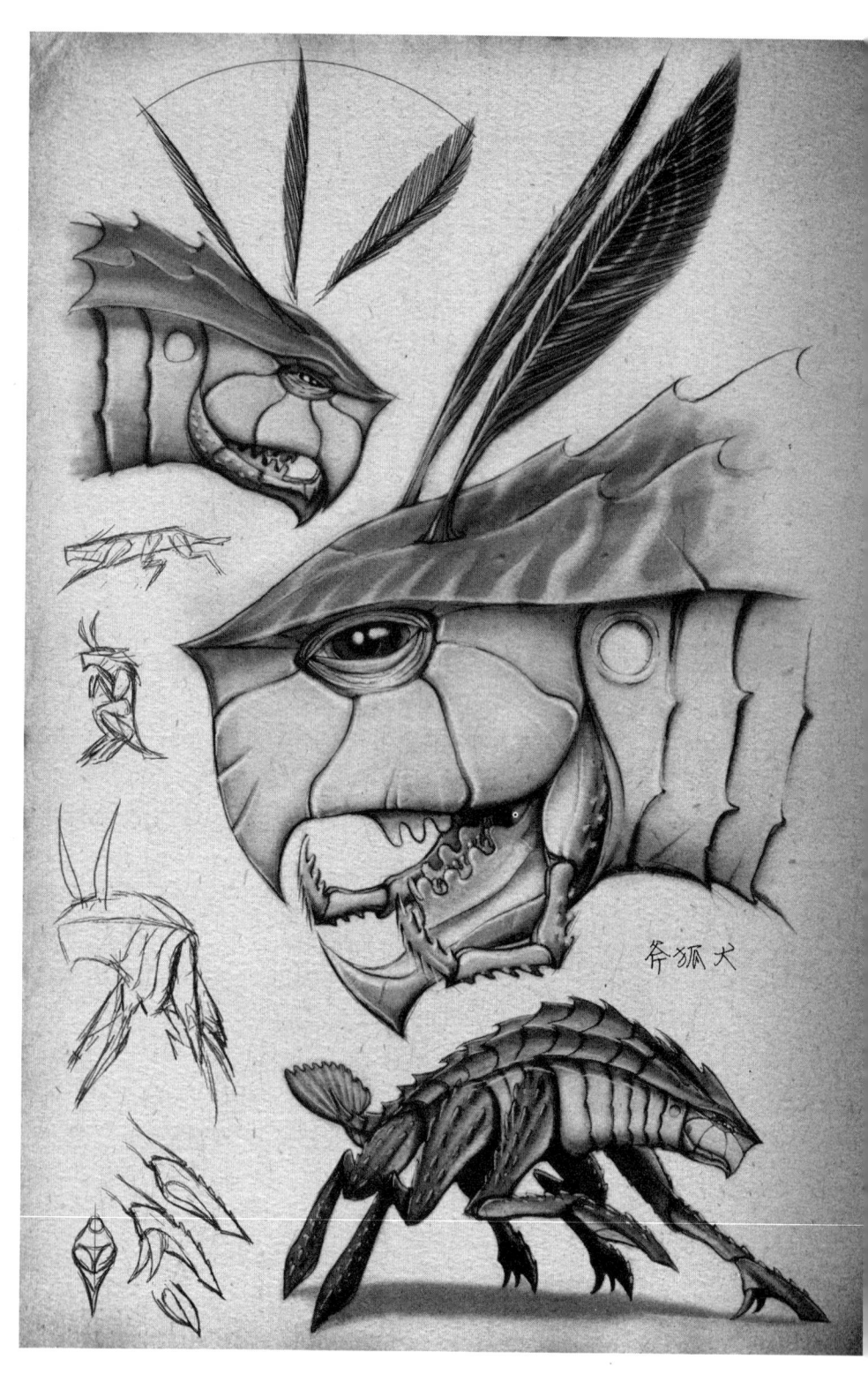

41 艾德和米普

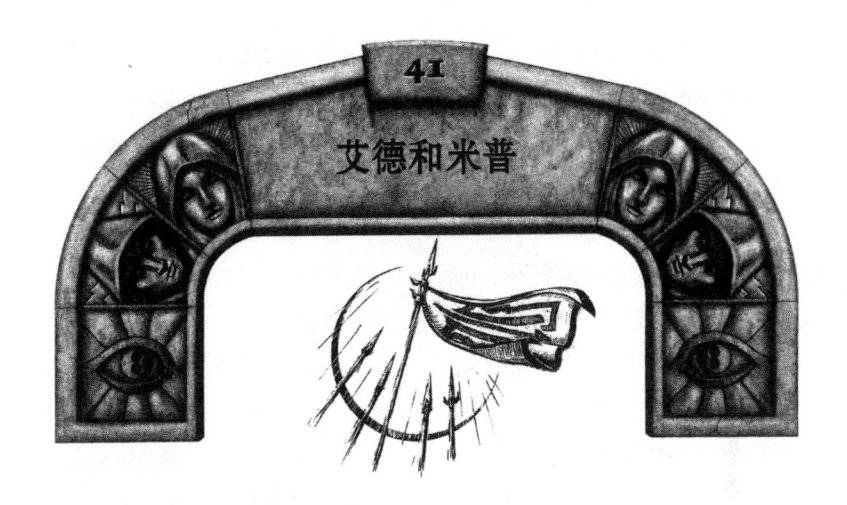

五年半前

卡拉丁从尖叫不止的拉劳身边跑过,跌跌撞撞地冲向手术室。尽管为父亲打了多年下手,眼前的血泊依旧令他震惊,仿佛有人翻倒了整整一桶鲜红的染料。

空中飘散着焦肉的味道。李伦像发了疯一般,正在给荣寿之子、光明贵人瑞里尔疗伤。一枚形状骇人的獠牙插在这青年腹部,他的右小腿完全毁了,仅靠几条肌腱连着,露出碎骨的森森断面,犹如探出池面的芦苇。光明贵人荣寿躺在另一张手术台上,紧闭双目,捂着腿不住呻吟——他的腿也被一根獠牙捅穿了。鲜血从匆忙打成的绷带里渗出,顺着台边流到地板上,和儿子的血混在一起。

卡拉丁目瞪口呆地站在门口。拉劳依然叫个不停,双手死死抠住门框,几名荣寿的卫兵正使劲把她往外拖。她疯狂地嘶叫着:"想想办法!别放弃!不可以!他就在那里!我不在乎!放开我!"她的胡言乱语渐渐变成尖叫,守卫最终还是把她拉走了。

"卡拉丁!"父亲厉声道,"快来帮忙!"

这声棒喝把他震醒。卡拉丁走进屋，彻底清洗过双手，从柜子里取出绷带，踏进血泊中。他瞥了一眼瑞里尔的脸，右半边脸颊的皮肉几乎被撕光了，眼皮也没了，蓝色的眼珠正面被划开，就像一颗酿酒时被压扁的干瘪的葡萄。

卡拉丁急忙拿着绷带来到父亲身边。片刻后，母亲也走到门口，身后跟着提安。她抬手捂嘴，随即把提安拉开。弟弟脚步蹒跚，看起来有些犯晕。过了一会，赫希拿独自回到屋里。

"卡拉丁，水！"李伦大喊，"赫希拿，再取些水，快！"

虽然现在很少在手术时帮忙，母亲还是飞快地行动起来。她用颤抖的双手提起一口空桶，向外跑去。卡拉丁提着另一口满满的水桶来到父亲身边，李伦正拔出年轻光眼种肚腹中的獠牙。瑞里尔仅剩的眼珠不规则地跳动着，头颤个不停。

"这是什么？"卡拉丁用绷带按住伤口，看着父亲把那奇怪的凶器扔到一边。

"白脊的獠牙。"父亲说，"水。"

卡拉丁抓起一块海绵，放到水桶里浸了浸，然后把水挤进瑞里尔腹部的伤口。水冲走了血污，让李伦能把伤势看清楚。他用手指细细摸索，卡拉丁趁这工夫准备好针线。伤员腿上已绑好了止血带，待会儿要截肢。

李伦把手指探进瑞里尔腹部洞开的大口，神情犹豫。卡拉丁又清洗了一遍伤口，抬头看着父亲，心下不安。

李伦抽出手指，走向光明贵人荣寿。"卡拉丁，绷带。"他简洁有力地说。

卡拉丁急忙跟去，途中回头看了瑞里尔一眼。曾长着一张俊脸的光眼种青年又发起抖来，抽搐不已。"父亲……"

"绷带！"李伦叫道。

"你在干什么，医生？"荣寿咆哮，"我儿子怎么办？"一大群痛灵把他包围。

"你儿子已经死了。"李伦一使劲,把荣寿腿上的獠牙拔了出来。

这个光眼种爆出一声极为痛苦的号叫,卡拉丁无法分辨是因为獠牙还因为儿子。卡拉丁用绷带按住他的腿,荣寿咬紧牙关。李伦在水桶里浸了浸手,然后用陀灵草汁迅速涂抹伤处,吓退腐灵。

"我儿子还没死,"荣寿低吼,"我看见他在动!快去救他,手术师!"

"卡拉丁,拿麻沸水来。"李伦一边下令,一边拿起缝针。

卡拉丁急忙踏着片片血花跑到屋子远端,打开最里侧的橱柜,取出一小罐清澈的液体。

"你在干什么?"荣寿一边狂吼,一边挣扎着要坐起来,"看看我儿子!全能之主在上,*看看他!*"

卡拉丁正往绷带上倒麻沸水,一听此话停下了手里动作,迟疑不决地转过身。瑞里尔抽搐得更厉害了。

"荣寿,我工作时遵循三条原则,"李伦用力把光眼种按到手术台上,"也是所有手术师遵循的原则,用来在两名病患之间做抉择。如果伤势相当,先救年轻的。"

"那就去救我儿子!"

"如果伤势有缓急之分,"李伦续道,"先救伤重的。"

"*那就照我说的做!*"

"第三条最优先,荣寿。"李伦俯身道,"手术师必须学会判断眼前的伤患还能不能救。很抱歉,荣寿。如果能救他,我一定会救,我发誓。但我已经无能为力。"

"不!"荣寿又挣扎起来。

"卡拉丁!快!"李伦说。

卡拉丁一跃而上,用浸了麻沸水的绷带闷住荣寿的嘴巴,只给鼻子留一条透气的缝,迫使光眼种吸入药气,他自己则按训练中要求的那样屏住了呼吸。

荣寿又吼又叫，但被父子俩合力按住，况且他失了很多血，没力气。他的吼声很快变轻，几秒后，他开始胡话连篇，不时傻笑。李伦转而去处理他腿部的伤势，卡拉丁准备去丢弃麻沸水绷带。

"别，给瑞里尔用。"他父亲头也没抬，"咱们也只能给他这点仁慈了。"

卡拉丁点点头，用沾了麻沸水的绷带捂住年轻伤者的嘴。瑞里尔的呼吸平缓下来，但他的意识已不清醒，看起来不可能感觉到药效。随后，卡拉丁把绷带抛进火盆，轻柔的白色绷带在火中卷曲、变黄，边缘部位被点燃，药水化作升腾的蒸汽。

卡拉丁拿着海绵返回，清洗荣寿的伤口，李伦在一边用手指试探。有些獠牙的碎片卡在了里面，李伦喃喃自语几句，取出镊子和锋利的手术刀。

"他们全该下诅咒之地。"李伦拔出第一块碎片。他身后的瑞里尔没了动静。"把一半的老百姓送上战场还不够？都住到安宁的小镇来了，还非得寻死不可？荣寿无论如何也不该去找什么风杀的白脊。"

"他去找白脊？"

"他们去捕猎白脊，"李伦啐了一口，"韦斯提欧和我经常嘲笑他们这种光眼种。杀不了人，就去杀野兽。好了，这下你该满意了，荣寿。"

"父亲，"卡拉丁小声说，"等他醒了，可不会给你好脸色看。"光明贵人躺在手术台上，闭着眼，哼着无意义的音节。

李伦不发一语。他又拔出一块碎片，卡拉丁随即洗掉血污。父亲用手指按了按大创口的创面，检查伤情。

那里还有块碎片，嵌在伤口内部的肌肉组织中。腿上最大的动脉就在那块肌肉右侧，离得很近。李伦用手术刀小心翼翼地割开碎片周围的肌肉组织,然后他停下来,刀锋与动脉只有毫厘之距。

只需割下去……卡拉丁心想,过不了几分钟,荣寿就会一命呜呼。他现在没死,是因为獠牙没刺到动脉。

李伦向来稳健的手颤抖了。他看看卡拉丁,收回刀子,没碰那条动脉,随后用镊子拔出碎片。他把碎片往边上一抛,平静地拿起针线。

在他们身后,瑞里尔停止了呼吸。

♛

当晚,卡拉丁两手搭着腿,坐在屋前台阶上。

荣寿已被送回宅邸,由仆人照看。他儿子的尸体在手术室下的地窖放着,以免高温腐烂。信使已经出发,去找塑魂者来处理遗骸。

远方地平线,太阳猩红如血。卡拉丁目所能及的世界一片鲜红。

手术室的门关上了,父亲——看起来和卡拉丁一样精疲力竭——晃悠着走出来。他身子一软,叹着气坐到卡拉丁身边,看着夕阳。他眼中的太阳也是那么猩红吗?

太阳缓缓沉落,父子俩一言不发。即将为夜晚让出舞台的太阳最为鲜艳,那是为什么呢?是为被迫降到地平线之下而愤怒?还是像个艺人,在引退前倾情演出?

为什么人体中最艳丽的东西——璀璨的鲜血——隐藏在皮囊之下,只有出了岔子才看得见?

不,卡拉丁想,血液不是最明艳的,还有眼睛。血和眼,决定了一个人的身份,决定了一个人高贵与否。

"今天,我看到了一个人的内在。"卡拉丁终于开口。

"这不是第一次,"李伦说,"也肯定不是最后一次。我为你骄傲。我本以为你会坐在这里哭鼻子,就像以前有患者不治身亡时一样。你确实长进了。"

"我是说人的内在，"卡拉丁说，"不是指伤口。"

李伦愣了一会儿才回答："我明白了。"

"如果我不在，你会让他死，对不对？"

沉默。

"为什么不那么做？"卡拉丁说，"那可以解决很多问题。"

"那不是让他死，而是谋杀。"

"你可以不给他止血，事后声称救不了他。没人会质问你，你办得到。"

"不，"李伦望着夕阳出神，"不，我办不到。"

"为什么呢？"

"因为我不是杀人凶手，儿子。"

卡拉丁蹙眉。

李伦的目光深邃而缥缈，"总得有人带头，总得有人站出来，只为正确而正确。如果没人起这个头，就不会有更多的人跟随。光眼种不遗余力地害自己的命，也害我们的命。没人把艾德和米普送回来，荣寿把他们丢在了现场。"

艾德和米普都是镇上的人，也参加了狩猎，但抬回两名光眼种的队伍里没有他们。看来荣寿担心瑞里尔的安危，便抛下二人，以加快行进速度。

"光眼种草菅人命，"李伦说，"而我绝对不会。就算你不在，我也不会眼睁睁看着荣寿送命，但看着你能让我更坚强。"

"我倒是希望你并非如此。"卡拉丁说。

"你不可以这么说话。"

"为什么不行？"

"孩子，因为我们必须比他们强。"他叹口气，站起来，"你该睡了。等他们把艾德和米普送回来，我也许还用得着你。"

那不太可能，两人大概已死了。据说他们伤得很重，况且白脊还在出没。

李伦走回屋，没有硬要卡拉丁跟来。

我会不会任他送命？卡拉丁思忖，甚至轻轻划上一刀，让他死得更快？荣寿到赫斯通以来，就没干过一件好事，可这能成为杀他的理由吗？

不，切开动脉是不对。但另一方面，卡拉丁有救他的义务吗？袖手旁观和杀人不一样，就是不一样。

卡拉丁从十几种不同角度思考这个问题，反复咀嚼父亲的话。他为自己的发现所震惊。说真的，他确实会让荣寿死在手术台上。这对卡拉丁一家更好，对全镇人也更好。

父亲曾嘲笑卡拉丁对战争的渴望。而现在，出于自己的意愿，卡拉丁已决心成为手术师，他感到早些年的想法和行为十分幼稚。但李伦以为卡拉丁杀不了人。你踩死一只飓虫都会于心不安，儿子，他曾说，把矛尖捅进活人的肚子完全不是你想象的那么简单。

父亲错了。这是令人惊恐的发现。这不是对战争荣光的无聊幻想或白日梦，而是他真实的内心。

那一瞬，卡拉丁明白自己杀得了人，如有必要。

某些人——就像溃烂的手指或保不住的断腿——活该被切除。

42 乞丐和陪酒女

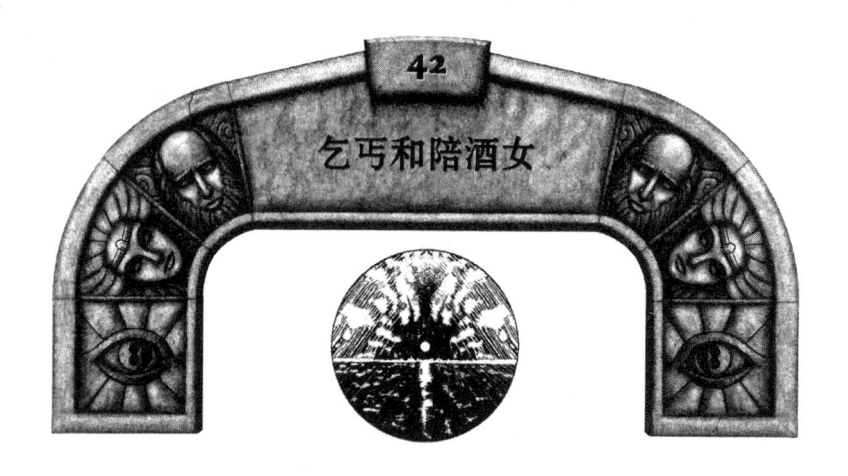

"就像飓风,屡见不鲜,却总能把人吓一跳。"
——提到它们的出现时,"灭世"一词被用了两次。见《壁炉边的童话》第57、59和64页。

"我得出结论了。"沙兰宣布。

埋首故纸堆的迦熙娜抬起头,把书放到一边,背对浣纱厅,打量起沙兰。"很好。"她难得这么看重旁人。

"在严格的字面意义上,你的行为合法又正确,"沙兰说,"但不符合个人良知,也无疑有悖于社会道德。"

"这么说,道德和法律是两码事?"

"几乎所有的哲学体系都这么认为。"

"你怎么想?"

沙兰犹豫片刻才回答:"不错,行为可以合乎道德但不合法,也可以合法但不道德。"

"你还说,我的行为'正确'但不'道德'。这两者的差异似乎更难界定。"

"行为本身可能是正确的,"沙兰说,"正确与否只考虑事实,而不管意图。为自保杀死四人是正确的。"

"但不道德?"

"道德评判需要考察意图,也要参考具体情况。蓄意寻找杀人机会是不道德的,迦熙娜,无论最终结果如何。"

迦熙娜用指甲轻叩桌面。她戴着手套,手套下是坏掉的魂器,看得见鼓起的宝石。过去两周了,她不可能还没发现,为何如此平静?

她想不动声色地偷偷修好吗?也许害怕魂器损坏之事泄露出去,令她丧失政治实力。又或,她意识到魂器被调了包?再或,万分之一的可能,迦熙娜没再使用过魂器?无论如何,沙兰不能久留,但在迦熙娜察觉调包之前就走是有风险的,她有可能在沙兰刚走后便试用魂器,从而把怀疑的矛头指向沙兰。等待的焦虑几乎要把沙兰逼疯。

终于,迦熙娜点点头,继续埋头读书。

"你不说点什么吗?"沙兰道,"我刚谴责了你的谋杀行为。"

"不,"迦熙娜说,"谋杀是个法律概念。你是说我杀人不道德。"

"你觉得我说错了?"

"你是错了。"迦熙娜说,"但我认可的是你相信自己的言论,也进行了理性思辨。我看了你的笔记,相信你对各派哲学已有相当了解,而且某些阐释我认为很有见地。你这堂课收获不少。"她打开面前的书本。

"哲学课上完了?"

"当然没完,"迦熙娜说,"日后,我们还要进一步学习哲学;只是眼下,我对你的成果表示满意,你打下了坚实的哲学基础。"

"可我还是认定你是错的,我还是觉得能在某处找到绝对真理。"

"嗯,"迦熙娜说,"你花了两个星期,费尽千辛万苦才得出这个结论。"迦熙娜抬头迎向沙兰的视线,"这不容易,对吗?"

"对。"

"你心中还有疑惑,对吗?"

"对。"

"那就够了。"迦熙娜双目微合,又朝沙兰笑了笑,"为帮助你在情感挣扎中理出头绪,孩子,这么说吧:你要知道,我是想做好事的。有时候,我会考虑能不能用这件魂器多做些有意义的事。"她低头继续看书,"今天你自由安排吧。"

沙兰眨眨眼:"什么?"

"自由安排。"迦熙娜说,"你可以走了,做些喜欢的事,我猜你会画上一整天的乞丐和陪酒女。总之,那由你自己决定。现在去吧。"

"好的,谢谢您!光明女士!"

迦熙娜挥挥手,示意她快走。沙兰拿起什物,急忙走出壁台。自那天自作主张去花园写生后,她一直没有丁点儿活动时间。迦熙娜还略失斥责了沙兰一番,因为她只让沙兰回屋休息,没让沙兰出去画画。

沙兰急不可耐地等待仆族脚夫把升降台降到浣纱厅底层,随即冲进中央大厅。她走了很久,最后来到客人的居住区,朝在出入口当班的侍从大师点头致意。他们既是守卫,又是礼宾,负责检视客人的出入情况。

她用身上那把粗大的黄铜钥匙打开迦熙娜的房门,侧身闪入,随即把门锁上。里面是间小小的前厅,铺着一块地毯,壁炉旁放着两把椅子,厅里的光亮来自一些黄玉。桌上有半杯橙酒,还有一只放着几片面包的盘子,那是迦熙娜昨晚熬夜苦读时留下的。

沙兰快步回到自己的房间,关上门,从禁袋里取出魂器。宝石发出温润的白光和红光,映照着她的脸庞。这些宝石很大,所以也很亮,亮到难以直视。每块宝石都值得上十到二十颗布罗姆。

她在最近一次飓风中把宝石藏在户外充能,不说别的,光这件事就够她操心的了。现在她做了个深呼吸，跪到地上，从床底下抽出一根小木棍。她尝试了一个半星期，还是没法让魂器……呃，有任何反应。她什么办法都试过：叩击宝石、转动宝石、摇手、分毫不差地模仿迦熙娜的手势。她一张接一张地研究自己画的王女像，还试着发令、专注、甚至祈求。

不过，她昨天找到一本书，看到一条似乎有用的线索。书上说，吟唱能提升魂器的效力。虽只是一笔带过，可比她能找到的其他线索强多了。她坐在床上，强迫自己集中注意力，闭眼握住木棍，在想象中把它变成水晶，然后开始吟唱。

什么也没发生，但她还是接着哼，尝试不同的曲调，并尽力保持全神贯注。她就这么专注了大半个钟头，意识最终开始飘忽。一份新的忧虑啮咬着她：迦熙娜是全柔刹最有智慧和见地的学者之一，她把魂器放在别人能染指的地方，莫非是故意拿赝品引沙兰上钩？

这么做似乎太费周章了。何不直接点破陷阱，揭穿沙兰的小偷行径？她绞尽脑汁，想为无法启动魂器的事实找到合理解释。

她停止哼唱，睁开眼。木棍还是老样子。**这条线索也没用**。她叹了口气，把木棍往边上一放。本来是抱着很大期望的。

她往床上一躺，盯着棕色的石头天棚放松。和大岩宫的其余部分一样，这间屋是在山体中直接开凿的。这里的石壁刻意保留着粗糙外观，让人联想到洞穴。岩石的色泽和线条仿佛波澜乍起的池水，有一份她从未意识到的微妙美感。

她从画包里取出一张白纸，开始临摹岩石的纹理。她打算画张素描定定心神，然后继续琢磨魂器。兴许应该换只手试试。

她无法用炭笔再现岩层的丰富色调，但可以绘出繁复交错、美不胜收的线条。太奇妙了，这究竟是石匠有意雕琢而成的精美岩雕，还是大自然无心插柳的鬼斧神工？她笑了，想象着某个疲惫的石匠注意到岩石的美妙纹理，决定按自己的审美观和趣味来雕刻出波浪状的图案。

"你是什么?"

沙兰惊叫着坐了起来,素描本从腿上跌落。有人正在对她耳语,她听得一清二楚!

"谁?"她问。

沉默。

"谁在那儿?"她提高嗓门,心跳加速。

屋外传来一些声响,来自前厅。沙兰一惊,赶紧把戴魂器的手藏到枕头底下。门嘎吱作响地开了,门后站着一名干瘪年迈的暗眼种宫廷侍女,穿着黑白两色制服。

"噢,天哪!"她惊道,"我不知道您在屋里,光明女士。"说完,她深鞠了一躬。

宫廷侍女,每天的例行扫除而已。沙兰专注于胡思乱想,没听见她进屋。"你为什么跟我说话?"

"跟您说话?光明女士,我不明白。"

"你……"不对,那是耳语,而且明显来自沙兰所在的屋内。不可能是侍女发出的。

她一个激灵,四下顾盼。但这是犯傻。如此狭小的房间藏不住人,虚渡不可能躲在屋角或床底。

那她听见的究竟是什么?显然,是侍女打扫房间的响动。只是一些噪音罢了,被臆想成了谈话。

沙兰强迫自己放松,张望侍女身后的前厅。只见酒杯和面包已被收走,墙上靠着一把扫帚。此外,迦熙娜的房门开了条缝。"你刚才进了光明贵人迦熙娜的房间?"沙兰质问。

"是的,光明女士。"老女人说,"整理书桌,铺床——"

"光明女士迦熙娜不喜欢别人进她房间。侍女们都被吩咐过,不得入内打扫。"国王信誓旦旦地保证,他的侍女都是百里挑一,绝不会有人手脚不干净,但迦熙娜还是坚持不让任何人进她卧室。

侍女脸色苍白:"对不起,光明女士,我没听说!没人告诉我——"

"嗳,没事,"沙兰说,"待会儿你得跟她说一声。如果东西被人动过,她一定会发现。你主动向她解释比较好。"

"是、是的,光明女士。"老女人又鞠了一躬。

"说真的,"沙兰突然有了主意,"你应该现在就去,别拖拖拉拉。"

老侍女叹道:"当然,马上,光明女士。"她退下了。几秒钟后,外边的房门关闭、落锁。

沙兰一跃而起,取下魂器,塞回禁袋里。她急匆匆跑出小房间,心狂跳不止,那个离奇的话语声已被抛到九霄云外,因为她有了千载难逢的窥探迦熙娜房间的机会。沙兰知道自己不太可能找到有关魂器的有用信息,但她必须抓住这个机会,反正有侍女背黑锅,弄乱东西也不怕。

负罪感微乎其微。东西都偷了,与之相比,翻翻房间根本不算什么。

迦熙娜的卧室比沙兰的卧室大,但感觉还是很逼仄,因为它同样没有窗户。迦熙娜睡了一张很大的四柱床,那床占了一半房间。远端墙壁旁靠着迦熙娜的梳妆柜,边上是梳妆台,也就是沙兰偷走魂器的地方。除此以外,屋里只有张书桌,书本在桌子左侧高高地码了一叠。

沙兰从未得到过窥视迦熙娜笔记本的机会。她会不会在里头记一些有关魂器的内容?沙兰坐到桌前,急吼吼地拉开最上层抽屉,在各种毛笔、炭笔和纸张间摸索。一切都整理得井井有条,纸张都是空白。底部靠右的抽屉放着墨水和空白笔记本,底部靠左的抽屉里有少量参考书。

只剩下桌上的书了。迦熙娜会在工作时带上大部分笔记本。但是……没错,这里还留着几本。沙兰的心怦怦狂跳,她找出三本薄薄的册子，放到跟前。

第一本的内页上写着"乌有斯麓笔记"，其中已没有空白页，写满了迦熙娜在各类书籍中找到的引文和注释，全部与乌有斯麓有关。迦熙娜对卡波萨提过这个地名。

沙兰把它放到一边，看起下一本笔记，希望里面提到了魂器。这本笔记也记得满满当当，但没有标题。沙兰一页页浏览，挑部分条目细读。

"火与灰烬的怪物有如虫群过境，屠戮众生，令使面前露狰狞。"记载于《玛司勒语录》第337页。由蔻德雯和哈萨瓦合编。

"彼等潜伏之处，尽取光明。皮肉焦灼。"考木申的书，第104页。

因尼娅所记载的童话形容虚渡"就像飓风，屡见不鲜，却总能把人吓一跳。"提到它们的出现时，"灭世"一词被用了两次。见《壁炉边的童话》第57、59和64页。

"他们在变化，甚至在和我们战斗的同时变化。就像影子、就像跃动的火焰般改变形态。切勿因第一印象而低估他们。"据称为塔拉廷所收集，塔拉廷是一名护地骑士团的光辉骑士。此文献来源——辜伏罗所著《化道》——一般被视为可靠资料，但这一段来自"第七晨之诗"的复本残篇，其原本已失佚。

她翻看了一页又一页，这些条目读来都是如此。迦熙娜教过她笔记的做法—— 一本笔记写满后，要对每一条重新评估，判断其可靠性和价值，然后抄录到另一本更精要的笔记上。

沙兰皱眉翻开最后一本。这本全是关于纳塔纳坦、无主山岭和破碎平原的，摘录了猎人、探险者或商人的发现——这些商人想寻找一条通往新纳塔楠的河道航线。

总体来看，三本笔记中，关于虚渡那本最厚。

公主又在研究虚渡。在比较偏远的地区，很多人谈论它们，还谈论其他黑暗中的怪物。锉刀兽、风语兽，甚至可怕的夜灵。严厉的导师们教育沙兰,这些怪力乱神的说法全是迷信,全是光辉变节者捏造的故事,好让人类接受他们的邪恶统治。

虔诚者们有另一套说法。他们说,光辉变节者——彼时称为光辉骑士——在保卫柔刹的战争中打退了虚渡。据他们所言,光辉骑士是在打败虚渡——也就是令使们离去——之后才变节的。

但两派都认同虚渡已不复存在。不管是捏造的怪物,还是早已被打败的敌人,它们的下场都一样。沙兰可以想象,有些人——甚至包括部分学者——相信虚渡依然潜伏于人类世界的角落。但善于怀疑的迦熙娜会信吗?否定全能之主存在的迦熙娜会信吗?一个思维如此扭曲、乃至否认神的存在的女性,会接受神话中描述的人类公敌是真实的存在?这说得通吗?

有人敲了敲外面那扇门。沙兰吓了一跳,抬手抚抚心口,急忙把笔记本复归原位,慌慌张张地向门跑去。迦熙娜不会敲门,你这傻瓜蛋。她一边对自己说,一边拧开锁,把门打开一条缝。

卡波萨站在门外。这个英俊的光眼种虔诚者提着一口篮子。"我听说你今天放假,"他以挑逗的姿态晃晃手里的篮子,"想来点果酱吗?"

沙兰定定心神,回头瞥了一眼迦熙娜卧室虚掩的房门,真该再翻查翻查才是。她回头看着卡波萨,打算回绝,但他的眼神是如此诚恳。那一抹笑容、那纯良而放松的姿态,实在令人无法拒绝。

如果沙兰应允卡波萨的邀请,也许可以向他打听魂器。但这不是促使她下定决心的原因,真相在于,她需要放松。最近她绷得太紧,不仅被哲学折磨得头疼,还把所有空余时间都用来尝试魂器的启动方法,出现幻听有何奇怪?

"果酱?太好了。"她大声说。

"真心话果酱,"卡波萨举起一口绿色小罐,"产自亚泽尔。传说,吃了这种果子的人在下一次日落之前只说真心话。"

沙兰挑挑秀眉。两人坐在大岩宫的花园里,拿靠垫做椅子,靠垫下还垫了毯子,这里离她第一次尝试魂器用法的地方不远。"真的吗?"

"没有的事,"卡波萨打开罐子,"果子本身是无害的,但真心话果的茎叶燃烧时会释放出有毒的烟气,令人飘飘欲仙。人们常常采集这种植物的茎秆来生火,然后围着篝火吃果子,从而经历一个非常……有趣的夜晚。"

"那倒怪了——"沙兰刚起个头,便咬住嘴唇不说了。

"什么?"他追问。

她叹口气:"这种果子竟然不叫生育果,你想——"她脸一红。

他笑了:"说得妙!"

"飓风之父,"她的脸憋得更红,"我真是太不像淑女了。给我点果酱尝尝。"

他笑笑,递上一片抹了厚厚一层绿色果酱的面包。一名两眼无神的仆族坐在页岩皮木的围墙边,临时充做陪护,这是他们从大岩宫里偷带出来的。跟一名年龄相仿的年轻男子在一起,且只有一个仆族在场,这种感觉很奇怪。无拘无束、充满活力——又或许只是阳光和新鲜空气的作用。

"我也很不像学者,"她闭上眼睛深呼吸,"我喜欢户外,简直是太喜欢了。"

"很多最最伟大的学者一生都在旅行。"

"每出一个这样的学者,就会有至少上百名学者守在图书馆的角落里,埋首于故纸堆。"

"而他们安于此道。大部分热衷研究的人喜欢角落、喜欢图书馆,可你不一样,所以才让人感兴趣。"

她睁开眼,朝他笑笑,无比满足地咬了一口涂好酱的面包。这块泰勒拿面包是如此松软,简直像蛋糕。

"那么,"她对嚼着面包的卡波萨说,"吃了果酱,你觉得自己更想说真心话吗?"

"我是一名虔诚者,"他说,"永远真诚是我的天职和感召。"

"那当然,"她说,"我也一直很真诚。说真的,我快被体内满满的真心话撑爆了,谎话会被生生地往外挤。你瞧,我体内没有谎言的容身之处。"

他乐不可支:"沙兰·达瓦,我无法想象你这样可爱的人能说出哪怕一句谎言。"

"那我就一次说两句,免得把你逼疯,"她笑道,"我现在很不爽,食物也难吃得要死。"

"你刚推翻了一整套关于真心话果酱的民间传说和玄学!"

"挺好,"沙兰说,"果酱就不该有传说或玄学,它应该既甜美、又鲜艳、还可口。"

"是啊,就像年轻女士。"

"卡波萨兄弟!"她又脸红了,"你这话太不检点。"

"但你还是笑了。"

"我忍不住,"她说,"我确实既甜美、又鲜艳、还可口。"

"鲜艳倒是鲜艳,"他说,显然在拿她脸上重重的红晕开玩笑,"甜美也算甜美。至于可口与否……"

"卡波萨!"她大声嗔怪,但并不很吃惊。她告诫过自己,卡波萨对她的兴趣只是出于保护灵魂的需要,但这种解释变得愈发难以相信。他每周至少会来一次。

卡波萨为她的局促忍俊不禁,可那只令她更加面红耳赤。

"别说了!"她抬手掩面,"我的脸一定和头发一样红!你不该说这种话,你可是宗教人士。"

"但我也是男人啊,沙兰。"

"一个声称对我只有学术兴趣的男人。"

"是的,学术,"他悠然道,"学术需要大量实验和第一手的现场调研。"

"卡波萨!"

他开怀大笑,随即咬了口面包。"抱歉,光明女士沙兰,可你的反应太有意思了!"

她低下头,嘟囔了几句,心知对方的不当之辞至少部分得归咎于她自己的大舌头。她控制不住自己,从未有人向她表现出同样的关注,而且一日更甚一日。她喜欢他——喜欢和他聊天,喜欢听他说话。在一成不变的学习生活中,这是难得的美妙时刻。

当然,他们不可能结合。要保护家族,她就得寻找有利的政治联姻。与卡哈巴兰斯国王的虔诚者玩暧昧不会给任何人带来好处。

我很快就得向他暗示真相,她心想,*他一定知道这不会有任何结果的,对吗?*

他凑上前:"你是个表里如一的人吧,沙兰?"

"你是说我看起来能干、聪明、有魅力?"

他笑笑:"我是说真诚。"

"我可没这么说。"她说。

"你的确真诚,我看得出来。"

"我不是真诚,而是天真。我的整个童年就没出大门。"

"你身上没有不合群的气场,你能轻松自如地与人交流。"

"我别无选择嘛。我孩提时几乎都是独处,所以特别讨厌无聊的谈伴。"

他对此笑笑,但眼含忧虑:"你这样的人却得不到关注,多可惜啊,这就像反挂一幅美丽的画，让画面对着墙壁。"

她往后一靠，用禁手撑地，吃完手里面包："也不能说没人关注，这绝不是问题，因为我父亲时时盯着我。"

"我对令尊有所耳闻，听说他是个严厉的人。"

"他生……"沙兰意识到，她必须装作父亲还活着，"我父亲生来是个热情而高尚的人，只是两种品质从不同时出现。"

"沙兰！这大概是我听你说过的最风趣的话了。"

"很不幸，可能也是最诚实的话。"

卡波萨看着她的眼眸，似乎在探寻。他看到了什么？"你似乎并不十分敬爱你父亲。"

"又一句大实话，我看，这果子对咱们都起效了。"

"言下之意，他是个粗人？"

"没错，但他从不对我动粗。我是他理想中完美的女儿，金贵得很。你知道吗，把画反过来挂的正是我父亲，这样一来，它就不会被低俗的眼睛和下贱的手所玷污。"

"多可惜，我就很想动手摸摸。"

她杏眼圆睁："我都说了，不许再这么没轻没重的。"

"那不是玩笑话，"他用那双深蓝色的眼睛打量她，眼里满是诚恳，"你令人想一探究竟。"

她觉得心跳加速，还感到一阵异样的慌乱。"我怎么会令人想一探究竟呢。"

"此话怎讲？"

"逻辑谜题令人想一探究竟，数学计算令人想一探究竟，政治谋略令人想一探究竟。可女人……女人是捉摸不透的。"

"要是我觉得有点儿看透你了呢？"

"那我就麻烦大了，"她说，"因为我自己都看不透自己。"

他笑笑。

"我们不该这样说话,卡波萨,你是个虔诚者。"

"我可以还俗的,沙兰。"

她浑身一震。他毫不动摇地看着她,眼睛一眨不眨。英俊、文雅、诙谐。情势有可能一下子难以收拾,非常危险。她心想。

"迦熙娜觉得你是为了她的魂器才接近我。"沙兰脱口而出,随即暗暗叫苦。呆瓜!有个男人暗示会为了你抛弃全能之主,而这是你的回复?

"光明女士迦熙娜相当聪明。"卡波萨又给自己切了片面包。

沙兰眨眨眼:"噢,呃,你的意思是,她说中了?"

"中也不中。"卡波萨说,"虔诚会很想很想得到那件法器。按我的计划,迟早要求你帮助的。"

"可是?"

"可是我的教长们觉得这主意糟糕透顶。"他苦着脸说,"照他们判断,阿勒斯卡国王性子暴躁,会为此不惜向卡哈巴兰斯开战。魂器并非碎瑛刃,但重要性未必来得低。"他摇摇头,咬了口面包,"听任姐姐使用那件魂器,艾尔霍卡·寇林恐怕也羞愧于心,尤其是对那些轻率的用法。但如果我们去偷……好吧,全柔刹所有信仰沃林教的地区都会被波及。"

"真的?"这番话令沙兰觉得恶心。

他点点头:"大多数人都没想过,我以前也没想到。国王依靠碎瑛武器来统治王国、赢得战争——可军队是由塑魂术维持的。你知道得要多长的补给线、多少后勤人员才能取代魂器吗?离开塑魂术,战争不可能进行,每个月光粮食就要运好几百车!"

"我想……大概挺难。"她深吸一口气,"这些魂器令我着迷,我一直好奇使用魂器时会有什么感觉。"

"我也是。"

"这么说,你从未用过?"

他摇摇头："卡哈巴兰斯连一件都没有。"

对，她想，当然啦，我怎么忘了？所以国王才需要迦熙娜出手援救孙女。"你听别人说起过吗？"她紧张地用更大胆的方式提问。会不会令他起疑？

他只是漫不经心地点点头："这里头有个秘密，沙兰。"

"真的？"她觉得心提到了嗓子眼。

他抬头看她，一脸神秘："其实一点儿不难。"

"其实……什么？"

"真的，"他说，"我听几个虔诚者说过。塑魂术被裹上了太多迷雾，从不见光，充斥着各种典礼仪式，其实里头并无玄机。你只要戴上魂器，按着某个物体，然后用手指敲击某颗宝石就行了，就这么简单。"

"可迦熙娜不是这么用的。"她觉得自己的反应有些过头。

"嗯，我也觉得奇怪。但设想一下，如果你使用一件魂器的时间够长，就能熟悉掌握其控制方法。"他摇摇头，"我不喜欢笼罩在魂器周围的神秘色彩，简直就像古代神权统治时期的神秘主义，我们最好是别重蹈覆辙。让大家知道魂器用起来很简单又有什么关系？全能之主的圣理和恩赐往往都不复杂。"

沙兰几乎没听见最后几句。可惜，看来卡波萨和她一样一无所知，甚至所知更少。她不折不扣地尝试过他所说的方法，但不管用。也许那些虔诚者为保守秘密欺骗了他。

"总而言之，"卡波萨说，"我完全改变了想法。你问我是否想偷走魂器，请放心，我不会让你陷入那种为难境地。那是个愚蠢的念头，也很快被教长否定了。他们命我来关怀你的灵魂，以免你被迦熙娜的说教荼毒。如果我有机会，也会试着拯救她的灵魂。"

"哦，最后那个目标可不容易。"

"我不介意。"他自嘲道。

她笑笑，也不知自己是什么心情："我好像煞风景了，是吗？我们之间的？"

"煞得好。"他拍掉手上的面包屑，"我越界了，沙兰。有时我怀疑自己当这虔诚者当得很不像样，就像你当这淑女当得不太像样一样。只是你的说话方式令我思如泉涌，我张口就来了。"

"那么……"

"那么我该告辞了，"卡波萨起身道，"我需要时间想想。"

沙兰也准备起身，便伸出闲手示意他帮忙拉一把，穿着光滑的沃林长裙站起来颇有难度。花园里有部分页岩皮木长得不高，所以起来后，沙兰看到国王正好从附近走过，边走边与一名长着马脸的中年虔诚者交谈。

国王正午散步时经常途经花园。她冲他挥挥手，但那位慈祥的老人一门心思与虔诚者谈话，没有注意到她。卡波萨见到国王，马上蹲下身。

"你干吗？"沙兰问。

"陛下对自己的虔诚者的动向了解得很清楚。他和以西耳兄弟都以为我今天在做编目。"

她不禁莞尔："你翘班来和我野餐？"

"对。"

"我还以为你来陪我属于本职工作，"她两手抱胸，"来保护我的灵魂。"

"本来是这样，可有些虔诚者不放心，觉得我对你的关注未免太多了点儿。"

"他们是该不放心。"

"我明天再来看你，"他在页岩皮木底下微微探头张望，"但愿他们不会罚我做一整天索引。"他朝她笑笑，"如果我决定还俗，那也是我自己的决定，他们可以设法说服我改变主意——但无法禁止我。"

沙兰整理心绪,想告诉卡波萨想得太多,可还没开口,他已翻墙走了。

她说不出口。也许是因为她越来越不明白自己究竟想要什么。她不是应该一门心思挽救家族吗?

眼下,迦熙娜很可能已发现魂器失灵,只是觉得走漏风声没好处。沙兰应该马上离开,马上去找迦熙娜,利用那个夜晚在巷子里的可怕经历为借口告辞。

然而她极不情愿。卡波萨是一部分原因,但并非主要原因。真相在于,尽管偶有牢骚,但她热爱着学习,想成为一名学者。哪怕经历了那堂哲学课,哪怕日复一日地阅读读不完的书,哪怕充满困惑和压力,沙兰还是每每感到充实,一种前所未有的充实。诚然,迦熙娜杀人是不对,可沙兰想深入研究哲学,从而说明王女的不对之处在哪儿;诚然,埋头查阅历史文献枯燥乏味,可沙兰觉得从中学到的技巧和耐心相当受用。将来,当她从事自己的研究时,这些学养必然大有裨益。

在独自学习中度过的一个个白天、与卡波萨在欢笑中度过的一次次午餐、与迦熙娜在谈话和辩论中度过的一个个夜晚,这是她想要的生活,可这种生活却是由彻头彻尾的谎言堆砌成的。

她心事重重地提起盛着面包和果酱的篮子,返回大岩宫,返回迦熙娜的套间。放信的篮子里有一封给她的信。沙兰皱了皱眉,刮开火漆便读。

姑娘,信上写道,我们收到了你的来信。"风之愉悦"号很快会再次抵达卡哈巴兰斯港,我们当然能载你一程,送你回家。我很高兴能迎你上船,我们与达瓦家有莫逆之交,受你家恩惠良多。

我们正往大陆做一次短期航行,此后会尽快赶到卡哈巴兰斯。预计一周后可接你上船。

——托兹贝克船长

　　托兹贝克的妻子所写的旁白意思更加清楚：光明女士，如你不介意在途中为我们做些文书工作，我们很乐意免费送你一程。船上的分类账目亟须重写。

　　沙兰盯着信纸看了许久。她本来只想问问他在哪儿、计划何时返回，可船长显然把那封信当做了请求——请求他们来卡哈巴兰斯接她。

　　一个星期，作为截止期还算合适。那样的话，她将在偷走魂器的三周后离开，和她答应长子巴拉特的期限也吻合。届时，如果迦熙娜还是对魂器被调包一事没有任何反应，那沙兰只能相信自己没有受到怀疑。

　　一星期后，她将登上离别的船只。意识到这点，她突然感到无比惆怅，但该做的事必须要做。她放下信纸，走出客厅，麻木地穿过弯弯曲曲的走廊，进入浣纱厅。

　　不久后，她在迦熙娜的壁读台外站定。王女坐在桌前，手中芦笔在一本笔记本上沙沙作响。她抬起头："我不是告诉你了吗？今天可以自由安排，做自己想做的事。"

　　"是的。"沙兰道，"可我意识到，我想做的事就是学习。"

　　迦熙娜露出会心的笑容，仿佛能理解沙兰的感受，甚至洋溢着满足感，如果她知道真相……"好吧，我倒不会为此责怪你。"说罢，她埋头继续研读。

　　沙兰坐下，把面包和果酱递给迦熙娜。后者摇摇头，继续研究。沙兰又给自己切了一片面包，涂上果酱，随后翻开一本书，满足地舒了口气。

　　一星期后，她必须离开。但在此之前，她还能自欺欺人一小段时间。

43 可怜虫

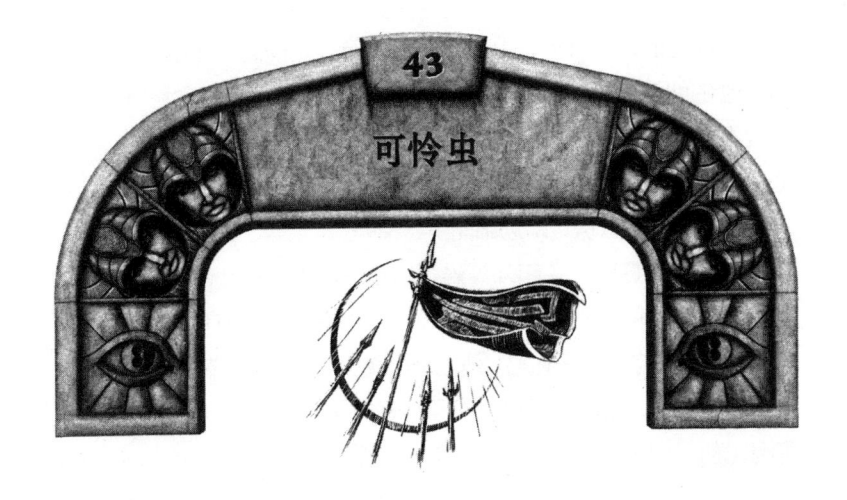

"他们住在荒凉之地,总在等待灭世的降临——偶尔也会等到一两个不在意夜晚黑暗的蠢孩子。"

——诚然这只是一篇童话,但这段《勿忘暗影》中的文字似乎暗含着我所寻找的真相。见82页的第四篇故事。

卡拉丁伴着熟悉的恐惧感醒来。

他大半夜辗转无眠,躺在地上,凝视着黑暗,思索。为什么还不死心?为什么还要在意?这些人没希望了。

他觉得自己像是个迷失在旷野上的流浪者,为躲避野兽,不顾一切地寻找进城的道路。可城市位于陡峭的山顶,不管他怎么努力攀登,总是难于登天。他尝试了一百条不同的路线,结局却没什么不同。

熬过飓风的审判救不了他的队员。训练他们、让他们跑得更快也救不了他们。他们是诱饵,再怎么高效的诱饵,也毕竟只是诱饵。

卡拉丁强迫自己站起来,他觉得地面陷了下去,像一块用久的磨石。他还是不明白自己是怎么逃过一劫的。是你留我一条命吗,全能之主?好让我亲眼见证他们的死?

要让全能之主听见，得焚符祷告才行。全能之主正等待着令使们为他夺回宁静园。卡拉丁从不信这套说辞。据说全能之主无所不见、无所不知，若是如此，还需焚什么符纸？说到底，他又何须别人为他战斗？

卡拉丁走出营房，踏进阳光下，惊呆了。

众人已列好队，在门外等候。这是一群衣衫褴褛的冲桥手，穿着棕色皮背心和只遮到膝盖的裤子，背心里是一件肮脏的衬衣，袖子卷到肘部，前襟用绳子扎起。他们个个灰头土脸，发如鸟窝。可现在，凭石头的礼物，他们都把胡子剃得干干净净，或打理得整整齐齐。他们身上的一切破破烂烂，但脸庞焕然一新。

卡拉丁迟疑不决地抬起手，触摸着拉碴杂乱的黑须。众人似乎在等待什么。"怎么了？"他问。

他们不自然地扭身，看向堆木场的方向。噢，那还用问，他们是在等他带领大家晨练。可训练是白费力气。他刚要把这话说出口，但见有群人接近，便没作声。四个人扛着一顶轿子向他们走来，一名高高瘦瘦的男子在一旁步行，穿着紫色的光眼种上衣。

众人扭头观望。"那是啥？"胡勃挠挠粗壮的脖子，问。

"应该是拉马利尔的继任者。"卡拉丁说罢，轻轻从冲桥手的队伍中挤出一条道。茜尔从天而降，落在他肩头。轿夫已在卡拉丁跟前停步，把轿子转了九十度，轿内的黑发女子出现在他眼前，穿着柔滑亮泽的紫裙，上面绣着装饰性的金色对铭。她侧躺在软榻上，露出一对苍蓝色眼睛。

"我是光明女士哈莎尔，"她带有一点塔冠城的口音，"我丈夫光明贵人马塔尔是你们的新任桥务总长。"

卡拉丁管住了舌头，把骂人话硬生生咽了下去。他跟"晋升"到这类职位的光眼种打过交道。马塔尔本人站着一言不发，一手搭剑柄。他长得很高，差不多和卡拉丁一样，但比较瘦削。双手纤细，看来那把剑用得不多。

"有人给我们忠告,"哈莎尔道,"说你们这支队伍喜欢惹麻烦。"她眯起眼,盯着卡拉丁,"看来,你在全能之主的审判中活了下来。上级让我传个话:全能之主只是再给你一次机会,让你证明作为冲桥手的价值,仅此而已。很多人借题发挥,生发出种种臆想,所以轩亲王撒迪亚斯禁止那些爱看热闹的人再来围观你。"

"我丈夫不会像他的前任那样疏忽冲桥队的经营。他德高望重,与轩亲王撒迪亚斯私交甚笃,绝非拉马利尔那种血统不纯、瞳色暗沉的贱徒。"

"是吗?"卡拉丁说,"那他怎会落得这份屎坑一样的职缺?"

哈莎尔没显出半点恼怒。她冲边上摇摇手指,一名士兵上前几步,用矛尾捅向卡拉丁的肚腹。

卡拉丁一手接下,过去练成的反射神经依旧犀利。破招拆招的后续变化在他脑海里电光火石般闪过,他已看穿了对方所有的行动:

猛拉矛杆,让士兵失去平衡。

踏前一步,以手肘攻击其小臂,令士兵的武器脱手。

抢占先手,起矛横击士兵的头侧。

回矛横扫,打倒前来助阵的两名同伴。

抬矛刺向——

不,那只会让自己送命。

卡拉丁松开矛杆。士兵惊讶地眨巴眼睛,不敢相信区区一个冲桥手也能挡下他的一击。他横眉怒目,抬起矛尾,砸中卡拉丁的头侧。

卡拉丁不挡不闪,任矛柄把自己打翻在地。他的头被震得嗡嗡作响,天旋地转。但片刻后,视觉就恢复正常。头会疼上一阵,但应该不会脑震荡。

他做了几个深呼吸,躺在地上,两手攥拳。摸过矛的手指仿佛在燃烧。那个士兵退回原位,站在轿子旁。

"我不会再让你们恣意妄为。"哈莎尔平静似水,"如果你们一定想知道,是我丈夫主动要求担当此任的。在这场复仇之战中,冲桥队是轩亲王撒迪亚斯保持优势的重要一环。拉马利尔管理不善,堪称耻辱。"

石头屈膝跪下,一面狠狠瞪视光眼种和士兵们,一面扶卡拉丁站起来。卡拉丁挣扎着起身,一手扶头。手指上滑腻腻的,一股温热的鲜血顺着脖子淌到肩膀。

"从现在起,"哈莎尔说,"除了正常冲桥任务,每支冲桥队固定分派一种杂务。盖兹!"

矮壮的冲桥士官从轿子后面探出头来,卡拉丁之前没注意到他。"光明女士,有何吩咐?"盖兹连连欠身。

"我丈夫希望第四冲桥队永久承担下沟工作。不用出桥时,他们必须在崖底干活。这样一来,效率便会大大提高,知道最近搜过哪些区域,就不会有重复劳动。效率,懂吗?马上执行。"

她敲敲轿子侧边,轿夫随即转向,扛着轿子走了。她丈夫还是一言不发地随轿子步行,盖兹赶紧跟上。卡拉丁凝视着他们的背影,一手按头。杜内跑过来,递给他一块绷带。

"下沟,"莫阿什牢骚满腹,"好极了,大贵人。即便仆族智者的箭没射穿我们,她也会让我们死在深渊恶魔手里。"

"咱们怎么办?"头发越来越少的皮特问。这瘦子的语气里闪动着不安。

"咱们干活。"卡拉丁接过杜内的绷带。

他迈步走开,把这群惊恐的人留在身后。

♛

不久后,卡拉丁站在悬崖边低头张望。正午灼热的阳光炙烤着后颈，把他的影子打下深渊，与下方的黑暗结成一体。*我可以飞。*他想，*踏出去，下坠，任风吹拂，飞上片刻。短暂而美妙的片刻。*

他跪下来抓住绳梯，爬向下方的黑暗。其他冲桥手静静地跟在他身后，被他的情绪所感染。

卡拉丁知道自己发生了什么。他正一步步退化成过去那个可怜虫。他一直明白危险所在，所以一直把这些冲桥手当做救命稻草。可现在，他不想坚持了。

他顺着绳梯往下爬时，一个半透明的蓝白色小人降到他身边，坐在一张秋千般的凳子上。两条吊绳向上延伸，在比茜尔的脑袋高几寸的地方消失于无形。

"你哪里不对劲？"她柔声问。

卡拉丁只顾闷头爬梯子。

"你该高兴才对。你活下来了，其他冲桥手都那么激动。"

"我真想揍那个士兵。"卡拉丁小声说。

茜尔歪歪脑袋。

"我打得赢他，"卡拉丁继续说，"我大概能把那四个人都打趴下。我使起矛是一把好手。不，不只是好，德科说我是个奇才，是天生的士兵，是使矛的艺术家。"

"那你就应该揍他们啊。"

"我以为你不喜欢杀人。"

"我讨厌杀人。"她的身形变得更透明了，"可我帮过别人杀人。"

卡拉丁定在梯子上，"什么？"

"是真的。"她说，"我记得，依稀记得。"

"怎么发生的？"

"我不知道，"她更苍白了，"我不想说这个。可我没做错，我能感觉到。"

卡拉丁又在绳梯上停了一会儿。泰夫特在上面直喊，问他是不是遇到麻烦。他这才继续往下。

"今天，我没和士兵起冲突，"卡拉丁两眼对着崖壁，"因为这没用。父亲告诉我，用杀戮来保护生命是不可能的。好吧，他错了。"

"可是——"

"他错了，"卡拉丁说，"他那句话的言外之意是，有其他办法可以保护生命。而实际上，根本没有办法。这个世界要他们死，努力挽救也没有意义。"他降到崖底，踏进黑暗。泰夫特随后落地，点燃火把，覆满苔藓的岩壁沐浴在明灭不定的橘黄色火光之下。

"所以你才没有接受？"茜尔飘然而至，落在卡拉丁肩头，"我是指，好几个月前的那份宝物。"

卡拉丁摇摇头："不。那有别的原因。"

"你在说什么，卡拉丁？"泰夫特高举火把。摇曳的火光下，老冲桥手的脸看起来更显苍老，脸上的皱纹被阴影勾勒得十分明显。

"没什么，泰夫特。"卡拉丁说，"没什么要紧事。"

茜尔嗤之以鼻，卡拉丁当没看见。其他冲桥手陆续下地，卡拉丁用泰夫特的火把点燃自己的那根。待所有人都下到谷底后，他在前领路，走进黑暗的狭缝。在这里，苍凉的天空仿佛无比遥远，像是远方的溪流。这是片坟墓，散布着腐烂的木头和腐臭的死水，只适合飓虫的幼虫生长。

每当来到这片荒凄之地，冲桥手们都会下意识地聚到一起，这次也不例外。卡拉丁走在最前面，茜尔也不说话。他把粉笔交给泰夫特，让泰夫特沿途做方向标记，但他不曾停下脚步捡拾物品，走得也不快。其他冲桥手默不作声地跟着他，偶尔低声交谈几句，声音小得激不起回音。阴沉的气氛仿佛把他们的话语吞噬了。

终于，石头抢前几步，与卡拉丁并行："我们的活，挺难。可我们是冲桥手！生活本就挺难，对不？这不算新鲜事。我们得有计划。接下来该怎么反抗？"

"没什么反抗了,石头。"

"但我们已经赢得了辉煌的胜利!看吧,几天前你还神志不清,本来该死的,我看得出。可结果你醒了,能走路了,还和其他人一样强壮,哈!更强壮。这是奇迹,'乌里特卡纳奇'指引着你。"

"这不是奇迹,石头,"卡拉丁说,"倒更像诅咒。"

"怎么会是诅咒呢,我的朋友?"石头笑问。他纵身一跃,落进水塘,激起一片水花,同时迸发出更大的笑声。泰夫特就走在他身后,被溅了一身。大个子吃角族人有时相当孩子气。"活着,绝不是诅咒。"

"如果要我看你们死个精光,那活着就是诅咒。"卡拉丁说,"死在飓风里还好一些。最终我也会被仆族智者一箭射死,我们都一样。"

石头显出忧虑之色,卡拉丁没再开口,他便退到后面。众人继续前进,惴惴不安地经过一段段留着深渊恶魔爪痕的岩壁。最终,他们撞上一堆被飓风冲到一起的尸体。卡拉丁停步,举起火把,其他冲桥手在他周围探头张望。大约五十具尸体被冲到岩壁的一处凹陷里,那是一条短短的死巷。

尸体堆在里面,像一堵死亡之墙,胳膊垂在外,缝隙间塞着芦苇和各种垃圾残骸。卡拉丁一眼便看出这些尸体放了很久,已开始肿胀腐烂。他身后有个人开始呕吐,引得另几人跟着一起吐。这是一幅骇人的景象,无数飓虫和体型较大的食腐动物被光线惊扰,四散奔逃,尸体已被它们啃得稀烂。一只残缺不全的手掌横在不远处,血迹仍从掌下流出。石壁苔藓上也有新鲜爪痕,最高处离地有十五尺。一具尸体已被深渊恶魔扯出来吃掉,它也许会回来吃其他的。

卡拉丁没吐。他把烧了半截的火把插进两块大石的缝隙里,开始工作,从尸堆往外拖尸体。至少,它们没烂到一扯就碎的程度。冲桥手慢慢围拢过来,开始忙活。卡拉丁冰封了自己的思维,什么也不去想。

把尸体都拖到地面后,冲桥手们将它们排成一行,剥除盔甲、搜摸口袋、取走腰带上的匕首。卡拉丁把收集长矛的工作留给其他人做,独自在一旁干活。

泰夫特跪在卡拉丁身边,把一具头部在坠落时砸烂的尸体翻过来,解开胸甲系带。"想聊聊吗?"

卡拉丁闷不作声,自顾干活。*别思考将来,别思考以后会发生什么,只管生存就好。*

别关怀,也别绝望,顺其自然。

"卡拉丁。"泰夫特的话语字字如刀,扎进卡拉丁自我防护的外壳,令他难堪。

"如果我想说话,"卡拉丁支吾道,"我还会独自一人在这里干活吗?"

"倒也是。"泰夫特总算解开了胸甲带子,"大伙儿都不知所措,孩子,他们想知道接下来该怎么办。"

卡拉丁叹口气,站起身,回头对同伴说:"我不知道该怎么办!设法自保,就会招来撒迪亚斯的惩罚!我们是诱饵,就是拿来送死的。我对此无能为力!我们没希望了。"

众人震惊地看着他。

卡拉丁扭头继续干活,跪在泰夫特身边。"看,"他说,"我刚解释过了。"

"笨蛋。"泰夫特压低嗓门,"完成这一切后,你倒要抛下我们不管了?"

周围的冲桥手也回身继续工作。卡拉丁听见几人在低声埋怨。"混账东西。"莫阿什说,"我就说过会是这个结果。"

"抛下你们?"卡拉丁嘶哑地反问。*就让我这样下去吧,让我变回行尸走肉吧,至少那就不会感到痛苦。*"泰夫特,我想了很久很久,努力思考解决的办法,可确实没办法可想!撒迪亚斯想让我们去死。

光眼种总能得遂所愿,这是世界运转的法则。"

"所以呢?"

卡拉丁不再理他,转身去干活。他想从一名士兵脚上扯下靴子,尸体的腓骨裂成了三块,所以脱起来风杀的别扭。

"好吧,我们也许会死,"泰夫特说,"可整件事的关键不是活不活得下去。"

居然是泰夫特来给他打气?"活不活都无所谓,那究竟什么才有所谓呢,泰夫特?"卡拉丁总算扯下了靴子,挪到下一具尸体旁,随即愣住了。

这是光眼种的尸体。卡拉丁不认得此人,但背心和凉鞋的式样错不了。尸体靠在墙边,双手垂在身侧,嘴巴微张,眼皮凹陷,一只手上的皮肤已经脱落。

"我不知道。"泰夫特咕囔道,"总之自暴自弃太丢人了。我们应该继续抗争,直到被箭射穿,所谓'行胜果'嘛。"

"那是什么意思?"

"我也不知道,"泰夫特赶紧低下头,"只听人说过一次。"

"这是光辉变节者的话。"从他们身旁走过的西格吉尔说。

卡拉丁扭头一瞧,那说话温文尔雅的亚泽尔人正把一面盾牌放到盾牌堆上。他抬起头,褐色皮肤在火光下显得更黑。"这曾是他们的座右铭,至少是一部分。'**生先死。强护弱。行胜果。**'"

"光辉变节者?"斯卡捧着一堆靴子走来,"**谁提的这茬?**"

"是泰夫特。"莫阿什说。

"哪有!这只是我的道听途说,也只听过一次而已。"

"这句话到底是什么意思?"杜内问。

"我不是说了吗?我不知道!"泰夫特道。

"据说是他们的信条之一。"西格吉尔说,"在玉威国,还有一些团体在谈论光辉骑士,希望他们能回来。"

"谁想要他们回来?"斯卡往石壁上一靠,两手抱胸,"他们把人类出卖给了虚渡。"

"哈!"石头说,"虚渡,低地人瞎掰的,全是孩子在篝火边讲的故事。"

"那是真的,"斯卡辩解,"谁不知道。"

"不听篝火怪谈的都不知道!"石头笑道,"空气太多,让你们思维钝化,但没关系,你们还是我的家人,只是笨家人!"

众人继续谈论光辉变节者,泰夫特显得很不高兴。

"行胜果,"茜尔在卡拉丁肩头低语,"我喜欢。"

"为什么?"卡拉丁跪下来,去解一名死去的冲桥手脚上的凉鞋。

"因为泰夫特是对的。"她说,仿佛这便是充分的解释,"卡拉丁,我知道你想放弃,但你不能。"

"为什么?"

"因为你不能。"

"从现在起,我们的杂活就是下沟。"卡拉丁说,"没法再收集芦草赚钱,也就不再有绷带、消毒剂和宵夜。成天和尸体打交道,我们迟早要被腐灵缠上,大家会生病——当然,除非深渊恶魔把我们吃掉,或一场突如其来的飓风把我们淹死。何况我们还要出桥,直到诅咒之地毁灭的那一天。我的同伴会一个接一个死去,这是无望的绝境。"

众人还在交谈。"光辉变节者为虎作伥,"斯卡争辩,"从一开始就包藏祸心。"

泰夫特被这句话惹毛了。这个壮实的男子刷的一下站起来,指着斯卡说:"你知道个屁!那是很久以前的事,没人知道到底发生了什么。"

"那为啥所有传说都讲得一样?"斯卡质问,"他们抛弃了人类,就像不顾我们死活的光眼种。也许卡拉丁是对的,也许确实没有希望。"

卡拉丁低下头,这句话在他脑海中回荡。*也许卡拉丁是对的,也许确实没有希望……*

他以前就是这样。在被卖给图拉科夫、成为冲桥手之前,他曾带领戈舍尔和其他奴隶造反,结果所有人都被他那时的主人杀了,只有他活下来。风操的,为什么他总是死不了?在那个宁静的夜晚,他放弃了希望。*我没办法再来一次*,他紧闭双眼,心想,*我帮不了他们*。

提安、图克斯、戈舍尔、戴立特、图拉科夫笼车里那个他想医治的无名奴隶。所有人的下场都一样。卡拉丁是霉运的化身。他有时会带给人希望,可希望不都是又一次失败的前奏吗?一个人要跌倒多少次,才会再也站不起来?

"我只是觉得,我们并不知道真相。"泰夫特嘟囔道,"我可不想随便相信光眼种讲述的过去。要知道,历史都是他们的女人写的。"

"我不敢相信你居然会争这个,泰夫特。"斯卡抓狂起来,"接下来你还要怀疑什么?我们是不是该让虚渡来偷走我们的心?它们大概只是被误解了。还有仆族智者,是不是应该随时欢迎他们来杀我们的国王?"

"你们闭上风操的嘴行吗?"莫阿什怒道,"这些破事还有什么好争的。你们都听见卡拉丁的话了,连他也觉得我们死定了。"

卡拉丁实在听不下去了。他跟跄着走开,远离火把,遁入黑暗。没人跟来。他躲进一条漆黑的狭缝里,只有头顶一线遥不可及的天光。

在这里,卡拉丁能避开他们的目光。他在黑暗中奔跑,撞上一块大石,跟跄止步。石头上布满滑腻的苔藓和地衣。他用双手撑着石头,长叹一声,然后转身靠在石头上。茜尔飘落到他跟前,凌空而坐,整了整脚边的裙裾。周围一片漆黑,卡拉丁还是能看见她。

"我救不了他们,茜尔。"卡拉丁痛苦地轻声说。

"你肯定?"

"我每次都失败。"

"所以这次就一定失败?"

"嗯。"

她沉默了一会儿。"好吧,"她终于开口,"就算你说得对。"

"那还抗争什么?我说服过自己再试最后一次,可事情还未开始就失败了。他们无法得救。"

"难道抗争本身没有意义?"

"如果注定得死,就没有意义。"他垂下头。

西格吉尔的话在他耳边回响。**生先死。强护弱。行胜果**。卡拉丁扬头望着那一线天光,犹如远方的河流,蔚蓝而纯洁。

生先死。

这句话有什么意义?教导人们在死前尽力求生?显然这是字面意思。又或有其他含义?是指生命总是诞生于死亡之前?这也无须赘言。然而这简简单单的几个字眼却在向他诉说、低语。死亡总会降临,降临到所有人头顶。但生命来得更早,要好好珍惜。

死亡是终点,可重点在于行程,也就是生命。

一股冷风钻进岩缝,洗濯全身,带来清冽的滋味,吹走了腐尸的恶臭。

没人关心冲桥手,没人在乎这些最底层的杂碎、这些眼睛最黑最暗的贱种。可那阵风仿佛在不断耳语。**生先死。生先死。你死之前,得活下去**。

他的脚碰到了什么东西。他弯腰捡起来看,那是一块小石头,在周围的黑暗中几乎看不分明。他意识到自己身上发生了什么。这种忧郁、这种绝望,经常在少年时困扰着他,在天空被云层遮掩的泣雨季最为频繁。那时,提安会给他鼓劲,帮他振作起来。提安总有办法。

没了弟弟,他的低落期更难熬了。他成了条可怜虫,不会关心——

但也未曾绝望。相比痛苦，麻木无感似乎更好。

我会辜负他们，卡拉丁紧闭双目，为什么还要努力？

过去的他一直要求得太多，岂不是傻？其实只要成功一次，就足够了。只要他相信自己还能帮助别人，只要他相信还有一条能逃离黑暗的道路，他就能燃起希望。

你向自己保证，再试最后一次，他想，他们还没死呢。

他们仍然活着，至少现在还活着。

还有一种办法他没试过，因为他不敢。过去的每一次尝试都让他失去一切。

那个爬虫似的可怜人仿佛站在他面前。他想放手，想无动于衷。卡拉丁啊卡拉丁，你真的想变回那种人？那是自欺欺人的逃避，变成那样也保护不了自己，只会让自己越陷越深，直到生不如死。

生先死。

卡拉丁忽然站身，睁开眼，丢开那块小石头，缓缓走回火光照亮的区域。冲桥手们抬起头，停下手里的活。这么多双带着疑问的眼睛，有的怀疑，有的严峻，有的充满鼓励。石头、杜内、胡勃、雷滕，他们对他有信心。他熬过了飓风，他就是奇迹。

"还有一个法子，"卡拉丁说，"但我们很可能统统死在军队手里。"

"横竖是死，"图人应道，"你都说了。"另有几人点头称是。

卡拉丁深吸一口气："我们想办法逃走。"

"可营地有人把守！"断耳亚克斯说，"冲桥手不能单独外出，他们知道我们会逃跑。"

"我们会死的，"莫阿什一脸沉重，"我们离文明世界不知相隔多远，外头除了巨壳生物什么也没有，而且没法躲避飓风。"

"我明白，"卡拉丁说，"可不冒这个险，我们只有被仆族智者射死的命。"

众人陷入沉默。

"他们会每天打发我们来搜刮尸体,"卡拉丁说,"而且没人监督,因为他们害怕深渊恶魔。冲桥手的大部分工作只是为了让我们忙活,让我们忘记自己的命运,所以只需带回少量物资就够了。"

"你以为我们可以在崖底找出逃跑路线?"斯卡问,"军队曾派人勘察,从未有任何队伍抵达平原另一侧,他们不是被深渊恶魔吞了,就是被飓风降下的洪水淹了。"

卡拉丁摇摇头:"这不是我们的计划。"他踢起脚边某个东西——是一把长矛。长矛破空而起,朝莫阿什飞去。他惊讶地一把接住。

"我能教你们用矛。"卡拉丁徐徐道。

众人一言不发,纷纷看着那把武器。

"这有什么用?"石头从莫阿什手里拿过矛,仔细查看,"我们打不过军队。"

"确实打不过,"卡拉丁说,"但经过我的训练,你们能在夜里袭击岗哨,我们就有机会逃走了。"卡拉丁看着众人,与他们一一对视,"逃出营地后,他们会派人来追捕。撒迪亚斯不会让杀死士兵的冲桥手逍遥法外。唯一的希望在于他低估我们,先派小队人马。如果我们能歼灭追捕队,就有可能跑出足够远,使他无从追踪。这是一招险棋,可能撒迪亚斯会不惜一切代价地抓捕我们,派一大队人马前来追杀。风操的,我们甚至可能根本逃不出营地。但这毕竟是条活路。"

说完,他一言不发地等待,看着众人交换不安的眼神。

"我干。"泰夫特挺起胸膛。

"算我一个。"莫阿什抢前一步,看起来跃跃欲试。

"还有我!"西格吉尔说,"我宁可死在阿勒斯卡人剑下,顺便朝他们脸上吐口唾沫,也不愿一直当奴隶。"

"哈!"石头道,"那我就给你们煮很多吃的,让你们吃饱了去杀人。"

"你不和我们一起战斗?"杜内惊讶地问。

"这不合我高贵的身份。"石头昂首道。

"好吧,我干。"杜内说,"听你的,队长。"

其他人也纷纷起身表态,有几个还从潮湿的地面抓起矛来。他们不像卡拉丁从前带领过的队伍那般兴奋,也没有大喊大叫。战斗令他们恐惧——他们大多只是普通的奴隶或卑微的工匠。可他们愿意加入。

卡拉丁走上前,阐述计划。

人类史

驱逐的灾祸
失去宁静园

灭世的纷争
与虚渡不断战斗

亚哈里提安
最后的灭世
击败虚渡

"光辉变节"事件
光辉骑士堕落

神权统治时期
沃林教倾覆

44 泣雨

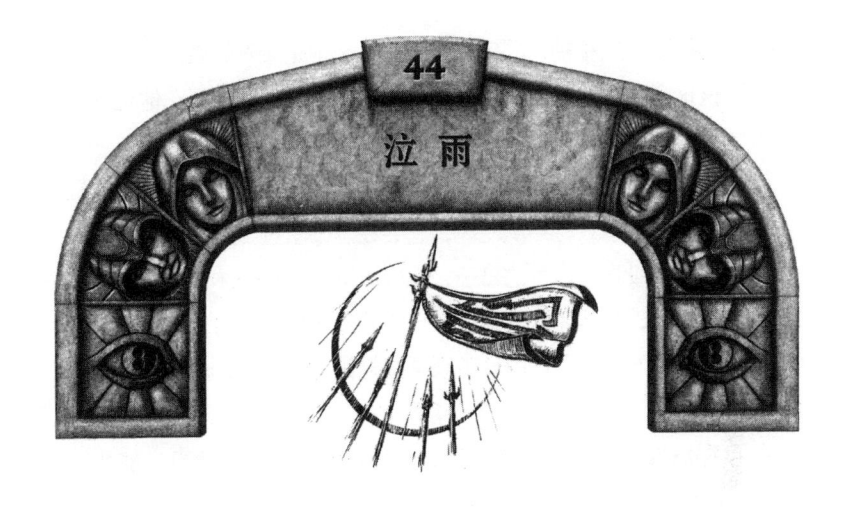

五年前

卡拉丁痛恨泣雨季，持续四星期降雨连绵不断，标志着辞旧岁迎新年，令人忧郁。泣雨季的雨从来不大，从不像飓风那样激烈。细雨绵绵，犹如垂死的上一年蹒跚着走向墓穴，在最后几步路程中淌下鲜血。其他季节来去无定，但遗憾的是，泣雨季总在每年同一时期降临，从不失约。

卡拉丁躺在赫斯通镇里自家的屋顶上，屋顶带有坡度。他身旁放着一小桶沥青，桶口盖着木板。屋顶被他修补完了，沥青也用得差不多了。在泣雨季干这活让人情绪低落，但如果房顶漏水，此时也最让人头疼。待泣雨季过去，他们还得重新修补一遍，但现在补补，他们就不用在之后几周遭雨水打餐桌的罪。

他凝视天空。也许该爬下屋顶回房去，可反正已湿透了，所以他留在那里，边看边想。

又一支军队经过镇子。这些日子，途经的军队很多——他们常在泣雨季出现，补充兵员后，奔赴新的战场。这一回，荣寿难得一见地亲自迎接了军队领袖，即轩元帅亚马兰。他是荣寿的表亲，也是阿勒斯卡该地区防务的负责人。大部分将领都去破碎平原了，他是剩下的人中最有名望的一位。

细雨砸在卡拉丁身上，蒙了一层雾气。很多人喜欢这几个星期——整个泣雨季只有一场飓风，它会在泣雨季过半时到来。对镇民而言，这是一段弥足珍贵的日子，可以放下农活好好休息。但卡拉丁渴望阳光和风，甚至怀念飓风，怀念它的狂暴和生命力。泣雨季沉闷乏味，何况，他发觉在这段日子很难提起做事的劲头，仿佛力气也随飓风一起跑了。

自那场惨烈的白脊狩猎以来，人们就没怎么见过荣寿。他儿子死了，他躲在宅邸中，愈发离群索居。赫斯通人过得战战兢兢，仿佛担心他随时会爆发，把怒气发泄在他们身上。卡拉丁不担心这个。一场飓风——不管来自天空还是人——都是可以对付的。倒是这种令人窒息的霪雨，缓慢而执拗地浇熄生命……可要糟糕得多。

"卡拉丁？"是提安的声音，"你还在上面？"

"在。"他一动没动，躺着高声回答。泣雨季的云实在太死气沉沉。还有什么能比惨淡的灰色更缺乏生气？

提安绕到屋子后头，那边的屋顶一直斜到地面。弟弟双手插在长雨衣的口袋里，头戴一顶宽檐帽，雨衣和帽子都偏大。不过提安穿衣服总是显大，哪怕合身的衣服也一样。

弟弟顺着屋顶往上爬，走到他身边，然后躺下来看天。换作其他人，也许会试着开口给卡拉丁打气，但一点用也没有。可提安知道该怎么做，这时，正确的做法是保持沉默。

"你喜欢这雨，对吗？"最后，卡拉丁开口问。

"喜欢啊。"当然了，提安几乎喜欢所有的东西，"可这么看雨真不容易，我会眨眼睛。"

不知为何，这句话把卡拉丁逗笑了。

"今天在作坊里，"提安说，"我给你做了件东西。"

卡拉丁的父母没少替提安操心。虽然不需要更多学徒，木匠拉尔还是收下了提安，但据说对这孩子干的活不太满意。他抱怨提安太容易分心。

见提安从口袋里摸出一样东西，卡拉丁坐了起来。那是一匹小木马，雕得非常精致。

"别担心，这东西不怕水，"提安把木马递给他，"我上了漆。"

"提安，"卡拉丁惊讶地说，"雕得真美啊。"木马的细节令人赞叹——那眼睛、蹄子、尾巴的线条，就像为荣寿拉车的那几头威风凛凛的骏马。"你拿给拉尔看了吗？"

"他说我雕得不错。"提安的小脑袋在大帽子下露出笑容，"可他还说我本该雕把椅子的，我好像惹麻烦了。"

"怎么会……我的意思是，提安，他应该看得出你雕得有多棒！"

"噢，是吗，"提安依然笑着，"只是匹马而已。拉尔师傅喜欢实用的东西，可以坐的、可以放衣服的。不过，我想明天我能做出把像样的椅子来，让他为我这个徒弟骄傲一下。"

卡拉丁看着弟弟，看着弟弟那张天真的脸、感受弟弟温和的秉性。都十几岁了，长成了少年，他还是没失掉天真和善良。你怎么一直笑得出来？卡拉丁心想，天气一团糟，你师傅待你如飓砂，你家人被城主逼得喘不过气，可你还在笑。提安，你怎么办到的？

还有，为什么你能让我也想笑呢？

"提安，父亲又花了一枚润石。"卡拉丁不知不觉间开口。每当父亲被迫使用润石，卡拉丁就会显得憔悴一些，身姿也委顿一些。这些天来没有飓风，润石都没了光泽。泣雨季里注不了飓光，它们迟早会耗尽能量。

"还有好多呢。"提安说。

"荣寿想把我们拖垮，"卡拉丁说，"把我们一点一点憋死。"

"其实没那么糟,卡拉丁,"弟弟握住哥哥的胳膊,"事情从来没有看上去那么糟,你会明白的。"

卡拉丁脑中涌起无数反驳,但它们全被提安的笑容融化了。在这一年中最阴沉的日子,卡拉丁觉得自己瞥见了阳光,虽只有短短一瞬。他发誓,他真的感到周围的一切都明亮起来,风暴消散,阴霾撤走,天空绽放光明。

母亲绕到屋子后面,抬头看着两人,见他们都坐在屋顶淋雨,似乎有些惊讶。她上前几步,一小群哈斯帕贝吸附在周围的石头上。这种有两片贝壳的小动物会在泣雨季大量繁殖,都不知是从哪冒出来的。石墙和屋顶上还爬满了与它们有亲缘关系的微型蜗牛,也仿佛是从天而降一般。

"你们聊什么呢?"她走上前,坐到两人身边。赫希拿的行事风格和镇上其他女性很不一样,有时这令卡拉丁困扰。她不是应该呵斥他们下去、把他们撵进屋、唠叨这么做会感冒么?不,她却穿着一件褐色皮雨衣,和儿子们坐在一起。

"卡拉丁操心父亲花掉润石的事。"提安说。

"哦,我可不操心那个,"她答道,"我们会送你去卡哈巴兰斯的,再过两月,你就够大了。"

"你俩应该和我一起去,"卡尔说,"还有父亲。"

"离开镇子?"提安说。听口气,他仿佛从未考虑过这种可能性,"可我喜欢这儿。"

赫希拿笑了。

"怎么啦?"卡拉丁说。

"大部分像你这么大的年轻人都想尽办法摆脱父母。"赫希拿说。

"我不能独自离开,把你们扔下。我们是一家人。"

"嗯。"

"而且,他想慢慢整死我们,"卡拉丁瞥了一眼提安,和弟弟聊天让他感觉好多了，可心中的反感依然未消，"来看病的都不给钱，我也不知道谁会出钱请你工作。父亲花掉的润石换来了什么？卖给我们的蔬菜是十倍市价，谷子要两倍，还是发霉的。"

赫希拿笑了："观察得真仔细。"

"父亲教我要注意细节，要有手术师的眼睛。"

"好啊，"母亲眼里闪着光，"你这双手术师的眼睛有没有留意到我们第一次使用那些润石的日子？"

"当然，"卡拉丁说，"就在狩猎意外之后一天，父亲必须买些布匹做绷带。"

"我们那时需要买绷带吗？"

"呃，不需要。可你知道父亲的为人。存货稍微少一点他就不乐意了。"

"所以他花掉了一枚润石，"赫希拿说，"那些他守了那么多月，死活不让城主染指的润石。"

可不是，那些他煞费苦心偷来的润石，卡拉丁心想，不过你都知道。他瞥了眼提安，后者又在看天。就卡尔所知，弟弟还是没有察觉真相。

"所以说，你父亲坚持了这么久，"赫希拿说，"最后功亏一篑，拿出一枚润石，买了一些我们可能几个月都用不上的绷带布。"

她话中所指，为什么父亲突然决定……

"他想让荣寿以为自己赢了。"卡拉丁突然惊觉，重新看向母亲。

赫希拿狡黠地笑笑，"荣寿迟早会来报复，但报复的法子却不好找。你父亲是高等暗民，有权要求上峰调查。他的确救了荣寿一命，也有很多人能证实瑞里尔的伤势有多重。不过荣寿终究会找到办法的，除非他以为自己把我们打垮了。"

卡拉丁扭头望向城主宅邸的方向。虽然被绵绵雨幕阻隔，他还能辨识出驻扎在田地里的营帐轮廓。经常忍受风吹雨淋、暴露在狂风骤雨之下的军旅生涯会是何等滋味？卡拉丁一度被那种生活吸引，但矛兵的人生现在对他没有感召力。他的大脑被肌肉图解和各类疾病及症状的知识塞满了。

"我们会接着花，"赫希拿说，"几个星期一枚吧。一方面为补贴家用——其实我娘家已资助了一些度用花销——更大的目的是让荣寿以为我们即将屈服。随后，我们出乎意料地把你送走，润石会万无一失地交到虔诚者手里，作为你的学费。"

卡拉丁眨眨眼，眼中泛出理解的光彩。他们没有输。*他们正走向胜利*。

"想想看，卡拉丁，"提安说，"你会生活在世上最宏伟的城市之一！这太棒了。你会很有学问，就像爸爸那样。到时候，你想听哪本书，就让文员给你念哪本。"

卡拉丁拨开额头湿漉漉的头发。听提安说得，比他自己想象中的求学光景要气派多了。当然，提安能把一塘飓砂都说得很气派。

"说得没错，"母亲依旧望天，"你可以学习数学、历史、政治、战术、科学……"

"那些不是女人学的吗？"卡拉丁蹙眉。

"光眼种女子学这些，但也有男性学者，只是不太多。"

"当手术师要学这么多？"

"你不必当手术师。你的人生属于你自己，孩子。如果你选择成为手术师，我们会为你骄傲，但不用把延续父亲的老路当成人生的义务。"

"我还能做什么？"卡拉丁一时愕然。

"头脑聪明、学养扎实的男人有很多职业可以选择。如果你真想研究所有学术，也可以当个虔诚者，或读风者。"

读风者。听到这几个字，他条件反射地伸手按住绣在左袖上的祈祷文——他将在需要全能之主帮助的那天把它烧掉。"他们想预测未来。"

"那不一样,你会明白的。有很多东西可以探究,有很多领域可以容纳思想。世界在变,娘家最近的来信提到一些不可思议的法器,比如能把字句传到千万里之外的芦笔。也许再过不久,男人也能学习阅读了。"

"打死我也不学。"卡拉丁大为惊骇,看了提安一眼。**这种话真是母亲说的?**不过她一直这样,无所顾忌,不管思想还是口舌。

要成为读风者嘛……他们研究飓风——确实也预测飓风,但主要还是了解它们、解开它们的秘密。他们研究的是风本身。

"不,"卡拉丁说,"我想当手术师,像我父亲。"

赫希拿笑笑:"如果那是你的选择,如我所说,我们会以你为傲。不过,你父亲和我都希望你明白,**你可以自己选择**。"

他们就这样坐了一阵,任雨水把自己浇湿淋透。卡拉丁盯着灰蒙蒙的云,好奇提安究竟为何看得津津有味。最后,他听见下方传来脚踩水洼的声音,李伦出现在屋子一侧。

"这究竟……"他说,"三个全在这儿?你们在屋顶上搞什么?"

"聚餐。"母亲轻描淡写地说。

"吃什么?"

"人世间的无常,亲爱的。"她说。

李伦叹口气:"亲爱的,你有时真是古怪。"

"我不是说了吗?人世无常。"

"说得好。但先下来,广场上有集会。"

赫希拿一皱眉,起身顺坡而下。卡拉丁瞥了眼提安,两人也跟着站起来。卡拉丁把木马塞进口袋,在湿滑的屋顶上小心翼翼地朝下走,湿透的鞋子吱吱有声。最后,他踏上地面,凉飕飕的雨水顺着脸颊直往下滴。

他们随李伦朝广场走去。卡拉丁的父亲看起来心事重重,走起路无精打采、脚下无根——最近他经常这样,也许是装给荣寿看的,但卡拉丁怀疑未必全是伪装。就算使诈,父亲也没必要使用润石,这么做实在太像是走投无路了。

前方的城市广场聚了一大群人,人们或打伞,或披着斗篷。

"这是怎么了,李伦?"赫希拿不安地问。

"荣寿有话要说,"李伦道,"他叫瓦贝召集所有人,这是全体镇民的集会。"

"在雨里?"卡拉丁问,"就不能等到见光的日子吗?"

李伦没有作答。一家人默默走着,连提安也严肃起来。他们穿过一些站在水洼里的雨灵,这些灵体闪烁着似有若无的幽蓝光芒,有人的脚踝那么高,形如半融化的蜡烛,但没有火苗。除了泣雨季,它们很少出现,据说这些闪着蓝光的小棍是雨滴的灵魂,仿佛一直在融化,但其实一点儿都不会变小,顶端还有一只蓝色的眼睛。

卡拉丁一家赶到时,大部分镇民已聚集在此,在雨中交头接耳。尤斯特和纳吉特也在,但都没跟卡拉丁打招呼。他们形同陌路好几年了,卡拉丁不禁打个冷战。父母把这座镇子称为家乡,爸爸还不肯离开,可这里越来越没有家乡的味道了。

我马上就可以走了,他心想。他急于走出赫斯通,摆脱这些没有胸怀和头脑的乡民。他要去的地方,光眼种男子心怀荣耀、光眼种女子美丽动人,配得上全能之主赐给他们的崇高身份。

荣寿的马车到了。在赫斯通的这几年令车驾的光彩大不如昔,金漆片片剥落,黑木车身被路上的碎石碰得坑坑洼洼。马车驶入广场时,瓦贝刚和孩子们一起把一小块遮雨篷架好。雨势大了,雨点打在布篷上,发出空洞的鼓噪。

挤了这么多人,连空气的味道似乎都不一样了。屋顶的空气清冽、干净,而这里的空气又潮又闷。车门开了。荣寿显得愈发肥硕,光眼种的制服也不得不重新剪裁,以适应拉长的腰围。他残缺的右腿上安了一截木桩，被裤管遮掩着。现在他爬下车，钻到雨篷下，步伐僵硬，嘴里牢骚不断。

脸上的胡子，还有一头湿漉漉、枯疏的长发，令他仿佛变了一个人，但眼睛没变。那双眼睛被更加丰润的脸颊衬托得更小、更圆，但打量人群时，一样的怒气满盈，仿佛刚被人扔了石头，正在寻找肇事者一般。

拉劳在车里吗？又有一人爬下车，走进雨篷。那是个身形精悍的浅金眼男子，下巴刮得干干净净。此人器宇不凡，穿一件压烫得妥妥帖帖的绿军装，佩剑在腰。轩元帅亚马兰？他的确相貌堂堂，长着一张国字脸，一身肌肉棱角分明，和荣寿简直是云泥之别。

最后，拉劳也现身了，穿一身古典式样的淡黄色裙衫，上身有厚胸衣，下身有喇叭裙。她抬头看看雨势，便站在原地等候。一名男仆急匆匆带着雨伞跑来。卡拉丁的心忽然跳得厉害。自在荣寿的宅邸被她羞辱后，两人再没说过话。然而，她实在美极了。度过青春期后，她出落得愈发袅娜。在有些人眼里，黑发中夹杂金丝是血统不纯的缺陷，可卡拉丁觉得无比诱人。

身边的父亲浑身一僵，低声咒骂起来。

"怎么啦？"提安在卡拉丁身边伸长脖子问。

"拉劳，"母亲说，"她袖子上有新娘的祈祷文。"

卡拉丁浑身一震，看到她袖子上缝着一块绣上蓝色对铭的白布。待正式宣布订婚时，她会把这块布烧掉。

可是……究竟是谁？瑞里尔死了！

"我有所耳闻，"卡拉丁的父亲说，"看来荣寿不愿放弃她所拥有的人脉。"

"他？"卡拉丁惊呆了。荣寿这老头要娶她？人群里的其他人也看到了祈祷文，开始交头接耳。

"光眼种男人一直和比自己年轻许多的女子成婚，"母亲说，"对他们而言，婚姻往往是确保家族忠诚心的手段。"

"他？"卡拉丁又问了一遍。他难以置信，双腿不自觉地向前迈去，"我们得阻止他，我们必须——"

"卡拉丁。"父亲厉声呵斥。

"但——"

"这是他们的事，与我们无关。"

卡拉丁不再说话。大颗雨点打在他头上，小雨点则在风中化作雨雾。雨水在广场上流淌，汇集到低洼处。一只雨灵从离卡拉丁不远的水洼里钻出头来，好似水凝成的。它独眼望天，一眨不眨。

荣寿倚着拐杖，冲管家那提尔点点头。管家的妻子阿拉希亚也在场，她一脸肃然地拍拍枯瘦的双手，让人群安静，很快，现场只剩下细雨的淅沥。

"光明贵人亚马兰，"荣寿朝一身戎装的光眼种点点头，"乃本公国的代理轩元帅。国王陛下和光明贵人撒迪亚斯远征期间，由他负责国土防御。"

卡拉丁点点头。亚马兰的大名无人不知，在来过赫斯通的军方人士里，他的地位远高于其他人。

亚马兰上前一步发话。

"这是个很不错的小镇，"亚马兰向聚集在广场上的暗眼种说，"感谢你们的招待。"他的嗓音低沉有力。

卡拉丁皱起眉头，看了看其他镇民。他们看起来和他一样，不太理解这句话的意思。

"一般情况下，"亚马兰说，"我会把这项任务交给下级军官打理。但既然来此省亲，我决定亲自操办。毕竟此事也不算辛苦，不必非得假手于人。"

"对不起，光明贵人，"农夫卡林斯说，"我斗胆问下，到底是什么事？"

"募兵啊，好农夫。"亚马兰说罢，朝阿拉希亚点点头。后者拿着一块写字板走上前，板上夹了一张纸。"为践行复仇誓约，国王陛下带走了大部分军队。我们的部队人手不足，有必要在途经的所有城镇和村庄招募年轻人。如果可能，我尽量采取自愿征募的方式。"

镇民陷入沉默。男孩子们平时会谈论离家从军的事，但真正付诸行动的寥寥无几。赫斯通的任务是提供粮食。

"我们的战斗不像复仇之战那般光荣，"亚马兰说，"但保卫家园也是我们的神圣使命。你们的军旅生涯将持续四年，服满役期后，还可额外获得相当于总薪饷十分之一的还乡费。届时你们可以选择回家，或自愿延长服役期。你们将得到出人头地、晋升阶级的机会，也就是说，只要立下战功，你和你的后代都能提升一级。有人报名吗？"

"我去。"尤斯特踏前一步。

"我也去。"亚勃雷加入进来。

"尤斯特！"他母亲抓住儿子的胳膊，"那些庄稼——"

"暗眼女，庄稼固然要紧，"亚马兰说，"但远不如保卫我们的人民来得重要。国王陛下将把从平原上抢得的财宝送回国，如果粮食短缺，那些宝石可为阿勒斯卡人提供粮食。欢迎两位入伍。还有其他人吗？"

又有三个镇上的男孩走上前，外加老男人哈尔。他妻子死于疤红热，女儿摔死了——就是卡拉丁没能救活的那个孩子。

"好极了，"亚马兰说，"还有吗？"

剩下的镇民默不作声。这倒怪了，卡拉丁亲耳听见很多孩子时常讨论参军的事，现在他们都把头扭向别处。卡拉丁能感到自己心脏的跳动，双腿按捺不住地抽动起来，仿佛要把他往前拉。

不。他要当手术师。李伦盯着他，深褐色眼眸显出一丝深切的不安。见卡拉丁没有向前，父亲松了口气。

"很好，"亚马兰朝荣寿点点头，"看来我们还是得用上你开的名单。"

"名单?"李伦大声发问。

亚马兰瞧了他一眼,"我军需要补充大量人手,暗眼种。我先让你们自愿报名,但兵员必须得到补充。作为城主,我堂兄有责任决定参军的人选,这也是他的光荣。"

"阿拉希亚,报出前四个名字,"荣寿道,"也别放过最后一个。"

阿拉希亚低头看看名单,用冰冷干涩的语调念道:"马佛之子,亚吉尔。塔勒福之子,克尔。"

卡拉丁抬头看向李伦,一脸惊惶。

"他不能点你的名,"李伦说,"我们是二等暗民,为镇上提供不可或缺的服务。我是手术师,你是我唯一的学徒。依据法律,我们可免除兵役,荣寿不会不知道。"

"亚拉菲克之子,哈布林。"阿拉希亚继续念道,"罗阿茨之子,约拿。"她顿了顿,抬起头,"李伦之子,提安。"

广场一片沉寂。有那么一瞬,仿佛连雨水也迟疑着不敢落下。旋即,所有人的视线都对准了提安。这孩子看起来吓呆了。李伦是手术师,卡拉丁是他的学徒,两人都有豁免权。

可提安没有,他只是木匠的三徒弟,无关紧要,无法免除兵役。

赫希拿紧紧抓住提安不放:"不要!"

李伦抢前一步,挡在他们身前。卡拉丁呆站在原地,看着荣寿。他在笑,满足、得意的笑。

我们夺走了他的儿子,卡拉丁恍然大悟,盯着那对小眼睛,这是他的报复。

"我……"提安说,"参军?"有生以来第一次,他似乎失掉了自信和乐观。他睁大双眼,脸色惨白。他见血就晕、厌恶打架,体格在同龄人里依然显得瘦小。

"他太小了。"李伦大声疾呼。周围的人纷纷退开,留下李伦一家孤零零地站在雨中。

亚马兰皱眉道："在城里，八九岁的孩子都可以参军。"

"那些都是光眼种的孩子！"李伦说，"去接受军官培训，不用在阵前战斗的！"

亚马兰眉头锁得更紧。他离开雨篷，向这一家子走去。"孩子，你多大？"他问提安。

"十三岁。"李伦说。

亚马兰瞥了他一眼。"手术师，我对你的事有所耳闻。"他叹口气，回头看着荣寿，"表兄，我没时间插手这弹丸小镇上的鸡毛政治，就没有别的孩子可以补缺吗？"

"这是我的选择！"荣寿坚持，"是法律赋予我的权力。我挑选的都是镇上不必要的人——实际上，**这孩子是最没用的人。**"

李伦上前一步，眼中满是怒气。轩元帅亚马兰抓住他的胳膊，"暗眼种，别做出让你后悔的事。荣寿的行为符合法律。"

"你躲在法律背后嘲笑我，手术师。"荣寿大声对李伦说，"很好，**现在轮到你品尝这滋味了。**留着那些润石吧！用这些钱换你此刻的表情，值！"

"我……"提安再次开口。卡拉丁从未见过这孩子如此恐惧。

卡拉丁感到无力。众人目光都聚集在李伦身上。他站在那儿，一手被光眼种将军拽着，两眼死死盯着荣寿。

"我会让这孩子做一两年传令兵，"亚马兰向他承诺，"他不会上战场。我只能做到这些，眼下，我们需要一切能得到的人手。"

李伦两肩一沉，低下头。荣寿笑了，示意拉劳上车。她登上马车，没看卡拉丁一眼。荣寿随后上车，仍然面带笑容，但他的表情变得越来越僵硬，毫无生气，就像头顶阴郁的乌云。他报了仇，可儿子还在坟里，他也依然被困在这个镇。

亚马兰抬头环视人群，"新兵可以带两套衣物，以及不超过三石重量的个人物品。我们会对物品称重。两小时内，到军中找军士长哈夫报到。"

提安直愣愣地看着将军离去的背影，一脸惨白，就像刷了白漆。卡拉丁可以看出他对离家的恐惧。他的弟弟，那个总能在雨天让他绽放笑容的弟弟，如此惊恐。卡拉丁感到撕扯心肺的痛苦。这不对。提安应该微笑，他天生是该笑的人。

他捏住口袋里的木马。每当他痛苦的时候，提安总是为他带来安慰。突然间，他意识到自己应该做点什么来回报弟弟。是该挺身而出了，别再躲在屋里，让别人举着一大杯润石挡在身前，卡拉丁心想，是该做个男人了。

"光明贵人亚马兰！"卡拉丁大喊。

将军一脚踏进了车门。他停下脚步，回头张望。

"我想代提安参军。"卡拉丁说。

"我不允许！"荣寿在车里吼道，"按照法律，选择权在我。"

亚马兰凝重地点点头。

"那就把我一起带上。"卡拉丁说，"我可以自愿参军吗？"这样的话，至少提安不会孤单。

"卡拉丁！"赫希拿抓住他的一条胳膊。

"可以。"亚马兰说，"我不会拒绝任何士兵，孩子。如果你想参军，我十分欢迎。"

"卡拉丁，别去，"李伦说，"你们不能都离开，别——"

卡拉丁看向提安，尽管戴着宽檐帽，这孩子的脸还是被打湿了。他摇摇头，但眼里似乎闪着一丝期待。

"我自愿参军。"卡拉丁说罢，转身走向亚马兰，"我去。"

"你有两小时准备时间，"亚马兰钻进车厢，"个人物品配额和其他人一样。"

车门关上了，但卡拉丁还是瞥见了荣寿的表情——更满足、更得意的表情。马车嘎吱作响地启程,溅起一地水花,蓄积在顶篷的雨水一股脑洒将下来。

"为什么?"李伦转过身,背对卡拉丁,磕磕绊绊地说,"为什么要对我做出这种事?我们不是都计划好了吗?"

卡拉丁看着提安。那孩子抓住他的手臂。"谢谢,"提安小声说,"谢谢,卡拉丁,*谢谢*。"

"我失去了你们俩,"李伦扯着嘶哑的嗓子,"风操的!你们俩。"他哭了,踩着水花越走越远。母亲也哭了,她再次抱紧提安。

"父亲!"卡拉丁猛一转身,突然感到无比自信,连自己都觉得惊讶。

李伦停下脚步,站在雨中,一只脚踩在雨灵聚集的水塘里。它们缓缓退开,就像一条条直立的蚯蚓。

"四年后,我会把他平平安安带回家,"卡拉丁说,"凭飓风和全能之主的第十个名字保证,*我会把他带回家。*"

我保证……

45 裂影界

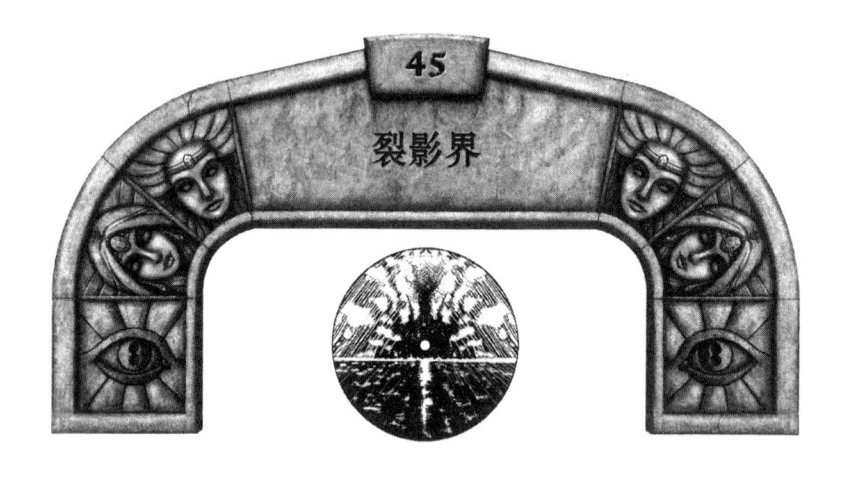

"耶利拿，又称萎风，善言人语，但它的话语声常常伴随着被它吞噬之人的惨叫。"

——灭者显然是民间传说所捏造的形象。但有意思的是，大部分灭者不是个体，而是各种毁灭力量的人格化身。这段文字出自《特拉西》第33行，被视为第一手文献，但我觉得其可靠性存疑。

他们是不同寻常的迎接者，这些旷野中的仆族。沙兰读到，这又是迦维拉尔国王的口述，记于国王遇害前一年。初次遭遇迄今已近五月，达力拿不断催促我回国，反复强调此次探险拖延得太久。

这群仆族承诺会做向导，带我们去猎杀一头巨壳生物，他们称之为 ulo mas vara——我的学者粗略地译成"深渊中的怪物"。如果他们的描述准确，这些巨兽的心脏是一颗巨大的宝石，而它们的首级将是非常了不得的战利品。他们还谈起自己的神祇，听来非常可怕，我们认为那是指几头特别巨大的深渊巨壳兽。

我们惊讶地发现，这些仆族也有宗教。这是存在完备的仆族社会的决定性证据——其他证据还包括文明、文化和独特的语言。这一发现令人震惊。我的读风者开始称他们为"仆族智者"。这个群体显然与我们日常生活中使唤的仆族截然不同，也许根本不是同类，尽管皮肤纹理一样。他们可能是仆族的远亲，和普通仆族的差异就像阿勒斯卡斧狐犬和瑟莱斧狐犬的差异那么大。

仆族智者见过我们带的仆族，感到困惑不解。"他们的音乐呢？"克雷德经常问我，我不明白他是什么意思。不过我们的仆役对仆族智者完全没有反应，也毫无模仿他们的兴趣。这一点令人安心。

他所谓的音乐，也许是指仆族智者的吟唱和齐唱，他们常常这么做，具有一种集体演绎音乐的能力，这很不寻常。我敢发誓，有一次，我遇见一名仆族智者在独自歌唱，但很快便遇到了另一个，两人距离很远，无法互相听见，却唱着同一首歌，不管是节奏、音调还是歌词，都几乎一模一样，这十分诡异。

他们偏爱的乐器是鼓，这些鼓做工粗朴，侧边有染料印出的手印。他们简陋的建筑也是同样的风格，材质为飓砂和石头，造在破碎平原边缘的火山口状大坑里。我问克雷德，难道他们不怕飓风？可他只笑笑。"为什么要担心？如果房屋被吹垮，再造就是了，我们难道造不出来？"

壁读台另一头，迦熙娜把书页翻得沙沙作响。沙兰放下手头的书，在桌上书堆中挑选下一本。她的哲学课已告一段落，重又投入到对迦维拉尔国王遇刺事件的研究中。

她从书堆底部抽出一本小册子：读风者马太因口述的记录，他是陪伴国王的学者之一。沙兰快速翻动书页，寻找特定的段落——对他们遇见的第一支仆族智者狩猎队伍的描述。

事发时，我们刚在一条河边扎下营。河很深，位于茂密的树林里。该地是理想的长期扎营地，茂密的玉穗树可以抵挡飓风，深深的河谷能规避暴发洪水的危险。陛下睿智地采纳了我的建议，朝上下游分别派出斥候。

轩亲王达力拿的斥候队首先遇到这些未经驯化的古怪仆族。当他回来讲述见闻时,我和很多人一样,不相信他的话。毫无疑问,光明贵人达力拿只是碰见了另一支与我们类似的探险队的仆族仆役。

但待第二日他们主动造访我们的营地,此事的真实性便无从否认了。来访者共十人——绝对是仆族,但比我们所熟悉的仆族更高大。他们的皮肤都有大理石般的纹理,有些是红黑色,有些是在阿勒斯卡常见的仆族的红白色。他们携带的武器十分瑰丽,都是亮闪闪的好钢,上面有复杂的花纹,但他们穿着朴素,衣服仅用纳滨布织成。

陛下很快对这些奇特的仆族产生了很大兴趣,坚持让我着手研究他们的语言和社会。必须承认,我起初只想证明他们是某种恶作剧或玩笑。但了解得越多,我就越是认识到最初的判断是大错特错。

沙兰用指头轻叩书页,思索。随后,她取出一本名为《迦维拉尔·寇林国王传》的大部头,那是迦维拉尔的遗孀纳瓦妮创作的传记,出版于两年前。沙兰翻动书页,快速浏览,寻找某段话:

我丈夫是一位杰出的明君——万人服膺的领袖、举世无双的决斗家、战场上的天才。但他的左手没有一根属于学者的手指。他不仅从未对关于飓风的记载显出任何兴趣,一谈科学就无聊,而且完全无视在战场上没有明显效用的法器。他是一个按古典尚武理念打造成的男子。

"那为什么他会对仆族智者感兴趣?"沙兰不禁把心中疑问大声说出口。

"嗯?"迦熙娜问。

"迦维拉尔国王,"沙兰说,"您母亲在她写的传记中强调,他没有丝毫学术气息。"

"的确。"

"可他却对仆族智者感兴趣,"沙兰说,"他当时甚至不知道他们有碎瑛刃。据马太因的记述,他想了解他们的语言、社会和音乐。这会不会是马太因的粉饰之词,好让后世读者以为国王不是大老粗?"

"不,"迦熙娜放低书本,"他在无主山岭逗留得越久,就越痴迷于仆族智者。"

"这其中必有蹊跷,试想一个过去对学术毫无兴趣的人,为何突然执迷于此?"

"不错,"迦熙娜说,"我也觉得奇怪。但有时候,人是会变的。他回来后,我被他的学术兴趣鼓舞,有许多个夜晚和他一起讨论这些发现。我很少能和父亲进行这种真正的交流。"

沙兰咬咬嘴唇。"迦熙娜,"她终于开口问,"您为什么让我研究这起事件?您是亲历者之一,早就知道我'发现'的一切。"

"我觉得,从全新的视角去解读也许会有收获。"迦熙娜放下手中书本,看着沙兰,"我无意让你去寻求确切的答案,而是希望你发现我疏漏的细节。你已发现我父亲的人格在那几个月间的转变,说明你钻研得很深。不管你信不信,尽管有很多人提到他返回塔冠城之后的变化,但几乎没人察觉到你刚才指出的蹊跷之处。"

"饶是如此,我还是觉得有点儿别扭。也许我依然受过去导师的影响,按他们的观念,年轻女士只应阅读经典著作。"

"经典著作确实值得阅读,我会安排些时间让你去读,就像安排你的道德观课程那样。但我想让这些延伸课程与你目前的课题形成联动。你专注的焦点必须是当前的课题,而非那些发了霉的谜团。"

沙兰点点头:"可是,迦熙娜,*您不是历史学者吗?*研究那些发了霉的谜团难道不是您的本行吗?"

"我是求真者,"迦熙娜说,"我们探寻有关过去的答案,重构历史真相。对很多人而言,撰史无关真实,只为了竭尽所能地鼓吹自己和自己的动机。会中姐妹和我选择的课题都是我们认为最被世人误解或误读的,我们研究这些课题,是为了更好地理解当下。"

既然如此，你又为何花那么多时间去研读民间故事、寻找恶灵？不，迦熙娜在探寻某种真实的存在。那东西如此重要，能令她远离破碎平原、远离为父亲复仇的战场。她想通过那些传说做些什么，而沙兰的研究也是其中的一部分，尽管她还不知具体关联。

想到这里，她激动起来。自儿时起，她就一直向往这种经历。她一遍又一遍地翻看父亲屈指可数的藏书，为父亲又赶走一名导师而沮丧。现在在迦熙娜这里，沙兰是某项事业的一部分——而且凭她对迦熙娜的了解，这一定是一项宏大的事业。

可是，她心想，托兹贝克的船明早就来了。我要走了。

我得开始诉苦，我得让迦熙娜相信，那次巷子的事故比我预想的更难以释怀。这样一来，当我离开时，她才不会感到意外。我得哭一哭，装出崩溃和丧气的样子，我必须——

"乌有斯麓是什么？"一开口，沙兰却说出了这句话。

令她吃惊的是，迦熙娜毫不迟疑地做了回答："据说，乌有斯麓是白银十王国的中心，十王国的王座都在这座城市，分属十名国王。它是全世界最宏伟、最惊人、最重要的城市。"

"真的吗？为什么我以前没听说过？"

"因为甚至在光辉变节者出卖人类之前，它就被废弃了。绝大多数学者认为它只是神话。虔诚者对该城闭口不谈，因为它与光辉骑士有关，也便和沃林教的第一次严重错误有关。我们对该城的了解大多来自失传作品的残篇，保存在古典著作的引文当中，而很多这类著作本身也不完整，只余下一些片段。早期历史传下的唯一完整作品是《王者之路》，这多亏了梵蕊尔修会的努力。"

沙兰缓缓点头："若确有一座宏伟的古城遗址尚未得见天日，自然该去林木疯长、蛮荒、无人探索过的纳塔纳坦找。"

"乌有斯麓不在纳塔纳坦。"迦熙娜笑道，"不过猜得不坏，沙兰，继续用功吧。"

"那些武器。"沙兰说。

迦熙娜抬抬眉毛。

"我是说仆族智者。他们一方面有带蚀刻的精美精钢武器,另一方面却用皮鼓——鼓上还有属于原始部落的手印——住石头和飓砂垒成的破屋。您不觉得这种差异很不协调吗?"

"是的,我认为这十分奇怪。"

"那么——"

"我向你保证,沙兰,"迦熙娜说,"那座城市不在那里。"

"但您确实对破碎平原感兴趣,您用对芦和光明贵人达力拿通笔时提到过。"

"的确。"

"虚渡又是什么?"沙兰心想,这下你总该回答了吧,"它们究竟是什么东西?"

迦熙娜饶有兴趣地端详她。"没人知道确切答案。大部分学者认为,虚渡和乌有斯麓一样,只是神话中的存在。而神学家视它们为全能之主的对立面——栖居在人心中的怪物,就像全能之主曾住在人心中一样。"

"可是——"

"接着用功,孩子。"迦熙娜拿起书本,"这个话题我们可以改天再谈。"

王女的语气里有种"到此为止"的暗示。沙兰咬咬嘴唇,把打算激迦熙娜重新开口的冒失言论吞了下去。她信不过我,恐怕不无理由,她心想。你得走了,沙拉再次提醒自己,明天,你就要坐着船离开这里。

只剩一天。留在恢宏的帕拉奈图书馆,与数不清的书本、与书本中的力量和知识相处的时间,只剩一天。

"我想要一本蒂凡朵给你父亲写的传记,"沙兰在书堆里摸索,

"别的书总是引用它。"

"在馆里靠下的某层,"迦熙娜悠悠地说,"我也许能找出索引号。"

"不用了,"沙兰起身道,"我自己去查,我还需要多加练习。"

"你自便吧。"迦熙娜说。

沙兰笑笑。她很清楚那本书在哪儿,只是假装去查找,好换来一些独自活动的时间。她要试试能不能靠自己发现虚渡的秘密。

♛

两小时后,沙兰端坐在帕拉奈图书馆下层某间阅读室里,眼前桌子摊得乱七八糟。提灯里的润石照亮了一堆匆忙选就的书册——结果全都没用。

看起来,人人对虚渡都略知一二。农村人称它们为夜晚出没的神秘生物,专司盗取倒霉蛋的财物、教训蠢人。这些虚渡看起来淘气更甚于邪恶。但又有一则怪诞故事,讲述一头虚渡化作流浪旅者,在接受一名种溺娄米的农夫的好心招待之后,却杀光他全家,喝干他们的血,然后用黑灰在墙上画下虚渡的符文。

大部分城里人把虚渡看做夜里游荡的邪恶精灵,这种灵体会侵入人心,让人做出可怕的事。如果一个好脾气的人哪天发了怒,准是虚渡干的好事。

学者们觉得这些想法很可笑。白纸黑字的历史文献——她短时间内能找到的那些——互相矛盾。虚渡是诅咒之地的住民吗?倘若如此,既然虚渡已征服了宁静园,把人类驱逐到柔刹大陆,那诅咒之地如今岂非空空如也?

我早该料到,很难得出任何实质性结论,沙兰往椅背上一靠,迦熙娜研究了数月,甚至几年,我在几个小时里又能有什么收获?

这番研究的唯一成果是加深了她的困惑。到底是什么怪风把迦熙娜吹到这项课题上的?研究虚渡好比琢磨死灵是否真实存在,有何意义呢?

她摇摇头,叠好书本。虔诚者会替她把书本归架,她只需取下蒂凡朵的传记,返回壁读台。于是她站起身,闲手挂着提灯,朝阅读室的出口走。她只打算带一本书,所以没叫上仆族。来到出口,她见到另一盏灯飘出走道向她靠近。刚踏出房门,她便差点与一个高举石榴石提灯的人撞个满怀。

"卡波萨?"看见这张被灯光映照得一片幽蓝的年轻脸庞,沙兰吃惊地问。

"沙兰?"他也一惊,抬头看看刻在入口上方的编号,"你怎么在这儿?迦熙娜说你在找蒂凡朵的传记。"

"我……我走错地方了。"

他挑了挑眉毛。

"这谎撒得不够好?"她问。

"烂透了。"他说,"你比那本书所在的地方高了两层,差上千个索引号。我在那里没找到你,就请升降台的操作员把我送到你去的楼层,于是他们把我带来这儿。"

"迦熙娜的课程很累人,"沙兰说,"所以我有时会找个安静角落放松一下,调整状态。我只有这么点独处的时间。"

卡波萨若有所思地点点头。

"这个谎好点儿了吧?"她问。

"还是有问题。你是来休息的,**竟然会待两小时**?何况,我记得你告诉我,迦熙娜的课程并不太吓人。"

"她会相信我的话。"沙兰说,"她以为自己很苛刻,其实不然。或者说……好吧,她确实苛刻,也以为我很介意,但我其实没那么介意。"

"很好。"他说,"可你到底在这里做什么呢?"

她咬咬嘴唇,令他不禁莞尔。

"笑什么?"她红着脸质问。

"你咬嘴唇的样子真是纯真得要命啊!"

"我是很纯真。"

"你刚才不是连着骗了我两次吗?"

"纯真的意思是不世故。"她做个鬼脸,"如果我不纯真,我的谎言会更有说服力。来,陪我一起去取蒂凡朵的传记。如果抓紧点儿,我就不必对迦熙娜撒谎了。"

"好吧。"他赶上沙兰,两人沿环绕帕拉奈图书馆内墙的走道大步前行。图书馆内部空间是倒置的金字塔形,向上方洞顶延伸,四面墙壁以一定斜度伸展开去。上方的楼层比较明亮,易于辨识,能看到一个个微小的光点沿栏杆前后移动,那是虔诚者和学者手中的提灯。

"一共五十七层。"沙兰说,"我简直无法想象,你们要付出多大心血才能造就这一切。"

"不是我们造的,"卡波萨说,"至少主体不是,它一开始就在。卡哈巴兰斯人只是开凿出放书的房间。"

"山洞主体是自然形成的?"

"和塔冠城一样自然。你忘了我的演示吗?"

"没忘,可你为什么不能拿这座洞穴作为演示范例呢?"

"我们的确还没找到相应的沙图。"他说,"但我们确信,就像那些城市一样,这里是由全能之主亲手创造。"

"那破晓圣灵情何以堪?"沙兰问。

"它们怎么了?"

"这里不是它们创造的吗?"

他扑哧一笑——两人已走到升降台前。"破晓圣灵不是干这个的。

它们是全能之主派来的治愈者，是善良的灵体，来照看被逐出宁静园的世人。"

"听起来像是虚渡的对立面。"

"我想可以这么说。"

"送我们下两层。"她告诉操控平台的仆族。这些仆族转动绞盘，滑轮吱呀作响，脚下木板晃晃悠悠。

"如果你想用这些话题来蒙混过去，"卡波萨两手抱胸，靠在护栏上说，"你是不会得逞的。我和你那不待见人的尊师一起坐了一个多小时。请容我说，那可不是什么愉快经历。我想，她知道我仍然有意说服她皈依。"

"她当然知道。她可是迦熙娜，天底下没有她不知道的事情。"

"除了某人来这里研究的课题。"

"是虚渡。"沙兰说，"那也是她研究的课题。"

他眉头一紧。过了一会儿，升降台停在目标楼层。"虚渡？"卡波萨的语气透着好奇。她本以为他会嗤之以鼻，或觉得好笑。不，她心想，*他是虔诚者，他相信虚渡的存在。*

"虚渡究竟是什么？"她走出升降台，问道。下方不远处，洞壁汇聚成一点，那里放着一颗注了光的大钻石，标志着图书馆的最低点。

"我们不喜欢谈论这个话题。"卡波萨跟上来。

"为什么呢？你是虔诚者，虚渡是你信仰的一部分。"

"不受欢迎的部分。人们更乐意听我们谈论神之十性或人之十堕，我们也乐于配合，因为我们同样不愿谈及那段久远的过去。"

"是因为……"她试探道。

"因为我们的错误。"他叹口气，"沙兰，虔诚会各个分支的信仰依然以古代沃林教为核心，也就是说，神权统治和光辉变节者都是我们的耻辱。"他把绽放出深蓝色光芒的提灯举高。沙兰满怀好奇地走在他身边,不去打断他的话。

"我们相信虚渡存在,沙兰,它们是灾难、是瘟疫,它们曾一百次降临到人类头顶。先是把我们赶出宁静园,接着又想毁灭来到柔刹的人类。它们可不是什么藏身石头底下,只出来偷几件衣服的简单灵体。这些妖孽拥有可怕的破坏力,它们诞生于诅咒之地,为仇恨而创造出来。"

"是谁?"沙兰问。

"什么?"

"是谁创造了它们?我的意思是,全能之主不可能'为仇恨'来造物。那又是谁造了它们?"

"万物都有对立面,沙兰。全能之主是善良的神,为平衡他的善,三界宙需要虚渡来作为他的对立面。"

"这么说,全能之主行善越多,作为副产品的邪恶也造得越多?如果会造出更多的恶,那行善又有什么意义?"

"看来迦熙娜的哲学课没停啊。"

"这不是哲学,"沙兰说,"只是简单的逻辑。"

他叹口气:"依我看,你不会想要深入这个神学话题。姑且这么说吧,全能之主纯粹的善的确会造出虚渡,但人类可以选择向善,而不会造出恶来,因为我们是善恶二元的凡身肉胎。所以,让三界宙增加善业的唯一途径是由人类来创造——只有通过这种方法,善才能压倒恶。"

"好吧,"她说,"但我还是不能接受你对虚渡的解释。"

"我以为你是信徒呢。"

"*我的确是*。但崇敬全能之主不代表我会无条件接受一切解释,卡波萨。或许这属于宗教范畴,但也得有理有据。"

"你不是说,你对自己都不了解吗?"

"嗯,是的。"

"你现在却妄图参透全能之主的所作所为?"

她嘴唇抿成了一条线。"好吧,算你在理,可我还是想多了解一下虚渡。"

他耸耸肩,随她走进一间摆满书架的库房,书架上塞满了书。"基本要点我都告诉你了,沙兰。虚渡是邪恶的化身,在令使选中的光辉骑士组成的十个骑士团的率领下,人类把它们击退了九十九次。最后,'亚哈里提安'降临,也就是最后的灭世。虚渡被逐回宁静园,令使们乘胜追击,还要把它们赶出天堂。而柔刹的令使纪元就此告终,人类遂进入孤独时代,也就是现代。"

"可为什么古时的记载都如此支零破碎?"

"那是千万年前的事,沙兰。"卡波萨说,"属于史前时代,甚至早于人类学会锻造铁器。若非令使赐予碎瑛刃,我们只能拿木棍和虚渡战斗。"

"可我们却拥有白银十国和光辉骑士。"

"都是令使创建和领导的。"

沙兰紧锁眉头,顺着书架一排排数过去。她停在准确的位置,把提灯交给卡波萨,踏进走道,从书架上抽出那本传记。卡波萨举着提灯跟在她身后。

"肯定还有隐情。"沙兰说,"否则,迦熙娜不会花这么大功夫去钻研。"

"我能告诉你她这么做的理由。"他说。

沙兰瞧了他一眼。

"你看不出来吗?"他说,"她想证明虚渡并不存在。她想证明这纯粹是光辉骑士的捏造。"他抢到她身前,与她四目相对。两侧书本反射着灯光,把他的脸映照得一片苍白。"她想彻底证明虔诚会和沃林教是一场巨大的骗局。这就是她的真实意图。"

"也许吧。"沙兰陷入沉思。卡波萨说得在理。对一个公然的异端来说，除了驳斥愚蠢的信仰、证明宗教的虚伪，还能有什么更好的追求？这能解释迦熙娜为何要研究虚渡这种看似无足轻重的课题。只要在历史文献中找出合适的证据，迦熙娜也许真的可以证明自己是正确的。

"我们受的报应还不够吗？"卡波萨的眼里冒出怒气，"虔诚者对她构不成威胁，如今的我们对任何人都构不成威胁。我们不能拥有财产……诅咒之地啊，*我们本身就是别人的财产*。我们必须小心翼翼地看城主和诸侯的眼色行事，不敢直言他们的罪孽，害怕招来报复。我们是被拔下獠牙和利爪的白脊，天生该蹲在主人脚边谄言献媚。可*这是真的，全是真的*，只是他们不把我们放在眼里，还——"

他突然闭嘴，看着她，紧闭双唇，咬紧牙关。她从未在这个和善的虔诚者身上看到如此狂热和暴怒的一面。她根本不知道卡波萨原来是这样的人。

"对不起。"他转过身去，领沙兰走向书架夹道的出口。

"没关系。"她赶紧跟上，突然感到一阵沮丧。沙兰本期待迦熙娜不可告人的研究背后隐藏着某种更宏大、更神秘的东西。难道真的只是为证伪沃林教？

他们默默走出书库，步上走道。此时，她想起有些话不得不说："卡波萨，我要走了。"

他看着她，一脸惊讶。

"家里来了消息。"她说，"我不能透露具体内容，但肯定不能再待了。"

"与你父亲有关？"

"为何这么问？你听说了什么吗？"

"他最近都闭门不出，比过去更难见上一面。"

她尽量不显出紧张。消息已传得这么远了？"抱歉，走得如此唐突。"

"你还回来吗?"

"不知道。"

他探寻地盯着她的眼睛。"你打算何时起程呢?"他的语气突然冷了下去。

"明天一早。"

"那好。"他说,"至少给我画幅肖像吧,我能有这份荣幸吗?你为很多虔诚者画过像,就是没为我画。"

她一愣,随即意识到事实如此。在一起这么久,她从未给卡波萨画像。她用闲手捂住嘴:"真对不起!"

他似乎吃了一惊:"我没生气,沙兰,这真不算什么要紧事——"

"怎么不要紧,"她抓住卡波萨的手,拽着他沿走道往回走,"来吧,我把画具留在上面了。"她一路拉他赶回升降台,示意仆族把他们送上去。升降台启动后,卡波萨低头看着自己掌心里的那只纤手。沙兰赶紧松开。

"你是个令人捉摸不透的女人。"他板着脸说。

"我不是警告过你吗?"她把那本传记按在胸口,"何况,我记得你说过,你把我看清楚了。"

"我收回那句话。"他看着她,"你真的要走?"

她点点头。"对不起,卡波萨……我和你想的不一样。"

"我想,你是个秀外慧中的女人。"

"好吧,至少女人这点是说对了。"

"你父亲病了吗?"

她没回答。

"我理解你为什么要回到父亲身边,"卡波萨说,"但你一定不会放弃学术追求。你会回来找迦熙娜。"

"她不会永远待在卡哈巴兰斯。过去两年间,她几乎一直辗转各地。"

他的头转向前方，看着飞驰而过的景色。片刻后，他们转乘另一座服务于另一组楼层的升降台。"我不该和你相处这么多时间。"他最终开口，"虔诚会里的前辈觉得我分散了心思，他们从不喜欢会内兄弟对外部世界感兴趣。"

"你有权追求异性，这是受法律保护的。"

"我们是别人的财产。一个人的权利即使受保护，也一样会在行使中受到阻挠。我逃避工作，违抗上级……追求你的同时，我也引来了麻烦。"

"我没要求你这么做。"

"你也没有阻止。"

她无话可说，只是愈发不安，甚至感到一丝惊恐，一丝想要逃到角落躲起来的冲动。在那段足不出户困守父亲宅邸的日子里，她从未如此和人交往，做梦都没想过。*这是恋爱吗？*她的恐慌不断扩散。初到卡哈巴兰斯时，她脑子里只有一根筋，可现在怎么到了要让别人心碎的地步？

而令她愧赧的是，她心里明白，做学问会比卡波萨更令她怀念。有这种感觉是不是很差劲？她确实喜欢他，这男人很有趣，也好相处。

他看着她，眼里闪动着渴望。他好像……飓风之父啊，他好像真的爱上她了。她也该陷入爱河吗？她觉得自己没有。无论如何，她心乱如麻。

抵达帕拉奈图书馆升降系统的顶层后，她跑出升降台，踏进浣纱厅。卡波萨跟在身后。但他们还要乘另一座升降台才能到迦熙娜的壁读台，所以没多久，沙兰发觉自己又和他困在了一个狭小空间里。

"我可以离开这里，"卡波萨柔声道，"和你一起回雅克维德。"

沙兰更恐慌了。她对他几乎一无所知，不错，他们经常聊天，可谈的都不是什么大事。如果他退出虔诚会，就会被贬为十等光民，差不多和暗眼种一样低微。他会一贫如洗，陷入和她家族差不多的凄惨境地。

她的家族。如果她把这陌生人带回家,哥哥们会怎么说?又来一个分享家族秘密、并为他们的麻烦火上浇油的人?

"从你的表情看,这法子恐怕行不通。"卡波萨说,"看来,我在某些非常重要的问题上产生了误解。"

"不,不是那样。"沙兰急忙说,"只是……唉,卡波萨,连我自己都搞不懂自己的所作所为,你岂能看穿?"她碰碰他的手,让他转过身,"我对你并不诚实,对迦熙娜也是。而且最气人的是,我对自己也不诚实。我很抱歉。"

他耸耸肩,无所谓的神情明显是装的。"至少我能得到一幅画像。不是吗?"

她点点头。升降台颤了几下,终于停住。她沿黑暗的走廊往下走,卡波萨提灯随行。迦熙娜抬起头,用质询的眼神打量走入壁读台的沙兰,但没问她为何耽搁了这么久。收拾画具时,沙兰发觉自己脸红了。卡波萨还站在门廊里,不知该不该进来。桌上有他留下的一篮面包和果酱,篮子上裹的布没动过,迦熙娜碰都没碰。作为示好,他每次都会问迦熙娜要不要尝尝面包,但从不提果酱,因为那是迦熙娜讨厌的东西。

"我该坐哪儿?"卡波萨问。

"站在那儿就行。"沙兰说着坐下来,把素描本搁在腿上,用袖子下的禁手压住。她抬头看他——一手扶着门框斜立,头上光光,裹一件浅灰色短袖袍,系白色腰带,眼里满是困惑。她一眨眼,把场景定格入脑,随后挥笔作画。

这是她一生中最尴尬的时刻之一。她没告诉卡波萨不必站定不动,于是他就保持着那个姿势,也没说话,或许以为多嘴会搅了画作。沙兰发觉拿画笔的手在颤抖,但谢天谢地,她还能忍住眼泪。

眼泪。她一边描出卡波萨身边墙壁的线条,给整幅画收尾,一边想。我为什么要哭?被拒绝的人又不是我。哪怕一次也好,我的感情能稍微理性一些吗?

"给,"她取下画纸递过去,"别忘了封胶,否则会糊掉。"

卡波萨犹豫片刻,走上前,恭恭敬敬地接过画。"画得太好了。"他喃喃道,抬起头,匆忙拿起提灯,打开灯罩,"拿着,"他取出里面的石榴石布罗姆递上,"就当润笔。"

"我不能收!再说,这又不是你的。"作为虔诚者,卡波萨身上的一切都属于国王。

"请收下,"卡波萨说,"我想给点儿什么。"

"这幅画是礼物,"她说,"如果你付钱,我就什么都没送过你了。"

"那我再拜求一幅。"说话间,他把明亮的润石塞进她掌心。"这张画我白拿了,但要请你再画一张我们两人的合相。"

她一怔。给自己画像的事她很少干,因为觉得很别扭。"好吧。"她接下润石,像做贼似的塞进放着魂器的禁袋。在里头放这么重的东西感觉有些奇怪,但她已习惯了魂器突起的形状和重量。

"迦熙娜,您有镜子吗?"她问。

迦熙娜毫不掩饰地叹了口气,显然不喜欢被打搅。她在随身物品中摸索了一下,取出一面镜子,卡波萨上前接过。

"举在你脸旁。"沙兰说,"好让我看到自己。"

他走了回来,一脸困惑地照她吩咐做了。

"朝边上转一点儿,"沙兰说,"好,就这样别动。"她眨一下眼,把两人脸靠脸的景象定格入脑。"坐吧,不用举镜子了。我只是参考一下——这能帮助我把自己的形象放入要描绘的场景。我会把自己画成坐在你身边的样子。"

他坐在地上。沙兰开始作画,借此麻痹混乱矛盾的情感——有罪恶感,因为她对卡波萨的感觉不似卡波萨对她那么强烈;有哀伤,因为再也见不到他;但最强烈的,是对于魂器的焦虑。

把自己画在他身边颇有挑战性。她画得极为投入，将卡波萨端坐的现实场景和自己的虚像结合在一起，想象自己穿着花卉图案的绣裙侧腿而坐。镜子里的脸庞成为她的参照，以那张脸为基础，她先勾勒出头部。脸形太窄，算不得美，发色太浅，脸颊还长着雀斑。

魂器，她心想，带着它留在卡哈巴兰斯有危险，但离开同样危险。有没有第三种选择？如果我把魂器送走呢？

她犹豫起来，炭笔游走在画纸上方，迟迟不落。她敢不敢把魂器包好，偷偷交给托兹贝克，让他送回雅克维德？只要销毁所有关于魂器的画像，被搜身或搜查房间时，她就不必担心人赃俱获。而且，当迦熙娜发现魂器不管用，她也不会因为突然离去而招致怀疑。

她继续作画，愈发沉入思绪中，让手指凭本能动作。如果她只把魂器送回去，那就能留在卡哈巴兰斯。这是一幅诱人的金色美景，却令她的情绪陷入更加混乱的境地，她之前一直在为离开做着心理准备。她该拿卡波萨怎么办？还有迦熙娜。做出这种行径后，沙兰真的可以留在这里，接受迦熙娜的免费辅导吗？

对。沙兰心想。对，我可以。

这股情绪是如此灼热，令她吃了一惊。只要能继续学习，她情愿日复一日怀着罪恶感活着。这种想法极其自私，也令她羞愧。但她会这么做，至少短时间内可以。当然，她最终是要回去的。她不能让兄长们独自面对危险，他们需要她。

自私之后是勇气。后者给她带来的惊讶几乎不亚于前者，两者都不是别人曾认为她具备的品质。但她已逐渐明白，她并不了解自己。至少在离开雅克维德，离开她所熟悉的一切、别人期望她所成为的一切之前，她并不了解。

她的笔触越来越激烈。人物已经画好，开始画背景。迅捷粗放的线条是地面和身后的拱廊，一片模糊的黑线是书桌侧边和投下的阴影。清爽的细线是桌上的提灯。圆润如风的线条勾出背景中的几双腿和几件长袍——

沙兰一怔,指间的炭笔无意识地画出一条黑线,停止了对卡波萨身后人物的描绘。这是她画出来的,但并不存在,衣领上方没有脑袋,而是悬着一个棱角分明的立体符号。

沙兰猛然起身,又重重跌坐在椅子上,闲手紧紧攥住素描本和炭笔。

"沙兰?"卡波萨站了起来。

又来了。为什么?转眼间,画画所带来的平静消失无踪,她的心开始猛跳,压力也回来了。卡波萨。迦熙娜。兄长们。决断。选择。难题。

"没事吧?"卡波萨上前一步。

"对不起。"她说,"我——我画砸了。"

他一皱眉。一旁的迦熙娜抬起头,额头紧蹙。

"不打紧。"卡波萨说,"瞧,我们先吃点面包果酱,缓一缓,然后再画。我不介意——"

"我得走了。"沙兰打断他,觉得喘不过气来,"抱歉。"

她从不知所措的虔诚者身边挤过,急忙跑出壁台,始终与那些怪人在画里所站的位置离得远远的。她究竟是哪里出了问题?

她冲向升降台,一边命令仆族往下降,一边回头望去。卡波萨站在走道上,看着她。沙兰紧紧攥着素描本,一脚跨进升降台,心脏怦怦直跳。*冷静一下。*她背靠升降台的木质扶手,心中默念。仆族开始把她往下放。她抬起头,看着上方空荡荡的升降台等候区。

她不知不觉眨了眨眼,记住这个场景,又一次画了起来。

她用禁手支着素描本,漫无目的地画。升降台左右两侧分别挂着两枚很小的润石,挂绳晃晃悠悠,这就是唯一的照明。她抬头仰望,什么也不思考,只是作画。

片刻后,她低头看自己画了什么。画中的等候区站着两个人形,穿着僵挺的袍子，布料硬得有如金属。他们弯着腰，看着她离去。

她重新抬起头，等候区空空如也。我这是怎么了？她愈发惊恐。待升降台降至底层，她拔腿就跑，跑得裙裾翻飞。她一口气跑到浣纱厅的出口，跑到门廊下。几名侍从大师和虔诚者投来不解的目光，她毫不在意，只是不知所措。

往哪儿跑呢？汗珠顺着脸颊往下淌。如果你疯了，逃跑又有什么用？

她一路冲进主洞穴的人群中。时近傍晚，晚餐高峰期到了——侍从们推着餐车，光眼种纷纷回房，学者们背手踱步。沙兰在这些人当中硬挤出一条道来，随即听到一声脆响，原来是她的发饰掉落在身后岩地上，头发登时披散开来，绽放出一条红色瀑布。她跑到通往自己房间的走廊，气喘吁吁，发丝凌乱。回头一望，一整排人困惑地看着她。

虽然心里不愿意，她还是不由自主地一眨眼，定格眼前场景，再次举起素描本，用汗涔涔的手抓起炭笔，飞快画出洞窟内人头攒动的景象。只是一些模糊的印象，直线组成的男子，曲线组成的女子，倾斜的石壁，铺有地毯的岩地，墙上挂着的润石提灯绽放的光芒。

还有五个人形，穿着僵直的长袍和斗篷，躯干上没有脖子，应该是脑袋的位置悬着某种符号。每个人形悬的符号都不一样，狰狞扭曲，她从未见过。这些人形在人丛中穿梭，就像隐形的猎食者，死盯着沙兰。

这只是我的想象，她试图说服自己，我太累了，承受了太多压力。它们是我罪恶感的化身吗？其源头是对迦熙娜的背叛，对卡波萨的欺骗，还是她离开雅克维德之前的所作所为？

她想站在原地等待，手指却不肯停下。她眨眨眼，又在空白画纸上作画。画毕，她挪开颤抖的闲手，赫然看到那几个人形几乎近在眼前，本该是脑袋的地方悬着狰狞的棱形，本该是脸的地方只有诡异的符号。

逻辑和理性警告她不要做出过激反应，可无论如何，她的头脑都听不进去。这些东西是真的，而且是来找她的。

她拔腿就跑，吓到了几名想上前帮她的侍从。她穿着凉鞋跑，鞋底和走廊地板之间有些打滑。终于，她来到迦熙娜的房门前，把素描本夹在胳膊底下，用颤抖的手指打开锁，冲进屋子，旋即狠狠把门甩上，重新上锁，然后立即跑进自己的房间，再次关门落锁。面对紧闭的房门，她踉跄后退。床头柜上一口大水晶杯里放着三颗钻石马克，是屋里仅有的照明。

她退到床上，一个劲儿往后缩，拼命远离房门，直到背贴墙壁。她心惊胆战地喘着气，腋下依旧夹着素描本，但炭笔掉了，不过床头柜里还有更多。

*别画了。*她想。*坐在这里冷静一下。*

一阵彻骨的寒冷和恐惧在她体内蔓延、扩散。**她必须搞清楚**。于是她慌乱地拿出炭笔，眨眨眼，开始画自己的房间。

先画天花板，四条直线。往下是墙壁。还有四角的线条。她的手指不断动作，连眼前的素描本也画了下来，裹在袖子下的禁手在素描本后支撑着。然后是站在周围的人形——扭曲的符号悬在歪斜的肩膀上，这些不算头的头呈现出无可名状的角度，各截面以违背几何原理的方式怪异地捏合在一起。

正前方的怪物向沙兰伸出手指，那手指好光滑，指尖离素描本仅有几寸。

*噢，飓风之父……*沙兰停下手中炭笔。除了她，屋内空无一人，可面前的速写中却挤满了这些几何体般的形象。它们离得非常近，如果它们有呼吸的话，沙兰应该能感觉到。

屋里怎么有股寒气？沙兰挣扎着、迟疑着——她虽然吓坏了，却无法控制自己——抛开炭笔，抬起闲手向右边摸索。

她摸到了什么。

她惊声尖叫,在床上蹦了起来,扔掉素描本,背脊紧贴墙面。她的大脑一片空白,她不由自主地在袖子中拼命摸索,想把魂器取出来,这是她身边唯一可当做武器的东西。不,这是犯傻,她不知道如何使用,只能听天由命。

除非……

风操的!她被自己的念头吓得魂飞魄散。我不能用那个,我发过誓。

可她还是开始了。十次心跳,将唤出她的罪恶之花,她一生最可怕的行为结成的果实。但召唤过程被一声神秘而清晰的质问打断:

你是什么?

她用手抚胸,在柔软的床榻上失去了平衡,双膝一软,跪倒在乱得皱巴巴的床铺上。她伸手扶着床头柜稳住身子,指尖划过柜子上的大水晶杯。

"我是什么?"她低声说,"我是惊惶的人。"

这是真的。

整间卧室开始变化。

床、床头柜、素描本、墙壁、天花板——一切都仿佛爆裂开来,裂成无数微小的黑晶球。恍惚之间,她发觉自己来到了一个异世界,天空是黑色的,地平线上悬着一轮古怪的白日,离得很远,看起来很小。

沙兰惊声尖叫,她发觉自己浮上半空,朝后跌去,落进一片珠雨。一团团火焰在周围盘旋,有好几十团,也许几百,它们好似点点烛光,飘浮在半空,汇入风中。

她撞到了什么?那是一片无垠的黑暗海洋,只是没有水。这片海完全由微小的晶珠填成。一波波晶珠向她涌来,如海浪般起伏。她大口呼吸、拼命挣扎,努力不被淹没。

你想让我改变?一个温和的声音在她头脑中响起,与之前冰冷的低语截然不同，这声音深沉浑厚，显出无穷岁月的积淀。这声呼唤似乎来自她的手，她发现手里握着东西。

一颗珠子。

晶珠海卷成涡流，仿佛要把她吞没；她拼命扑腾，勉强不让自己沉下去。

我现在这个样子，维持了很久很久。那个温暖的声音说。我睡得太久了，我会改变。把你的给我。

"我不知道你在说什么！快救我，求你了！"

我会改变。

她突然觉得冷，仿佛体内热量被抽走了，而她手里的珠子绽放成发热的光球，令她厉声尖叫。她赶紧把珠子甩走，与此同时，一股浪头从她身下涌起，晶珠滚来滚去，发出轻柔的碰撞声。

她往后一仰，跌到自己床上，又回到了卧室。床头柜上的水晶杯融化了，杯里的三颗润石掉在柜子上——那杯子本身变成了红色液体，沾满床头柜，溢出柜沿，淌到地面。沙兰吓得直往后缩。

高脚杯变成了鲜血。

她惊慌中碰到了床头柜。床头柜摇晃起来，原来高脚杯旁还放着一口玻璃水罐，被这一晃掀翻，砸到地上。碎片撒了一地，溅起一片血花。

是塑魂术！她明白。她把玻璃杯变成了血，血也是十元素之一。她抬手扶额，凝视着红色液体在地板上慢慢扩散成一汪血池。看来还真不少。

她完全糊涂了。那些声音，那些怪人，晶珠海，还有冷峻的黑色天空，一切都发生得太快、太突然。

我施放了塑魂术，她再次意识到。我成功了！

这和那些怪人有关吗？可她在偷取魂器之前就在自己的画作中见过他们，怎么会……到底是什么？她低头看看禁手和藏在袖子暗袋里的魂器。

我没戴上它。她想。可我还是使出了塑魂术。

"沙兰？"

这是迦熙娜的声音，就在沙兰屋外。王女一定是跟过来了。沙兰感到一阵突然的恐慌，眼见一道血迹正流向门口，与之近在咫尺，只要一下心跳的工夫，那道鲜血就会钻过门缝。

为什么非要变出血来呢？真恶心。她跳到地上，凉鞋被血水浸透。

"沙兰？"迦熙娜的声音更近了，"那是什么声音？"

沙兰惊恐万状地看着血迹，又看看素描本，每张画上都有诡异莫名的怪人。如果他们真的和塑魂术有关呢？迦熙娜会认出来的。一道阴影出现在门下。

她慌乱起来，把素描本塞进行李箱。可还有血，只有致命伤才会流出这么多血，这会是她的罪证。迦熙娜会看到，会识破。无中生有地出现血，属于十元素之一的血……

迦熙娜会揭穿沙兰的行为！

沙兰突然有了计较，不算高明，但毕竟是脱身之计，也是她能想到的唯一办法。她跪在地上，用禁手隔着袖子拾起一片水罐的碎玻璃。她深吸一口气，卷起右臂袖管，浅浅地割了一道。她甚至惊惶得感觉不到疼痛。血液随即涌出。

门把手一转，门开了。沙兰丢掉碎玻璃，侧身躺下。她闭上眼，装作失去意识。房门此时被完全打开。

迦熙娜倒抽一口凉气，立刻大声求救。她冲到沙兰身边，抓起她的胳膊，按住伤处。沙兰就像神志不清的人那样吐出几个字，禁手紧抓着禁袋和里面的魂器。他们不会把禁袋打开吧？她收拢胳膊，蜷在地上默默听着更多脚步声和呼喊声临近。几名侍从和仆族跑进屋，迦熙娜依然在大声呼救，要更多人来帮忙。

这下，沙兰心想，可不好收拾了。

46 塔那万斯特之子

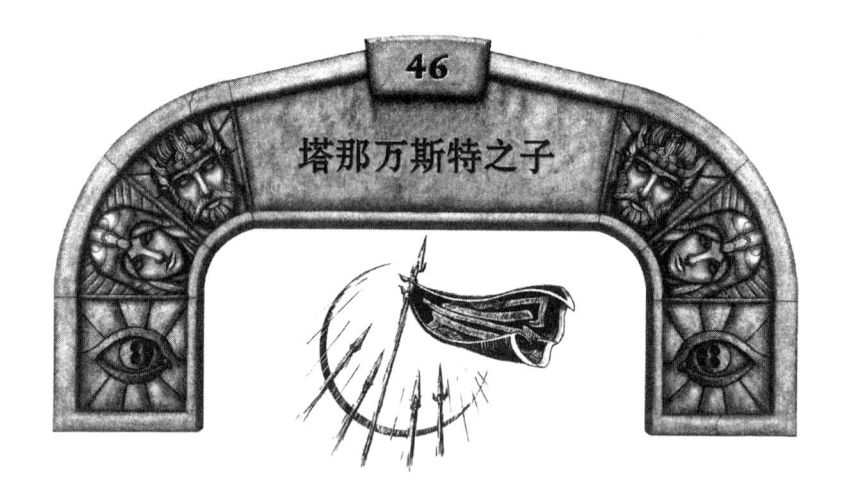

"那晚,我要去魏德纳城赴宴,但还是坚持先走一趟塔冠城,去和迪威特谈谈。乌有斯麓征收的过境税涨得相当离谱。那时,所谓的光辉骑士已经露出了本性。"

——帕拉奈图书馆的原馆失火后,忒希缪的自传只留下一页,其中只有这句话对我有点儿用处。

卡拉丁梦到他成了飓风。

他以雷霆万钧的气势前行,飓幕在他身后凌空翱翔,就像他的斗篷,下方是一片黑得发稠的大海。他所到之处狂风大作,腾起股股巨浪,在半空交相撞击,白色浪花被风势卷携而去。

他来到一片黑暗的大陆,随即向上爬升,向上,再向上。大海被他抛得远远的。这片大陆的辽阔幅员在他面前展开,仿佛无边无际,像一片岩石之海。**它好大。**他敬畏地想。他过去不知道这片大陆有这么大。怎么可能知道呢?

他从破碎平原上空呼啸而过。平原的地貌像是被某种巨大的物体砸到中央,裂纹向四面八方扩散。这片平原也比他想象的更大,难怪没人能在深渊中找到出路。

平原中央有一块大高地，但天色太暗沉，他又离得太远，所以看不真切。不过他能看见高地上的光，有人在上面生活。

他可以看出平原东部与西部的构造差别很大，东侧的一片片高地被侵蚀殆尽，只剩下又高又尖的石柱。尽管如此，他还是看得出破碎平原是对称的。从高处鸟瞰，这片平原就像一幅抽象画。

转瞬之间，他掠过了平原，继续往西北方前进，挟着凄厉的风雨飞越矛海。这是一片浅浅的内海，海面上有一根根突起的断石柱。他飞越阿勒斯卡，塔冠城转瞬即逝，这座宏伟的大城建在岩石构造上，就像覆盖岩石的鳞片。随后，他转向南方，飞往他不熟悉的世界。他飞过巍峨的群山，山巅人烟密集，一座座村庄簇拥着不断冒出蒸汽或岩浆的地缝。这是吃角族群峰吗？

他裹挟着风雨离开群山，电闪雷鸣地降临到一片陌生的土地上。他飞过城市和平原，飞过村庄和蜿蜒的河溪。这里驻扎着很多军队。卡拉丁见到无数顶紧靠岩体背风面搭建的帐篷，桩钉敲入岩石，以确保篷布绷紧，帐篷里都躲着人。他飞过山坡，见到躲在岩缝里的士兵。他飞过一辆辆供光眼种在战时乘用的木质大车。这个世界究竟同时在打多少场战争？就没有一处是和平的吗？

他转向西南，如狂风般吹向一座城市。城市建在一条条沟堑中，仿佛巨兽在地上划出的爪痕。他一闪而过，飞到一片内陆上空。这里的石头布满凹凸和纹理，就像波光粼粼但静止的水面。这片王国的住民有着深色皮肤，跟西格吉尔一样。

陆地连绵不绝，他见到了几百座城市、几千个村庄。有个民族的皮肤下是苍蓝色血管。有个地方的地下水会被飓风带来的气压逼出地表。有座城市的居民住在中空的巨大石笋中，石笋本身则倒悬于一条能遮风挡雨的巨型山脊之下。

他御风西行。陆地如此广袤，如此浩瀚，还有这么多不同的民族，看得他目眩神迷。在西方，战争似乎比东方少得多，这令他宽慰，但也苦恼。在这世上，和平实在奇货可居。

什么引起了他的注意，是一些奇异的闪光。他领着飓风朝发光的地方飞去。**那些光究竟是什么？**它们时亮时灭，以极其古怪的节奏，就像一颗颗颤动着抖露出尖刺和凹槽的光球，像是可以触摸的实体。

卡拉丁来到一座奇异的城市上空，其布局为三角形，中心和每个角上都有哨塔般的尖峰，那些闪光就来自三角中央一座尖峰上的一栋建筑。卡拉丁知道城市马上会被他甩到身后，因为他是飓风，没办法回头，永远吹向西方。

他用风推开那栋建筑的门，闯进一条长长的走廊，看到墙上贴着鲜红壁砖。但他速度太快，没法看清墙上的镶嵌图案。他撩起身材高挑的金发侍女的裙裾，她们举着托盘，盘里放着食物或冒热气的毛巾。她们说着某种异国语言，也许是奇怪谁会忘记在飓风来临时把窗户闩好。

闪光来自前方，正前方，如此短暂。他从一名金红色头发的美丽女子身边挤过，把她吓得缩进墙角。卡拉丁冲过一扇门，只来得及对门后景象匆匆一瞥。

有个男子站在两具尸体旁，光头泛着白光，他白衣胜雪，有只手里握着一把细细的长剑。他把目光从死人身上移开，抬起头，似乎看到了卡拉丁。他有一双大大的眼睛，深族的眼睛。

来不及再看了。卡拉丁冲出窗户，把窗帘高高掀起，随风遁入夜空。

更多的城市、山脉和森林在身下倏然而过。他所到之处，草木卷起叶子，石壳木紧闭外壳，灌木收起枝杈。没过多久，他已飞到西方大洋附近。

塔那万斯特之子。荣誉之子。早逝者之子。突如其来的话语令卡拉丁一惊，他在空中盘旋不前。

约誓已破。

那声音大如洪钟，连飓幕也为之颤动。卡拉丁跌落在地，与飓风分离。他贴地滑行了一段方才停下，脚底激起片片水花。飓风向他袭来，但他与飓风本是一体，在狂风中依然纹丝不动。

御风之人不再有。那声音宛如轰雷，当空炸响，**约誓已破，荣誉之子。**

"我不明白！"卡拉丁在风暴中大喊。

一张脸出现在他面前，正是他见过的脸，年迈的面庞和天空一样宽大，眼里缀满星辰。

仇恨降临。十六块中最危险的一块。你得马上去。

一股气流向他涌来。"等等！"卡拉丁说，"为什么有这么多战争？我们非要打个没完吗？"他不知道该问什么，只是脱口而出。

云团里滚了几声闷雷，就像年迈的父亲沉思时的自言自语。那张脸消失、破碎，化作无数雨点。

但那低沉的声音再次响起，它回答道：**仇恨当道。**

卡拉丁喘息着醒来。周围都是黑黝黝的人影，合力把他按在坚硬的石地上。他嘶吼着，身体被过去练成的反射神经所主导。他本能地伸出双手，分别抓住一个脚踝，用力一扯，使两名袭击者失去平衡。

他们骂骂咧咧地跌倒在地。卡拉丁趁机一扭身，抬起胳膊就扫，推开那些按住他的手，然后挺身向前，扑到站在他正前方的神秘人身上。

卡拉丁把他压在身下，打个滚，站了起来，甩开了他们。他一转身，额头汗水飞散开去。矛呢？他伸手摸向腰带上的匕首。

没有匕首，也没有矛。

"风操的,卡拉丁!"是泰夫特的声音。

卡拉丁一手按胸,使劲呼吸,想把这场怪梦驱走。第四冲桥队,他和第四冲桥队在一起。国王的读风者曾预告今晨会有一场飓风。

"没事了。"他对这群骂骂咧咧、挤作一团的冲桥手说,"你们在干什么?"刚才是他们按住了自己。

"你想冲进飓风。"莫阿什一边从人群中挤过来,一边责怪道。一颗放在屋角的钻石润石是唯一的照明。

"哈!"石头也挤到跟前插话,"你推开门,看着雨,好像被石头砸了脑袋。我们只好把你拖回来。再躺两星期可不好,对吗?"

卡拉丁让自己冷静下来。屋外,飓雨——飓风收尾时静谧的雨——还在下,雨点落在屋顶上,淅淅沥沥。

"你就是不醒。"西格吉尔说。卡拉丁扭头看去,这名亚泽尔人坐在地上,背靠石墙。他刚才没和众人一起按住卡拉丁,"似乎是在做什么狂野的怪梦。"

"我没事。"卡拉丁说。这句话并不十分诚实,他头痛,而且累得要死。他深吸一口气,挺起胸,试图赶走疲惫。

屋角的润石闪了几下,暗淡下去,使他们陷入一片黑暗。

"风操的!"莫阿什抱怨,"那个盖兹,狡猾得跟鳗鱼一样,又给我们没光的润石。"

卡拉丁小心翼翼地在伸手不见五指的营房内走动,摸到门边时,头痛消退了。他推开门,让阴沉的晨光照射进来。

风不大,但雨仍在下。他走到屋外,很快浑身湿透。其他冲桥手也跟了出来,石头把一小块肥皂扔给卡拉丁。和大部分人一样,卡拉丁身上只有一条缠腰布,他在冰凉的雨水下抹了一身泡沫。肥皂有股油脂味,还混杂着沙粒,擦在身上感觉很粗糙。冲桥手用不上柔软芬芳的肥皂。

卡拉丁把那一小块肥皂抛给比西格。这个瘦瘦的冲桥手长着一张棱角分明的脸。他感激地接下——比西格的话不多——开始涂肥皂,卡拉丁则任雨水冲洗身上和头发上的皂沫。一旁的石头盛了盆水,正打理吃角族人特有的胡型——鬓角很长,盖住脸颊,但下巴和嘴唇都是光的。这与他的发型形成了奇妙的呼应:他从眉毛上方开始,有两条光溜溜的沟壑,一直延伸到脑后,其余部分则是板寸。

石头的手法又快又稳,完全没割到自己。理完胡子,他站起来,朝在身后排队的众人挥挥手。接着,他一个个给想剃胡子的人代劳,时而停下,用磨石和皮带打磨一下刀片。

卡拉丁抬手摸摸胡子。好久没刮了,离开亚马兰军至今都没刮过。轮到卡拉丁时,大个子吃角族人笑道:"坐,我的朋友,坐吧!你也来了,真好,你这一脸胡子太不成样,倒像椒皮树的枝杈。"

"刮干净点儿。"卡拉丁坐到树墩上,"我可不想留你这种胡型。"

"哈!"石头磨磨剃刀,"我的好朋友,你是低地人,脸上不该有'胡马卡阿邦'。如果你敢这么做,我会好好打你一顿。"

"我记得你说过,打打杀杀不合你高贵的身份。"

"要紧的事总可以破例。"石头说,"好了,别说话,除非你想少片嘴唇。"

石头把卡拉丁的胡子捋顺,抹上肥皂,从左脸颊开始刮。卡拉丁从未让别人替他刮过胡子;刚上战场时,他人太小,几乎不用刮,长大后又都是自己动手。

石头的手法十分老练,卡拉丁一丁点儿也没觉得疼。几分钟后,石头便站了起来,卡拉丁摸摸下巴,感受着光滑敏感的皮肤。脸上凉飕飕的,摸起来有点怪,这似乎——虽然只是一点——把他变回了从前那个他。

奇怪,剃不剃胡子竟然有这么大的区别。*我几星期前就该刮一刮。*

飓雨转成毛毛雨,那是飓风最后的吐息。卡拉丁起身,让雨水带走粘在胸口的些许碎须。接下来轮到杜内,他也是队伍中的最后一个。他一屁股坐下,可那张娃娃脸基本不用刮。

"剃了胡子的样子适合你。"有个声音传来。卡拉丁转过头,见西格吉尔倚在营房墙上,头顶是突出的屋檐,"你的脸部线条很硬朗,方方正正,下巴也气派。在我们国家的人看来,这是领袖的面相。"

"我不是光眼种。"卡拉丁说罢,扭头啐了一口。

"你对他们的恨意可够深的。"

"我恨他们的谎言。"卡拉丁说,"也恨自己曾相信他们是有荣誉感的人。"

"你会推翻他们,取而代之吗?"西格吉尔好奇地问。

"不会。"

西格吉尔似乎吃了一惊。一旁,刚才飞到飓风中嬉戏的茜尔终于现身。他总是有点担心,担心她会乘风而去,不再回来。

"你就不想惩罚那些如此对待你的人吗?"西格吉尔问。

"哦,我很乐意惩罚他们。"卡拉丁说,"可我不想取而代之,也不想同流合污。"

"我会眼都不眨地加入他们。"莫阿什走到二人身后,把两臂交叉放在毫无赘肉的胸肌上,"如果是我管事,我会让那些光眼种到矿里和地里干活,让他们扛桥冲锋,死在仆族智者的箭下。"

"那种事不会发生。"卡拉丁说,"但我不反对你尝试一下。"

西格吉尔若有所思地点点头。"你们听说过巴巴萨那姆王国吗?"

"没听说过。"卡拉丁朝营区望去。士兵们四处走动,有很多人也在洗澡。"不过作为一国之名,听起来有点儿好笑。"

西格吉尔一声嗤笑:"我个人一直觉得阿勒斯卡的发音才滑稽。我想这取决于你成长的环境。"

"干吗要提那个巴巴巴……"莫阿什说。

"巴巴萨那姆王国,"西格吉尔说,"我和我师傅一起去过一次。那里有种非常奇特的树,飓风临近时,包括树干在内的整棵树都会躺倒下来，仿佛是铰链拉动一般。巴巴萨那姆人对谈吐要求非常严格，逗留期间，我三进牢房，老师不得不花一大笔钱来赎我，他对此很不高兴。当然，我想他们会以任何理由把我这个外国人抓进大牢，因为他们知道老师的钱袋很鼓。"他狡黠地笑笑，"但其中一次是我的错。你们知道吗，那里的女人有种奇异的体征，血管位置很浅，隔着皮肤就能看见。有些旅者觉得吓人，可我发现那些血管组成的图案很美，几乎难以抗拒……"

卡拉丁皱起眉头。他在刚才的梦中不是见过类似的异族吗？

"之所以提巴巴萨那姆，是因为他们的统治体系很有意思。"西格吉尔续道，"官职授予长者，年纪越大就越是位高权重。只要命够长，人人都有当权的机会。国王又称'叄尊'。"

"挺公平的。"莫阿什走到屋檐下，来到西格吉尔身边，"总比凭眼睛的颜色决定统治者要强。"

"噢，是啊。"西格吉尔说，"巴巴萨那姆人非常公平。目前统治王国的是莫纳瓦卡王朝。"

"如果根据年龄来选择领导者，又怎会形成王朝呢？"卡拉丁问。

"其实很简单。"西格吉尔说，"只要把所有老得足以挑战你地位的人杀掉就行。"

卡拉丁打了个寒战。"他们这么干？"

"很不幸，是的。"西格吉尔说，"巴巴萨那姆是个是非之地。我们去的时候，那里十分危险，莫纳瓦卡王室无所不用其极地确保他们的家族成员成为最长寿的人；五十年间，没有一个叄尊不出自这个家族，所有竞争者都被暗杀、流放或死于战场。"

"太可怕了。"卡拉丁说。

"我想大多数人都会觉得可怕。但我提及此事是有原因的，你们看，据我的经验，不管你到哪里，总能见到滥用权力的人。"他耸耸肩，"和我见过的很多其他风俗制度相比，按眼睛颜色决定权力归属并不算太离谱。莫阿什,如果你推翻光眼种取而代之,恐怕这世界也不会有很大不同。权力依然会被滥用,只是换一批受害者而已。"

卡拉丁缓缓点头,但莫阿什摇摇脑袋。"不,我要改变世界,西格吉尔,我说到做到。"

"你打算如何实现?"卡拉丁被他逗乐了。

"我参加这场战争,就是要夺取一把碎瑛刃。"莫阿什说,"还是那句话,我说到做到。"他涨红了脸,转身就走。

"你来参军时,以为他们会让你当矛兵,对不对?"卡拉丁问。

莫阿什犹豫了一下,才点头道:"有些和我一起来的人确实成了士兵,不过大部分都被发配到冲桥队来了。"他瞥了一眼卡拉丁,脸色愈发阴沉,"大贵人,你的计划最好能管用。我之前试图逃跑,结果挨了一顿打。他们说,若有下次,就给我烙上奴隶的标记。"

"我从未打过什么包票,莫阿什。如果你有更好的主意,尽管跟大伙讲。"

莫阿什迟疑道:"好吧,如果你真像你承诺的那样教我们矛术,我大概也懒得计较。"

卡拉丁警惕地环顾四周,确认盖兹或其他冲桥队的成员不在附近。"别声张。"卡拉丁压低嗓子对莫阿什说,"此事只能在沟底提。"雨差不多停了,云也会马上散去。

莫阿什气鼓鼓地瞪了他一眼,但没再说话。

"你不会真以为他们会让你拥有一把碎瑛刃吧?"西格吉尔说。

"任何人都能赢得碎瑛刃。"莫阿什说,"不管是奴隶还是自由身,不管是光眼种还是暗眼种。这是铁的规矩。"

"要是他们不守规矩呢?"卡拉丁叹道。

"我会找到法子的。"莫阿什又强调一遍。他扭头看了一眼,一旁的石头正把剃刀收起,擦拭头上的雨水。

吃角族人向他们走来。"我听过你说的那个地方,西格吉尔。"

石头说，"巴巴萨那姆，我亲戚的亲戚的亲戚去过一次，那里的蜗牛好吃极了。"

"对吃角族人来说，这一程可够远的。"西格吉尔指出。

"对亚泽尔人来说也差不多远嘛。"石头说，"其实还远得多，因为你们都生着一副小短腿儿！"

西格吉尔横眉怒目。

"我见过你的同类。"石头抄起手说。

"什么？"西格吉尔问，"你是指亚泽尔人？我们本来就不罕见。"

"不，不是你这一族，"石头说，"是你这类人。游历各地，向别人讲述见闻。怎么称呼来着？吟游歌者。对，是这个叫法吧？"

西格吉尔一怔，突然起身，头也不回地大步走开。

"这又怎么了？他为什么这样？"石头问，"我可不觉得当厨子丢人。他怎么觉得当吟游歌者会丢人？"

"吟游歌者？"卡拉丁问。

石头耸耸肩。"我所知不多，只知道他们都是些怪人。据说他们必须游历每个王国，向那里的人讲述异国的故事。类似说书人，只是他们自视更高。"

"听他说话的调调，没准儿是亚泽尔的什么光明贵人。"莫阿什说，"他怎会沦落到这份儿上，和我们这些飓虫混在一起。"

"嘿。"杜内走到他们身边，"你们对西格吉尔干了什么？他答应会跟我讲讲我的故乡。"

"你的故乡？"莫阿什对这个年轻人说，"你不就是阿勒斯卡人吗？"

"西格吉尔说，阿勒斯卡人不会有我这种紫罗兰色的眼睛。他觉得我肯定有雅克维德血统。"

"你的眼睛不是紫色的。"莫阿什说。

"其实就是。"杜内说，"紫得发黑，大太阳底下才看得出。"

"哈！"石头说，"如果你来自魏德纳，咱们就是老乡了！吃角族群峰离魏德纳不远，那里有些人和我们一样，也长着好看的红头发！"

"你该庆幸没人把你的眼睛看成红色，杜内。"卡拉丁说，"莫阿什、石头，集合你们的小队，叫大伙给马甲和凉鞋上油防潮，也给泰夫特和斯卡传话，叫他们传令下去。"

众人叹口气，但还是领命而去。油是军队提供的，冲桥手不值钱，不值得供应上好的猪皮和金属件。

当大伙集合起来开始工作，太阳也钻出了云层。暖暖的阳光照在卡拉丁被雨水打湿的皮肤上，感觉很不错。飓风的冰寒为阳光驱散，令人精神一振。长在墙上的细小石壳木打开谷荚，啜饮空气中的水分。这些植物必须铲掉，石壳木会蚕食石墙，造成洞坑和裂缝。

谷荚是深红色的。今天是一周的第三天，也就是莎什日，奴隶市场会陈列一批新货色，这意味着冲桥队会来新丁。卡拉丁的队伍正面临危机。上次出桥，德尔普被射中脖子，卡拉丁没法救他。幺克的胳膊也中了一箭，这使得队伍的有效战力降到二十八人。

保养装备，给桥体上油，偻朋和达彼德跑去食堂给大伙儿提来一锅当早餐的稀粥——忙活了约莫一小时后，卡拉丁果然看到士兵们领着一队蓬头垢面、脚步蹒跚的人走向堆木场。卡拉丁冲泰夫特打个手势，两人一同向盖兹走去。

"先别急着吼我。"见卡拉丁走到跟前，盖兹开口，"你得明白，说了算的人不是我。"奴隶们挤作一堆，由两名穿着皱巴巴的绿军装的士兵看守。

"你是冲桥士官。"卡拉丁说。泰夫特走到盖兹身边。泰夫特没剃胡子，但修剪过，灰胡须打理得又短又齐。

"是啊。"盖兹说，"可分配权再也不归我了。光明女士哈莎尔想亲自安排，当然，是以她丈夫的名义。"

卡拉丁咬咬牙。她会让第四队无人可用。"所以我们一个人也得不到。"

"我可没这么说。"盖兹扭头吐了口黑痰,"她给了你一个。"

至少比没有强。卡拉丁心想。新冲桥手的数量超过了一百人,"哪个?最好别太矮,得能扛桥。"

"哦,身高是足够的,"盖兹示意几名奴隶出列,"干活也卖力。"他们磨磨蹭蹭地让到一边,露出站在他们身后的一名男子。他的个头比平均身高矮些,但还足以扛桥。

他有大理石般的红黑色皮肤。

"仆族?"卡拉丁问。他身旁的泰夫特也低声咒骂起来。

"有什么不好?"盖兹说,"当奴隶没得说,从不顶嘴。"

"可我们正和他们打仗!"泰夫特说。

"我们在和一个奇怪的部落打仗。"盖兹说,"破碎平原上的仆族和给我们干活的这些大不一样。"

至少这几句话不假。军营里有很多仆族,他们肤色纹理和仆族智者类似,除此之外少有共同点。比如,他们都长不出盔甲般的怪壳。卡拉丁朝那个结实的秃顶仆族瞥了一眼。那仆族只缠着一条兜裆布,眼睛一直盯着地面,身板相当厚实。他的手指比人类更粗,手臂更壮,腿也更粗。

"他被驯化了。"盖兹说,"你不用担心。"

"我记得仆族很值钱,不会拿来冲桥。"卡拉丁说。

"只是做个试验。"盖兹说,"光明女士哈莎尔想多几种选择。最近冲桥队的人员补充遇到些困难,仆族可以填补空缺。"

"这是犯蠢,盖兹。"泰夫特说,"我不管他有没有'驯化',叫他扛着桥冲向同类压根儿是白痴行为。如果他背叛呢?"

盖兹耸耸肩。"试试看就知道了。"

"可——"

"省点儿力气吧,泰夫特。"卡拉丁说,"你,仆族,跟我走。"他转身下坡,仆族老老实实地跟在他身后。泰夫特咒骂几句,也赶上去。

"你觉得他们在耍什么把戏?"泰夫特问。

"我想就和他说的一样,做个试验,看看能否放心地让仆族冲桥。也许他会听话,也许不肯跑,也许会对我们下杀手。不管结果如何,她都稳赢不输。"

"克勒克的臭嘴。"泰夫特骂骂咧咧,"我们的境况比吃角族人的胃还黑。她会想尽法子把我们整死,卡拉丁。"

"我知道。"他回头看了仆族一眼。他比大部分仆族要高一些,脸盘也有点宽,但在卡拉丁眼里,所有仆族长得都一样。

卡拉丁返回时,第四冲桥队的成员已整好队。他们吃惊地看着走近的仆族,显得难以置信。卡拉丁在他们面前停下脚步,泰夫特站在他身边,仆族在两人身后。让"敌人"站在后背使他浑身不自在,他装作若无其事地往边上挪了几步。仆族站着一动不动,两眼看地,肩膀垂下。

卡拉丁看着众人,他们看来猜到了这是怎么回事,并显出敌意。

飓风之父啊,卡拉丁心想,世上竟然还有比冲桥手更低贱的存在——仆族冲桥手。仆族也许比其他奴隶值钱,但红甲蟹也很值钱。事实上,这个比方很贴切,因为仆族就像动物一样任人驱使。

见到其他人的反应,卡拉丁开始可怜起这个生灵来,复又为自己的想法怄气。难道他的同情心非要如此泛滥不可?这个仆族是个危险因素,会令其他人不安,也无法放心依靠。

他是个拖累。

只要有机会,就要把不利转化成优势。这是一个只在乎自己的人说的话。

风操的。卡拉丁心想。我是个蠢货,十足的、无药可救的蠢货。

这不是一回事，完全不是。"仆族，"他问，"你有名字吗？"

他摇摇头。仆族很少说话，不是不会，但非得有人逼才开口。

"好吧，总得有个称呼。"卡拉丁说，"叫你申怎么样？"

他耸耸肩。

"就这么定了。"卡拉丁对众人说，"他是申，现在是我们的一员。"

"一个仆族？"倭朋懒洋洋地靠着营房墙壁，"我不喜欢他，黑发哥，你瞧他瞪我们的眼神。"

"他会趁我们睡着把我们全杀了。"莫阿什补上一句。

"不，这挺好。"斯卡说，"可以让他跑前排，替我们挡上一箭。"

茜尔落在卡拉丁肩头，低头看着仆族，眼里满是哀伤。

如果你推翻光眼种取而代之，恐怕这世界也不会有很大不同。权力依然会被滥用，只是换一批受害者而已。

可他是个仆族啊。

为了生存，你要竭尽所能……

"不。"卡拉丁说，"申现在是自己人。我不管他过去是什么，也不管你们过去是什么。我们都是第四冲桥队的一分子，所以他也是。"

"可是——"斯卡开口。

"不。"卡拉丁抢白，"我们不能像光眼种对待我们那样去对待他，斯卡。就这么定了。石头，给他找件背心，找双拖鞋。解散。"

冲桥手们纷纷散开，只有泰夫特留下。"我们的……我们的计划怎么办？"他静静地问。

"继续。"卡拉丁说。

这个回答似乎并不能使泰夫特安心。

"他能怎样，泰夫特？"卡拉丁问，"告发我们？我从没听哪个仆族能一次说出两个词。让他当眼线恐怕很难。"

"我不知道。"泰夫特嘟囔，"但我向来不喜欢他们。他们似乎能和同族交流，同时把我们蒙在鼓里。我不喜欢他们的眼神。"

"泰夫特。"卡拉丁板起脸，"如果我们看长相认同伴，那你在几个星期前就会因为这张老脸被我们踢走。"

泰夫特埋怨了几句，又笑起来。

"笑什么？"卡拉丁问。

"没啥。"他说，"只是……有那么一小会儿，你让我想起了这场风暴落到我头顶之前的好日子。用战斗争取自由，从撒迪亚斯这种人眼皮底下逃走。你知道有多大风险，对吧？"

卡拉丁沉重地点点头。

"那好。"泰夫特说，"既然你非要留下他，就让我在新朋友'申'身上多留个心眼儿。等我阻止了他往你背后捅刀，你尽管谢我。"

"我觉得没必要担心。"

"你还年轻。"泰夫特说，"我更年长。"

"所以你更有智慧？"

"该下诅咒之地的，我不是这意思。"泰夫特说，"唯一可以证明的是，关于保命这件事，我比你更有经验。我会盯着他，你只管训练这帮废柴，别……"他噤住声，环顾四周后才开口，"别一见威胁就自乱阵脚。你明白我的意思？"

卡拉丁点点头。这口气很像以前卡拉丁手下的老军士。泰夫特坚决不肯谈论过去，但他和大部分人不同，从未显出崩溃的颓态。

"行。"卡拉丁说，"让大家好好保养装备。"

"你打算干什么？"

"走走，"卡拉丁说，"想想。"

过了一小时，卡拉丁还在撒迪亚斯的营地里漫步。他得马上返回堆木场；他的队伍又要下沟了，他们只有几小时时间来保养装备。

年轻时，他一直不明白父亲为何常常为了想事儿去散步，但年纪越大，他越是发现自己的习惯和父亲相似。走着、动着，这对头脑有促进作用。营帐如走马观花般被不断抛到身后，色彩循环往复，人群忙忙碌碌——这一切带来变化感，使他的头脑也想要运转。

别怕搏命，卡拉丁。德科总是这么说，如果你有满满一口袋马克，就别只拿出一个齐普作赌注。要么全押，要么滚蛋。

道上人群密集。茜尔在他面前飞舞，从一个人肩头跳到另一人肩头，偶尔落到某个迎面而来的人头顶，盘腿坐下，与卡拉丁擦身而过。他的润石都摆上台面了，他铁了心要帮这些冲桥手。但他心中有些不安，一种他仍然无法解释的担忧。

"看来你有烦心事。"茜尔落到他肩头。她在平常的装束外加了件上衣，还多了顶软帽，似乎在模仿附近的店主。他们从药剂师的店铺前经过，卡拉丁连看都懒得看一眼，反正没陀灵草汁可卖。他快要山穷水尽了。

他告诉大伙，说会教大家如何战斗，可那需要时间。完成训练后，他们又如何把逃跑用的长矛带出沟底？考虑到出沟时的搜身有多彻底，这将遇到很大困难。也可以在搜身时动手，但那会惊动整片营地。

难题一个接一个，他想得越多，这项任务就越是显得不可能。

他给两名穿森绿色上衣、迎面走来的士兵让路。棕色眼眸表明他们是普通暗民，但肩上的白色绳结显示出两人的官衔，小队长或军士这个级别。

"卡拉丁？"茜尔问他。

"把冲桥手弄出这鬼地方是我这辈子最大的挑战，比我当奴隶时逃跑要难得多，而即便是那些尝试也都失败了。我总是忍不住想，我是不是又在自掘坟墓。"

"这次会不一样的，卡拉丁。"茜尔说，"我能感觉到。"

"听起来像是提安会说的话,茜尔,但他的死证明,空口白话什么也改变不了。不,别说了,你放心,我不会再陷入绝望的深渊。可我不能无视自己的经历。从提安开始,每一个我特别想保护的人最终都会丧命,无一例外。这足以让我怀疑,全能之主是不是恨我。"

她蹙眉道:"我看你是越来越笨了。再说,如果真有这种事,他恨的也该是死去的人,不是你。*你活着。*"

"确实,也许把一切都归结到自己身上有点太自以为是,可每次幸存的都是我,其他人几乎全死了。茜尔,一次又一次。我过去的矛兵小队、我第一次出桥时那些冲桥手、那么多我想带着逃跑的奴隶。这成了规律,我没法不当回事。"

"也许全能之主在保护你。"茜尔说。

卡拉丁在街道正中停下脚步,一个路过的士兵骂骂咧咧地把他挤到一边。这整段对话似乎有些不对劲。卡拉丁挪到两家店铺的墙缝中间,身边有口蓄雨桶。

"茜尔,"他说,"你刚提到全能之主。"

"是你先提的。"

"先别管这个。你信仰全能之主吗?你知不知道他是否真实存在?"

茜尔歪歪脑袋。"不知道。呃,好吧,其实有很多事我并不懂,可这件事我应该知道的。大概吧?我猜。"她看起来非常困惑。

"我也不知道自己信不信。"卡拉丁看着街道,"我母亲信,父亲提到令使总是一脸虔敬,我想他也信,或许是因为传说中医疗的技艺是令使传下的。但虔诚者毫不过问我们这些冲桥手。我在亚马兰军里时,他们经常造访士兵,可现在我没见过哪怕一个虔诚者来这片堆木场。以前我不把这些当回事,信仰似乎不能给任何士兵带来帮助。"

"如果你不信,那也没理由认为全能之主恨你。"

"除非，"卡拉丁说，"没有全能之主，有其他的东西。我不知道。我认识的很多士兵都迷信，会谈论怪力乱神，例如古魔法、夜妖，各种会带来厄运的东西。我过去会嘲笑他们，可现在我能无视这种可能性吗？能无视多久？假如我的失败都是这种东西搞的鬼呢？"

茜尔面露不安，软帽和外套消散成雾。她环抱两肩，仿佛卡拉丁的话令她浑身发冷。

仇恨当道……

"茜尔。"他一蹙眉，回想起那场怪梦，"你听说过仇恨吗？我指的不是仇恨的情感，而是……一个名叫仇恨的人，或是东西。"

茜尔突然嘶叫起来，那声音使人心惊胆战。她从卡拉丁肩头跃起，化作一道飞驰的电光，蹿到临近建筑的屋檐底下。

他眨眨眼。"茜尔？"他喊了一声，几名路过的洗衣女工转过头来。茜尔没再出现。卡拉丁抄起手。这个词把她吓跑了，为什么？

一连串响亮的咒骂打断了他的思绪。卡拉丁转过身，看到一名男子从街对面一栋漂亮的石质建筑里冲出来，把一个半裸的女子推到街上。那男子有一双明亮的蓝眼，一手提着外套，外套肩部有红色绳结。一名光眼种军官，级别不算很高，可能是七等光民。

衣衫不整的女子跌倒在地，放声大哭，勉强用散开的前襟遮住胸口，黑色长发以两条红丝带扎起，朝下垂落。这身衣服是光眼种的装束，只是两条袖子都很短，禁手暴露在外。她是个高级娼妓。

军官穿上外套，嘴里还骂个不停。他不等系好衣服，径直上前踹妓女的肚子。她疼得直抽气，痛灵被引出地面，聚集到她身边。路人无一驻足，大部分人反倒低下头，加快脚步。

卡拉丁火冒三丈，冲到街上，挤过一群士兵。随后，他停下脚步。三个蓝衣男子走出人群，刻意走到倒地的女子和军官之间。从他们肩上的绳结判断，只有一人是光眼种。那是金色绳结，等级很高的人才能佩戴，应是二等或三等光民。他们显然不是撒迪亚斯军的人，撒迪亚斯的手下不会有笔挺的蓝色制服。"

那个撒迪亚斯军的军官犹豫起来。蓝衣军官手握剑柄，另外两人握着精良的战戟，半月形利刃寒光闪闪。

一队红衣士兵冲出人群，围住了三个蓝衣人。气氛逐渐紧张。卡拉丁突然发现，方才人头攒动的街道转瞬间变得冷冷清清。除了他、三个蓝衣人、七个包围蓝衣人的红衣男子和依然躺在地上抽泣的女子，周围再无一人。她爬到蓝装军官脚边，身子蜷成一团。

刚才踹她的红衣男子生着一双浓眉，一脸横肉，一头乱糟糟的黑发。他动手系上外套右侧那排扣子。"伙计，你不是这儿的人，看来是跑错营地了。"

"我们是来办正事的。"蓝衣军官道。他相貌英俊，一头金发间夹杂着标示阿勒斯卡血统的黑色。他伸出一只手，似乎想和撒迪亚斯的军官握手。"行了，"他和气地说，"不管你和这名女子有什么过节，肯定有办法解决，没必要发火或打人。"

卡拉丁退到茜尔藏身的屋檐下。

"她是个婊子。"撒迪亚斯的军官说。

"我看得出来。"蓝衣人回答，手依然伸着。

那个军官冲他的手吐了口唾沫。

"我懂了。"金发男子抽回手，扭曲的雾气在空中聚集。他的手换做攻击的姿势，雾气凝聚，一把巨大的兵器渐渐显现，有一个人那么高。

冷凝产生的水滴从冰冷、闪亮的刀身上往下淌。长长的刀身蜿蜒曲折，美轮美奂，单边刀刃弯曲如鳗鱼，在刀尖汇聚成一点。剑背一片错落有致的凹凸纹理，就像水晶图案。

撒迪亚斯的军官踉跄后退，一屁股跌坐在地，脸色惨白。红衣士兵一哄而散，军官冲他们破口大骂——卡拉丁从未听过这么恶毒的骂人话——可没人回来帮他。最后，他朝士兵们狠狠瞪了一眼，连滚带爬地摸上阶梯，躲进那座建筑。

门被重重关上，街上留下一片异样的寂静。除开蓝衣士兵和倒地的娼妓，卡拉丁是街上唯一的人。碎瑛武士看了他一眼，显然认为他没有威胁。他把刀往地上一插，刀刃轻而易举地没入石头。

随后，年轻的碎瑛武士向地上的妓女伸出手。"冒昧地问，你对他做了什么？"

她迟疑片刻才接过他的手，任他搀扶。"他不肯付钱，说自己是个人物，能陪他是我的荣幸。"她蹙额道，"我对他是什么样的'人物'评价了几句，结果便挨了踢。看来他并不认同我的看法。"

光明贵人轻笑："我建议你以后先收钱。我们会护送你出营，这阵子还是别来撒迪亚斯的营地了。"

女子点点头，抓起裙子的前襟护住胸口。她的禁手依然暴露在外，小麦色皮肤光滑柔嫩，手指修长。卡拉丁不知不觉看出了神，脸涨得通红。她怯生生地挪到光明贵人身边，光眼种的两名同伴执戟立于街道两侧。尽管一头乱发，妆面也脏了，她的容貌依然相当标致。"谢谢您，光明贵人。也许您会对贱身有意？不收钱的。"

年轻的光明贵人扬了扬眉毛。"很难抗拒。"他说，"可我父亲会杀了我。他对这种事很传统。"

"可惜。"她退开几步，尴尬地盖住胸口，把手缩进袖子，取出一只禁手的手套。"看来，您父亲相当正派？"

"可以这么说。"他转身冲卡拉丁喊道，"喂，扛桥的小子。"

扛桥的小子？这大贵人看起来只比卡拉丁大几岁。

"去给光明贵人瑞劳·马可兰传个话。"说话间，碎瑛武士向街对面的卡拉丁抛来一样东西，是一枚润石，在阳光下闪闪发光，卡拉丁抬手接住。"他在第六大队。告诉他，阿多林·寇林今天不能和他会面。我会派人和他重定日期。"

卡拉丁低头一看，是一枚绿宝石齐普，比他两个星期挣的还多。

他抬起头,年轻的光明贵人及其两名手下已经远去,身后跟着那个妓女。

"你想冲上去帮她。"有个声音传来。他抬头一看,茜尔翩然而降,落在他肩头。"这是非常高尚的行为。"

"其他人抢了先。"卡拉丁说。其中还有一个卑劣的光眼种,他这么做能捞到什么好处?

"你是想出手的。"

"愚蠢。"卡拉丁说,"我能怎样?打光眼种?那样会被营里半数士兵围殴,那个妓女也会为引发骚乱而挨更重的打,还可能因我的好心丧命。"他陷入沉默,这种话听起来太像他过去的调调了。

他不能抱着自己被诅咒、遭厄运或诸如此类的念头自怨自艾。迷信对任何人都没好处,但他必须承认,这种规律确实令他不安。如果他按过去的方式行动,又岂能指望不同的结果?他必须尝试新手段,想办法改变,而这需要更多思考。

卡拉丁转身往堆木场的方向走。

"你不给那个光明贵人办事了?"茜尔说。她不再显出任何受惊吓的迹象,好像刻意装作压根儿没听见那个词。

"你忘了他怎么对待我的?"卡拉丁怒斥。

"也不算太坏。"

"我可不想对他们卑躬屈膝。"卡拉丁说,"我再也不会任他们差遣,替他们干这种鸡毛蒜皮的小事。如果这条消息真如此重要,他就该等我答应再走。"

"你收了他的润石。"

"那是他剥削来的,是暗眼种的血汗钱。"

茜尔沉默片刻。"卡拉丁,说到他们时,你身上有股吓人的黑暗气息。一想到光眼种,你就像变了个人。"

他没回答,只顾走。他不欠那个光明贵人任何东西,何况,他有任务在身,必须返回堆木场。

可那人的确挺身而出,保护了那名女子。

不。卡拉丁努力说服自己,他只是想让撒迪亚斯的军官出丑。**谁不知道两军之间有矛盾?**

他把此事完全抛到脑后。

47 飓风恩护

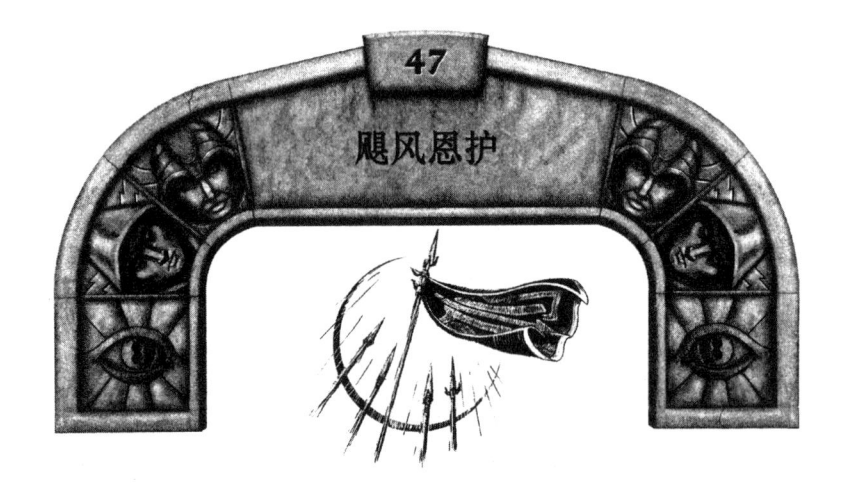

一年前

卡拉丁翻动手上的石英石,让晶体凝聚成的各个棱面捕捉光线。他背靠大石,一脚踩着石面,身边靠着长矛。

根据他转动的角度,石英石在光线沐浴下反射出不同色泽。真美,微小的晶块闪闪发光,就像传说中的宝石之城。

在他周围,轩元帅亚马兰的军队正进行战斗准备。整整六千人,有的在磨矛,有的在系扎皮甲。战场就在不远处,因为预计不会有飓风,全军就在户外扎营。

从那个雨夜加入亚马兰军至今快满四年了,四年,仿佛永恒般的四年。

士兵们行色匆匆地穿梭。有人挥手招呼卡拉丁,他点头致意,把石头收进兜,抄起手等待。稍远处,亚马兰的军旗已升上半空,旗子底色是一片紫红,纹章是深绿色对铭:Merem 与 Khakh,"荣誉"与"决心",形如一头高举獠牙的白脊。在飘扬的军旗背后,一轮旭日冉冉升起,清晨的寒意在白昼的热度前退缩。

卡拉丁转身望向东方，望向那个他永远也回不去的家。几月前，他下了决心。再过几周，他的服役期就满了，可他还会签约。他没有兑现保护提安的承诺，所以无法面对父母。

一名壮硕的暗眼种步兵一路小跑到他跟前，后背绑着把斧子，肩头有白色绳结。使用非制式兵器是小队长的特权。贾雷臂壮如牛，有把浓密的黑胡子，不过右侧的头皮少了一大片。他身后跟着两名军士——纳勒姆和考拉贝特。

"卡拉丁。"贾雷说，"飓风之父啊，伙计！你找麻烦也挑挑日子，今天有仗要打！"

"我很清楚，贾雷。"卡拉丁依旧抄着手。附近几支中队已集结起来，正在列阵。戴立特会把卡拉丁的小队照顾好。他们已决定，这次要列在阵前。他们的敌人是一个叫哈劳的光眼种，他喜欢让弓箭手采取抛物线射法而非平射。他们已和那人交锋数次，其中有一仗深深烙入了卡拉丁的记忆与灵魂。

加入亚马兰军时，他以为是要保卫阿勒斯卡的边境。事实确实如此，只不过敌人同样是阿勒斯卡人。小领主们想蚕食轩亲王撒迪亚斯的领地，而有时，亚马兰军也会去侵夺其他轩亲王的领土——亚马兰宣称那些地方真正的主人是撒迪亚斯，只是多年前被人偷走了。卡拉丁无从判断是非曲直。在所有光眼种中，他只信赖亚马兰一个。可他们的所作所为似乎和那些敌人没什么区别。

"卡拉丁？"贾雷不耐烦地问。

"你有些东西我想要。"卡拉丁说，"一个新兵，昨天刚入伍。加兰说他叫塞恩。"

贾雷怒道："难不成我要在这节骨眼上陪你玩游戏？打完仗再说。如果那小子活着，兴许我会给你。"他转身就走，两个跟班一同离去。

卡拉丁站直身子，抓起他的矛，这一举动让贾雷马上停下脚步。

"不会给你添麻烦的。"卡拉丁平静地说，"只要把那孩子送到我的小队来。收好钱，别多嘴。"他取出一袋润石。

"我要是不卖呢？"贾雷转身道。

"不是卖，是把他转到我的小队。"

贾雷瞄了瞄钱袋。"好啊，要是我不喜欢像其他人那样，你说啥就是啥呢？我可不管你矛要得有多好。我的人就是我的人。"

"我不会再多给你一个清齐普，贾雷。"卡拉丁把钱袋往地上一扔，摔得润石喀喀作响。"我们都知道，那孩子对你没用。没受过训，装备差，身板又小，成不了好战士。把他给我。"

卡拉丁转身就走。不出几秒，他听到贾雷捡钱袋的叮当声。"没啥，试试分量。"

卡拉丁头也不回，继续向前。

"这些新兵蛋子对你有什么要紧？"贾雷在身后喊道，"你的小队有一半人是小细身板，根本打不了仗！简直让人觉得你想找死！"

卡拉丁没理会。他在营地中穿行，挥手回应那些跟他打招呼的人。大部分人都给他让出道来，有些是因为认识他、尊重他；有些是对他的名声有所耳闻——他是全军最年轻的小队长，当兵四年就成了长官。对没去过破碎平原的暗眼种来说，这是能爬到的最高军阶了。

营地一片喧嚣，士兵们正在进行临战准备，阵列中集结的中队越来越多。卡拉丁望向西面，看到战场彼端有一片黑压压的形影，那是敌人的战阵。

敌人。他们是敌人。可只要与雅克维德人或雷希人发生货真价实的边境纠纷，那些人又会与亚马兰军联合起来、并肩作战。他们仿佛是夜妖的玩物，身不由己地被放在禁忌的棋盘上，有时棋子们互为盟友，到了第二天又自相残杀。

人们一次又一次对他说，那不是矛兵该操心的事。也许是该听听忠告，他觉得自己的职责是尽力让小队从战场上生还，战斗输赢是次要的。

你不能靠杀戮来保护……

他毫不费力地找到医疗站。他可以嗅出消毒剂和小火堆燃烧的气味，这些气味让他想起少年时光。只是现在看来，那已是遥远的过去。他真的曾打算当手术师？父母现在如何？荣寿呢？

那些都没有意义了。他委托亚马兰的文书给家里传了信，寥寥数语，花掉一周薪饷。家人知道他没守住诺言，知道他没脸回去。他没有收到回复。

闻是医师长，高个子，马脸上有只酒糟鼻。他站在一旁，看着自己的学徒叠绷带。卡拉丁曾半认真地考虑把自己弄残，好加入医疗队，所有的学徒都有些身体缺陷，无法参战。但他没法这么做，自残似乎是懦夫行为。何况，医生是他过去的行当，因为某些理由，他不配去过那种生活了。

卡拉丁把手伸向系在腰带上的一袋润石，打算抛给闻，但不知何故，钱袋就是没法从腰带上解下来。卡拉丁一个趔趄，边骂边扯。钱袋突然松开，使他再一次失去平衡。一个半透明的白影邈然而逝，在风中无忧无虑地打转。

"风操的风灵。"风灵在这类岩石平原上很常见。

他继续向前，经过医疗站时，随手把润石抛给闻。那个高大的男子驾轻就熟地接过，钱袋立即消失在宽大的白袍下，被他塞进内袋。这笔钱是用来保证卡拉丁的手下在战场上优先得到救治的——除非同时还有光眼种需要照料。

该上前线了。他加快脚步，提矛一溜小跑。他在矛兵的皮裙下穿了条裤子，好让队员从背后认出他。没人为此找他麻烦。事实上，现在没人会对他的任何行为表示不满了。这种感觉依然很怪，毕竟他在入伍头几年遇到过很大的阻力。

他还是没有归属感。名声使他难以合群，可他又能怎么办？至少他的手下不会被欺负,经过灾祸不断的几年后,他终于能缓口气,好好想想了。

他不清楚自己是否应该思考。思考似乎会带来危险。他很久没取出那块石头,回忆提安和家人了。

他来到阵线前列,找到自己的小队,与他吩咐的位置分毫不差。"戴立特。"卡拉丁向一名山一般魁梧的矛兵小跑过去,他是小队的士官。"戴立特,马上会有个新兵加入,我想让你……"他止住话头。一名约莫十四五岁的娃娃兵站在戴立特身旁,穿一件不合身的矛兵甲,显得又小又瘦。

一段段记忆在卡拉丁心中闪回。又一个孩子,有着相似的容貌,握着不该由他来握的长矛。同时被打破的两个承诺。

"长官,他几分钟前自己找来了。"戴立特说,"我已经让他准备好了。"

卡拉丁把自己拖回现实。提安死了,可看在飓风之父分上,新来的孩子跟他实在太像。

"干得好。"卡拉丁强迫自己把目光从塞恩身上挪开,"我花了不少钱才让那孩子离开贾雷的小队。贾雷那个废物,打起仗来只会帮敌人的忙。"

戴立特哼了一声,算是赞同。他们知道怎么照顾好塞恩。

好了。卡拉丁扫视战场,为他的小队寻找有利的立足点。**准备开始吧**。

他听过一些传闻,据说在破碎平原作战的士兵是真正的战士。如果在边境冲突中表现出足够的能力,就会被调到那里。破碎平原应该更安全——兵力多,战斗少。所以卡拉丁想尽快让自己的小队调过去。

他和戴立特商量了一阵,选了一个用来据守的有利地形。终于,战号吹响。

卡拉丁的小队开始冲锋。

※

"那孩子呢？"卡拉丁从一名褐衣男子的胸口拔出矛头。这名敌兵跌倒在地，呻吟不止。"戴立特！"

壮硕的士官正在战斗，无法扭头回应他的呼唤。

卡拉丁一边咒骂，一边扫视混沌的战场。金戈交击、血肉、皮革、士兵的呐喊和惨叫。痛灵遍地，像橙色的小手，也像一小块肌腱，从死伤者的血泊中探出地面。

卡拉丁的小队成员都在，挂了彩的被围在中央保护起来。只有新来的孩子不见了，提安不见了。

塞恩，卡拉丁心想，他叫塞恩。

卡拉丁在一堆褐色的敌兵中看到一抹一闪而过的绿色。在混乱和喧嚣中，一个恐怖的声音在他心头响起。是他。

卡拉丁霍然冲出队列，引来拉恩的惊呼。他刚与卡拉丁并肩作战。卡拉丁伏身躲过敌兵刺来的矛头，在岩地上飞奔，跃过一具具尸体。

塞恩被打倒在地，长矛高举，一名敌兵正举矛往下捅。

不。

卡拉丁挡下这一击，弹开敌兵的矛头，双脚滑步，停在塞恩身前。周围有六个矛兵，个个身穿褐衣。卡拉丁奋不顾身地冲上去。他的矛仿佛在按自己的意志起舞。他扫倒一名敌兵的下盘，又掷出一把匕首，击倒另一个。

他的动作行云流水，毫无凝滞，奔流不息。一个个矛头在他周围飞舞，寒光流转；一杆杆矛柄破空划过，虎虎生风。但它们全都落空。他不可阻挡，当他有这种感觉时总是不可阻挡。保护无助之人使他精神亢奋，挺身守护自己人使他充满力量。

卡拉丁猛一收矛，沉肩扎马，伺机而动。他一脚在前、一脚在后，矛柄夹在腋下，汗水从额头滚落，一阵微风带走了热气。怪了，刚才并没有风，而现在，他仿佛被风裹在中央。

六名敌兵非死即残。卡拉丁调匀气息，转身去看塞恩的伤势。他把矛放到一边，跪了下来。伤口并不太糟，但这孩子可能疼得要命。

卡拉丁取出一截绷带，同时迅速扫视战场。附近有一个还在动弹的敌兵，但伤得很重，构不成麻烦。戴立特和其余小队成员正清扫这一片的散兵游勇，稍远处，一名敌军的光眼种高级军官收拢了一小群士兵，准备发起反击。他穿着全身甲，当然那不是碎瑛甲，而是银光闪闪的钢甲。从坐骑判断，他应该很有钱。

只过了一次心跳的工夫，卡拉丁已在给塞恩包扎腿部——但他用眼角余光盯着那个受伤的敌兵。

"长官！"塞恩指着那个还在扭动的敌兵高呼。飓风之父啊！那孩子才发现吗？卡拉丁过去的战场直觉是不是也和他一样迟钝？

戴立特把敌人的伤兵推走，余下成员在卡拉丁、戴立特和塞恩周围结成环阵。卡拉丁包好伤口，起身抓起矛。

戴立特把匕首递还给他。"我着实担心了一阵，长官。您就这么跑了。"

"我知道你会跟来。"卡拉丁说，"扬起红绸。卡尼、寇拉特，你们带这孩子离开战场。戴立特，你和其余人守在这里。亚马兰的战线正朝这边合拢，我们很快就安全了。"

"那您呢，长官？"戴立特问。

稍远处的那个光眼种没能聚集到足够的人手，他暴露在本阵之外，像一条渐渐枯竭的河流中的一块石头。

"碎瑛武士。"塞恩说。

戴立特嗤之以鼻："不，感谢飓风之父，那只是个光眼种军官。碎瑛武士可是宝贵的战斗力，不会浪费在边境的小打小闹上。"

卡拉丁咬紧牙关，看着那名光眼种战士。他一定以为自己很强大，骑着昂贵的战马高高在上，裹着一身气派的盔甲，矛兵根本伤不了他。他挥舞钉头锤，杀戮着周围的敌兵。

这些边境冲突就是他那种人造成的。贪婪的光眼种小领主，想趁邻居的精兵良卒在远方与仆族智者交战时窃取土地。这种人的伤亡率比矛兵低得多，他们麾下的人命也成了廉价的牺牲品。

过去几年来，在卡拉丁眼里，这些光眼种小领主越来越有荣寿的影子。只有亚马兰例外。亚马兰对卡拉丁的父亲很和气，还承诺会保护提安。亚马兰说话总是彬彬有礼，哪怕对低微的矛兵也一样。他就像达力拿和撒迪亚斯，而不是对面这种杂碎。

当然，亚马兰没能保护提安，但卡拉丁自己也没做到。

"长官？"戴立特的语气有些犹豫。

"第二、第三分队，钳形布阵，"卡拉丁语气强硬，"我们把这光明贵人拉下马。"

"您确信这是个好主意？"戴立特说，"有同伴受了伤。"

卡拉丁扭头看着戴立特。"他是哈劳的手下，也许是我要找的那个人。"

"您没法肯定，长官。"

"无所谓，他是个军校，杀掉如此显赫的敌人，离破碎平原就只有一步之遥了。我们要干掉他。"他的视线飘向远方，"想想吧，真正的士兵，纪律严明的营堡，正直可敬的光眼种。**一个让战斗变得有价值的地方。**"

戴立特叹了口气，点头应下。卡拉丁一挥手，两个分队的士兵迅速跟上，和卡拉丁一样充满战斗渴望。他们是本身就恨这些挑起战祸的光眼种，还是被卡拉丁的情绪感染？

那个光明贵人出人意料地不堪一击。他们的问题——几乎没一个例外——在于总是低估暗眼种。也许他有理由这么做。这辈子，他究竟杀过多少暗眼种？

第三分队引开亲卫队，第二分队吸引光眼种的注意力。他没发现卡拉丁从第三个方向接近，结果他没有防护的脸部中了飞刀，匕首扎入眼窝。他一声惨叫，翻身落马，但还没死。卡拉丁把矛头狠狠扎向他的脸，连捅三下。光明贵人的坐骑狂奔而去。

他的亲卫队陷入恐慌，四下散去，准备退回本阵。卡拉丁用矛头敲击盾牌，发出"原地固守"的指令。于是暗眼种士兵们展开成扇形，矮个子都里姆是卡拉丁从其他小队救下的，此人上前确认光眼种有没有死透，其实是在偷偷搜摸润石。

偷死人东西本是被严格禁止的，但卡拉丁以为，如果亚马兰想要战利品，他可以风杀的自己杀敌。大多数——应该说几乎全部——光眼种不像亚马兰那样受卡拉丁尊敬，但毕竟贿赂不便宜。

都里姆向他走来。"长官，什么也没有。要么他没把润石放在身上，要么就是藏在胸甲下面。"

卡拉丁略一点头，扫视战场。亚马兰军正重整旗鼓，过不了多久就能赢下这场战斗。说真的，亚马兰也许正亲率部队向敌军冲锋，他通常会在战斗末尾加入。

卡拉丁擦擦额头。他得派人叫军尉诺卑来确认杀敌战绩。但首先需要医生——

"长官！"都里姆突然道。

卡拉丁回头看向敌军阵线。

"飓风之父！"都里姆又惊呼，"长官！"

都里姆看的并不是敌军的方向。卡拉丁一转身，看着友军阵线。那里，一匹与死神同色的战马，载着不可能的存在，于万军中如入无人之境。

他穿着闪亮的金盔甲。*完美的金盔甲*，仿佛其他盔甲全是赝品。每一片金属都拼合得天衣无缝，没有丝毫空隙，也看不到任何皮革或系带。在这身盔甲下,骑手显得庞然而强大,宛若神明,握着一把威武的大剑——如此巨大,简直没法使用。剑身刻满花纹,美得像是工艺品,形如一团跃动的火焰。

"飓风之父啊……"卡拉丁无力地喃喃自语。

碎瑛武士冲出亚马兰的战线。他只是策马而过,随手斩杀途经的士兵。有那么一瞬,卡拉丁的大脑不愿承认眼前的生物会是敌人——如此美丽,*如此神圣*。碎瑛武士来自本方阵线的事实也强化了他的幻觉。

他保持着茫然无措的状态,直到那一瞬,碎瑛武士的巨马从塞恩身上踏过,碎瑛刃轻描淡写地划过戴立特的头颅。

"不!"卡拉丁厉声咆哮。"不!"

戴立特的躯体往后一仰,摔在地上,两眼仿佛着了火,腾起两股黑烟。碎瑛武士砍倒卡尼,又从莱德尔身上踩过,然后继续前进。这一切都做得漫不经心,像是女人停步擦去柜台上的一小块污渍。

"不!"卡拉丁撕心裂肺地大喊,冲向倒地的小队成员。这仗本来没有损失一个人,他本来可以保护所有人!

他跪倒在戴立特身边,抛开短矛。但老兵已没了心跳,那双被烧成灰烬的眼睛……他死了。悲痛简直要把卡拉丁压垮。

不行!这是父亲训练出的思维方式,救你能救的人!

他转向塞恩。这孩子被当胸踩了一蹄子,胸骨开裂,肋骨粉碎。男孩大口喘息,两眼翻白,挣扎着喘不过气来。卡拉丁取出绷带,但马上呆住了。用绷带?包扎被踩烂的胸腔?

塞恩不再喘息,他抽搐着,眼睛依然睁着。"夜里黑色的吹笛人。"男孩气若游丝,"他看着我们!我们在他掌心……没有人能听见他吹奏的曲调!"

塞恩的眼睛渐渐暗淡,仿佛蒙上一层白翳。他停止了呼吸。

莱德尔的脸被踩得稀烂。卡尼的眼睛烧成了灰,他没有丝毫气息。

卡拉丁跪在塞恩的血泊中。

这不可能。我……我……

号叫。

卡拉丁抬头一看，亚马兰的绿紫色军旗在往南飘。冲过卡拉丁的小队后，碎瑛武士径直向那面旗帜冲去。他所到之处，矛兵纷纷发出惨叫，四散奔逃。

怒火在卡拉丁体内升腾。

"长官？"都里姆问。

卡拉丁抓起矛站起来，两膝沾满塞恩的血。他的手下看着他，茫然而担忧。在一片混乱之中，他们的双脚生了根，卡拉丁目所能及的范围内，只有他们没逃跑。碎瑛武士把亚马兰军的阵列捣成了齑粉。

卡拉丁举矛向天一挺，撒腿狂奔。他的手下紧随其后，高声怒吼，结阵在平坦的岩地上冲锋。敌我双方的矛兵纷纷丢盾弃矛，为他们让道。

卡拉丁用力迈动双腿，越跑越快，他的小队成员几乎跟不上。前方不远处，碎瑛武士身前的一群绿衣士兵崩溃逃散。这是亚马兰的亲卫队，在碎瑛武士面前，他们抛弃了职责。亲卫队后方的亚马兰单枪匹马，在碎瑛武士面前，那身银色板甲看起来如此平凡无奇。

卡拉丁的小队在溃逃的洪流中逆流而上，犹如一把楔子，一头扎向与众人相反的方向——也只有他们如此。有些逃兵在他经过时停下脚步，但没人加入。

正前方，碎瑛武士策马从亚马兰身边驰过，大剑横扫，穿过亚马兰坐骑的脖颈。它的双眼烧成两个骇人的窟窿，颓然倒地，不时抽搐几下。亚马兰依旧坐在马鞍上。

碎瑛武士拨转马头，在战马全速奔驰的同时飞身而下，落向地面，用脚底滑行，发出一阵金石摩擦声，直到停下都保持着直立姿态。

卡拉丁再次加速。他是要复仇，还是要保护轩元帅？保护这个唯一显出一点人性的光眼种？这重要吗？

亚马兰在厚重的盔甲中挣扎，马尸压住了他的腿。

碎瑛武士双手举剑，准备结果他。

卡拉丁从碎瑛武士身后猛扑上去，大吼一声，以矛杆扫击其下盘。他用尽全力，外加奔跑的惯性，矛杆在碎瑛武士的腿肚上砸得粉碎，化为一片木屑。

反冲力把卡拉丁掀翻在地，双臂震得发麻，手里依然握着断矛。碎瑛武士晃了晃，放下大剑。他转过身，全盔覆盖下的脸庞对着卡拉丁，显得极为惊讶。

眨眼间，卡拉丁小队剩下的二十人也赶到了，并积极发起攻势。卡拉丁咬牙起身，跑向一名倒地的士兵。他匕首出鞘，抛开断矛，抓起地上的矛，然后回过身，见手下正按他教导的方式进攻。他们从三个方向攻击，矛头捅向盔甲的接合处。碎瑛武士不明所以地环顾四周，就像一个成年男人看待一群围住他乱吠的小狗。没有任何一击穿透盔甲。头盔晃了晃，那是他在摇头。

他出手了。

碎瑛刃横扫一圈，扫倒十个矛手。

卡拉丁被眼前的惨象吓得动弹不得。都里姆、阿奇斯、哈梅尔和另外七人齐齐倒地，两眼灼烧，盔甲和武器都被一刀两断。其余矛兵惊恐万状，踉跄后退。

碎瑛武士再次攻击，杀死拉科萨、拿法和其他四人。卡拉丁呆若木鸡。他的手下——他的朋友，一个个就这么死了。最后的四名幸存者四散而逃，哈布被都里姆的尸体绊倒在地，矛从手中脱落。

碎瑛武士不再理会他们，重新走向动弹不得的亚马兰。

不，卡拉丁在心中呐喊，不，不，不！某种力量驱使他向前，无视一切逻辑、无视一切理性。戾气、痛苦、暴怒。

这片作为战场的凹地如今只剩下他们，脑筋正常的矛兵都跑了。

余下的四名队员跑到不远处一座小丘上，但没有继续逃跑，他们在呼唤卡拉丁。

"卡拉丁！"里希大喊，"卡拉丁，别这样！"

卡拉丁狂啸以对。碎瑛武士看到他，转过身，以不可思议的速度挥剑横击。卡拉丁俯身闪过刀锋，矛尾正中碎瑛武士的膝盖。

矛柄被弹开了。卡拉丁咒骂着往后一跃，堪堪躲过掠过身前的一击。落地同时，卡拉丁单脚用力，顺势前冲。他的矛头正中敌人的脖子，但被护喉弹开，几乎连刮痕都没留下。

碎瑛武士双手握剑转向他。卡拉丁冲到他身后，刚好离开神剑的攻击范围。亚马兰终于挣脱出来，拖着一条腿往远处爬。那条腿扭曲得厉害，应该有多处骨折。

卡拉丁横步急停，转身面对碎瑛武士。他不是神，他是一种象征，代表最卑劣的光眼种拥有的一切：随意屠杀卡拉丁这种人的本事。

每套盔甲都有缝隙，只要是人都有缺陷。卡拉丁心念一动，透过头盔的观察缝看到对方的眼睛。那条缝刚好能让匕首穿过，但这一击必须不差毫厘。他必须近身，近到赌命的距离。

于是卡拉丁再次冲上前去。碎瑛武士的长剑横扫过来，这一招，刚才杀死了卡拉丁那么多好弟兄。卡拉丁猛然跪地，靠膝盖滑行，上身后仰。碎瑛刃贴面飞过，砍飞了他的矛头，矛头旋转着飞上半空中。

卡拉丁一跃而起，直起身子，抬手朝那双躲在坚不可摧的盔甲后窥视一切的眼睛掷出匕首。匕首稍稍偏右，打在观察缝边上，被面甲弹开。

碎瑛武士咒骂起来，回手又是一剑。

卡拉丁稳住前冲的身形。有个物体在空中闪光，落向他身旁的地面。

是矛头。

卡拉丁发出挑衅的怒吼，扭身抓住空中的矛头。矛头掉落时尖端朝下,他抓的是剩下的四寸矛杆,大拇指抵住残根,尖头露在掌心外。碎瑛武士抡圆大剑,正待反击,卡拉丁单脚停住身形,单臂怒张,把矛头砸进碎瑛武士的观察缝。

一切仿佛停滞了。

卡拉丁胳膊展开站在原地,碎瑛武士在他右侧。亚马兰已爬到凹地的斜坡上。卡拉丁的队友们站在远处,看得瞠目结舌。卡拉丁喘息不止,攥着矛杆不放,手贴着碎瑛武士的脸。

碎瑛武士的盔甲内嘎吱作响,他仰面倒下,重重砸在地上。碎瑛刃从他指间滑落,直直落地,扎进石头。

卡拉丁跌跌撞撞地后退几步,觉得全身力气都消耗殆尽,震惊又麻木。他的队员冲上前,却在不远处齐齐停步,瞪着倒在地上的碎瑛武士。他们满怀诧异,甚至对死者有点崇敬。

"他死了?"阿拉贝特小声问。

"是的。"有个声音从一旁传来。

卡拉丁转身一看,亚马兰依然躺在地上,但取下了头盔,黑发黑须被汗水黏成一团。"如果他活着,他的碎瑛刃会消失。他的碎瑛甲正在脱落,这说明他死了。先祖之血啊……你杀了一个碎瑛武士!"

奇怪的是,卡拉丁并不吃惊,只是累坏了。他环顾四周的尸体,那些人是他最亲密的伙伴。

"收下它,卡拉丁。"科瑞布说。

卡拉丁一转身,看着碎瑛刃。长剑插在岩石中。

"收下它。"科瑞布重复,"它归你了。飓风之父啊,卡拉丁,你是碎瑛武士了!"

卡拉丁踏前一步,神志恍惚地向刀柄伸手。相距寸许时,他停住了,犹豫起来。

这一切不对。

拔起碎瑛刃,他就会成为他们中的一员,若是传说所言不虚,连瞳色都会改变。虽然碎瑛刃在日光下如此璀璨、如此洁净,没有因杀戮沾染一丝血污,但有一瞬间,他眼里的碎瑛刃是血红色的,染着戴立特的血、郡里姆的血,所有那些片刻前还活着的弟兄们的血。

这是一件无价之宝,有人曾用整个王国来换取碎瑛刃。能占有它们的暗眼种屈指可数,在歌谣和传说中被永世铭记。

但触摸这把碎瑛刃令他恶心。它代表着光眼种身上一切他痛恨的东西,它刚刚还杀死了他挚爱的同伴。他不能凭借这种东西成为传奇。看着自己在碎瑛刃冷酷的刀身上留下的倒影,他放下手,转过身去。

"归你了,科瑞布。"卡拉丁说,"我送给你。"

"什么?"他身后的科瑞布说。

前方,亚马兰的亲卫队终于回来了,他们战战兢兢地从凹地边缘探出头,羞愧之情溢于言表。

"你在干什么?"亚马兰质问从他身边经过的卡拉丁,"你——你到底要不要碎瑛刃?"

"我不想要。"卡拉丁轻声道,"我给了自己的手下。"

卡拉丁一步步走远,心力交瘁,两颊挂泪。他挤开众人,径直从亲卫队中间穿过,走出低地。

他独自走回营地。

48

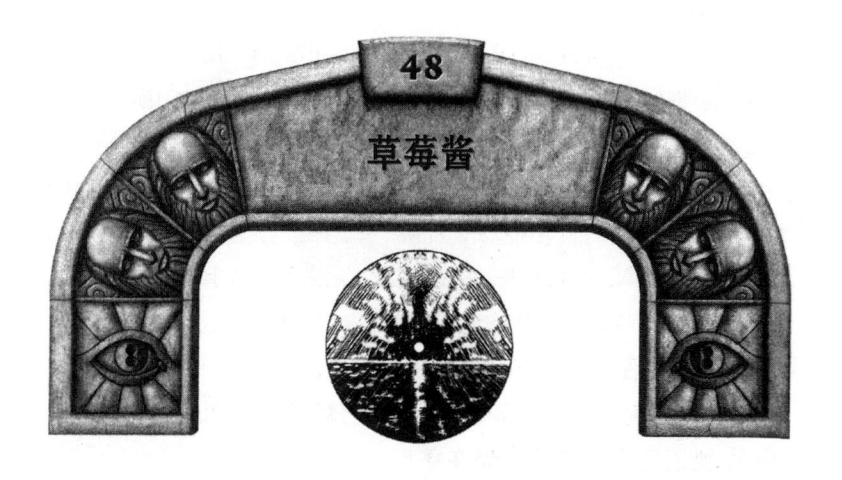

草莓酱

"彼等潜伏之处,尽取光明。皮肉焦灼。"
——考木申的书第104页。

沙兰静静躺坐着,床上铺了素净的白被单。这是卡哈巴兰斯数量繁多的医院中的一家。她胳膊上缠着清洁的绷带,打得很规整。她把素描本握在身前。护士勉强允许她作画,但不准她"累着"自己。

她胳膊很疼。她本没打算割这么深,只想伪装成被水罐碎片划伤的样子,但由于当时没考虑清楚,也就没意识到那像自杀现场。她声辩过,说自己只是从床上掉下来,但看得出,护士和虔诚者们并不相信。这也怪不了他们。

结果很是尴尬,但至少没人想到那片血泊是塑魂术变出的。能逃过怀疑,尴尬也值了。

她继续画画。这是一间卡哈巴兰斯的医院,她身处的病房大如厅堂,墙边排着很多床位。除明显的痛楚之外,住院这两天过得还挺不错。她有很多时间来思考那个怪诞至极的午后。她见了鬼,把玻璃转化成血,还有个虔诚者要为她还俗。

她已画了几幅病房的素描。那些怪物在她的画里出没，待在远端屋角。他们的存在令她难以成眠，但渐渐地，她也开始习惯。

空气中有肥皂和李斯特油膏的味道；她定期泡澡，手臂用消毒剂清洗过，以吓退腐灵。大约半数床铺上躺着患病的女子，带滚轮和木框的帘幕能把床铺包围起来，提供一些隐私。沙兰穿着前襟用丝绳扎起的素白病袍，左袖较长，前端缝合，用来保护禁手。

她已把禁袋转移到病袍里，扣在左袖内侧，没人会偷看里面的东西。她换洗后，护士从原来的裙子上解下禁袋，一言不发地递给她，尽管重得不一般，也不多问一个字。女士禁袋里的东西是不能看的，不过，她还是尽可能把禁袋留在身上。

在医院，她的一切需求都有人照顾，但不能自由离开。这使她想起儿时在父亲宅子里的生活。这种状况让她越来越恐惧，其可怕程度快和那些符号脑袋不相上下了。她已经尝到了独立的滋味，不想再回到从前，变成被人呵护、溺爱的可爱花瓶。

不幸的是，她不太可能再回到迦熙娜身边做学问。大家以为她企图自杀，这是告辞回家的绝好理由。她必须走。如果单单送走魂器而自己留下，就是自私，因为如今有即便离开也不会引起怀疑的大好机会。何况，她已成功施放出塑魂术，可以在归家的漫长旅途中搞清究竟是怎么做到的，一到家就能帮上忙。

她叹口气，添上几片阴影，完成了手头的画作。画上是她所去过的那个奇异世界，遥远的地平线，强大而阴冷的太阳。头顶是逐日的云层，身下是无边的海洋，她仿佛身处一条没有尽头的隧道，太阳是光明的出口。几百簇火焰在海上盘旋，在玻璃珠的海洋上方组成一片光明之海。

她拿开这张画，端详下面那张。那张画的是她自己，蜷缩在床上，被那些奇怪的生物包围。她不敢把看到的东西告诉迦熙娜，以免暴露窃取魂器的罪行。

下一张是她躺在血泊中的样子。

她抬起头,见一名身披白衣的女性虔诚者坐在附近墙边,假装在做针线活,其实一直盯着沙兰,以免她再自残。沙兰抿紧嘴唇。

这是不错的伪装,她对自己说,能完美掩饰一切。别再尴尬了。

她翻到当天最后一张画作。一个符号做的脑袋,没有眼睛、没有脸,只有仿佛来自异界的符号,棱角尖锐,就像切割过的水晶。它们一定和塑魂术有关,不是吗?

我去了另一个世界。她想,我觉得……我觉得自己在跟高脚杯的灵体说话。区区一个杯子也有灵魂?之前打开禁袋检查魂器时,她发现卡波萨给她的润石已失去光亮。她记得曾感到一阵模糊的光和美,仿佛是体内掀起了一股猛烈的风暴。

她把润石的光给了杯子——或者说杯子的"灵体",作为改变物质的酬谢。这就是塑魂术的秘密?还是说她急于找到答案而牵强附会?

有访客进屋,在一张张病床间穿行。沙兰放下素描本,见到塔拉梵吉安陛下那身橘色锦袍,以及老态龙钟的和蔼举止。屋里女子大多都很激动,他在每张床边停一会儿,和病人聊天。她听说国王经常来访,每周至少一次。

终于,他来到沙兰床边,对她笑笑,众多随从之一立刻取来一张带软垫的凳子,伺候他坐下。"沙兰·达瓦,年轻的女士,听闻你出了意外,我非常难过。抱歉来得如此晚,实在是国事缠身。"

"陛下,这不打紧。"

"不不,怎么会不打紧呢。"他说,"可也没办法,我把太多时间花在这里,很多人颇有微词。"

沙兰笑笑。这些抱怨向来只是些"微"词而已。玩弄宫廷政治的领主和族长们对一个长期不在宫中、不操心他们阴谋诡计的国王可是满意得很。

"这家医院棒极了,陛下。"她说,"每个病人都能得到很好的照料,简直难以置信。"

他笑开了花。"这是我的伟大胜利。对光眼种和暗眼种一视同仁,对所有人敞开大门——哪怕是乞丐、妓女、来自远方的水手。你知道,一切费用都由帕拉奈图书馆支付。通过这种方式,最晦涩无用的文献也能帮到病患。"

"能在这儿接受治疗,我很高兴。"

"我可高兴不起来。恐怕医院是唯一一种你乐于见到自己投入的巨大财力被白白闲置的项目。你必须做我的贵客,这很不幸。"

"我是说,在这里受伤总好过在别处受伤。不过,也许这听起来有点儿像宁可被酒而不是洗碗水呛到。"

他笑了。"你真是个逗人的小可爱。"他起身道,"我能做些什么吗?好让你待得更舒服。"

"让我出院?"

"恐怕我不能答应。"国王眼中透出慈爱的光芒,"我必须遵从手术师和护士的智慧。他们说你依然没脱离危险期,我们必须以你的健康为重。"

"把我留在这儿,是拿我的快乐来换取健康,陛下。"

他摇摇头。"绝不能再让你出事了。"

"我……我理解。可我发誓,我感觉好多了。我是因为过度疲劳才会一时糊涂,现在放松多了,不会再有危险。"

"那就好。"他说,"可我们还得多留你几日。"

"遵命,陛下。但我总能见见访客吧?"到目前为止,医护人员坚持不让任何人打扰她。

"嗯……我看那会对你有好处。我去和虔诚者商量,建议他们允许你接见访客。"他犹豫片刻,接着说,"待你康复,也许最好暂时休学。"

她挤出一脸苦闷,努力不为自己的伪装感到恶心。"陛下,我讨厌这么做,可我也非常想念家人。或许我该回到他们身边。"

"好想法。我能肯定,知道你打算回家,虔诚者会更愿意让你出院。"他慈祥地笑着,一手按住她肩膀,"世界时时被飓风笼罩,但要记住,太阳永远会再次升起。"

"谢谢您,陛下。"

国王起身去看望其他病人,随后轻声和虔诚者交谈。不出五分钟,迦熙娜也走进廊房,以她特有的昂首阔步的姿态。她一身丽服华袂,深蓝色裙子上带有金色刺绣,亮滑的黑发结成发辫,以六根细金簪穿起;她两颊脂艳,唇点绛红,立在一片素白的屋子里,就像光秃秃的岩地上盛开的一朵奇花。

她向沙兰款款走来,双脚隐藏在丝裙宽松的褶子里,臂下夹着本厚书。一名虔诚者为她取来凳子,她就在方才国王的位置落座。

迦熙娜面无表情地看看沙兰。"有人说,我的指导过于严厉,也许称得上残酷。这是我经常拒绝收徒的原因之一。"

"我为自己的软弱道歉,光明女士。"沙兰低下头。

迦熙娜看起来不太高兴。"我没责怪你的意思,孩子。我的意图恰恰相反,不巧的是,我……我对这类事不太习惯。"

"道歉?"

"对。"

"好吧,您看,"沙兰说,"为了精通道歉的造诣,您必须先犯些错。这就是问题所在了,您犯错的能力实在糟糕透顶。"

她的表情缓和了一些,"国王告诉我,你打算回家。"

"什么?何时告诉您的?"

"我们在门外走廊上碰头时。"她说,"也因为碰见他,我才总算能进来探望你。"

"听起来您等了很久?"

迦熙娜没说话。

"您的研究怎么办！"

"在医院等候厅也能做研究。"她顿了顿，"这几天要保持专注有点困难。"

"迦熙娜！您简直快变成人了！"

迦熙娜用责备的眼神看看她，沙兰一吐舌头，恨不得把刚才的话吃下去。"对不起，我总是学不乖，是不是？"

"也许你只是在练习道歉的造诣，待有需要时，就不会像我这样难堪。"

"我真是太聪明了。"

"可不是？"

"我能不练了吗？"沙兰问，"我觉得已经练得够多了。"

"依我看，"迦熙娜说，"道歉这门艺术，多几个行家总非坏事。别把我当榜样，自傲往往被误以为是自满的证明。"她往前靠了靠，"对不起，沙兰·达瓦，我给了你太多压力，我差点儿给这个世界带来损失，毁掉新一代当中最伟大的学者之一。"

沙兰脸一红，愈发觉得自己蠢，也更有愧于心。沙兰偷偷瞄了导师的手。迦熙娜戴着黑手套，遮住了假魂器。沙兰的禁手捏着禁袋，手指触摸着里面的真魂器。要是迦熙娜知道……

迦熙娜取出胳膊底下的书，放在沙兰床头。"给你的。"

沙兰拿起书，翻开封面，可里面是空白。第二页也是，每一页都是。她眉头锁得更紧，抬头看向迦熙娜。

"这叫《无尽之书》。"迦熙娜说。

"呃，我敢肯定它有个尽头，光明女士。"她翻到最后一页，把书举起。

迦熙娜笑道："只是比喻而已，沙兰。很多年前，有个和我很亲密的人想让我信奉沃林教，差点儿就成功了。这是他所用的方法。"

沙兰不解地歪歪脑袋。

"你有心寻找真相，"迦熙娜说，"但也坚持信仰，这很值得钦佩。你可以了解一下诚心会，他们是规模最小的虔诚会之一，这本无字书就是他们会的手册。"

"全是空白页？"

"不错。他们崇拜全能之主，但坚信永远都能找到更多答案。这本书无法填充，因为总有可学的东西。在那个虔诚会分支里，提出疑问永远不会受责罚，哪怕是挑战沃林教义。"她摇摇头，"我解释不了。你能在魏德纳找到他们，但卡哈巴兰斯是没有的。"

"我……"沙兰刚开口，便注意到迦熙娜充满深情地抚过这本书，看来她很珍视。"我本以为不会有虔诚者愿意质疑自身的信仰。"

迦熙娜一扬眉："任何宗教的信徒中都有智者，沙兰，每个民族也都有好人。寻求大智慧的教徒，是愿意承认对手的美德、愿意接受指正并从中学习的。当然，其他的人——不管是异端、沃林教徒、伊斯帕教徒还是马基雅教徒——都一样思维闭塞。"她把手从书上挪开，似乎要起身。

"他错了。"沙兰突然开口，有件事豁然开朗。

迦熙娜扭头看她。

"卡波萨。"沙兰脸一红，"他说你研究虚渡的目的是想证伪沃林教。"

迦熙娜嗤之以鼻："我不会为这种空洞的追求投入四年人生，蠢到家的人才会去证伪。让沃林教徒去相信他们愿意相信的东西吧——智者能从信仰中找到美德和慰藉，而愚者就是愚者，信什么都一样。"

沙兰蹙眉。那迦熙娜研究虚渡的原因到底是什么呢？

"啊，说风风就来。"迦熙娜转向屋子入口。

沙兰一愣，这才意识到卡波萨来了。他穿着平日常穿的灰袍，与一名护士轻声争辩着什么,护士指着他带来的一口篮子。最终,护士摆摆手走开,终于得逞的卡波萨走过来。"总算!"他对沙兰说,"老蒙伽有时也太专制了。"

"蒙伽?"沙兰问。

"管理这所医院的虔诚者。"卡波萨说,"他们应该立刻放我进来,毕竟,我知道怎么让你好起来!"他取出一罐果酱,笑容灿烂。

迦熙娜依然坐在凳子上,隔着病床打量卡波萨。"我以为,"她话里带刺地说,"一想到你的关心会把她逼疯,你会让她清静一阵子呢。"

卡波萨涨红了脸看着沙兰。她能看出他眼中的忐忑。

"不是你的错,卡波萨。"沙兰说,"我只是……我并没有为远离家人的生活做好准备。我依然不知道自己究竟是怎么了,我从未做过那种事。"

他笑笑,给自己拖了把椅子。"我认为,"他说,"这地方缺乏色彩,会让人越待越病。何况这里也没有像样的食物。"他挤挤眼,把罐子递向沙兰。罐子里头是深红色的。"草莓酱。"

"没听说过。"沙兰说。

"这种果子极其稀有。"迦熙娜伸手接过罐子,"大部分植株长在深国,其他地方长不了。"

卡波萨吃惊地看着迦熙娜拧开盖子,伸进一根手指蘸了蘸。她犹豫片刻后,把指尖那一点果酱送到鼻子底下嗅了嗅。

"在我印象里,您讨厌果酱,光明女士迦熙娜。"卡波萨说。

"讨厌是讨厌,"她说,"但我好奇它是什么气味。听说草莓与众不同。"她重新拧好瓶盖,在手绢上擦擦手指。

"我还带了面包。"卡波萨取出一条松软的小面包,"你没有责怪我,谢谢你的好心,沙兰。我看得出,我的做法是太冒失了。所以我想,也许可以带这个给你,还有……"

"还有什么?"迦熙娜问,"给自己免罪?'抱歉我逼得你要自杀,请吃点面包吧。'"

他一脸通红地低下头去。

"我当然要尝尝。"沙兰瞪了迦熙娜一眼,"她也会尝。卡波萨,你真好。"她接过面包,掰下一截给卡波萨,一截递给迦熙娜,剩下的准备留给自己。

"不用。"迦熙娜说,"谢了。"

"迦熙娜。"沙兰说,"您好歹也试试啊?"迦熙娜和卡波萨闹得这么僵,令她很烦闷。

比她年长的女子叹口气:"哦,那好吧。"她接过面包,拿在手里看沙兰和卡波萨吃。面包不软不硬,非常美味,可迦熙娜把面包塞进嘴里时,还是直皱眉头。

"你真该尝尝这果酱。"卡波萨对沙兰说,"草莓很难找,我可问了不少地方。"

"一定是拿国王的钱贿赂商人了。"迦熙娜点出。

卡波萨叹口气:"光明女士迦熙娜,我知道您不喜欢我。但我在非常努力地友善待人,您至少也可以装装样子吧?"

迦熙娜看了沙兰一眼,也许回想起卡波萨的猜度,称她的研究是为了诋毁沃林教。她没有道歉,但也没反唇相讥。

这就够了。沙兰心想。

"沙兰,果酱。"卡波萨递给她一片用来涂果酱的面包。

"噢,对啊。"她把罐子夹在腿间,用闲手拧开盖子。

"你恐怕错过来接你的船了吧?"卡波萨说。

"嗯。"

"你们说什么?"迦熙娜问。

沙兰脖子一缩。"我打算要走,光明女士。抱歉到现在才告诉您。"

迦熙娜重重往后一靠。"想想所发生的一切,这也是意料之中的事。"

"果酱?"卡波萨又试探道。

沙兰蹙额。他对吃果酱的事似乎特别坚持。她拿起罐子,嗅了嗅,随即放回桌上。"太难闻了!这是果酱?"味道像是烂泥拌醋。

"什么?"卡波萨警觉起来。他拿起罐子,闻了闻立即放下,看起来恶心欲呕。

"你似乎拿到一罐坏掉的。"迦熙娜说,"草莓的气味不是这样的吧?"

"完全不是。"卡波萨说。他犹豫片刻,还是把手指伸进罐子,捞起一大坨就往嘴里塞。

"卡波萨!"沙兰说,"这太恶心了!"

他咳嗽起来,但强忍着咽了下去。"其实没那么糟。你应该尝尝。"

"什么?"

"真的。"他把罐子硬塞过去。"我是说,这本是我给你的特别礼物,没想到不够可口。"

"我可不会尝这个,卡波萨。"

他顿了顿,仿佛在盘算要不要硬把果酱往她嘴里灌。他为什么表现得如此古怪?只见他一手按头,摇摇晃晃地站起来,从病床边离开。

随后,他开始朝屋外飞奔,可跑到一半就重重摔倒,身子在洁白无瑕的石地板上滑了一小段距离。

"卡波萨!"沙兰跳下床,匆忙赶到他边上,身上只穿了件白袍。他在发抖,而且……而且……

她也在发抖。屋子开始旋转。她突然觉得非常、非常疲惫,尽管想站住,可还是两脚发软,头晕目眩,几乎毫无感觉地摔倒在地。

有人跪在她身旁,咒骂着。

是迦熙娜。她的声音听起来很远。"她被下毒了。我要一块石榴石,给我一块石榴石!"

我口袋里有一块,沙兰心想。她好不容易摸到石榴石,设法解开禁手的袖口。*为……为什么她要……*

不,不行!不能给她看到魂器!

她的思绪一片模糊。

"沙兰。"是迦熙娜的声音,语气焦急,但很轻,"为净化毒素,我需要对你的身体使用塑魂术。这有危险,极其危险。我对血肉的元素并不擅长,这不是我的天赋。"

*她需要魂器,为了救我。*她用虚弱的闲手伸进袖子,往外拉禁袋。"你……你不能……"

"嘘,孩子,放轻松。石榴石呢!"

"你没法用塑魂术。"沙兰气息奄奄地说。她拉开禁袋的系绳,往下一倒,依稀见到一个模糊的金色物体滑落到地板上,一旁是卡波萨给她的石榴石。

飓风之父!为何屋子旋转得如此厉害?

她听见迦熙娜倒吸一口凉气,来自很远的地方。

而且越来越远……

怪事发生了。一股暖意灌注沙兰全身,在她体内燃烧,她觉得仿佛被抛进一口沸腾的大锅。她尖叫起来,背脊弓起,浑身痉挛。

一切陷入黑暗。

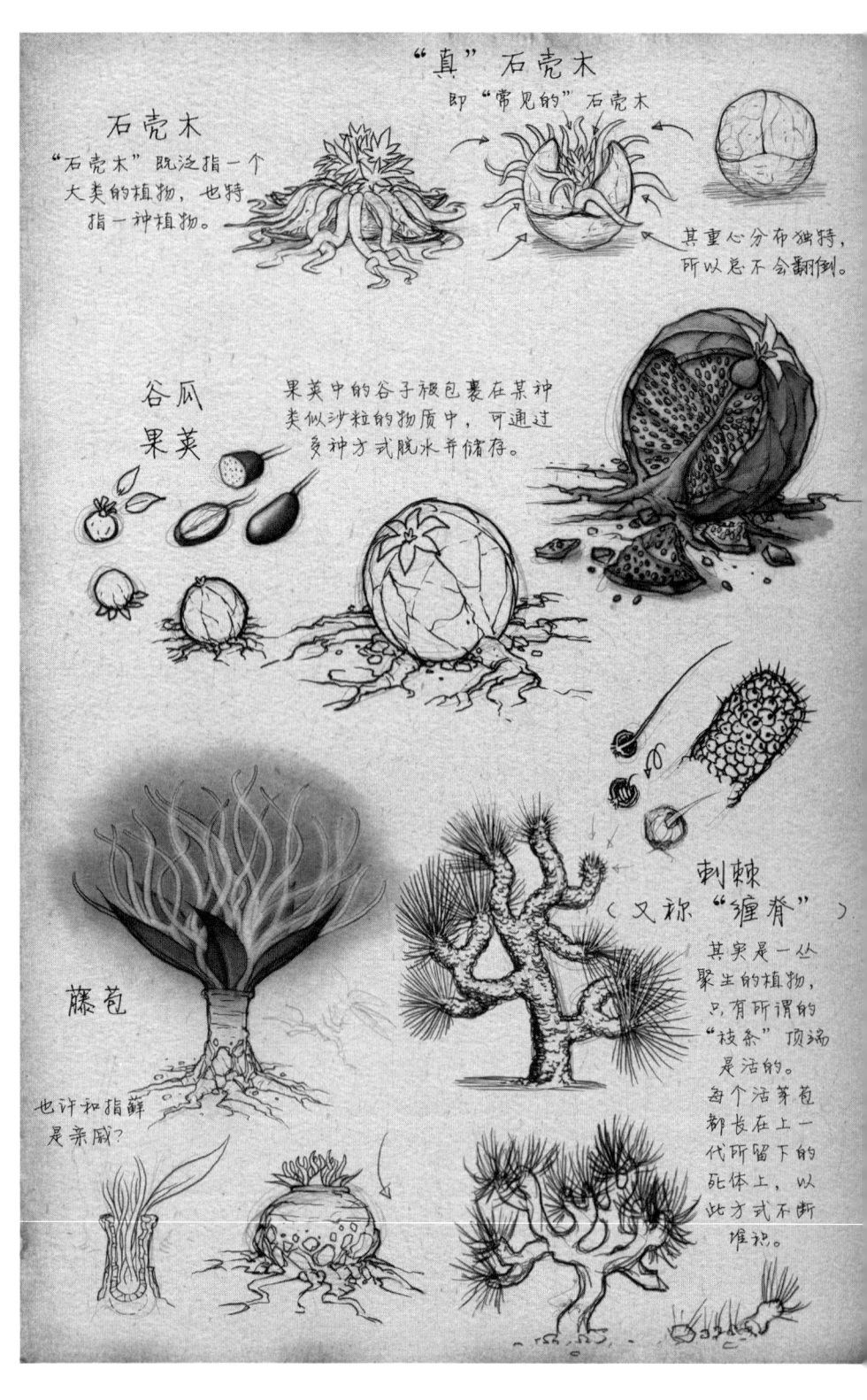

石壳木
"石壳木"既泛指一个大类的植物，也特指一种植物。

"真"石壳木
即"常见的"石壳木

其重心分布独特，所以总不会翻倒。

谷瓜果荚
果荚中的谷子被包裹在某种类似沙粒的物质中，可通过多种方式脱水并储存。

藤苞
也许和指藓是亲戚？

刺棘（又称"缠脊"）
其实是一丛聚生的植物，只有所谓的"枝条"顶端是活的。每个活苹苞都长在上一代所留下的死体上，以此方式不断堆积。

49 关怀

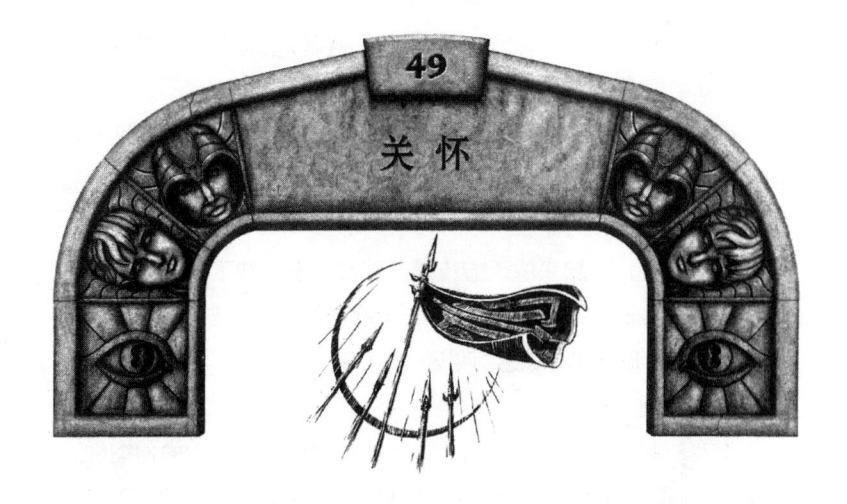

"诞生之地/的光辉/昭告者降临/临降者告诏/辉光诞生之地。"
——虽然我对克特克回文诗体传递信息的能力不太认同，但这篇阿拉翰的诗作经常被引用，用来指代乌有斯麓。我相信是有人把光辉骑士的家园误认为他们的出生地。

卡拉丁两侧的崖壁向天空延伸，遍布灰绿苔藓。他火把上的火焰舞动着，被雨水打湿的湿滑石面反射火光。潮湿的空气阴寒刺骨，飓风留下片片水洼。一些细长的骨头—— 一根尺骨和一根桡骨——从卡拉丁经过的一片深水塘下露出头来。他没去看，也不想知道这副骷髅的其他部分在不在水塘里。

突发洪水。卡拉丁心想，一边听着身后冲桥手的脚板与石面的摩擦声。这些水一定有个出口，否则架桥通过的就是河渠，而非深渊。

卡拉丁不知那场梦能不能信，但他打听过，破碎平原东部确实比西侧开阔。那里的高地已被侵蚀殆尽，若能跑到那里，也许就能逃往东方。

只是也许。很多深渊恶魔在那片区域出没，阿勒斯卡斥候会在平原之外巡逻。如果卡拉丁的队伍与他们遭遇，很难解释一群武装人员——其中很多人还带着奴隶烙印——在那里干什么。

茜尔踩着石壁走，差不多与卡拉丁的脑袋齐高。地灵能把一切物体往下拖，但对她不起作用。她两手交扣在背后，丁点儿大的齐膝裙在捉摸不定的风中摇曳。

逃往东方，听起来像天方夜谭。那些轩亲王费了很大力气，想找出一条向东通向平原中央的路线，但都失败了。几支队伍死在深渊恶魔手里，另几支在沟底遇到飓风——不管怎么小心，想要完全预报飓风是不可能的。

也有一些斥候队逃过了前两种死法。他们携带巨大的伸缩梯，在飓风来临时爬上高地躲避。可他们也损失惨重，因为高地上无遮无凭，少有避风场所，而下沟就不能携带车辆或其他遮风挡雨的设备。他听说，更大的问题在于仆族智者的斥候，已有几十支斥候队被他们发现、消灭。

"卡拉丁？"泰夫特快步赶上，踏进一汪漂浮着飓虫空壳的水塘，溅起一片水花。"你还好吧？"

"很好。"

"你看起来心里有事。"

"是肚子里有事。"卡拉丁说，"今早的粥特别稠。"

泰夫特笑笑："我不知道你还会说俏皮话。"

"我过去说得更多，从母亲那里学来的。不管你跟她说什么，几乎都会被面目全非地抛回来。"

泰夫特点点头。两人默默无语地走了一阵，身后的冲桥手哄堂大笑，是杜内在讲他亲过的第一个姑娘。

"小子，"泰夫特说，"你最近有什么奇怪的感觉吗？"

"奇怪？哪种奇怪？"

"说不清。就是……有什么不寻常的感觉吗？"他干咳一声，"比方说,突然觉得充满力量?比方……呃,觉得自己是光?"

"我觉得自己什么?"

"光。呃,大概,大概就像胡子剃光了,光下巴,这一类……风操的,小子,我只想知道你身体好了没有,那场飓风把你伤得够呛。"

"我没事。"卡拉丁说,"可以说非常好。"

"这不奇怪吗?"

确实奇怪。那个始终困扰着他的念头又开始萌发——他被某种超自然力量诅咒,据说追求古魔法的人会遭到这种下场。有些传说中,恶人获得不死之身,并遭受无尽的折磨。比如艾克斯特斯,他为了知道自己的死期,将亲生儿子祭献给虚渡,结果他的双臂每天都会被扯断一次。虽然这只是传说,但传说不会完全没来由。

卡拉丁活着,其他人都死了。这是不是某种来自诅咒之地的灵体搞的鬼?就像风灵开的玩笑,只是要邪恶无数倍?让他自以为能做些好事,然后杀死所有他试图帮助的人?灵体的种类成千上万,有很多从未被人见过,也没人知道。既然茜尔能跟着他,会不会有某种邪灵也跟着他?

这想法令人非常不安。

迷信毫无意义。他竭力告诫自己。**别想太多,否则你会和德科一样,上战场前非穿好运靴不可。**

他们来到一处分岔口,两条岔道在远处重新合拢,围住一块高地。卡拉丁转身对众人说:"就这儿吧。"冲桥手们停下脚步,聚拢到一起。他可以在众人眼中看到期待和兴奋。

这种感觉他曾有过——在他被训练折腾得浑身酸痛、苦不堪言之前。奇怪的是,卡拉丁觉得比年少时更敬畏手中长矛,但相对地也更失望。他喜欢战斗时的专注感和一切尽在掌握的踏实感,可这并没能拯救那些跟随他的人。

"你们可能以为,我会把你们斥为废物。"卡拉丁对众人说,"我过去见到的新兵训练都是如此。教官会把新兵蛋子说得一文不值，说他们软弱无能，也许还动手让其中几人吃点苦头，把他们摔个仰面八叉，好给他们下马威。我训练新入伍的矛兵时，也这么干过几回。"

卡拉丁摇摇头。"但是今天，我们不会以这种方式开始。你们不需要下马威，你们没有心比天高的白日梦，只是梦想能活下去。最重要的是，你们不是大部分教官所要面对的、毫无准备的可怜新兵。你们足够坚韧，我亲眼看着你们扛桥跑十几里地。你们足够勇敢，我亲眼看着你们笔直冲向弓箭手的队列。你们也足够坚毅，否则就不会站在这里，和我在一起。"

卡拉丁走到崖壁旁，从一堆被洪水冲散的碎石中拔出一把被丢弃的矛。刚拿起来，他就发现矛头已被打断，他想把断矛抛开，但立刻改了主意。

持矛在手对他而言是危险的事，会让他产生战斗欲望，也许会让他以为自己还是那个过去的他："飓风恩护者"卡拉丁，自信满满的小队长。他早已不是了。

似乎只要他拿起武器，身边的人就会死——不论敌友。所以，眼下拿着根棍子看来是个好主意，这只是根木棍，可以用来训练。

他把握矛的时刻留到以后去面对。

"你们都准备好了，这很好，"卡拉丁告诉众人，"因为我们没有时间。我一般会用六周时间来训练新兵，但六周之内，撒迪亚斯就会把我们当中一半的人害死。而我的希望是，六周后能看着你们在某个安全的酒馆里痛饮土啤。"

有些人稍稍喝彩。

"我们必须抓紧时间。"卡拉丁说，"我必须对你们狠一点儿，别无选择。"他看看矛杆，"你们要学的第一件事，就是在战场上也要懂得关怀。"

二十三名冲桥手分成两排站好。每个人都想来，甚至包括受过重伤的雷滕。目前已没有走不了路的伤员了，只是达彼德还没有回过神，成天眼神空洞地发呆。石头抄手而立，显然不打算学习如何战斗。那个叫申的仆族站在最后面，低头看地。卡拉丁不打算教他矛。

有几个冲桥手似乎被卡拉丁的话搞糊涂了，虽然泰夫特只抬抬眉毛，莫阿什打个哈欠。"你这话是什么意思？"德雷赫问。他是个身材瘦削的金发男子，长手长脚，肌肉发达，说话带一点口音，他来自遥远的西方国度莱纳尔。

"有很多士兵，"卡拉丁边说，边用拇指拂过棍身，感受木头的纹理，"觉得战斗时最好是冷酷无情。我说那是风操的扯淡。没错，你得专注。没错，情感波动、情绪变化是危险的。可如果你什么也不关心，那你是什么？一头被杀戮的欲望驱动的畜生。我们是人，是因为我们有情感。我们必须怀着目的去战斗。所以我说，懂得关怀不是坏事。我们回头会讲如何控制恐惧和怒气，但记住，这是我教给你们的第一课。"

几个冲桥手点点头，但大部分人看起来依然莫名其妙。卡拉丁还记得自己站在队列中，不明白图克斯为何浪费时间讲什么情感。他以为自己理解情感——就是因为情感，他才有练矛的动力。复仇、恨意、渴望获取力量，向瓦兹和他的小队讨还血债。

他抬起头，试图把回忆抛开。不，冲桥手们不理解他的话，但也许以后会想起，就跟卡拉丁自己一样。

"第二课，"卡拉丁把断矛往身旁岩石上一拍，击打声在渊底回响，"更有实用性。学习战斗之前，你们必须先学会站立。"他把矛一扔。冲桥手们皱起眉头看他，一脸失望。

卡拉丁摆出矛兵的一种基本站姿，两脚分开——但不太开——侧对众人，膝盖略弯呈半蹲势。"斯卡，你来试试把我往后推。"

"什么？"

"让我失去平衡，"卡拉丁说，"把我推倒。"

斯卡耸耸肩，走上前，试着把卡拉丁往后推。可卡拉丁一抖手腕，轻而易举地拨开他的双手。斯卡咒骂着，再次扑上来，但卡拉丁抓住他的胳膊，反把他推了个趔趄。

"德雷赫，你来帮他。"卡拉丁说，"莫阿什，还有你。试试看能不能让我失去平衡。"

两人与斯卡联手。卡拉丁用步法与他们周旋，始终位于三人正中，不断调整站姿，阻退每次攻击。他抓住德雷赫的胳膊往前一拉，差点儿把对方拉倒；随后又迎着斯卡肩膀的撞击抢前一步，化解冲力，同时把对方推开；莫阿什趁机一把抓住他，他猛一扭肩，莫阿什自己反倒失去平衡。

卡拉丁不慌不乱，在三人之间穿梭，通过调整落脚点和膝盖弯曲度来调节重心。"站得住是战斗的起点。"卡拉丁一边躲闪一边说，"我不管你们突刺有多快、扎矛有多准。如果敌人把你弄倒，或让你磕磕绊绊，你就输了。输意味着死。"

有几个旁观的冲桥手模仿卡拉丁的动作，扎起马步。斯卡、德雷赫和莫阿什终于决定协同步调，打算同时扑上来。卡拉丁一手高举。"干得好，你们仨。"他示意三人归队，三人不情不愿地放弃了进攻。

"我要把你们分成两人一组。"卡拉丁说，"今天就练站姿——可能得练一个星期。你们要学习如何保持站姿，如何在受威胁时定住膝盖，如何保持重心。这需要时间，但我保证，以此为起点，你们学起来会快很多，就算一开始除了练站什么也不做。"

众人点点头。

"泰夫特，"卡拉丁用命令的口吻说，"按身高体重分组，然后教他们基础的挺矛站姿。"

"遵命，长官！"泰夫特脱口而出，随即愣住，意识到自己露了馅。这种反应速度表明泰夫特显然当过兵。他迎向卡拉丁的视线，看得出，卡拉丁早就知道。老男人一瞪眼，换来卡拉丁爽朗的笑容。手下有个老兵，可轻松不少。

泰夫特没有装傻，毫不费力地融入训导军士的角色，将众人两人一组分好，纠正站姿。难怪他从不脱上衣，卡拉丁心想，可能藏着数不清的伤疤。

泰夫特指导众人时，卡拉丁指指石头，招呼他过来。

"什么事？"石头问。他胸膛十分宽大，几乎扣不上冲桥手的马甲。

"你说过什么来着？"卡拉丁说，"战斗不合你尊贵的身份？"

"对。我不是家里老四。"

"有关系吗？"

"长子和次子负责烹饪，"石头扬起一根指头，"地位也最高。没吃的，没活路，对吧？老三要当工匠，也就是我。我为此自豪。只有老四才能当战士。战士，用处不如吃的和用的来得大，明白？"

"你们按出生顺序来决定职业？"

"对。"石头骄傲地说，"这是最好的方式。群峰之巅总不缺食物，但不是每个家庭都有老四，也不是任何时候都需要战士。我不能战斗，'乌里特卡纳奇'作证，我不能做这种事！"

卡拉丁瞥了茜尔一眼。她耸耸肩，看来对石头的作为不感兴趣。"好吧，"他说，"既然如此，我有别的事情想让你做。去叫倭朋、达彼德……"卡拉丁犹豫片刻，"还有申，也叫上。"

石头照办了。倭朋就在队伍里学习站姿，但达彼德站在一旁，和往常一样两眼发直。不管是什么勾走了他的魂，那一定比常见的战震症严重得多。申站在他身边，手足无措，仿佛不知该把自己往哪儿搁。

石头拉倭朋出列，又抓起达彼德和申，走回卡拉丁身边。

"黑发哥，"倭朋不咸不淡地敬了个礼，"看来我当矛兵够呛，只有一条胳膊。"

"不要紧。"卡拉丁说，"还有别的事需要你帮忙。回去时交不出足够物资，盖兹和新来的桥务总长——或者他老婆——会找我们麻烦。"

"我们三个干不了三十人的活，卡拉丁。"石头抓抓胡子，"不可能。"

"也许是办不到。"卡拉丁说，"可大多数时候，我们在沟底只顾找那些没搜刮干净的尸体。得想办法大大提高效率，必须大大提高效率，否则没法操练。幸好，我们有个优势。"

他摊开手，茜尔翩然而降，落在他掌心。他和茜尔商量过，她也同意他的计划。在卡拉丁眼里，茜尔没有任何特别举动，但偻朋突然倒吸凉气。茜尔向他展露了形象。

"啊……"石头毕恭毕敬地朝茜尔鞠躬，"就像采集芦草那样。"

"看得我眼都直了。"偻朋说，"石头，你没说过她有这么可爱！"

茜尔甜甜地笑了。

"放尊重点儿。"石头说，"你不能这么跟她说话，小矮子。"

大家当然知道茜尔的事。卡拉丁没提，可他们都瞧见他和空气说话，石头也解释过。

"偻朋，"卡拉丁说，"茜尔的速度比冲桥手快得多。她会搜索适合采集的场所，你们四个抓紧捡东西。"

"有危险，"石头说，"要是我们四个碰到深渊恶魔怎么办？"

"那就太不幸了，可我们不能空手回去。我最不希望发生的，就是哈莎尔派盖兹下沟监视。"

偻朋啐了一口。"他死也不肯的，黑发哥，下头的活儿累死人。"

"也太危险。"石头补充。

"人人都这么说，"卡拉丁道，"可除了石壁上的爪痕，我什么都没见到。"

"它们在底下，"石头说，"这不是传说。你来之前，有个冲桥队被杀了一半人手,还被吃掉。大部分深渊恶魔在平原中部活动,但也有一些会大老远过来。"

"好吧,我不想让你们置身险境,可不这么干,我们就会失去下沟的机会,会被赶去刷厕所。"

"好的黑发哥,"偻朋说,"我去。"

"我也去。"石头说,"有'阿礼伊卡姆拉'的守护,应该是安全的。"

"我迟早要教你如何战斗。"卡拉丁说。见石头眉头紧锁,他急忙加了一句,"我说你呢,偻朋。独臂不代表你没用。你会吃点儿亏,但我能教你些技巧来弥补。眼下,比起多一个人使矛,搜集物资对我们来说更重要。"

"看来我很快有机会了。"偻朋朝达彼德招招手,两人一同去收集麻袋。石头准备跟上,但卡拉丁抓住他胳膊。

"也许不必战斗,还有更简单的办法,我依然没有放弃寻找。"卡拉丁告诉他,"只要不回去,盖兹他们可能会以为我们被深渊恶魔吞了。再想办法到平原另一头……"

石头一脸怀疑。"很多人试过。"

"东部边界无人把守。"

"没错,"石头笑道,"如果你能一路跑到那里,既不被深渊恶魔吃掉,也不被洪水淹死,我就尊你为'喀录客伊吉'。"

卡拉丁不解地扬扬眉毛。

"只有女人才能当'喀录客伊吉'。"石头仿佛是在解释刚才的玩笑。

"老婆?"

石头笑得更响了:"不不。吸多空气的低地人。哈!"

"很好。听着,你们试着记一下沟底布局,能画张地图就最好了。我估计,大部分下沟的人都只走探好的路线。换言之,在一些小道里更可能找到物资,我们派茜尔去那些地方找。"

"小道？"石头依然没从刚才的大笑中缓过来，"别人会以为你存心想被吃掉，哈，被巨壳生物。它们应该被人吃，而不是吃人。"

"我——"

"不，不。"石头说，"计划很好，我只是开玩笑。我会小心，也乐意去做，因为我不想战斗。"

"谢谢。也许你们碰巧会找到一个爬得上去的地方。"

"我会找找看。"石头点头，"但我们不能就这么爬出去。平原上有很多斥候，他们就是这样侦察深渊恶魔何时来化蛹的，对吧？我们会被发现，而且没桥也过不了深渊。"

不幸的是，他说得有理。在这里爬上高地，他们就会被发现。到平原中央爬，他们会被困在高地上，走投无路。到仆族智者控制区附近爬，又会被仆族智者的斥候发现。虽然个别地方只有四五十尺深，但很多崖壁至少也有上百尺。

茜尔如箭一般蹿出去，给石头等人领路。卡拉丁回到其他冲桥手那边，和泰夫特一起纠正大家的站姿。这不是轻松活儿，头一天训练总是如此。冲桥手的动作都不扎实，心里也没谱。

但他们都表现出非凡的决心。卡拉丁从未教过如此毫无怨言的新兵。没人要求休息，也不会因为卡拉丁推得太用力而露出厌恶的神情。他们的怒容皆因自身的不足而起，气自己不能学得更快一点。

他们确实学得很快。才过几小时，天分最好的几个——首先是莫阿什——开始有了战士的模样。他们的站姿越来越坚实、越来越自信。本该觉得疲惫和沮丧的时刻，他们却更加坚定了。

卡拉丁后退几步，看着莫阿什在被泰夫特推了一把后恢复站姿。这是归位练习——莫阿什先让泰夫特把自己推个趔趄，然后迅速站稳脚跟。他们一次又一次地重复，目的是练出不用思考恢复站姿的本能反应。卡拉丁一般会到第二、第三天才开始归位练习。可现在仅仅两小时后，莫阿什已在慢慢掌握这种技巧了。还有两人——德雷赫和斯卡——的进展也差不多一样迅速。

卡拉丁背靠石壁。阴冷的水滴从石缝里往外渗，一株褶花在他头边怯生生地展开两片扇形花叶。叶子是橘色的，尖端带刺，就像张开的拳头。

*是因为过去的冲桥训练？*卡拉丁寻思，*还是因为被激发的激情？*他给了他们反击的机会，那种机会能改变人。

看着他们坚定扎实地摆出刚学会的战斗姿态，卡拉丁有所感悟。这些人——被军队抛弃、被迫拼死卖命，又在卡拉丁的精心计划下得到额外的食物之后——是他教过的最健壮、最好学的新兵。

撒迪亚斯没把他们打垮，反倒使他们超越了自我。

50 断背粉

"火与炭。恐怖的皮肤。两眼如漆黑的窟窿。"

——引自《爱维德》,也许不必详细标注。但为了以后查用方便,这句话出自 482 行。

沙兰醒来,发现自己在一间白色小屋里。

她坐起来,觉得身体健康得不正常。明媚的阳光把白色窗纱照得雪亮,还透过窗纱布照进屋子。沙兰皱着眉,晃晃有些恍惚的脑袋。她感觉自己应该被烧焦了,从头到脚,每寸皮肤都皲裂剥落。可那只是一瞬间的事。手臂上有处伤口,但除此以外,她觉得好得不能再好了。

身边一阵沙沙声。她扭头一看,见一名女护士沿屋外的白色走廊匆匆远去;她显然看到沙兰坐了起来,正要通知别人。

我在医院。沙兰想,换到私人病房了。

一个士兵探进头,查看沙兰的情况。这屋子明显有人把守。

"怎么了?"她大声问他,"我是不是被下了毒?"她突然一震,想起一件事来,"卡波萨!他还好吗?"

守卫回到岗位，没有搭理她。沙兰往床下爬，但他又往里瞧，死盯着她。沙兰不禁惊叫失声，缩回床上，把床单往身上扯。她还穿着医院的病袍，看起来很像松软的浴袍。

她昏迷多久了？为什么她——

魂器！她突然想到，我把魂器还给迦熙娜了。

接下来的半个小时是沙兰一生中最悲惨的一段时间。她必须忍受守卫定期的瞪视和自己的恶心感。究竟发生了什么？

终于，迦熙娜出现在走廊尽头，已换了身黑底加浅灰色条纹的裙服。她快步走向病房，从守卫身旁经过时，只说了一个词就把他打发走了。守卫匆匆离去，靴子踏在石地上，比迦熙娜的凉鞋更响亮。

迦熙娜走进病房，虽然没有开口斥责，但眼神是如此不善，沙兰只想钻进被子藏起来。不，她想爬到床底，在地板上挖个洞钻进去，然后埋好石头，挡住那双眼睛。

那是不可能的，她只能羞愧地低下头。

"交还魂器是明智之举，"迦熙娜的声音冷若冰霜，"否则你性命不保。*我救了你一命。*"

"谢谢。"沙兰轻声说。

"你为谁办事？哪个虔诚会贿赂你来偷取魂器？"

"没有，光明女士，我是出于自己的意愿偷的。"

"*包庇他们对你没好处。你迟早会说出真相。*"

"这就是真相。"沙兰昂起头，心头涌起一丝桀骜。"就是为偷走魂器，我才拜入您门下。"

"对，但主使者是谁？"

"我自己。"沙兰说，"难道我有点儿主见就这么不可思议？难道我是这么可悲的废物，除了被人利用或愚弄就没有别的可能？"

"你没资格对我大声嚷嚷，孩子。"迦熙娜波澜不惊地说，"你没有理由忘记你现在的立场。"

沙兰又一次低下头。

迦熙娜沉默片刻，最后，叹了口气："你究竟在想什么，孩子？"

"我父亲去世了。"

"所以？"

"他不太招人喜欢，光明女士。实话说，大家都恨他。我家破产了，兄长们试图硬撑场面，隐瞒死讯。可……"她敢把父亲拥有魂器的事告诉迦熙娜吗？这无益于开脱沙兰的罪行，还可能给家族带来更大的麻烦。"我们需要一点保障，不管什么也好，一种能迅速赚钱或'造'出财富的手段。"

迦熙娜再次陷入沉默。当她重新开口时，听起来甚至有点儿想笑。"难道你以为，靠惹怒全体虔诚者和阿勒斯卡王国就能拯救你的家族？你知不知道我弟弟得知此事后会干出什么来？"

沙兰把头扭向别处，觉得又蠢又羞。

迦熙娜叹道："有时，我忘了你有多年轻。我明白偷魂器对你的吸引力有多大，但这依旧是愚蠢行为。我替你安排了返回雅克维德的船位，你明早就走。"

"我——"她没指望得到如此宽大的处置。"谢谢。"

"你朋友，那个虔诚者，他死了。"

沙兰抬起头，一脸忧伤。"发生了什么？"

"面包有毒，是断背粉，非常致命的毒药，被洒在面包上伪装成面粉。我怀疑他每次带来的面包都下过毒，目的就是让我最终吃下一口。"

"可我吃过很多面包！"

"果酱里有解药。"迦熙娜说，"在他用过的几口空罐里查到了。"

"这不可能！"

"我已展开调查。"迦熙娜说，"第一次见到他就该查。没人说得清这个所谓的'卡波萨'的来历。虽然他用熟络的口吻跟我们谈论其他虔诚者，但其他人其实并不认识他。"

"那他……"

"他在利用你，孩子。从头到尾，他都在利用你接近我，窥探我的所作所为，并找机会杀我。"她面不改色地说着，不带丝毫感情，"我相信，他最后那次下的毒粉比平时多得多，也许希望让我吸进去。他知道这是最后的机会，结果却害了自己，毒性发作得比他预想的快。"

有人差点儿杀了她。不，不是有人，是卡波萨。难怪他如此急于让她吃果酱！

"我对你非常失望，沙兰。"迦熙娜说，"我现在明白你为什么想自杀了。是因为负罪感。"

她没想自杀。但否认有什么好处？迦熙娜在可怜她，最好别给王女收回这份同情的理由。然而沙兰看到并经历的怪事又是什么？也许迦熙娜能提供解释？

她看着迦熙娜，看到对方平静的外表下隐藏的冰冷怒气，吓得开不了口，不敢向迦熙娜打听她看到的符号脑袋和她去过的异界。沙兰啊沙兰，你怎么会以为自己勇敢？你不勇敢，你是个傻瓜。她记得父亲暴怒的咆哮在整栋大宅里回响。迦熙娜的愤怒更安静、更理性，但也同样令人生畏。

"好了，你得学会带着负罪感活下去。"迦熙娜说，"你没能带着我的魂器逃走，但你确实毁掉了自己的大好前途。这份愚蠢的计划会玷污你将来几十年的人生。从现在起，没有女性会收你为徒。你亲手毁了这一切。"她一脸厌恶地摇摇头，"我讨厌出错。"

说完这句话，她转身离去。

沙兰抬起手。*我得道歉。我必须说点什么。*"迦熙娜？"

那女人没有回头，守卫也没再回来。

沙兰躲到被单下缩成一团，胃抽个不停，难受得要死。有一刻，她真希望那片玻璃割得再深一些，或者，迦熙娜没有那么快就拿魂器来救她。

她失去了一切。保护家族的魂器没了,能继续学习的学徒身份没了,卡波萨也没了。但从一开始,她就没得到过他。

她的眼泪打湿了床单,窗外阳光渐渐暗淡、消失。没人来看她一眼。

没人会操这个心。

51 奴隶

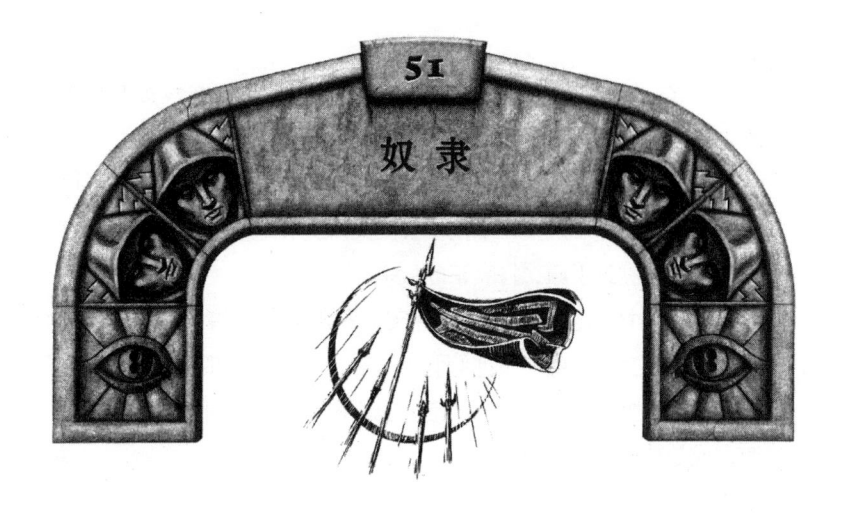

一年前

卡拉丁静坐在等候室里，这间屋子位于木头搭成的亚马兰军指挥部，该建筑由十二个部分拼接而成，各部分都很牢固，可以拆开用红甲蟹拖运。卡拉丁坐在窗边，看着外面营地。成片的营帐中有一个刺眼的空洞，那是卡拉丁小队曾经的驻地，他坐在这儿就能望见。他们的帐篷被拆除，配给了其他小队。

只有四个人活下来。二十六个部下只活了四个。大家都说他走运，大家都叫他"飓风恩护者"。他开始信了。

今天，我杀了一名碎瑛武士。他大脑一片空白，就像"铁下盘"拉纳辛、"画符枪"伊沃德，我，我杀了一名碎瑛武士。

可他并不关心这个。

他双臂交叉，搁在木头窗栏上。窗户没有玻璃，他能感受到屋外的微风。一只风灵在帐篷间穿梭。卡拉丁身后的房间铺着厚红毯，墙上挂盾，放着几把安了软垫的木椅，和卡拉丁坐的那张一样。这是指挥部的"小"等候室，说是小，可比他在赫斯通的整座家宅更大，包括手术室在内。

我杀了一名碎瑛武士，他在心里重复默念，却把碎瑛刃和碎瑛甲给了别人。

这一定是古往今来一切国家的所有人干过的蠢事当中最愚不可及的一桩。成为碎瑛武士，卡拉丁会比荣寿更有地位，比亚马兰更高贵。他可以去破碎平原，打真正的战争。

他不用再掺和这些边境的小冲突，不用再看那些小家族出身的光眼种低级军官的脸色——他们低人一等，所以脾气都很臭。他再也不用担心不合脚的靴子会磨出水泡，也不用再忍受有如飓砂的晚饭的味道，或是其他士兵的挑衅。

他会非常富有。但他将这一切拱手让出。

然而直到现在，仅仅触碰碎瑛刃的念头就令他反胃。他不要财富、地位、军队，甚至不想要一顿佳肴。他只想回到过去，保护信赖他的人。何苦追逐碎瑛武士？他应该逃跑。可他却非要冲向一个风操的碎瑛武士。

你保护了轩元帅，他告诉自己，*你是个英雄。*

但凭什么亚马兰的命就比他手下的命更宝贵？卡拉丁为亚马兰效力，是因为对方表现出的荣誉感。元帅会在飓风中让手下矛兵轮流享受指挥部的舒适，每次一个小队。他坚持改善伙食、足额发饷。他没把他们当垃圾看待。

但他还是让下属做出那种事，也违背了会保护提安的承诺。

我也一样，我也一样……

负罪感和悲伤纠缠在一起，令卡拉丁的内心一片混乱。有一点是清楚的，清楚得像黑漆漆的屋子里仅有的光亮：他不想和碎瑛刃有任何瓜葛，连碰都不想碰。

门"砰"的一声被推开，卡拉丁在椅子上转过身。亚马兰进来了，高大精悍、脸形方正的亚马兰穿一件深绿色军大衣，拄着拐杖。卡拉丁用行家的眼光看了看绷带和夹板。我能包得更好，还会坚持让伤员卧床。

亚马兰正和手下一名读风者说话。那是个留着络腮胡、一身墨黑袍子的中年男子。

"……为什么萨尔达卡要冒险这么做？"亚马兰小声道，"可除了他还有谁？鬼血会越来越大胆了。得查出那人的身份。我们对他了解多少？"

"他是雅克维德人，光明贵人。"读风者说，"我还不知道他的身份，但会去调查。"

亚马兰点点头，一语不发。两人身后，一群光眼种军官走进屋，其中一人捧着一块纯白的布，上面放着那把碎瑛刃。在这群军官身后是卡拉丁小队的四名幸存者：哈布、里希、阿拉贝特和科瑞布。

卡拉丁站了起来，觉得筋疲力尽。亚马兰依然站在门边，抱着胳膊，直到落在最后的二人走进屋子、关上门。这两人也是光眼种，但阶级较低——是亚马兰亲卫队中的军官。逃跑的亲卫队中有他们吗？

那是明智的选择，卡拉丁心想，比我的做法要明智。

亚马兰倚着拐杖，用淡褐色眼眸打量卡拉丁。他和幕僚们讨论了几小时，试图确认碎瑛武士的身份。"你今天的行为很勇敢，士兵。"亚马兰对卡拉丁说。

"我……"该如何作答呢？我真希望没来救你，长官。"谢谢。"

"所有人都跑了，包括我的亲卫队。"最靠近门的两人羞愧地低下头，"你却冲了上去，为什么？"

"我其实没怎么想，长官。"

亚马兰似乎对这回答感到不悦。"你叫卡拉丁，对吗？"

"是的，光明贵人。赫斯通人，您记得吗？"

亚马兰一皱眉，表情有点困惑。

"您的表弟荣寿是那里的城主。您来征募时,他分配我弟弟参军,我……我就和他一起来了。"

"啊,对。"亚马兰说,"我想我记得你。"他没问起提安,"你还没回答我的问题:为什么出手?肯定不是为了碎瑛刃,你都不要。"

"是的,长官。"

一旁的读风者扬扬眉毛,仿佛不敢相信卡拉丁会拒绝碎瑛刃。手捧碎瑛刃的士兵一直满怀敬畏地看着这把神器。

"为什么?"亚马兰道,"你为什么不要?我非知道不可。"

"我不想要,长官。"

"嗯,但你为什么不想要?"

因为我不想成为你们中的一员。因为我一看到这把武器,就会想到被它主人杀死的人的脸,他们死得如同草芥。

因为……因为……

"我实在不能说,长官。"卡拉丁叹着气说。

读风者走到火盆边,摇着头,开始暖手。

"您看,"卡拉丁说,"这套碎瑛刃碎瑛甲属于我。那好,我说过把它们交给科瑞布。他在我的士兵当中阶级最高,也最善战。另三人会理解的。何况,等科瑞布成了光眼种,也会照应他们。"

亚马兰看看科瑞布,朝随从们点点头。有一人拉紧窗帘,其余人拔剑出鞘,向卡拉丁小队仅余的四人围拢。

卡拉丁大吼一声冲了上去,但两名军官早就守在他身边。他刚挪步,小腹就结结实实挨了一记老拳。被狠狠打中的滋味令他吃了一惊,随即喘不过气。

不。

他强忍疼痛,回身扫臂,一拳把对方打得眼角迸裂,身子直往后飞。另外几人朝他扑过来。他手无寸铁,又在之前的战斗中耗光了力气,连站都站不直。他们不断击打他的两肋和后背,最终令他不支倒地。他浑身都疼，但还是看得到朝自己的手下步步进逼的士兵。

第一个被砍倒的是里希。卡拉丁惊呼一声，抬起手，挣扎着跪起来。

这不是真的，求求你们，不要！

哈布和阿拉贝特抽出了匕首，但也很快不敌。一名士兵捅穿哈布的肚子，另两人把阿拉贝特砍倒。伴着一声脆响，阿拉贝特的匕首落到地上，接着是整条胳膊，然后是尸体。

科瑞布坚持得最久，他两手前举，不断后退，但没有喊叫。他似乎明白自己的处境。卡拉丁眼睁睁地看着这一幕，士兵们从身后抓住他，不让他上去帮忙。

科瑞布跪地祈饶，却被亚马兰的一名手下利落地砍断了脖子。一切在几秒钟之内就结束了。

"你这个畜生！"卡拉丁不顾疼痛大喊，"你这个风操的畜生！"他发现自己流下了眼泪，在四个壮汉的压制下徒劳地挣扎着。死去矛兵的鲜血浸透了地板。

他们死了。全死了。飓风之父啊！一个不剩！

亚马兰走上前，神色严峻。他在卡拉丁面前单膝跪下："我很抱歉。"

"畜生！"卡拉丁声嘶力竭地狂吼。

"他们可能走漏风声，我不能冒这个险。士兵，为全军着想，这是必须的措施。军方会宣称你的小队帮助了碎瑛武士。你该明白，**必须让大家相信是我杀了他。**"

"你要把碎瑛刃和碎瑛甲据为己有！"

"我学过剑术，"亚马兰说，"也习惯穿盔甲。让我使用碎瑛刃和碎瑛甲对阿勒斯卡更好。"

"你可以问我要！风操的！"

"等消息在军营里传开怎么办？"亚马兰一脸冰霜，"碎瑛武士是你杀的,可我拿了碎瑛甲、碎瑛刃?没有人会相信你是凭自己的意愿让给我的。何况,小子,你也不会一直让我拿着。"亚马兰摇摇头,"只消一两天,你就会改变主意。你会渴望财富和地位——其他人会说服你的。你会要求我把它们还给你。我花了几个钟头才下了决心,但瑞斯塔雷说得对——这么做是必须的。为了阿勒斯卡的利益。"

"这和阿勒斯卡没有任何关系!只和你自己有关!风操的,你本该比其他人有良心!"眼泪挂在卡拉丁的下巴上,不住往下滴。

亚马兰突然显出一丝愧疚,仿佛知道卡拉丁所言不虚。他别过身,冲读风者招招手。读风者从火盆边走来,拿着一件刚才放进火炭里加热的东西。是一小块烙铁。

"你的所作所为都是演戏吗?"卡拉丁质问,"尊贵高尚、关心部下的光明贵人只是装装样子?一切都是欺骗?一切都是谎言?"

"这是为了我的部下。"亚马兰说。他从垫布上拿起碎瑛刃,单手持握,嵌在剑柄上的宝石闪出一道白光,"你完全理解不了我肩上的重担,矛兵。"亚马兰冷静理性的语调有些动摇,似乎在给自己辩解,"我的决定可能拯救千万人,没办法单单考虑几个暗眼种矛兵的生死。"

读风者走到卡拉丁跟前,准备好烙铁。对铭是倒刻的,写着"sasnahn",意思是"撒南奴",也就是一种奴隶标记。

"你挺身而出,"亚马兰一瘸一拐地走向房门,绕过里希的尸体。"救了我的命,我也饶你一命。五个人说一样的话会有人信,但区区一个奴隶的话不会有人听。军方会宣布你没有帮助同伴,但也同样没有阻止他们,并在逃跑途中被我的守卫抓获。"

亚马兰在门口停下脚步,将偷来的碎瑛刃靠在肩上,刀背对着自己。他眼里的负罪感依然未消,但被冷硬的表情掩盖。"我以逃兵的罪名驱逐你,贬你为奴。但我慈悲为怀,免你一死。"

他打开门,走了出去。

烙铁落下,将卡拉丁的命运烧灼进他的皮肉。他发出最后一声撕心裂肺的惨叫。

（第三部分·完）

插曲

巴希尔 葛兰蒂 泽斯

I-7 巴希尔

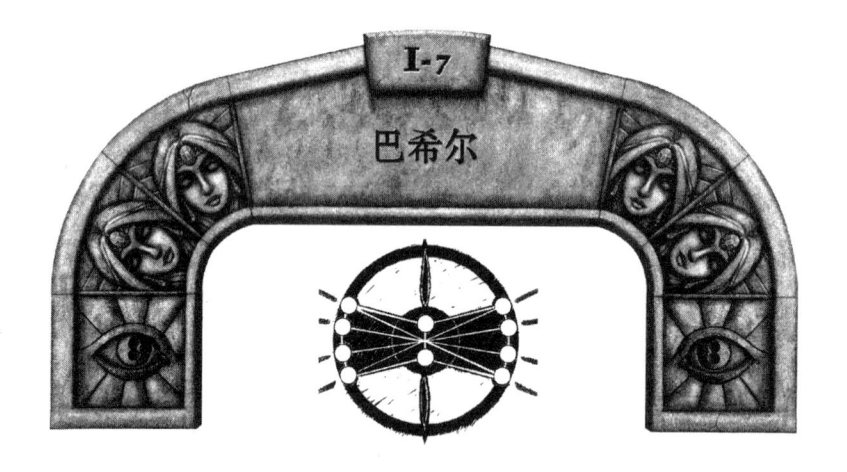

巴希尔沿着奢华的殿廊匆匆而行,手提一口装工具的大袋子。身后有动静,像是脚步声,吓得他急忙转身,可什么也没看到。走廊空空荡荡,铺着金色地毯,墙上挂着一面面镜子,拱形天花板是用马赛克铺成的精美镶嵌画。

"你能不能消停点儿?"走在他身边的阿福说,"你每次跳脚,都吓得我想给你一巴掌。"

"我忍不住。"巴希尔说,"这种事不是应该夜里做吗?"

"女当家自有分寸。"阿福说。他和巴希尔都是埃穆尔人,黑肤、黑发,但他个头更高,也自信得多。他大摇大摆地走着,仿佛是被邀来的贵客,肩头挂着一把未出鞘的宽刃大剑。

大神卡达希克斯保佑,巴希尔心想,**别让我们碰上阿福非拔剑不可的状况,多谢**。

他们的女当家走在前面,除此以外,走廊里没有其他人。她不是埃穆尔人——甚至不像马卡巴克人,尽管是黑皮肤,还有一头漂亮的黑长发。她的眼睛像深族,修长的身材又似阿勒斯卡人。阿福觉得她是混血儿,但他们两人很少有胆子谈论这种事。女当家的耳朵很灵,灵得古怪。

她停在下一个交叉口。巴希尔又回头张望，阿福推了他一肘，可他就是忍不住要看。没错，女当家说过，宫里侍从全在忙着布置新建的客房，但这里是智者阿湿奴的宫殿，他是全埃穆尔最富有、最神圣的人之一，仆人有好几百人。如果其中一个偏巧晃到这儿来了呢？

两人追上去，和女当家一起停在走廊交叉口。巴希尔强迫自己直视前方，免得再回头，可这样一来，他发觉自己的视线定在女当家身上了。被如此美丽的女子雇佣，成天有一头长长的黑发在你面前披散着、垂落到腰际，这真有点儿危险。她从不穿女人该穿的袍子，甚至连长裙或半裙也不穿，而是穿裤子——通常是紧身款式，后腰挂一把细身剑。她的眼睛几近纯白，带着若有若无的紫色。

她如此迷人。曼妙、陶醉、不可抗拒。

他肋部又吃了阿福一肘。巴希尔一跳脚，揉揉肚子，气鼓鼓地瞪了表亲一眼。

"巴希尔，"那女子说，"把我的工具拿来。"

他打开袋子，递上一条叠好的工具腰带。伴着一阵清脆的碰击声，她头也不回地接过腰带，拐进左边走廊。

巴希尔不安地注视着。这里是圣厅，是富人摆放卡达希克斯画像、用来祭拜的场所。女当家走到第一幅画像前，画中人物是梦之女神伊潘。这是一幅用金箔在黑帆布上烫成的杰作，画得很美。

女当家从腰带上抽出一把匕首，在画上从上往下划出一道口子。巴希尔看得咋舌，但什么也没说。他差不多已习惯女当家毫无来由地破坏艺术品的行为了，只是不明所以。不过，她给两人的佣金倒是很高。

阿福背靠墙壁，用指甲剔牙。巴希尔想模仿他轻松的姿态。偌大的厅堂挂着一盏盏枝形吊灯，灯里放着照明用的黄玉齐普。但他们没对润石下贼手，女当家不赞成偷窃。

"我一直想去寻找古魔法。"巴希尔开口说话,一半原因是为了不让自己露怯——女当家正对一尊精美的半身像下手,要抠出它的眼珠子。

阿福嗤之以鼻:"为啥?"

"我不知道,"巴希尔说,"大概是想找点儿事干。你瞧,我从未寻找过它。据说每个人都有一次机会,可以求夜妖赐你一件东西。你试过吗?"

"试个毛。"阿福说,"谁高兴大老远跑到'山谷'去。再说,我哥去过,回来时两只手都瘫了,什么感觉也没有,一直没好。"

"他得到了什么?"巴希尔问。女当家用布头包起一口瓶子,在地上砸碎,没弄出一点声响。

"不晓得。他从不说,似乎怕丢人。可能求了什么蠢东西,比如好看的发型。"阿福坏笑。

"我想让自己长点儿能耐。"巴希尔说,"求夜妖赐我勇气。你说呢?"

"随你。"阿福回答,"我觉得实现愿望有比古魔法更好的办法——你不知道会遭它什么诅咒。"

"我可以把要求说得天衣无缝。"巴希尔说。

"那不管用。"阿福说,"这不是游戏,不管你怎么编故事都一样。夜妖不会骗你,也不会曲解你的话。你提出要求,她觉得你应得什么,就给你什么,然后附带一个诅咒。有时和赐给你的东西有关,有时无关。"

"你还挺在行啊?"巴希尔说,"你不是自称没去过吗?"女当家又割了一幅画。

"我没去。"阿福说,"但我爸去了,妈去了,我每个兄弟都去了。有几个得到了想要的东西,但几乎每个人都为诅咒后悔。只有我爸除外,他得到一大堆好布料,拿回来卖了,我们才没在几十年前那场芦菁饥荒中饿死。"

"他得到什么诅咒?"巴希尔说。

"打那以后,他眼里的世界是上下颠倒的。"

"真的?"

"对,"阿福说,"全颠倒了,就像走在天花板上,天在他脚下。不过,他说自己很快就习惯了,临死前都不觉得那是诅咒。"

仅仅想象一下,巴希尔就反胃。他低头看着工具袋。如果他没这么胆小,能不能让女当家对他刮目相看,而不仅仅把他当做花钱雇来的劳力?

求大神卡达希克斯显灵,他心想,**让我知道该怎么做**。谢谢。

女当家回来了,她头发有点凌乱,一伸手道:"加垫的布锤,巴希尔,后面还有一座全身雕像。"

他诺了一声,从袋子里抽出锤子递给她。

"也许我该去搞把碎瑛刃。"她漫不经心地说,把锤子往肩上一搁。"可那就太没挑战性了。"

"我倒不介意轻松点儿,当家。"巴希尔道。

她轻啐一声,重新踏进走廊。很快,她在远端冲一座雕像抡起锤子,砸碎了它的胳膊。巴希尔一缩脑袋。"会被人听见的。"

"是啊。"阿福说,"难怪她等到最后才砸。"

至少垫子滤掉了一部分敲打声。溜进有钱人的家却什么都不拿,他们这种贼一定是绝无仅有。

"阿福,**她为何这么干**?"巴希尔不知不觉问出口。

"不清楚,你该问她。"

"你说过决不能问的!"

"也不一定。"阿福说,"你的手脚长得牢不牢?"

"很牢。"

"如果你想松动松动,就拿这些敏感问题去问当家的。否则闭嘴。"

巴希尔没再开口。古魔法，他想，可以改变我。我会去寻找的。

可凭他的霉运，恐怕找也找不到。他叹口气，靠着墙。女当家那边继续传来沉闷的敲打声。

I-8 葛兰蒂

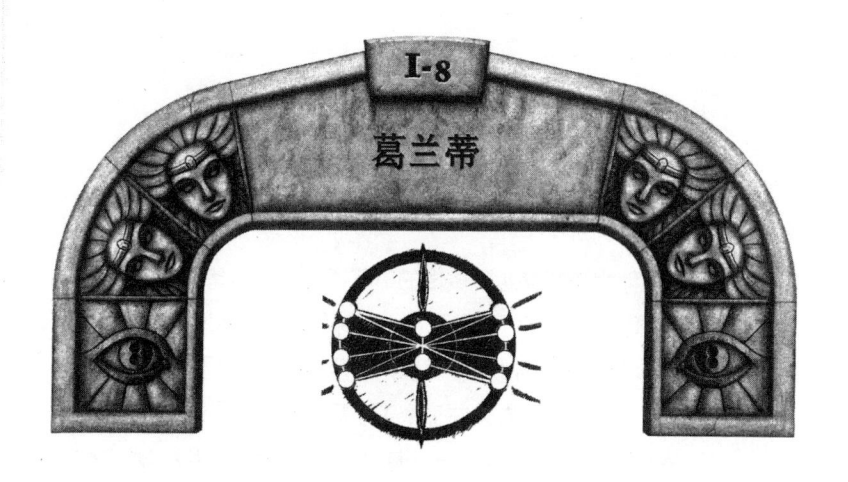

"我在考虑改变我的感召。"身后的阿述尔说。

葛兰蒂心不在焉地点点头,继续设计她的算法。这间小石屋里有股刺鼻的香料味,阿述尔又在捣鼓新实验。这次的材料包括某种咖喱粉、被他烤成焦炭的一种稀有深国水果,以及诸如此类的东西。她听到这些食材在他新买的法器炉上滋滋作响。

"我煮菜煮烦了。"阿述尔接着说。他的声音柔和亲切,她很喜欢这种声线,部分原因是他话多——如果你思考时有人说话,总希望他们的声音柔和一些、亲切一些。

"我没了过去的激情。"他继续讲到,"何况,厨子在灵界域有什么用处?"

"令使需要食物。"她心不在焉地说,在写字板上画出一条横线,又在线下写了一行数字。

"他们需要吗?"阿述尔问,"我总是不能肯定。哦,我读过这方面的推论,可觉得说不通。人体在实界域要吃饭,但灵体以截然不同的方式存在。"

"是以意念的方式存在。"她接口,"所以你也许能创造出意念的食物。"

"唔……那有什么乐趣？都没实验可做。"

"我倒不介意。"她凑到屋子的壁炉边查探，木柴的火焰上方有两只飞舞的火灵。"如果永远不用吃实验品就好了，例如你上个月煮的那碗绿汤。"

"啊。"他用满怀眷恋和惆怅的语气说，"那不是很不寻常吗？成品绝对令人作呕，可每一种食材都很美味。"他似乎很是自鸣得意，"我好奇知界域的人吃不吃饭，那里的食物有自我存在的意识吗？我得找些书读读，看看有没有人在那个裂影界进食。"

葛兰蒂不置可否地支吾几声，算是回答。她取出双脚规，凑近热源测量火灵的尺寸，皱皱眉，添了段笔记。

"来，亲爱的。"阿述尔走到她身边跪下，递上一口小碗，"尝尝看，我觉得你会喜欢。"

她瞅瞅碗里的东西，是一些淋了红色酱汁的面包块，属于男性食物。但他们都是虔诚者，所以无所谓。

屋外传来浪涛轻拍岩石的声音，他们身处一座雷希小岛。到这里，名义上是为满足沃林教旅者的宗教需求，也确实有旅者为此拜访二人，偶尔甚至还有雷希人上门；可实际上，这是为了求个清静，好专心做他们的实验。葛兰蒂进行灵体研究实验，阿述尔做化学实验——当然，是以烹饪的形式，这样才好把实验结果吃下去。

这个发福的男人亲切地笑笑。他剃了头，灰胡子打理得方方正正、整整齐齐。尽管与世隔绝，两人却都谨守着虔诚会的戒律清规。坚持了一辈子信仰，总不能把最后一章写得马马虎虎。

"不是绿色，"她接过碗评价道，"好兆头。"

"嗯。"他弯下腰，调整眼镜的屈光度，细看她的笔记，"对。深国水果的焦化过程非常奇妙，真高兴贡带这个给我。你也得帮我看看笔记。我觉得记下的数据是正确的，但我也会犯错。"他在计算方面的造诣不如理论那般深厚,好在葛兰蒂和他正相反。

她拿起调羹尝了一口,还真的很可口。她的禁手没有袖子遮挡,这是成为虔诚者的又一个好处。"阿述尔,你自己尝过没有?"

"没有。"他头也不抬,继续看她的数据。"你可真勇敢,亲爱的。"

她轻啐一口,"难吃死了。"

"你这不是又吃了一大口吗?"

"对,可你一定不爱吃,没有水果味。这些鱼是你加的?"

"一把小鱼,今早出门捞的。我还是不知道这算什么品种,不过干了挺好吃。"他顿了顿,抬头看着壁炉和里面的灵体。"葛兰蒂,这是什么?"

"我想我的研究取得了突破。"她轻声说。

"可这些数据,"他敲敲写字板,"你说它们变幻不定,而且确实如此。"

"没错,"她眯起眼盯着火灵,"但我能预测出它们何时会变、何时不然。"

他看着她,拧紧眉头。

"被我测量时,这些灵体有所改变。"她说,"在测量之前,它们不断飞舞,不断变换大小、亮度和形状。可当我记下数据,它们立即定格在当时的状态下,而就我目前所知,始终不变。"

"这意味着什么?"他问。

"我希望你能告诉我。我有数据,你有想象力,亲爱的。"

他挠挠胡子,往后一坐,给自己盛了一碗,拿起调羹,还在碗里撒了些干果——葛兰蒂基本可以肯定,他是因为喜欢甜食才加入虔诚会。"如果擦掉那些数据又如何?"他问。

"灵体会重新动起来。"她说,"长度、形状、亮度,都会变个不停。"

他吃下一口糊。"到隔壁屋子去。"

"什么?"

"照做便是,带上你的写字板。"

她叹口气,站起来,关节格格作响。她有这么老吗?星光啊,可他们在岛上确实住了很久了。她走向隔壁放床铺的屋子。

"现在呢?"她喊道。

"我要用你的双脚规测出灵体的尺寸。"他回喊,"我会连续报出三个数字,只选一个记下,别告诉我是哪个。"

"好的。"她高声回答。窗户开着,她望向窗外逐渐暗淡、光滑如镜的水面。雷希海不如淳湖那么浅,好在大部分时候都很暖和,热带岛屿散布其间,偶尔也有巨壳怪兽出没。

"三又十分之七寸。"阿述尔喊道。

她没动笔。

"二又十分之八寸。"

她再次略过,但捏好粉笔,准备记下他喊的下一个数字,尽可能不发出写字声。

"二又十分之三——哇。"

"怎么啦?"她喊道。

"它定住了。我猜你写下了第三个数字?"

她一蹙眉,走回狭小的起居室。阿述尔的法器炉放在一张位于她右侧的矮桌上。屋里的陈设是雷希风格,没有椅子,只有坐垫,家具都很低矮,又扁又长。

她走到壁炉边。一只风灵在一根木柴上起舞,不断闪烁变幻,就像下方的火焰。另一只则不怎么动,长度已经固定,形状还略有变化。

这就像是被锁住了一样,简直像个在火中跳舞的小人。她起身擦去记录,火灵立刻发出脉动,和另一只一样变个不停,难以捉摸。

"哇。"阿述尔再次惊叹,"好像它知道自己被测量了一样。单单定义其形状,似乎就能困住它。快写个数字试试。"

"什么数字?"

"无所谓,"他说,"只要在火灵的尺寸范围内。"

她照做了,什么也没发生。

"看来你必须真的去量。"他用调羹轻敲碗沿,"假装是不行的。"

"不知道和量具的精度有何关系。"她说,"如果用精度较差的量具,会不会给灵体一定的变化空间?又或,是不是有个阈值,精确到一定程度,它就认为自己被限制了?"她坐下来,感到任务艰巨,"我需要作进一步研究。尝试记录亮度,然后把测量数据和我设计的火灵亮度通用算法进行比较,这种算法能通过火焰的亮度计算出该火焰吸引到的火灵亮度。"

阿述尔苦着脸:"亲爱的,听起来要做很多算数啊。"

"没错。"

"那么,当你用算数天赋创造出新的奇迹时,我会做些点心,给你填填肚子。"他笑着吻了她的额头,"你刚才的发现非常神奇,"他的语气变得更柔和,"我还不明白其中意义,但这很有可能改变我们对灵体的一切认知,甚至改变我们对法器的理解。"

她笑了笑,转身去捣鼓算式。难得有一次,她完全不介意他如何絮絮叨叨地介绍食材,宣称要创造一种新的甜食配方,还保证她会喜欢。

I-9 白衣死神

深国无真奴，瓦拉诺之孙泽斯从两名守卫之间腾身而过。他们两眼焦枯，一声不吭地摔倒在地。

他挥动碎瑛刃飞快地连砍三刀，切断大门的铰链和锁头，然后深吸一口气，汲取腰间那袋润石的飓光。新注入的能量使他浑身冒光，他一抬腿，用飓光加持的力量踹向大门。

铰链已经脱位，门往后飞去，重重砸落，在石地上滑行了一段。偌大的宴会厅里全是人。壁炉的火头噼啪作响，杯盘敲碰声不绝于耳。厚重的大门不再滑动，屋子也一下安静下来。

抱歉。他心想，随即冲入大厅，开始杀戮。

一片混乱。惨叫、呼喊、恐慌。泽斯跳上最近的一张餐桌，原地旋转，砍倒周围每个人。他一边杀人，一边用心倾听死者发出的声音。他无法对惨叫充耳不闻，也无法对号哭麻木不仁。他用心倾听每一个人的每一声痛苦。

并为此憎恨自己。

他不断移动，跳上每一张桌子，舞动碎瑛刃，犹如迸发出灼热飓光的死神。

"卫兵！"一名在宴会厅边缘的光眼种男子大喊，"我的卫兵呢？"他膀厚腰圆，一脸褐色络腮胡，还长着气派的大鼻子。是雅克维德国王哈纳瓦纳，他并非碎瑛武士，但传闻藏有一把碎瑛刃。

泽斯身边的男男女女纷纷逃开，争先恐后，挤作一团。他跃到这群人中间，白衣飘飘，横砍过一名要拔剑的男子，也顺势砍倒三个只顾逃命的女人。他们两眼冒火，颓然倒下。

泽斯往后伸手，朝刚才站过的桌子注入飓光，用基础风行术把它甩向远端墙壁。重力方向发生改变后，大木桌向那边坠落，砸向人群，造出更多的惨叫和痛苦。

泽斯发现自己哭了。他得到的命令很简单。杀。以前所未有的方式杀人。让无辜之人惨叫着倒在你脚下，让光眼种号哭连天。杀人时穿上白衣，让所有人认出你是谁。泽斯没有拒绝，他没有资格，他是个无真奴。

他只能执行主人的命令。

三个光眼种鼓起勇气，向他发起进攻，泽斯举起碎瑛刃致敬。他们发出战吼，猛冲上来，泽斯缄默以对。他手腕一抖，砍断第一个人的剑刃，断刀在空中急旋，泽斯欺身插到另两人中间，碎瑛刃嗡嗡作响地穿过他们的脖颈。两人相继倒地，双眼枯黑。旋即泽斯从第一个人身后出手，刀刃穿透后背，从胸前扎出。

那人向前倒下，衣服上有个洞，但皮肉无损。触地时，断刀也"哐当"一声落在他身后。

另一组人从侧面扑向泽斯，他把飓光灌注到手上，对准他们身前的石地猛力一挥，放出禁锢物体的捆缚风行术。踏到被施法的区域时，他们的鞋子被地板黏住，纷纷摔倒，随即连手和身体也被风行术固定在地面。泽斯悲哀地从他们中间穿过，边走边挥剑斩杀。

国王顺着墙根往远处缩，似乎想绕着宴会厅逃出去。泽斯对一张桌面施放捆缚风行术，又对桌子整体施放基础风行术，把施法点指向厅门。桌子飞上半空,砸向出口,带有捆缚风行术法力的桌面紧贴在墙上。众人想把它撬下来,可只是因此挤成一团,方便泽斯冲入人群,大挥大砍。

死了这么多人,为什么?这有什么意义?

六年前刺杀阿勒斯卡国王,他以为那算是一场屠杀,其实他不知道什么叫真正的屠杀。此刻门边已躺了三十多具尸体,他的情绪不由自主地被体内暴戾的飓光所裹挟。他突然恨起那些飓光,就像他恨自己,就像他恨手中这把被诅咒的碎瑛刃。

还有……还有国王。泽斯转身面对国王。混乱而破碎的意识毫无理由地憎恨起眼前的人。为什么要在今晚召开宴会?为什么不早点退位?为什么邀请这么多人?

泽斯冲向国王,经过躺在地上的尸体。尸体姿势扭曲,烧得只剩窟窿的双眼瞪着他,犹如死者的谴责。国王缩成一团,躲在高高的主桌后面。

那张桌子颤动起来,抖得很不寻常。

有些不对劲。

泽斯本能地把自己甩向天花板。从那个角度,屋子上下颠倒,地板成了屋顶。两个身影从国王的桌子底下冲出,他们都身披碎瑛甲,挥舞着碎瑛刃。

泽斯在空中扭身躲过扫击,回到地面,落在那张桌上。此时国王刚好召唤出一把碎瑛刃。传言是真的。

国王砍向他,但泽斯往后一跳,落在两名碎瑛武士身后。他听见屋外传来一片脚步声。泽斯一抬眼,见一大群人涌进屋子,都扛着一种特殊的菱形盾牌。半瑛甲。泽斯听说过这种新发明的法器,说是能挡下碎瑛刃。

"我的三个轩亲王死在你手里,"国王冲他大喊,"你以为我不知道你会来找我?刺客,我们早有准备。"他从桌下举起一样东西,又是一面半瑛甲盾。这种盾以金属制成,背面嵌着一块宝石。

"愚蠢。"泽斯开口,飓光从嘴里逸出。

"什么?"国王喊道,"你觉得我应该逃跑吗?"

"不,"泽斯盯着他的眼睛回答,"因为你在宴会中设伏。现在,我可以把他们的死归咎于你。"

士兵们在宴会厅里呈扇形展开,两个全身披甲的碎瑛武士举着碎瑛刃向他逼近,国王面露笑容。

"既然如此,我成全你们。"泽斯大口吸气,从系在腰间的好几袋宝石中汲取大量飓光。飓光在他体内肆虐,胸腔里仿佛刮起一场飓风,灼烧、呼啸。他从未把这么多飓光吸入体内,但还是不断坚持,直到飓光几乎把自己撕碎。

他眼里还有泪水吗?泪水能掩盖他的罪恶吗?他扯断皮带,抛下腰带和沉甸甸的润石。

然后,他把碎瑛刃一扔。

他的敌人眼看着碎瑛刃化为雾气消散,都惊呆了。谁会在战斗中抛开碎瑛刃?这毫无道理。

泽斯本不能用常理衡量。

你是艺术品,内荼罗之子泽斯,你是神。

是的。

士兵和碎瑛武士一拥而上。但泽斯比他们先行一步。血液如飓风翻涌。他闪转腾挪,避过第一波刀剑,闪到士兵们中央。把这么多飓光压缩在体内,令灌注飓光变得轻而易举。光想要出去,推挤着他的皮肤。在这种状态下,碎瑛刃只是累赘,泽斯本身才是真正的武器。

他抓住一名攻上前的士兵的胳膊,霎时间,飓光已注入士兵体内,将其往上甩。士兵惨叫着坠向半空,与此同时,泽斯躲过一剑。他以人类无法做到的柔韧体态触到攻击者的腿,一瞥一眨间,也把对方甩向天花板。

士兵们咒骂着朝他又砍又劈,笨重的半瑛盾突然成了累赘,因为泽斯在他们身边游走,身姿优雅如飞鳗。他触碰他们的手臂、腿脚、肩膀,把一打又一打士兵甩向四面八方。大部分士兵往上飞,但其中一批被他甩向不断接近的碎瑛武士。碎瑛武士被扭动的躯体砸中,不禁大叫起来。

又一队士兵向他扑来。他往后一跃,把自己甩向远端墙壁,在空中急速转身。屋子改变了朝向,他以墙为地,踏了上去,并沿墙奔向躲在碎瑛武士身后的国王。

"杀了他!"国王道,"风操的!你们都在干什么?杀了他!"

泽斯跃下墙壁,在转体的同时甩向地面,以单膝落地的姿势降到餐桌上。他抓起一把餐刀,注入一次、两次、三次飓光,银器和餐盘都震得叮当作响。他使用了三重基础风行术,瞄准国王所在的方向,抛出餐刀,同时把自己往后甩。

他仰身后退时,一名碎瑛武士的攻击到了,将餐桌一劈为二。泽斯丢出的餐刀飞得远比自由落体的速度更快,如闪电般袭向国王。国王举起盾牌,勉强挡下,可也惊得双目圆睁,餐刀在盾牌上撞出一声巨响。

下诅咒之地吧。泽斯向上施放四分之一的基础风行术。这不足以使他被拉向上方,但令他更加轻盈。四分之一的重量被向上牵引,相当于减少了一半体重。

他腾身而起,白衣翻然,优雅地落在士兵中间。由于飓光耗尽,刚才被他甩飞的士兵开始从高高的天花板上落下,一具具伤筋断骨的躯体,仿佛下了场肉雨。

泽斯再次攻向士兵,他们有的被打倒,有些被甩飞。贵重的半瑛盾从死掉或昏厥的士兵指间掉落,哐当声不绝于耳。士兵们试图击中他,但泽斯使出称做"卡马"的古武术,如舞者般在他们之间不断游走。这是一种徒手格斗技,本身并不致命,目标是擒拿敌人、借力打力，使敌人丧失活动能力。

要想通过接触注入飓光，这也是理想的武术。

他就是飓风，他就是毁灭。他随心所欲地让众人跌向半空、坠落、死去。他势不可挡地冲到人群外，触摸一张桌子，用一半的基本风行术使它上升。由于一半的重量往上、一半的重量往下，桌子顿时陷入失重状态。泽斯注入捆缚风行术，把它朝士兵的方向踢去；他们被桌子粘住，衣服和皮肉都紧紧贴在木头上。

碎瑛刃从他身边呼啸而过，泽斯闪身避过，轻轻吐气，飓光从唇间腾起。两名碎瑛武士迎着不断跌落的躯体发起攻击，可泽斯动作太快、太灵活。碎瑛武士之间没有配合，他们习惯于统治战场，或者一对一决斗。强大的武器令他们过于随性。

泽斯轻盈地奔跑。由于只承受其他人的一半重力，他轻而易举地跃起躲过了一记横扫，并在下落之前轻轻加力将自己甩向天花板，使这一跃毫不费力地达到十尺高度。

那一击砍中地面，砍断了他丢掉的腰带，有一口大袋子被砍破，润石和未切割的宝石撒了一地。有的无光，有的还在闪耀。泽斯滚到附近的宝石中吸取飓光。

两名碎瑛武士身后的国王也靠上前，握着碎瑛刃严阵以待。他应该逃跑的。

碎瑛武士向泽斯挥出大得离谱的碎瑛刃。他转身闪过，伸手抓过一面从空中落下来的半瑛盾。一秒后，持盾的士兵砸到地上。

泽斯冲向其中一名穿金甲的碎瑛武士，用盾牌拨开碎瑛刃，顺势冲到他身后。红甲的碎瑛武士也挥剑攻击。泽斯举盾格挡，盾牌开裂，几乎要碎成两半。泽斯一边紧握盾牌顶住碎瑛刃，一边把自己朝碎瑛武士身后的方向甩，同时向前一跃。

一连串动作令泽斯腾空而起，飞过碎瑛武士头顶。他继续向前，一路落向远端墙壁。此时第二波士兵的躯体相继落地，有一人撞到了红甲武士，令其脚下一晃。

泽斯落到墙面，脚踩石头。他的飓光是如此充盈，如此强大，如此生机勃勃，如此恐怖，如此具有毁灭性。

石头。神圣的石头。他已经完全不考虑这些了。对现在的他来说，还有什么算得上神圣？

一具具躯体纷纷坠向碎瑛武士。泽斯屈膝跪地，一手按住身前墙面上的一块大石，注入飓光，朝碎瑛武士的方向反复施放基础风行术。一次、两次……十次、十五次。他连续不断地注入，直到石块发出耀眼光芒，灰浆进裂，石头和四周的石面不断摩擦。

红甲武士刚转过身，这块注满飓光的巨石已向他急坠而去，是自由落体速度的二十倍。石块当胸命中了武士，砸碎胸甲，熔融的碎片飞向四面八方。巨石推着他穿过宴会厅，重重砸进远端墙壁。那武士一动也没动。

泽斯的飓光几乎耗尽。他继续用四分之一基础风行术减轻体重，大步向前。人们在他身边坠落、受伤、死去。润石在地上滚动，其中的飓光被他吸收，就像那些被他杀死之人的灵魂，注入他体内。

他开始奔跑。另一个碎瑛武士举着碎瑛刃，跌跌撞撞地往后退，踩到一张桌腿已断的破桌板。国王终于意识到埋伏失败了，开始逃跑。

十下心跳，泽斯心想，*归来吧，诞生于诅咒之地的凶器。*

泽斯的心跳声开始鼓动他的耳膜。他呐喊着，在碎瑛武士出招时跃向地面，飓光从嘴里喷薄而出，犹如灿烂的烟雾。泽斯把自己甩向远端墙壁，从碎瑛武士的胯下穿过，随后立刻甩向上方。

碎瑛武士回身就是一击，可泽斯不在那里。他再次甩向地面，又落在碎瑛武士身后，落在那块桌板上。他俯身向桌板注入飓光。碎瑛甲可以抵挡风行术，但保护不了武士脚下的东西。

泽斯对桌板施放多重风行术，把它甩向上方。桌板猛然蹿起，将碎瑛武士像玩具般抛到一边，托着泽斯急速上升。接近高耸的天花板时,他一跃而下,朝下方对自己施放基础风行术——一倍、两倍、三倍。

桌板在屋顶上砸得粉碎。泽斯以难以置信的速度落向碎瑛武士,后者仰天躺倒,有些神志不清。

就在即将落地的瞬间,泽斯的碎瑛刃在指间成形,穿透碎瑛甲。胸甲迸裂,碎瑛刃几乎完全没入武士的胸膛,插进身下的地面。

泽斯起身,拔出碎瑛刃。逃命的国王一边回头张望,一边惊恐地大喊,对眼前的一切难以置信。几秒之内,他的两名碎瑛武士都死了。余下的士兵紧张地聚拢过来,想保护国王撤退。

泽斯不哭了。以后大概再也哭不出来了。他感到麻木。他的意识……无法思考。他憎恨国王,恨得要命。这份情绪令他痛苦,是肉体上的痛苦,可见这股狂乱的恨意有多么强烈。

飓光从体内升起,他把自己甩向国王。

他朝国王的方向坠去,脚底稍稍离地,仿佛凌空飘行,衣袂翻飞。在那些还活着的卫兵眼里,他仿佛在地面上滑行。

来到士兵们跟前,他以略偏向地面的角度施放基础风行术,开始挥动碎瑛刃。结果他从士兵的队列中穿过,犹如奔下一道陡坡,不断回旋、转体,以优美而可怕的姿态放倒了十几个人,同时从散落的润石中汲取更多飓光。

泽斯来到门口,一个个两眼冒火的人在他身后接连倒下。门外,国王跑进最后一小队卫兵当中。他回头一看,急忙惊叫着举起半瑛盾。

泽斯穿过卫兵,连砍两刀击碎盾牌。国王勉强后退,跌倒在地,碎瑛刃离手,化作雾气消失。

泽斯跃上半空,以双倍的基础风行术把自己甩向地面,重重坐在国王身上,加倍的体重压断了一条胳膊。泽斯回身向吃惊的众士兵挥了一刀,他们的双腿纷纷死去,继而倒在地上。

终于,泽斯把碎瑛刃高举到国王头顶,居高临下地看着他。

"你是什么东西？"他低声说，眼里噙满痛苦的泪水。

"死神。"泽斯说罢，碎瑛刃的尖端穿过国王的脸，刺入身下的岩石。

第四部分
风暴闪耀

达力拿 卡拉丁 阿多林 纳瓦妮

52 阳光大道

"我站在一位兄弟的尸体边,哭泣着。那血是他的还是我的?我们都做了什么?"

——收集于1173年第四月第二周第四天,死前一百零七秒。死者是一名失去生计着落的雅克维德水手。

"父亲,"阿多林在达力拿的起居室中来回踱步,"这太疯狂了。"

"没错。"达力拿自嘲,"我确实像疯了。"

"我从没说你疯。"

"事实上,"雷纳林插话,"你说过。"

阿多林看了弟弟一眼。雷纳林站在壁炉旁,打量一件几天前才装上的新法器。这是一台金属装置,嵌有一颗注入飓光的红宝石,发出柔和的光芒,散发出舒适的热量。便利的工具,可阿多林觉得壁炉里没有噼啪作响的炉火就是不对劲。

达力拿的起居室里只有他们三人,正等待一场预报中的飓风来临。一周前,达力拿向二子透露了退位打算。

阿多林的父亲坐在一张高背大椅上,双手捆绑在身前,但神情自若。感谢令使，军中对他的决定仍不知情，但他打算马上宣布，也许就在今晚宴会上。

"好吧，好吧。"阿多林说，"也许我是说过，可那当不得真。至少我不想造成这样的结果。"

"我们一周前讨论过了，阿多林。"达力拿轻声说。

"对，你也答应会再好好考虑！"

"我考虑过了，但我的决心没有动摇。"

阿多林继续踱步，雷纳林直挺挺地站着，看着哥哥从身边走过。我真傻，阿多林心想，父亲当然会这么做，我早该料到。

"您看，"阿多林说，"您只是遇到一些问题，不至于非要退位不可。"

"阿多林，我们的对头会利用我的弱点对付我们。事实上，你认定他们已经在这么干了。若我不马上退位，情况会比现在糟得多。"

"可我不想当轩亲王，"阿多林抱怨，"至少现在不想。"

"身为领导者，我们很少能顾及自己的想法，孩子。可惜大部分阿勒斯卡上层贵族不明白这个道理。"

"您以后怎么办？"阿多林一阵苦涩，他停步看着父亲。

就算坐在这个宽大的高背椅里、双手被缚，思索着自己的疯狂举动，达力拿也依然如此坚决。他一身浆挺的蓝色制服，披一件寇林家族标志色的蓝外衣。他的手又粗又厚、布满老茧，前额斑白的头发下神情坚毅。一旦下定决心，达力拿会坚持到底，决不动摇，不容争辩。

但阿勒斯卡需要他，不管有没有疯。阿多林在冲动中做到了任何战士都不曾做到的事：让达力拿颜面扫地，黯然败退。

噢，飓风之父啊，阿多林的胃阵阵抽痛，杰泽雷泽、克勒克、艾什，令使在上，让我找到弥补这一切的办法。求求你们。

"我要回阿勒斯卡，"达力拿说，"虽然我不想让军队少一个碎瑛武士。能不能……不，我不能把它们交给别人。"

"当然不能！"阿多林大惊失色。碎瑛武士要放弃自己的碎瑛甲碎瑛刃？这种事极其罕见，除非持有者病弱到无法使用的地步。

达力拿点点头。"我一直担心国内情况，所有的碎瑛武士都在破碎平原战斗，王国面临危机。好吧，也许这是因祸得福的好事。我会返回塔冠城辅佐王后，对抗边境入侵者，发挥发挥余热。知道要面对一个甲刃俱全的碎瑛武士，也许雷希和雅克维德人会收敛一些。"

"有可能。"阿多林说，"但他们也许会使战争升级，派出碎瑛武士助阵。"

父亲似乎为此感到忧虑。雅克维德是全柔刹唯一一个碎瑛甲碎瑛刃的数量能与阿勒斯卡匹敌的国家，而两国已有几个世纪没发生正面冲突。阿勒斯卡如一盘散沙，雅克维德也好不到哪儿去。可如果两国间发生大战，那将是神权统治时代以来所未见的厮杀。

远方闷雷轰隆作响，阿多林急忙转向达力拿。父亲没起身，只怔怔地看着西方，远离飓风的方向。"此事以后再谈。"达力拿说，"现在，你们得把我的手臂绑在椅子上。"

阿多林苦着脸，毫无怨言地照做了。

♛

达力拿眨眨眼，环顾四周。他站在城垛上，身后是一座要塞，城墙只有一层，但笔直险峻，以深红色巨石垒成，建在一座岩架背风侧的裂隙之上。高耸的城堡俯瞰一片开阔岩地，犹如一片湿嗒嗒的叶子，贴在巨石表面的缝隙上。

*这些幻象太真实了。*达力拿心想，看了一眼手中的矛，又低头看看身上式样古老的制服：布裙和皮坎肩。很难想起他其实被绑着双手、坐在椅子上。现在他感觉不到绳子，也听不到飓风的咆哮。

他在想，是不是该什么也不做，干等到幻象结束。如果这不真实，为什么要参与进去？可这些幻觉完全是他臆造出来的吗？他并不尽信——也无法尽信。他的疑惑促使他做出让位给阿多林的决定。他有没有疯？有没有误判形势？不管怎么说，他再也无法相信自己。他不知道什么是真实，什么是虚假。在这种状态下，正该放下权柄，好好整理头绪。

无论如何，他觉得有必要亲身体验幻象，而非视而不见。尽管希望渺茫，但在不得不正式退位之前，他的一小部分意识依然不顾一切地想要找出答案。他没让那部分意识获得太多主导权——人必须做正确的事——但达力拿至少会做出这点妥协：每当身处幻象，他会把一切都当成是真的。如果这里隐藏着某种秘密，只有进入角色才能发现。

他环顾四周。这次又会给他看些什么？为了什么？手中长矛的矛头用精钢锻造，但头盔只是青铜质地。有三个人和他一起站在城墙上，其中一人穿着青铜胸甲，另两人穿着制式皮甲，但皮甲破破烂烂，有不少割痕，缝线的针脚很疏。

这些人懒洋洋地站着，无所事事地在城墙上眺望。*他们在站岗*。达力拿踏前一步，扫视城外地貌。这座岩架位于一片巨型平原边缘，乃是建造要塞的完美要冲，一切试图接近的军队很早就会被发现。

天很冷，见不到光的岩缝里结满了冰，阳光也驱散不了多少寒气。而这是平原上寸草不生的原因，草儿都躲进洞里，等待春天来临。

达力拿紧了紧斗篷，引得一名同伴也做起同样的动作。

"风操的天气。"那人嘟囔着，"还得熬多久？都八个星期了。"

八个星期？一连四十天的冬季？那可少见。天气很冷，另外三名士兵一点也没劲头，有个人甚至打起了瞌睡。

"保持戒备。"达力拿叱道。

他们瞄了他一眼，打瞌睡的那个眨眨眼，醒了过来。三人都一脸难以置信的表情。其中一个红发的高大男子怒道："利弗，什么时候轮到你说话?"

达力拿把顶撞的话咽下肚去。他究竟是什么身份?

寒冷的天气令他呼出的全是白茫茫的水汽,身后有金属敲打声,有人在城下打铁。要塞城门紧闭,左右的弓箭塔都布置了人手,看来他们在打仗,而站岗总是乏味的活儿,只有训练有素的士兵才能坚持几小时不松懈。也许正因如此,墙头才有这么多士兵。若不能保证放哨的质量,至少能用数量来弥补。

然而达力拿有其他人不具备的优势:他知道一定会发生些什么。他所经历的幻象从没有悠闲平和的光景,总是令他身陷冲突和动荡,经历某种转折。

所以,尽管有几十双眼睛盯着,最早发现的却是他。

"那边!"他冲到城垛边,半个身子探到粗糙的石墙外,"那是什么?"

红发男抬手遮眼。"没啥,影子而已。"

"不,它在动。"另一名士兵说,"是人,在行军。"

达力拿的心开始猛跳。红发男发出警报,弓箭手冲上城垛,张弓试弦;士兵在下方的深红色场地上集合。这座要塞的一切都用同色岩石建造,达力拿听见有人称此地为"热病岩堡",他从未听说过这个地方。

斥候策马奔出城门。他们何不事先在城外布置骑兵巡逻?

"一定是友军的后卫,"一个士兵喃喃道,"他们不可能突破我们的战线,我们有光辉骑士……"

光辉骑士?达力拿凑上去听,可那人瞪了他一眼,转身走了。不管达力拿是什么角色,看起来别人并不把他当回事。

显然,这座要塞是某场战争的后防据点。所以,接近中的部队要么是友军,要么是已击穿防线、前来围攻要塞的敌军前卫。这里驻扎的是预备队,所以马匹不多,但他们还是应该布置巡逻队。

斥候终于奔回要塞,带来一面白旗。达力拿见同伴都放松下来,便肯定了自己的想法:白色表示友军。可如果一切顺顺当当,他怎么会来这里?如果这只是幻觉,他的头脑会不会编织出一场前所未有的无趣而简单的场景?

"不能大意,小心有诈。"达力拿说,"得问清那些斥候到底看到了什么。是只认了旗帜,还是靠近观察过?"

其他士兵——包括一部分排满城墙的弓箭手——用怪异的眼神看他。达力拿暗骂一句,回头望向城下如黑影般不断靠近的部队,后脑传来一阵不安的刺痛。他无视周围怪异的目光,抓起矛在城墙上奔跑,来到一道石阶前。台阶呈之字形,从高墙直通地面,没有护栏。他在这种要塞待过,知道下去时要紧盯台阶不看别处,以免发晕。

他走到墙底,把矛扛在肩头,挤开众人,想找个管事的。热病岩堡的建筑粗犷实用,沿天然峡谷的石壁一字排开,紧密相连。大部分建筑的顶部都有方形蓄雨池,凭借充足的粮食储备——或者塑魂者,如果走运的话——这样的要塞可以坚守数年。

他认不出军阶标志,但有个披血红披风、和一群亲卫队站在一起的人,看样子是个军官。军官没穿铠甲,只在皮衣上套了件闪亮的青铜胸甲,正和一名斥候交谈。达力拿急忙上前。

直到此时,达力拿才发现那人的眼睛是深褐色,这令他无比震惊。周围的人都把他当光明贵人一般对待。

"……是护地骑士团,大人。"还没下马的斥候说,"还有很多风行骑士,全是步行。"

"可这是为什么?"暗眼种军官追问,"为什么光辉骑士会来这里?他们应该在前线和魔鬼战斗!"

"大人,"斥候说,"我们得到的命令是识别来者身份后尽快返回。"

"那就再去打探一次,查清他们来这里的原因!"军官咆哮起来,那名斥候浑身一凛，掉转马头就走。

光辉骑士。他们总以某种方式和达力拿的幻象产生联系。军官向随员发号施令，叫他们为光辉骑士准备营房。达力拿随斥候向城墙跑去。人们聚在射箭孔旁，窥视墙外的平原。和墙上的士兵一样，他们穿着形形色色的服装，像是拼凑的队伍。装备倒算不上破旧，但显然是别人不要的二手货。

斥候策马奔过一道突击门时，达力拿正踏进城墙巨大的阴影下。他走向背对着他、挤作一团的士兵，问道："你们看什么呢？"

"光辉骑士。"有人回答，"他们突然跑起来了。"

"像是要进攻啊。"另一人说。他为这个荒诞的想法笑了笑，但笑声中带着些疑问。

什么？达力拿紧张起来。"让开。"

令人意外的是，众人真的给他让了道。达力拿一路推搡前进，可以感受到众人的困惑。他刚才的命令中带有轩亲王和光眼种的威严，所以他们出于本能地服从了。但现在，他们看着他，感到莫名其妙。一个小小的哨兵怎么也能发号施令？

他没给众人出言质疑的机会，径直攀上靠墙的平台。那里有条长方形射箭孔，可以看到城墙另一头的平原，这个孔人挤不过来，但足以让弓箭手射击。达力拿看到，接近中的战士排成齐整的阵线向前冲锋，其中有男有女，都身穿璀璨的碎瑛甲。斥候勒住马，看着这些碎瑛武士逼近。他们肩并肩，脚步齐整，犹如水晶浪涛。他们靠近时，达力拿看到他们的碎瑛甲没有涂色，但接合处散发出蓝色或琥珀色光芒，身前的铭文也在发光，和其他幻象中看到的光辉骑士一样。

"他们没召唤碎瑛刃，"达力拿说，"是个好兆头。"

城墙外的斥候掉转马头。外面的碎瑛武士看起来有两百多人。阿勒斯卡共有二十来把碎瑛刃，雅克维德的数量与之相仿，而把全世界其他王国的碎瑛刃都算到一起，也许能与这两个沃林强国等同。换言之，就他所知，全柔刹的碎瑛刃还不到一百把。而现在，**两百个碎瑛武士组成的军队就在他眼前**，这简直令人头皮发麻。

光辉骑士放慢速度，转为小跑，又改成步行。达力拿周围的士兵静了下来，一动不动。光辉骑士也停下脚步，排成一线，一动不动。突然间，又有碎瑛武士从天而降，撞击地面，伴着岩崩石裂的声响，腾起团团蓝色飓光。

很快，平原上的碎瑛武士达到三百多人。他们开始召唤，碎瑛刃在他们手中如雾气般凝聚成形。整个过程寂静无声。他们拉下了面罩。

"如果他们徒手冲锋是个好兆头，"达力拿身旁有人小声说，"那这又是什么？"

达力拿的疑心越来越大，一股恐惧感油然而生——他预感到这场幻象会向他展示什么。斥候总算回过神，调头跑回要塞，大声呼唤守军开门，仿佛一点点石木工事就能抵挡几百个碎瑛武士。单是一个甲刃俱全的碎瑛武士就几乎抵得上一整支军队，何况幻象里的人还拥有神奇的力量。

士兵为斥候打开突击门。达力拿当机立断，从平台上一跃而下，冲向突击门。在他身后，那个之前见过的军官正从士兵中挤开一条道，走向有射箭孔的平台。

达力拿来到门前，在斥候冲进广场的同时闪出门外。人们惊恐万状地喊他的名字，但他充耳不闻，径直跑上开阔地。蜿蜒笔直的城墙在他头顶一路延伸，就像一条阳光大道。光辉骑士离他还很远，他们在城堡的弓箭射程之内停下。达力拿被他们的美所震撼，不由得放慢脚步，停在百步开外。

一名骑士身披色泽浓郁的蓝披风走出队列。他的碎瑛刃上满是波纹，中心有一道复杂的雕花。他举起碎瑛刃对着要塞，就这么停滞了片刻。

随后，他把碎瑛刃插进身前石地。达力拿眨眨眼。碎瑛武士摘下头盔，露出一张英俊的脸庞，一头金发，肤色白皙，像深国人那么白。他把头盔扔开，头盔落在瑛刃旁，慢慢打滚，同时，碎瑛武士握紧拳头，夹紧大臂，平举小臂。当他张开手掌，护手甲也从身上松脱，落向岩地。

他转过身，碎瑛甲从身上脱落——胸甲掉下、胫甲滑落。碎瑛甲下是一身皱巴巴的蓝色制服。他从铠靴中拔出脚，继续向前走，碎瑛甲和碎瑛刃——人类所能拥有的最最珍贵的宝贝——滚落在地，像垃圾一般被丢弃。

其他人做出同样的举动。男男女女数百人，把碎瑛刃插进石地，卸下碎瑛甲。金属如雨点般敲打石头，响声连绵不断，势如雷鸣。

达力拿不知不觉向前跑去。身后的城门开了，一些好奇的士兵走出要塞。达力拿跑向碎瑛刃。它们立在岩地上，像一片银光闪闪的剑林。这些碎瑛刃散发出柔和的光芒，他自己那把碎瑛刃没有这种光芒。可当他冲到剑林之中，光便开始暗淡。

恐惧感袭上心头，充满痛苦和背叛的悲剧即将上演的预感把他攫住了。他停在原地，单手按胸，大口喘气。究竟怎么了？这股恐惧到底是怎么回事？他敢发誓，耳边仿佛响起一阵阵惨叫。

光辉骑士们越走越远，抛下了全部武装。他们不再是统一的军队，仿佛都是独立的个体。达力拿全力追赶，屡屡被形形色色的盔甲绊倒。最后，他总算跑到没有碎瑛甲的地方。

"等等！"他大喊。

没人回头。

他看到远处还有一群士兵，身上没有碎瑛甲，正在等待光辉骑士返回。他们是谁？为什么没过来？光辉骑士走得不快，达力拿追上他们，抓住其中一人的胳膊。对方回过身，皮肤是褐色，头发是黑色，就像阿勒斯卡人。他的眼睛是很淡很淡的蓝，淡得不自然，瞳孔几近纯白。

"求求你，"达力拿说，"告诉我，为什么要这么做。"

曾经的碎瑛武士抽回手，继续前行。达力拿一边咒骂，一边跑进这群碎瑛武士当中。他们来自不同的民族和国家，皮肤有黑有白，有些人长着泰勒拿人的白眉，有些人皮肤上有瑟莱人的波状纹理。他们向前走着，平视前方，一言不发，脚步缓慢但坚定。

"谁能告诉我？"达力拿咆哮起来，"为什么？这就是'光辉变节'，你们背叛人类的那天，对不对？可究竟为什么？"没人开口，仿佛他根本不存在。

人们谈论光辉骑士的背叛，谈论他们背弃人类同伴的那一天。他们究竟在和什么作战？为什么停止战斗？**刚才斥候提到两个骑士团**，达力拿想，**但一共有十个，另外八个呢？**

在这片肃穆的人群中，达力拿扑通跪倒。"求你们了，我必须知道。"不远处，几个要塞的士兵已跑到碎瑛刃边上——他们没有继续追逐光辉骑士，而是好奇地拔出碎瑛刃。几名军官急忙冲出要塞，高声命令他们放下。但很快，一大波人如沸腾的水，从侧门涌出，冲向这些神器，把所有的阻止声淹没。

"他们是第一批。"有个声音传来。

达力拿抬起头，见一名骑士停在他身边。是那个长得像阿勒斯卡人的骑士。他扭头看着聚拢在瑛刃边的人群。众人你争我夺，每个人都拼了命，想在碎瑛刃被抢光前夺到一把。

"他们是第一批。"光辉骑士回头看着达力拿。达力拿记得这深沉的声线，这就是每场幻象中都对他说话的人，"他们是第一批，也是最后一批。"

"这是'光辉变节'的日子？"达力拿问。

"这些事件将被载入史册，"光辉骑士说，"作为耻辱广为流传。此刻发生的事会被你们冠以很多名称。"

"可究竟为什么？"达力拿问，"请告诉我，为什么他们抛弃自己的使命?"

那人似乎在端详他、打量他。"我说过,我帮不了你太多。悲惨之夜将临,还有终极灭世。灭世风暴。"

"那就回答我!"达力拿说。

"读那本书,把他们团结起来。"

"书?《王者之路》?"

此人转身走开,和其他光辉骑士一同在岩石平原上前行,走向未知的地方。

达力拿回头看着为争夺碎瑛刃打成一团的士兵。很多把神器已被人夺占,这些碎瑛刃不可能让他们人手一把,于是有些人举起到手的神器,用来阻退试图接近的同胞。他眼睁睁看到,一个手持碎瑛刃、大吼大叫的军官被两人从身后下手。

碎瑛刃内部发出的光芒已完全消失。

军官的死让其他人更加大胆,于是又有冲突发生。众人群起攻击得到碎瑛刃的人,希望抢到一把。眼睛灼烧、惨叫、呼号、死亡。达力拿目不转睛地观察,直到发现自己坐在椅子上,两手被绑,身处起居室内,雷纳林和阿多林在一旁紧张地照看。

达力拿眨眨眼,聆听飓风后的雨点敲打屋顶的声音。"我回来了。"他对两个儿子说,"你们可以安心了。"阿多林帮他解开绳子,雷纳林起身去给他倒橙酒。

达力拿恢复自由后,阿多林往后一退,两手抱胸。雷纳林回来时脸色苍白,看来是痼疾发作——没错,他的双腿正在打颤。达力拿一接过杯子,这年轻人就坐倒在椅子上,把头埋进双手里。

达力拿啜了口甜酒。他在过去的幻象见过战争,见过死亡和怪物,见过巨壳生物和噩梦。然而不知为何,今天这场幻象最令他揪心。举杯喝下第二口时,他发现自己的手在发抖。

阿多林依然在看他。

"我看起来有这么糟吗?"达力拿问。

"您刚才说的胡话让人头皮发麻,父亲。"雷纳林说,"诡异、离奇、扭曲,就像一栋被风吹歪的木屋。"

"您挣扎得很激烈,"阿多林说,"差点儿把椅子掀翻。我只好死死按住,直到您静下来。"

达力拿叹口气,起身去斟酒。"你们还觉得我不用退位吗?"

"这种状况是可控。"阿多林坚持,但口气有些不安,"我从未有过让您退位的想法,只是不希望您根据那些幻觉来决定家族的未来。只要您知道幻象并不真实,我们就可以维持现状,您无须放弃轩亲王之位。"

达力拿倒上酒,望向东方,冲着墙壁,没有面对阿多林和雷纳林。"我不认为我见到的都是虚幻。"

"什么?"阿多林说,"我还以为自己说服了——"

"我认为自己的精神状况不是很稳定,"达力拿说,"有可能是疯了。我身上是出了点儿问题,这我同意。"他转过身,"第一次见到幻象,我相信是全能之主呈现给我的,但你让我相信这个结论也许下得过于仓促。我知道得不够多,不能尽信那些幻象。我可能是疯了,也可能是受某种神秘力量影响,但那不是全能之主。"

"那怎么可能?"阿多林蹙眉道。

"古魔法。"依旧没起身的雷纳林轻声说。

达力拿点点头。

"什么?"阿多林提高声调,"古魔法只是传说。"

"很不幸,它不是。"达力拿又喝了一口冰凉的橙酒,"我再清楚不过了。"

"父亲,"雷纳林说,"要受古魔法的影响,您必须不远千里到西方去寻找。不是吗?"

"对。"他面有惭色,记忆中与妻子有关的部分留下的空洞从未显得如此突兀。他努力不去管它,也应该不去管它。她已经完全消失了,有时,甚至很难记起自己结过婚的事实。

"这些幻象不符合我对夜妖的了解,"雷纳林说,"大部分观点认为,她只是某种强大的灵体。你找到她,并获得想要的东西和相应的诅咒后,她就不会再来缠你。你是什么时候去寻找她的?"

"很多年前。"达力拿说。

"那也许幻象和她的影响无关。"雷纳林说。

"的确。"达力拿道。

"你究竟提了什么要求?"阿多林蹙额道。

"我得到的诅咒和恩惠都是我自己的事,孩子。"达力拿说,"细节不重要。"

"可——"

"我同意雷纳林的观点,"达力拿打断他,"应该不是夜妖捣鬼。"

"好吧。那为什么要提出来?"

"阿多林,"达力拿被问得有些恼火,"因为我不知道自己身上到底发生了什么。这些幻象的细节太丰富,不像是我头脑的产物,但你的争辩促使我深入思考。可能是我错了,也可能是你错了。这些幻象可能来自全能之主,也可能来自截然不同的东西。我们什么都不清楚,所以,在这种情况让我继续指挥军队是危险的。"

"好吧,可我说的办法依然行得通。"阿多林执拗地说,"我们可以控制。"

"不,不能。"达力拿说,"我过去确实只在飓风来临时发作,但这不能保证在其他压力之下不会发作。如果在战场上发作起来怎么办?"这也正是他们不让雷纳林参战的原因。

"如果发生那种事,"阿多林说,"我们再想办法应付。现在不用管——"

达力拿挥手制止。"不用管?我不能不管。那些幻象、那本书、我的感受——它们改变了我的一切。如果我不能听从自己的内心，又该如何统军治国？继续当轩亲王，我会怀疑自己的每一项决策。我现在只有两条路：要么下定决心相信自己，要么退位。在两者之间摇摆不定？我不能忍受。"

屋里变得鸦雀无声。

"那我们怎么办？"阿多林说。

"我们要做出选择。"达力拿说，"我要做出选择。"

"退位，或者继续相信幻觉。"阿多林啐道，"还不都是任幻觉摆布。"

"你有更好的主意吗？"达力拿诘问，"阿多林，你总是动不动就抱怨，这似乎成了你的习惯。可我没见你提出可行的替代方案。"

"我提了。"阿多林说，"别管那些幻觉，该干吗干吗！"

"我说了，要可行的方案！"

父子俩彼此瞪视。达力拿竭力克制着怒气。在很多方面，阿多林都太像他了。他们理解彼此，所以才能伤害到对方的痛处。

"好啦，"雷纳林说，"如果我们能证明幻象的真伪呢？"

达力拿看着他。"你说什么？"

"您说这些梦境很详细。"雷纳林往前靠了靠，双手交握身前，"究竟看到了什么？"

达力拿犹豫片刻，把杯中酒一饮而尽。难得一次，他希望喝下的不是橙酒，而是烈性的紫酒。"光辉骑士经常在幻象中出现。每当幻象临近结束时，总会出现一个人——我想是某位令使，命令我团结阿勒斯卡全体轩亲王。"

屋里安静下来，阿多林一脸烦躁，雷纳林只是静坐着。

"今天，我看到了光辉变节的那天。"达力拿接着说，"光辉骑士们抛弃碎瑛刃碎瑛甲后离去。被丢弃后，那些碎瑛刃和碎瑛甲不知为何失去了光辉。会看到这种细节实在古怪。"他看看阿多林，"如果幻象是我凭空想象出的，那我远比自己以为的要聪明。"

"你还记得任何可以查证的细节吗？"雷纳林问，"任何可以在史实中验证的姓名、地点、事件？"

"刚才的幻象发生在热病岩堡。"达力拿说。

"从没听说过。"阿多林说。

"热病岩堡。"达力拿重复了一遍，"在我的幻象中，不远处正在进行一场战争。光辉骑士本来在前线作战，后来退到这座要塞，把碎瑛刃和碎瑛甲丢弃在那里。"

"也许我们能从历史中找到些什么。"雷纳林说，"一些证据，证明这座要塞确实存在过，或者证明光辉骑士没在那里做过你所看到的事。这样我们就能搞清楚这些梦境究竟是妄想还是真实了，对不对？"

达力拿不禁颔首。他从未想过去证明，部分原因是，他起初认定幻象是真实的，当他开始怀疑时，又宁可对幻象的内容三缄其口。若能确认自己见到的是史实……不错，至少可以排除发疯的可能性。这无法解决一切，但也大有帮助。

"我不知道。"阿多林疑虑更重，"父亲，您说的事件比神权统治还早。我们能在历史中找到记载吗？"

"光辉骑士所处的时代也有史料流传下来，"雷纳林说，"那不像影时代或令使纪元那么古老。我们可以问问迦熙娜。作为求真者，这不是她的专长吗？"

达力拿看着阿多林。"听起来值得一试，孩子。"

"也许吧，"阿多林说，"但我们不能把一个地名当做充分的证据。没准儿你听说过热病岩堡，所以才出现在你的幻觉里。"

"确实，"雷纳林说，"这有可能。但如果父亲看到的只是自己拼凑的，那我们一定能证明其中某些部分的虚假。想象出的细节不可能全都出自传说或历史，总有一些是纯粹的妄想。"

阿多林缓缓点头。"我……你说得对,雷纳林。嗯,这是个好计划。"

"我们得找个文书来。"达力拿说,"趁我还没忘,赶紧口述。"

"对。"雷纳林说,"我们掌握的细节越多,就越容易证明幻象的真实性——或证伪。"

达力拿面露难色,放下酒杯,走到二子身边坐下。"不错,可我们该叫谁来执笔呢?"

"您手下的文员多的是,父亲。"雷纳林说。

"她们都是我帐下军官的妻女。"达力拿说。他该怎么解释?向儿子袒露自己的弱点已经够痛苦了,若消息传出去,手下的军官都知道他看到了什么,就会影响军队的士气。向部下和盘托出一切的时刻也许终将到来,但必须从长计议。在告诉外人之前,他很想先确认自己有没有疯。

"没错。"阿多林点点头。

雷纳林依旧愁眉不展,"我理解。可是父亲,我们没法等迦熙娜回来,也许还要几个月,我们等不起。"

"我同意。"达力拿叹口气,还有个选择,"雷纳林,派传令兵请你伯母纳瓦妮来一趟。"

阿多林看了看达力拿,扬扬眉毛。"这主意不错。可我以为你信不过她。"

"我相信她会信守承诺,"达力拿无奈地说,"也会保守秘密。我向她透露了退位打算,她没走漏半点风声。"纳瓦妮很善于保密,这点远比他手下的女性强。达力拿并非信不过她们,但要保守这种秘密,需要对自己的言语和思维有极强的掌控力。

纳瓦妮就是这样的人。她可能会设法利用这份情报来操纵他,但至少秘密本身不会泄露出去。

"去吧,雷纳林。"达力拿说。

雷纳林点头起身。他显然已经恢复正常,步履坚实地走向房门。

他走后，阿多林靠过来。"父亲，如果证明我是对的，一切只是你头脑中的臆想，你会怎么做？"

"我多少也希望结果是那样。"达力拿看着门扉在雷纳林身后缓缓关闭，"我当然害怕自己疯掉，可至少发疯并非罕见病症，大家也都有办法应付。我会把公国交你统治，到卡哈巴兰斯去求医。但如果这一切不是幻觉，我将面临另一种决断：是否要接受幻象给我的启示？如果能证明我疯了，这对阿勒斯卡来说不啻是更好的结果，至少更容易处置。"

阿多林思索片刻，眉头深锁，下颚紧绷。"撒迪亚斯呢？他好像快完成调查了。我们该怎么做？"

这个问题合情合理。达力拿相信幻象的指示，因而对撒迪亚斯毫无防备，这是达力拿和阿多林起初发生争执的原因。

把他们团结起来。这不仅是幻象给他的指示，也是迦维拉尔的梦想。团结起来的阿勒斯卡。莫非是这份梦想与达力拿对兄长的负罪感结合，令他臆造出上天的旨意，好让自己有理由去贯彻兄长的遗愿？

他不能肯定。*他憎恶这种不确定的感觉。*

"很好。"达力拿说，"你可以着手准备，以免出现最坏的状况。让军官们都提高警惕，召回派出去巡逻和对付盗匪的中队。万一撒迪亚斯对我们下手，宣称我意图弑君，我们可以封锁营地，进入戒备状态。我不想让他把我绑去处决。"

阿多林松了口气。"谢谢，父亲。"

"但愿事态不至于此，孩子。"达力拿说，"一旦撒迪亚斯和我动起真格，阿勒斯卡王国就会崩溃。我们这两个公国是国王的支柱，若彼此相斗，其他人要么加入其中一方，要么也会自行发动战争。"

阿多林点点头，但达力拿往后一靠，神情不安。*对不起*，他想起那个送来启示的神秘之音，*可我必须做出理智的决定*。

看起来，这像是另一种判断幻象真伪的试验。幻象叫他信任撒迪亚斯？好吧，他已经违反了这条，且看会发生什么。

♛

"……一切褪色。"达力拿说，"之后，我就回来了。"

纳瓦妮若有所思地提起笔。讲述幻象所用的时间并不久，她的记录做得很出色，善于挖掘细节，懂得何时该追问。对于这不寻常的请求，她没多问一个字，也没有嘲笑达力拿竟然叫她来记录一场梦。她一直严肃认真地处理此事。现在，她坐在他的写字台前，盘绕的头发以四根发簪穿上固定，一袭红裙与唇彩同色，美丽的紫色眼眸中闪烁着好奇。

飓风之父啊，达力拿心想，*可她真美。*

"怎样？"阿多林靠在房门上问。雷纳林去听部下汇报飓风中的损失情况了，那孩子需要在这方面多加锻炼。

纳瓦妮一扬眉。"什么怎样，阿多林？"

"伯母，我想听听您的看法。"阿多林问。

"这些地名或事件我闻所未闻。"纳瓦妮说，"不过我想，你们也没指望我会知道。你们不是要我联系迦熙娜吗？"

"对。"阿多林说，"可您一定也有自己的分析。"

"我暂不下结论，亲爱的。"纳瓦妮起身，禁手按住纸张，把纸折起、收好，用力压直折痕。她笑着从阿多林身旁走过，拍拍他肩膀，"先别急着分析，听听迦熙娜怎么说，好吗？"

"行吧。"阿多林的语气有点失望。

"昨天，我和你那位小姐谈了一会儿。"纳瓦妮对他说，"是叫丹岚吧？你挑得不错，她的脑袋可不是空壳子。"

阿多林一个激灵。"您喜欢她？"

"挺喜欢。"纳瓦妮说,"我还发现,她非常爱吃阿芙拉瓜。你知道吗?"

"说实话,不知道。"

"太好了。我费了好大劲才为你找到一种取悦她的办法,如果你早就知道,我可悔恨死了。过来的时候,我擅自做主,顺路买了一篮子阿芙拉瓜,已放在前厅了,还让一个士兵看着,他看来没什么要紧任务。如果你今天下午提着瓜去见她,我想会大受欢迎。"

阿多林犹豫了一下。他大概知道,纳瓦妮恐怕只是想让他散散心,免得老是担忧父亲。不过他还是放松下来,随即露出笑容:"好,也许这能让一切好转起来,最近不顺的事挺多。"

"我想也是。"纳瓦妮说,"你最好马上去,那些瓜熟度刚好,放久了就不好吃了。再说,我想和你父亲聊聊。"

阿多林亲切地吻了吻纳瓦妮的脸颊,"谢谢,玛莎拉①。"纳瓦妮是他最喜欢的伯母,在她面前,他仿佛又成了孩子,也愿意袒露自己真实的一面。阿多林走向门外,脸上的笑容愈发灿烂。

达力拿不禁莞尔,纳瓦妮很了解他的儿子。不过这笑容没持续多久,因为他意识到,阿多林一走,屋里就只剩他们两人了。他起身道:"你想问我什么?"

"我可没说要'问'你什么,达力拿,"她说,"只想聊聊。我们是一家人,可在一起的时间不够多。"

"你想谈话,我去找几个士兵来作陪。"他朝前厅瞥了一眼。阿多林关上了走廊尽头的门,所以他看不到卫兵——卫兵也看不到他。

"达力拿,"她款款走来,"你这么做,我把阿多林支走就没意义了。我需要一点私密空间。"

---

①即伯母的敬称。

他觉得自己浑身发僵。"你该走了。"

"非走不可?"

"对。别人会有不体面的想法,会说闲话。"

"这么说,你觉得确实会发生不体面的事?"纳瓦妮的语调中几乎有少女般的渴求。

"纳瓦妮,你是我的姐姐。"

"我们没有血缘关系。"她答道,"按某些王国的传统,你哥哥一死,我们就必须联姻。"

"这是阿勒斯卡,不是某些王国。我们有我们的规矩。"

"好啊。"她走得更近,"如果我不走,你会怎么做?叫人来把我拖走吗?"

"纳瓦妮,"他痛苦不堪地说,"求你了,别再这么做,我很累。"

"好得很,这样我就更容易得遂所愿了。"

他闭上双眼。*我现在没精力折腾这个*。幻象、与阿多林的冲突、他自己摇摆的情绪……他已经不知如何是好。

测试幻象的真伪是个好主意,但他无法摆脱不知何去何从的混乱感。他喜欢作决断,然后坚持下去。现在却办不到。

这令他煎熬。

"感谢你为我执笔记录,还愿意保守秘密。"他睁开眼说,"但我必须请求你马上离开,纳瓦妮。"

"哦,达力拿。"她轻声说。她靠得很近,近到达力拿能闻到她身上的香水味。飓风之父啊,可她真美。看着她,他回想起很久以前的日子,那时的他是如此渴望得到她,几乎对赢得她芳心的迦维拉尔产生恨意。

"你就不能放松一下?"她恳求,"就一小会儿?"

"规矩——"

"别人都——"

"我可不是别人！"达力拿抬高声调，恶狠狠的声音令他自己也吃了一惊，"如果无视法典和道德，我还是我吗，纳瓦妮？其他轩亲王和光眼种的行为，我明确谴责过。现在我要是放弃自己的原则，那我就是个伪善者，就比他们更烂！"

她呆住了。

"求求你，"激烈的情绪令他浑身僵硬，"走吧，今天就放过我吧。"

犹豫片刻后，她一言不发地走了。

她永远也不会知道，达力拿内心深处是多么希望她再反驳自己一次。以他的状况，恐怕是无法再抗拒下去的。门关上了，他跌进椅子，长出一口气，闭上眼睛。

全能之主在上，他心想，求求你，告诉我该怎么做。

53 杜内

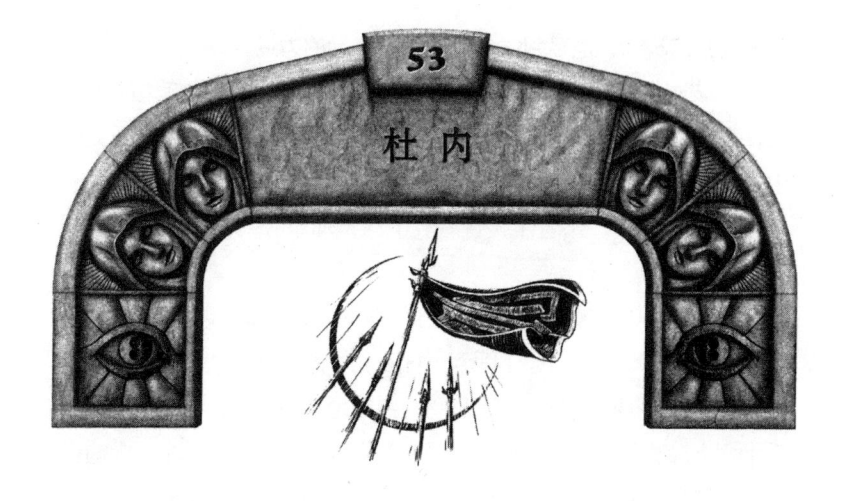

"他必须捡起,这掉落的名分!塔、冠、还有长矛!"

——收集于1173年第四月第五周第三天,死前八秒。死者是一名妓女,背景不详。

一支锋利的箭矢擦过卡拉丁的脸颊,扎进木头。他能感觉到血液渗出的暖意,这股暖流顺着他的脸往下淌,与汗水混杂在一起,沿下巴滴落。

"稳住!"他一声大吼,在崎岖的地面上猛冲,肩头是桥体熟悉的重量。左前方不远处,第二十冲桥队晃动起来,前排有四人被射倒,后面的人被他们的尸体绊倒。

深渊另一侧,仆族智者弓箭手跪成一排,迎着撒迪亚斯军射出箭雨,并用平和淡然的曲调齐声清唱。他们的黑眼睛就像黑曜石的碎片,没有眼白,只是一团毫无感情的漆黑。在那些时刻——当他听着众人的惨叫、哭喊、呐喊和咆哮时——卡拉丁对仆族智者的恨就和对撒迪亚斯、亚马兰的恨一样强烈。他们怎能一边歌唱、一边杀戮?

卡拉丁队伍前方的仆族智者们张弓瞄准。卡拉丁冲他们大吼,箭矢离弦的瞬间,他感到体内涌起一股奇异的力量。

一波密集的箭矢破空而至,其中十支扎在卡拉丁脑袋边的木头上,整个桥身都被冲击力震得一晃,迸起一片碎木屑。但没有一支击中皮肉。

深渊另一头,几名仆族智者放下弓,停止吟唱,魔鬼般的脸庞露出惊诧之色。

"放!"队伍来到崖边,卡拉丁大喝一声。这里的地面凹凸不平,覆着石壳木的球茎。卡拉丁踩到一株石壳木的藤蔓,令它退缩到球壳里。冲桥手们把桥一举,卸下肩膀,熟练地往旁一让,让桥落地。另外十六支冲桥队和他们排成一行,也在安置木桥。高地后方,撒迪亚斯的重骑兵以雷霆万钧之势向他们冲来。

仆族智者再次引弓。

卡拉丁咬紧牙关,用全身力气加上体重来顶桥侧的木杆,和大伙儿一起把巨大的桥身推过深渊。他讨厌这个阶段,冲桥手过于暴露了。

撒迪亚斯的弓箭手不断射击,逐渐集中火力,意图迫使仆族智者后退——这些"友军"一如既往地不把冲桥手当回事,有几支箭从离卡拉丁很近的地方飞过。他继续往前推桥,一脸血、一身汗,为第四冲桥队感到由衷地骄傲。他们已经有点儿士兵的模样了,他们脚步轻盈,以不规则的步法移动,让弓箭手难以瞄准。盖兹或撒迪亚斯的手下会注意到吗?

木桥轰然落定,卡拉丁大叫众人撤退。冲桥手们弯腰四散而去,躲避前方仆族智者射来的粗大黑箭和身后撒迪亚斯军射来的绿羽细箭。莫阿什和石头起身跃上桥面,冲到另一侧,伏身跳到卡拉丁身边。其他人散开绕到桥后,蹲下来躲避箭矢,恰好阻挡了骑兵冲击的路线。

卡拉丁留在原地,招手示意手下让开。待他们都跑到安全地方后,他回头看了眼木桥,桥身扎满箭矢,却没有一个人倒下。真是奇迹。他转身就跑——

在桥另一侧，有人跌跌撞撞地站起来。是杜内。年轻人的肩上插着一支白绿两色羽毛的细箭，两眼圆睁，显得不知所措。

卡拉丁咒骂起来，回身就跑。才迈出一步，一支黑箭从另一边飞来，扎进那个年轻冲桥手的肚子。他倒在桥面，鲜血溅在黑木头上。

然而冲锋的战马丝毫没有减速。卡拉丁疯狂地冲到桥边，却被什么东西扯了回去。是两只手扯住了他的肩膀。他一个趔趄，转身一看，原来是莫阿什。卡拉丁一声怒吼，想把对方推开，可莫阿什用卡拉丁亲手教授的技巧顺势一拽，把卡拉丁扯到一边，同时伸腿把他绊倒。然后莫阿什纵身一扑，死死摁住卡拉丁。重骑兵如奔雷般冲过桥面，箭矢在他们银亮的盔甲上敲得叮当作响，纷纷折断。

箭矢的碎片洒落一地。一阵挣扎后，卡拉丁不再动弹。

"他死了！"莫阿什厉声道，"你救不了他。对不起。"

你救不了他⋯⋯

我谁也救不了。飓风之父啊，为什么我救不了他们？

木桥不再晃动，骑兵们冲进仆族智者的队列，为踩着哐哐作响的步子跟进的步兵夺取立足点。待步兵站稳脚跟，他们就会撤退。战马十分宝贵，不能冒险陷入缠斗。

没错，卡拉丁心想，思考战术，思考战场。别去想杜内。

他把莫阿什推开，站起身。杜内的尸体被踩得稀烂，已经无从辨认。卡拉丁咬紧牙，转过身，头也不回地大步离去。他从旁观的冲桥手中挤出一条道，踏在悬崖边缘，两手背到身后，双脚微张。只要离桥够远，这没什么危险。仆族智者已经放下弓，开始后退。椭圆形的石蛹矗立在高地左侧尽头。

卡拉丁想观察，这有助于他以士兵的方式思考，以士兵的方式思考又能帮助他克服身边人死去的阴霾。其他冲桥手试探着凑过来，围在他身边，以稍息的姿势站定。连仆族申也加入进来，默不作声地模仿其他人。申毫无怨言地参加了每一次出桥，毫无抗拒地冲向自己的远亲，没有任何破坏攻击行动的企图。盖兹对此很失望，卡拉丁倒不意外。仆族就是这样。

——但不包括深渊另一头的仆族智者。卡拉丁凝视着战场，却难以专注于双方的战术。杜内的死带来的打击太大。他是卡拉丁的朋友，是最早支持卡拉丁的人之一，也是最好的冲桥手之一。

每死一个冲桥手，他们离灾难就更近一步。把队员练出模样需要几周时间，在大家做好战斗准备前，恐怕半数人已经死了，甚至更多。这样下去不行。

好吧，你必须找到补救的办法，卡拉丁心想。既然已经下了决心，就不能陷入绝望中。绝望是一种奢侈。

他结束稍息姿势，从深渊旁走开。其他冲桥手转过身，惊讶地看着他。卡拉丁最近总是以同样的姿势观看整场战斗，连撒迪亚斯的士兵都注意到了，大部分人觉得这些冲桥手太自以为是，但也有人似乎对第四冲桥队多了些尊重。他知道，因为那场飓风，军营里有些关于自己的传闻，而他们最近的表现令传闻更盛。

第四冲桥队跟着他，卡拉丁带领他们在岩石嶙峋的高地上走着。他刻意没再看桥上那具支离破碎的尸体。杜内是极少数尚保留着纯洁心灵的冲桥手之一。现在他死了，被两边的箭矢射中，被撒迪亚斯的骑兵践踏，被无视、被遗忘、被抛弃。

卡拉丁救不了他。他走向第八冲桥队的所在，他们筋疲力尽地躺在开阔的石地上。卡拉丁还记得，自己头几次出桥后也会像这样躺倒。而现在，他几乎连大气都不会喘。

其他冲桥队一如既往地丢下伤员不管。有个第八队的可怜人正爬向自己的同伴，其大腿被一支箭矢贯穿。卡拉丁走上前去，此人的皮肤是黑褐色，有一双棕色眼睛，浓密的黑发往后梳成长长的辫子。痛灵在他周围蠕动，他抬头看着卡拉丁和第四冲桥队的成员向他围拢过来。

"别动。"卡拉丁轻声说。他跪下来,把这名男子轻轻翻了个身,以便好好检查大腿的伤势。卡拉丁戳了戳伤处,沉吟片刻道:"泰夫特,我们要生个火。把你的火石拿出来。石头,我的针线还在你身上吗?我用得上。偻朋呢?他带的水在哪儿?"

第四冲桥队的众人一言不发。卡拉丁放下不明所以的伤员,抬头看着他们。

"卡拉丁,"石头说,"你知道其他冲桥队是怎么对待我们的。"

"我不管。"卡拉丁说。

"我们没有闲钱,"德雷赫说,"就算把大家的钱凑到一起,也只能勉强负担自己人要用的绷带。"

"我不管。"

"如果我们收下其他队的伤员,"德雷赫晃晃一头金发,"就得给他们吃饭,伺候他们。"

"我会想办法。"卡拉丁说。

"我——"石头张口欲言。

"风操的!"卡拉丁站起来,向高地四周一挥手。四处都是被丢弃的冲桥手尸体。"你们看看!谁来管他们?撒迪亚斯不管,同伴不管,我看就连令使也不会管,甚至不会操一丁点儿心。

"我不会站在一旁,看着那些人死去。我们绝不是那么差劲的人!我们不能像光眼种那样别过头去视而不见。他是我们中的一员,就像杜内一样。

"光眼种满嘴荣誉道德,张口就说自己如何高贵。哼,我这辈子只见过一个真正有荣誉感的人。他是个手术师,他会帮助任何人,哪怕是恨他的人。不,特别是那些恨他的人。现在,我们要让盖兹、撒迪亚斯、哈莎尔和所有想看的蠢货瞧瞧他教给我的东西。别抱怨,快干活!"

第四冲桥队的成员一个个瞪大眼睛,羞愧地看着他,随即飞快行动起来。泰夫特组织了一个医疗小组,派一部分人去搜寻其他受伤的冲桥手,一部分人去收集生火用的石壳木皮,偻朋和达彼德飞奔着去挑水担子。

卡拉丁跪下触摸伤者的腿,检查失血速度,确定对方不需要烧灼处理。他折断箭杆,用锥贝的黏液麻醉后扩大伤口,随即拔出断箭。伤员发出一声闷哼,卡拉丁用自己的绷带为他包扎伤口。

"用手按住,"卡拉丁指示他,"别用伤腿走路。回营之前,我会再来看你。"

"我……"那男子说话不带一点儿口音。看他的肤色,卡拉丁本以为他是亚泽尔人,"不用腿走路,我怎么回去?"

"我们扛你回去。"卡拉丁说。

他抬起头,显然感到震惊。"我……"泪水盈满他眼眶,"谢谢。"

卡拉丁短促地点点头,转身看着石头和莫阿什抬来另一个伤员。泰夫特生好了火,湿石壳木的刺鼻气味散发开来。新伤员撞到了头,手臂上有一道长条伤口。卡拉丁伸手要针线。

"卡拉丁,小伙子,"泰夫特把针线递给他,跪下来轻声说,"听着,别把我的话当成抱怨,那非我本意。但我们到底能扛回去多少人?"

"以前扛过三个,"卡拉丁说,"把他们绑在桥上就行。我打赌,还可以再多扛三个,水担子上也能放一个。"

"如果伤员不止七个呢?"

"如果包扎得当,有些人也许可以自己走。"

"如果还是不止呢?"

"风操的,泰夫特,"卡拉丁开始下针,"那我们就把能扛的先扛回去,然后再扛着桥回来,把剩下的也带回去。要是士兵担心我们逃跑,就拉上盖兹。"

泰夫特陷入沉默,卡拉丁等着迎接他的疑问。然而,那个灰发老兵却笑了,眼睛甚至有点湿润。"克勒克的臭嘴。这是真的。我从没想过……"

卡拉丁一皱眉,抬头看着泰夫特,一手按住伤口止血。"什么意思?"

"哦,没啥。"他神情一变,大声道,"好好治伤!这家伙全靠你了。"

卡拉丁低头去缝线。

"你还照我说的那样,随身带着满满一袋子润石吧?"泰夫特问。

"我也没法把它们留在营房里。不过很快就得花掉了。"

"使不得,"泰夫特说,"那些润石能带来好运,你听见没有?带在身上,而且要保证充满飓光。"

卡拉丁叹口气:"我觉得这袋润石有点问题,飓光跑得很快,总是没过几天就变暗了。也许和破碎平原有关。其他冲桥手也遇到过。"

"确实很怪。"泰夫特摸摸下巴,"这一仗打得很糟,倒了三座桥,死了很多冲桥手,而我们居然没损失。"

"我们失去了杜内。"

"但冲桥时没人倒下。你总是跑在最前面,箭矢总是射不中我们。是不是很奇怪?"

卡拉丁又抬起头,蹙眉道:"泰夫特,你想表达什么?"

"没啥。接着缝!你要我说几遍?"

卡拉丁扬扬眉,低头继续缝线。泰夫特最近表现得很奇怪。是因为压力吗?很多人都对润石和飓风抱有迷信。

石头和他的小组又搬来三名伤员,说是就这些了。倒地的冲桥手经常遭遇和杜内一样的下场,被活活踏死。好吧,至少第四冲桥队不用多跑一趟。

这三人都受了严重的箭伤,于是卡拉丁把划破胳膊的伤员交给石头他们处理,指示斯卡压住没缝完的伤口。泰夫特给匕首加热,让卡拉丁实施烧灼,这些新伤员显然失了很多血,有一个也许撑不下来。

世上有那么多战争,他边干边想,他那场梦鲜明地呈现了这个世界。卡拉丁在偏僻的赫斯通长大,过去不知道家乡能远离战火是多么幸运。

整个世界都被战争笼罩,而他在拼命挽救几个贱如飓砂的冲桥手的性命。这么做有何意义?可他还是继续烧灼皮肉、缝合伤口,按父亲教导的方式拯救生命。他开始明白,当父亲偶尔在黑夜里独自一人借酒浇愁时,眼神为何会那般无奈。

你想弥补杜内死去的遗憾,卡拉丁心想,*可帮助其他人也不能让他死而复生。*

他失去了那个他估计救不了的人,但另外四个人的性命是保住了,撞到头的人也渐渐苏醒。卡拉丁屈膝坐倒,精疲力竭,两手全是血。他用倭朋的水袋倒出水来洗掉血迹,抬起手,总算想起自己脸上被箭矢划破的伤。

他浑身一僵,手指在脸庞上摸索,却找不到伤口。他不是感觉到脸颊和下巴上有血,也感觉到皮肤被箭头割破了吗?

他站起来,打了个冷战,一手扶住额头。这究竟是怎么回事?

有人走到他身后。莫阿什的脸如今刮得干干净净,下巴上露出一道已不太明显的伤疤。他打量着卡拉丁:"杜内……"

"你做得对,"卡拉丁说,"也许还救了我一命。谢谢。"

莫阿什缓缓点头,转身去照看四名伤员。倭朋和达彼德正给他们喝水,询问他们的名字。"我过去误会你了。"莫阿什突然开口,向卡拉丁伸出一只手。

卡拉丁迟疑不决地握住。"谢谢。"

"你是个净会挑事的笨蛋,但你实诚。"莫阿什自顾自笑了笑,"如果你把我们害死了,那也不是故意的。我服侍过的一些人可不是这样。不说了,准备把他们抬回去吧。"

54

风炎风雨

"其他九人的负担全压在我身上,为什么我非得承受他们所有人的疯狂?噢,全能之主,释放我吧。"

——收集于1173年第五月第一周第一天,死前秒数不明。死者是一名富有的光眼种,来自二手资料。

    寒夜预示着漫长的凛冬,于是达力拿在衬衣和长裤外披了件又长又厚的外套,外套前胸和领口的扣子扣得死死的,后摆和两侧都很长,一直垂到脚踝,在腰下像斗篷般舞动。过去,这种外套兴许该搭配武士袍来穿,但达力拿从不喜欢那种裙子般的装束。

    穿制服不是为时髦或传统,而是为了让手下便于辨认。如果其他光眼种也能注意到这点,至少穿上自家颜色的衣服,他也就会少些成见了。

    他踏上国王的餐岛,岛上两侧原本放火盆的位置现在设起支架,装着一种会散发热量的新型法器。餐岛之间的水流越来越涓细,高地上的冰块如今已不再融化。

    今晚参加宴会的人不多,但国王所在的餐岛仍没有冷清的迹象。

只要有机会接近艾尔霍卡和众位轩亲王，就算飓风当头也有人来赴宴。达力拿沿中央走道走着，瞧见坐在女性餐桌前的纳瓦妮。她转过身去，也许还记得他上次会面时突兀的言辞。

知策并没在他惯常的位置侮辱每一个走向国王餐岛的来客。不，哪儿都见不到他。这不奇怪。达力拿心想。知策喜欢让人捉摸不透，最近几场宴会，他都在高凳上大嘲四方，可能觉得这套不新鲜了。

其他九名轩亲王都出席了。自拒绝与他合兵出战以来，他们对达力拿的态度变得生硬冷淡，仿佛这项提议是对他们的侮辱。地位低下的光眼种会互相结盟，但轩亲王就像国王，其他轩亲王都是对手，必须保持距离。

达力拿坐在桌前，吩咐一名侍从为他上菜。为了听取召回的中队所做的报告，他来迟了，别人差不多都吃完了。大多数宴客开始交际应酬。右边有个军官的女儿，在一群观众面前用笛子吹奏悠长的曲调。左边有三名女子支起素描本，在给同一名男子画像。女人之间也会彼此较量，就像男人用碎瑛刃决斗一样，但她们很少用"较量"这个词，这些比试总是被称为"友好切磋"或"才艺游戏"。

他的菜来了，是蒸斯塔薯配炖溻娄米——斯塔薯是一种长在深水塘里的土色块茎——溻娄米已被水涨开，整道菜淋满一种浓稠而辛辣的褐色肉汁。他抽出小刀，切下一片斯塔薯，抹上溻娄米，两指一捏，吃了起来。今晚这道菜又辣又烫，也许是因为天气寒冷特意调味的。他大口咀嚼，觉得味道不错，盘子腾起的蒸汽模糊了视线。

迦熙娜还没给出任何关于幻象的回复，不过纳瓦妮声称她自己也许能有所发现。她也是一位有名的学者，虽然一直把兴趣放在法器方面。他看了看她。那天的冒犯是不是愚蠢的行为？她会不会利用所掌握的秘密来对付他？

不，他心想，她没这么小肚鸡肠。纳瓦妮确实在乎他，只是这份感情不太合适。

他周围的椅子都空着。他越来越不受人待见,首先是因为他成天把法典挂在嘴边,其次是因为他想让轩亲王们与他合作,最后则是因为撒迪亚斯的调查。难怪阿多林那么担心。

突然,有人一屁股坐到达力拿身边,此人在寒风中依旧披着黑色斗篷。他不是轩亲王。谁竟敢——

那人掀开兜帽,露出鹰隼般的容貌。是知策。这张脸棱角分明,有锐利的鼻子和下巴,眉毛精致,目光如炬。达力拿叹口气,等待那避无可避、聪明过头的滔滔不绝。

但知策没有开口。他打量众人,神情严峻。

没错,达力拿心想,阿多林对这个人的看法也是对的。达力拿过去对此人评价过于苛刻,他不是某些前任知策那样的蠢货。知策依旧保持沉默。达力拿寻思,也许他今晚的把戏就是坐在这里,让周围人心里发毛。这不算什么夸张的恶作剧,但达力拿常常看不透知策的所为。也许聪明人能看出他的玩笑中蕴含的非凡智慧。达力拿不再多想,继续用餐。

"风在变。"知策小声说。

达力拿瞥了他一眼。

知策眯起眼,扫视夜空。"已经有几个月了。一股旋风在不断转向、翻腾,裹着我们不停旋转,就像世界在旋转。可我们看不到,因为我们身陷其中。"

"世界在旋转?这是什么蠢话?"

"达力拿,在乎的人是愚蠢的,"知策说,"麻木的人是聪明的。后者依赖于前者,却也利用前者;而前者误解后者,指望后者更像前者。这场游戏只会偷走我们的时间,一秒又一秒。"

"知策,"达力拿叹口气,"今晚我没心情。很抱歉听不出你话里的玄机,我也不知道你在说什么。"

"我知道。"知策直直地看着他。"阿多拿西①。"

达力拿的眉头锁得更紧。"什么?"

知策在他脸上寻找着什么。"你听过这个词吗?达力拿。"

"阿多……什么?"

"没什么。"知策说。他似乎有心事,不像平常的他,"胡言乱语,胡诌八扯,信口雌黄。你说奇不奇怪?表示疯言疯语的词往往借用其他词的音节,把其他词拆散后拼凑出一个既像又不像的怪东西。"

达力拿皱起眉。

"我在想,能不能对人也做出这种事:把他大卸八块,每种感情分离出去,撕一块血淋淋的肉,再撕一块血淋淋的肉,然后组合成别的东西,就像戴西部落的艾米亚人。达力拿,如果你拼出一个这样的人来,一定要取个跟我类似的名字,叫疯言疯语,或者风炎风雨。"

"这是你的名字?你的真名?"

"不,朋友,"知策起身道,"我放弃了自己的真名。但等我们下次见面,我会想个聪明的名字让你称呼。在那之前,叫我知策就行——如果你非要一个名字不可,可以叫我须空。你要当心,撒迪亚斯打算在今晚宴会上宣布一桩事,但我还不知道具体内容。后会有期,抱歉没有多侮辱你几句。"

"等等,你要走?"

"非走不可,希望还能回来。如果没被杀掉,我会回来的。也许就算死了都会回来。请代我向你的侄儿说声对不起。"

"他不会高兴的。"达力拿说,"他喜欢你。"

"嗯,这是他值得钦佩的优点之一。"知策说,"其他优点还

---

①阿多拿西(Adonalsium),是布兰登·桑德森整个"三界宙"设定的小说中(包括"飓光志"系列、"迷雾"系列、《伊岚翠》《破战者》等等)最伟大的神上之神的存在。

包括付我钱、让我享用他昂贵的食物和给我玩弄他朋友的机会。可惜啊，三界宙的安危比白吃白喝重要。保重，达力拿。生命面临危机，而你身处危机的中心。"

知策一点头，遁入夜色，拉起兜帽，很快与黑暗融为一体。

达力拿低头继续吃饭。撒迪亚斯打算在今晚宴会上宣布一桩事，但我还不知道具体内容。知策很少说错——但他也鲜有正常的时候。他真的要走？又或明早还在营中、笑话达力拿上了当？

不，达力拿心想，那不是玩笑。他挥手叫来一名身穿黑白两色制服的侍从大师。"请把我长子找来。"

侍从躬身领命而去。达力拿默不作声地吃完剩下的饭菜，不时朝撒迪亚斯和艾尔霍卡瞟上几眼。他们已离开餐桌，于是撒迪亚斯的妻子雅莱便能加入。她的身材凹凸有致，据说头发染过——这表明其家族曾与异族通婚。阿勒斯卡人的头发永远是血统纯正性的指针，发色的纯度总是与血统的纯度成正比。外族血统会带来一缕缕其他颜色的头发。讽刺的是，光眼种混血的情况远比暗眼种多见，因为暗眼种很少能和外族通婚，阿勒斯卡贵族反倒经常需要来自外部的盟友或金钱。

吃完饭，达力拿离开国王的餐桌，在岛上踱步。那名吹笛女子依然在用高超的技巧吹奏那忧愁的曲调。不久后，阿多林踏上国王的餐岛，快步走向达力拿。"父亲？你找我？"

"凑近点说话。知策告诉我，今晚撒迪亚斯要掀起一场风暴。"

阿多林脸色一沉。"那我们该走了。"

"不，我们得让他先出牌。"

"父亲——"

"你去做好准备，"达力拿轻声说，"只是以防万一。今晚你邀请我们卫队的军官来赴宴了吗？"

"请了，"阿多林说，"有六个。"

"传我的话,我特别邀请他们上国王的餐岛。国王的亲卫队呢?"

"我已安排妥当,今晚守卫这座餐岛的卫兵都是最忠于你的。"阿多林朝宴会区边上一块黑漆漆的空地瞄了一眼,"我想可以把他们布置在那里。一旦国王想逮捕你,这可以确保退路。"

"我不觉得事态会发展到那种地步。"

"不好说。毕竟艾尔霍卡允许撒迪亚斯展开调查了,他的疑心病越来越重。"

达力拿瞥向国王。近些日子,这位年轻的国王几乎总是碎瑛甲不离身,好歹现在没穿。他似乎始终处于紧张状态,频频回头张望,视线四处游移。

"人员就位后通知我。"达力拿说。

阿多林点点头,快步走开。

这种局面令达力拿没有应酬的心情,可一脸尴尬地站在一旁并没有好处,于是他向轩亲王哈萨姆走去。哈萨姆在最大的篝火旁和一小群光眼种聊天,见达力拿加入话局,他们纷纷点头致意;不管平素怎么对他,他们决计不会在这样的宴会上不理睬达力拿。以他的身份,这是不可能的。

"啊,光明贵人达力拿。"哈萨姆用那过于客套的圆滑语气说。这个脖子细长的瘦削男子穿着饰有花边的绿衫,外有一件类似袍子的外套,脖子上围一条深绿色丝巾。他每根手指上都套着一颗微微发光的红宝石,宝石上的飓光被一种专门的法器吸走一部分,以达到微光的效果。

哈萨姆的四名同伴中,有两人地位较低,另一人是穿白袍的矮个虔诚者,达力拿不认识。最后一个是戴红手套的纳坦人,有着浅蓝色皮肤和白得刺眼的头发,两绺长长的鬓角被染成深红,结成发辫,沿脸侧垂下。他是做客的贵宾,达力拿过去在宴会上见过。他叫什么来着?

"请告诉我,光明贵人达力拿。"哈萨姆说,"你对图卡人和埃穆尔人的冲突有所关注吗?"

"是宗教纷争,对不对?"达力拿问。两者都是马卡巴克人的王国,位于贸易繁荣、利润丰厚的南海岸。

"宗教?"那个纳坦人说,"不,我不这么看。所有的冲突本质上都——是经济矛盾。"

奥纳克,达力拿想起来,*那是他的名字*。他口音很飘忽,所有发"啊"和"噢"的音节都会拖长。

"每场战争的背后——都有金钱作祟,"奥纳克接着说,"宗教只是借口——,或者说理由——"

"两者有何区别?"虔诚者显然被奥纳克的论调激怒了。

"当然有——"奥纳克说,"动手——之前说的叫借口——,动手——之后说的叫理由——"

"以我的愚见,借口是一个人挂在嘴边却不相信的说辞,纳克阿里。"哈萨姆用的是奥纳克的敬称,"而理由是发自内心的。"*为何如此恭敬?这纳坦人一定有哈萨姆想要的东西。*

"不管怎样,"奥纳克说,"战争争夺的焦点是埃穆尔人的首府瑟瑟马勒克达,一座绝好的贸易城市,图卡人想夺走——"

"我对这座城市有所耳闻,"达力拿摸着下巴说,"非常壮观,整座城市都建在人工开凿出的岩缝里。"

"不错,"奥纳克说,"那——里的岩石质地很特别,可以渗水。城市布局非常惊人,显然是破晓之城之一。"

"如果拙荆在场,也许她会说上两句。"哈萨姆道,"她研究的课题就是破晓之城。"

"这座城市的形态布局事关埃穆尔宗教的核心,"虔诚者说,"他们宣称此地是其先祖的家园,是令使赠给他们的礼物;图卡人则由他们的神祭司太紫穆领导,所以这就是一场宗教冲突。"

"如果该城并非一座得天独厚——的良港,"奥克纳说,"他——们还会坚持强调它——的宗教意义吗——?我想不会。毕竟他——们都是异教徒,不能想当然地以为他——们真的把——宗教当回事。"

破晓之城的话题最近在光眼种中颇为流行——据说某些城市的起源可追溯到破晓圣灵。说不定……

"有人听说过热病岩堡吗?"达力拿问。

众人纷纷摇头,连奥克纳也无话可说。

"怎么问这个?"哈萨姆问。

"只是好奇。"

谈话继续进行,但达力拿的思绪飘到艾尔霍卡那圈人上。撒迪亚斯打算什么时候宣布?就算要逮捕达力拿,也不会在宴会中动手吧?

达力拿硬把注意力拉回到眼前的话局中。他真该多关心天下大势。过去,王国间冲突的消息会令他无比兴奋。经历幻象以来,他发生了太多变化。

"也许战争的性质既非经济也非宗教。"哈萨姆试图终止争论,"尽人皆知,马卡巴克部落之间有着奇特的敌意。"

"也许吧——"奥纳克说。

"战争的性质重要吗?"达力拿问。

众人齐刷刷看着他。

"不过是又一场战争。他们不互相交战,就会去攻打别国,就像我们现在做的一样。复仇、荣誉、财富、宗教——不管什么理由,结果都一样。"

其他人陷入沉默,这沉默很快变得令人难堪。

"光明贵人达力拿,您信奉哪个虔诚会?"哈萨姆若有所思地问,仿佛想记起一件已经遗忘的事情。

"塔拉内拉塔会。"

"噢,"哈萨姆说,"对对,可以理解。他们很讨厌争论宗教问题,您一定觉得这场谈话无聊极了。"

这个台阶给得好,可以安全地结束话题。达力拿笑着冲哈萨姆点点头,感谢他的礼貌。

"塔——拉——内拉——塔——会?"奥纳克说,"我一直以为这是下等人才去的虔诚会。"

"一个纳坦人竟然说出这种话。"虔诚者正色道。

"我的家——族一直是虔诚的沃林信徒。"

"不错,"虔诚者回应,"这给你们带来不少方便。你们家族利用沃林教中的关系,在阿勒斯卡做了不少好买卖。这不禁使人怀疑,当你们没踏在我们的土地上时,还会不会同样虔诚。"

"我凭什么要受——这种侮辱。"奥纳克厉声说。

他转身大步走开,急得哈萨姆抬手就喊:"纳克阿里!"轩亲王快步追去,一脸焦急:"请留步!别把他的话放在心上!"

"难以忍受的无聊之徒。"虔诚者轻声说,啜了口酒——当然是橙色的,因为他是神职人员。

达力拿冲他皱眉。"虔诚者,你很莽撞,"他厉声说,"也许称得上愚蠢。你冒犯了哈萨姆的生意对象。"

"其实我是光明贵人哈萨姆名下的,"虔诚者道,"是他吩咐我侮辱他的客人。光明贵人哈萨姆想让奥纳克以为他因此过意不去。现在,哈萨姆将一口答应奥纳克开出的条件,那个异族人会以为这场争执是原因所在,不会对过于顺利的谈判产生怀疑,他会爽快地签字。"

哦,当然了,达力拿看着飞快离去的二人,他们的花花肠子可真多。

一念及此,哈萨姆之前的礼数又该作何想?他给了达力拿一个台阶,为达力拿对战争明显不屑的态度开脱。莫非达力拿也成了哈萨姆布局中的棋子?

虔诚者清清嗓子:"光明贵人,请不要向其他人透露此事,在下感激不尽。"达力拿看到阿多林已返回国王的餐岛,还有六名达力拿的军官陪同,均身穿制服,佩剑在腰。

"你为何要告诉我?"达力拿回头询问白袍的虔诚者。

"正如哈萨姆希望向协商对象传达善意,我也只希望您明白我们对您的好意,光明贵人。"

达力拿眉头一紧。他和虔诚者从不多打交道——他的虔诚会以简单直白著称。光是宫廷政治已令达力拿有操不完的心,他不想再为宗教费神。"为什么?我对你们的态度有何要紧?"

虔诚者笑道:"以后和您细谈。"他深鞠一躬后离去。

达力拿还待追问,可阿多林已走到他身边,看着轩亲王哈萨姆跑远的方向。"这是怎么回事?"

达力拿一言不发地摇摇头。不管属于哪个虔诚会,虔诚者都不应参与政治。神权统治结束后,这种行为就被正式禁止。但就和人生中大部分事情一样,理念总是脱离现实。光眼难免要利用虔诚者来从事各种阴谋诡计,所以虔诚会也越来越多地涉足宫廷事务。

"父亲?"阿多林提示,"人都就位了。"

"很好。"达力拿咬紧牙关,在狭小的餐岛上穿行。他要彻底终结这场闹剧。

他从篝火旁走过,一股热浪令他左脸颊一阵刺痛,渗出了汗,而右脸仍感到深秋的寒意。阿多林急忙赶上,走在他身边,一手握住佩剑。"父亲?我们要怎么做?"

"去挑事。"说罢,达力拿大步走向正在谈话的艾尔霍卡和撒迪亚斯,周围的一圈马屁精不情不愿地为达力拿让出道来。

"……我觉得——"国王止住话头,看了看达力拿,"叔叔,有事吗?"

"撒迪亚斯，"达力拿说，"你对皮带被割一事的调查进行得如何？"

撒迪亚斯眨眨眼。他右手端一杯紫酒，红色天鹅绒长袍敞开前襟，露出带褶饰的白色衬衣。"达力拿，你这是——"

"你的调查结果，撒迪亚斯。"达力拿语气坚决。

撒迪亚斯叹了口气，看着艾尔霍卡。"陛下，其实我今晚打算就此事发表声明。我本想等晚一些，但既然达力拿如此坚持……"

"我很坚持。"达力拿说。

"噢，说吧，撒迪亚斯。"国王道，"你让我也好奇起来了。"国王朝一名侍从挥挥手，侍从快步叫吹笛女子停奏，另一名侍从敲敲铃铛，示意众人安静。转眼间，整座餐岛上的人都安静下来，站在原地不动。

撒迪亚斯给达力拿一个苦笑，仿佛在说："是你自找的，老朋友。"

达力拿抄手抱胸，两眼紧盯撒迪亚斯。六名深蓝卫士军官踏上前来，站在他身后。达力拿发现，也有撒迪亚斯营中的光眼种军官以类似的姿态站在不远处聆听。

"哎呀，我可没打算面对这么多观众。"撒迪亚斯说，"原本只准备向陛下一个人汇报。"

撒谎。达力拿试图平复自己的焦虑。如果阿多林是对的，撒迪亚斯真的指控他意图弑君，他该怎么办？

这将是阿勒斯卡不折不扣的末日。达力拿的拒捕不可能不掀起波澜，各军会彼此反目。过去十年来把他们维系在一起的、如履薄冰的和平将走向终点。艾尔霍卡绝对没有控制那种局面的能力。

而如果开战，达力拿也讨不到好处。其他轩亲王都跟他疏远，单撒迪亚斯就够他喝一壶的，假如对方再得到几个盟友，达力拿的兵力将处于严重劣势，必败无疑。现在，他能理解阿多林，理解为什么说听从幻象的指引是极端愚蠢的行为。在这个无比恍惚的瞬间，达力拿感觉自己的所为并无错误。这个瞬间，他有一种前所未有的强烈感觉——他准备接受指控。

"撒迪亚斯，你总喜欢卖关子，别再磨我的性子了。"艾尔霍卡说，"大家都在听，我也在听。达力拿额头的青筋都要爆了。快讲。"

"那好吧。"撒迪亚斯把酒杯递给侍从，"我担任轩督王的第一份使命，就是调查巨兽狩猎中谋害陛下的企图，找出背后的真相。"他挥手向一名手下示意，那人快步离开。另一人走上前，把断掉的皮带递给撒迪亚斯。

"我把皮带送到三个营地中三名不同的皮匠那里，他们得出了相同的结论：皮带被割过。皮质还比较新，鉴于其他地方都没有裂痕和剥落，可见保养也很好。裂口过于平整，明显是被人划开的。"

达力拿感到一阵恐惧。这和他发现的结果差不多，但描述方式极尽耸人听闻之能事。"这么做的目的是——"达力拿开口。

撒迪亚斯抬起手。"请少安毋躁，轩亲王。是您要求我宣布在先，现在又要打断我吗？"

达力拿陷入沉默。他们周围聚集起越来越多的光眼种要人。他可以感受到众人的紧张。

"可是，究竟是何时被划的？"撒迪亚斯转向众人。他确实颇有表演天分，"你们看，这是问题的关键。我询问了很多参与狩猎的人，没人表示见到任何特殊的事件，但所有人都记得一桩不寻常的事：陛下和光明贵人达力拿曾一同纵马冲向一座岩架，比试速度。当时，他们身边没有其他人。"

身后传来一阵窃窃私语。

"但有一个疑问，"撒迪亚斯说，"这是达力拿本人提出的：为什么要划破碎瑛武士的鞍带？这是愚蠢的手段，跌下马背对身穿碎瑛甲的人算不得危险。"撒迪亚斯方才遣走的侍从回来了，还领着一个男孩，男孩土黄色的头发中只夹杂些许黑发。

撒迪亚斯从腰间口袋里摸出一样东西,高高举起。是一大块没有注光的蓝宝石。其实凑近了看,达力拿发现宝石上有裂纹,已不能吸附飓光了。"这个疑问促使我去调查国王的碎瑛甲。"撒迪亚斯说,"那场战斗之后,为陛下的碎瑛甲补充飓光的十颗蓝宝石裂了八颗。"

"这是正常的。"阿多林走到达力拿身边,一手按住佩剑,"每场战斗后都会坏掉几颗。"

"难道会坏掉八颗?"撒迪亚斯问,"一两颗是正常的,可是,寇林家族的年轻人,你有哪次战斗会损失八颗润石?"

阿多林只能怒目相向。

撒迪亚斯收起宝石,向他的手下带来的孩子点点头。"你是为国王效力的马夫,叫芬,对不对?"

"是……是的,光明贵人。"那孩子结结巴巴地说,他看起来最多也就十二岁。

"芬,你之前对我说了什么?请为在场各位再说一遍。"

那个暗眼种少年神情畏缩,脸色苍白:"好的,光明贵人大人,事情是这样:人人都说,马鞍是在光明贵人达力拿的营地里接受检查的,我想这确实没错。可在光明贵人达力拿的部下接管陛下的坐骑之前,马匹的准备工作是我做的。我保证,该干的我都干了。我装上了陛下最喜欢的马鞍和所有该装的东西。可是……"

达力拿的心脏开始猛跳。他必须强忍住召唤瑛刃的冲动。

"可是什么?"撒迪亚斯对芬说。

"可是当陛下的马夫长牵着马前往轩亲王达力拿的营地时,我看到马背上的鞍具和我装的不一样,我发誓。"

周围有几人对这番陈词显出不解的神色。

"啊哈!"阿多林指着他说,"但那是在国王的行宫里发生的!"

"不错,"撒迪亚斯冲阿多林抬抬眉毛,"你的思维何其敏锐,寇林家族的年轻人。这一发现,再加上裂开的宝石,表明其中确有玄机。我怀疑,那些想要谋害陛下的人在他的碎瑛甲中放入有瑕疵的宝石,这些宝石会在重负之下破裂、失去飓光。随后,他们在鞍带上处心积虑地划出口子。于是,宝石会失效,碎瑛甲会破裂,陛下会在狩猎中'意外'落马。"

撒迪亚斯向又开始交头接耳的众人扬起一指。"但有一点很重要,这些事件——马鞍的调包、宝石的放置——一定发生在陛下遇见达力拿之前。我觉得达力拿基本可以洗脱嫌疑。不仅如此,依我目前的推断,犯人是光明贵人达力拿得罪过的人,他想让我们把矛头指向达力拿。这场阴谋的目的可能并非谋害陛下,而是陷害达力拿。"

餐岛陷入沉默,连窃窃私语都平息了。

达力拿目瞪口呆地站着。*我……我是对的!*

终于,阿多林打破沉默。"什么?"

"一切证据都表明你父亲是清白的,阿多林。"撒迪亚斯耐着性子说,"你觉得这很意外?"

"不,可是……"阿多林眉头深锁。

周围的光眼种开始谈论,听起来很是失望。他们渐渐散去。达力拿的军官还站在他身后,仿佛在提防突然袭击。

先祖之血啊……达力拿心想,*这究竟意味着什么?*

撒迪亚斯挥手示意手下把马夫带走,朝艾尔霍卡点点头,随即退下,走向宵夜的食盘。盘里放着一壶壶温酒,边上有烤面包。当达力拿追到他身边时,这个比他矮一头的男子正拿着小盘装酒食。达力拿抓住他胳膊,袍子质感很柔软。

撒迪亚斯看着他,扬扬眉毛。

"谢谢,"达力拿低声说,"你没让那种事发生。"在他们身后,吹笛女子重新开始演奏。

"没让什么事发生?"撒迪亚斯放下小盘,把达力拿的手指掰开,"我本打算找到更确凿的证据,能完全证明你与此无关,然后再发表声明。可惜，既然被逼成这样，我最多也只能表明你不太可能参与其中。恐怕谣言还是会有。"

"等等。你想证明我的清白？"

撒迪亚斯面露愠色，重新拿起餐盘。"达力拿，你知道自己的问题在哪儿吗？为什么人人都受不了你？"

达力拿没有回答。

"因为你自以为是，自命清高到令人厌恶的地步。不错，我请求艾尔霍卡给我这个头衔，是为了证明你的清白。除了你，军中还有其他人会做些诚实的事，在你眼里，这就这么风操的难以置信？"

"我……"达力拿欲言又止。

"你当然不相信，"撒迪亚斯说，"你一直看低我们，你脚下只垫了一张纸，却自以为站得很高、看得很远。告诉你，我觉得迦维拉尔的那本书是烂飓砂。法典是谎言，让人们装模作样地遵守，好装点老土又干瘪的良心。该下诅咒之地的，我自己也有这种臭良心，我不想看到你被诬蔑成这场下三滥弑君企图的主谋。若你想弄死国王，你会直截了当把他的眼睛烧了！"

撒迪亚斯灌下一口热气腾腾的紫酒。"问题在于，艾尔霍卡为那条该死的皮带唠叨个没完，别人也开始说闲话，因为他当时在你的保护之下，而且你们两人单独骑了一阵子马。飓风之父才知道他们是怎么想的。**你想谋害艾尔霍卡？现在你连仆族智者都不怎么杀了。**"撒迪亚斯把一小片烤面包塞进嘴里，转身欲行。

达力拿又抓住他胳膊。"我……我欠你一回。这六年来，我不该这么对你。"

撒迪亚斯翻翻白眼，嚼起面包。"这不光是为你。如果人人都把你当成幕后黑手，就没人会去想究竟是谁企图谋害迦维拉尔。**那个人确实存在**，达力拿，我不认为一场战斗能裂掉八块宝石。单看皮带，这种暗杀手法实在荒唐，但加上被弱化的碎瑛甲……我不禁怀疑，连深渊恶魔的突然登场也是安排好的。至于这个人是谁,我还不知道。"

"那你为什么单单澄清我?"达力拿问。

"主要是为了给大家提供谈资,好让我暗中调查事件真相。"撒迪亚斯低头看着达力拿按在他胳膊上的手。"你能放开吗?"

达力拿松开手。

撒迪亚斯放下餐盘,整整袍子,掸掸肩头。"我没觉得你无药可救,达力拿,为了完成这一切,我可能还需借助你的力量。不过,有些话我必须说在前头,真不知道你最近是怎么了。传闻你想放弃复仇誓约,此话当真?"

"我私下对艾尔霍卡提过,只是想拓宽大家的思路。所以,如果你非要知道答案,没错,我是说过。我厌倦了这场战争,厌倦了这片平原,厌倦了远离文明世界、跟仆族智者打消耗战。可我放弃了撤兵的念头,恰恰相反,我想赢。但其他轩亲王都不肯听!他们都以为我在打小算盘,想用诡计来控制他们。"

撒迪亚斯嗤之以鼻:"你宁可当面给人一拳也不会背后捅刀。你这人太直接。"

"和我联手。"达力拿在他身后说。

撒迪亚斯愣住了。

"你知道我不会背信弃义,撒迪亚斯,"达力拿说,"其他轩亲王没你这么信任我。我本想说服其他轩亲王和我联手攻击高地,试试看吧。"

"没用的,"撒迪亚斯说,"没有理由在一次出击中动用两支部队。我每次都只带一半的兵力出战,再多就施展不开。"

"没错,可你再想想,"达力拿说,"要是我们尝试新战术呢?你的冲桥队速度快,我的部队战斗力更强。你可以迅速抵达战场,用先头部队拖住仆族智者,等我速度较慢但更强大的部队赶到。这样如何?"

撒迪亚斯止步沉思。

"你有机会赢得一把碎瑛刃,撒迪亚斯。"

撒迪亚斯不禁两眼放光。

"我知道你和仆族智者的碎瑛武士交过手。"达力拿趁热打铁,"但都败了。你没有碎瑛刃,占不到便宜。"仆族智者的碎瑛武士有提前脱离战场的习惯。普通矛兵当然杀不了他们,要杀碎瑛武士还得靠碎瑛武士。"我杀过两个。但这种机会不常有,因为我无法迅速抵达高地战场。可你能。我们合作,就能赢得更多,我还能为你夺一把碎瑛刃。撒迪亚斯,我们能做到,你我联手,就像从前那样。"

"从前那样。"他漫不经心地说,"我倒很想看'黑荆棘'重现战场。琼心石怎么分?"

"三分之二归你,"达力拿说,"因为截至目前,你胜利的次数是我的两倍。"

撒迪亚斯似乎仍在权衡。"碎瑛刃呢?"

"如果发现碎瑛武士,阿多林和我会对付他。碎瑛刃归你。"他抬起一根指头,"但碎瑛甲要留给我,让我儿子雷纳林穿。"

"那个废物?"

"这与你何干?"达力拿说,"你已经有碎瑛甲了。撒迪亚斯,**这么做也许能赢得战争**。我们联手,就能把其他人也拉进来,发动一场大规模攻击。风操的!也许根本不需要其他人,我们两军兵力最强,只消想办法把仆族智者困在一个大高地上,用大量兵力团团包围,不让他们撤退,就有可能给他们带来致命的打击,彻底终结这一切。"

撒迪亚斯沉思片刻,耸耸肩。"很好,回头派人告诉我细节。但今晚先别着急,这场宴会,我已经错过太多了。"

冷灵　　引灵　　痛灵

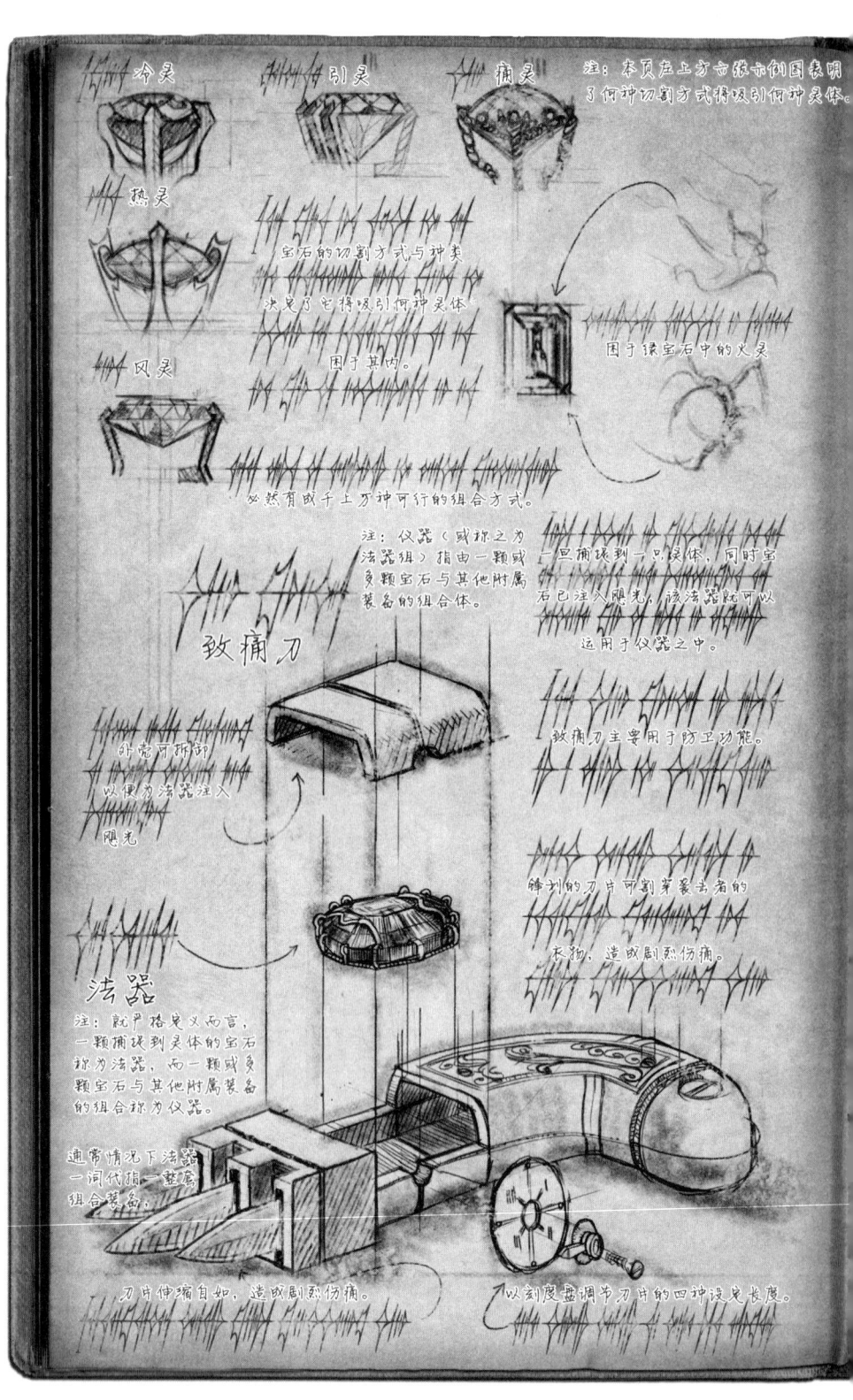

注：本页左上方六张示例图表明了何种切割方式将吸引何种灵体。

热灵

宝石的切割方式与种类决定了它将吸引何种灵体困于其内。

因于该宝石中的火灵

风灵

必然有成千上万种可行的组合方式。

注：仪器（或称之为法器组）指由一颗或复数颗宝石与其他附属装备的组合体。

一旦捕获到一只灵体，同时宝石已注入阴光，该法器就可以运用于仪器之中。

致痛刀

外壳可拆卸以便为法器注入阴光

致痛刀主要用于防卫功能。

锋利的刀片可割穿袭击者的衣物，造成剧烈伤痛。

法器

注：就严格定义而言，一颗捕获到灵体的宝石称为法器，而一颗或复数颗宝石与其他附属装备的组合称为仪器。

通常情况下法器一词代指一整套组合装备。

刀片伸缩自如，造成剧烈伤痛。

以刻度盘调节刀片的伸缩长度。

55 绿宝石布罗姆

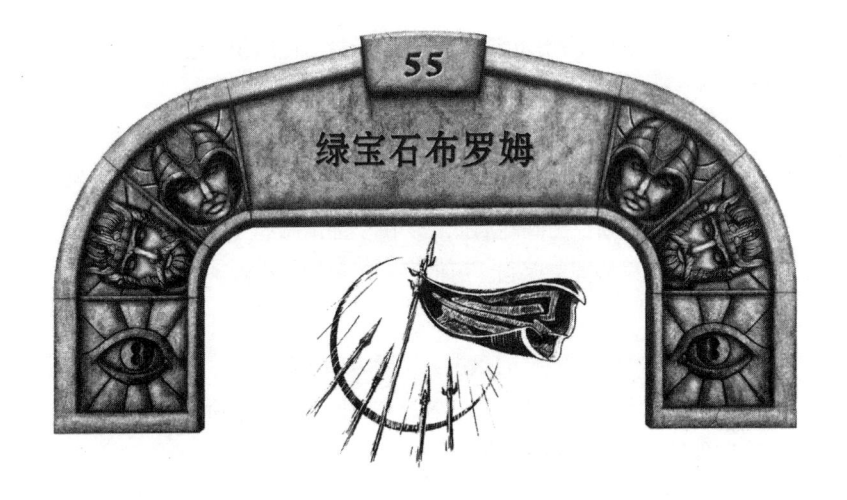

"一名女子坐在那里,挖出了自己的双眼。众王与诸风的女儿,艺术毁坏者。"

——收集于1173年第五月第四周第二天,死前七十三秒。死者是一名擅长唱歌的男性乞丐。

失去杜内已过去一周,卡拉丁站在另一片高地上,旁观战斗进程。这次他不必去拯救垂死的人,因为他们比仆族智者先到一步,这是少有的好事。撒迪亚斯的军队坚守高地中心,保护石蛹和挖取琼心石的士兵。

仆族智者不断跃过防线,攻击在石蛹旁忙碌的士兵。**撒迪亚斯快被包围了**,卡拉丁心想,看来情况不妙,这也意味着一段情绪低落的回营之旅。对撒迪亚斯的部下来说,来晚一步又被击退的滋味不好受;先到还丢掉琼心石……他们会更加沮丧。

"卡拉丁!"有人喊他。卡拉丁一转身,见石头小跑过来。莫非有人受伤?"你看到没?"吃角族人抬手一指。

卡拉丁转身,朝他所指的方向望去。毗邻的高地上,另一支军队正在接近。卡拉丁扬扬眉毛，军中飘扬着蓝色旗帜，士兵显然是阿勒斯卡人。

"他们来得有点儿晚吧？"莫阿什站到卡拉丁身边问。

"这种事也不是第一次。"卡拉丁说。有时，另一个轩亲王的军队会在撒迪亚斯攻上高地后抵达。由于通常撒迪亚斯会先到，其他阿勒斯卡军队只能掉头返回。可他们一般早就这么做了，不会靠这么近。

"那是达力拿·寇林的旗帜。"斯卡加入对话。

"达力拿，"莫阿什心有戚戚，"听说他不用冲桥队。"

"那他怎么通过深渊？"卡拉丁问。

答案很快呈现在他们面前。新来的军队携带着类似攻城塔的巨型桥梁，由红甲蟹拖拽。它们轰隆作响地通过崎岖不平的高地，常常要绕路避开岩石中的突起。一定慢得要死，卡拉丁心想。但以此为代价，军队可以躲在桥后，不必冒箭雨接近深渊。

"达力拿·寇林，"莫阿什说，"听说他是真正的光眼种，就像古人。一个信奉荣誉、言出必践的人。"

卡拉丁嗤之以鼻："这种光眼种我见多了，他们名声固然好，可每次都让我失望。改天我跟你们说说光明贵人亚马兰的事。"

"亚马兰？"斯卡问，"那个碎瑛武士？"

"你听说过？"卡拉丁问。

"是啊，"斯卡说，"据说他已在来这里的路上了。酒馆里的人都在谈论他。莫非他赢得碎瑛刃碎瑛甲时，你在场？"

"不，"卡拉丁轻声说，"那里一个人也没有。"

达力拿·寇林的军队从南面的高地不断接近。怪了，他们竟直扑战场。

"他要攻击？"莫阿什抓抓脑袋，"也许他觉得撒迪亚斯会输，打算在撒迪亚斯撤退后补上一刀。"

"不,"卡拉丁蹙眉道,"他要支援战斗。"

仆族智者派出一些弓箭手向达力拿军射击,但箭矢在红甲蟹身上弹开,没造成任何伤亡。一队士兵解开巨桥的锁钩,把它们推到合适位置,与此同时,达力拿的弓箭手结阵与仆族智者对射。

"撒迪亚斯这次出动的部队是不是少了点儿?"西格吉尔也来和他们一起观察达力拿,"也许他一开始就知道会有援军,所以才肯做到这份上,听任自己被围。"

那些巨桥有叹为观止的工程构造,可以转动曲柄升降伸缩。桥梁机关启动后,离谱的事发生了:两个像是达力拿和他儿子的碎瑛武士跃过深渊,直接向仆族智者发起攻击。趁此机会,士兵们把桥面降下定位,重骑兵随即冲向对岸助战。这是一种截然不同的桥头突破战术,卡拉丁不禁思索起其背后的深意。

"他真的是来助战的。"莫阿什说,"我想他们会并肩作战。"

"这肯定更有效,"卡拉丁说,"我奇怪的是他们之前怎么从未尝试过。"

泰夫特啐道:"因为你不明白光眼种的思考方式。轩亲王不单想打胜仗,还想独吞胜果。"

"真希望加入的是他的军队。"莫阿什的语气近乎虔敬。那些士兵一个个盔明甲亮,阵法训练有素。达力拿——所谓的"黑荆棘"——甚至比亚马兰更善于打造正直的声誉,从这里一直到穷乡僻壤的赫斯通,其大名无处不知。然而卡拉丁知道,在那些擦得锃亮的胸甲下,包藏着天晓得何其腐烂的人心。

不过,他想,那个在街头保护妓女的蓝衣人,正是达力拿的儿子阿多林。他保护那名女子时,看起来确实没有私心。

卡拉丁一咬牙,抛开这些念头。他不会再上当了。

决不会。

战斗变得更加惨烈,但没持续多久,仆族智者被两军内外夹击,很快溃败下来。少顷，卡拉丁的队伍为凯旋的士兵开道回营。他们要回去好好庆祝一番。

♛

卡拉丁在指间把玩润石。原本该是透净的玻璃在冷却时产生了一长串气泡，气泡永远凝固在玻璃一侧，就像微小的润石，也能折射光线。

他正在沟底搜集物资。因为他们回来得太快，哈莎尔不顾常理，铁石心肠地命令他们下沟。卡拉丁继续转动润石，正中央有一大颗切割成球形的绿宝石，有几十个小切面。气泡排成的细线悬在宝石一侧，仿佛在渴望靠近它的光辉。

晶莹透亮的绿色飓光透过玻璃射出来，照亮了卡拉丁的手指。绿宝石布罗姆，价值最高的单颗润石，对冲桥手而言，这算是一笔巨款。但近在眼前，却又遥不可及，因为根本花不出去。卡拉丁觉得他仿佛在宝石内部看到一场风暴。那光就像……就像是飓风的一部分，被绿宝石囚禁起来。其光芒不完全恒定，微微摇曳，类似蜡烛、火炬或提灯。凑近观察，卡拉丁能看到光辉如风起云涌的旋涡，翻卷肆虐。

"我们该拿这钱怎么办？"莫阿什在一旁问他。石头站在卡拉丁另一边。天色阴沉，令谷底更加阴暗。春季复归，这几天寒意略消，但还是冷得让人难受。

大伙儿效率很高，迅速从死者身上搜来长矛、盔甲、靴子和润石。因为时间有限，也因为先前的冲桥任务耗尽了力气，卡拉丁决定今天就不练矛了。他们会多找一些物资囤积在沟底，留待下次再用，以逃避责罚。

干活时，他们找到一具光眼种军官的尸体。对方生前一定很有钱，这枚绿宝石布罗姆抵得上一名奴隶冲桥手两百天的收入。在同一个口袋里,他们还发现了一堆齐普和马克,总额略高于一枚布罗姆。这么一笔飞来横财,不过是一个光眼种口袋里的零钱。

"有了这笔钱,我们可以养活那些受伤的冲桥手好几个月,"莫阿什说,"也买得起一切必要的医疗用品。飓风之父!没准儿还能贿赂营地周边的卫兵,让他们放我们走。"

"这种事情不会发生,"石头说,"不可能把润石带出沟底。"

"吞在肚子里带出去。"莫阿什说。

"你会噎住。润石也太大了吧?"

"我办得到,我打赌。"莫阿什的瞳孔反射着翠绿的飓光,"我这辈子没见过这么多钱,冒险也值。"

"吞下去也不管用。"卡拉丁说,"你以为那些跟去厕所的卫兵是防止我们逃跑的吗?我打赌,有些倒霉的仆族得翻查我们的粪便,我还见到他们登记冲桥手上厕所的次数,当然还有名字。咱们可不是第一个想到这点子的人。"

莫阿什迟疑半晌,叹了口气,垂头丧气道:"你大概是对的,风操的,你是对的。可我们总不能就这么交出去吧?"

"交。"卡拉丁握紧拳头,润石的光芒足以让他的拳头发亮,"反正我们永远也用不了。冲桥手竟然有一大颗布罗姆?这会让我们露馅的。"

"可是——"莫阿什张口欲言。

"我们把布罗姆交上去,莫阿什。"他拿起装其他润石的口袋,"把这些留下。"

石头点点头。"对,如果交出这颗贵重的润石,他们会以为我们老实,甚至还会给点奖赏,不会意识到我们偷了东西,对不对?可问题在于,怎么把钱袋留下。"

"我正想呢。"卡拉丁说。

"那就快点儿想。"莫阿什瞥了眼卡拉丁的火把——插在崖壁上的两块石头中间，"很快得返程了。"

卡拉丁摊开手掌，用指头夹着绿宝石翻来转去。怎么办呢？"你们见过这么漂亮的东西吗？"莫阿什盯着绿宝石问。

"只是一枚润石罢了，"卡拉丁漫不经心地说，"照明工具而已。我曾经有一大杯，整整一百枚钻石布罗姆，据称是我的财产，但我从没花过，所以它们对我来说毫无价值。"

"一百枚钻石布罗姆？"莫阿什问，"在哪儿……怎么搞来的？"

卡拉丁闭上嘴，暗骂自己。*我不该老提这些事。*"快干活，"他把绿宝石塞回黑色的口袋，"我们得抓紧。"

莫阿什叹口气，石头好心地拍拍他的背，和他一起回到同伴们身边。在茜尔的指引下，石头和偻朋找到一大堆身穿红褐两色制服的尸体。他不知这是哪个轩亲王的士兵，但尸体很新鲜，其中没有仆族智者。

卡拉丁朝在一旁干活的仆族冲桥手申看去。这个仆族安静、驯服、强壮，但泰夫特还是注意着他，这多少令卡拉丁感到安心。茜尔落在他身边的石壁上，望着天空。她的身体与地面平行，两腿像扎了根。

好好想想，卡拉丁对自己说，*怎么才能保住这些润石？一定有办法*。每一种可能的方案似乎都有很大风险。若被抓现行，他们可能会被安排到其他工作。卡拉丁不想冒那个险。

绿色的生灵在他周围悄无声息地现形，绕着苔藓和哈斯帕贝上下翻飞。几株褶花在他头边展开红黄叶片。杜内的死状在卡拉丁的脑海里一再重现，第四冲桥队并不安全。不错，他们最近损失极小，可人数依然在减少，而每次出动都有可能遭致灭顶之灾。只消一次——如果仆族智者集中火力，射倒他们三四个人，他们就会崩溃。更密集的箭雨会接踵而至，把剩下的人尽数歼灭。

还是老问题，卡拉丁日复一日地为之头疼的问题。*人人都希望冲桥手成为活靶，暴露在危险之下，你该怎么保护他们？*

"喂，西格，"图人扛着一捆矛走来，"你是吟游歌者，对吧？"最近几周，图人变得越来越热络，很有一套让人开口说话的本事。卡拉丁觉得这个谢顶男子有种客栈老板的气质，总有办法让别人感到自在。

西格吉尔正给一排尸体脱鞋。他板着脸瞥了卡拉丁一眼，仿佛在说：瞧你干的好事。他不喜欢别人知道他的身份。

"不如给大伙儿讲个故事？"图人放下手里东西，"帮我们打发点儿时间。"

"我可不是什么愚蠢的小丑或说书人。"西格吉尔扯下一只靴子，"我不'讲故事'。我传播关于文化、民族、思想和梦境的知识，让不同民族互相理解，从而带来和平。这是一份神圣的感召，是令使亲自指引我们的。"

"那就快传播啊。"图人站起来，在裤子上擦擦手。

西格吉尔重重地叹口气："好吧。你们想听什么？"

"不知道，来点儿有趣的。"

"给我们讲讲光明王阿拉赞斯和百船舰队吧。"雷滕喊道。

"我不是说书的！"西格吉尔重申，"我只讲国家和民族的见闻，酒馆里的闲话不是我的——"

"有没有这么一个地方，人们都住在地缝里？"卡拉丁道，"一座沟堑中的巨大城市，一切都嵌在岩石中，仿佛是雕出来的？"

"瑟瑟马勒克达。"西格吉尔点点头，又扯下一只靴子，"没错，那是埃穆尔王国的首都，也是世上最古老的城市之一。据说，这座城市——包括整个王国——都是杰兹雷恩亲口命名的。"

"杰兹雷恩？"马洛普站起来挠头，"那是啥？"马洛普头发浓密，有一大把黑胡子，两只手上各有一个铭守符纹身。有些润石就是比较暗，有些人就是比较笨。

"在阿勒斯卡，你们叫他飓风之父，"西格吉尔说，"或者杰泽雷泽艾林。他是令使之王，飓风的主宰，水与生命的赐予者，以怒气和狂暴著称，但也以仁慈著称。"

"噢。"马洛普说。

"再讲讲这座城市。"卡拉丁说。

"瑟瑟马勒克达确实建造在巨大的岩沟之中，其布局非常惊人，能够抵御飓风，每条岩沟边上还都有突起，防止水从周围岩地涌入，这样结合岩缝组成的排水系统，使得该城免于洪灾。

"这座城是大陆西南部重要的交通枢纽，那里的人以精湛的飓砂陶艺著称于世。埃穆尔人是阿斯喀基部落之一，种族上属于马卡巴克族，长着和我一样的黑皮肤。他们的王国与我的祖国接壤，我年轻时去过很多次。

"那是个神奇而美好的地方，有很多外来旅者。"西格吉尔越说越放松，"他们的法律对外来者很仁慈。只有本国人才能安家或开店，但你游访时，会被看作'远道而来的亲人，尽享友善和宽厚'。只要举止得体并送上一份水果，外乡客就能叩响任何一户人家的房门去享用晚餐。那里的人对外来水果很感兴趣。他们崇拜杰兹雷恩，但不认为他出自沃林教，且奉他为唯一的神。"

"令使可不是神。"泰夫特不屑地说。

"你们觉得不是，"西格吉尔说，"但其他人有不同看法。你们的学者喜欢把埃穆尔人的宗教称为分裂教派——也就是包含一些沃林教观念的异端。但在埃穆尔人看来，你们才是分裂教派。"西格吉尔似乎觉得这很可笑，泰夫特却很生气。

西格吉尔打开了话匣子。他讲到埃穆尔女性飘逸的长服和裹头巾，讲到男士爱穿的长袍，讲到偏咸的饮食，讲到老友打招呼的方式——左手食指触碰前额并恭敬地鞠躬。西格吉尔对他们的了解非常全面。卡拉丁注意到，他有时会露出眷恋的笑容，也许在回忆旅程。

这些细节很有趣，可更令卡拉丁吃惊的是，这座他数周前在梦里飞过的城市竟真的存在。他也不能继续无视自己伤后快得离谱的恢复速度。他身上发生了某种怪事,某种超自然现象。身边所有人都难逃一死的宿命莫非与此有关?

他跪下来,开始搜摸死人的口袋,其他冲桥手都不愿干这活。他把润石、匕首和其他有用物件都拿走,尚未烧掉的祈祷符之类的私人物品则留在尸体上。他找到几枚锆石齐普,一并放进那口袋子。

也许莫阿什说得对。把这笔钱搞出去后,能否靠贿赂逃出营地?那无疑比动用武力更安全。既然如此,为什么他还如此执着于传授武艺?何不稍微考虑下潜逃方案?

他失去了在亚马兰军中的小队,失去了戴立特和其他队员。现在,莫非他是想训练一批新兵,以弥补心中的失落?他究竟是想拯救已产生感情的同伴,还是想为自己证明什么?

经验告诉他,在这个战争和飓风主宰的世界,不会战斗是严重的劣势。也许潜逃是更好的选择,可对此道他一无所知。何况他们逃走后,撒迪亚斯会派兵来追,迟早会遇上麻烦。无论如何,冲桥手们必须为了自由而杀戮。

他紧闭双目,回想起过去一次未遂的逃跑企图。他和同伴躲在荒野中,让那些奴隶享受了整整一周的自由,直到最终被奴隶主的搜捕队抓获,纳尔马就是那时死的。*那一切和眼下无关,我要拯救他们,*卡拉丁告诉自己,*我需要这些润石。*

西格吉尔还在介绍埃穆尔人。"他们认为,"这位吟游歌者道,"只有彻头彻尾的笨蛋才会近战。他们打仗的方式和你们阿勒斯卡人截然相反。领袖不会以剑为武器,战戟更好些,但不如矛,最好的则是弓箭。"

卡拉丁又从一名士兵的口袋里掏出一把天齐普,上面粘着一大块发霉发臭的猪奶酪。他皱着眉头把润石挑出来,放到水洼里漂洗。

"光眼种用长矛?"德雷赫说,"太荒唐了。"

"哪里荒唐?"西格吉尔有些不高兴,"我觉得埃穆尔人的做法很有意思。有些国家压根儿就不喜欢打仗。例如，深国人觉得，如果必须和某人战斗，你就已经输了。用杀戮来解决问题是野蛮的表现——事实上，'野蛮'已经算客气的说法了。"

"你不会像石头那样拒绝战斗吧？"斯卡一边问，一边不加掩饰地瞪了吃角族人一眼。石头吸吸鼻子，背转身去，跪下来把靴子扔进一口大麻袋。

"不会。"西格吉尔说，"我想我们都同意，这件事情别无选择了。也许我老师知道我还活着……不，这是愚蠢的想法。没错，我会战斗。如果必要，长矛是不错的选择，但说实话，我更希望离敌人远一点。"

卡拉丁皱眉道："你是说弓箭？"

西格吉尔点点头。"在我的国家，弓是高贵的武器。"

"你会使吗？"

"可惜不会。"西格吉尔说，"若我有那本事，早就说了。"

卡拉丁站起来，打开口袋，把洗好的润石放进去。"尸堆里有弓吗？"

众人面面相觑，有几个摇起头来。*风操的*。卡拉丁心想。他的脑袋里冒出个点子，但没弓就白搭。

"拿上几把矛，"他说，"放到边上，以后训练用得着。"

"可我们得把它们交出去啊。"马洛普说。

"只要不带上去就不用交。"卡拉丁说，"每次搜集物资时，我们都扣下几把，囤积在沟底。要不了多久，就有足够的矛用来练习了。"

"等到要逃跑时，怎么把它们弄上去？"泰夫特摸着下巴问，"真开打了，把矛留在这里可帮不上忙。"

"我会想办法。"卡拉丁说。

"你最近总说这种话。"斯卡指出。

"少说几句，斯卡。"莫阿什道，"他知道自己在干啥。"

卡拉丁眨眨眼。*莫阿什刚才替他说话了？*

斯卡脸一红。"我不是那意思，卡拉丁。只是问问而已。"

"我理解。这……"卡拉丁止住话头，一条打着卷儿的丝带翩然而降，是茜尔。

她落在崖壁一块突出石头上，化作少女形态。"我又找到一堆尸体。大多是仆族智者。"

"有没有弓？"卡拉丁问。几个冲桥手直愣愣地瞪着他，见他是在对空气说话，这才恍然大悟，互相点点头。

"我想是有的。"茜尔说，"往这儿走，不远。"

这里的尸体搜刮得差不多了。"收好东西，"卡拉丁说，"又找到一个能干活的地方。我们得尽可能多地囤积，然后把物资藏在不太会被水冲走的地方。"

冲桥手们拾掇起搜来的物资，把麻袋往肩上一甩，每人拿起一两把矛。他们跟着茜尔，在阴湿的沟底前进，经过一片岩缝——那缝嵌在古老的岩壁中，里头堆积着被飓风冲刷得发白的陈年尸骨，股骨、胫骨、颅骨、肋骨，统统被青苔覆盖，垒成一座小山。这堆骨头里没剩什么可捡的东西。

走了约莫十五分钟，他们来到茜尔找到的地方。地上散布着一堆堆仆族智者的尸体，夹杂着零星的蓝色，那是阿勒斯卡士兵。卡拉丁跪在一具人类尸体旁，认出了绣在外套上的对铭，是达力拿·寇林的式样。为何达力拿的部队会与撒迪亚斯联手？发生了什么变化？

卡拉丁招呼众人搜集阿勒斯卡士兵身上的物件，自己走到一具仆族智者的尸体旁。这比达力拿军的死尸新鲜得多。他们在谷底发现的尸体大多是阿勒斯卡人，因为仆族智者通常出动的兵力比阿勒斯卡军少，而且不太会跌下深渊摔死。西格吉尔还猜测，他们的身体密度比人类大，不易随波逐流、被水冲走。

卡拉丁把尸体翻了个身，冲桥队后排突然传来倒吸凉气的声音。

卡拉丁转过身，见申推开众人冲到前排，激动得不像是仆族。

泰夫特的反应很快，从身后一把抓住申，用手肘勒住他脖子。其他冲桥手惊得呆若木鸡，有几人条件反射地摆出练过的站姿。

申有气无力地挣扎着。这个仆族和他死去的远亲长得并不像，凑近了看，差异十分明显。申跟大部分仆族一样，个头不高，身材敦厚，健壮有力，但不具威胁性；卡拉丁脚边的尸体则肌肉发达，体型类似吃角族人，不仅达到了卡拉丁的身高，肩膀还要宽许多。两者都有类似大理石的皮肤，但那具死尸的头、胸和手脚上还长着怪异的深红色皮甲。

"放开他。"卡拉丁产生了好奇心。

泰夫特看了他一眼，勉强松开手。申踏着凹凸不平的地面，跌跌撞撞走上前，轻柔但坚决地把卡拉丁从尸体旁推开，接着站在尸体前，仿佛要保护它。

"这种事，"石头走到卡拉丁身旁说，"他从前也做过，在倭朋和我搜刮尸体时。"

"黑发哥，他想保护仆族智者的尸体。"倭朋加了一句，"如果你把尸体动上一动，他就仿佛要捅你一百刀。没错。"

"仆族都这样。"西格吉尔在后面发话。

卡拉丁转过身，扬扬眉毛。

"仆族劳力，"西格吉尔解释，"是被允许照料同族死者的，这是他们少有的、非常在意的事情之一。只要同伴的尸体被外人触碰，他们就很激动。他们会用麻布裹尸，扛到野外，安置在石板上。"

卡拉丁打量着申，*也许……*

"搜集仆族智者身上的物资。"卡拉丁吩咐众人，"泰夫特，你恐怕得一直管住申，不能让他拖我们后腿。"

泰夫特愁眉苦脸地瞪了卡拉丁一眼，他还是觉得应该把申放在前排送死。但他照卡拉丁的吩咐把申推到远处，并在莫阿什的帮助下抱住了申。

"伙计们，"卡拉丁提醒，"对死者放尊重点儿。"

"他们是仆族智者！"雷滕不答应。

"我知道。"卡拉丁说，"可申会不舒服。他是咱们的同伴，所以尽量少刺激他。"

仆族心有不甘地垂下手，任泰夫特和莫阿什把自己推开。他似乎放弃了。仆族思维迟钝。申究竟能理解多少？

"你不是想找把弓吗？"西格吉尔蹲下身，从一具尸骨下抽出一把仆族智者的角质短弓，"但弓弦不见了。"

"这家伙的口袋里有一根。"图人从另一具仆族智者尸体的腰袋里摸出一样东西，"没准儿还能用。"

卡拉丁接过弓和弦。"有人知道该怎么用吗？"

冲桥手们面面相觑。弓只适合杀人，捕猎硬壳兽时多半派不上用场，投石索管用得多。卡拉丁看看泰夫特，后者摇摇头——他没受过弓箭训练，卡拉丁也一样。

"这简单。"石头一边说，一边翻动一具仆族智者的尸体，"箭搭到弦上，箭头别对准自己，使劲拉，放手。"

"我怀疑没那么简单。"卡拉丁说。

"卡拉丁，我们连教大伙儿矛术的时间都很不够。"泰夫特说，"你还想让一部分人学射箭？而且又没人会使弓，谁来教？"

卡拉丁没作声。他把弓和弦塞进包里，还添了几支箭，随后帮其他人一起干活。一小时后，他们走在返回绳梯的路上。火把噼啪作响，暮色临近，天色越暗，沟底就越令人不舒服。阴影变得更深邃，远处的声响——滴水声、石块掉落声、风声——更叫人发毛。卡拉丁转过一个弯角，一群多足飓虫顺着岩壁一溜散开，躲进幽深的裂缝。

众人的交谈声越来越阴郁，卡拉丁没参与。他偶尔回头看申，这个寡言的仆族垂头走着，洗劫仆族智者尸体的行为令他非常沮丧。

我可以利用这点,卡拉丁心想,但我敢吗?这会有风险,很大的风险。他已经因搅乱战局领过一次死刑了。

先解决润石的事,他心想。能把润石带出去,也就能把其他东西带出去。终于,头顶出现了一道横跨深渊的阴影,他们已走到第一座固定桥梁下了。卡拉丁和众人又走了一小段,来到一个离上方高地落差最小的位置。

他停下脚步,冲桥手们围拢过来。

"西格吉尔,"卡拉丁指着上方说,"你对弓箭有点了解。如果要用箭把一样东西扎在桥底,你觉得有多难?"

"我拿过几次弓,卡拉丁,但不敢自称行家。我猜这不会太难。距离有多少?五十尺?"

"为啥要这么做?"莫阿什问。

卡拉丁取出鼓鼓囊囊的钱袋,冲他们抬抬眉毛。"我们把钱袋系在箭上,往上射,让它扎在桥底。等下次出桥时,倭朋和达彼德站在桥边佯装喝水,把手伸到木板下,拔下箭来,润石到手。"

泰夫特一吹口哨:"聪明。"

"我们可以全拿,"莫阿什急切地说,"包括那块——"

"不。"卡拉丁坚决地说,"那些不值钱的润石已经够危险了,别人可能会奇怪冲桥手从哪里搞来这么多钱。"为掩人耳目,他得从多家药剂店购买医疗用品。

莫阿什一脸颓丧,但其他冲桥手都很激动。"谁想试试?"卡拉丁问,"也许该先射几箭练练手,然后再系上钱袋。西格吉尔,你行吗?"

"我不知道是不是该承担如此重任。"西格吉尔道,"泰夫特,兴许你能试试?"

泰夫特摸摸下巴。"我看没问题。这能有多难?"

"多难?"石头突然开口。

卡拉丁扭头一瞥。石头站在人群外围，但由于人高马大，一眼就能瞧见。他抄起了手。

"多难啊，泰夫特？"石头接着说，"五十尺不算太远，却也不容易射中，还要系上一袋子沉沉的润石？哈！你还得让箭头扎在靠近桥边的地方，否则偻朋够不着。如果失手，可能会失去所有润石。再说，如果有斥候在桥附近，看到一支箭飞出深渊呢？会不会觉得可疑？嗯？"

卡拉丁看着吃角族人。他之前说什么来着？简单，箭头别对准自己……放手……

"好吧，"卡拉丁一边说，一边用眼角瞟石头，"我看必须冒这个险，没有这些润石，伤员会死的。"

"可以等到下一次出桥，"泰夫特说，"在桥上绑一根绳子，把另一头扔下来，再等下沟的时候系上袋子……"

"五十尺长的绳子？"卡拉丁毫不客气地指出，"买那种东西太显眼了。"

"没事，黑发哥，"偻朋说，"我有个亲戚在卖绳子的地方做事，可以用钱帮你搞几条，很简单。"

"或许吧。"卡拉丁说，"可你还得把绳子藏在水担子上，然后垂下深渊，不能被任何人看到。随后呢，难道让绳子在那儿晃上好几天？会被发现的。"

其他人点点头。石头显得很不自在。卡拉丁叹口气，取出弓和几支箭来。"我们只能试试运气。泰夫特，你不妨……"

"噢，'卡里卡林'的魂魄哪，"石头嘟囔着，"把弓给我。"他挤开众人，从卡拉丁手里夺过弓。卡拉丁暗自偷笑。

石头抬头瞅瞅，在越来越昏暗的暮色中判断距离。接着他绑上弦，摊开手掌。卡拉丁递给他一支箭，他把弓稍稍上抬，朝崖壁射了一箭。箭矢破空而去，"哐当"一声撞在石壁上。

石头点点头,心里有了数,随即指指卡拉丁的钱袋。"只能拿五枚。"石头说,"再多就太沉了。就算五枚也够疯狂的。吸多空气的低地人。"

卡拉丁一笑,数出五枚蓝宝石马克——总共相当于一名冲桥手两个半月的收入——放进一口备用袋子,递给石头。后者取出一把小刀,在靠近箭头的木杆上刻出一圈凹槽。

斯卡两手抱胸,倚着满是青苔的石壁。"你们知道,这算偷窃。"

"嗯。"卡拉丁看着石头,"我一点儿也不觉得是在做坏事。你呢?"

"完全没有。"斯卡咧嘴笑道,"我觉得,一旦有人想搞死你,所有的忠诚心也该丢给飓风了。可如果有人去找盖兹……"

其他冲桥手顿时紧张起来,好几双眼睛向申投去恶狠狠的目光,但卡拉丁看得出,斯卡指的并非仆族。若有人出卖同伴,也许能得到奖赏。

"也许该安排人放哨,"德雷赫说,"保证没人溜出去向盖兹通风报信。"

"我们不会做这种事。"卡拉丁说,"我们能怎么办?把自己锁在营房里,互相怀疑,搞得什么也干不成?"他摇摇头,"不。这确实很危险,实实在在的危险,但我们不能把精力浪费在彼此猜疑上。所以一切照旧。"

斯卡看起来并不信服。

"我们是第四冲桥队。"卡拉丁斩钉截铁地说,"我们一起面对死亡,我们必须互相信任。如果怀疑同伴会突然倒戈,你就没办法冲向战场。"他与众人一一对视,"我信任你们,信任你们每一个。我们会熬过去的,而且是一起。"

几个人点点头,斯卡似乎安心了一些。石头刻好凹槽,把钱袋紧紧绑在箭杆上。

茜尔依然坐在卡拉丁肩上。"你想让我留心其他人吗?免得有人做出斯卡担心的事。"

卡拉丁迟疑片刻,点点头。安全第一。他只是不想让众人为此分心。

石头拿起箭,掂掂分量。"接近不可能的一箭。"他抱怨着。随后,他干练地扣上箭矢,张弦贴紧脸颊,站在桥的正下方。小袋子笔直垂下,贴着箭杆晃荡。众人连大气都不敢喘。

石头一松指尖。箭矢如闪电般顺着崖壁往上蹿,快得几乎看不见。箭头与木板相接,传来轻微的碰撞声。卡拉丁屏住呼吸,但箭矢没有落下,却是牢牢咬住了桥底,贵重的润石挂在箭杆上,紧挨桥边,伸手可及。

卡拉丁拍拍石头的肩膀,众人一齐向他喝彩。

石头瞧了瞧卡拉丁。"你最好明白,我不会拿弓战斗。"

"我保证。"卡拉丁说,"如果你同意,我会算你一个,但不会强迫你。"

"我不战斗,"石头说,"不合我的身份。"他抬头看着润石,微微一笑,"但射座桥无所谓。"

"你怎么学来的?"卡拉丁问。

"秘密。"石头斩钉截铁地说,"拿好弓,别再烦我了。"

"我不会多问,"卡拉丁接过弓,"但我不知道能不能保证不再来烦你。也许还要劳烦你多射几箭。"他看着偻朋,"你真能买到绳子,又不引人注意?"

偻朋往墙上一靠。"我亲戚绝对靠谱。"

"说起来,你到底有多少亲戚?"断耳亚克斯问。

"亲戚永远不嫌多。"偻朋说。

"好吧,我们需要绳子。"卡拉丁说,一份计划开始在他头脑中酝酿,"去办吧,偻朋,我会把那些润石找开,给你买绳子的钱。"

56

风操的书

"光明如此遥远，飓风从不停息。我粉身碎骨，周围的人也都死了。我为这世界的末日哭泣。他赢了，噢，他终于打败了我们。"

——收集于1173年第五月第八周第四天，死前十六秒。死者是一名泰勒拿水手。

达力拿在战斗，激越感于体内翻涌如潮。他在加兰特背上挥舞碎瑛刃，周围的仆族智者纷纷倒下，两眼焦黑。

他们成双成对地发起攻击，每一组都试图从不同方向攻向他，意图让他疲于应付、晕头转向。只要有一组人趁他分心时冲到近前，也许便能把他推下马，而只要反复击打，斧头和钉锤也能敲碎碎瑛甲。这种战术的代价十分高昂，达力拿身边已满是尸体。可与碎瑛武士作战，任何战术都要付出高昂代价。

达力拿让加兰特不断移动、左右摇摆，同时碎瑛刃挥扫不停。他待在本方阵线之前，因为碎瑛武士战斗需要空间，碎瑛刃太长，很可能误伤同伴。他的亲卫队只在他落马或遇到麻烦时才会上来。

激越感使他兴奋、给他力量。他不再像数周前上战场时那样反胃，也没有无力感。也许他压根儿没必要担心。

他掉转马头,刚好迎上两对一边轻声吟唱、一边从身后杀到的仆族智者。他靠双膝驾驭加兰特,腾出手挥出一记老练的侧斩,划过两个仆族智者的脖子,砍中第三个的手臂。前两个仆族智者带着冒火的双眼倒下,第三个的武器落地,一只手颓然垂下、僵死,神经完全被破坏。

最后一名战士踉跄退去,一边狠狠瞪着达力拿。这个仆族智者没有胡子,脸形有些古怪,他的颧骨有一点……

难道是女的?达力拿惊讶地想,不可能吧?

他的士兵在他身后爆发出阵阵欢呼,一大群仆族智者后退重整队形。达力拿放低碎瑛刃,剑身光华夺目,傲灵在他身边闪烁。这是他要在阵前战斗的另一个原因:碎瑛武士不止是毁灭的力量,还是士气的源泉。见到他们的光明贵人在敌阵中大杀四方,士兵们会更加奋勇作战。总而言之,碎瑛武士能改变战局。

仆族智者被暂时打退,达力拿翻身下马,落在岩地上。周围全是不见血的尸体,可当他走到部下们战斗的区域,那里的岩石却都染上了橘红色的血。飓虫在地上窜来窜去,聚到血泊中。痛灵在受伤的仆族智者身边蠕动,他们倒在地上,仰头望天,一脸痛苦地继续唱着静谧阴森的歌谣,常常只是唇语。仆族智者死前从不喊叫。

达力拿走回亲卫队中,激越感正在消退。"他们离加兰特太近。"达力拿把缰绳递给泰莱布。巨大的雷沙迪乌马的皮毛上全是汗,冒出蒸蒸雾气,"我不想让它冒险,派人带它到后阵。"

泰莱布点点头,招呼一名士兵来执行命令。达力拿提起碎瑛刃,扫视战场。仆族智者正在重整旗鼓。和往常一样,二人小组是他们的主要战术,组对的仆族智者不仅使用不一样的武器,而且往往一个人留着串上宝石的胡子,另一个脸上无毛。他手下的学者们认为这是某种原始的学徒体制。

达力拿仔细检查没胡子的仆族智者伤员，想找出胡楂的痕迹，可完全没有，其中脸形略具女性特征的却不在少数。莫非没胡子的都是女性？这些仆族的胸部并不明显，体格也类似男性，但那身古怪的皮甲可能掩盖了不少东西。光脸仆族智者的手指确实显得小一些，那脸形……仔细一看，有没可能是夫妻结伴战斗？这个念头使他产生了莫名的兴趣。打了整整六年仗，竟然还没有人花些时间来研究敌人的性别区分？

没错。双方争夺的高地距离大营很远，从未有人带回仆族智者的尸体，只是派人扯下他们胡子上的宝石、搜集武器装备。迦维拉尔死后，仆族智者的研究方向一直无人问津，这些仆族只是杀戮的对象——如果说阿勒斯卡人有擅长的本事，那就是杀戮。

而你现在要做的就是杀，达力拿告诉自己，**绝非分析文化**。但他决定让士兵带几具尸体回去供学者研究。

他奔向战场的另一区域，双手高举碎瑛刃，控制住脚步，不把士兵抛离太远。他看到阿多林的旗帜在南面飘扬，儿子正率部队与那边的仆族智者交战。这孩子最近老实得不像原来那个他了，错怪撒迪亚斯似乎令他有所反省。

西侧，撒迪亚斯的旗帜傲然飞扬，他的部队正阻止仆族智者接近石蛹。和之前一样，他到得最早，一直拖住仆族智者，等待达力拿的增援赶到。达力拿曾考虑早点挖出琼心石撤兵，但干吗匆匆结束战斗呢？他和撒迪亚斯都同意，两人联手的真正意义在于尽可能歼灭仆族智者的有生力量。

他们杀得越多，战争就结束得越快。迄今为止，达力拿的计划很成功，两军优势正好互补：达力拿的行军速度太慢，会让仆族智者做好充分准备；撒迪亚斯速度快——现在更快了，因为他能全力提速，抛下落后的部队不管——渡桥作战的能力强得可怕，只是他的士兵不如达力拿军的强。所以，只要撒迪亚斯先赶来，并坚持到达力拿的部队登上高地，后面这支训练有素、且装备了更多碎瑛武器的军队就会如一把铁锤，在如铁砧般的撒迪亚斯军配合下，粉碎仆族智者。

不过战斗依然毫不轻松。仆族智者像深渊恶魔一般难缠。

达力拿闪电般冲向敌人，碎瑛刃狂舞，砍杀四面八方的仆族智者。他无法抑制内心对仆族智者的敬意，鲜有人敢正面进攻碎瑛武士——除非背后有一整支军队推搡着，身不由己。

这些仆族智者勇敢地攻上前。达力拿左劈右砍，激越感在体内翻涌。使用普通刀剑时，战士要集中精力控制好每一击，出手必有反震，因而要短促、迅速，减少弧度；碎瑛刃不一样，它剑身巨大，却又很轻，且绝无反震，击中目标的感觉几乎和划过空气一样。要诀在于控制剑势，不让剑停下。

四个仆族智者猛扑过来，他们似乎知道贴身肉搏是打倒他的最好方法之一。如果靠得太近，碎瑛刃剑柄的长度和碎瑛甲的特性会使他难以施展。于是达力拿一扭身，横劈一剑，感受到碎瑛刃穿过仆族智者胸口时传来的轻微阻力，这也代表对方的丧命。一招解决四个，他心头涌起一股快意。

恶心也随之而来。

诅咒之地啊！他心想，别再犯了！死者眼睛冒出青烟，他扑向另一队仆族智者。

他把碎瑛刃扭转过头、向前平挥，一击杀死六个仆族智者。然而体内的激越感却令他感到后悔和不快。这些仆族智者——这些战士——无疑值得尊敬，他们的死无法令人快慰。

他记得激越感最强烈的那段时光，那时他还年轻，和迦维拉尔一起征服各路轩亲王、击退雅克维德人、与赫达孜人交战、打垮阿卡克岛的雷希人。有一回，对战斗的渴望差点儿令他攻击迦维拉尔。达力拿还记得大约十年前那一天，那份嫉妒心、那份攻击迦维拉尔的冲动几乎把他吞噬。

这个达力拿眼中唯一值得一战的对手赢得了纳瓦妮。

敌人纷纷倒地，他的亲卫队欢呼起来。他不顾空洞的内心，死死抓住激越感、死死摁住其他情感，任由激越感汹涌澎湃。所幸，不适很快消退，这是好事，因为又有一队仆族智者从一侧冲来。他以风姿剑的步法转身，滑步沉肩，借助回旋的惯性猛挥一剑。

这一击打倒三个。最后一个仆族智者从受伤的同伴身边挤过，欺到近前，挥起战锤。这个仆族怒目圆睁，战意高昂，但没有呐喊或吼叫，只是继续歌唱。

这一击正中达力拿的头盔，把他的头砸向一边。碎瑛甲吸收了大部分冲击，现出一片蛛网般的细小裂纹。透过观察缝边缘，达力拿看到裂纹在微微发光——飓光从中逸出。

仆族智者离得太近了。达力拿丢开碎瑛刃，抬起手臂，用护甲挡住下一击，碎瑛刃化作雾气消散。随后他另一只手横扫，一拳正中仆族智者的肩膀，将其打翻在地，歌声戛然而止。达力拿一咬牙，上前踹向对手的胸口，令其飞出二十尺开外。他有过教训，知道对没有完全失去活动能力的仆族智者大意不得。

达力拿垂下双手，重新召唤碎瑛刃。他再次感到充满力量，战斗的激越又回来了。*我不该为杀死仆族智者而难受*，他想，*我做了该做的事。*

他见到了奇怪的景象，不由一愣。是在毗邻的高地上吗？看起来像是……

像是又一支仆族智者的军队。

他麾下的几队斥候正朝主战场飞驰而来，不过达力拿已能猜到他们带来的消息了。"飓风之父啊！"他咒骂着，抬起碎瑛刃指向敌人的生力军，"传告全军！第二支敌军来了！"

几名士兵领命散去。*我们应该料到的*，达力拿心想，*我们派两支军队攻打一片高地，于是他们也会这样做。*

这么看来，对方以前一直在兵力上自我节制。是因为认识到战场空间狭小？还是为了尽快赶到？可那说不通——深渊是阿勒斯卡人行军的障碍，部队越多，通过速度就越慢；仆族智者能跳过去，他们究竟为什么不多派点部队呢？

该死的，他心烦气躁，我们对他们了解得太少了！

他把碎瑛刃往地上一插，灌注意念，不让它消失。随后，他开始大声发号施令。亲卫队在他身边结阵，接应回来的斥候、遣出传令兵。此时，他不再是冲锋陷阵的尖刀，而是指挥全局的将军。

改变战术需要时间。有时，军队就像笨重的红甲蟹，惯性大、反应慢。果然，他的命令还未得到执行，仆族智者的新军就已跃到高地北端，接近撒迪亚斯的作战区域。达力拿看不清那边的状况，等斥候报告又太费时。

他环顾左右，边上有道高高的岩架，侧边凹凸不平，就像是一堆叠在一起的石板。斥候的报告刚听到一半，他就抓起碎瑛刃，踏着岩地飞奔而去，一路踩烂了几株石壳木。深蓝卫士和传令兵急忙跟上。

到了岩架边，达力拿抛开碎瑛刃，让它化作雾气。接着他纵身一跃，抓住石壁往上攀爬。几秒钟后，他翻身爬到顶部的平台。

战场在他脚下一览无遗。高地中央那片红黑色是仆族智者的主力，目前被阿勒斯卡军夹击。撒迪亚斯的冲桥队被扔在西边高地上待命，而仆族智者的增援从北面杀到，正冲向战场。

飓风之父啊，他们真能跳。达力拿看着仆族智者有力地跃过深渊。六年的战斗使他明白，人类士兵——尤其是轻装步兵——在几十码以上的距离能跑赢仆族智者，但对方粗壮有力的腿脚具备比人类强得多的跳跃能力。

没有一个仆族智者在跳跃中失足。他们小跑着接近深渊，然后全速冲刺约十尺，一跃而过。这支生力军向南推进，直指撒迪亚斯的军队。达力拿抬手遮挡白晃晃的阳光,找到了撒迪亚斯本人的旗帜。

那面旗帜就在仆族智者援军的行进路线上。撒迪亚斯通常留在阵后的安全场所,现在,那个位置突然成了前线,而其他部队无法及时撤出战斗、做出反应。他将得不到任何支援。

撒迪亚斯! 达力拿一脚踏上石台边缘,身后披风随风飘扬,*我派后备矛兵过去——*

不,他们赶不及。

矛兵过不去,但骑马也许办得到。

"加兰特!"达力拿大吼一声,从岩架跃向地面,巨石被砸出一片裂缝,落地的冲击力大多被碎瑛甲吸收。飓光从盔甲中涌起,包围着他,胫甲发出轻微的破裂声。

加兰特挣脱马夫,越过石地,朝达力拿飞奔而来。坐骑一到跟前,达力拿立刻翻鞍上马。"尽量跟上。"他朝亲卫队大喊,"派传令兵告诉我儿子,现在全军由他指挥!"

达力拿掉转马头,让加兰特沿战场外沿飞驰。亲卫队也立刻招呼各自的坐骑,但要跟上雷沙迪乌马实在不容易。

管不了这么多了。

在达力拿右侧战斗的士兵化作一团模糊的剪影。他压低上身,疾风与碎瑛甲摩擦,发出尖啸。他伸出一只手来召唤渡誓。纵马奔到战场西端时,碎瑛刃带着雾气和冷霜落到他手中。第一支仆族智者的军队按计划被夹在他和撒迪亚斯的部队之间,没有时间绕过去了。于是,达力拿深吸一口气,一头冲向敌阵。敌军以小队方式作战,所以阵形很稀疏。

加兰特在敌阵中撒腿狂奔,仆族智者纷纷从这匹精悍的巨马前让开,以充满乐律的语言咒骂。马蹄捶打岩地,声如轰雷;达力拿夹紧双膝,喝促加兰特。他们必须保持势头,一些在前方和撒迪亚斯军作战的仆族智者掉转头来奔向他。他们看到了机会，如果达力拿落马，将深陷重围。

达力拿的心脏狂跳不已。他亮出碎瑛刃，砍向过于接近的仆族智者。不出几分钟，他冲到了西北端的仆族智者阵线。那里的敌军已摆好阵形，高举长矛。

该死的！达力拿心想。仆族智者从没用过这种对付重骑兵的长矛阵。他们开始学习了。

达力拿冲向矛阵，就在将要撞到矛尖的一刹那拉转马头，沿矛墙飞驰而过。他将碎瑛刃横在身侧，矛头被齐刷刷地砍断，连带还有几条胳膊遭殃。前方的一队仆族智者有些乱了阵脚，达力拿深吸一口气，喝促加兰特直冲进去。几根矛头被他砍断，还有一根矛被他的肩甲弹开，加兰特的左侧腹却也被划开一道长口子。

巨大的惯性带着他们往前，从仆族智者身上踏过。伴随一声嘶鸣，加兰特冲破仆族智者的阵线，来到撒迪亚斯的主力与敌军交战的区域。

达力拿的心狂跳不止。他浮光掠影般掠过撒迪亚斯的军阵，朝后军纵马狂奔。那里的士兵试图抵挡新出现的仆族智者，但毫无组织，一片混乱。不断有人惨叫、死去，阿勒斯卡人的绿制服和仆族智者的红黑两色皮肤彼此混杂纠缠。

在那儿！达力拿见到撒迪亚斯的旗帜晃了一晃，随即倒下。他跳下马鞍，马儿心有灵犀，转身就走。它伤得不轻，达力拿不会再让它冒险。

再次杀戮的时刻到了。

他从侧面杀入仆族智者的队伍，有几个转过身来，通常平静无澜的黑眼露出惊讶之色。有时，仆族智者看起来不像属于这个世界的生物，可他们的情感跟人类实在太相似。激越感扬起，这回达力拿没有压抑它，他现在太需要它了，战友正身处险境。

解放"黑荆棘"的时刻到了。

达力拿一头冲进仆族智者的队伍,像饭后扫除桌上的面包屑一样杀戮仆族智者。没有刻意控制的精准,没有让亲卫队守住后方的谨慎,没有一次只和几个小队交手的顾忌。这是毫无保留的攻击,投入了一个厮杀了一辈子的杀手全部的力量和致命的武力,外加碎瑛甲碎瑛刃的助力。他犹如一场风暴,砍断腿脚、躯干、手臂、脖颈,杀、杀、杀。他是死亡和金属的旋涡。敌人的武器在他的盔甲上留下微小裂缝,然后被弹开。他杀了好几十个敌人,且战且走,朝撒迪亚斯的旗帜倒下的方向强行推进。

一双双眼睛着火,一截截刀剑闪着寒光飞向半空。仆族智者唱着歌,他们在攻击撒迪亚斯的防线时压缩了队形,而这限制了行动。但达力拿不受限制。他无须担心误伤友军,也不必担心武器被皮肉或盔甲卡住。尸体挡道,砍断就行——死肉和金木一样好切。

在他杀戮、劈砍、强行开道的过程中,仆族智者的鲜血洒满半空。碎瑛刃从肩头砍向身侧,从身后砍向身前,偶尔转身横扫,干掉想从后面下手的敌人。

他被一片绿布绊了一下,是撒迪亚斯的旗帜。达力拿环顾四周寻找。他身后留下一排尸体。更多仆族智者盯上了他,他们迅速但小心地绕开尸堆,朝他围拢,只有左侧除外。那里的仆族智者没有转身来对付他。

撒迪亚斯! 达力拿向左边一跃,砍倒背对他的仆族智者,随即看到一群敌兵围成一圈,正在击打脚下的某个东西,飓光从那里逸出。

一旁有把巨大的战锤,是碎瑛武士用的,显然是撒迪亚斯所掉落。达力拿猛扑上去,丢开碎瑛刃,抓起战锤,咆哮着砸向那群敌兵,这一下扫开了十多个仆族智者,接着他又转身挥向另一侧,无数躯体被打得倒飞上天。

在这种密集的空间,战锤效果更好。碎瑛刃只能杀人,尸体会落在地上，依然使他受困，战锤却可以把敌人打飞。他跃进刚才清空的区域中央，两脚跨立在倒地的撒迪亚斯两边，一边挥舞大锤驱散敌兵，一边再次召唤碎瑛刃。

数到第九下心跳，他把锤子朝一个仆族智者的面门掷去，随即让渡誓在手中成形。他立即摆出风姿剑的步法，顺便低头瞥了一眼。撒迪亚斯的盔甲上有十几处泄漏飓光的破损和裂口，胸甲完全粉碎，一圈参差不齐的碎金属围成破口，露出盔甲下的制服。缕缕闪光的雾气从破口飘出。

没时间确认死活了。现在，仆族智者们的眼里再没有别人，只有两个快撑不住的碎瑛武士。他们朝达力拿猛扑过来，前仆后继地死在斩击之下。达力拿只能勉强护住身边的空间。

他没法格挡这么多攻击。碎瑛甲被接连击中，大多在手部和背部。盔甲出现裂纹，就像受压过大的水晶。

他一声咆哮，击倒四名仆族智者，同时背后又挨了两下，盔甲一阵抖动。他转身撂倒一个敌人，另一个则躲开了攻击。达力拿开始喘息，他迅捷的动作在空中划出一道道蓝色痕迹，那是逸出的飓光。他觉得自己像一头染血的猛兽，正拼命抵挡上千头张牙舞爪的猎食者的攻击。

但他不是只会躲藏的红甲蟹，他可以杀戮。随着体内的激越感攀上顶峰，他嗅到了真正的危险，发觉了自己被打倒的可能，而这进一步催使激越感高涨。他被喜乐、愉悦和渴望同时包围，几乎窒息。危险越来越大，突破防御的攻击越来越多，能躲开碎瑛刃剑锋的仆族智者越来越多……

他感到一丝微风透过胸甲吹进来，传来一股令人胆寒的凉意。裂缝在扩大。如果胸甲开裂……

他怒吼一声，手起刀落，穿透一名仆族智者，令其双眼尽烧、皮肤毫发无损地倒地死去。达力拿举起碎瑛刃转身，剑锋切过另一个敌人的双腿。各种情感在他体内如风暴般肆虐，头盔下的前额挂满汗水。如果他和撒迪亚斯都死在这里，对阿勒斯卡军意味着什么？一场战斗战死两个轩亲王，损失两套碎瑛甲和一把碎瑛刃？

决不能让这种事发生。他决不能倒下。他还不知道自己到底疯没有，没弄清之前决不能死！

攻击范围外的仆族智者突然死了一片，一个穿亮蓝色碎瑛甲的身影冲破尸海——阿多林单手挥剑，巨大的碎瑛刃寒光闪闪。

阿多林再次手起刀落，深蓝卫士向前猛冲，拥入打开的缺口。仆族智者的歌声改了节奏，变得狂乱。越来越多的阿勒斯卡军蜂拥而至，制服有蓝有绿，迫使敌军后退。

达力拿筋疲力尽地跪倒在地，任碎瑛刃消失。亲卫队把他围在中央，阿多林的部队从他身旁掩杀过去，终于将敌人逼退。几分钟后，这片区域安全了。

危险已过。

"父亲。"阿多林跪在他身旁，扯下头盔，黄黑相间的头发乱作一团，被汗水粘湿，"恶风啊！可把我吓坏了！你还好吧？"

达力拿取下头盔，让沁人的凉风拂过汗湿的脸颊。他深吸一口气，点点头："你的时机把握得……相当好，儿子。"

阿多林搀扶达力拿起身。"我只好在仆族智者的阵地上撕个口子。父亲，没有冒犯的意思，可您是吹的哪门子风，非要玩这种心跳？"

"因为我知道，假如我死了，你可以带好军队。"达力拿拍拍儿子的胳膊，碎瑛甲相碰，铿锵作响。

阿多林见到达力拿碎瑛甲的背面，不禁两眼圆睁。

"很糟糕？"达力拿问。

"看起来像是飓砂和麻绳糊起来的。"阿多林说，"你浑身都在漏光，就像当箭靶的酒袋。"

达力拿点点头，叹口气。他已觉出碎瑛甲变成了累赘，可能必须在回营前卸下,免得板结在身。

一旁,几名士兵正帮撒迪亚斯卸除碎瑛甲。他的碎瑛甲完全损坏,只剩下几丝微光。修是可以修,但代价不菲——碎瑛甲的重生要从宝石中吸取飓光,往往会令宝石碎裂。

士兵们拿下撒迪亚斯的头盔。见到曾经的友人眨着眼,看起来晕晕乎乎,但没什么大碍,达力拿松了口气。撒迪亚斯的大腿被仆族智者砍了一剑,胸口有几道擦伤。

撒迪亚斯抬头看着达力拿和阿多林。达力拿浑身一僵,准备挨骂——如果不是达力拿坚持派两支军队攻打一片高地,这种事不会发生。他们的行为刺激仆族智者多派了一支军队,而达力拿应派出足够的斥候,留意战场才对。

撒迪亚斯却咧嘴笑了:"飓风之父啊,真够险的!战斗进行得如何?"

"仆族智者败退,"阿多林说,"你们身边这群是抵抗到最后的。我们正在挖出琼心石,今天的胜利属于我们。"

"我们又赢了!"撒迪亚斯意气风发,"达力拿,看来你这老糊涂偶尔也能想出一两个好点子嘛!"

"彼此彼此,撒迪亚斯。"达力拿说话间,几个传令兵跑来,报告战场其余区域的情况。

"传令下去,"撒迪亚斯宣布,"今晚,我所有的士兵都可以像光眼种那样饮宴作乐!"阿多林过去听取斥候的报告。士兵们把撒迪亚斯扶起来,他笑着挥挥手,叫部下走开,坚称这点伤不算什么,并大声呼喊麾下军官。

达力拿转身去找加兰特,想确保战马的伤势得到照料,可撒迪亚斯一把抓住他胳膊。

"我本来要送命的。"撒迪亚斯轻声说。

"也许吧。"

"我刚才视线很模糊,但似乎看见你一个人在边上。你的亲卫队呢?"

"我只能一个人先赶来。"达力拿说,"只有这样,才能及时赶到你身边。"

撒迪亚斯一皱眉:"达力拿,这太冒险了。为什么?"

"不能在战场上抛弃盟友,除非无计可施。这是法典的一条。"

撒迪亚斯摇摇头。"你的荣誉感会把你害死,达力拿。"他突然有点不知所措,"但今天我不抱怨!"

"即便我死了,"达力拿说,"也能说这一辈子都走在正道上。重要的不是结果,而是达成结果的行为。"

"又是法典?"

"不,是《王者之路》里的话。"

"那本风操的书。"

"那本风操的书救了你一命,撒迪亚斯。"达力拿说,"我想我开始理解迦维拉尔在书中看到的东西了。"

撒迪亚斯看着地上碎成一片片的碎瑛甲,哼了几声,摇摇头。"也许我该听听你的想法。我要重新理解你,老朋友,事实上,我开始怀疑自己是否真正理解过你。"他松开达力拿的胳膊,"来人!把我那风操的马牵来!我的军官呢?"

达力拿转身离去,很快找到得到几名亲卫队照料的加兰特。他被地上尸体的数量惊呆了。这些尸体在他强行突破的道路上排成一线,铺成一条死亡小径。

他回头看看刚才站的地方。死者有好几十,也许好几百。

先祖之血啊,达力拿心想,*这是我干的?* 帮助迦维拉尔统一阿勒斯卡后,他从未杀过这么多人,而死亡也从不会令他反胃。

可现在他想吐,无法控制胃部的抽搐。他不能吐在战场上,不能让士兵们看见。

他一手扶头，一手拿着头盔，踉跄走开。他应该为胜利欢欣，可他办不到，就是……办不到。

想理解我，你需要一点运气，撒迪亚斯，他心想，看在诅咒之地的分上，连我都很难理解我自己。

鳞冠树

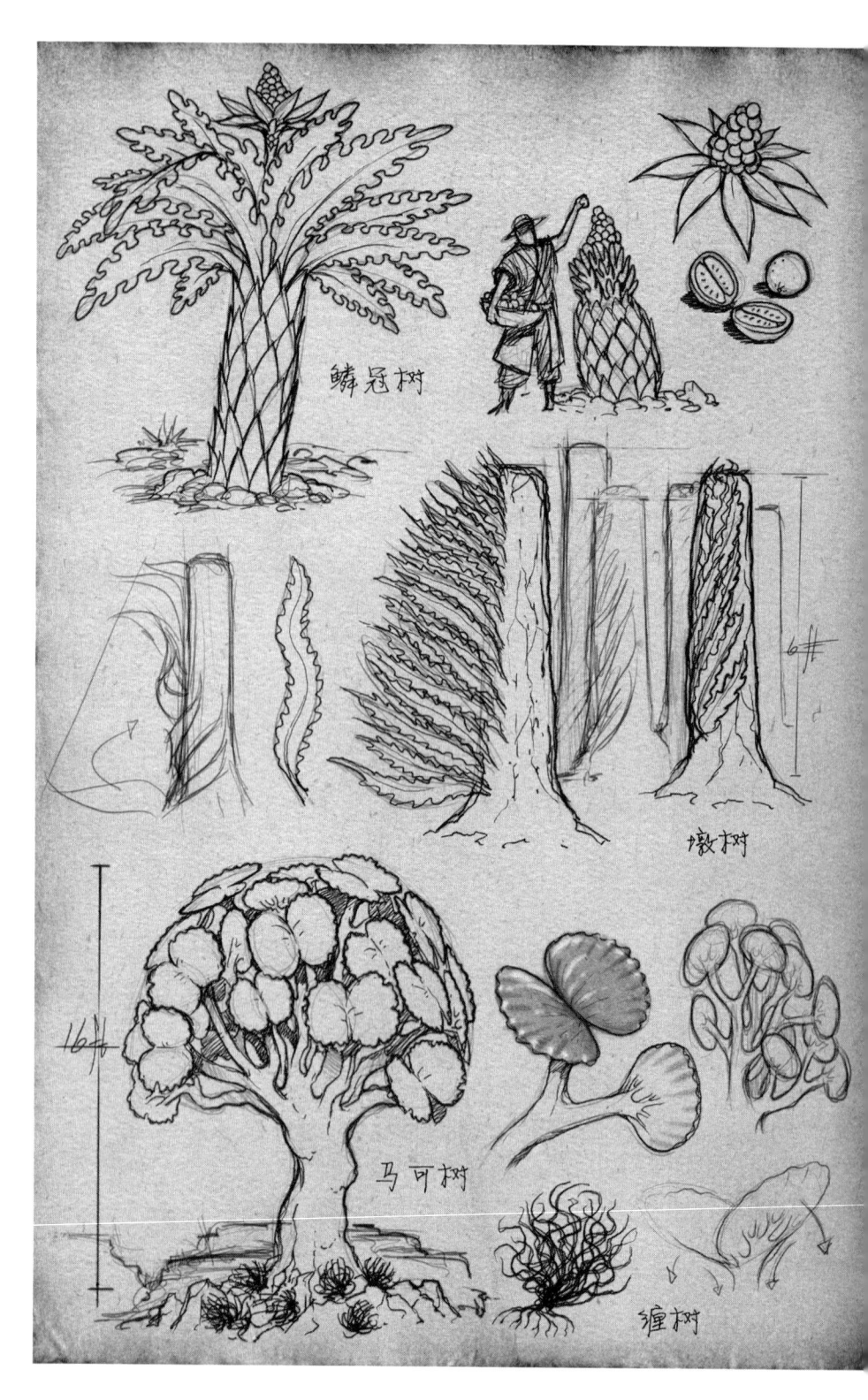

墩树

马可树

潭树

57

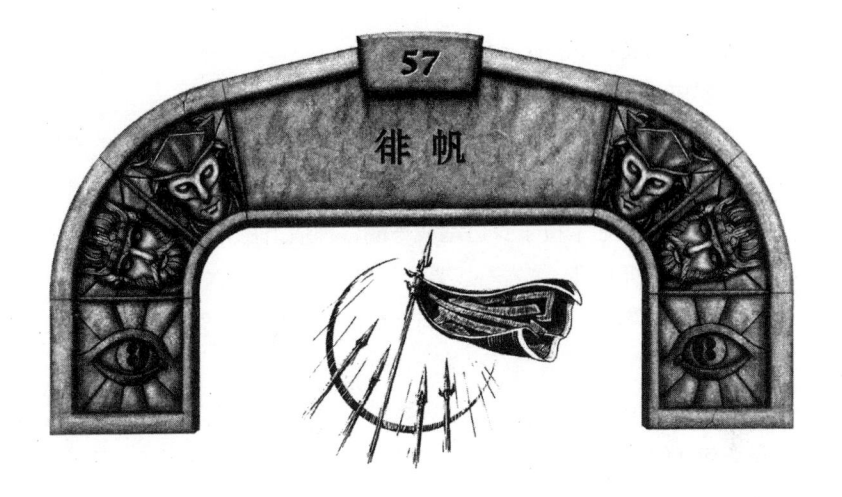

徘帆

"我怀抱尚在吸吮乳汁的婴儿,把匕首架在他的咽喉。我知道世上一切生物都希望我划动刀刃,让鲜血洒向地面,让鲜血沾满我的双手,好让我们多喘一口气。"

——收集于 1173 年第六月第二周第二天,死前二十三秒。死者是一名十六岁的暗眼种。本例尤其重要。

"于是整个世界分崩离析!"图人背脊反弓,睁大双眼,脸上溅满血珠,"岩石在他们脚下战栗,石头直飞上天堂。我们都要死!我们都要死!"

他最后抽搐了一下,眼里的光芒渐渐消褪。卡拉丁往后一坐,双手沾满深红鲜血,用做手术刀的匕首从指间滑落,掉在岩地上。这个好脾气的冲桥手死在高地,左胸中箭,伤口暴露在外,毁了他自称像是阿勒斯卡地图的胎记。

他们走了,卡拉丁心想,一个接一个。他们被开膛破肚,把血流干。说到底,都是盛血的皮囊,活着就是为了死去,把血洒到岩石上,就像飓风卷来的洪水。

直到只剩我一个。最后剩下的总是我。

一层皮，一层脂肪，一层肌肉，一层骨头。这就是人。

激战就在深渊另一侧上演，却遥远得像是另一个王国发生的事情，因为谁也不在乎冲桥手。死、死、死，然后滚开。

第四冲桥队在卡拉丁身边站成一圈，神情肃穆。"他临死前说的是什么？"斯卡问，"岩石战栗？"

"什么也不是。"胳膊粗壮的幺克说，"就是人临死前偶尔会说的胡话。"

"最近似乎更多见了。"泰夫特说。他一手捂着胳膊，那里有道草草包扎的箭伤。他得过一阵才能扛桥。图人和阿里克死了，只剩二十六人，几乎不够扛桥。桥明显变沉了，要跟上其他冲桥队都很难。再损失一两个，就会有大麻烦。

*我应该动作更快些。*卡拉丁低头看着胸膛破开的图人，内脏暴露在外，很快会被阳光晒干；箭头射穿了肺，扎进脊椎。李伦有办法救他吗？如果卡拉丁按父亲的意愿在卡哈巴兰斯学艺，能否学到足够的知识，避免这样的死亡？

有时是没办法的，儿子……

卡拉丁把血淋淋的双手举到面前，抓住脑袋，被回忆吞噬。年轻女孩，破裂的头，折断的腿，还有愤怒的父亲。

绝望、憎恨、丧恸、沮丧、恐惧。谁受得了这种生活？成为手术师，明知自己的无能会害死一些人？其他人失败，一片谷子会染上虫病；手术师失败，就要出人命。

你必须学会什么时候在意……

这话说得，仿佛他有得选，仿佛掐灭自己的心就像掐灭一盏灯那样简单。卡拉丁重重弯下腰。*我应该能救他，我应该能救他，我应该能救他。*

图人、杜内、阿马克、戈舍尔、戴立特、纳尔马。提安。

"卡拉丁，"是茜尔的声音，"坚强点儿。"

"如果我够坚强，"他有气无力地说，"他们就能活下来。"

"其他冲桥手还需要你。你承诺过，卡拉丁，你对他们发了誓。"

卡拉丁抬起头，众人看起来忧心忡忡。他身边只有八人，其余被他派去寻找其他冲桥队的伤员了。他们找到了三个，都是斯卡能对付的小伤。没人跑来叫他，所以应该没找到更多伤患，或者就是伤得太重，没救了。

也许他该过去看看，以防万一，可已然麻木的他不能再眼看着自己救不了的人死在面前了。他挣扎着站起来，从尸体旁走开，走到崖边，强迫自己摆出图克斯教的老站姿。

双脚分立，两手放在背后，夹紧前臂，后背挺直，目视前方。这份熟悉感给他注入力量。

你错了，父亲，他想，你说我会习惯死亡，可看我现在的样子，过了这么多年，还是老毛病。

冲桥手们围拢过来。偻朋递给他一口水囊。卡拉丁略一迟疑，接过来洗了洗脸和手。温温的水流在皮肤上溅开、蒸发，带来沁人的凉意。他长舒一口气，点头朝矮个子赫达孜人致谢。

偻朋扬扬眉毛，冲自己腰间的袋子挤挤眼。他们拿到了上回用箭扎在桥侧的润石，这是第四次了，每次都顺风顺水。

"有麻烦吗？"卡拉丁问。

"没，黑发哥，"偻朋笑得很欢，"就跟给吃角族人下绊子那么简单。"

"我听见了。"石头忿忿道。他两手抄背，站在不远处。

"绳子呢？"卡拉丁问。

"我把整条绳子都扔下去了，"偻朋说，"没系住任何东西。完全按你的吩咐。"

"很好。"一根在桥边晃来晃去的绳子实在太惹眼。如果哈莎尔或盖兹察觉到卡拉丁的盘算……

盖兹在哪儿？ 卡拉丁心想，**他为什么没跟冲桥队一起出动？**

偻朋把那袋润石塞给卡拉丁，仿佛急于摆脱这份责任。卡拉丁接过，塞进裤兜。

偻朋离开后，卡拉丁恢复稍息的站姿。深渊另一侧的高地又长又窄，两边是陡峭的斜坡。和上几次战斗一样，达力拿·寇林为撒迪亚斯助阵。他总是晚来一步，也许可以怪罪行进缓慢的红甲蟹牵引桥。这借口真好用，他的部下常能享受过桥时不受弓箭骚扰的好事。

以这种方式，撒迪亚斯和达力拿赢得更多了。但这不关冲桥手的事。

很多人死在深渊另一头，但卡拉丁的内心不为他们起一丝波澜，没有治愈他们的冲动，没有帮助他们的渴望。能做到这点，卡拉丁必须感谢哈夫，是哈夫教他以"我们"和"他们"的方式思考——就某种意义而言，卡拉丁学会了父亲所说的本事，虽以不同的方式，却有同样的价值。保护"我们"，毁灭"他们"，士兵必须这样思考。卡拉丁憎恨仆族智者，他们是敌人。如果他没学会将思想一分为二，战争就会把他毁了。

也许已经把他毁了。

他看着战场，心思不断集中到另一桩他尤其在意的事情上。仆族智者是如何对待自己的死者的？他们的行为似乎很不寻常。同伴死后，仆族智者的战士几乎不会触碰尸体，他们会绕道进攻以避开死尸。当阿勒斯卡军踩着仆族智者的尸体前进时，这些尸体所在的位置则会爆发可怕的对抗。

阿勒斯卡人注意到这点了吗？也许没有。他看得出，仆族智者对死者相当虔敬，虔敬到甘愿为尸体付出生命的地步。卡拉丁可以利用这点，也会利用这点。他会想出办法。

阿勒斯卡人最终打赢了。没过多久，卡拉丁和他的队伍扛着桥，拖着疲惫的步子起程回营,桥顶捆着三名伤患。他们只找到三名伤员,卡拉丁一方面感到恶心,另一方面却又为之庆幸。迄今为止,他已救了约莫十五个其他冲桥队的人,为养活他们,即便有那几袋润石,队里资源也显得捉襟见肘。他们的营房挤满了伤患。

第四冲桥队来到崖边,卡拉丁卸下肩上重担。现在他闭着眼也能完成这些步骤:放下木桥、迅速给伤员松绑、把桥推过去。卡拉丁检查了三人的情况。尽管他已坚持救人几周,但每次被他救下的人都不明白他卖的什么药。见三人没有大碍,他满足地站到一旁休息,等待士兵过桥。

第四冲桥队围在他身边。过桥士兵摆给他们看的臭脸越来越多——暗眼种和光眼种都是如此。一个路过的士兵扔来一颗烂掉的绒蔓果,正中莫阿什面门。莫阿什一抹脸,拨开纤维状的红色果肉,轻声问:"他们为什么这么做?"随即叹着气,站回位置。卡拉丁从未要求他们一起站,可他们每次都来陪他。

"我在亚马兰军中战斗时,"卡拉丁说,"梦想着加入破碎平原的军队。谁都知道,留在阿勒斯卡本土的士兵是废物。我们梦想与真正的士兵为伍,投身这场光荣的战争,向那些杀害我们国王的敌人复仇。我们以为这里的士兵会公正地对待同伴,纪律严明,人人都是使矛的行家,也不会在战场上脱离队列。"

一旁的泰夫特轻轻哼了一声。

卡拉丁扭头对莫阿什说:"他们为什么如此对待我们,莫阿什?因为他们知道自己并不是合格的士兵,因为他们看到了冲桥手的纪律,这使他们羞愧。不过他们不愿改正,而是选择比较轻松的方式,也就是嘲弄我们。"

"达力拿·寇林的士兵不会这样。"斯卡在卡拉丁身后开口,"他的部队行军队列整齐,营地井井有条,值勤时不会站没站样,也不会解开大衣扣子。"

我要被风操的达力拿·寇林烦到几时? 卡拉丁心想。

人们曾以这种口气谈论亚马兰。只要套上笔挺的制服,拿诚实的名声装点一番,掩饰肚里的黑心肠是多么容易。

数小时后,疲惫不堪、汗流浃背的冲桥手们踩着沉重的步子攀上堆木场前的斜坡,把桥卸在停放区。时辰已晚,若还想在晚上享用点炖菜,卡拉丁就得马上去买吃的。他用毛巾擦擦手,第四冲桥队的伙计们列队等他。

"晚上自由活动,可以解散了。"他说,"我们明天一大早要下沟,晨练只能挪到午后进行。"

冲桥手们点点头,莫阿什随即举起一只手,大伙步调一致地举起双臂,手腕相交,两手握拳。看来是事先练好的动作。随后,他们碎步跑散开。

卡拉丁扬扬眉,把毛巾往腰带里一塞。走得较慢的泰夫特笑起来。

"那是怎么回事?"卡拉丁问。

"大伙想有个队礼,"泰夫特说,"我们不能用正规军礼,那些矛兵已经觉得我们太自以为是了。所以我把我过去的小队用的敬礼教给他们了。"

"这是什么时候的事?"

"今天早上,你去哈莎尔那里等她派活儿的时候。"

卡拉丁笑了。奇怪,他怎么还笑得出来呢。今天出动的另外十九支冲桥队在不远处相继卸下桥。第四冲桥队的人过去也是那般胡子拉碴、魂不守舍么?那些冲桥队员不会互相攀谈,卡拉丁经过时,偶尔会有人看他一眼,但只要碰上卡拉丁的视线,就立刻低下头去。奇怪的是,他们现在对待第四冲桥队的态度,就和对待营里的正规军一样——视为高于自己的存在。他们加快脚步,不想被他多看一眼。

*可怜的笨蛋。*卡拉丁心想。也许,只是也许,他可以说服哈莎尔,让他挑几个人进第四冲桥队?他需要更多人手,这些委顿的身影也看

得他心头发紧。

"看你的表情,我知道你在想什么,小伙子。"泰夫特说,"你为什么见了谁都非要帮一把不可?"

"别扯了,"卡拉丁说,"我连第四冲桥队都保护不了。过来,让我瞧瞧你的胳膊。"

"不严重。"

卡拉丁还是抓起他的胳膊,掀开结痂的绷带。伤口很长,但还算浅。

"得上点儿消毒剂,"卡拉丁发现伤口附近有些红色腐灵在蠕动,"也许应该缝合一下。"

"没那么严重!"

"这没得商量。"卡拉丁一边招手示意泰夫特跟上,一边走向放在堆木场边的一口蓄雨桶。伤口确实不深,也许泰夫特明天照样能在下沟时向大家示范刺杀和格挡动作,但也不能任由它化脓或留疤。

在桶边,卡拉丁为泰夫特清洗了伤口,然后招呼站在营房边荫蔽处的偻朋把医疗用具拿来。那个赫达孜人又敬了一回先前的队礼——尽管只有一条胳膊——然后迈着悠闲的步子去取装备。

"年轻人,"泰夫特说,"最近感觉怎样?有没有什么奇怪的感受?"

卡拉丁眉头一拧,抬起头,视线离开手臂。"风操的,泰夫特!这两天里你都问了五回了。你到底想问什么?"

"没啥,没啥!"

"**一定有事。**"卡拉丁说,"你究竟要打探什么,泰夫特?我——"

"黑发哥,"偻朋走上前,肩上扛着医疗器械,"你的工具。"

卡拉丁看了他一眼,心有不甘地接过包裹,拉开扎口的绳子。"我们都想——"

泰夫特突然朝卡拉丁虚晃一拳。

卡拉丁下意识地做出反应，猛吸一口气，摆出防御站姿，举起双臂，一手成拳，一手堕后准备格挡。

有股力量在卡拉丁体内绽放，像一口绵长的呼吸，像某种灼热的液体直接注入血管。强大的波动在他体内奔涌，流转全身。精神、力量、意识，仿佛身体本能地对危险做出反应，只是比一般的本能反应强上百倍。

卡拉丁抓住泰夫特的拳头，动作快得看不清。泰夫特停住了。

"你干什么？"卡拉丁质问。

泰夫特笑了。他退后一步，抽回拳头。"克勒克，"他摇着头说，"抓得可真有劲。"

"你为何朝我挥拳？"

"我想看看真相。"泰夫特说，"瞧，你身上不仅有偻朋给你的润石，还带着我们刚存的那袋球币。你可能从未把这么多飓光带在身上，至少最近是没有。"

"这又怎么了？"卡拉丁追问。他感到血管在灼烧，体内那股热量究竟是怎么回事？

"黑发哥，"偻朋的语气充满敬畏，"您在发光呢。"

卡拉丁一皱眉，*到底*——

他自己也发现了。非常微弱，但没错，一缕缕光雾从他皮肤上升腾而起，就像一盆热水在寒冷的冬夜里冒出的蒸汽。

卡拉丁颤抖着将医疗包放到水桶的宽沿上。此时，他感到皮肤上有阵凉意。怎么回事？他颤抖着举起另一只手，看着手上冒出的丝丝光雾。

"你对我做了什么？"他抬头诘问泰夫特。

老冲桥手脸上还挂着笑。

"回答我！"卡拉丁抢前一步，抓起泰夫特的衣襟。*飓风之父啊，我充满力量！*

"我啥也没干,小伙子,"泰夫特说,"这种情况持续有一阵了。我瞧见你在昏迷不醒时汲取飓光。"

飓光。卡拉丁赶紧放开泰夫特,摸向口袋里放润石的袋子。他一把抓出,解开袋口。

袋子里暗淡无光,被卡拉丁身上的白色光雾微微照亮。五颗宝石都空了。

"这可不得了。"一旁的偻朋开口道。卡拉丁转过身,见赫达孜人弯下腰,正盯着医疗包看。那能有什么不得了的?

随后,卡拉丁看到了。他以为把医疗包放在水桶桶沿上了,可仓促之下,他只是把包按向了水桶侧边。现在,医疗包黏在木头上,就这么黏在那儿,仿佛挂在看不见的钩子上。像卡拉丁一样,包上散发出微弱的光雾。在卡拉丁注视下,光渐渐消逝,医疗包恢复自由后,伴着一声闷响落到地上。

卡拉丁一手扶额,看看惊呆的偻朋,又看看一脸好奇的泰夫特。然后,他狂乱地环顾堆木场四周。没有其他人看他们,阳光下,光雾十分微弱,稍远一些就看不见。

飓风之父啊……这是什么……怎么会……

他看到上方有个熟悉的身影,那是茜尔。它化作一片随风飘动的树叶,东飘西荡,若隐若现,悠然自得。

是她干的! 卡拉丁心想,*她对我干了什么?*

他跌跌撞撞地从偻朋和泰夫特身边跑开,向茜尔奔去。两脚推着他往前,速度快得离谱。"茜尔!"他大吼一声,在她底下停步。

她"嗖"的一声飞落,飘在他头顶,化作少女,亭亭地立在半空。"嗯?"

卡拉丁向四周张望一番,说:"跟我来。"他快步走向营房间的一条小巷,贴紧墙壁,站在阴影里,大口喘气。现在没人能看到他了。

茜尔飘在他跟前,两手背在身后,凑上来瞧他。"你在发光呢。"

"你对我做了什么?"

她歪歪脑袋,耸耸肩。

"茜尔……"他尽量用威胁的口气,但也不知能把一个灵体怎么样。

"我不知道啊,卡拉丁。"她一屁股坐下,在看不见的台阶边晃动小腿,一脸坦诚,"过去非常明白的事情,我现在只能……只能依稀记起一点。这个世界、和人类的互动。"

"可你确实做了点什么。"

"是我们做了点什么。不是我,也不是你,而是一起……"她又耸耸肩。

"这种解释不太管用。"

她挤出个鬼脸。"我知道,对不起啦。"

卡拉丁抬起一只手。在阴影下,光雾更为明显。万一有人走过……"我怎么才能摆脱这玩意儿?"

"你为什么想摆脱它呢?"

"呃,因为……我……因为……"

茜尔没有回答。

卡拉丁突然想起了什么。有件事,也许很早以前就该问。"你不是风灵,对不对?"

她犹豫了一下,摇摇头:"不是。"

"那你究竟是什么?"

"不知道,我能束缚东西。"

束缚。当她恶作剧时,她让东西黏在一起。鞋底黏住地面,把人绊倒。外套黏在衣钩上,怎么也扯不下来。卡拉丁弯下腰,捡起一块被飓风和雨水打磨得光滑圆润的巴掌大的石头,他把石头按到营房墙面上,用意念将体内的光注入进去。

一个冷战后,石块冒出发光的雾气。卡拉丁松开手,石头依然留在原处，吸附在建筑的侧面。

卡拉丁凑上去仔细端详。他依稀能看见一些微小的深蓝色灵体，形如飞溅的小墨点，聚集在石头和墙壁的接触面附近。

"缚灵。"茜尔踱到他的脑袋边，依然站在空中。

"他们把石块定在那里了。"

"也许吧。又或许是你把石头附到墙上，才把他们引来的。"

"不是这么回事吧？"

"是腐灵导致病症，"茜尔漫不经心地问，"还是病症引来腐灵？"

"人人都知道，是腐灵导致病症。"

"那风灵会产生风？雨灵会产生雨？火灵会产生火？"

他一怔。不。这些都不是灵体干的，不是吗？"没必要纠结这个。我需要找到摆脱这种光的办法，不需要研究它。"

"为什么，"茜尔又问了一遍，"为什么你一定要摆脱它？卡拉丁，你听过那些故事。飞檐走壁的人、和飓风结为一体的人，那可是风行骑士。你为什么想摆脱这样的能力？"

卡拉丁努力想理清头绪。他的自愈，他从不中箭，哪怕冲在桥前……是的，他知道发生了某种怪事。为什么这令他如此恐惧？是不是害怕成为永远的异类，就像在赫斯通当手术师的父亲那样？又或是因为某种更重大的理由？

"我正在做光辉骑士做过的事情。"他说。

"我刚说就是这个呀。"

"我曾怀疑自己是不是招了坏运气，或被古魔法之类的脏东西缠上了。现在一切也许就能解释了！全能之主诅咒光辉变节者，因为他们背叛了人类，如果我也因此遭到诅咒了呢？"

"卡拉丁，"她说，"你没被诅咒。"

"你刚才还说不知道这是怎么回事。"他往窄巷里走去，一旁的石块终于落下，"咔嗒"一声掉落在地，"我的所作所为不会招来坏运气附身？你能完全肯定？凭你的知识足够下断言吗，茜尔？"

她站在空中两手抱胸，什么也没说。

"这种……东西，"卡拉丁指指石块，"这不自然。光辉骑士背叛人类，他们失去了力量，还被诅咒。人人都知道这些传说。"他低头看着依旧在发光的双手，亮度比之前弱了些，"不管我们做了什么，不管我身上发生了什么，总之，我招来了和他们同样的诅咒。就是因为这个，我想帮助的人才会统统死光。"

"那你觉得我是个诅咒吗？"她问。

"我……唉，你说你也与此有关，而且……"

她大步上前，这个小小的、愤怒的女人悬在半空，拿手指着他。"你觉得是我造成了这一切吗？你的失败、那些死去的人，都是我的错？"

卡拉丁没有回答。但他几乎立刻意识到，沉默也许是最糟的回应。令人吃惊的是，茜尔的反应竟和人类一样，她在空中一扭身，化作一条光缎，一闪而去。

我反应过了头。他告诉自己。他只是过于不安了。他往墙上一靠，手捂着头，还没来得及收拾好心绪，一片黑影就挡住了窄巷的入口，是泰夫特和偻朋。

"说话的石头！"偻朋说，"你真的会在暗处发光，黑发哥！"

泰夫特按住偻朋的肩膀。"他不会走漏风声的，小伙子，你放心，包在我身上。"

"没错，黑发哥，"偻朋说，"我发誓啥也不说。咱们赫达孜人说一不二。"

卡拉丁看看二人，再也承受不住。他从两人当中挤过，奔出窄巷，奔向堆木场另一头，逃离所有人的目光。

夜晚临近，卡拉丁身上早就不再发光。那像是燃尽的火焰，只要几分钟就会消失。

卡拉丁沿着破碎平原的边缘，在军营和平原之间的过渡区朝南走。在某些区域，例如撒迪亚斯的堆木场附近的集结区，两者间以缓坡相连。在其他地方，过渡区则是八尺来高的石脊。他现在走过的就是这种石脊，右边是岩石，左边是辽阔的平原。

岩石上遍布空洞、裂隙和光照不到的死角。有些阴暗处的洼地依然蓄着几天前的飓风带来的雨水。各种生物在岩石周围奔忙，但夜晚的寒冷会马上把它们赶回藏身之处。他经过一片遍布积水孔洞的地方，长着小钳的多足飓虫扭着甲壳包裹下的狭长躯体，在洞边围成一圈觅食。一根小触须猛地甩出洞来，把一只飓虫拽进洞里，大概是拽拽虫。

在他身后，石脊两侧长着草，草叶从洞里探出头。一簇簇指藓犹如绿草中的鲜花，亮粉和紫色的卷须仿佛触手，在风中向他招摇。当他经过时，胆怯的草叶钻回洞里，指藓却更大胆了，只有当他敲击附近的石头，它们才会缩进壳去。

在他头顶的石脊上，几名斥候站着眺望破碎平原。石脊下这片区域不属于任何一名轩亲王，所以斥候没管卡拉丁。除非他想从西侧或北侧离开营地，否则没人会拦他。

没有冲桥手跟来。泰夫特好像跟大伙儿说了些什么，他不太清楚。大概是说卡拉丁因为图人的死心神不宁。

独处的感觉很奇怪。自被亚马兰出卖、成为奴隶以来，他一直不缺伴儿：和他一起密谋逃跑的奴隶、和他一起卖命的冲桥手、看守他的士兵、殴打他的奴隶主、仰仗他的朋友。上次独处还是被绑在屋檐下让飓风取他性命的那晚。

不，他想，那晚我不是一个人。茜尔在。他低下头，左边地面有些细小的裂缝，随着他前进的脚步逐渐扩大，最终化作向东方延伸的深渊。

他身上发生了什么？那不是幻觉，泰夫特和倭朋也看到了。泰夫特似乎事先就有预料。

卡拉丁本该在那场飓风中死掉，可他很快站了起来、行走如常。他的肋骨应该还脆弱不堪，可几周以来都没疼过。他的润石、他身边其他冲桥手的润石，总是会耗尽飓光。

是那些飓光改变了他？不对，在被挂出去等死那一晚之前，他就发现润石会失去光泽。而且茜尔……她已承认对发生的事情负有一部分责任。这事很早以前就发生了。

他在一块凸起的岩石旁驻足，靠在上面休息，把草儿都吓缩了。他面朝东方，眺望破碎平原。这片平原既是他的家，也是他的坟墓，这里的生活把他活活撕裂。冲桥手们仰仗他，视他为领袖和救星。可他自己满身裂痕，犹如平原边的石地。

裂缝越来越大。他不断给自己打气，就像用尽力气的长跑选手，告诉自己只要再坚持一下，跑到下一个山头就可以休息。石中的裂痕，微小的创口。

我属于这里，他想，*我们属于彼此，你和我。我就像你*。这片平原起初是如何破碎的？承受了重压吗？

这时，远方响起一段旋律，在平原上回荡。卡拉丁闻声而起。这太出乎意料、太不合情理了。曲调如此柔和，却也令人心惊肉跳。

它来自平原深处。他犹豫不决、但无法抗拒地向前走。向着东方，走上大风肆虐的平坦岩地。那声音随着他的脚步越来越大，但依然若即若离、捉摸不定。是笛声，但调子比他听过的大部分笛音更低沉。

走近后，卡拉丁闻到了烟味。那里有火光，是一堆小小的篝火。

裂缝扩成深渊，扎入黑暗。卡拉丁走到这片三面临渊的半岛形高地，有名男子在高地的趾状尖端，身穿光眼种的黑色制服，坐在大石头上，身前用石壳木外壳生了一堆小火。此人一头黑色短发，脸形棱角分明，腰间有一柄套着黑鞘的细剑。

此人的眼睛是淡蓝色。卡拉丁从未听说过会吹笛的光眼种男子。他们不是把音乐视为女性的追求吗？光眼种男性也唱歌，但不会演奏乐器，除非是虔诚者。

然而此人的声乐造诣极高。笛声古怪陌生，仿佛来自另一个时空。这声音沉落渊底，又反弹上来，简直像是一个人的二重奏。

卡拉丁停在不远处，突然想到和光明贵人打交道是他最不情愿的事，尤其是和一个身穿黑衣、在破碎平原上练笛的怪胎。他转身欲走。

笛声戛然而止。卡拉丁停下脚步。

"我一直担心会忘记怎么吹奏她。"柔和的话语声自身后传来，"我知道，这想法很傻，毕竟我练了很久。可这些日子，我很少给她应得的关切。"

卡拉丁转身面对陌生人。对方的笛子用一截几乎纯黑的木头雕成，看起来很平常，平常得不像是光眼种的东西，却被他虔敬地握在手里。

"你在这里干什么？"卡拉丁问。

"坐着。偶尔玩弄两下笛子。"

"我是说，你为什么会在这种地方？"

"为什么？"他放下笛子往后一靠，让自己放松下来，"为什么我会在这里？为什么你会在这里？对于初次见面的人而言，真是相当深刻的问题啊，年轻的冲桥手。我喜欢在探讨神学之前先作自我介绍。如果能吃上午餐，还得先吃午餐，也许还要好好打个盹再说。说真的，差不多一切事都该排在神学探讨之前，但自我介绍是最要紧的。"

"好吧。"卡拉丁说,"你是在……?"

"坐着。偶尔玩弄两下……冲桥手的脑瓜。"

卡拉丁涨红了脸,再次转身欲走。让这个愚蠢的光眼种自说自话、自作自受吧。卡拉丁必须好好思考,才能做出很多艰难的决定。

"好,你走啊,"光眼种在他身后说,"走了才好。我可不想让你靠太近,我对自己的飓光是很珍惜的。"

卡拉丁一愣,随即猛转过身。"什么?"

"我的球币。"那个怪人取出一枚充满飓光的绿宝石布罗姆,"谁都知道冲桥手是贼,至少也会乞讨。"

当然,他指的是润石。他不知道卡拉丁的……苦恼,对吗?那人两眼放光,仿佛正在说一个天大的笑话。

"别把贼的称呼当成侮辱,"他抬起一根手指。卡拉丁一皱眉,润石哪去了呢?那人刚才还握在手里,"我是拿它来夸人的。"

"夸?把别人叫作贼?"

"当然了,我自己就是个贼。"

"你?你偷什么?"

"自尊。"他凑近一点说,"假如允许我自夸一下,我偶尔也偷点儿无聊。我是国王的知策,或者说,不久前还是。我想这头衔很快就不保了。"

"国王的什么?"

"知策。我的工作是扮机灵。"

"说些让人摸不着头脑的怪话和机灵不是一回事。"

"啊,"他眨眨眼,"你证明了自己比我近来认识的大部分人都更有智慧。那么,请问什么才算机灵?"

"说些聪明的话。"

"聪明又是什么?"

"我……"为何跟他聊这个?"我猜,聪明是在正确的时间、以正确的方式说话和行动的能力。"

国王的知策歪着脑袋,笑了。终于,他朝卡拉丁伸出手:"你叫什么名字,善于思考的冲桥手?"

卡拉丁迟疑不决地抬起手。"卡拉丁。你呢?"

"我有很多名字。"他握了握卡拉丁的手,"我生命的起点是一个念头,一个概念,白纸上的词。这是我偷来的另一样东西,自我。还有一次,我是用一块石头命名的。"

"希望那是块漂亮的石头。"

"那是块美丽的石头。"他说,"因为被我戴在身上,却变得毫无价值了。"

"那现在别人怎么称呼你?"

"有很多,但只有少数是礼貌的称呼。不幸的是,所有这些称呼几乎都没错。你呢,你可以叫我须空。"

"这是你的名字?"

"不,是我本该去爱的人的名字。这又是一件我偷来的东西。我们这些贼净干这种事。"他望向东方,眺望被黑暗飞速吞噬的平原。须空所处大石边的小火堆发出变幻无常的光芒,底下是微微发红的火炭。

"好吧,很高兴认识你,"卡拉丁说,"但我得走了……"

"先别走,让我给你一件东西。"须空拿起笛子,"请稍等。"

卡拉丁叹口气。他有预感,这怪人不会简简单单地让他脱身。

"这是一把追音者的笛子,"须空检视着乌木笛身,"也就是说书人用的,让他一边吹奏、一边讲故事。"

"你是指为说书人伴奏吧,在另一个人讲述时吹奏。"

"不,就是我说的意思。"

"人怎么能一边讲故事一边吹笛子呢?"

须空扬扬眉毛,把笛子举到唇边。他的吹法和卡拉丁之前看到的不一样了,没有竖置,而是横置笛子,在笛子上沿吹奏。他试了几下音,那调子和卡拉丁刚才听到的旋律一样。

"这则故事,"须空说,"讲述了德雷希尔和'徘帆'。"

他开始吹奏。比之前演奏得更快、更锐利,前后音节几乎叠在一起,争先恐后地从笛子里蹦出,就像一群赛跑的孩子。笛声悦耳清脆,抑扬顿挫,交织成一幅华毯。

卡拉丁不禁听呆了。音调如此有力,简直使人无法抗拒,每一个音符都仿佛是钩子,向卡拉丁飞来,扎进血肉,要把他拽去。

须空突然停止,但旋律依旧在深渊中回响,应和着他的讲述:"在某些国家,德雷希尔家喻户晓。可在东方,我不常听人谈起。他是影时代的国王,而那是比记忆更久远的时代。他是强者,千人之上,万人之主。他高大威严,有白皙的皮肤和更白皙的眼睛,得到世人的羡慕。"

就在来自下方的回音即将逝去时,须空再次吹响笛子,接上之前的旋律。他的笛音与变弱的回音恰好重叠,仿佛音乐从未中断。音调更为舒缓,表现一名国王在随从陪同下踏步宫中。须空演奏时双目紧闭,身子朝火堆倾斜。他吹出的气流搅动烟雾,朦胧了视线。

音乐更加柔和,烟雾盘旋腾挪,卡拉丁仿佛从烟云中辨出一张人脸,是个尖下巴、高颧骨的男子。他当然不在那里,只是想象而已,可悠长的曲调和翻腾的烟雾似乎能刺激想象。

"在令使和光辉骑士的时代,德雷希尔与虚渡战斗,"须空依旧闭着眼,笛子贴在唇下,笛声在深渊中回响,仿佛在为他的叙述伴奏,"当和平最终降临,他却并不满足。他的双眼总是转向西方,向着浩瀚无边的大洋。他派人造出一艘世间最好的船,一艘宏伟的大船,准备去做前无古人的事情:在飓风中扬帆远航。"

回声渐行渐弱,须空再次吹奏,好似和一个看不见的搭档交替演出。烟雾翻卷,腾向半空,在须空的吐息中盘旋缭绕。卡拉丁眼前出现了那艘巨船,它停靠在码头上,船帆巨大如山,插在箭矢状船身上。旋律更加迅捷利落,仿佛在模仿锤子和锯子的声响。

"德雷希尔的目标,"须空停止吹奏,"是找寻虚渡的起源,找到它们繁衍的场所。很多人说他傻,可他无法抑制这份冲动。他将船命名为'徘帆',召来一群最最勇敢的水手,在一个飓幕压顶的日子起锚出航。大船驶向汪洋,风帆满张,就像想拥抱飓风的双臂。"

下一秒,笛声又从须空唇边涌出。他朝一片石壳木壳踢了一脚,搅动火焰。几股火苗蹿上半空,烟气弥漫。须空扭下头,将笛子的开孔对准烟气,催起阵阵旋流。此刻调子变得激烈高亢,忽升忽降,时而出其不意地沉落。笛声婉转着冲向高音时,发出轻快的唳鸣。

卡拉丁眼前幻化出这番景象:巨船在飓风的可怕威力前突然变得如此渺小。它被捶打、卷挟,在无边的海洋中漂流。德雷希尔能指望找到什么?陆地上的飓风已经够可怕了,何况在海上?

笛声在脚底的崖壁间回荡。卡拉丁不知不觉间蹲到了地上,看着缭绕的烟雾和升腾的火焰,看着渺小的大船被狂暴的恶风玩弄于股掌之间。

终于,须空的笛声放慢了节奏,狂暴的回音渐渐消弭,只留下舒缓的曲调,就像海浪轻拂。

"'徘帆'差点儿在靠岸时撞毁,好在德雷希尔和大部分船员活了下来。他们发现自己来到一圈环形群岛上,环内有个巨大的旋涡,据说是海洋的出口。迎接德雷希尔及其手下的是一群怪人,躯体柔软修长,身穿纯色长袍,用一种在柔刹从未见过的贝壳做发饰。

"这些人接纳了幸存者,给他们食物,照料他们,使他们恢复健康。在那几周休养中,德雷希尔研究了这些怪人,他们自称'乌法拉',意为大渊之民。他们的生活方式很奇特,不像总是彼此争执的柔刹人。乌法拉人互相认同,从小到大,他们从不提出疑问,所有人都一心一意履行自己的职责。"

须空再次吹响笛子，让烟气尽情升腾。卡拉丁觉得那些人仿佛就在眼前，如此勤勉，永远工作。一座楼宇矗立在乌法拉人当中，窗畔有个人影，那是正在观察的德雷希尔。音乐平缓，充满好奇心。

"一日，"须空说，"为恢复体力，德雷希尔和手下练习对打。有个年轻女仆给他们送酒水点心。她被一块突起的石头绊了一跤，酒杯打碎在地。电光石火间，另一些乌法拉人一拥而上，残酷地杀害了这不幸的孩子。德雷希尔及其手下都被惊得不能动弹，待缓过神来，孩子已经丧命。愤怒的德雷希尔质问这不公的杀戮是为何故。一个当地人解释道：'吾皇不容忍失败。'"

音乐再次响起，曲调哀伤。卡拉丁浑身发颤，仿佛亲眼见到女孩被石块活活砸死，德雷希尔伏下伟岸的身躯，护着她的尸体。

卡拉丁懂得那份悲伤，那是失败的悲伤，明知本可以做些什么，却还是眼睁睁看某人死去。那么多他爱的人都死了。

他找到了原因：他惹来了令使和全能之主的忿怒。一定是这样，不是吗？

他知道自己该回第四冲桥队的营房了，却不能挪动分毫。他被说书人的话语勾住了魂。

"德雷希尔开始留意，"须空说，笛声轻轻回荡，应和他的叙述，"他见到了更多的谋杀。乌法拉人，这些大渊之民，有着令人发指的残酷本性。如果某个成员做错了事——只要造成一丁点儿麻烦、亦或有一丁点儿不合人意——就会被其他人杀死。每当德雷希尔发问，照管他们的人都给出一样的回答：'吾皇不容忍失败。'"

回荡的笛声渐渐消逝，但又一次，就在回声几乎细不可闻之际，须空举起了笛子。旋律变得肃穆、柔和而安静，像是献给逝者的挽歌，但又掺杂着几许神秘，偶有短促的爆发，暗示着其中玄机。

卡拉丁一皱眉，看着缭绕的烟气构成塔楼的形状，高耸、修长，顶部为开放结构。

"德雷希尔发现,那位皇帝居住在乌法拉最大的岛屿东岸的塔楼上。"

卡拉丁心里一寒。这些烟气幻化成的场景只是他脑中陪衬故事的幻觉,不是吗?难道他真的在须空提到塔楼之前看到了一座塔楼?

"德雷希尔决心要会会这个残忍的皇帝。什么样的禽兽才会要求如此平和的族民频频自相残杀?德雷希尔叫上他的水手,这群英勇的人把自己武装起来。乌法拉人没有阻止他们,只是惊恐地看着这群外乡人杀向皇帝的塔楼。"

须空不再说话,也没有重新吹笛,只任笛音在深渊中回响。这一次,旋律萦绕不散,仿佛绵长的不祥之音。

"不多时,德雷希尔及其手下走出塔楼,扛着一具镶珠戴玉的锦裘干尸。'这就是你们的皇帝?'德雷希尔发问,'我们在塔顶房间发现的,只有他一人。'看来此人死了好多年,可没人胆敢踏进他的塔楼。人们都太怕他了。

"他把尸体展示给乌法拉人看,人们纷纷哀号落泪。整座岛屿陷入混乱,房屋被点燃,到处是骚乱,还有人痛苦地跪倒在地。德雷希尔及其手下惊讶莫名,急忙攻占了修理'徘帆'的码头。负责照管他们、给他们做向导的女子娜芙提赶来,恳求一同逃离。于是,她也上了船。

"德雷希尔及其手下升起船帆。虽然平静无风,但他们驾着'徘帆'绕大旋涡航行,借旋涡的冲力向外旋转,离开环岛。驶出以后很久,他们依然能看到表面上平和安宁的岛屿上升起的浓烟。他们聚在甲板上眺望,德雷希尔问娜芙提为何会发生这场可怕的骚乱。"

须空闭上嘴,让自己的话随怪异的烟气一同上升,消失在夜色中。

"然后呢?"卡拉丁追问,"她怎么回答?"

"她往身上裹了条毯子,空洞的眼眸凝视着故土,答道:'旅人啊,您看不出来吗?如果皇帝已逝去许久,那些谋杀就不是他的责任,而是我们自己的罪孽。'"

卡拉丁一屁股坐倒。须空先前那欢快而戏谑的语调不见了，不再有嘲弄，不再有存心糊弄人的伶牙俐齿。这则故事发自他的内心。卡拉丁发觉自己说不出话来。他只是坐着，脑子里全是那座岛，还有岛上发生的骇人事件。

"我想……"卡拉丁舔舔发干的嘴唇，终于开口，"我想这就是聪明。"

须空扬扬眉毛，放下笛子，抬起头。

"能把这样一则故事记在心里，"卡拉丁说，"还能如此用心地讲述。"

"可别乱说哦，"须空笑道，"假如讲个好故事就算聪明，我恐怕会没得活儿干了。"

"你不是说已经没活儿干了吗？"

"没错，国王最终失去了他的知策，我想这可以说是……"

"嗯……失策？"卡拉丁说。

"我会告诉他这是你说的。"须空眨眨眼，"但这么说并不准确，人可以拥有知策，却不能拥有失策。机智究竟是什么？"

"我不知道。也许是脑子里某种使你思考的灵体？"

须空歪歪脑袋，笑了。"可不是？这解释再好不过。"他站起身，拍去黑裤上的灰尘。

"这故事是真的吗？"卡拉丁也起身问道。

"也许。"

"可我们是怎么知道的？德雷希尔和他的手下返回柔刹大陆了吗？"

"在某些传说中，是的。"

"他们怎么做到的？飓风只朝一个方向吹。"

"那我猜这故事是骗人的。"

"我没这么说。"

"不,是我说的。所幸,这算是最好的那类谎言。"

"哪类?"

"还用问?当然是我说的谎。"须空笑笑,踢灭火堆,用脚跟碾碎剩下的一点火炭。那些燃料似乎不足以产生卡拉丁刚才看到的那么多烟气。

"你在火里放了什么?"卡拉丁说,"怎会产生那种特别的烟气?"

"没什么,这只是普通的火。"

"可我看到——"

"你看到什么是你的事。没有听者的想象,故事就不会有生命力。"

"那这则故事有何寓意?"

"你想要什么寓意就有什么寓意。"须空说,"说书人的目的不是告诉你怎么思考,而是给你一个值得思考的问题。这一点,我们总是忘记。"

卡拉丁皱起眉,看着营地所在的西方。现在那里被润石、灯盏和蜡烛点亮。"寓意在于担负责任。"卡拉丁说,"只要可以归咎于皇帝,乌法拉人就能以杀戮为乐,直到意识到没有人替他们承担这份罪责,他们才显出悲伤。"

"这是一种解读,"须空说,"说实话,算是很不错的解读。那你在逃避什么责任?"

卡拉丁一愣:"什么?"

"一个人在找寻什么,就会从故事中看到什么,年轻的朋友。"他把手探到大石后面,拖出一口袋子,甩到肩上,"我没法告诉你答案,大部分日子,我觉得自己从来不知道任何答案。我来到你们的大陆,是为了追踪一名故人,可到头来,我大部分时候反倒在躲他。"

"你刚说的……关于我和责任……"

"只是随口一说，没别的。"他探过身，把一只手放在卡拉丁肩上，"我的话往往是无心之言，从来成不了正事。如果我的话能扛起石头，那倒是奇观了。"他拿出乌木笛，"拿着。她在我身边的日子够长了，如果我实话告诉你有多久，你一定不会相信。"

"可我不会吹啊！"

"那就学呗，"须空把笛子塞到卡拉丁手里，"等到可以让音乐回应你时，就精通了。"他转身就走，"还有，好好照顾我那该死的学徒。他实在应该让我知道他还活着。也许是怕我又去救他。"

"学徒？"

"告诉他，我准他毕业。"须空边走边说，脚下不停，"他现在是个不折不扣的吟游歌者了。别让他死掉，为了强迫他的笨脑瓜记住点东西，我着实花了很长时间。"

西格吉尔。卡拉丁心想。"我会把笛子给他。"他在须空身后喊道。

"不，别这样做，"须空转身倒着走，"礼物是给你的，'飓风恩护者'卡拉丁。我期待你在下次见面时的演奏！"

话毕，说书人转过身，朝军营方向小跑起来，但没有跑进军营，而是将魅影般的身形转向南方，似乎要刻意离开营地。他去哪里？

卡拉丁低头看着手里的笛子，这比他预想的更重。是什么木头？他摩挲着光滑笛身，思索。

"我不喜欢他，"茜尔的声音突然从背后传来，"他怪怪的。"

卡拉丁一转身，见她坐在须空之前所站的那块大石上。

"茜尔！"卡拉丁说，"你在这儿多久了？"

她耸耸肩。"你在听故事呢，我不想打扰你。"她一屁股坐下，两手叠在腿上，看起来不太自在。

"茜尔——"

"你所遭遇的事，背后有我，"她低声说，"是我做的。"

卡拉丁一皱眉,踏前一步。

"是我们两个人,"她说,"可没有我,你身上不会发生任何变化。我……从你身上拿走了一些东西,又给了你一些东西作为交换,自古以来都是这种模式。但我不记得是何时、如何发生的了。我只知道这些。"

"我——"

"嘘,"她说,"我在说话呢。"

"对不起。"

"如果你想,我可以停止。"她说,"但我会变回从前的样子。我好害怕。在风中飘荡,记不住几分钟前发生的任何事情。因为你我之间的纽带,我才能再次思考,才能记住自己是谁、是什么。如果我们停止,我就会失去这一切。"

她抬起头,忧伤地看着卡拉丁。

他看着那双眼睛,深吸一口气:"跟我来。"他转身,走出半岛。

她飞过来,化作一条光缎,在他头畔不紧不慢地飘行。两人很快来到一座通往营地的桥下。卡拉丁转向北方,面朝撒迪亚斯的营地。飓虫已退进岩缝和洞穴,但很多植物依然在冷风中摇摆。当他走过,草叶缩进孔洞,就像黑色野兽的皮毛,被夜晚的萨拉斯照亮。

你在逃避什么责任……

他没有逃避责任,而是承担了太多责任!李伦总这么说,责备卡拉丁为无法避免的死亡产生负罪感。

但有一样东西他死抓着不放。就像那个死掉的皇帝,那是一个借口、一颗麻木的心,一份属于可怜虫的灵魂,相信一切错误都不在自己,相信自己什么也改变不了。如果一个人被诅咒,或者认定没什么可在乎的,他就不必为失败而受伤,因为那些失败不可避免,乃是被某个人或某个非人的存在所注定。

"如果我没被诅咒,"卡拉丁轻声说,"为什么只有我活着,其他人都死了?"

"因为我们,"茜尔说,"因为这份羁绊。它使你强大,卡拉丁。"

"那为什么不能让我强大得足以帮助别人?"

"我不知道,"茜尔说,"也许你能办到。"

如果我摆脱它,就会变回普通人。这又有什么意义呢……好让我和其他人一起死?

他继续在黑暗中前行,头顶月光皎洁,在身前石地打出形如手臂、模糊暗淡的影子。而事实上,那是缠成一捆一捆的指藓的卷须。

他经常思考如何拯救这些冲桥手。此刻他意识到,他是为拯救自己才要拯救他们。他告诉自己,不能让他们死,因为他知道冲桥手的死会给自己带来什么。每当失去手下,他内心里的那条可怜虫便会狰狞地冒出头来,要掌控他的灵魂,因为卡拉丁是如此痛恨失败。

这是根源吗?这就是他寻找理由、好证明自己被诅咒的原因?是为了给自己的失败开脱?卡拉丁加快脚步。

他在帮助冲桥手,他在做好事——可也在做自私的事。体内的力量使他不安,因为这代表着责任。

他小跑起来,没过多久,便开始飞奔。

如果这不是为自己——如果他帮助冲桥手不是因为痛恨失败,也不是因为害怕眼睁睁目睹他们死去的痛苦——而是实实在在地为他们。为石头亲切的玩笑,为莫阿什火爆的脾气,为泰夫特一板一眼的真诚,为皮特沉默寡言的可靠。

那他该做些什么?放弃幻想?放弃借口?

抓住一切机会,不管它给自己带来什么改变?不管它如何令自己不安?不管会为此扛上多沉重的负担?

他冲上通往堆木场的斜坡。

第四冲桥队正有说有笑地享用晚上的炖菜。来自其他队伍的近二十名伤员坐在那儿就餐,脸上洋溢着感激的神情。多令人满足的景象，他们那么快就抛掉了空洞的眼神，开始和其他人一起欢笑。

吃角族人煮的炖菜散发出浓郁的香气。卡拉丁放慢脚步，停在他们身旁。见他气喘吁吁、一身是汗，有几人露出担忧的神色。茜尔落到他肩头。

卡拉丁发现了泰夫特。这个上了年纪的冲桥手独坐在营房屋檐下，低头对着身前的石头发愣，没注意到卡拉丁回来。卡拉丁示意众人继续用餐，随后在人群中挤出一条道，径直朝泰夫特走去。

泰夫特惊讶地抬起头："卡拉丁？"

"你知道些什么？"卡拉丁的语气平静有力，"你又是怎么知道的？"

"我——"泰夫特说，"年轻时，我的家族属于一个等待光辉骑士回归的秘密团体。当时我觉得那是胡扯，没长大就退出了。"

他在隐瞒些什么，卡拉丁可以从他支支吾吾的语气中听出来。

责任。"关于我的能力，你知道多少？"

"不多，"泰夫特说，"只是些传说和故事。没人真知道光辉骑士有多大能耐，小伙子。"

卡拉丁迎住他的目光，笑道："很好，我们会找出答案。"

58 行程

"瑞西法,午夜之母,用她如此黑暗、如此恐怖、如此不知餍足的元魂孕育出这若干憎恶的生物。她就在这里!她看着我死去!"

——收集于1173年第六月第七周第四天,死前八秒。死者是一名四十多岁的暗眼种码头工人,育有三名子女。

"我很讨厌犯错。"阿多林往椅背上一靠,一手悠闲地搭在水晶桌面上,一手晃动酒杯。黄色的酒,他今天不出勤,所以能稍微放纵一下。

风吹乱了头发,他坐在露台上的桌边,和一群年轻光眼种一起。这是一家位于外围市场的酒馆,形形色色的人从他们所在露台底下经过。外围市场是军营之外的国王行宫附近滋生的一大堆建筑。

"我想每个人都有同感,阿多林。"雅卡马夫把两肘支在桌台上说。这个强壮的男子是轩亲王罗伊翁帐下的三等光民,"谁喜欢犯错?"

"我知道有些人就是喜欢。"阿多林若有所思地说,"他们当然不承认,可犯错如此频繁,其他人能怎么想呢?"

英姬玛轻笑了一声。她是雅卡马夫今天的女伴，体态丰腴，生着一双黄眼，一头黑发是染过的。她穿一袭红裙，这颜色在她身上并不显得好看。

当然，丹岚也在。她坐在阿多林身边的椅子上，保持着得体的距离，但偶尔会用闲手碰他胳膊。她杯中酒是紫色。她确实喜欢紫酒，但似乎也是为搭配衣装的颜色。有趣的癖好。阿多林笑了，她那修长的脖颈和曼妙的身段包裹在光滑修身的衣裙下，看起来非常迷人。尽管秀发几近赤褐，她却没有染发。浅发色没什么不好，说真的，为什么人人都热衷于黑发，却视淡色为理想的眼眸色呢？

别想了，阿多林告诫自己，*否则你会和你老爹一样郁郁不乐。*

剩下的两人是托拉尔和他的女伴伊莎瓦，都是轩亲王亚拉达麾下的光眼种。眼下，寇林家族虽不受人待见，但几乎每个军营里都有阿多林的熟人或朋友。

"犯错也可以使人愉悦，"托拉尔说，"它给生活带来乐趣。如果我们永远都是对的，那成什么样子？"

"亲爱的，"他的女伴说，"你不是向我夸口，说自己几乎从不犯错吗？"

"是的。"托拉尔说，"如果人人都像我，我还能戏弄谁？大家都厉害，我恐怕会泯然众人了。"

阿多林笑笑，抿了口酒。今天他要去竞技场参加一场正式决斗，他发觉在决斗前喝点黄酒有助于放松。"说到这个，托拉尔，你不用担心我，我正确的时候可不多。我本来认定撒迪亚斯会对我父亲不利。可是……这说不通，他何不下手呢？"

"也许是为了显示地位？"托拉尔说。他是个热心肠，以品味高雅著称。阿多林品酒时总希望有他作陪，"表现自己的强大？"

"他本来就很强大，"阿多林说，"不对我们下手也不能使他更强。"

"唔,"丹岚开口,轻柔的嗓音带着一丝喘息声,"我明白,我刚来营里不久,我的看法一定会显露无知,可是——"

"你总说这种话。"阿多林悠然道。他很喜欢她的嗓音。

"我总说什么?"

"说自己无知。"阿多林道,"可你一点儿也不傻,在我遇见的女人中,没几个比你更聪明。"

她一怔,竟然略显不悦,但很快笑了起来:"在一位女士想自谦时,你不该说这种话,阿多林。"

"噢,没错,自谦。我忘了世上还有谦虚这回事。"

"和撒迪亚斯的光眼种相处太久了吗?"雅卡马夫的话引得英姬玛又咯咯直笑。

"总之,"阿多林说,"我很抱歉,请继续。"

"我想说的是,"丹岚道,"撒迪亚斯并不想挑起战争。而如此堂而皇之地对付你父亲就会引发战争,是不是?"

"毫无疑问。"阿多林说。

"也许这是他克制的原因。"

"说不准,"托拉尔说,"他可以让你的家族蒙羞,同时又避免正面冲突。例如,他可以暗示你们在保护国王一事上做得不够用心、不够聪明,但并非暗杀的幕后黑手。"

阿多林点点头。

"那依然可能挑起战争。"丹岚说。

"也许吧。"托拉尔说,"可你必须承认,阿多林,'黑荆棘'的声望有点儿……有点儿不比以往。"

"这是什么意思?"阿多林厉声道。

"唉,阿多林,"托拉尔摆摆手,同时举杯示意添酒,"别这么一板一眼。你知道我的意思,也知道我无意冒犯。侍酒女上哪儿去了?"

"我还以为,"雅卡马夫接上一句,"在这里住了六年之后,我们总该有家像样的酒馆。"

英姬玛又笑了。她实在有些烦人。

"我父亲的声望好得很。"阿多林说,"难道你们没注意到我们最近总是打胜仗?"

"是在撒迪亚斯的帮助下赢的。"雅卡马夫说。

"赢就是赢。"阿多林说,"最近几个月,我父亲不仅救了撒迪亚斯的命,还救了国王陛下的命。他勇往直前。你们一定能看得出,之前关于他的传闻完全站不住脚。"

"不错,不错,"托拉尔说,"不必动肝火,阿多林。我们都觉得令尊是位了不起的人物。可想改变他,还来找我们诉苦的人是你啊。"

阿多林端详着手中的酒。同席其他男子的打扮都会令阿多林的父亲皱眉。短外套、色彩鲜艳的丝织衬衣,托拉尔的脖子和右腕还各围了一条黄丝巾——这种装扮相当流行,看起来也远比阿多林的制服舒适。达力拿会说这种打扮看着傻气,可时尚在某些时候就是要傻气——要大胆、要与众不同。跟随潮流变化,穿上能使人多看两眼的衣服,这会带来某种令人振奋的力量。随父亲踏入战场前,阿多林曾热衷于为每个特别的日子设计特殊的行头。现在,他只有两种选择:夏季制服或冬季制服。

侍酒女总算来了,带来两个装酒的玻璃瓶,一瓶是黄酒,一瓶是深蓝酒。雅卡马夫凑在英姬玛耳边说悄悄话,把她逗得吃吃直笑。

阿多林抬起一只手,不让侍女为他添酒。"我不确定是否还想让父亲改变,至少我暂时不想。"

托拉尔皱眉道:"上周——"

"我知道。"阿多林说,"那是在他当着我的面救下撒迪亚斯之前。每当我忘记父亲有多厉害,他总会用行动证明我是十蠹之一。艾尔霍卡陷入危险时也是这样。就好像……好像父亲只在真正担心谁时才会用心作战。"

"你是说他并不真正用心于这场战争，亲爱的阿多林？"丹岚道。

"不，"阿多林说，"只是对他而言，艾尔霍卡和撒迪亚斯的命也许比杀仆族智者更重要。"

其他人接受了解释，转向其他话题，但阿多林发觉自己仍理不出头绪。他最近有点儿烦躁，错怪撒迪亚斯是原因之一，有机会证明幻象的真伪是原因之二。

阿多林自觉进退维谷。他已迫使父亲直面问题，可现在——经过上一次对话——他等于同意了父亲退位的决定，若能证明幻象是虚假的话。

人人都讨厌犯错，阿多林想，可我父亲例外。他说，只要对阿勒斯卡好，他宁可自己是错的。阿多林怀疑，恐怕没几个光眼种宁可当疯子而不坚持自己的正确。

"也许吧。"伊莎瓦的声音突然传来，"可他所下的那些禁令还是傻傻的，我希望他退位。"

阿多林一怔："什么？你说什么？"

伊莎瓦看了他一眼。"没什么，只是试试你究竟有没有用心听我们说话，阿多林。"

"我没听。"阿多林说，"告诉我，你刚才说了什么。"

她耸耸肩，看向托拉尔。

托拉尔凑近身子："阿多林，你不会以为各营对你父亲在飓风中的情形毫不知情吧？传言他会为此退位。"

"那是愚蠢的做法。"阿多林严厉地说，"想想他在战斗中的表现，还有那些胜利。"

"退位确实是反应过度。"丹岚表示同意，"不过，阿多林，我真心希望你能劝劝你父亲，让他把在我们营地执行的那些愚蠢禁令松一松。这样一来,你和寇林家族的其他男子才能真正重回社交圈。"

"我试过。"他看看日头的位置,"相信我,没用的。还有,不凑巧的是,我要准备决斗。诸位,请恕我失陪。"

"又是撒迪亚斯的狗腿?"雅卡马夫问。

"不,"丹岚笑着说,"是光明贵人雷思。萨纳达尔最近有些出言不逊,这场决斗也许可以帮他管住自己的嘴。"她含情脉脉地看着阿多林,"我们在那儿见。"

"谢谢。"他起身系好外衣扣子,吻过丹岚的闲手,向其他人挥挥手,大步迈上街头。

*告辞得有些唐突。*他想,*他们会不会看出这场对话令我不舒服?*也许不会。他们不像雷纳林那般了解他。阿多林喜欢交际,但不和任何人走得太近,他甚至连对丹岚也了解不深。不过,他会把这份关系维持下去,他已经厌烦了因为走马灯般地换伴而被雷纳林嘲笑。丹岚很漂亮,看起来这份关系能修成正果。

他穿行于外围市场,托拉尔的话犹在耳畔。阿多林不想当轩亲王,他还没准备好。他喜欢决斗,喜欢和朋友小聚。率领军队是一回事,可一旦成为轩亲王,就必须考虑其他事务。例如破碎平原之战的未来,或是如何为国王提供保护和谏言。

这不该是我们操心的事,他心想。可就像父亲一直说的那样,他们不做,又有谁会做?

外围市场比达力拿营内的集市混乱得多。这里的房屋摇摇欲坠,大多用附近采来的石块建成,布局毫无规划。很多商人是泰勒拿人,戴着标志性的帽子和背心,还有摆来摆去的长眉毛。

这片繁忙的市场是所有十个营地的士兵能混聚的少数场所之一。事实上,这成了该市场的一大功能:作为不同营地的男男女女可以碰面的中立地带,这里不受繁复规则的限制,虽然当集市显现出无法无天的苗头时,达力拿也曾介入,并设了一些规矩。

一群身穿蓝衣的寇林士兵经过，向阿多林敬礼。他点头回礼。他们正在巡逻，肩扛战戟、头盔瓦亮。达力拿的部队在这里维持秩序，其文书员负责监管，费用都由他承担。

父亲不喜欢外围集市的格局，也不喜欢这里没有围墙的现状。他说这种做法违背了法典的原则，一次袭击足以酿成大祸。可是仆族智者好几年没攻击阿勒斯卡军控制的平原地带了。即便他们真打算袭击营地，斥候和守卫也足以预警。

法典到底有什么意义？阿多林的父亲把它们看得重如泰山，制服从不离身、武器从不离身、始终保持警醒。受到威胁的话确实有必要保持警惕，可现在没有那个威胁。

在集市中穿行时，阿多林头一次用心观察——真正地观察，观察父亲到底做了什么。

他一眼就能认出达力拿麾下的军官。他们按命令身穿制服，一身蓝衣蓝裤，扣子银光闪闪，表示军阶的绳结佩在肩头。其他营地的军官则穿得五花八门，很难把他们同商人和其他富裕的平民区分开来。

可这没有意义，阿多林再次告诉自己，*因为我们不会遭受攻击*。

他皱起眉，穿过一群在某家酒馆户外散心的光眼种。他们做的事和他刚才差不多，但从着装——也包括姿势和仪态——来看，他们脑子里只有饮酒作乐。阿多林不禁恼了。战争正在进行，几乎每天都有士兵丧命，可光眼们竟然只会喝酒谈天。

也许遵循法典不仅是为了防范仆族智者，还有其他意义——为士兵打造出他们能够尊重和依赖的指挥官，以应有的严肃态度对待战争。也许这是为了不把战区变成游乐场。普通士兵不得不时刻守卫前线、保持警惕，所以阿多林和达力拿得是榜样。

阿多林在街头放慢脚步。没人咒骂，也没人催他赶紧走——他们看得出他的级别，所以只是从身边绕过。

我现在明白了，他想。为什么要这么久才明白？

他满腹心事地匆匆赶赴决斗场。

♛

"'我从阿坝马巴一路走到乌有斯麓。'"达力拿凭记忆背诵，"'以此方式，隐喻和体验在我身上合二为一、不可分离，就像我的思想和记忆，你中有我、我中有你。尽管我可以为你解释其中之一，另一个却只属于我。'"

坐在他身边的撒迪亚斯扬扬眉毛。艾尔霍卡穿着碎瑛甲坐在达力拿另一侧。他穿碎瑛甲的时候越来越多了，他笃信杀手一直觊觎他的性命。三人一同观看下方进行的决斗。这是一口小岩坑，被艾尔霍卡指定为全军的决斗场。坑壁有十尺高，壁上围着几圈岩架，构成绝佳的座席。

阿多林的决斗还没开始，眼下决斗的二人都是光眼种，但并非碎瑛武士。他们手中的剑没有锋刃，裹着一层白垩土状的东西。他们的盔甲包着垫子，若被击中，会留下可见的痕迹。

"噢，等等，"撒迪亚斯对他说，"写这本书的人是……"

"诺哈东是他的圣名。其他人称他为巴耶登，但我们不确定这是否是他的真名。"

"他打算从哪里走到哪里？"

"从阿坝马巴到乌有斯麓。"达力拿说，"按这则故事讲述的方式看，我想这段路程一定极其遥远。"

"他不是国王吗？"

"他是。"

"可为什么——"

"这确实不好理解，"达力拿说，"但请听下去，你会明白的。"

他清清嗓子，继续背诵，"'我独自迈上这段深刻的旅途，禁止别人跟随。我没骑马，只靠一双快磨烂的拖鞋跋涉；我没有同伴，只有一根粗短的手杖。我把杖头和石地的敲击当做谈天。我的嘴就是钱袋，里头塞的不是宝石，而是歌谣。如果卖唱无法维生，我的双手也能把清理地板或猪圈的活干好，通常也能换来令我满足的报酬。

"'与我亲近的人担忧我的安危，也许还担心我的神志。王者就是王者，他们解释道，不能像乞丐般徒行千里。我的回答是，如果乞丐能办到这等伟绩，王者为何不行？难道他们觉得我还不如乞丐？

"'有时，我确实觉得自己不如乞丐。乞丐知道的很多事，国王却只能猜测，可颁布乞讨法令的是前者还是后者呢？我常常怀疑，自己的人生经历——灭世之后我过的轻松生活和享有的舒适——能否带给我丝毫可用于制定法律的真切体验。若须依赖所知，国王就只能制定如何正确地热茶、如何为王座铺软垫的法律。'"

撒迪亚斯听得皱眉。在他们眼前，两名剑士的决斗仍在继续，艾尔霍卡看得很专注。国王热爱决斗，来到破碎平原后最早做的事之一就是为竞技场铺沙。

"'总之，'"达力拿继续引述《王者之路》，"'我踏上旅程，而且——就像聪明的读者料到的那样——活着走完了全程。激动人心的旅途留待另章讲述，我必须首先解释这段奇异之旅的动机。我很希望家人们以为我疯了，却不想在历史上留下疯子之名。

"'我的家人以另一种方式前往乌斯麓，在那里等了几个星期我才抵达。在城门口，没人认出我，因为我的鬓须长得太茂盛，又没有剃刀来清理。表明身份后，我被带走、被洗漱、被供食、被担心、被责怪，这些事发生的顺序与我的叙述完全一致。直到完成这一切，他们才终于问起我远行的动机。为何我不能通过简单、轻松又常用的路前往圣城呢？'"

"就是。"撒迪亚斯插嘴，"他至少可以骑马！"

"'为了回答这问题,'"达力拿引述,"'我脱下凉鞋,伸出满是茧子的双脚,搁在桌上吃了一半的葡萄盘旁。同伴们的表情表明他们觉得我痴了,于是我讲述旅途中的故事来解释自己的动机。我一个接一个地讲,就像一袋接一袋的滆娄米,存起来好过冬。我会马上把它们做成面包片,塞进书页之间。

"'不错,我可以迅速走完旅程,但所有人最终的目的地都一样。无论死后躺在神圣的陵寝中,还是睡在穷人的阴沟里,除了令使,我们都必须和夜妖共宴。

"'既然如此,是结果重要,还是我们走过的行程重要?我敢说,没有任何成就的价值能与通往该成就的道路相提并论。我们不是为目的而活的生命,是过程塑造了我们——塑造出起茧的双脚、塑造出因负重跋涉而强健的背脊、塑造出为体验生活中的新愉悦而睁开的双眼。

"'最后,我必须声明,错误的手段不能达成任何好结果,因为我们存在的主旨并非成果,而是方式。为王者要理解这一点,绝不能因过于专注希望达成的结果,而把目光从必须坚守的道路上移开。'"

达力拿往后一靠。他们身下的岩石铺了软垫,装有木扶手和靠背。决斗分出了胜负,其中一名光眼种正中对手的胸甲,留下一道长长的白印,他身穿绿衣,所以是撒迪亚斯的属下。艾尔霍卡拍手称赞,护手甲铿锵有声,决斗双方鞠躬致敬。坐在裁判席上的女子会记下胜者,她们也负责执行决斗规则,对争议和违规进行仲裁判罚。

"我想这就是故事的结尾。"撒迪亚斯说。此时,另两位决斗者步入沙地。

"正是。"达力拿说。

"你把整段文章都背下来了?"

"可能记错了几个词。"

"了解你的人都知道，你所谓的记错就是漏掉一两个'的'或'了'。"

达力拿皱皱眉。

"噢，别这么死板，老朋友。"撒迪亚斯说，"我这算是夸你。"

决斗重新开始。"那你觉得这故事如何？"达力拿问。

"荒诞不经。"撒迪亚斯毫不掩饰自己的轻蔑，招手示意侍从再拿些酒来。现在是早上，所以他喝的是黄酒，"他走这么远的路，就为了证明国王在发号施令前应该想清楚后果？"

"不只是为了证明观点。"达力拿说，"我也曾这么理解，但我渐渐明白，他是想体验臣民经历的生活。不错，他以此作为隐喻教诲众人，我想他真正的意图是了解走这么多路的切身感受。"

撒迪亚斯啜了口酒，眯眼瞅瞅太阳。"我们就不能支个遮阳篷之类的东西吗？"

"我喜欢太阳。"艾尔霍卡说，"我在那些所谓建筑的洞穴里闷得太久了。"

撒迪亚斯瞥瞥达力拿，翻翻白眼。

"《王者之路》的主要内容和我刚才背诵的章节类似，"达力拿说，"都是一则则源自诺哈东生活经历的隐喻——以真实故事为蓝本的范例，他称之为四十则寓言。"

"那些故事都如此荒诞么？"

"我觉得这是个动人的故事。"达力拿轻声说。

"你这么想我一点都不奇怪，你总是喜欢感性的故事。"他举起手，"这也是夸你。"

"算是？"

"一点儿不假，达力拿，我的朋友，你一直感情丰富，而这也令你待人真诚。虽说你的思维不够冷静，但既然这脾气能让你救我的命，我想我可以忍。"他抓抓下巴，"嗯，有命才能忍，对不对？"

"大概吧。"

"其他轩亲王觉得你自命清高,你不会不知道原因。"

"我……"他能说什么?"我不是有意的。"

"可你确实刺激到他们了。比方说,你不肯与他们争辩,也不对他们的侮辱动气。"

"抗议只会引来更多关注,"达力拿说,"保全人格的最好方式是行事正当。与美德为伍,自能换来周围人的善待。"

"瞧,瞧,"撒迪亚斯说,"谁会这样说话?"

"达力拿会。"艾尔霍卡说,国王仍在观看决斗,"我父亲生前也会。"

"千真万确。"撒迪亚斯说,"达力拿,我的朋友,其他人就是不相信你的话都是当真的,他们以为那一定是演戏。"

"你呢?你觉得我怎样?"

"我可以看到真相。"

"真相是什么?"

"你是个自命清高的死脑筋,"撒迪亚斯轻巧地说,"但绝不是装的。"

"我敢说你这又是在夸我。"

"其实,这回我倒是想损你。"撒迪亚斯向达力拿举杯致意。

一边的艾尔霍卡不禁笑了:"撒迪亚斯,这简直算得上妙语,我是不是该任命你为新知策?"

"原来的知策呢?"撒迪亚斯的语气里透着好奇,甚至有些急切,仿佛希望悲剧降临到知策头上。

艾尔霍卡的脸色霎时变得难看:"他不见了。"

"是吗?真令人失望。"

"哼。"艾尔霍卡挥挥戴护手甲的胳膊,"他偶尔会玩失踪,但最后总会回来。那家伙就像诅咒之地一样靠不住。若不是他能把我逗得开心,我几个季度前就把他撤了。"

他们不再说话,决斗继续进行。形如长凳的石阶上还坐着另外几名前来观战的光眼种,有男有女。达力拿发觉纳瓦妮也来了,顿觉浑身不自在。她正和一群女子闲聊,包括那个赭发的文书员,也就是阿多林最近迷恋的对象。

达力拿的视线在纳瓦妮身上流连,陶醉于她的紫色衣裙和她成熟大气的美。她毫无怨言地记下了他最近的幻象,看来也原谅了他唐突地将她逐出房间的行为。她从不嘲笑他,从不表示怀疑,这使他心怀感激。他该不该为此道个谢?这么做是否又会被她视为暧昧的示好呢?

他将目光从她身上挪开,可再也无法专注于决斗的剑士,眼角总是瞥向她。他干脆抬头望天,眯眼对着午后的太阳。金属敲击声从下方传来。身后有几只大蜗牛黏在岩石上,等候飓风的降水。

他有太多问题、太多疑惑。他听从《王者之路》的教诲,努力解读迦维拉尔的遗言,似乎其中蕴含的真相,能解释他所经历的疯癫和启示。可到目前为止,他什么也不知道,而且愈加不敢相信自己的决定。这使他一寸一寸陷入崩溃的境地。

在这片风统治的平原,云似乎很少见,只有炙热的骄阳以及不时驱走太阳的狂暴飓风。柔刹的其他地区也受飓风影响,但这是东方,野性未驯的凶猛飓风是绝对主宰。哪个凡间的君王敢于染指这片土地?可在传说中,这里不光有无主的山岭、荒芜的平原和不见天日的密林,也曾有人居住,那就是花岗岩王国纳塔纳坦。

"哎,"撒迪亚斯用仿佛吃了苦药的口吻说,"他就非来不可吗?"

达力拿低下头,顺着撒迪亚斯的视线看去。轩亲王瓦马尔也来观看决斗了,身后跟着一串扈从。虽然他们大多身穿传统的棕色和灰色服装,但轩亲王本人一身灰色长袍,前襟开口,露出里头大红和亮橙色的丝衬衣,与袖口和领子处外露的褶边是同样的质地和颜色。

"我以为你挺喜欢瓦马尔。"艾尔霍卡说。

"我是忍着他,"撒迪亚斯答道,"可他的着装品位绝对令人反胃。红配橙?还不是焦橙,而是俗气的、看得让人想自戳双目的亮橙。前襟的式样也过时好几年了。啊,妙极了,他就坐在我们正对面。余下的决斗中,我不看他都不行。"

"你不该根据一个人的外表做出如此刻薄的评价。"达力拿说。

"达力拿,"撒迪亚斯一本正经地说,"我们是轩亲王,我们代表着阿勒斯卡,柔刹各地有很多人把我们视为文明和文化的中心。所以说,难道我没有权利倡导同僚为全世界做个正确得体的示范?"

"正确得体的示范,没错。"达力拿说,"我们是该打扮得精神和干练一些。"让你的士兵维持制服的整洁那才是桩好事。

"精神、干练,而且时尚。"撒迪亚斯纠正。

"我呢?"达力拿低头看着身上朴素的制服,"你不会逼我穿上那种带花边、颜色鲜艳的衣服吧?"

"你?"撒迪亚斯反问,"你完全无药可救。"他抬起一只手,示意达力拿别急着反驳,"不,这么说也不公平。制服有种……超越时光的气质,凭其实用性,军装永远不会完全过时。这是个安全的选择,稳妥可靠,在某种意义上,你以脱离于游戏之外的方式回避了时尚这道难题。"他冲瓦马尔点点头,"那个人想参加游戏,却玩得很糟,这就不可原谅了。"

"我还是觉得你们把那些丝绸和围领看得太重了。"达力拿说,"我们是战场上的士兵,不是舞会上的谀臣。"

"破碎平原正迅速成为国外名流云集的场所。我们要表现得体一点儿,这很重要。"他朝达力拿扬起一根指头,"我的朋友,如果要我接受你的道德优越感,也许你也该接受我的时尚观。别人恐怕会说,你凭衣装评价一个人的次数比我还多。"

达力拿陷入沉默。这番话点出了事实,因而刺痛了他。但如果名流显贵来破碎平原和轩亲王会晤，让他们看到一片片井然有序的营地，看到指挥官至少有将军的样子，这难道是过分的要求？

达力拿往后一靠，一直看到决斗结束。如果没记错，接下来该轮到阿多林出场。两名决斗者朝国王鞠躬，退向决斗场一边的帐篷。没过多久，阿多林踏上沙地，一身深蓝色碎瑛甲，头盔夹在腋下，黄黑两色头发乱得很有型。他抬起套护手甲的手向达力拿致意，并朝国王鞠了一躬，戴上头盔。

随后入场的男子身穿涂成黄色的碎瑛甲。光明贵人雷思是萨纳达尔军中唯一甲刃俱全的碎瑛武士——只拥有碎瑛甲或碎瑛刃的武士还有三个。萨纳达尔本人什么也没有。依赖手下最好的战士、让他们持有碎瑛武器的轩亲王并不少见，这非常合理，尤其对那些喜欢留在后方指挥战斗的人。在萨纳达尔公国，雷思身上的碎瑛甲和碎瑛刃一直属于御前禁卫，这是该地千百年来的传统。

萨纳达尔最近出言不逊，屡屡数落达力拿，于是阿多林不动声色地向他帐下的王牌碎瑛武士发出挑战，要求进行一场友谊赛。决斗很少以碎瑛武器为赌注，在这场比试中，胜负只关系出战武士双方的排名统计而已。比赛吸引到的观众要比往常多。不止一名女子拿起素描本，或是记录观看对战的感受。萨纳达尔本人没到场。

决斗的裁判伊斯托女士到场后，比试正式开始，双方召唤碎瑛刃。艾尔霍卡再次前倾上身，紧盯着在沙地上面对面缓缓绕圈的雷思和阿多林，碎瑛刃正在他们手中成形。达力拿也在不知不觉间坐直了身子，尽管浑身被羞耻感刺痛。根据法典，绝大多数决斗在阿勒斯卡处于战争状态期间都应避免。练习打斗和为争一口气而决斗之间有着细微但决定性的差别，决斗有可能让重要的军官负伤。

雷思摆出石姿剑的起手式，两手将碎瑛刃握在身前，剑尖朝天，手臂完全伸直。阿多林使用风姿剑，身体略偏向一侧，曲臂沉肘，剑身高举，剑尖对着脑后。他们就这么绕圈。先把对方的一部分碎瑛甲完全粉碎的人为胜者。这不算太危险，受损的碎瑛甲通常能挡住一击，哪怕会被这一击粉碎。

雷思首先发难，他向前一跃，碎瑛刃甩向身后，随即朝右侧用力挥出一击。石姿剑专精于这类攻击模式，将每一击的冲击力和威力提升到最大限度。达力拿觉得这种招式很笨拙——在战场上，手握碎瑛刃的人无须使出这么大力量——但对付其他碎瑛武士倒还有用。

阿多林往后一跃，尽管披着重达上百石的厚甲，碎瑛甲强化下的双腿依然使他身轻如燕。雷思这一斩不可谓不漂亮，但也因此门户大开。阿多林趁机击中他左臂，把护甲打裂。雷思再次攻击，阿多林又轻巧地退开，在对手左腿上讨得一招便宜。

一些诗人把战斗描述成舞蹈，达力拿在常规战斗中很少有这种感受。两个持盾握剑的人对打时会狂暴地猛冲对方，用武器反复撞击，试图绕过对手的盾牌。这不像舞蹈，更像摔跤。

但碎瑛武士间的战斗可以称为舞蹈。挥舞这些巨大的兵刃需要高超的技巧，碎瑛甲又十分坚韧，所以战斗通常会持续很久，充斥着华丽的动作和大幅度挥砍。使用碎瑛刃战斗宛若行云流水，流畅而优雅。

"你知道，他很棒。"艾尔霍卡说。阿多林击中雷思的头盔，引来观众一片喝彩，"比我父亲生前更强，甚至比你还强，叔叔。"

"他练得非常刻苦，"达力拿说，"也真心热爱此道。不是战争，不是打斗，而是决斗。"

"只要他想，就能成为冠军。"

阿多林确实想，达力拿知道这点，可儿子拒绝了那些令桂冠唾手可得的挑战。达力拿猜测，阿多林这么做是为了尽量不违背法典。争夺决斗冠军和锦标是罕见的战争间歇期才能做的事，但另一方面，保护家族荣誉始终都可成为决斗的理由。

不管怎样，阿多林不为排名决斗，这使得其他碎瑛武士低估他，会立刻接受他提出的挑战,还有些没有碎瑛武器的人也来挑战他。按传统,国王要把自己的碎瑛甲和碎瑛刃借给那些希望挑战碎瑛武士、又得到国王青睐的人,挑战者只需为此支付一大笔费用。

一想到自己的碎瑛甲被别人穿在身上、渡誓被别人握在手里,达力拿不禁一颤。这让人很不舒服。但出借国王的碎瑛武器——在阿勒斯卡王权恢复之前,出借碎瑛武器的是那些轩亲王——是难以撼动的传统,连迦维拉尔也没有违背,只是私底下抱怨过。

阿多林又躲过一击,但他开始转为风姿剑的进攻势。雷思对此没有准备——他击中了阿多林的右肩甲,但这一击没有打实。阿多林向前逼近,碎瑛刃起伏如波。雷思后退并摆出格挡的剑式,石姿剑是少数要依靠格挡技术的剑法之一。

阿多林挑开对手的碎瑛刃,打破了对方的剑姿,雷思立刻恢复,却又被阿多林再次击溃。雷思恢复剑姿的动作越来越迟钝,阿多林发动攻击,打中对手一边身侧,接着是另一侧。他出招短促迅捷,意在使对手慌乱。

这确实有效。雷思大吼一声,摆出石姿剑的标志性剑式之一,把剑高举过头。阿多林的应对堪称完美,他单手拿住碎瑛刃,抬起左臂,用完好的上臂护甲接下这一击。护甲严重开裂,但阿多林趁此机会完成拉剑动作,把自己的碎瑛刃送向雷思已开裂的左护腿甲。

只听护腿甲一声脆响,崩裂开来,碎片拽着烟雾四散纷飞,发出融铁般的红光。雷思踉跄后退,左腿已无法支撑碎瑛甲的重量。比试结束了。更重大的决斗可能要在两三个部位破碎后才分出胜负,但那就太危险了。

裁判起身宣布决斗终止。雷思扯下头盔,一瘸一拐地退开,咒骂声清晰可闻。阿多林用碎瑛刃的刀背轻敲额头——这是向对手致意的礼节——然后散去碎瑛刃,朝国王鞠躬。有些胜利者会冲进人群夸耀胜利或接受欢呼,可阿多林直接退回准备用的帐篷。

"天赋异禀。"艾尔霍卡说。

"而且还……这么懂事。"撒迪亚斯啜了口酒。

"是啊。"达力拿说,"有时,哪怕只为了让阿多林能全心全意参与决斗,我也希望能恢复和平。"

撒迪亚斯叹口气:"还要提放弃战争的事吗,达力拿?"

"我没这个意思。"

"你反复强调放弃了停战的想法,叔叔,"艾尔霍卡转头看他,"可你又一直绕着这个话题打擦边球,诉说对和平的向往。营里的人说你是懦夫。"

撒迪亚斯嗤之以鼻:"他不是懦夫,陛下,我可以作证。"

"那他们为什么这么说?"艾尔霍卡问。

"谣言总是言过其实。"达力拿说。

"你没有回答我的问题。"艾尔霍卡道,"如果由你来决定,你会不会率全军撤出破碎平原?叔叔,你是懦夫吗?"

达力拿一时语塞。

把他们团结起来,那个声音告诉他,*这是你的使命,我托付给你的使命。*

我是懦夫吗? 他沉思。诺哈东在书中强调自省,要求王者绝不能过于自信或自视太高,自以为掌握了真相。

艾尔霍卡的问题与幻象无关。但达力拿很清楚,自己确实在变成懦夫,至少退位的想法是软弱的表现。如果他因自身的变故而离开,那就是在选择一条轻松的道路。

我不能走,他意识到,*不管发生什么,我必须坚持到终点。不管是自己疯了,抑或幻象真实存在——这个想法越来越令他不安,无论如何,幻象的源头依然成疑——他都必须留下。但也必须有个计划,保证不拖累我的家族。*

这是在走钢丝。一切都不清楚,一切疑云重重。他之前打算一走了之,是因为他喜欢做清晰的决定。好吧,他身上发生的事,没有什么是清楚的。看来,继续担任轩亲王,将是他重塑人格的重要一步。

他不会退位,就这么定了。

"达力拿?"艾尔霍卡问,"你……你还好吗?"

达力拿眨眨眼,意识到自己把国王和撒迪亚斯晾在了一边。这么直勾勾地望着眼前的虚空对他的怪名声可不会有任何补益,于是他转头面对国王。"您想知道真相。"他说,"不错,如果由我下令,我会把十支大军全部撤回阿勒斯卡。"

不管其他人怎么说,这不是懦弱。不,他和内心深处的懦弱对质过了,知道懦弱是什么,而这是一种截然不同的东西。

国王看来很震惊。

"*我会撤兵*,"达力拿语气坚定,"但不是因为我想逃跑或是害怕战争,我害怕的是阿勒斯卡陷入动荡。结束这场战争有助于巩固国土,巩固轩亲王们的忠心。我会派更多的使节和学者去找出仆族智者谋害迦维拉尔的原因,在这件事上,我们放弃得太快太早。我依然怀疑,谋杀行为是他们内部的异端或叛徒挑起的。

"我会弄清他们的文化——哦,没错,他们确实有自己的文化。如果谋杀不是叛徒干的,我会继续寻找、继续追问,直到弄清他们这么做的理由为止。我会要求他们血债血还——也许要叫他们把自己的国王交给我们处决,以眼还眼,作为和谈的条件。至于琼心石,我会和我的科学顾问商谈,找出更好的办法来占领这片土地。可能是对平原进行大规模移民,占据无主山岭全境,这样便能实实在在地扩张边境、使破碎平原变成我们的领土。*我不会放弃复仇*,陛下,但我会以更深思熟虑的方式进行复仇,实施这场战争。眼下,我们知道得太少,难以开展有效行动。"

艾尔霍卡显得很吃惊,他点点头:"我……叔叔,这听起来确实在理。你为什么不早点解释?"

达力拿眨眨眼。仅仅数周前，他只是稍微提到撤兵的想法，艾尔霍卡就怒不可遏。究竟发生了什么变化？

我还是低估了这孩子，他意识到。"最近我脑子比较乱，自己都不知道该如何解释，陛下。"

"陛下！"撒迪亚斯说，"您不会真的考虑——"

"最近那次谋杀令我很不安，撒迪亚斯。告诉我，是谁在我的碎瑛甲里放了有瑕疵的宝石？调查有没有进展？"

"还没有，陛下。"

"他们想杀我，"艾尔霍卡轻声说，碎瑛甲下的身躯有些委顿，"要把我置于死地，就像对我父亲那样。有时我确实怀疑，我们在这里也许只是在追逐十蠡，而那个白衣刺客——是深族人。"

"是仆族智者派他动手的。"撒迪亚斯说。

"不错。"艾尔霍卡回答，"可他们都是些蛮子，也容易被人操纵。如果让一群仆族智者背黑锅，堪称完美的幌子。我们年复一年地打仗，真正的凶手却在军营里悄无声息地活动，不被人关注。他们盯着我，一直盯着我、等着我。我在镜子里见过他们的脸。那是一些符号，扭曲、非人的符号……"

达力拿看看撒迪亚斯，两人的表情都不安起来。艾尔霍卡的癔症更严重了？还是国王本就如此，只是一直隐藏着？每片影子在他眼里都暗藏密谋，而现在，因为针对他的暗杀企图，他的疑心病有了进一步膨胀的理由。

"撤出破碎平原可能是个好主意，"达力拿小心选择措辞，"但如果是为了和其他敌人打另一场战争，就值得考虑了。我们必须稳定局势，团结人民。"

艾尔霍卡叹口气："到现在，捉拿刺客倒成了无足轻重，也许我们无需这个借口。听说你和撒迪亚斯的尝试成果颇丰。"

"确实如此，陛下。"撒迪亚斯的语气颇为自豪——也许还有点自以为是,"不过,达力拿依然坚持使用他那些迟缓的重桥,有时等他赶到,我的部队都快被消灭了。如果达力拿能采取更先进的冲桥战术,收效还会更好。"

"那是浪费人命……"达力拿说。

"那是可以接受的。"撒迪亚斯说,"他们大多是奴隶,达力拿,有机会以某种渺小的方式参与战争,是他们的光荣。"

我看他们自己未必这么想。

"希望你至少能试试我的法子。"撒迪亚斯续道,"迄今为止,我们的打法还顶得住,可我担心,仆族智者会继续派出两支军队对付我们,要在你赶到之前独自对付两支部队,这主意我可不喜欢。"

达力拿一时语塞。这是个问题,难道真的要放弃强攻桥?

"好啦,你们各让一步如何?"艾尔霍卡说,"叔叔,下次出击时,让撒迪亚斯的冲桥手帮你进军高地。撒迪亚斯的冲桥队有很多富余,可以借你几支。他还是率领一支较小的军队打头阵,但你可以利用他的冲桥队来更快跟进。"

"这和用我自己的冲桥队没什么区别。"达力拿说。

"未必,"艾尔霍卡说,"你说过,和撒迪亚斯交锋后,仆族智者几乎没法向你射箭。撒迪亚斯的手下如往常那样发起第一波攻击,你可以在他为你抢得桥头堡之后跟上。"

"不错……"撒迪亚斯沉思道,"你用的冲桥手是安全的,你不必为此多牺牲人命,还能迅速赶到高地帮我,比过去快上两倍。"

"若你不能充分吸引仆族智者的注意力呢?"达力拿问,"若我冲击时,他们还能让弓箭手结阵对我的冲桥手射击呢?"

"那我们就撤,"撒迪亚斯叹着气说,"宣告试验失败,但至少也算试过。老友,人就是这样进步的,要尝试新东西。"

达力拿摸着下巴陷入沉思。

"爽快点,达力拿。"艾尔霍卡说,"他采纳了你的建议,和你联手攻击，你也该试试他的法子。"

"很好，"达力拿说，"我们一起来看看效果如何。"

"好极了。"艾尔霍卡起身道，"现在，我该去向你儿子道贺了。那场比试真精彩！"

达力拿没觉得特别精彩——阿多林的对手从未占到上风。可最好的战斗就是这样。达力拿不觉得"好"比试是胜负难分的比试。要赢的话，占尽优势、迅速获胜总是最好的方式。

国王沿石阶走向下方沙地，达力拿和撒迪亚斯立刻起身以示尊敬。达力拿扭头对撒迪亚斯说："我该走了。选出你认为能尝试新策略的高地，派个文员把这些高地的详细资料送给我。下次攻击其中某块高地时，我会率军到你的集结区，我们一起出发。你和你那支速度更快、规模较小的先头部队可以先走，等你就位，我会赶上的。"

撒迪亚斯点点头。

达力拿转身，沿着石阶向上方的出口走去。

"达力拿。"撒迪亚斯在身后喊他。

达力拿回头看着撒迪亚斯。这位轩亲王的领巾在大风中翻飞，两手交叉胸前，金黄色金属刺绣闪闪发光。"你也派个文员来，带上迦维拉尔那本书的副本。听听里头的故事没准儿还挺有意思。"

达力拿笑了："好的，撒迪亚斯。"

59 荣誉

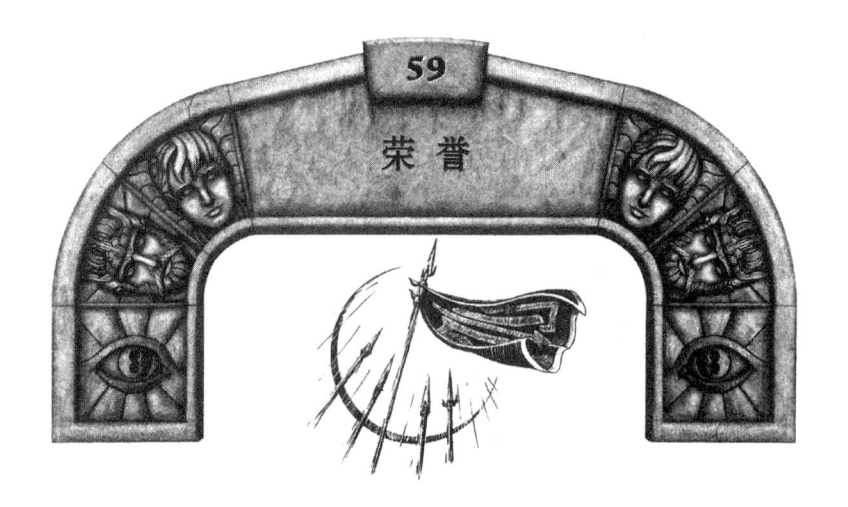

"我悬于终极虚空之上,身后是朋友,身前是朋友。盛宴的美酒黏在他们脸上,我必须饮下;闪烁的话语在我脑海中激荡,我必须说出。古老的誓约将自我口中获得新生。"

——收集于1173年第七月第二周第二天,死前四十五秒。死者是一名五岁的光眼种儿童,诵读这段样本时,该童的措辞非常成熟,明显不像孩子。

卡拉丁瞪着身前地面上的三枚黄玉润石。营房里黑漆漆的,除了泰夫特和他空无一人。偻朋靠在晒得到太阳的门廊处,悠闲地四处张望。屋外,石头正向其他冲桥手发号施令。卡拉丁让他们练习战斗队形。一切如常,别人会以为只是扛桥练习,但其实,他在训练大家服从命令、更加高效地变换队形。

三枚小小的润石——只是齐普——照亮了周围石地,印出一块小小的褐色光斑。卡拉丁紧盯球币,屏住呼吸,用意念吸取飓光。

什么也没发生。

他使出更大的劲再试一次,视线仿佛要把润石洞穿。

什么也没发生。

他捡起一枚润石，用掌心包住，举起来，现在只见其光，看不到润石本身。他能感受到光的旋转、涡流和位移，能辨出这场小小飓风的细枝末节。他对光发号施令，用意念喝促它、恳求它。

什么也没发生。

他抱怨了几句，往石地上一躺，盯着天花板发呆。

"也许你的渴望还不够强。"泰夫特说。

"没办法再强了。它就是没反应，泰夫特。"

泰夫特嘀咕一声，捡起一颗润石。

"也许我们想错了。"卡拉丁说。在接受自己体内这股怪异而可怕的力量的同时，他便无法再运用它，这仿佛是种诗样的讽刺，"可能是阳光造成的幻觉。"

"阳光造成的幻觉，"泰夫特哭笑不得地说，"把包黏在桶上是阳光造成的幻觉。"

"好吧，那也许只是邪了门，遇上只会发生一次的怪事。"

"你受伤的时候也发生了，"泰夫特说，"还有冲桥的时候，每逢你需要额外的爆发力和耐力的时候。"

卡拉丁沮丧地叹口气，后脑轻磕几下石地："好，如果我是你成天提及的光辉骑士之一，为何什么也做不了？"

"我猜，"头发灰白的冲桥手用手指摆弄着球币说，"你就像个还在学走路的婴儿。一开始，偶尔能走两步，慢慢地，才能有意识控制脚步。你只是需要多练练。"

"我盯着润石都有一星期了，泰夫特，需要练多久才行？"

"显然，现在练得还不够。"

卡拉丁翻个白眼，坐直身子。"我为什么要听你的？你都承认自己知道的不比我多。"

"我对于如何使用飓光一无所知，"泰夫特郁郁地说，"可我知道能发生什么。"

"就凭那些自相矛盾的故事？你说光辉骑士能飞、能在墙上走。"

泰夫特点点头："他们绝对办得到，还能凭视线融化石头，在一次心跳间移动很远的距离，控制阳光，还有——"

"还有为什么，"卡拉丁说，"既然他们会飞，干嘛还在墙上走？就不能直接飞过去吗？"

泰夫特没说话。

"还有，两者其实都没必要。"卡拉丁补充，"如果他们能'在一次心跳间移动很远的距离'，还要飞干什么？"

"我不确定。"泰夫特承认。

"故事或传说不能信。"卡拉丁说罢扭头瞥了一眼。茜尔落在一枚润石旁，像孩子般好奇地看个不停。"谁知道哪些是真的、哪些是捏造？我们唯一能确定的只有一点。"他捡起一枚润石，用两指夹住，"坐在这间屋子里的光辉骑士已经看够了棕色，看烦了，非常烦。"

泰夫特嘟囔道："你还不是光辉骑士，小伙子。"

"我们刚才不是在说——"

"噢，你能汲取，"泰夫特说，"你能汲取飓光并控制它，但成为光辉骑士不止于此。他们有一整套生活方式、一套行为准则，即所谓'不朽真言'。"

"什么？"

泰夫特又捡起指间的球币，盯着球心看。"生先死。强护弱。行胜果。这是他们的座右铭，也是不朽真言里的第一信条，此外还有四条。"

卡拉丁扬扬眉毛："另外四条是什么？"

"我其实也不知道。"泰夫特说，"所谓不朽真言，也就是那些信条，指导着他们的一切行为。据说，十个光辉骑士团所信奉的另四条理念不一样，但第一信条是统一的：生先死。强护弱。行胜果。"

他顿了顿,"至少我听来的是这样。"

"好吧,我觉得这些条条有点儿太直接了。"卡拉丁说,"显然,生命总在死亡之前,就像白天总在黑夜之前,或者一排在二之前。"

"你不诚心,或许这就是飓光不服从你的原因。"

卡拉丁站起来活动了一下四肢:"对不起,泰夫特,我只是太累了。"

"生先死,"泰夫特伸出一根指头冲卡拉丁晃晃,"光辉骑士永远守护生命,从不无谓杀生,从不为琐碎的理由拿自己的生命冒险。活着比送死更难。活着就是光辉骑士的使命。

"强护弱。每个人在一生当中都有脆弱的时候。光辉骑士保护弱者,为他人行使自己的力量。力量不能让人获得统治的资格,只能让人获得服务的资格。"

泰夫特捡起球币,一一放进口袋。他把最后一枚拿在手里顿了片刻,最后也塞进口袋。"行胜果。任何目标都有不止一种实现方式。失败也好过以不正当手段取得的胜利。为保护十个无辜的人而杀死一个人是得不偿失。到头来,所有人都会死,在全能之主眼中,你的活法远比你取得的成就重要。"

"全能之主?这么说,光辉骑士和宗教有关?"

"有什么与宗教无关?有个古代国王思索出这一切,让妻子为自己写了一本书什么的。我妈读过。光辉骑士信奉的理念就是以书里内容为基础的。"

卡拉丁耸耸肩,走到一旁,开始整理成堆的皮马甲。他和泰夫特留在营房,表面上是要检查马甲的皮带是否有撕裂或损坏。过了一会儿,泰夫特也过来帮手。

"你当真相信?"卡拉丁提起一件马甲,扯扯带子,"会有人遵循那些誓言?尤其是一群光眼种?"

"他们不只是光眼种,他们是光辉骑士。"

"都是人，"卡拉丁说，"手握权力的人总会装模作样，号召美德，或是神的指引，诸如此类，仿佛'保护'其他人是他们的天命。如果我们相信他们所拥有的一切源自全能之主的赐予，那就更容易接受他们对我们的所作所为。"

泰夫特把一件马甲翻转过来，左肩衬垫下已有磨损迹象。"过去我从不相信。然后……然后我见到你吸收飓光，便开始动摇了。"

"这些全是故事和传说，泰夫特。"卡拉丁说，"我们愿意相信过去曾有好人，指望世道还会变好。可人性从不改变。他们现在腐败，过去同样腐败。"

"也许如此，"泰夫特说，"但我父母对这一切都深信不疑。不朽真言、信条、光辉骑士、全能之主，乃至古代沃林教。其实，他们对古沃林教信得特别深。"

"那是神权统治的发端。虔诚会和虔诚者不应持有土地或财产，那太危险了。"

泰夫特嗤之以鼻："为什么？你觉得土地和财产在光眼种手里就更好？"

"好吧，也许在这一点上，你说得在理。"卡拉丁一皱眉。他一直认定自己被全能之主抛弃，甚至诅咒了，所以难以接受茜尔的话——他其实得到了恩护。没错，他得以苟全性命，想来也该为此感激。可被赐予强大的力量，却依然不足以保护所爱之人，有比这更糟的吗？

门廊下的偻朋站直身子，偷偷朝卡拉丁和泰夫特打手势，打断了他进一步的思考。所幸此刻两人的行为很正常，没什么可隐瞒的。说实话，卡拉丁只是像个白痴似的坐在地上对着润石发愣。他放开背心，走到门口。

哈莎尔的轿子被径直抬向卡拉丁的营房，她过分沉默的高挑丈夫走在一旁，围着紫色缠脖，袖口上的刺绣也是紫色，短上衣形如马甲。盖兹还是没出现，已经消失一星期了。哈莎尔和她丈夫，以及二人的光眼种随员承担了冲桥士官过去的工作，并拒不回答一切相关问题。

"风操的。"泰夫特走到卡拉丁身旁，"这两人让我起鸡皮疙瘩，感觉就像有人拿着匕首站在我背后。"

石头让冲桥手列队静候，仿佛在等待检阅。卡拉丁走出营房加入队列，泰夫特和偻朋跟在后面。轿手把轿子停在卡拉丁跟前。这台轿子四面敞开，只有底板、顶篷和扶手椅——很多军营里的光眼种女性使用这种轿子。

卡拉丁勉强对哈莎尔鞠了个像样的躬，并示意大伙照做。现在因为犟骨头挨打可划不来。

"冲桥队长，你的队伍训练有素。"她漫不经心地用涂得艳红的指甲轻拂脸颊，手肘支在扶手上，"冲桥时，如此……高效。"

"谢谢您，光明女士哈莎尔。"卡拉丁努力让语气不带生硬和敌意，但还是做不到，"不知能否一问：好多天没见到盖兹了，他还好吗？"

"不。"卡拉丁等她说下去，可她没再多说一个字，"我丈夫做了一个决定。你的手下如此能干，足以成为其他冲桥队的榜样。所以，以后每次出桥你们都要参加。"

卡拉丁浑身一颤："物资搜集的工作呢？"

"哦，时间还是有的，不过你们得拿着火把下沟，因为晚上从不出击。总而言之，你们白天睡觉——随时待命——晚上到沟底搜集物资。这样就能大大提高利用效率。"

"每一次冲桥，"卡拉丁说，"你要我们参加每一次冲桥。"

"不错。"她轻描淡写地说，接着敲敲扶手，示意轿手起轿，"你的队伍太能干了，所以必须利用起来。从明天起，你们全天待命，这是你们的……荣誉。"

卡拉丁猛吸一口气，忍住对她口中的"荣誉"评头论足一番的冲动。他无法强迫自己向她离去的背影鞠躬致意，但她似乎并不介意。石头和众人窃窃私语。

参加每次冲桥。他们死亡的速度会快上一倍，最多只能撑几星期。队伍的人手本就不够，只要在一次出击中损失一两个人，就会扛不稳桥，然后成为仆族智者攒射的目标，被歼灭殆尽。

"克勒克的臭嘴！"泰夫特说，"她想整死我们！"

"这不公平。"偻朋跟了一句。

"我们是冲桥手。"卡拉丁看着他们，"你们凭什么以为'公平'二字会用在我们身上？"

"她要为撒迪亚斯尽快除掉我们，现在还不够快。"莫阿什说，"你知道吗？来看你的士兵都挨了揍，因为他们想看看从飓风之父手底下活下来的人长什么样。他没有忘记你，卡拉丁。"

泰夫特还在骂骂咧咧。他把卡拉丁推到一边，偻朋跟了上来，其他人继续交头接耳。"诅咒之地！"泰夫特无力地说，"他们过去还假装公平，表面上对每支冲桥队一视同仁，现在连这点伪装也不要了。真是畜生！"

"我们该怎么办，黑发哥？"偻朋问。

"今天按原计划下沟。"卡拉丁说，"然后，今晚一定得多睡一会儿，因为明天显然要熬夜。"

"大伙儿讨厌晚上下沟，小伙子。"泰夫特说。

"我知道。"

"可那件事……我们还没准备好。"泰夫特环顾四周，确保没人听见。这里只有他、卡拉丁和偻朋，"起码还得花上几星期。"

"我知道。"

"我们撑不了几星期！"泰夫特说，"撒迪亚斯和寇林联手后，几乎每天都要出击。只要搞砸一次——被仆族智者攒射一次—— 一切就都完了。我们会死个一干二净。"

"我知道!"卡拉丁颓丧地深吸一口气,攥紧拳头不让自己爆发。

"黑发哥!"偻朋说。

"怎么?"卡拉丁喝道。

"又出现了。"

卡拉丁一愣,低头看自己手臂。果然,一丝光雾从皮肤上升起,极其微弱——他身边没多少宝石——但确实存在。光雾很快散去,但愿其他冲桥手没看见。

"诅咒之地啊,我刚才干了什么?"

"我不知道。"泰夫特说,"是不是因为你生哈莎尔的气?"

"我以前也生过气。"

"你把它吸进去了。"茜尔急切地说。她化作一条光缎,绕着他转个不停。

"什么?"

"我看到了。"她扭来扭去,"你发火,吸了一口气,然后这光……光也进去了。"

卡拉丁瞥了泰夫特一眼,不过老冲桥手当然听不见精灵。"召集大伙儿,"卡拉丁说,"我们下沟干活去。"

"那刚才的事怎么处理?"泰夫特说,"卡拉丁,我们不能承受这么多冲桥任务,我们会被射成马蜂窝。"

"今天我会做点儿什么。让大伙整队。茜尔,我要请你帮个忙。"

"什么呀?"她落在他身前,化作少女。

"去为我们找一个仆族智者尸体的聚集点。"

"我以为你今天要让大家练矛。"

"大伙儿是要练习矛术。"卡拉丁说,"我会先安排好,然后去做件特别的事。"

卡拉丁快速拍手，冲桥手们按他的指令摆成像模像样的锋矢阵。他们扛着藏在沟底的矛，这些矛保存在一口装满石头的大袋子里，袋子则被塞进一条裂缝。他再次拍手，阵形改为双排一字阵。他又拍手，他们结成环阵，分里外两层，外层每二人身后的中间位置站一人，作为迅速填补缺口的后备。

水顺着崖壁往下滴，冲桥手们踩在水塘里，溅起片片水花。他们干得不错，好得不符合他们的身份，从训练水平来看，也好过他教过的任何队伍。

可泰夫特说得没错，他们撑不持久。再练几星期，他就能教会他们如何戳刺、如何互相掩护，使他们成为致命的武力。在那之前，他们只是会摆些花哨队形的冲桥手。他们还需要时间。

卡拉丁必须为他们争取时间。

"泰夫特，"卡拉丁说，"接下来就交给你了。"

老冲桥手敬了个他们自创的交臂礼。

"茜尔，"卡拉丁对精灵说，"我们去看那些尸体。"

"离得不远，走吧。"她沿深渊一闪而去，留下一条光带。卡拉丁大步跟上。

"长官。"泰夫特喊道。

卡拉丁愣了愣。他从什么时候开始称自己为"长官"了？奇怪的是，这种称呼他觉得很合适。"什么事？"

"你要带个护卫吗？"泰夫特站在结阵待命的冲桥手队伍前，他们穿着皮马甲，熟练地握着矛，越来越像战士了。

卡拉丁摇摇头："我不会有事。"

"深渊恶魔……"

"跑得这么近的深渊恶魔都被光眼种杀了。再说，要是碰上了，多两三个人又有什么区别？"

泰夫特灰色短须下的嘴翕动了几下，但没有再争辩。卡拉丁继续跟随茜尔前进，兜里放着目前剩下的所有从尸体上搜来的润石。他们养成了习惯，每次都把找到的球币留下一部分，用箭挂在桥上。有了茜尔帮助，收成比过去更好，所以他兜里着实揣了不少钱。他希望，这些飓光今天能帮上大忙。

他取出一颗蓝马克照明，以避开泡有骸骨的水塘。一枚头骨从水塘里探出来，顶上长满波浪形的绿苔藓，就像头发，上方有生灵起伏跃动。在这条黑暗的狭缝中独行应该心里发毛才对，可卡拉丁毫无惧意。这是一片圣地，是低贱者的石陵，是埋葬冲桥手和矛兵的墓穴。他们死在光眼种的命令之下，洒下的鲜血顺着凹凸不平的崖壁流淌。这地方并不吓人，而是神圣。

说实话，能在死者们沉默的陪伴下寂静地独行不啻为一桩舒坦事。这些人生前在意的其实不是那些天生长了浅色眼睛的人的纷争，他们在乎的是家人——或者，至少在乎自己的钱包。有多少人被困在这片陌生的土地、这片无尽的平原上，因穷困潦倒而无法逃回阿勒斯卡？每星期都有几百人死去，为那些已经富得流油的人夺取宝石，为一个死了很久的国王报仇雪恨。

卡拉丁又经过一颗头骨，它没了下颌，天灵盖被斧头劈裂，一对眼窝仿佛在好奇地看他。他手中蓝色的飓光在崎岖不平的地面和崖面上打出幽影。

按虔诚会的教诲，人死去后，最英勇的人——感召完成得最出色的人——会升天，帮助令使夺回天堂。每个人都将继续在人间的本行。矛手要战斗，农民要在灵田中劳作，光眼种要领导。虔诚者特别有心强调，只要生前感召完成得出色，任何人死后都能获得神力。农民挥挥手就能让一大片灵田硕果累累，矛兵将成为伟大的战士，能以盾轰出雷鸣、用矛劈出闪电。

可是冲桥手呢？全能之主是否要求所有死去的冲桥手升天后继续干这份苦差？杜内他们死后还在冲桥吗？迄今为止，没有虔诚者会来测试他们的能力或授予他们晋升。也许天堂之战不需要冲桥手，毕竟只有技巧最高超的人才会去那儿，其他人都在沉睡，等待宁静园被收复的那一天。

我又信沃林教了？他攀上一块卡在深渊中的大石，就这么信了？他不确定。其实这无关紧要。他要为身边的冲桥手竭尽全力，如果这也算是一种感召，就这样吧。

当然，如果真能和大家一起逃走，撒迪亚斯会找其他人来替代，替他们去死。

我只能在自己的能力范围之内操心，他告诉自己，**其他冲桥手不是我的责任。**

泰夫特谈到光辉骑士，还有信条，还有那些故事。为什么人不能真的变成那样？为什么他们非得靠梦、靠虚构的故事来寻求启示？

你逃走后……其他冲桥手会任人宰割，一个声音在他体内小声说，你一定能为他们做些什么。

不！他抗拒着，如果我担心其他人，就没法救出第四冲桥队。只要能找出逃跑的方法，我们立刻得走。

如果你走了，那个声音仿佛在说，谁为他们而战？没有人关心，没有人……

父亲在很多年前说过什么来着？他做了自己觉得正确的事，因为必须有人起个头，必须有人迈出第一步。

卡拉丁感到手中有股暖意。他停下脚步，闭上眼。通常，润石不会带来任何热感，可他手里这枚似乎是温热的。于是——仿佛这是最最自然的反应——卡拉丁深吸一口气。润石慢慢冷却，一股热流注入他的手臂。

他睁开眼。手里的润石失去光芒，手指却结了层脆霜。他的身体腾起了光,就像为火焰所腾起的烟雾,洁白而纯净的光雾。

他抬起一只手,觉得自己充满能量。他无需呼吸——事实上,他得憋住气才能将飓光困在体内。茜尔折返回来,在他身边上下翻飞,然后停在半空,化成少女的形态。"你做到了。这是怎么回事呀?"

卡拉丁摇摇头,屏住呼吸。某些东西在体内涌动,就像……

像飓风,在血管中肆虐;像风暴,席卷胸腔。他想要奔跑、跳跃、呐喊。他觉得自己仿佛要爆炸,仿佛可以踏风而行,或者飞檐走壁。

对!他心念一动,撒腿就跑,跃向一侧崖壁,双脚先触及崖面。

他弹飞开去,重重砸向地面。这一震令他大喊一声,呼气的同时,体内的风暴也随之平抑。

他仰面躺着,不断呼吸,飓光散得更快,直到最后一丝光雾蒸腾而去。

茜尔落在他胸口:"卡拉丁?那是怎么回事?"

"我是傻瓜。"他坐起来,觉得后背很痛,落地时砸到的手肘钻心地疼,"泰夫特说光辉骑士能飞檐走壁,我又觉得力量用不完……"

茜尔在半空中踱步下落,仿佛踩着一道阶梯:"我觉得你还没准备好呢,别太冒险。如果你死了,我又会变笨的,你知道。"

"我会努力记住。"卡拉丁站起身,"也许我会从这周的任务列表中删掉'死'这一项。"

她啐了一声,蹿上半空,又化作光缎。"走吧,抓紧点儿。"说罢她沿深渊飞驰而去。卡拉丁收好暗淡的球币,从口袋里掏出另一枚来照明。刚才有没有吸走所有润石的飓光?不,其他润石的亮度依旧很强。他选了枚火马克,急忙追赶茜尔。

她领他来到一条狭窄的崖道,里头有一小堆死去不久的仆族智者的尸体。"怪吓人的,卡拉丁。"她立在尸堆上空抱怨。

"我知道。偻朋去哪儿了?"

"我让他在附近搜集你吩咐的东西。"

"请带他过来。"

茜尔叹口气,但还是飞走了。每当卡拉丁要求她在其他人面前现身,她总会发点脾气。卡拉丁跪到地上。仆族智者看起来都差不多,都是方方正正的脸庞、壮如磐石的体格。有些仆族智者的胡子上串了些宝石,发着光,但不算明亮。切割过的宝石蕴藏飓光的能力更强,这是为什么呢?

军营里有传言,说仆族智者会掳走受伤的人类,活活吃掉;还有传言说他们对死去的同族不管不顾,从不举行像样的火葬。后半部分是假的。他们关心本方死者,和申有着同样不可触及的禁区——只要冲桥手稍微触碰仆族智者的尸体,申就一定会发火。

我最好别猜错。卡拉丁心下肃然,从一具仆族智者的尸体上抽出一把短刀。刀锻得十分漂亮,装饰也很美,钢刃上刻着一排卡拉丁不认识的铭文。他开始切割尸体胸前长出的怪异胸甲。

卡拉丁很快发现仆族智者的生理构造与人类差异很大。胸甲和下方皮肤之间由短小的蓝色韧带连接,整块结合面上都有。他继续忙活。流出的血并不多,它们早已流走或聚集在尸体背部了。这把短刀不是手术师的工具,但干这事一样趁手。茜尔带着偻朋回来时,卡拉丁已割下胸甲,开始切割甲壳质的头盔。这比割胸甲更困难,因为头盔和头骨长在一起,他必须用刀刃上锯齿状的部分来回地锯。

"嗨,黑发哥,"偻朋肩搭一口麻袋,"你真不待见他们啊,是不?"

卡拉丁在这具男性仆族智者尸体的裙子上擦擦手,站直身子。"我要的东西都找到了?"

"那当然。"偻朋放下麻袋,伸手掏摸。他扯出一件带护甲的皮背心和一顶帽子,都是矛兵使用的类型,随后取出几条细皮带和一面矛兵用的中等尺寸木盾,最后是一把深红色的骨头。仆族智者的骨头。麻袋最里面有卷绳子,是偻朋买来后抛下深渊,藏在沟底的。

"你没失心疯吧?"偻朋瞅着骨头问,"万一真疯了,我倒有个亲戚,会调一种专治失心疯的药水,保证让你好起来。"

"如果我疯了,"卡拉丁走到一片死水塘边漂洗甲壳头盔,"我会承认吗?"

"我不知道。"偻朋往石壁上一靠,"也许会。好像你疯没疯都无所谓。"

"你会跟一个疯子上战场?"

"当然。"偻朋说,"就算你疯了,也是个好疯子,我喜欢你。你不是那种趁人睡觉乱杀人的疯子。"他笑笑,"再说,我们一直都给疯子卖命,每天都是,就那些光眼种。"

卡拉丁不禁笑出了声。

"那么这究竟是要干啥?"

卡拉丁没有回答。他把胸甲放到皮背心上,用几根皮带将它系在背心的正面,然后对头盔和帽子也如法炮制,但最后不得不用短刀在头盔上锯出一些凹槽,以便固定它。

弄好帽子,卡拉丁用剩下的皮带把骨头扎成一捆,系在圆盾的正面。举起盾牌,骨头彼此撞击,咔咔作响,不过他觉得够牢固了。

他拿起盾牌、帽子和胸甲,统统往偻朋的麻袋里放,勉强塞进去。"行了。"他起身道,"茜尔,带我们去那道浅渊。"他们曾花一些时间探查地形,找到一处最适合朝固定桥梁射箭的地方。有座桥离撒迪亚斯的营地很近,所以出桥时经常会经过,而且桥下深渊特别浅,只有四十来尺深——一般的都有上百尺。

她点点头,飞上半空引路。卡拉丁和偻朋开步跟上。泰夫特得到命令,会带领其余人返回,在梯子底下与卡拉丁等会合,不过卡拉丁和偻朋应该会早到很久。漫长的行程中,他心不在焉地听偻朋谈论他那人丁兴旺的家族,以此打发时间。

卡拉丁越想他的计划,就越是觉得荒唐。也许偻朋是该怀疑他的神志是否清醒。可卡拉丁已尝试过所有理性的手段、所有谨慎的方法，都不管用；现在没有多余时间来思考逻辑、瞻前顾后了。哈莎尔显然想让第四冲桥队死绝。

当聪明、谨慎无用时，就该试试死马当活马医了。

偻朋突然闭嘴。卡拉丁放慢脚步。赫达孜人僵在原地，脸色煞白。究竟是……

是刮擦声。卡拉丁也僵住了，恐惧感油然而生。一条岔道里回荡着某种低沉的摩擦声。卡拉丁缓缓转身，堪堪瞥见一个大东西——不，*是一个庞然大物*——朝远处的深渊而去。昏暗光线下的黑影、角质覆盖的腿与岩石的摩擦……卡拉丁屏住呼吸，浑身冒汗，不过那头野兽没有朝这里来。

刮擦声渐行渐远，最终消失。完全静下来后，他和偻朋仍然一动不动地站了许久。

终于，偻朋开口打破沉默："看来附近的那东西没死光，对吧，黑发哥？"

"是啊。"卡拉丁说罢，被飞回来找他们的茜尔吓了一跳，这一惊令他无意中吸入一些飓光。当茜尔飘落到二人跟前，她见到卡拉丁正傻乎乎地放着光。

"你们在搞什么呢？"她两手叉腰，气鼓鼓地质问。

"是深渊恶魔。"卡拉丁说。

"真的真的？"她似乎很兴奋，"我们应该追上去！"

"什么？"

"那当然，"她说，"你可以和它较量较量，我打赌。"

"茜尔……"

她兴高采烈地眨巴眨巴眼睛。是个玩笑。"走吧。"她向前飞去。

他和偻朋把脚步放得更轻。终于，茜尔落向一侧，站在崖壁上，仿佛在嘲笑卡拉丁刚才试图踏壁而上的举动。

卡拉丁仰头看着头顶四十尺处黑黝黝的木桥。这是他们能找到的最浅的沟,越是往东,裂谷就越深。他越来越确信,逃往东方是不可能的。路途太遥远,要熬过飓风带来的洪水也太困难。原本的计划——打倒或贿赂卫兵,然后逃走——是最佳选择。

可要尝试这一计划,他们必须活得够久。头顶的这座桥提供了机会,前提是卡拉丁能摸到它。他掂掂放润石的小袋子,还有扛在肩上的满满一袋盔甲和骨头的重量。起初,他打算让石头把系着绳子的箭矢射上去,让绳子绕过桥体后落到沟底,安排人手固定一端,让另一人爬上去,把麻袋挂在桥底。

可那样做有风险,箭矢可能会射出深渊,被斥候发现。据说他们的眼神很贼,军队要靠他发现正在化蛹的深渊恶魔。

卡拉丁觉得自己有个更好的办法,但没有把握。"我需要石块,"他说,"拳头大小的,要很多。"

偻朋耸耸肩,开始搜集。卡拉丁也和他一起找,从水塘和裂缝里挑出合适的石块。谷底不缺石头,没过多久,麻袋里就装了一大堆。

他把装润石的袋子拿在手里,尝试以之前吸入飓光时的方式去思考。*这是我们最后的机会。*

"生先死。"他低语,"强护弱。行胜果。"

光辉骑士的第一信条。他深吸一口气,汹涌的力量涌入胳膊,肌肉燃烧着,躁动不安。体内涌起的风暴推挤着皮肤,令他的血流产生强有力的脉动。他睁开双眼,浑身被光雾围绕。屏住呼吸,他可以把大量飓光留在体内。

体内的风暴仿佛要把他撕碎。

他把装盔甲的麻袋放到地上,将绳子缠在胳膊,把那袋小石块系在腰间,然后取出一块拳头大小的石头,掂掂分量,感受着被飓风磨光的表面。*最好别出岔子……*

他将飓光注入石头,手臂结出一层白霜。他也不知是怎么做到的,可感觉如此自然，就像把液体倒进杯子。飓光汇集到手上，聚集在皮肤底下，转移到石头里——像是在用一种鲜艳跃动的液体作画。

他把石块按到崖壁上。石块牢牢固定在那里，向外逸出飓光。他试着去掰，石块纹丝不动；他两脚腾空，把全身重量挂上去，石块依然顶得住。于是他在略低和略高处的位置又各安上一块，一边期望有人会焚烧符纸祝福他成功，一边开始攀爬。

他努力不去细想自己的行为有多荒唐。踩着粘在峭壁上的石块往上爬……靠什么粘的？光？精灵？他不断往上，感觉很像过去和提安一起攀爬赫斯通附近的岩架，只是现在他能完全按自己的意愿创造支撑点。

*应该在手里抹点岩粉。*他边想边向上攀爬，然后从袋子里取出石块粘到合适的位置。

茜尔陪他往上走，脚步悠闲，仿佛在嘲笑爬得如此辛苦的卡拉丁。他把体重挂到另一块石头上，听到脚下传来令人心悸的敲击声。他冒着危险低头看了一眼。第一块石头已经掉落，周围几块散发出的飓光也很微弱。

石块从下往上，就像一排燃烧的脚印。体内的风暴已略微平息，但依然在血管中肆虐咆哮，既让人心潮澎湃，又令人思绪不宁。如果在爬到顶之前耗尽飓光怎么办？

第二块石头掉了，边上的那块几秒钟后也坠落下去。偻朋站在谷底另一侧，靠着崖壁，表情轻松，对眼前的一切很感兴趣。

*不要停！*卡拉丁心想，对自己涣散注意力感到恼火。他扭头继续攀爬。

他在胳膊开始酸胀时爬到了桥底。向桥架探身，又有两块石头落地，敲击声越来越大，因为坠落的高度越来越高了。

他用一只手撑住桥底，稳住身形，两脚依然踏着最高处的石块。然后他将绳子穿过木桥的一根承重梁，拉出绳头绕了一圈，打了个简易绳结,在绳结较短的一侧留出足够长度。

他让余下的绳子从肩头滑落,坠向谷底。"偻朋,"他喊道,飓光从嘴里涌出,"把绳子拉紧。"

赫达孜人照办了,卡拉丁拉住自己那头的绳子,拉紧绳结,然后两手抓住较长的那端,在桥底悬空晃荡。看来绳结靠得住。

卡拉丁松了口气。他身上还在冒光,除了冲偻朋喊话那一下,已经憋了大约一刻钟的气。*这本事以后用得上*,他心想。不过肺也发起疼来,所以他开始正常呼吸。飓光没有一下子散尽,但逸出速度加快了。

"行了。"卡拉丁对偻朋说,"把那个袋子系到绳子上。"

绳索晃动起来,片刻后,偻朋抬头大喊,告诉他一切就绪。卡拉丁用双腿绞住绳索,以此固定身体,用双手把那袋甲胄提上。他把失去飓光的润石塞进大麻袋,然后用绳结较短的那头把袋子捆在桥底某个位置。但愿偻朋和达彼德可以从桥上够到。

他低头一看,谷底离双脚如此遥远,比从桥上看的感觉高得多。只要略微改变观察视角,一切都会截然不同。

高度并没有令他眩晕,反而使他涌起一股小小的兴奋感。某种本能使他一直喜欢待在高处,觉得这很自然。反倒是困在底下、困在洞里,无法把世界尽收眼底才沮丧。

他思索着下一步行动。

"怎么啦?"茜尔走到他身边,站在半空间。

"如果我就这么滑下去,把绳子留在这儿,别人过桥时可能会发现。"

"那就割掉啊。"

他瞅瞅她,眉毛一挑:"割掉?我吊在绳上呢。"

"你不会有事啦。"

"从四十尺摔下去!至少也会断几根骨头。"

"不会的,"茜尔说,"*我觉得没问题,卡拉丁。你不会有事的。相信我。*"

"相信你?茜尔,你明明说过,你的记忆残缺不全!"

"你上周惹我生气了。"她叉起胳膊说,"你还欠我一个道歉。"

"难道道歉的方式就是割断绳子,从四十尺高空掉下去?"

"不,道歉的方式是相信我。我说啦,我觉得没问题。"

他叹口气,又低头看看。飓光快耗尽了,还有什么其他的办法呢?把绳子留在这儿是蠢主意。能不能再打一个结,一种能从底下抖开的结?

就算有那种结,他也不知道怎么打。于是他咬咬牙。当最后一块石头松脱、咯嘣作响地往下滚时,他深吸一口气,抽出先前取到的短刀,不给自己重新考虑的机会,飞快下手,割断了绳索。

他直坠而下,一手依然抓着断掉的绳子,坠落的恐惧感令胃里翻江倒海。木桥仿佛笔直蹿上半空。慌乱之下,卡拉丁立即扭头往下看。这景象一点儿也不美,非常可怕,非常吓人,他要死了!他——

没问题的。

不知为何,他的情绪转瞬间平静下来,而且知道该怎么做。他在空中转体,抛开绳子,用两脚着陆,顺势蜷身,一手往下撑住岩地。他的全身突然一阵冰凉,体内余下的飓光全部爆发出来,形成一圈环形光雾,朝地面喷薄而出,随即散开、消失。

他站直身子。偻朋惊得目瞪口呆。卡拉丁觉得腿砸得有点儿疼,但就和从五尺高度跳下来差不多。

"简直是山巅上的十响惊雷啊,黑发哥!"偻朋惊呼,"真不敢相信!"

"谢了。"卡拉丁说罢,一手挠挠头,看看散落在崖壁边的石块,又看看牢牢系在上方的盔甲袋。

"我说过嘛。"茜尔落到他肩头,语气很是得意。

"偻朋，"卡拉丁说，"你可以在下次冲桥时拿到那堆盔甲吗？"

"没问题。"偻朋说，"没人会看到。我们赫达孜人在他们眼里是透明的，冲桥手在他们眼里是透明的，残废在他们眼里更是透明的。在他们眼里，我简直是可以穿墙的隐形人。"

卡拉丁点点头："拿到手后藏起来，在向最后一片高地发起冲锋之前给我。"

"要是你穿着盔甲冲桥，他们可不乐意，黑发哥。"偻朋说，"我觉得这和你之前试过的法子没啥区别。"

"走着瞧吧。"卡拉丁说，"你照做就是。"

60 求不得

"死亦生,强恒弱,行无果。"

——收录于1173年第七月第二周第一天,死前九十五秒。死者是一位略有薄名的学者。此为二手资料,存疑。

"这就是理由,父亲。"阿多林说,"无论幻象真伪,你都绝不能退位给我。"

"是吗?"达力拿心中暗笑。

"是的。"

"很好,我听你的。"

正随达力拿回房的阿多林猛然停步,呆立走廊下。达力拿转身,看着年轻人。"真的?"阿多林问,"我是说,我真的赢了一回和您的争论?"

"对,"达力拿说,"你的观点是正确的。"他没有画蛇添足,说出这是他自己的决定,"不管怎样,我会留在这里,继续这场战斗,现在还不能走。"

阿多林咧嘴笑了。

"但是,"达力拿抬起一根指头,"我有一个条件。我会起草一份命令——由我最高级别的文书员集体公证,并由艾尔霍卡见证——授予你在我精神失常的情况下废黜我的权力。此事不会让其他军营的人知道,这项安排是保险起见,一旦我真的发疯,可能你们就没法除掉我了。"

"行,"阿多林走向达力拿。走廊里没有别人,"我可以接受。我想你没有告诉撒迪亚斯吧,我还是不能信任他。"

"我不要求你信任他,"达力拿边说边推开房门,"我只要你相信他是可以改变的。撒迪亚斯曾是我的朋友,我想他能重新成为朋友。"

用塑魂术造出的石头冷冰冰的,仿佛把春寒留在了室内。老天还是不愿入夏,但好歹也没有入冬。艾瑟巴保证冬天不会马上降临,可话又说回来,读风者的保证总是充满限定词。全能之主的旨意是神秘的,那些迹象不总是可靠。

他现在接受了读风者的存在,但他们刚开始大行其道时,他曾拒绝他们的帮助。任何人都不应揣测未来,也不该如此自诩,未来只属于全能之主。何况,达力拿不能想象读风者如何在不读书的前提下进行研究。他们自称不看书,可达力拿见过他们的书,里头满是铭文。铭文是一种图形,不该用在书里。从未见过铭文的人也能凭形状明白其含义。所以解读铭文和读书不一样。

读风者的很多行为都令人不舒服。不巧的是,他们就是很有用。他们知道飓风何时降临,这个好处实在太诱人了。尽管读风者经常犯错,可算准的时候更多。

雷纳林跪在壁炉旁,细细查看里头装的取暖法器。纳瓦妮已到了。她坐在达力拿高大的书桌旁写信。达力拿一进来,她心不在焉地挥挥手中芦笔,算是打招呼。她戴着达力拿在几周前的宴会上见她展示过的法器,这台装置有很多脚,扣在她肩头,抓着她紫色的裙布。

"我不知道，父亲。"阿多林关上门，显然还在想撒迪亚斯的事，"我不在乎他是否在听人读《王者之路》，即便他这么做，也是为了把你的心思从高地战事中引开，好让他的文书员做手脚，多吞一些琼心石。他在算计你。"

达力拿耸耸肩。"琼心石不是最要紧的，吾儿。如果能和他重新结为盟友，付出任何代价都值得。某种意义上，是我在算计他。"

阿多林叹口气："好吧。可他靠近时，我还是要捂紧钱袋。"

"尽量别冒犯他就好。"达力拿说，"对了，还有件事，我想让你对国王卫队多操点心。找到绝对忠于我们的士兵，让他们守卫艾尔霍卡的房间。他谈到某种阴谋，这令我担心。"

"您应该不会随便相信他的话吧。"阿多林说。

"他盔甲的事确实有古怪。这桩闹剧就像壳浆，又臭又恶心。也许到头来什么都不会发生，但眼下还是迁就一下吧。"

"我不得不说，"纳瓦妮说，"当撒迪亚斯、你还有迦维拉尔是朋友时，我就不怎么喜欢他。"

"他与谋害国王的阴谋无关。"达力拿说。

"你凭什么肯定？"纳瓦妮问。

"因为这不是他的作风。"达力拿说，"撒迪亚斯从不觊觎王位。作为轩亲王，他权力极大，还可以将重大错误归咎给国王。"达力拿摇摇头，"他从来没有与迦维拉尔争王位的企图，艾尔霍卡即位后，他的地位还更稳固了。"

"那是因为我儿子太软弱。"纳瓦妮说，话里并没有责备之意。

"他并不软弱，"达力拿说，"只是缺乏经验。不过，他在位对撒迪亚斯确实是最理想的。撒迪亚斯的话发自内心——他要求出任轩督王，是因为他非常急于找出试图谋害艾尔霍卡的凶手。"

"玛莎拉，"雷纳林用婶婶的正式称谓道，"您肩上的法器是做什么用的？"

纳瓦妮低头看着法器，狡黠地一笑。达力拿看得出，她一直在等别人问这个问题。达力拿坐到椅子上，飓风快要来了。

"哦，你说这个？这是一种止疼器，来，我示范给你看。"她伸出禁手，按下某个夹子，松开钩爪，把它拿起来，"你身上有地方疼吗，亲爱的？踢到石头的脚趾？哪儿擦到碰到？"

雷纳林摇摇头。

"我练习决斗时拉伤了手。"阿多林说，"不严重，但确实疼。"

"到我这儿来，"纳瓦妮说。达力拿温柔地笑了。纳瓦妮摆弄新到手的法器时总会显露出最真诚的一面。这是寥寥无几的、能见到她真实面貌的时刻之一。此刻的纳瓦妮不是国王的母亲，也不是精明的政客，只是一个兴奋的工程师。

阿多林伸出手。"法器师团体正在创造一些神奇的东西。"纳瓦妮说，"这台小装置特别令我骄傲，因为我也出了份力。"她将法器扣到阿多林手上，用钩足裹住他的手掌，然后锁上固定。

阿多林抬起手，转了转。"不疼了。"

"但手上的其他感觉都在，对吗？"纳瓦妮得意地说。

阿多林用另一只手戳戳受伤的手掌。"完全没有麻木感。"

雷纳林兴趣满满地观察，从眼镜后射出专注而好奇的目光。如果说服这孩子加入虔诚会，他满可以成为一名工程师。但他拒绝了，拒绝的理由在达力拿眼里实在没有说服力。

"有点儿笨重啊。"达力拿指出。

"哦，这只是初期模型。"纳瓦妮急忙辩解，"我改进了'长影'那些夸张的发明之一，还没来得及改善外观。我觉得这装置潜力很大。想想看，它可为战场上的伤兵缓解痛楚。再想象一下它在手术师手中能发挥什么效用——为病人做手术时，不必担心患者的痛苦。"

阿多林点点头。达力拿不得不承认，这确实是一种有用的装置。

纳瓦妮笑了："这是一个特别的时代，我们正在研究有关法器的一切知识。例如,这是一台衰减型法器——它可以衰减某种东西,而它衰减的是疼痛。它并不能让伤势好转,但也许是朝那个方向所迈出的正确一步。不管怎样,它与对芦之类的配对型法器是完全不同的类型,如果你们看到我们的未来计划……"

"什么计划?"阿多林问。

"你迟早会知道的。"纳瓦妮神秘地一笑,从阿多林手上取下法器。

"碎瑛刃?"阿多林语气颇为兴奋。

"不是。"纳瓦妮说,"碎瑛刃碎瑛甲的设计和使用原理与我们发现的所有技术都截然不同。雅克维德人做出的那种盾牌是最接近的了,但就我所知,他们的设计和碎瑛甲完全不一样。古人一定掌握了非常高明的工程学技术。"

"不,"达力拿说,"我见过他们,纳瓦妮。他们……这么说吧,他们是古代人,技术很原始。"

"你看到破晓之城了吗?"纳瓦妮的语气有些怀疑,"法器呢?"

达力拿摇摇头:"都没见过。幻象中出现过碎瑛刃,可显得与周围环境格格不入。也许真如传说所言,它们是令使亲手赐予的。"

"也许吧。"纳瓦妮说,"何不——"

她消失了。

达力拿眨眨眼。他没听到飓风临近的声音。

现在,他身处开阔的大厅内,四面支着巨大的廊柱,看起来是用低硬度的砂岩雕成,表面遍布颗粒,没有任何雕饰。石质天顶高高在上,刻着某种似曾相识的几何图案——以直线连接的圆,一个接一个从内向外排列。

"我不知该怎么办,老朋友。"边上传来说话声。达力拿转身,见一名年轻男子朝他走来,身穿白金两色、雍容华贵的袍子,两手交于身前,被宽大的袖子遮掩。他的一头黑发梳向脑后,结成发辫,下巴留着短短的山羊胡。他头发里交织着根根金丝，汇聚在前额，组成一个金色符号，那是光辉骑士的符号。

"他们说每次都一样，"男子说，"到头来始终没有为迎接灭世做好准备。我们本应不断提高抵抗能力，可每次只是离毁灭更进一步。"他转向达力拿，似乎在等待回答。

达力拿低头一看，他也穿着华贵的袍子，但不似对方那般奢华。他在哪儿？什么年代？他需要寻找线索，让纳瓦妮记下后，交给迦熙娜去证实梦境的真实性。

"我也无话可说。"达力拿答道。若想套些情报，他必须表现得比过去更自然。

器宇不凡的男子叹口气："我还寄望于你的智慧，期待你能和我分享呢，卡姆。"他们继续走向厅堂的一侧，那里的墙壁一分为二，中间是硕大的阳台，周围有圈石护栏。上方傍晚的天空中，斜阳给空气染上了一抹闷热而污秽的红色。

"我们的本性在毁灭我们，"虽然一脸愤怒，对方的语调依然轻柔，"身为飓能者，亚拉奎西应当懂得更多。可是，拿赫尔之纽带并没有使他的智慧超越凡人。可叹可叹，并非所有的灵体都像荣灵那般有眼光。"

"的确。"达力拿说。

他看起来松了口气："我还担心你嫌我的话太过分。你的飓能者都……不，不，我们不能回头。"

飓能者是什么？达力拿真想大声喊出疑问，可没办法，这与他的身份格格不入。

说不定……

"你认为应当如何对待飓能者？"达力拿小心翼翼地发问。

"我不知道我们能否强迫他们去做什么。"他们的脚步声在空荡荡的厅堂中回响。为什么没有守卫、没有侍从？"他们的力量……

好吧,亚拉奎西证明了飓能者对凡人的诱惑力。若是有一种鼓舞他们的方法就好了……"他停下脚步,转向达力拿,"他们需要变得更好,老朋友,我们都需要。赋予我们的责任——无论王冠还是拿赫尔之纽带,都应使我们变得更好。"

他似乎在期待达力拿说些什么。可究竟是什么呢?

"看你的神情,我知道你并不认同。"尊贵的男子说,"这没关系,卡姆。我明白,我对此事的想法不合常情。也许你们都是对的,也许我们的能力就是被神选中的证明。倘若真是如此,我们该不该更检点自己的行为?"

达力拿皱起眉头。这话听起来有点儿熟悉。那男子叹口气,走向阳台边缘。达力拿随他来到户外,这里的视野终于能一观下方景象。

成千上万具尸体横陈眼前。

达力拿倒吸一口凉气。屋外的街道被死亡笼罩,这是一座城市、一座达力拿依稀认得出的城市。塔冠城,他想,*我的故乡*。他和那名男子一同站在一座塔楼顶端,塔楼不算高,有三层,像是石头搭建的小城堡——似乎位于未来宫殿的所在之地。

不会错,这就是塔冠城。高耸的石峰宛如庞大的鱼鳍直指天空。那是风刃山,但他所熟悉的风刃山经历了更多风吹雨打。周围的城市景象也截然不同,原始式样的街道一直延伸到远方,两侧有厚重的岩石建筑,其中很多已经坍塌。城市难道遭遇了地震?

不,那些人是战死的。达力拿可以闻到血液、内脏和烟尘的臭气。到处都是尸体,环绕小城堡的矮墙边也有很多。多处墙壁被撞开破损,尸海中夹杂着一些形状怪异的石头,就好像……

先祖之血啊,达力拿攥紧石栏,身体前倾,*那不是石头,是尸体*。巨大的尸体,至少有人类的五六倍大,皮肤暗沉发灰,类似花岗岩。它们的四肢很长,躯体瘦削如骨,宽大的肩膀上长着一对前足——或者是手臂?脸形狭长,形如箭头。

"这里发生了什么?"达力拿忍不住问,"如此可怕!"

"我问过自己同样的问题。我们怎能让这种事发生?灭世是个好名字。我得到了初步报告。十一年的战争,我治下的人民十去其九。还有王国来让我们领导吗?我能肯定,苏尔已不复存在,塔马和艾里兹也不太可能幸存,它们失去了太多国民。"

达力拿从未听说过这些地方。

那名男子握起拳头轻捶护栏。远处设起了焚化站,已开始焚化尸体。"别人想归罪于亚拉奎西。的确,如果他没在灭世将临之际把我们卷入战争,我们也许不会陷入如此凄惨的境地。可亚拉奎西只是一场更严重的疾病所显出的症状。待令使再次返回,他们会看到什么?又一次把他们遗忘的人民?被战火和纷争撕碎的世界?若我们一直我行我素,也许活该蒙受丧恸。"

达力拿感到一阵战栗。他本以为这场幻象一定承接着上一次,但之前的启示也并无时间顺序。他还没见到一个光辉骑士。不,这不好说,也许是因为光辉骑士团被解散的缘故,也许他们尚不存在。另外,此人的话语听起来如此熟悉,这其中……

难道是真的?难道他真的站在那个人身边?那个他聆听了无数次教诲的人?"丧恸中自有荣誉。"达力拿字斟句酌地说。这句话在《王者之路》中反复出现。

"若丧恸能带来教训。"他笑着说出下半句,"又拿我的话来反驳我吗,卡姆?"

达力拿一时难以呼吸。这就是他,诺哈东,伟大的国王。他是真实的存在,或者说曾经真实存在过。他的年龄比达力拿想象中更年轻,可那谦卑而尊贵的气度……对,没错。

"我在考虑退位。"诺哈东轻声说。

"不!"达力拿上前一步,"你绝不能这么做。"

"我无法领导他们。"男子说,"如果我的领导带给他们这个的话。"

"诺哈东。"

他转过头来,皱着眉:"什么?"

达力拿一怔。他会不会认错了人?不,诺哈东只是个称谓,很多历史名人都有教会赋予的圣名——在教会被瓦解之前。就连巴耶登也不太可能是真名,真名已被历史遗忘。

"没什么。"达力拿说,"您不能放弃王位,人民需要领袖。"

"**他们有领袖了。**"诺哈东说,"亲王、国王、塑魂者、飓能者……永远不缺想成为领袖的男女。"

"此话不假。"达力拿说,"可我们缺少优秀的领袖。"

诺哈东倚着栏杆,凝视遍地的死尸,一脸沉痛的哀伤和困扰。看着这样的诺哈东,达力拿不太习惯。此刻的诺哈东是如此年轻,达力拿从未想象过,这位国王也有如此不安和痛苦的时候。

"我知道那种感觉。"达力拿轻声说,"不安、羞耻、困惑。"

"你太了解我了,老朋友。"

"我了解那些情绪,因为我自己也感受过。我……我未想过你也会有同样的感受。"

"那我收回前言。也许你并不十分了解我。"

达力拿无言以对。

"那么,我该怎么办?"诺哈东问。

"**你问我?**"

"你是我的顾问,不是吗?好吧,我正需要一点建议。"

"我……你不能放弃王位。"

"那我该怎么当王?"诺哈东转过身,沿长长的阳台向前走。阳台似乎包围着整层楼面。达力拿跟着他,见到有些地方的石头已经裂开,在护栏上形成缺口。

"我对人性不再有信心了,老朋友。"诺哈东说,"把任意两个人放到一起,他们都能找出争执的话题;把任意一些人分成不同群体,群体间便会找理由彼此压迫或攻击。如今演变成这样,我该怎么保护他们?该怎么阻止这一切再次发生?"

"口述一本书。"达力拿热切地说,"一部宏篇巨著,给人们送去希望,阐释你的领导哲学,教导人们应当怎样生活!"

"书?我去写书?"

"有何不可?"

"**这真是个极其愚蠢的主意。**"

达力拿惊得合不拢嘴。

"整个世界毁灭殆尽,"诺哈东说,"几乎所有幸存的家庭都只剩下不到半数成员!最优秀的人战死了,我们的食物只够支撑两三个月。难道我还要花时间去写书?又有谁会为我执笔呢?我的文书公①都死了,在耶利拿冲进档案馆的时候统统被杀。我所认识的还活着的人当中,只有你会写字。"

会写字的男人?真是个古怪的时代。"那就由我执笔。"

"用一只手?那么说,你已经学会用左手写字了?"

达力拿低头一看,两只胳膊都在,但诺哈东显然只看得到他的左臂。

"不,我们需要重建。"诺哈东说,"我只希望能说服那些国王——还活着的那些——不要彼此趁人之危。"诺哈东敲打着护栏,"这就是我的决定:退位,或做好该做的事。现在不是写书的时候,而是行动的时候。而不幸的是,往往还需要武力。"

武力?达力拿心想,这是从你、诺哈东口中说出的话吗?

这种事不会发生。他将成为伟大的哲人,他将教导人们学会和平与敬畏,他不会强迫别人服从他的意愿。他会指引人们怀着荣誉行

---

①这个时代的文书是男子。

事。

诺哈东转向达力拿:"我道歉,卡姆,我不该先向你寻求建议,又马上否决。我现在绷得太紧,我想我们都一样。有时候我觉得,人最根本的悖论之一就是求不得。有些人渴望权力,而我,渴望和平。"

诺哈东转身,继续沿阳台走,但步伐很慢。他的姿态表示他想独自待会儿,达力拿便任他去了。

"他会成为柔刹历史上最有影响力的作者之一。"达力拿说。

沉默,除了下方忙碌的人群发出的呼喊。他们在搜集尸体。

"我知道你在这里。"达力拿说。

沉默。

"他的决定是什么?"达力拿问,"他有没有实现宏愿,把他们团结起来?"

那个经常在幻象中对他说话的声音没有出现,达力拿没有得到回答。他叹口气,转身去看遍地尸体。

"至少你说对了一点,诺哈东,人最根本的悖论之一就是求不得。"

太阳落下,天色渐暗,黑暗笼罩了他。他闭上眼睛,重新睁眼时,已回到自己的房间。他站立着,双手捆在椅背上。他转身看看站在身旁的阿多林和雷纳林,兄弟两人神色紧张,随时准备在他发狂时按住他。

"好了,"达力拿说,"都白忙活了,我什么也没发现。该死的!我真不在行——"

"达力拿,"纳瓦妮芦笔不离纸面,头也不抬地问,"你在幻象结束前最后说的是什么?"

达力拿皱眉道:"最后……"

"对,"纳瓦妮急切地说,"你说的最后几个词。"

"我在复述与我交谈的人的话。'人最根本的悖论之一就是求不得。'为什么问这个?"

她仿佛没听见,发了狂一般写着。写完后,她溜下高脚凳,扑向达力拿的书架。"你有没有一本……对,我想应该有。这些都是迦熙娜的书,是吗?"

"是的。"达力拿说,"她希望我们在她回来之前好好保管这些书。"

纳瓦妮从书架上抽出一本。"科瓦纳的《集萃》。"她把书往写字桌上一放,在书页间搜寻。

达力拿来到她身旁,不过,他当然是什么也看不懂。"这很重要吗?"

"这里,"纳瓦妮抬头看向达力拿,"当你进入幻象时会开口说话,这你是知道的。"

"对,我儿子告诉我的,都是些胡话。"

"'阿纳克—马拉赫—卡夫,德尔—马基安—哈宾—雅赫'。"纳瓦妮说,"有印象吗?"

达力拿困惑不解地摇摇头。

"听起来很像父亲的胡话,"雷纳林说,"就是他进入幻象后说的那些。"

"不是'很像',雷纳林,"纳瓦妮洋洋得意,"而是一模一样。这就是你恢复神智前说的最后一句话,我竭尽所能地记下了你今天吐出的每一个音节。"

"为什么目的?"达力拿问。

"因为,"纳瓦妮说,"我觉得也许用得上,结果确实如此。《集萃》中有相同的句子,几乎完全吻合。"

"什么?"达力拿难以置信,"说具体点儿。"

"这是一句歌谣,"纳瓦妮说,"出自梵蕊尔修会的赞美诗。该修会的成员都是艺术家,他们居住在雅克维德寂静山岭的山坡上,年复一年、一个世纪接一个世纪地吟唱着同样的词句——他们宣称是令使用晨颂文亲手写下的。他们拥有一份远古手稿,上面写着这些歌词,可歌词的含义已经失传,如今只是一些无意义的音节。有些学者相信他们所言不虚,这份手稿及其中记载的歌曲确是用晨颂文写成。"

"而我……"达力拿说。

"而你刚念出了其中一句。"纳瓦妮说,"不仅如此,如果那句话没错,你还翻译了歌词。这样一来,梵蕊尔假说就被证实了!一句并不算多,却能给我们带来翻译整篇手稿的钥匙。旁听你的幻象时,我早觉得奇怪,你发出的那些音节太有规律,不可能是胡言乱语。"她看着达力拿,发自内心地微笑,"达力拿,你也许为解开有史以来最晦涩、最古老的谜团打开了突破口。"

"等等,"阿多林说,"你在说什么?"

"侄儿,我说的是,"纳瓦妮直直地看着他,"你要的证据已经找到了。"

"可是,"阿多林说,"我的意思是,他也许之前听过这句……"

"然后无师自通地掌握了整门语言?"纳瓦妮举起写得满满当当的纸来,"这不是胡话,而是一种如今无人使用的古语。据我推测,这就是晨颂文。所以,阿多林,幻象极有可能是真的,除非你能想出另一套说辞来解释你父亲如何能学会一种失传的语言。"

屋里寂静下来,纳瓦妮本人似乎都被自己的说法惊呆了。"现在,达力拿,"她迅速缓过神,"我要你尽可能地详尽描述这场幻象。我要知道你说过的每一个字,只要你还记得。我们所搜集的一切都将帮助我的学者厘清这……"

限光图示例　　　　**情绪手链使用示例**

当男性背叛挚友之时：

湧动的限光所形成的图案
经过法器的过滤
决定了宝石的力量强度

当女性受到求婚之时：

站图素肉眼不可见

在法器的运用中
允许制造由十个法器
加以驱动的情绪手链

当男性发现未婚妻对其撒谎之时：

当母亲参加其独子的婚礼之时：

期望　　　　爱　　喜悦
　　　　　　　　　信任
愤怒　　　　　　　恐惧
厌恶　　　　　　　惊讶
悲伤　　　　恨

使用情绪手链的窍门在于：
第一：学会阅读手链给出的信息。
第二：学会分辨手链究竟是在阅读你的情绪，还是你的行窗对象，或是陶室房间住客的情绪。

61

错误的正轨

> "在风暴中,我苏醒、坠落、旋转、悲恸。"
>
> ——收集于1173年第八月第二周第四天,死前十三秒。死者是一名城市卫兵。

"你这么肯定是他,有何依据,达力拿?"纳瓦妮柔声问。

达力拿摇摇头:"没有,但我就是肯定,那是诺哈东。"

幻象已过去数小时。纳瓦妮离开写字桌,坐到达力拿身旁一张更舒适的椅子上。雷纳林坐在他对面作陪,以免两人不合礼数地独处。阿多林去听取飓风后的损害报告了。得知幻象的真实性后,这孩子显得心烦意乱。

"可你见到的男子没有报上姓名。"纳瓦妮说。

"就是他,纳瓦妮。"达力拿盯着雷纳林头顶的墙面,盯着塑魂术造出的光滑的褐色石头,"他身上有种使人俯首听命的气场,那是沉重的责任所带来的气质,他是王者。"

"也许是其他国王。"她说,"毕竟,你让他著书立说的提议被他拒绝了。"

"只是还没到他写书的时候。死了那么多人……他蒙受了惨重的损失,并因此情绪低落。飓风之父啊!九成人战死,你能想象吗?"

"灭世。"纳瓦妮说。

把人民团结起来……终极灭世将临……

"你知道任何有关灭世的资料吗?"达力拿问,"不是虔诚者讲的故事,而是历史文献。"

纳瓦妮拿着一杯温过的紫酒,杯壁上挂着冷凝的水珠。"有。不过你问错人了,迦熙娜才是历史学者。"

"我觉得,我见到的可能是某次灭世后的景象。我……我可能看到了虚渡的尸体。这能当做证据吗?"

"语言才是最有力的证据。"纳瓦妮啜了口酒,"灭世属于古代传说的范畴,你见到的景象可以解释为想象,出自你内心的期望。可这些词句——如果我们能翻译出来——足以证明你看到的东西是真实的,没人能质疑。"她的写字板放在两人之间的案几上,芦笔和墨水一丝不苟地摆在纸上。

"你打算告诉别人?"达力拿问,"把我的幻象告诉别人?"

"不然我们怎么向别人解释你身上发生的事?"

达力拿一时语塞。他该怎么解释?知道自己没疯确实让他松了口气,可会不会是某种力量利用这些幻象误导他?是不是因为知道达力拿相信诺哈东和光辉骑士的存在,所以故意使用他们的形象来欺骗他?

光辉骑士堕落了,达力拿提醒自己,*如传说所言,他们抛弃了我们*,有些骑士团也许还反戈相向。发生的一切蕴藏着令人心悸的因子。他得到了一块重建自身人格的基石,可最重要的问题还是没解决。他能否相信幻象?至少他不能像从前那样无条件相信,阿多林的质疑已使他感到了实实在在的担忧。

他觉得,在确定幻象的源头之前,不能将其内容泄露出去。

"达力拿，"纳瓦妮凑近道，"营中对你的反常行为议论纷纷，连你麾下军官的妻子们也感到不安，她们觉得你害怕飓风，或者有精神疾病。而这些证据可以证明你的清白。"

"怎么证明？让我变成巫师神汉？会有很多人觉得这些幻象的调调和预言未免太像了。"

"你见到的是过去，父亲，"雷纳林说，"这是允许的。假如幻象是全能之主送来，又有谁敢质疑？"

"阿多林和我都和虔诚者谈过，"达力拿答道，"他们说，幻象来自全能之主的可能性很小。如果我们断言这些幻象可信，很多人会不认同。"

纳瓦妮往后一靠，啜饮杯中酒，禁手搁在腿上。"达力拿，你儿子告诉我，你曾去寻找古魔法。为什么？你向夜妖提出了什么要求？作为条件，她给了你什么诅咒？"

"我告诉过他们，这份耻辱不必让别人知道。"达力拿说，"我也不会说。"

屋里沉默下来。飓风后的小雨也停了，不再敲打屋顶。"这可能很重要。"纳瓦妮终于开口。

"这是很久以前的事，早在幻象开始之前，我觉得没有关联。"

"但你不能排除这种可能性。"

"不错。"他承认。难道他永远也不能摆脱那一天的阴影？难道失去所有关于妻子的记忆还不够？

雷纳林是怎么想的？他是否责怪父亲犯下如此离谱的罪过？达力拿强迫自己抬起头，正视儿子镜片后的目光。

奇怪，雷纳林似乎并不在意，只是一脸沉思。

"抱歉，让你知道我的丑事。"达力拿看着纳瓦妮说。

她浑不在意地摆摆手："寻找古魔法在虔诚会眼里确是罪过，但他们对这种行为的惩罚从不严厉。我估计，你没费太多周折就得到净化了吧?"

"虔诚者要我给穷人布施,"达力拿说,"还要分发一些祈祷符。但这没能去除魔法的影响,也没能消除我内心的罪恶感。"

"如果你知道有多少虔诚的光眼种曾在人生某一时刻前去寻找古魔法的帮助,你会大吃一惊。当然,'山谷'不是人人都去得了的。另一方面,我倒是认为这事和你现在的问题未必有直接关联。"

"婶婶,"雷纳林转向她,"我最近请人为我念了一些古魔法的资料。我同意父亲的判断,这看起来和夜妖无关。她会满足一些小小的愿望,同时降下诅咒,总是一愿换一咒。父亲,您应该知道您的愿望和诅咒分别是什么吧?"

"嗯。"他说,"我非常清楚那是什么诅咒,这和幻象无关。"

"既然如此,此事不能怪罪古魔法。"

"对,"达力拿说,"但你婶婶提出这个问题也没错。事实在于,我们没有任何证据可以证明这些幻象来自全能之主。也许某种存在想把灭世和光辉骑士的事告诉我,这是为什么呢?也许我们应该从这个问题入手。"

"婶婶,灭世是怎么一回事?"雷纳林问,"虔诚者谈论虚渡、人类、光辉骑士,还有战争。这些都是真的吗?我们有没有掌握任何具体史实?"

"你父亲的文员中有些民俗学者,她们能更好地回答这个问题。"

"也许吧。"达力拿说,"可我不确定哪些人可以信任。"

纳瓦妮顿了顿:"好吧。据我了解,没有任何第一手文献流传至今。年代太久远了,我只记得帕拉撒非和拿敦司的神话中提到过灭世。"

"帕拉撒非,"雷纳林说,"那个寻找种石的人。"

"对。"纳瓦妮应道,"为重新繁衍子民,她攀上达拉之巅——在神话的不同版本中,当代不同的山脉被追认作达拉山——找寻令使亲手触摸过的石头。她将石头带到垂死的拿敦司身旁，采集他的种子，赋予石头生命。石头中孵出十个孩子，那些孩子成为了新王国的基石。我记得那个王国叫马纳。"

"这是马卡巴克人的起源。"雷纳林说，"小时候，母亲给我讲过这个故事。"

达力拿摇摇头："从石头里出生？"他觉得大部分古代传说都很荒诞，然而其中很多却被虔诚会奉为正典。

"这则故事的开头提到了灭世，"纳瓦妮说，"说是灭世令帕拉撒非的子民死绝。"

"可灭世究竟是怎么回事？"

"是一场接一场战争。"纳瓦妮啜了口酒，"虚渡一次又一次降临，试图把人类逐出柔刹、赶进诅咒之地。就像他们之前把人类和令使逐出宁静园那样。"

"光辉骑士团是何时成立的？"达力拿问。

纳瓦妮耸耸肩："我不知道。也许是某个王国的军事组织，或者起源于佣兵团。这样也更容易解释他们为何最终演变为一群暴君。"

"在我的幻象中，他们看起来并不残暴。"他说，"或许这是幻象的真实目的，让我相信一些关于光辉骑士的谎言，让我信任他们，也许还企图让我模仿他们的堕落和背叛。"

"我不知道。"纳瓦妮的口气有些怀疑，"我觉得你见到的光辉骑士并不虚假。传说也认为，光辉骑士并非一直是恶人。当然，不同的传说之间总是有出入。"

达力拿起身，拿起快见底的杯子，走到酒桌旁重新斟满。他没疯，这一发现本该令他拨云见日，可反倒更让他困扰。如果是虚渡在幻象背后捣鬼呢？他听过一些传说，声称虚渡可以控制人的躯体，导致他们犯下恶行。又或，*若幻象确实来自全能之主，其目的又是*

什么?

"我需要完完整整梳理一遍头绪。"他说,"今天太累了,请让我一个人静一静。"

雷纳林起身鞠躬致意,朝门外走去。纳瓦妮起得更慢,她把酒杯放到桌上,然后去拿止疼法器,丝滑的裙子沙沙作响。雷纳林离开后,达力拿走到门边,等候纳瓦妮通过。他不想让她再次制造两人独处的机会。他看着门外,士兵就在门廊下,而且视线通畅,很好。

"你对这结果满意吗?"纳瓦妮停在他身旁,一手扶住门框。

"满意?"

"你没疯。"

"但我还不知道是否被操控了,"他说,"可以这么说,我们现在的疑问比之前更多。"

"幻象是上天的恩赐,"纳瓦妮的闲手搭上他胳膊,"我能感觉到,达力拿,你不觉得这很神奇吗?"

达力拿看着她的眼睛,淡紫色眼睛,真美。她是如此聪慧、如此善于思考,他多希望能完全信任这个女人。

她对我一直不失荣誉,他心想,*不曾把我意图退位的消息透露给任何人,也没有拿幻象的秘密来挟我*。这令他羞愧,因为他曾担心纳瓦妮会那么做。

她是个美妙的女人,纳瓦妮·寇林,美妙、神奇而危险的女人。

"我感到更多的不安,"他说,"还有更多的危险。"

"可是达力拿,你的幻象是学者、历史学家和民俗学家梦寐以求的东西!我嫉妒你,虽然你没在幻象中见到什么特别的法器。"

"古人没有法器,纳瓦妮,这点我可以肯定。"

"这将彻底改变我们对他们的理解。"

"也许吧。"

"你这个石头脑袋,达力拿,"她叹口气,"难道再也没有能让你燃起激情的东西了?"

达力拿深吸一口气:"烦心事太多,纳瓦妮,我体内仿佛有一大群鳗鱼,各种情绪纠缠在一起,这些幻象的真相令人不安。"

"是激动人心,"她纠正,"你之前说的话当真?说你信任我?"

"我说过吗?"

"你说不信任自己的文书,要我来记录幻象。这是一种暗示。"

她的闲手还贴着他的胳膊,她又伸出禁手关门。他差点儿动手阻止,却又犹豫了。为什么?

门"咔嗒"一声闭合,他们终于独处了。她是如此美丽,那双聪慧、冲动的眼睛,闪烁着激情的火花。

"纳瓦妮,"达力拿强压下自己的欲望,"你又来了。"为什么他会放任她如此?

"是的。"她说,"我是个倔强的女人,达力拿。"她的语气严肃得可怕,不含丝毫戏谑。

"这不合适,我兄长……"他伸出手,想把门打开。

"兄长,"一丝怒气从纳瓦妮脸上闪过,"为什么所有人都非得惦记他不可?为什么人人都总是挂念一个死人!他不在这里,达力拿,他已经走了。我想念他,但看起来你的思念之情比我这个寡妇强得多。"

"我尊重他,缅怀他。"达力拿语气僵硬,手握门把,心里有些动摇。

"很好!我很高兴你这么想。可事情已过去六年了,所有人还是仅仅把我当成寡妇。其他女人会拿些无足轻重的闲话逗我开心,却不让我融入她们的政治圈。她们把我当成一件遗物。你想知道我为什么这么快就回来吗?"

"我——"

"我回到此地,"她说,"是因为我没有家。我被排斥,无法参与重大事务，而这一切只是因为我丈夫死了！我在虚度年华，被人宠着，也被人无视。王后和宫廷里的其他女人都看我不顺眼。"

"对不起，"达力拿说，"但我不——"

她抬起闲手轻拍他胸口："我不要你道歉，达力拿。我们是朋友，在我遇见迦维拉尔之前就是！你依然了解那个真正的我，而非某个早已灭亡的王朝留下的阴影。不是吗？"她用祈求的眼神望着他。

先祖之血啊，达力拿惊呆了，她在哭。那是两滴小小的泪珠。

他很少见到她如此坦诚。

于是他吻了她。

这是个错误，他心知肚明，但还是拉过她，紧紧地、粗狂地抱住她，情不自禁地把自己的嘴唇压在她的唇上。她身子一软，仿佛被融化，泪水滚落唇边，沾湿了他的嘴唇，送来一股咸的滋味。

这一吻持续了很久、太久，久得美妙难言。脑子里有个声音在冲他大喊，就像戴着镣铐的囚犯在牢房里被迫目睹一桩恐怖事件；但另一部分意识却一直在期待这一幕，期待了几十年——这几十年间，他看着兄长追求她、娶她，占有这个他年轻时一直渴望的女人。

他曾告诉自己，永远不能允许这种事发生。自迦维拉尔赢得她的那一刻起，他就扼杀了对纳瓦妮的感情。达力拿放弃了。

可她的滋味——那气味、娇躯压迫在他身上的温度——实在太甜美，就像怒放的鲜花散发出的香气，把负罪感冲刷得一干二净。那一刻，肉欲驱走了一切，他忘了对幻象的恐惧、对撒迪亚斯的担忧和对过去错误的羞愧。

他的脑子里只有她。美丽、睿智、柔弱又坚强的她。他抱紧她，周身世界在旋转，她便是他可以把握的一切。

终于，他移开嘴唇。她抬起头，意乱神迷地看着他。激灵就像片片晶莹的雪花，从半空飘落，把他们包围。负罪感再次淹没了他。他想轻轻推开她，可她抱着他，抱得紧紧的。

"纳瓦妮。"

"嘘。"她的头抵在他胸口。

"我们不能——"

"嘘。"她抱得更紧了。

他叹口气,但仍抱着她。

"达力拿,这个世界有些不对劲。"纳瓦妮轻声说,"雅克维德的国王被刺杀了,我今天才听说,杀死他的是一个穿白衣的深族碎瑛武士。"

"飓风之父!"达力拿说。

"有大事要发生了,"她说,"比我们的战争更重大,比迦维拉尔更重大。你有没有听过人在临死前说的那些怪话?大部分人不当回事,但手术师们都在谈论。而且读风者私底下说,飓风正变得越来越强。"

"我有所耳闻。"他发觉自己是如此陶醉,几乎说不出话来。

"我女儿正在追查某样东西,"纳瓦妮说,"她的决心是如此炙烈,有时会吓到我。我真心觉得,她是我认识的最有智慧的人。而她所追寻的东西……达力拿,她相信某种非常可怕的危险近在眼前。"

太阳沉落天际。灭世风暴将临。终极灭世将临。悲惨之夜将临。

"我需要你,"纳瓦妮说,"我明白这点,好多年前就明白。可我害怕这份负罪感会毁掉你,所以我逃走了。可现在我不能置身事外,不能再忍受她们对待我的方式,不能再无视这世上所发生的一切。我很害怕,达力拿,而且我需要你。人们并不知道迦维拉尔的真面目,我爱他,可他——"

"请别,"达力拿说,"别说诋毁他的话。"

"好吧。"

先祖之血啊!他无法从头脑中驱走她的体香,也无法移动半步。他紧抱着她,就像在飓风中抱住一块岩石。

她抬头看他:"好吧,那这么说吧:我爱迦维拉尔,可我更爱你,也等得累了。"

他闭上眼:"这怎么行得通?"

"我们会找到办法。"

"我们会身败名裂。"

"营中已在传播关于你的谣言和谎言,"纳瓦妮说,"而他们完全无视我的存在。他们还能把我们怎么样?"

"他们总会找到办法。至少现在,虔诚会还没有谴责我。"

"迦维拉尔已经死了,"纳瓦妮重新把头靠在他胸口,"飓风之父在上,我从未在他生前不忠,哪怕有很多理由这么做。虔诚会想说什么随他们去说,《辩论集》可没禁止我们结合。传统和规矩并非一回事,我不想因为害怕冒犯传统而压抑自己。"

达力拿深吸一口气,强迫自己松开臂弯,退而却步。"如果你希望安抚我今天的忧虑,这么做并没有益处。"

她两手抱胸。达力拿背上还留着禁手抚过的触感,那是仅限家人之间的温柔抚摸。"我不是来安抚你的,达力拿,恰恰相反。"

"求求你,我需要时间好好思考。"

"我不会让你拒绝我,我不会假装刚才的事没发生过,我不会——"

"纳瓦妮,"他温柔地打断,"我不会抛弃你,我保证。"

她看了他一眼,一抹狡黠的微笑印上脸庞:"很好,不过今天主动的人是你。"

"*我主动*?"他张口反问,意外、喜悦、困惑、担忧、羞愧,种种情愫同时涌上心头。

"是你吻我,达力拿。"她轻描淡写地说罢,拉开门,走向前厅。

"是你引诱我。"

"什么?引诱?"她回眸一望,"达力拿,我这辈子从未如此坦白和诚实。"

"我知道,"达力拿笑了,"而这正是你的诱人之处。"他轻轻关上门,长出一口气。

先祖之血啊,他想,为什么这种事总不能简单一些?

然而,他的感受告诉他,这个错误令世界走回了正轨。

62 三个铭文

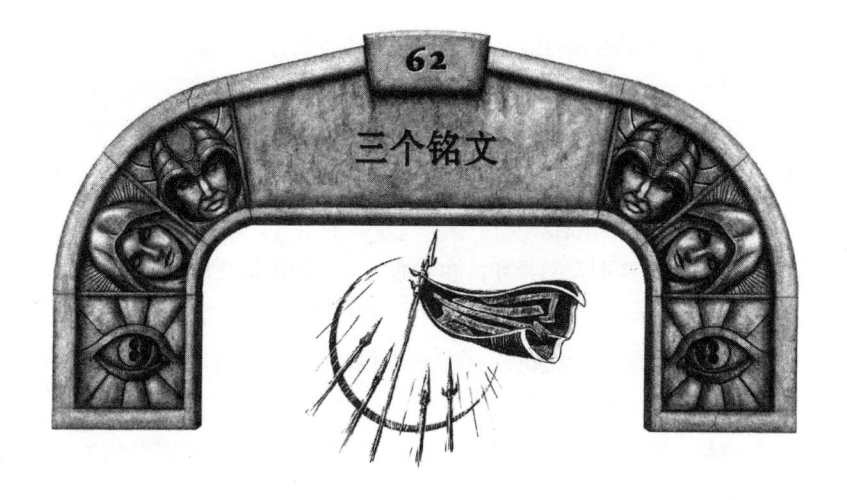

> "黑暗成了浩瀚的宫殿。让它统治吧!让它统治吧!"
>
> ——收集于1173年第八月第八周,死前二十二秒。死者是一名暗眼种瑟莱男子,职业不明。

"你觉得这种玩意儿能救我们?"莫阿什拉下脸,看着卡拉丁绑在右臂的祈祷符。

卡拉丁摆出稍息的站姿,扭头看撒迪亚斯的士兵通过他们架起的木桥。春寒料峭感觉不错,他的计划开始付诸实施。此时天空晴朗无云,读风者保证近期没有飓风。

绑在胳膊上的祈祷符很简单,只有三个铭文:风、守护、所爱之人。这是献给飓风之父杰泽雷泽的祈祷符,用来保护所爱之人和朋友,也是他母亲爱用的类型——直截了当。不管她平时有多喜欢绕着弯子说俏皮话,在编织或撰写祈祷符时,她挑选的铭文总是简单而发自内心的。戴着这种祈祷符,卡拉丁总会想起母亲。

"我不敢相信,你居然为这个花了不少钱。"莫阿什说,"就算令使会看,他们也不会为冲桥手操一丁点儿心。"

"可能我最近是有点儿想家。"祈祷符也许毫无意义,但他最近找到了一些思考宗教的理由。悲惨的生活使很多奴隶难以相信有关照一切的人物或存在,但很多冲桥手却在服役期间更加信仰宗教了。两个群体,不同的反应。这是否意味着有些人愚蠢、有些人麻木,或者有其他完全不同的意味呢?

"他们非要把我们弄死,你知道的,"德雷赫在后排说,"无法可想。"冲桥手们筋疲力尽。卡拉丁和他的队伍被迫整晚在谷底干活,哈莎尔要求他们增加提交物资的数量,而且毫不通融。为达到定额,他们只能放弃训练。

然后,仅仅睡了三个钟头,他们就被叫醒,参加今晨的冲桥任务。还没抵达要争夺的高地,他们就已疲惫不堪。

"死就死。"站在队伍另一侧的斯卡静静地说,"他们要弄死我们?很好,我不会退缩。我们要让他们看看什么是勇气。我们冲锋,就让这些胆小鬼躲在桥后吧。"

"那不算胜利,"莫阿什说,"要我说,我们可以攻击那些士兵,就现在。"

"攻击我们自己的军队?"西格吉尔歪着黑脑袋,看着同伴们。

"不错,"莫阿什依旧直视前方,"他们横竖要害死我们,就拉几个垫背。诅咒之地啊,何不偷袭撒迪亚斯?他的守卫不会料到。我打赌,我们可以撂倒几个,抢过他们的矛,在死之前杀些光眼种。"

士兵继续过桥。有几个冲桥手低声表示赞同。

"不,"卡拉丁说,"这毫无意义。我们动不了撒迪亚斯一根毫毛就会被干掉。"

莫阿什呸了一口:"干站着就有意义了?诅咒之地啊,卡拉丁,我觉得绞索都套上脖子了。"

"我有个计划。"卡拉丁说。

他等待反驳。他此前的计划都成了泡影。

没人表示不满。

"那好，"莫阿什说，"究竟是什么计划？"

"你今天会看到的。"卡拉丁说，"如果这管用，就能为我们争取时间；如果失败，只有我会死。"他转过身，看向那一排熟悉的面孔。"如果我死了，今晚泰夫特会负责带你们逃跑。你们还没准备好，但至少有机会。"这比趁撒迪亚斯过桥时突袭好得多。

卡拉丁的队员们点点头，莫阿什似乎很满意。和一开始截然不同，他逐渐变得和其他人一样忠诚。他是个火爆脾气，但矛也学得最好。

撒迪亚斯靠近了深渊，骑着他的锦毛坐骑，身穿红色碎瑛甲，戴着头盔，但面罩没有放下。他总是有二十座桥可以选，这次凑巧选了卡拉丁这座。经过时，撒迪亚斯瞧都没瞧第四冲桥队一眼。

"起步，过桥。"撒迪亚斯通过后，卡拉丁下令。冲桥手们通过他们架起的桥，然后在卡拉丁的命令下把桥拖过深渊，扛到肩上。

这座桥从未如此沉重。冲桥手们开始小跑，绕过行进中的军队，赶赴下一道深渊。后方，有一支蓝色的军队远远地跟随，使用撒迪亚斯的其他冲桥队通过深渊。看来，达力拿·寇林放弃了笨重的机械桥，也开始利用撒迪亚斯的冲桥队了。这就是他所谓的"荣誉"、所谓的不牺牲冲桥手的性命。

卡拉丁的口袋里放了很多注好飓光的润石，是他在钱商那里用更多无光的润石换来的。他讨厌承受这种损失，但他需要飓光。

他们很快来到下一道深渊旁。据哈莎尔的丈夫马塔尔所言，接下来就是最后一道了。士兵们开始检查盔甲、活动四肢，期灵升到半空，像一条条细细的彩带。

冲桥手架好桥后，退到一旁。卡拉丁看到偻朋和沉默的达彼德扛着水担子走来，担子上放着水囊和绷带。偻朋把水担子固定在腰间的钩子上，以此弥补少一条胳膊带来的不便。两人在第四冲桥队的队列中穿行，把水分给大家。

从卡拉丁身边经过时,偻朋冲水担子中央点点头,那里突起了一大块。是盔甲。"你啥时候要?"偻朋小声问,一边放下担子,递给卡拉丁一袋水。

"就在冲锋之前,"卡拉丁回道,"干得好,偻朋。"

偻朋挤挤眼。"一个独臂赫达孜人照样抵得上两个没脑子的阿勒斯卡人。再说,只要这只手还在,我就能干这个。"他偷偷冲行进中的士兵比了个下流手势。

卡拉丁笑了,但实际上他非常紧张,感受不到任何欢乐。上一次在战斗前紧张已是很久以前的事,他本以为图克斯几年前就把他紧张的神经给揍迟钝了。

"嗨,"有人突然喊,"分我点儿。"

卡拉丁猛一转身,见一名士兵冲他走来。他正是那种卡拉丁在亚马兰麾下时知道要回避的类型。暗眼种,但有点军阶,体格通常较壮,可能就是纯靠块头晋升的。此人的盔甲保养得很好,但盔甲下的制服又脏又皱,还卷着袖子,露出毛茸茸的胳膊。

起先,卡拉丁以为他看见了偻朋的手势。但他看起来并没有火气,只是把卡拉丁推开,从偻朋手里抢过水囊。不远处,等待过桥的士兵注意到这里的状况。他们的送水队速度慢得多,为数不少的人盯上了偻朋和他的水囊。

如果让士兵喝他们的水,将会开一个非常糟糕的先例。但相比更大的麻烦,这只是微不足道的小问题——要是那些士兵一拥而上、围到担子旁拿水喝,他们便会发现那袋鼓鼓囊囊的盔甲。

卡拉丁动作很快,一把夺过水囊。"你有自己的送水队。"

那士兵看着卡拉丁,仿佛完全无法相信区区一个冲桥手居然敢向他叫板。他脸色一沉,把矛尾往地上一戳。"我不想等。"

"那真是太不幸了。"卡拉丁上前一步,和他面对面、眼对眼。沉默中,他暗自咒骂这个蠢货。如果演变成斗殴……

那士兵有些不知所措,如此放肆的冲桥手让他十分诧异。卡拉丁的胳膊没他粗,但个头要高一到二指。士兵犹豫不决。

退开吧,退开就好。卡拉丁心想。

可惜他没有。他岂能在自己小队的注视下被冲桥手吓退?那人攥起拳头,指节嘎巴作响。

仅仅几秒钟工夫,第四冲桥队已全部赶到。那士兵眨巴着眼,看着他们以卡拉丁为中心结成咄咄逼人的倒楔形阵,按卡拉丁教导的方式自然而流畅地行动。每个人都握紧拳头,露出长期负重锻炼出的肌肉——远远超过了普通士兵的水准。

那人回头瞅瞅自己的小队,仿佛在寻求支援。

"想打架吗,朋友?"卡拉丁轻声问,"如果你打伤冲桥手,不知撒迪亚斯会让谁来冲这趟桥。"

那人回头看着卡拉丁,沉默片刻,随即骂骂咧咧、满脸怒气地走开。"反正水里大概全是飓砂。"他咕哝着返回队列。

第四冲桥队的成员松了口气,有不少士兵向他们投来赞许的目光。难得一次,他们得到的不是冷眼和怒视。但愿那些士兵没意识到,这队冲桥手刚才迅速而准确地结成了长矛战中常用的战斗队形。

卡拉丁挥手示意大伙退开,并点头致谢,随即将夺回的水囊抛还给偻朋。

这矮他一截的男子一脸坏笑:"我会让这帮家伙老实点儿,黑发哥。"他瞟了那个想抢水喝的士兵一眼。

"什么?"卡拉丁问。

"哦,送水队里有我亲戚。"偻朋说,"我刚想起,他好像欠我个人情,有一回,我帮他姐姐的朋友从仇家手底下逃走……"

"你的亲戚可真不少。"

"亲戚总是不嫌多嘛。惹到一个,就是惹到所有人。不过你这死脑筋看来永远也搞不清这套。我就一说,没冒犯的意思,黑发哥。"

卡拉丁扬扬眉毛:"别找那个士兵的麻烦,至少别在今天。"我很快就会亲手惹出一大堆麻烦了。

偻朋叹口气,但还是点点头:"好吧,看你的面子。"他拿起水囊,"你真的一点儿也不要?"

卡拉丁不想喝,他觉得胃里翻江倒海,但还是接过水囊抿了几口。

没过多久,众人越过深渊,收好桥,准备最后一程。要冲锋了,撒迪亚斯的士兵正在列阵,光眼种骑马前后奔忙、发号施令。马塔尔挥手发令,示意卡拉丁的队伍上前就位。达力拿·寇林的军队人数更多,所以速度较慢,落在后面。

卡拉丁占好桥正前的位置。在他前方,仆族智者在深渊旁排成阵势,弓箭在手,紧盯即将发起冲锋的冲桥手。他们开始唱歌了吗?卡拉丁觉得可以听到他们的歌声。

石头和莫阿什分站在卡拉丁左右两侧。死线上只有三人,因为他们实在人手不够。卡拉丁把申安排在最后排,免得让对方看到自己将要做的事。

"开跑后,我要从桥底下溜出去,"卡拉丁告诉大伙,"石头,届时你负责指挥,让大伙儿接着跑。"

"好极了。"石头说,"缺了你,桥会很难扛。我们人这么少,而且很虚弱。"

"你们会撑过去,你们一定要撑过去。"

卡拉丁看不到石头的脸,在桥底没办法看到。但听得出,石头的声音带着一丝忧虑。"你要试的点子,危险吗?"

"也许。"

"我能帮忙吗?"

"朋友,恐怕不行。但你这句话给了我力量。"

石头没来得及回答,只听马塔尔一声大喝,招呼冲桥队前进。掩护的箭矢从头顶飞过,第四冲桥队跑起来。

卡拉丁猫腰冲到了前面，偻朋在边上等着，把那袋盔甲抛给卡拉丁。

马塔尔慌了，连忙冲卡拉丁大喊，但各支冲桥队已开始行动。卡拉丁一心想着自己的目标——保护第四冲桥队——他猛吸一口气，飓光从腰间的口袋如潮水般涌入体内。他吸得并不太多，只到足以令精神一振的程度。

一波几不可见的涟漪蹿到他面前，是茜尔。卡拉丁抽走扎袋口的绳子，取出马甲，别扭地往头上套。他不管身侧的系带，一边跃过一小片岩架，一边戴上头盔。最后是盾牌，盾面上绑着仆族智者的红色骨骸，摆成十字形，撞得啪啪作响。

哪怕边穿盔甲，卡拉丁还是轻而易举地跑在肩负重担的冲桥队前方，注入飓光的双腿迅捷有力。

正前方的仆族智者弓手突然停止唱歌，有几个放下了手中的弓。虽然离得很远，还看不清他们的脸，但卡拉丁能感受到他们的暴怒。这正是他所期待、所希望的。

仆族智者不收殓死去的族人，这并非出于冷漠，而是他们觉得挪动死者是大不敬。单单触碰尸体都是罪过。倘若如此，亵渎尸体、把遗骸穿在身上跑进战场，可要严重许多。

随着卡拉丁接近，仆族智者弓手哼出了不同的曲调，迅捷、狂暴，不像是曲子，更像某种吟唱。放下弓的仆族智者重新抬起弓来。

他们使出浑身解数，试图杀掉他。

好几十支箭矢向他飞来。这并非一波波有条不紊的箭雨，而是凌乱迅猛直冲他飞来，每个弓手都以最快速度瞄准卡拉丁放箭，死亡遮天蔽日。

随着脉搏加速，卡拉丁跃向左侧，从一小块突起的岩石上跳下。箭矢在他身边破空而过，近得可怕。但飓光注入后，他的肌肉拥有极快的反应。他在箭矢间见缝插针地躲闪，时而转向，无规律地移动。

他身后的第四冲桥队已进入弓箭射程，可没有一支箭对准他们，其他冲桥队也被统统无视。大批弓箭手死盯住卡拉丁，箭矢来得更猛，覆满他周围的空间，被他的盾牌弹开、划开他的胳膊，还有一支正中头盔，差点儿把头盔射落。

手臂的伤口泄出了飓光，而不是血。令卡拉丁惊讶的是，伤口慢慢愈合，在皮肤上留下一层冰霜，也消耗了他体内的飓光。他吸入更多飓光，多到身上发出的光芒几乎可以被人瞧见。他伏身、躲闪、跳跃、奔跑。

他用盾牌拨开空中的箭矢，经过战斗训练的神经为新获得的速度而雀跃，仿佛他的身体早就在渴望这种能力，仿佛他生来就能充分使用飓光，仿佛之前的人生他活得委靡不振、虚弱无力，现在恢复了正常。这不是超出能力的行为——不，而是终于可以尽情发挥潜力。

无数箭矢渴望着他的鲜血，他闪转腾挪，又被一支箭划破胳膊，然而其他箭矢都为盾牌或胸甲弹开。另一阵箭雨袭来，他举起盾牌，担心自己动作太慢。箭矢却改变了方向，划出一道弧线，砸上他的盾牌。

它们是被吸过去的。

我把箭矢吸过去了！ 他回想过去几十次出桥，很多箭矢砸在木头上，离他抓撑杆的手不远，总是只偏一点点。

这种事我干了多久？ 卡拉丁想，**有多少对准我的箭矢被我引偏、射中桥体？**

没时间想这些了。他必须移动、闪躲。他能听到箭矢破空之声，感受到空气的震动，感觉到箭头射中岩石或盾牌后碎裂的过程。他原本指望吸引一部分仆族智者的火力，没想到会引发如此剧烈的反应。

有一部分意识为闪躲、腾挪和格挡密集的箭雨而亢奋，可他的动作开始迟缓。他想吸取飓光，但什么也吸不到，润石都被吸干了。现在他感到恐慌，他依旧不停闪躲，好在箭雨也渐渐稀疏起来。

卡拉丁一惊，意识到冲桥队都绕着他走，留出一片空间供他闪避，然后跑到他前方架桥。第四冲桥队已就位，骑兵向对岸弓箭手发起冲锋。尽管如此，一些仆族智者依旧在怒不可遏地朝卡拉丁放箭。骑兵毫不费力地砍倒这些仆族智者，为撒迪亚斯的步兵清出桥头。

卡拉丁放低插满箭矢的盾牌。还没来得及喘口气，冲桥手们已奔到他身旁，欢呼雀跃，兴奋得差点把他挤倒在地。

"笨蛋！"莫阿什说，"你个风操的笨蛋！这算啥？你在想啥？"

"不可思议。"石头说。

"你应该死了才对！"西格吉尔说，但平素死板的脸上浮现出笑容。

"飓风之父，"莫阿什从卡拉丁马甲的坎肩上拔出一支箭来，"看看这个。"

卡拉丁低头一看，惊呆了。他堪堪躲过的箭矢在背心和衬衣两侧留下十多个箭孔，还有三支箭插在皮革上。

"飓风恩护，"斯卡说，"别无他解。"

对于他们的赞美，卡拉丁只能耸肩以对。他的心依旧猛跳不止，感官麻木，惊讶于自己竟能活下来，身体则因使用飓光而发冷，而且极度疲劳，仿佛刚跑了一场艰苦的障碍越野赛。他看向泰夫特，扬扬眉毛，冲腰间的口袋挤挤眼。

泰夫特摇摇头。他一直在看，确信旁观者都看不见卡拉丁身上腾起的飓光，至少在这种大白天看不见。不过，就算没有飓光，卡拉丁闪躲的方式依然显得不可思议。如果说之前已有关于他的传言，传言此后将愈演愈烈。

卡拉丁扭头看着经过的军队，想起一件事来——他还要对付马塔尔。"伙计们，整队。"他说。

众人有些不情愿，但还是各就各位，在他身边列成两排。前方，马塔尔就站在他们的桥边，不出意料地心事重重。撒迪亚斯策马靠近。

卡拉丁咬紧牙关，回想起侧扛法赢得的胜利给他带来了什么。他迟疑片刻，快步向木桥走去，身后跟着第四冲桥队的伙伴。骑马的撒迪亚斯正欲从马塔尔身边经过。

卡拉丁赶到时，马塔尔正朝一身华美红色碎瑛甲的撒迪亚斯鞠躬。卡拉丁和冲桥手们也低头致敬。

"亚法拉克·马塔尔，"撒迪亚斯冲卡拉丁点点头，"此人有点脸熟。"

"他有前科，光明贵人，"马塔尔紧张地说，"是那个……"

"啊，对，"撒迪亚斯说，"是那个'奇迹'。你派他当诱饵吗？没想到你有这种胆量。"

"我承担全责，光明贵人。"马塔尔说，面色尽量保持镇定。

撒迪亚斯扫视战场。"好吧，算你走运，这招很管用。看来非升你的职不可。"他摇摇头，"这些蛮子完全不顾攻击部队，所有二十支冲桥队都架好了桥，几乎没有伤亡，不过这似乎有点浪费。你当这是嘉奖吧，这小子闪避的方式……相当不凡。"他一踢马腹，扬长而去，把马塔尔和冲桥手抛在身后。

卡拉丁从未见过如此勉强的晋升，但这就够了。马塔尔转身，两眼冒火，卡拉丁却展颜欢笑。

"你——"马塔尔气急败坏地说，"你差点把我害死！"

"结果是你升职了。"卡拉丁说。第四冲桥队跟上来，围在他身旁。

"我迟早要把你吊死。"

"你们试过，"卡拉丁说，"但不管用。何况你知道，从现在起，撒迪亚斯要指望我去吸引仆族智者的弓箭手。如果想找其他冲桥手代替，你可以试试运气。"

马塔尔的脸涨得通红。他转身走开，去查看其他冲桥队的情况。两支离得最近的队伍——第七和十八冲桥队——看着卡拉丁和他的队伍。二十支冲桥队都架好了桥？几乎没有伤亡？

飓风之父，卡拉丁心想，有多少弓箭手瞄准我？

"你做到了，卡拉丁！"莫阿什高呼，"你发现了这个秘密。我们得利用起来，充分利用起来。"

"我打赌，我也能躲过这些箭矢，只要盔甲够好，而且能专心躲闪。"斯卡说。

"我们应该多派几个人，"莫阿什表示赞同，"大概五个吧，到处乱跑，吸引仆族智者的攻击。"

"这些骨头，"石头抄着手说，"这是关键。仆族智者都疯了，完全不顾冲桥队。如果有五个人把仆族智者的骨头戴在身上……"

这句话让卡拉丁想到了什么。他回过头，在冲桥手中搜索。申到哪儿去了？

在那儿。他坐在石头上，离得远远的，凝望前方。卡拉丁和众人一同走去。仆族抬头看他，脸庞被痛苦笼罩，泪水划过脸颊。他看着卡拉丁，明显是在颤抖，接着转过头，闭上了眼睛。

"见到你干的事之后，他就一直这么坐着，小伙子。"泰夫特摸着下巴，"他大概不能再扛桥了。"

卡拉丁扯下裹着角质的头盔，捋捋头发。虽然他事先冲洗过，衣服上还是留下一些淡淡的色泽，是紧贴的甲壳染出来的。"看以后的情况吧。"卡拉丁心头涌上一阵负罪感，虽不足以抵消成功保护手下带来的喜悦，但足以给胜利笼上阴影。"眼下，中了箭的冲桥手还是不少，你们知道该怎么做。"

众人点点头，一溜小跑去寻找伤员。卡拉丁安排一个人看管申——他不知道该拿这个仆族怎么办。他把沾满汗水、盖着甲壳的头盔和马甲放进偻朋的担子，努力不显出疲态。然后他屈膝蹲下，伸手确认医疗用品都在，以便需要时取用。他发现自己的手在发抖，只好按住地面，反复深呼吸。

皮肤冰冷、发黏，他心想，反胃、虚弱。这是受严重刺激的症状。

"小伙子，你还好吧？"泰夫特蹲到卡拉丁身边问。他胳膊上还缠着绷带，那是前几天冲桥时受的伤，但还不至于缺席——至少眼下不行，人手太少了。

"会好的。"卡拉丁取出一口水囊，用颤抖的手握住。他几乎连盖子都拧不开。

"你看起来——"

"会好的。"卡拉丁又重复一遍，仰头喝水后，放下水囊，"关键是大伙儿安全了。"

"你打算每次上战场都这么干？"

"只要能保护大家安全。"

"你不是不死之身，卡拉丁，"泰夫特轻声说，"光辉骑士也会被杀，像任何普通人一样。迟早会有一支箭扎进你的脖子，而不是你的肩膀。"

"飓光能治伤。"

"飓光能帮助你身体复原，但我觉得，那和死而复生不是一回事。"泰夫特把手放到卡拉丁肩头，"我们不能失去你，小伙子，大家需要你。"

"我不会逃避危险，泰夫特，我不会看着大伙面对箭雨，明知自己有办法却袖手旁观。"

"好吧，"泰夫特说，"你得让我们和你一起干。只留二十五个人扛桥也不是不行，这样我们就能匀出几个人，就像石头说的。而我敢打赌，有几个从其他队里救下的伤员好得差不多了，可以帮忙扛桥。只要第四冲桥队一直像你今天这样，协助全军冲锋，他们就不敢把伤员送回原来的冲桥队。"

"我……"卡拉丁欲言又止。眼前的泰夫特仿佛变成了戴立特，戴立特会做同样的事情——他一直说，身为小队士官，保证卡拉丁活下去也是他的使命之一。"好吧。"

泰夫特点点头，站起来。

"你曾是个矛兵，泰夫特，"卡拉丁说，"不要否认。你怎会沦落到这步田地，变成冲桥手？"

"这里就是我该待的地方。"泰夫特转身，去督促大伙搜寻伤员。

卡拉丁坐下来，往后一躺，等待身心平复。在南面，另一支军队已经抵达，飘扬着达力拿·寇林的蓝色旗帜。他们越过深渊，从毗邻的高地奔向战场。

卡拉丁闭眼歇息。不知过了多久，他听到一些动静，睁眼见茜尔坐在他胸口，两腿交叉。在她身后，达力拿·寇林的部队正向战场冲锋，没有遭遇弓箭射击，撒迪亚斯则切断了仆族智者们的退路。

"太神奇了，"卡拉丁对茜尔说，"我对那些箭矢做了什么？"

"还觉得你被诅咒吗？"

"不，我觉得没这回事。"他抬头看看闷沉的天空，"可这意味着那些失败全是我自己的责任。是我害死了提安，是我辜负了手下的矛兵，还有我想营救的奴隶，还有苔拉……"他好一阵没想过那个女人了。关于她的失败和其他失败不一样，但依然是失败。"如果没有诅咒、没有厄运，没有上天的神明生我的气，我就必须怀着这样的苦涩活下去：假如我再努力一点，再多一些练习或技巧，我就能救他们。"

茜尔的眉头蹙得更紧："卡拉丁，你得想开点儿。这些事不是你的错。"

"我父亲一直说这种话。"他魂不守舍地笑笑，"'克服你的负罪感，卡拉丁，要关怀他人，但不能沉溺于关怀；要承担责任，但别过于责怪自己。'他要我去保护、拯救和帮助他人——同时要知道何时放弃。这是走钢丝，我怎么办得到？"

"不知道，我对这些事都没概念，卡拉丁。可你在把自己撕裂。"

卡拉丁盯着头顶的天空："好神奇。当时我就是风暴，茜尔，仆族智者碰不到我，箭矢算什么？"

"你对你的能力还太陌生，你把自己逼得太紧了。"

"'拯救他们，'"卡拉丁低语，"'化不可能为可能，卡拉丁。但别把自己逼得太紧。如果失败，也别有负罪感。'我走在钢丝上，茜尔，摇摇欲坠……"

几名队员带着一个伤患回来，他是个方脸的泰勒拿人，肩上插着一支箭。卡拉丁上前忙活，双手还微微发抖，但比之前好多了。

冲桥手聚拢过来围观。他已在向石头、德雷赫和斯卡教授医术，但有这么多人观看，令卡拉丁情不自禁地解说起来："按住这里，能减缓血液流动的速度。这伤不算危险，但可能会比较难受……"——伤员用痛苦的神情表示赞同——"……真正的麻烦是感染。清洗伤口，确认没留下任何木片或金属屑，然后再缝合。肩部的肌肉和皮肤不可能一点不动，所以要用牢固的缝线缝合伤口。现在……"

"卡拉丁。"倭朋不安地说。

"怎么？"卡拉丁心不在焉地回答，手上依旧不停。

"卡拉丁！"

倭朋喊了他的名字，而不是"黑发哥"。卡拉丁起身回头，见矮个子赫达孜人站在人群后头，指着深渊的方向。战场已挪到更北面，但有一群仆族智者突破了撒迪亚斯的防线，他们手里有弓。

见到这队仆族智者列阵、控弦，卡拉丁呆了。五十个箭头，全都指向他的队伍。这些仆族智者似乎毫不在意自己洞开的后背，他们满脑子只想着一件事：

毁灭卡拉丁和他的手下。

卡拉丁大吼着警告同伴，但他浑身无力、动作迟缓。待周围的冲桥手转过身，深渊另一侧的弓已蓄势待发。撒迪亚斯的手下一般会守在深渊旁，以免仆族智者掀翻桥梁、切断他们的退路。但这一次，眼见这些弓手无意毁桥，士兵也不急于阻止。他们只顾击杀扑向木桥的仆族智者,而让冲桥手们自生自灭。

卡拉丁的手下暴露在空旷处,是绝好的目标。不,卡拉丁在心中呐喊,不!不可以。好不容易才——

一阵狂风杀入仆族智者的阵线,只有一个人,一身岩灰色盔甲,挥舞着一把长度相当于一人高的大剑。这名碎瑛武士横扫过无心战斗的仆族智者,急迫的动作撕碎了他们的阵形。箭矢飞向卡拉丁的队伍,但弓弦松得太早,准头很差。众人伏身躲避,只有几支箭射到附近,没人被射中。

仆族智者在碎瑛刃横扫下纷纷倒地,有一些跌入深渊,还有一些仓惶后撤,剩下的都死了,两眼焦黑。几秒钟之内,五十个弓手的小队只留下一堆死尸。

碎瑛武士的亲卫队赶上来。武士转过身,举起碎瑛刃朝冲桥手致敬,身上的碎瑛甲仿佛在发光。随后,他朝另一个方向冲去。

"是他,"德雷赫起身道,"达力拿·寇林,国王的叔叔!"

"他救了我们!"倭朋说。

"哈,"莫阿什拍拍身上尘土,"他只是见到一队没有掩护的弓手,趁机下手而已。光眼种不会管我们死活,对不对啊,卡拉丁?"

卡拉丁瞪着弓箭手刚才所在的位置。那一刻,他本会失去一切。

"卡拉丁?"莫阿什说。

"你说得对,"卡拉丁不知不觉间开口,"只是趁机下手而已。"

可他为什么要朝卡拉丁举剑致意?

"以后,"卡拉丁说,"待士兵过了桥,我们要退得更远。战斗开始后,仆族智者通常不再管我们,但以后不会这样。我今天的所作所为——也是大伙即将要做的事——将招致他们极大的怒气,大到足以犯傻,不杀我们不罢休。现在,雷滕和纳姆去寻找合适的侦察点观察战场状况,我要知道是否有仆族智者朝深渊这边移动。我先给这人包扎,然后我们就后撤。"

两人跑去担任斥候，卡拉丁转过身，继续为伤员包扎。

莫阿什跪在他身旁："强攻严阵以待的敌军却没损失一座桥，一个碎瑛武士凑巧救了我们的命，撒迪亚斯亲口称赞我们。你简直要让我相信你胳膊上这玩意儿的效力了。"

卡拉丁低头看看祈祷符，上面沾了血，来自他胳膊上一道伤口，即将散尽的飓光无法治愈它。

"看我们能不能逃走吧，"卡拉丁缝完最后一针，"那才是真正的考验。"

63 恐惧

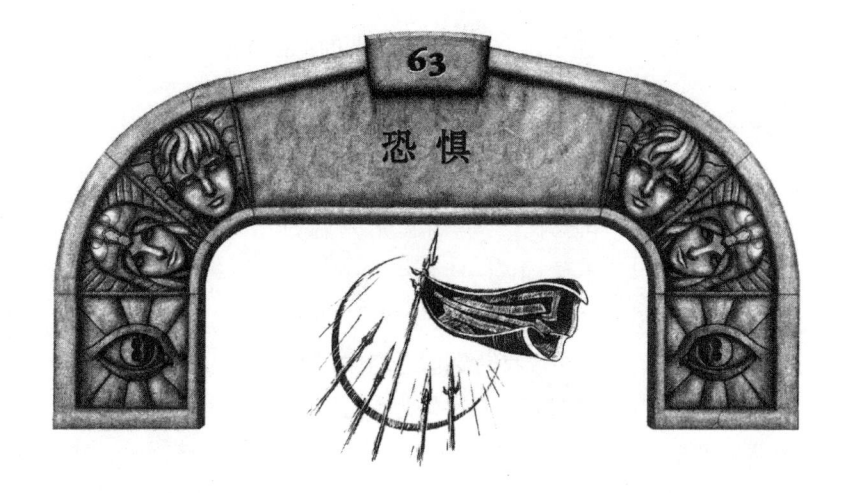

"我只想睡去。我终于明白你们为何做出这等事来。我痛恨你们,我已见到真相,但我不会说出口。"

——收集于1173年第八月第六周第五天,死前一百四十二秒。死者是一名被船员抛弃的深族水手,据说他会给同伴带来厄运。本例的价值很小。

"你瞧?"雷滕把手中一块壳甲翻了个面,"如果在边缘刻出弧度,弹开的刀刃或箭矢就不太容易打到脸。我可不想让你们这么好看的笑脸遭殃。"

卡拉丁笑笑,拿起这块壳甲。雷滕的手艺很高明,在上面打了穿皮绳的孔,用来把壳甲和上衣固定。夜晚的谷底又冷又暗,没了太阳,这里就像洞穴。只有零星闪烁的高远星光才能打破这种错觉。

"你要多久做完?"他问雷滕。

"所有五套?大概得干通宵。真正费神的是想出加工方法。"他用指节敲敲壳甲,"神奇的东西,硬度和钢差不多,重量却只有一半,很难切割敲破,好在钻孔很容易。"

"很好，"卡拉丁说，"因为我想要的不止五套，而是大伙人手一套。"

雷滕抬起一边眉毛。

"如果他们同意让我们穿盔甲，"卡拉丁说，"那么每人都可以有一套，当然，申除外。"马塔尔已允许他们出桥时把申留在营房，那个仆族现在几乎不看卡拉丁一眼。

雷滕点点头："成，可你最好给我找点儿帮手。"

"你可以用上伤员。我们要把能找到的壳甲都运出去。"

他的成功为第四冲桥队换来较为宽松的待遇。卡拉丁声称手下需要时间来寻找壳甲，被蒙在鼓里的哈莎尔便同意减少上交物资的定额。她已不动声色地将利用壳甲的功劳完全据为己有，也没问这些东西一开始是从哪儿冒出来的。不过，当两人四目相接时，卡拉丁能觉出她眼中的不安：这个冲桥手还打算搞什么把戏？眼下，她不敢动他，毕竟全靠他，撒迪亚斯才对她大加称赞。

"盔甲师傅的学徒怎么会变成冲桥手？"卡拉丁问重新坐下干活的雷滕。雷滕四肢发达、身板敦实，长着椭圆脸和淡色头发，"工匠一般不会被当成废物抛弃。"

雷滕耸耸肩："要是有个光眼种盔甲破了，肩上中了一箭，总得有人背黑锅。我能肯定，我师傅多收一个学徒，就是为应付这种情况。"

"看来他的损失给我们带来了好运。你会保住我们所有人的命。"

"我尽力，长官。"他笑笑，"反正没有比你做的盔甲更糟的了。你那件胸甲没半路掉下来真是奇迹！"

卡拉丁拍拍他肩膀，不再打扰他干活。他身边摆了一圈黄玉齐普，军队允许卡拉丁带润石下沟，因为他说手下加工盔甲需要照明。不远处，偻朋、石头和达彼德带着一堆物资回来了。茜尔飞在前头，给他们带路。

卡拉丁沿深渊前行，腰带系着一口小皮兜，里面扣着一块石榴石提供照明。深渊在眼前分岔，构成一大片三角形交叉口——是练矛的好地方。这里够宽敞，可以让大家练习，离所有的固定桥梁距离也够远，不太会被斥候听到动静。

每天，卡拉丁都会下达指导性指示，然后让泰夫特带领大家练习。小堆的钻石齐普放在交叉口的每个角落，众人靠这些球币照明，勉强能看清东西。真没想到，我也会向往在亚马兰军中顶着大太阳训练的日子。他心想。

他走到牙齿漏风的胡勃身旁，纠正对方的站姿，又示范如何利用体重加强突刺力量。冲桥手们进展很快，基本功训练已显出成效。有些人在训练矛与盾的配合，练习一手把盾举高、一手把轻矛举到脑后的姿势。

斯卡和莫阿什的技术最好。说真的，莫阿什非常棒。卡拉丁走到一旁，看着这个面如鹰隼的男人。他很专注，两眼放光，紧咬牙关，连续不断地出招，十多颗润石为他打出十多个影子。

卡拉丁记得自己也有如此投入的日子。提安死后，他有整整一年都是如此，每天都搞得筋疲力尽，拼命强化自我，决心永不再让任何人因自己学艺不精而丧命。就这样，他成了小队里最好的矛兵，然后是全中队最好的，甚至有人说他是全亚马兰军最好的矛兵。

如果苔拉没有规劝他放弃这不顾一切的执着与疯狂，他会怎么样？是不是如她所说，他会把自己燃烧殆尽？

"莫阿什。"卡拉丁喊道。

莫阿什停手，转身看着卡拉丁，站姿分毫不乱。

卡拉丁招手示意他过去，莫阿什有些勉强地拖着步子走近。偻朋给他们留了些水囊，就挂在一堆哈斯帕贝上。卡拉丁扯下一个，抛给莫阿什。对方喝了一口，擦擦嘴。

"你变强了，"卡拉丁说，"大概是这些人里最强的。"

"谢了。"莫阿什说。

"我注意到,泰夫特让大伙休息时,你还在练习。用功是好事,但别把自己练垮。我想让你当诱饵。"

莫阿什大大咧咧地笑了。人人都自告奋勇,想成为另外四个与卡拉丁一起吸引仆族智者的诱饵。多神奇的转变。数月前,莫阿什——还有其他人——急于把新人或老弱病残放到前排挡箭。现在,他们却个个主动要求去干最危险的活。

你满脑子想着怎么把这些人弄死,撒迪亚斯,卡拉丁心想,你明白这些人能为你带来什么吗?

"这是为什么?"卡拉丁朝昏暗的训练场点点头,"你为什么练得这么拼命?你在追寻什么?"

"复仇。"对方一脸肃然。

卡拉丁点头道:"我失去过某人,仅仅因为矛术不够强。后来,我差点儿把自己练死。"

"那是谁?"

"我弟弟。"

莫阿什点点头。其他冲桥手,包括莫阿什在内,似乎对卡拉丁"神秘"的过去抱有敬畏之情。

"这段经历是好事,"卡拉丁说,"我也为你的决心感到高兴。但你一定要小心,如果因为练得太苦死掉,那就毫无意义了。"

"那是。可我们有一点差异,卡拉丁。"

卡拉丁抬抬眉毛。

"你想救人。我想杀人。"

"杀谁?"

莫阿什犹豫片刻,摇摇头:"也许我以后会说出来。"他伸出手,抓住卡拉丁的肩膀,"我本来放弃了那些打算,是你帮我找回来的。我会用生命保护你,卡拉丁。我发誓,以我先祖之血的名义发誓。"

卡拉丁迎住莫阿什炙热的视线，点点头："好。去帮帮胡勃和幺克。他们的突刺还是不够利索。"

莫阿什跑着碎步帮忙去了。他没叫卡拉丁"长官"，也没像其他人那样表现出心照不宣的崇敬，所以卡拉丁觉得跟他交流舒坦些。

接下来的一小时，卡拉丁帮助大伙儿练习，一个接一个地指点。大部分人过于急躁，动作过大，卡拉丁向他们解释控制和精准的重要性，这比没头没脑的硬冲更有机会打赢对手。他们愿意聆听，也接受教诲。他越来越觉得这些人像是过去那支小队。

这令他思索。他回想刚提出逃跑计划时，希望做些什么——寻找一条战斗的途径，无论风险有多大，至少是个机会。现在情况变了。他拥有了一支值得自豪的队伍，一些他热爱的朋友，或许，还有把情况稳定下来的可能性。

如果能借助壳甲和闪避技巧保障生存，也许大伙儿都会比较安全。也许，甚至能和过去那支矛兵小队一样安全。逃跑还是最佳选择吗？

"这张脸有心事。"一个低沉的声音传来。卡拉丁一转身，见石头走上前，靠在旁边石壁上，粗壮的胳膊交叉身前，"我得说，这是一张领袖的脸，总在操心。"石头扬了扬粗粗的红眉。

"撒迪亚斯永远不会放过我们，特别是在我们成为瞩目焦点后。"阿勒斯卡的光眼种觉得让奴隶逃跑是可耻的事，会显出主人的无能。要保住脸面，就必须把脱逃者抓回来。

"这个你以前说过。"石头道，"我们会打败他派来的追兵，一路跑到卡哈巴兰斯，那儿没有奴隶。然后我们去群峰之巅找我的同胞，他们会把我们当作英雄！"

"如果他蠢到只派出几十个人，或许我们能打败第一批追兵。但此后，他一定会派出更多人手。伤员又怎么办？把他们留在这里等死？还是带着一起跑？可那样的话，我们的速度会慢上许多。"

石头缓缓点头:"你是说,我们需要一份计划。"

"不错,"卡拉丁说,"我想我是这意思。不然的话,我们留下来……当冲桥手。"

"哈!"石头似乎把这当成了玩笑,"就算有新盔甲,我们也会死得很快。我们是靶子!"

卡拉丁一时语塞。石头说得对,冲桥手天天被使唤,天天要搏命。就算卡拉丁把死亡人数降到每月两三个——他一度认为这不可能,但现在似乎不难办到——第四冲桥队目前的人员也会在一年之内死光。

"我去和西格吉尔谈谈。"石头摸摸两鬓间的下巴,"我们会想想办法。一定有办法逃脱这个死局,一定有办法让自己消失。留条假足印?虚晃一枪?也许我们能骗过撒迪亚斯,让他相信我们在冲桥时死掉了。"

"怎么做呢?"

"不知道。"石头说,"但我们会想想。"他朝卡拉丁点点头,迈着悠然的步子走向西格吉尔。那个亚泽尔人正和其他人一起练习。卡拉丁曾试图和他讨论须空的事,但一向口风很紧的西格吉尔不愿意谈。

"嘿,卡拉丁!"斯卡喊道。他被分入进步较快的那组,正在泰夫特细致的督导下练对打,"来和我们过两招,让这些石头蠢脑瓜瞧些真本事。"其他人也开始起哄。

卡拉丁摇摇头,抬手示意大家别吵。

泰夫特走到一旁,肩头扛着柄重矛。"小伙子,"他低声说,"如果你耍上几招,我想这对大家的士气有好处。"

"我示范过了。"

"用的是一把断头的矛,动作又那么慢,嘴里还讲个不停。他们需要亲眼看看,小伙子,看你的本事。"

"我们谈过这事,泰夫特。"

"好吧，是谈过。"

卡拉丁笑笑。泰夫特留着心眼，没显出丝毫生气或不满，看起来仿佛在跟卡拉丁进行一场普通对话。"你以前当过士官，对不？"

"先别管这个，来吧，做几个简单动作就行。"

"不行，泰夫特。"卡拉丁收起笑容。

泰夫特瞅了他一眼："你拒绝在战场上战斗吗？就像那个吃角族人？"

"不是那么回事。"

"那究竟是怎么回事？"

卡拉丁勉强找个借口："到了战斗的时刻，我自然会战斗。但如果现在就让自己进入状态，我会变得过于急切，仓促发动攻击，恐怕没耐心等大伙准备周全。相信我，泰夫特。"

泰夫特打量着他。"你怕了，小伙子。"

"什么？不。我——"

"我看得出，"泰夫特说，"也见过你这种表情。你为别人战斗，结果失败了，对不对？所以你现在犹豫了，不敢再来一次。"

卡拉丁顿了顿："没错。"他承认了事实，但事实不止如此。当他再次战斗时，他必须变回很久以前的自己，那个被称做"飓风恩护者"的男人，那个自信又强大的男人。他不敢肯定还能否找回这个自我，这才是他恐惧的原因。

一旦再次握矛，他将无法回头。

"好的。"泰夫特摸摸下巴，"但到了危急关头，我希望你准备好了，因为这帮家伙需要你。"

卡拉丁点点头，泰夫特急忙回身向其他人解释，安抚他们的情绪。

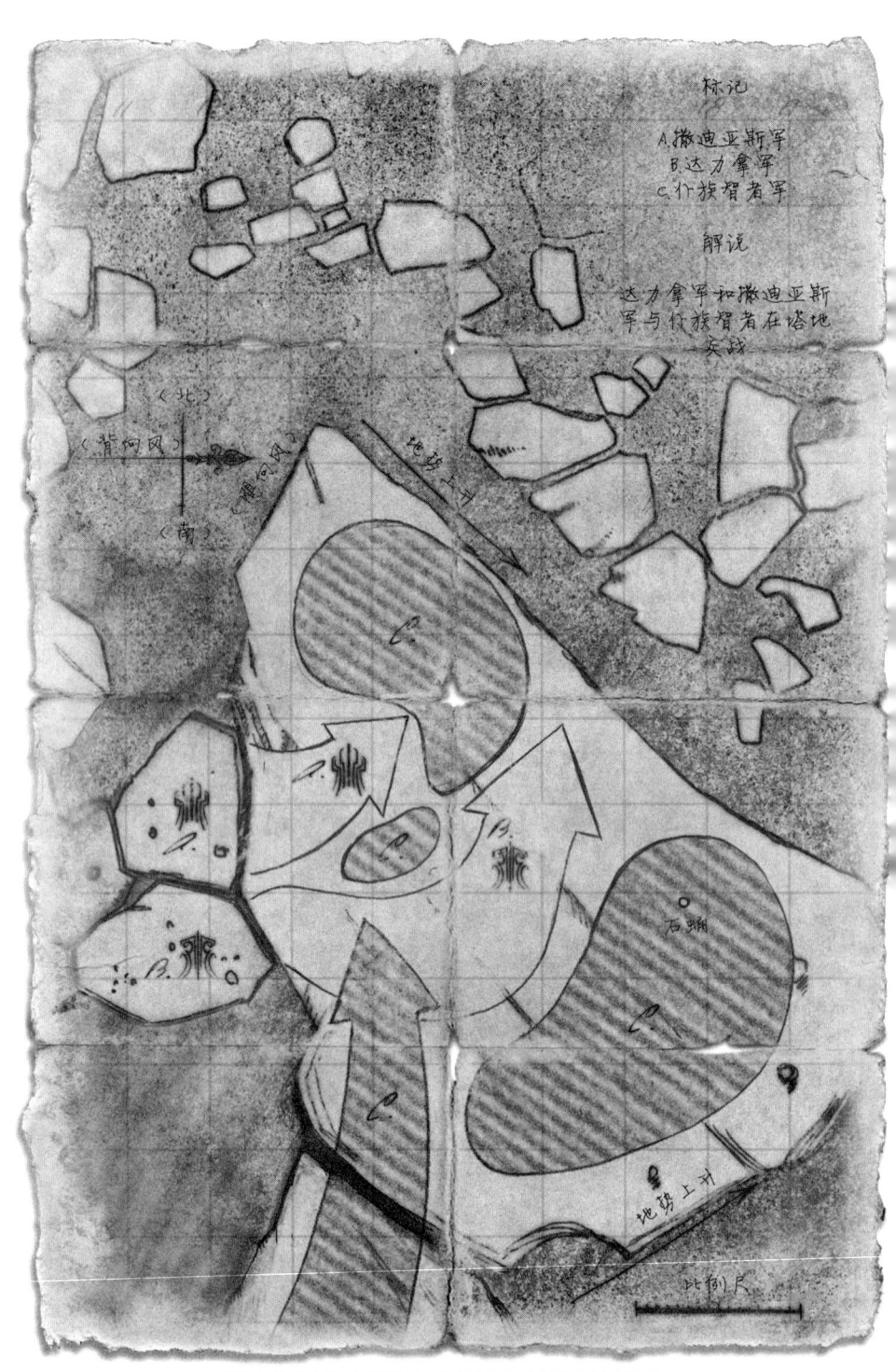

塔地之战的地图,由纳瓦妮·寇林于1173年前后绘制并标注。

64 极端

"两个来自深渊的死人,手握一颗心脏。我知道,我见到了真正的荣耀。"

——收集于1173年第八月第六周第五天,死前十三秒。死者是一名人力车夫。

"我看不透你的心思。"纳瓦妮轻声告诉达力拿。两人绕着艾尔霍卡建于高处的宫殿徐徐踱步,"一半的时间,你好似在调情——用模棱两可的话表达隐约的爱意,然后退开;至于剩下的时间,我肯定误解了你的意思。而迦维拉尔是如此直接,他总会把想要的东西抢到手。"

达力拿若有所思地点点头。他穿着蓝色制服,纳瓦妮一袭低调的褐红裙,带着厚厚的褶边。艾尔霍卡的园丁已开始在这一带栽种草木。他们右边有丛扭结的黄色页岩皮木,高度及腰,就像一排围栏。形如岩石的植物表面附着一小堆一小堆的哈斯帕贝,珍珠色贝壳随着呼吸的节奏缓缓张合,犹如一张张小嘴,以某种韵律无声地交谈。

两人走向通往山顶的小道,达力拿迈着大步,两手交握于身后。

他的亲卫队和纳瓦妮的文书员尾随着,其中几人显出困惑的表情,因为达力拿和纳瓦妮共处的时间太长了。多少人会起疑?所有人?一部分人?没有人?这重要吗?"过去这些年,我无意给你困扰。"他说得很小声,以免被旁人听到,"我曾想追求你,可迦维拉尔表达了对你的爱意,最后我觉得,我必须退到一旁。"

"就这样?退到一旁?"纳瓦妮听起来有点生气。

"他没有看出我对你的心意。他以为,我介绍你们认识,就是暗示他去追求你。我们之间经常有这种默契:我会找出迦维拉尔应该结识的人物,带到他跟前。当我意识到我是在拱手把你让给他时,一切都太晚了。"

"把我'让'给他?我额头有奴隶的烙印吗?我怎么不知道?"

"我不是这意思——"

"唉,别说了。"纳瓦妮的语调突然变得温柔,达力拿把一声叹息压回肚里。虽然纳瓦妮已经成熟,不再是他们年轻时的模样,可她的情绪总是跟季节一样说变就变。*说起来,这也是她诱人的地方之一。*

"你经常让着他吗?"纳瓦妮问。

"总是如此。"

"不会觉得烦?"

"我从不多想,"达力拿说,"真去想的话……确实,我觉得沮丧。可他是迦维拉尔,你知道他是什么样的人。他有强大的意志,天生的掌控力,每当有人拒绝他,或是世界没按他的意愿运转,他都会一脸惊讶,仿佛那不该发生。他没有强迫我退让——这只是自然结果。"

纳瓦妮理解地点点头。

"不管怎样,"达力拿说,"我为我造成的困扰向你道歉。我……我放不下,我害怕会在不经意间流露太多真情实感。"

"好,我可以原谅这件事。"她说,"但是,你此后二十年间的所作所为让我肯定,你讨厌我。"

"我没做过那种事!"

"哦?那我该怎么解释你的冷漠?为何你总是一见我就跑?"

"为了克制自己。"达力拿说,"我已经做了决定。"

"可那看起来太像是厌恶我了。"纳瓦妮说,"我确实怀疑过几回,猜想你那双冷酷的眼睛后面藏着什么秘密。当然,后来,口口出现了。"

一直都是这样,每当有人说出他妻子的名字,他听到的只是轻风过耳的声音,然后立刻从头脑中消失。他听不见、也记不住那个名字。

"她改变了一切,"纳瓦妮说,"你看起来是真爱她。"

"是的。"达力拿说。他一定爱过她,对吧?他什么都记不起来了。"她是什么样的人?"说罢,他迅速补充,"我是说,在你看来,她怎么样?"

"人人都爱口口,"纳瓦妮说,"我努力去讨厌她,可最后只感到淡淡的嫉妒。"

"你?嫉妒她?究竟为什么?"

"因为,"纳瓦妮说,"她如此适合你,从不说一句不得体的话,从不压迫身边的任何人,总是那么恬静。"纳瓦妮笑了,"回想起来,我真该讨厌她的,可她人实在太好了。只是不太……不太……"

"不太什么?"达力拿问。

"聪明。"纳瓦妮脸上一红,这对她可很少见,"抱歉,达力拿,但她确实不算聪明。她也不笨,只是……机灵和狡猾不是人人都有的,或许这是她魅力之一。"

她似乎觉得达力拿会生气。"没事的。"他说,"你对我们的婚姻感到吃惊吗?"

"谁会吃惊?我说了,她和你是天造地设的一对。"

"因为我们一般聪明?"达力拿说了句俏皮话。

"怎么会，因为你们的脾性般配。有一阵，在我放弃讨厌她的尝试之后，我以为我们四个可以成为亲密的朋友，可你对我实在太冷淡了。"

"我不能允许自己再有任何……随便的举动，免得让你以为我还对你有意。"他说得很尴尬。毕竟，随便的举动，不就是他现在的行为么？

纳瓦妮看了他一眼："你又来了。"

"什么？"

"负罪感。达力拿，你是个了不起的、拥有荣誉感的男人，可你太容易沉溺于负罪感中了。"

负罪感？沉溺？"这我倒是从未想过。"

她笑了，笑得如此灿然。

"怎么？"他问。

"你真是太老实了，不是吗，达力拿？"

"我尽力，"他回头望了一眼，"可我们的关系本质上永远都是一种欺骗。"

"我们没有欺骗任何人。让他们去想、去猜，随他们高兴。"

"我想你是对的。"

"我一般总是对的。"她沉默了一会儿，"你后悔吗？我们——"

"不，"达力拿断然道，强烈的语气令他自己也吃了一惊。纳瓦妮只笑笑。"不，"达力拿用更温柔的口气续道，"我不后悔，纳瓦妮，我不知道接下来该怎么办，**可我不会放弃。**"

纳瓦妮一时不知该说什么，她在一小丛石壳木旁停下脚步。每颗石壳木都有拳头大小，藤蔓伸展出来，就像绿色的、长长的舌头。它们长在小道旁一块椭圆形大石头上，聚在一起，简直像是在开宴会。

"我想，叫你别有负罪感是太勉为其难了。"纳瓦妮说，"你能不能让自己稍微变通一些？哪怕一点点？"

"我不清楚能不能办到，特别是现在，我也很难解释为什么。"

"能否试试看？为了我？"

"我……我是个极端的人，纳瓦妮。我年轻时就发现了这一点。我一次又一次领会到，控制那些极端行为的唯一方法就是让自己全身心投入某件事。起初，那是迦维拉尔，现在，是法典和诺哈东的教诲。我靠它们来束缚自己，就像壁炉靠砖墙来封闭和控制火焰。"

他深吸一口气："我是个软弱的人，纳瓦妮，真的。如果我给自己半步松动空间，我就会冲破自己设下的所有禁忌。迦维拉尔死后这些年，是遵从法典的习惯让我保持坚强。如果我让这副盔甲出现几道裂缝，也许就会变回过去的自己，可我再也不想变成那个样子。"

那个男人意图谋害兄长、夺取王位——并且夺取那个嫁给兄长的女人。他不能说出来，不敢让纳瓦妮知道自己对她的渴望差点令自己做出什么。

在那日，达力拿曾对天发誓，永远不会占有王座。那是他给自己的限制之一。如今他能向她解释吗？解释她如何毫不费力地撬动了这些枷锁？解释那份长年煎熬他的、对她的爱意，还有他的负罪感——到头来还是把很久以前让给兄长的东西夺了回来——是如何令他难以恢复内心的平和？

"你不是软弱的人，达力拿。"纳瓦妮说。

"我的确是。但给予适当的限制，软弱可以伪装成坚强，正如无路可逃的懦夫也能冒充英雄。"

"可迦维拉尔那本书并没有禁止我们在一起，只是传统——"

"这感觉上是错的。"达力拿说，"但请别操心，我一个人来操心就够了。我会想办法的，只是希望你理解，这需要时间。如果我显出沮丧，那不是因为你，而是因为现在的状况。"

"我可以接受。但你得忍受那些流言，流言现在已经出现了。"

"这不是我第一次被流言缠身。"他说，"相比此事，艾尔霍卡更让我担心。我们该怎么向他解释？"

"我看他察觉不了。"纳瓦妮轻嗤一声，重新迈步。达力拿跟上。"他一心只顾仆族智者，偶尔操心一下营里有人要杀他的事。"

"我们的流言可能会加重他的疑心病。"达力拿说，"他会从我们的关系中嗅出一连串阴谋。"

"好吧，他——"

山下响起嘹亮的号角。达力拿和纳瓦妮驻足倾听，辨识号声的含义。

"飓风之父，"达力拿说，"塔地出现了深渊恶魔！那是撒迪亚斯监控的高地之一。"达力拿感到一阵兴奋，"所有轩亲王都在那里铩羽，从未赢得过一块琼心石。如果我和他联手赢一次，将是重大的胜利。"

纳瓦妮面带不安："达力拿，你对他的看法没错，为了我们的追求，*我们确实需要他*。可别跟他走得太近。"

"祝我顺风吧。"他伸出双臂，又马上停下。他要干什么？在大庭广众之下拥抱她？那将使谣言如燎原之火，他还没做好面对这种事的准备。于是他鞠了一躬，快步赶去披挂碎瑛甲，准备作战。

还没走完一半的路，他突然停步，回想起纳瓦妮的措辞。她说"我们需要他"，为了"我们的追求"。

什么是"我们的追求"？也许纳瓦妮也不知道。可她已经把两人视为一体了。

而达力拿意识到，他自己也一样。

※

号角声回荡，纯净而动听，昭示着迫在眉睫的战斗。堆木场陷入一片忙乱。命令已经下达，他们要再次攻击塔地——那个第四冲桥队曾经失败的地方,那个卡拉丁带来灾难的地方。

最大的高地,各军最眼红的肥肉。

冲桥手们跑来跑去,急着穿背心,木匠和学徒赶紧给他们让道。马塔尔大声发令;只有在实战中,他才会和哈莎尔分开。冲桥队长们表现出些许领导能力,咆哮着叫手下列队。

风呼啸而过,卷起木屑和干草。喊叫、钟鸣声此起彼伏。在这片混乱中,第四冲桥队由卡拉丁领头,大步前行。尽管时间紧迫,士兵们还是为这番景象停了步,其他冲桥手惊得合不拢嘴,木匠和学徒看得一动不动。

全队三十五人穿着暗橙色壳甲行进,凭雷滕高超的手艺,壳甲被固定在皮上衣和帽子上。他们还割下护臂和护胫与胸甲搭配。头盔则用几片不同形状的头壳甲拼凑而成,还在雷滕的坚持下加了装饰,有盔冠和凹槽,前者像小角,后者像蟹壳的边缘。胸甲、护臂和护胫也都有装饰,刻出了齿状纹理,形同锯刃。断耳亚克斯买来蓝和白色的涂料,在橙色壳甲上画了些图案。

第四冲桥队的每个成员都扛着一面大木盾,盾上绑着仆族智者的红色骨骸——这回绑得很紧,大部分是肋骨,摆成螺旋状。有些人在盾面正中系上指骨,用来发出敲击声,还有人把尖锐的肋骨固定在头盔两侧,向外突起,好像獠牙或颌齿。

围观者个个目瞪口呆。这不是他们第一次见到壳甲,但这是第四冲桥队第一次全体穿壳甲出桥。如此齐整,如此壮观。

这十天共有六次出桥,卡拉丁和他的队员在出桥过程中逐步完善了战术。有五人担任诱饵,另有五人站在前排,一手持盾、一手扛桥。从其他队里救下的伤员已经可以扛桥,充实了人力。

尽管出动了六次,却没有一人阵亡。其他冲桥手都在私下谈论这一奇迹,卡拉丁并不关心这个,他只是确保身上随时带着满满一袋注光的球币。大部分仆族智者弓手把火力集中在他身上,看来不知为何,他们知道谁是核心人物。

他们来到桥边,整好队,把盾绑到桥侧的横杆上。当他们抬起桥时,其他冲桥手不由自主地齐声欢呼。

"这可是新鲜事。"在卡拉丁左边的泰夫特说。

"我猜,他们终于搞明白我们是什么人了。"卡拉丁说。

"什么人?"

卡拉丁把桥往肩上一放。"为他们而战的人。前进!"

他们开始小跑,在欢呼和簇拥下领头奔向集结区。

※

我父亲没疯,阿多林心想。持甲侍卫为他扎紧碎瑛甲,他感到一阵活力和兴奋,宛如重生。

对于纳瓦妮的发现,阿多林思索了几天。他错得如此离谱,*达力拿·寇林没有变软弱,没有衰老,他也不是懦夫*。达力拿一直是对的,而阿多林一直都错了。反复拷问自己的灵魂之后,阿多林得出了结论:

他很高兴自己错了。

持甲侍卫挪到一侧。他露齿一笑,活动了下碎瑛甲覆盖的手指。他不懂得那些幻象的含义,或是幻象呈现的过去。父亲像是某种先知,想到这点,不免令人惶恐。

但眼下知道达力拿没有疯,这就够了。他应该信任父亲。飓风之父在上,达力拿赢得了获得儿子信任的权利。

持甲侍卫为阿多林穿好碎瑛甲,退到一旁。阿多林立刻跑出备甲室,来到阳光下,适应碎瑛甲的力量、速度和重量。尼特和另外五名深蓝卫士快步跟上,其中一人为他牵来血伯兰。阿多林接过缰绳,牵着雷沙迪乌马走,他想多花点时间来适应碎瑛甲。

没过多久,他们来到集结区。身披碎瑛甲的父亲正和泰莱布、伊拉马商谈。他手指东方,身形如此高大,仿佛把另外两人都压了下去。多个中队的士兵已走出集结区,踏进平原。

阿多林急不可耐地大步走向父亲。他看到稍远处有人骑马,从营地东部边缘靠近,穿一身红色碎瑛甲。

"父亲?"阿多林往那边一指,"他来干什么?他不是应该在自己营地等我们过去吗?"

达力拿抬头看看,招手示意马夫把加兰特带来,随后两人上马,朝撒迪亚斯赶去,身后跟着十多个深蓝卫士。撒迪亚斯想叫停攻击?他是不是担心在塔地再吃败仗?

接近后,达力拿勒住马头。"撒迪亚斯,你该出发了。如果我们想比仆族智者先到一步,拿到琼心石并撤退,速度至关重要。"

那位轩亲王点点头:"我部分同意。可我们得先商量一下,达力拿,我们要攻击的可是塔地!"他看起来斗志昂扬。

"嗯。商量什么?"

"诅咒之地的!"撒迪亚斯说,"是你说想找个办法,在高地上困住仆族智者的大军。塔地是完美的选择。他们总会向塔地派出大军,而且这片高地有两边无法通行。"

阿多林不禁点头。"对,"他说,"父亲,他说得对。如果我们能实施包围,给予他们致命一击……"仆族智者通常会在遭受一定损失后撤退,这是战争拖得如此漫长的原因之一。

"就可能成为战争的转折点。"撒迪亚斯两眼放光,"我的文书员估计,他们剩下的军力最多只有两三万。按仆族智者一贯的做法,他们会向塔地派出一万兵力。如果我们能彻底围歼这支部队,等于基本毁掉了他们在破碎平原上作战的能力。"

"这行得通,父亲。"阿多林热切地说,"这就是我们一直等待的机会——是您一直等待的机会。扭转战局、给予仆族智者沉重一击,让他们无法继续作战!"

"我们需要部队,达力拿,"撒迪亚斯说,"很多部队。你最多可以出动多少兵力?"

"临时出击?"达力拿说,"也许能拿出八千人。"

"不够也得上。"撒迪亚斯说,"我动员了大约七千人。我们合军一处,带你的八千人去我的营地,然后带上我的全部冲桥队,一起进军。今天仆族智者会先到一步——塔地离他们太近,这是必然的结果——但如果我们速度够快,就能把他们围在塔地上,让他们瞧瞧阿勒斯卡军真正的能耐!"

"我不能拿你的冲桥队员的性命冒险,撒迪亚斯。"达力拿说,"你提出的方案和以前不同,要求我完全的合作,我不知道能否同意。"

"咳,"撒迪亚斯说,"我有了使用冲桥队的新办法,不会损失那么多人命。他们的伤亡已接近于零。"

"真的?"达力拿说,"是让冲桥手穿盔甲吗?是什么令你改变的?"

撒迪亚斯耸耸肩:"也许我被你影响了。先别管那么多,我们必须马上出发,一起出发。他们的部队太多,我不能冒险先攻、再等你赶上。我想和你一同行军,尽量同步发动攻击。如果你还担心冲桥手,我可以先冲锋,占下一块桥头堡再让你通过,你不用牺牲冲桥手的性命。"

达力拿陷入沉思。

答应吧,父亲,阿多林心想,你一直在等重创仆族智者的机会,这就是机会!

"很好,"达力拿说,"阿多林,派传令兵动员第四到第八联队,让士兵们准备行军。我们去结束这场战争。"

65 塔地

"我看到了他们。他们是石头。他们是复仇的幽灵。他们有红色的眼睛。"

——收集于1173年第八月第八周第一天,死前八秒。死者是一名十五岁的暗眼种少女。据说死者的精神状况自幼就不稳定。

数小时后,达力拿和撒迪亚斯一同站在岩架上眺望塔地。这是一段漫长、艰苦的行军。塔地距离遥远,是他们攻击过的最靠近东方的高地。再往东不可能发起攻击,因为仆族智者会迅速抵达,赶在阿勒斯卡军有机会出现前带着琼心石离开——即便在塔地,也会出现这种情况。

达力拿仔细搜寻。"我看到了,"他抬手一指,"他们还没有取出琼心石!"仆族智者在石蛹旁围成一圈,敲敲打打,但厚石板似的外壳还没被砸开。

"能使用我的冲桥队,你应该庆幸,老朋友。"撒迪亚斯抬起覆着护手甲的手掌遮阳,"那些深渊很宽,也许连碎瑛武士都跳不过去。"

达力拿点点头。塔地面积巨大，它在地图上占了很大一块，但那还不足以体现其大小。和其他高地不同，塔地有高低差，形如巨大的楔子，从东向西逐渐延伸降低，背风面是一道巍峨的峭壁。这道绝壁又高又陡，南面的深渊则太宽，所以东南两面都无法通行。只有三片毗邻的高地可作为攻击的发起点，均位于西侧和西北侧。

这些高地之间的裂谷宽得非比寻常，几乎超过移动木桥的长度。成千上万的士兵正在周边的高地集合，汇聚成绿色或蓝色的海洋，每片高地上只有一种颜色。达力拿从未在高地攻防战中见过如此庞大的兵力。

不出所料，仆族智者方兵力也很强，至少上万名士卒严阵以待。这将是一场大战，是达力拿一直期待的——运用庞大的军力与仆族智者大军正面交锋。

没错，这可以成为战争的转折点。打赢这一仗，一切都会改变。

达力拿一手夹头盔，用另一只手遮挡阳光。他满意地看着撒迪亚斯的斥候队分头前往毗邻高地——从那里可以发现仆族智者可能的增援。尽管仆族智者派出了庞大的兵力，但这不意味着他们没有其他部队等着包抄敌人的侧翼。这一次，达力拿和撒迪亚斯不会再被打个措手不及了。

"跟我上，"撒迪亚斯说，"一起攻击！架起四十座桥，发动一波大规模冲锋！"

达力拿低头看着冲桥队，很多队员筋疲力尽地躺倒在高地上，等待——很可能满心恐惧——接下来的任务。很少有人穿着撒迪亚斯提到的盔甲。如果两军同时进攻，将会有几百个冲桥手丧命。然而那和达力拿的所作所为又有何不同？他也要求麾下士兵冲向战场、夺取高地。冲桥手和士兵不是同一支军队的成员吗？

那些裂缝，不能再扩大了。如果他想和纳瓦妮在一起，就必须证明给自己看，证明自己在其他方面也可以保持坚定。"不，"他说，

"等你为我的冲桥队抢下立足点，我再发起攻击。其实这样做都超过了我通常容许的限度——决不强迫手下做自己不愿做的事。"

"你每次都向仆族智者冲锋！"

"我决不会扛着那种桥冲锋。"达力拿说，"对不起，老朋友，这不是在批评你，只是我的原则。"

撒迪亚斯摇摇头，戴上头盔："好吧，只能这样了。我们今晚还讨论战略吗？就像约好的那样，共享晚餐？"

"嗯。除非艾尔霍卡大发脾气，不准我们一同缺席他的晚宴。"

撒迪亚斯哼了一声："他会习惯的。六年了，每晚都搞宴会，真是越来越烦人。何况等打赢这一仗，等到仆族智者抛下相当于他们整整三分之一兵力的尸体，他恐怕连高兴都来不及。我们战场上见。"

达力拿点点头，撒迪亚斯跃下岩架，和他的军官们一同离去。达力拿没有马上离开，他又观察了一会儿塔地。塔地不仅比大部分高地更大，表面也更崎岖，覆着一团团板结的飓砂构成的岩块。这些岩块表面是光滑的弧形，但起伏很大——就像无数被厚厚的积雪覆盖的矮墙。

塔地的地势向东南抬升，在东南角形成能俯瞰平原的制高点。用来集结的两块高地位于塔地西侧中部；撒迪亚斯会从靠北的那块高地发起攻击，一待他清出桥头堡，达力拿就从南面的高地跟上。

我们要把仆族智者逼到东南角，达力拿摸着下巴想，*把他们困在那里*。这是一切的关键。石蛹靠近坡顶，所以仆族智者的位置已经在那里了，方便达力拿和撒迪亚斯将他们压迫到崖边。他们可能不会拼命抗拒，毕竟坡上居高临下，占据地利。

即便出现第二支仆族智者军队，敌人的两军也会彼此孤立。阿勒斯卡军可以先集中兵力对付塔地高处的敌人，同时摆出防御阵抵挡增援。这行得通。

他越来越兴奋，纵身跃到下方较低的石台上，随后几个大步，踏着石台侧边的缺口下地,他的军官们正在那儿等着。他绕到岩架另一侧,查看阿多林的情况。年轻人一身碎瑛甲,正向通过撒迪亚斯的移动木桥前往南部集结高地的各中队下达命令。稍远处,撒迪亚斯的士兵列队准备冲锋。

那群穿盔甲的冲桥手十分显眼,他们位于冲桥队阵列的前排正中。**为何只让他们穿盔甲?**为何其他冲桥手没有盔甲?那看起来像是仆族智者的壳甲。达力拿摇摇头。攻击开始了,冲桥队跑在撒迪亚斯军前方,率先扑向塔地。

"父亲,你想在何处发动攻击?"阿多林召唤出碎瑛刃,往肩甲上一搁,刀锋朝上。

"那儿。"达力拿朝集结高地的某处一指,"让士兵准备好。"

阿多林点点头,大声下令。

远处,开始有冲桥手阵亡。愿令使指引你们的道路,可怜的人,达力拿心想,也指引我的道路。

※

卡拉丁御风而舞。

箭矢啸叫着从他身边掠过,距离很近,涂漆的檞皮箭羽几乎能吻到他的皮肤。他必须让箭离得近一些,必须让仆族智者以为马上就能杀掉他。

尽管还有四个冲桥手在吸引敌人的注意力,尽管第四冲桥队的其他成员都穿戴着仆族智者的遗骨,大部分弓箭手还是盯着卡拉丁。他是个象征,是一面活的旗帜,必须毁灭。

卡拉丁在箭矢间回旋穿梭,不时用盾牌挡开几支箭。风暴在他体内肆虐,仿佛血液已被吸干,为飓风所取代,这使他指尖充满蠢蠢欲动的能量。前方的仆族智者吟唱着愤怒的歌谣,那是一首唱给亵渎亡者之人的葬歌。

卡拉丁站在其他诱饵前方，吸引箭矢。他挑衅敌人、嘲弄敌人、招呼敌人来杀他，直到箭雨停歇、风暴平息。

卡拉丁停下来休息，屏住呼吸，把飓风留在体内。仆族智者在撒迪亚斯的部队前心有不甘地后退。对高地战斗而言，这股兵力堪称庞大，包括数千士兵和三十二座木桥。尽管有卡拉丁当幌子，还是有五座桥被射倒，扛桥人遭遇屠杀。

没有一个冲到对岸的士兵特意去攻击朝卡拉丁射箭的弓手，但大军的压迫仍迫使仆族智者后退。撤退前，有些仆族智者向卡拉丁投来憎恶的目光，摆出一个古怪的手势——右手笼住右耳，左手指着他。

卡拉丁吐了口气，飓光随之喷薄而出。他必须算得很准，吸入足够的飓光来保命，但不能太多，以免被士兵发现。

塔地就在他面前，犹如一大块东高西低的石板。前方的深渊很宽，他不禁担心架桥时会不小心让桥掉下去。另一头，撒迪亚斯让部队摆出半圆阵，把仆族智者往后压，试图给达力拿清出一片空地。

也许这种攻击方式能保住达力拿的清誉，那位轩亲王不必让冲桥手送死，至少不是直接让他们送死。可为撒迪亚斯开路而死的人乃是他的踏脚石，他们的尸体是真正的桥。

"卡拉丁！"有人从背后大喊。

卡拉丁转过身。他手下一名队员受伤了。*风操的！* 他飞奔向第四冲桥队。体内还有足够的飓光，在血管中跳动，驱走他的疲劳。他有些自以为是了，虽然六次出桥无人阵亡，可他应该明白，好事不会一直延续。他挤过聚拢的冲桥手，眼见斯卡躺在地上，握着脚，红色的血液从指间渗出。

"脚上中了一箭。"斯卡咬着牙说，"射到了风操的脚！谁会被射到脚啊？"

"卡拉丁！"是莫阿什的声音，听起来很焦急。冲桥手们让出一条道,莫阿什扶着泰夫特走进来,老冲桥手肩上插着一根箭,扎在胸甲和手臂之间。

"风操的!"卡拉丁帮莫阿什把泰夫特放下。老冲桥手似乎已经昏迷,箭矢深深扎入肌肉。"谁来帮忙按住斯卡的脚,包扎一下,我待会儿再处理。泰夫特,听得见我说话吗?"

"对不住,小伙子,"泰夫特眼神迷离,含糊不清地说,"我……"

"你没事的。"卡拉丁急忙从偻朋手中接过一些绷带,面色凝重地点点头。偻朋明白过来,去加热烧灼用的匕首。"还有谁?"

"人都齐了。"德雷赫说,"泰夫特想隐瞒伤势,他一定是在大伙儿朝对岸推桥时受的伤。"

卡拉丁用纱布按住伤口,示意偻朋赶紧把加热的匕首拿来,"让我们的斥候盯着点儿,确保仆族智者不会像几周前那样给我们个出其不意!如果他们从那边跳过来,我们都得玩完。"

"没事。"石头一边抬手遮阳一边观望,"撒迪亚斯在这一带留了人手,仆族智者过不来。"

匕首来了,卡拉丁有些犹豫地接过去,刀身扬起一股白烟。泰夫特失血太多,缝合所需时间太久,冒不起这个险;如果烧灼,可能会留下严重的疤痕,影响到老冲桥手的灵活性,妨碍他挥矛。

卡拉丁略一迟疑,便把刀放进伤口,皮肉吱吱作响,血液凝成黑痂。橙色的痛灵钻出地面,有力地摇摆着。你可以在手术室里缝合伤口,但在战场上,往往只有一种选择。

"抱歉,泰夫特。"他摇摇头,继续疗伤。

♛

有人在惨叫。箭矢击中木头和皮肉,听起来像远处的木匠在砍木头。

达力拿和部下们站在一起等待，看着撒迪亚斯军战斗。他最好赶紧给我们立足点，他心想，我开始渴望这片高地了。

所幸，撒迪亚斯很快在塔地上立稳脚跟，并派出一支侧翼部队弧形前进，为达力拿赢得空间。没等撒迪亚斯完全布置好，达力拿就开始行动了。

"来一支冲桥队，跟我上！"他大吼着冲到阵前，有一支冲桥队跟在他身后，撒迪亚斯总共借给他八支。

达力拿需要登上塔地。仆族智者已经意识到发生了什么，并开始对一支身穿白绿两色制服的中队施加压力，那是撒迪亚斯派去镇守登陆区的。"冲桥手，那边！"达力拿抬手一指。

冲桥手急忙朝那边跑去。达力拿没叫他们冒着箭雨架桥，看起来令他们松了口气。木桥一就位，达力拿立刻飞驰而过，深蓝卫士紧随其后。就在他们眼前，撒迪亚斯士兵的防线被突破了。

达力拿大吼一声，碎瑛刃从雾气中出现，套着护甲的双手握紧渡誓的剑柄，以势大力沉的横斩猛击蜂拥而至的仆族智者，一气扫倒四人。仆族智者开始用他们怪异的语言齐唱战歌。达力拿踢开一具尸体，心无旁骛地发起攻击，奋力守卫撒迪亚斯的部下刚为他夺取的空间。不出几分钟，他的士兵潮水般拥到他身边。

有深蓝卫士守着后背，达力拿得以展开猛烈攻势，他以碎瑛武士特有的方式击破敌军阵列。他在仆族智者的阵形中撕出一个个口子，就像跃出水面的鱼，在敌阵中杀进杀出，不让敌人站稳脚跟。他身后留下成排的尸体，双眼焦枯、衣衫破碎。越来越多的阿勒斯卡士兵冲进这些口子。不远处的阿多林也冲垮了一队仆族智者，他自己的深蓝卫士小队留在后方，保持着安全距离。达力拿把全军都带上了塔地——他要迅速推进，将仆族智者顶回去，不让他们撤走。撒迪亚斯会守住西侧和北侧。

仆族智者的歌声、士兵们的呻吟与呐喊、碎瑛刃碎瑛甲带来的汹涌力量，这一切在达力拿脑中激荡成澎湃的战歌。激越感在体内昂扬，那种反胃没有找上门来，他小心翼翼地释放出"黑荆棘"，享受主宰战场的喜悦，以及一敌难求的失落。

仆族智者的碎瑛武士呢？他数周前在战场上见到一个，为什么那人没再出现？他们向塔地派出这么多兵力，就没有碎瑛武士助阵吗？

有个重物击中他的碎瑛甲后弹开，一小股光雾从上臂关节处逸出。达力拿咒骂着抬起胳膊护脸，同时扫视周围。在那儿。他发现一群仆族智者站在附近岩架上，用双手甩动巨大的投石索。弹出的石块有脑袋大小，仆族智者和阿勒斯卡两方都有人中招，但目标显然是达力拿。

他的前臂又挨了一下，碎瑛甲一阵颤动。达力拿咆哮起来。这一击够重的，在右臂护甲上打出了一片细小的裂纹。

达力拿大吼着，借助碎瑛甲的力量狂奔。激越感更加强烈，席卷全身。他沉肩撞开一群仆族智者，举刀回旋，砍倒那些来不及闪开的人。随即他腾挪身形，刚好躲过一阵从天而降的石头，随即跳上一块较低的石架，助跑两步，飞身跃向投石者所在的岩架。

他一手抓住岩架边缘，另一手握着碎瑛刃。小石台上的仆族智者踉跄后退，达力拿挺身向上，高度刚够挥剑。渡誓划过敌人的小腿，四个仆族智者倒地、双脚尽废。达力拿抛开碎瑛刃，任其消失，靠双手支撑腾空而起。

他落在石台上，碎瑛甲哐当作响。余下的几个仆族智者想要投石攻击，但达力拿轻而易举地从石堆里抓起两颗脑袋般大的石块，扔向仆族智者。石块结结实实地当胸砸中，力道奇大，把投石兵撞下石台。

达力拿边笑边继续丢石头，直到最后一个仆族智者跌下石台，他才转身召唤渡誓，俯视战场。眼前有一堵蓝色的墙，一排寒光闪闪的钢矛，正拼死对抗红黑相间的仆族智者。达力拿的士兵干得不错，他们逆坡而上，按计划把仆族智者逼向东南角的死地。阿多林碎瑛甲闪亮，正指挥部队作战。

在激越感的鼓动下，达力拿深吸一口气，把碎瑛刃高举过头，反射耀眼的阳光。下方，他的士兵山呼震天，盖过仆族智者的战歌。傲灵在他身旁奔涌而出。

飓风之父啊，再次大获全胜的滋味真好。 他跃下石台，难得地没有用谨慎但缓慢的方式。他直接落在一群仆族智者当中，砸碎了石地，盔甲上腾起蓝色飓光。他闪转、杀戮，回想多年前和迦维拉尔并肩战斗的日子。他们不断胜利、不断征服。

那些年，他和迦维拉尔生生把四分五裂的阿勒斯卡捏合成坚强、统一的国家，就像陶艺大师修复一件被摔碎的精美陶器。达力拿断喝一声，杀过仆族智者的阵线，与为赶上他而浴血奋战的深蓝卫士会合。

"传令！所有中队向塔地顶端推进！"

士兵们举起矛，传令兵奔走传令。达力拿一转身，冲进排山倒海的仆族智者中，奋力让自己——和自己的军队——前进。在北面，撒迪亚斯军的推进势头被遏制住了，但这没关系，因为达力拿的部队会替他达成目标。直插进去，就能把仆族智者军一分为二，北边的一半会遭到达力拿和撒迪亚斯的夹击，南边的一半会被绝壁困住。

他的部队跟着他向前猛冲，激越感在体内翻涌。这是能量，狂热的能量，比碎瑛甲更强大，比青春更有活力，比一生沙场厮杀锻炼的本领更高效。仆族智者接连倒在他剑下。他切不开鲜活的血肉，却可以撕开敌人的行列。前冲的惯性常常让两眼焦黑的仆族智者尸体踉跄着与他擦身而过。他们在他面前溃散、逃跑、退却。他在几乎透明的面罩后露出志得意满的笑容。

这就是人生，这就是掌控。在他们的征服之路中，迦维拉尔一直是领导者、发起者、推动者。但达力拿才是战斗者。对手臣服于迦维拉尔的统治，但威吓住他们的是"黑荆棘"，是他与他们的领袖决斗，是他杀死他们最强的仆瑛武士。

达力拿狂吼着扑向仆族智者，敌人的整条防线被压弯，继而崩溃。阿勒斯卡军爆出震天动地的欢呼，向前猛冲。达力拿在最前排带领部下穷追不舍，追逐向南北两侧逃窜、试图和坚守的大部队会合的仆族智者。

他追上一对战士。其中一人转过身，举起战锤想阻止他，达力拿毫不停留，碎瑛刃穿身而过，随即抓起另一个战士，甩手狠狠摔在地上。达力拿露出笑容，碎瑛刃举过头顶，居高临下看着那个战士。

那个仆族智者捂着伤臂，别扭地翻身，胳膊无疑在落地时折断了。他抬头看着达力拿，神情惊恐，惧灵出现在他周围。

他只是个孩子。

达力拿僵住了，碎瑛刃停在头顶，肌肉紧绷。这双眼睛……这张脸……仆族智者也许不算人类，可他们的五官——还有表情——和人类是一样的。除了大理石般的皮肤和怪异的天生壳甲，这孩子看起来和达力拿军中的马夫没什么区别。在他眼中，居高临下的达力拿是什么模样？一个穿着砍不透的盔甲、不以真面目示人的怪物？这孩子有什么经历？迦维拉尔被害时，他一定还很小。

达力拿踉跄后退，激越感逐渐消退。一名深蓝卫士经过，随手把剑插进这孩子的脖颈。达力拿抬起手，但卫士动作太快，来不及阻止。那士兵甚至没注意到达力拿的举动。

达力拿垂下手，他的士兵从他身旁奔过，势如破竹地冲向溃败的仆族智者。大部分仆族智者依旧在战斗，勉力抵挡撒迪亚斯和达力拿的夹击。高地东沿就在达力拿右手边不远处——刚才他像一杆长矛，一头扎进仆族智者的阵列，将其拦腰截断，分割成南北两部分。

他周围全是尸体，其中面部朝下，乃是被达力拿的部队从背后捅倒或射倒的。有些倒地的仆族智者还活着，但显然活不久了。他们为自己唱出悠长而古怪的歌谣,那是他们等待死亡时唱的曲子。

他们的低唱就像幽灵在灵魂之旅中的诅咒。在达力拿听过的仆族智者歌谣中,他一直觉得死亡之歌最动听。那旋律仿佛能穿透痛苦哀号、金戈交响和战斗呐喊。和往常一样,每个仆族智者的歌声都与同伴完全合拍,仿佛他们能听见从遥远的某处传来的同一段旋律,然后伴着这段旋律歌唱,伴着飞溅的血沫、染血的嘴唇和急促的呼吸。

法典。达力拿转身,看着战斗中的部下,决不要求部下做出你不愿做出的牺牲。决不让他们在你不愿战斗的条件下战斗。决不要求任何人做你不愿玷污自己的手去做的事情。

他觉得恶心。这番景象一点也不美,毫无荣誉可言。这不是力量、不是强大、也不是人生。这使人厌恶、反胃、惊恐。

可他们杀了迦维拉尔!他努力寻找方法,想克服这股突如其来的嫌恶感。

把他们团结起来……

柔刹曾经统一过。那包括仆族智者吗?

你还不知道幻象是否可信。他告诉自己,亲卫队在他身后聚集。也许来自夜妖,也许来自虚渡,或是其他完全不同的东西。

但在那一刻,这些辩驳显得如此无力。启示要他做什么?为阿勒斯卡带来和平,团结阿勒斯卡的子民,践行正义和荣誉。这些要求不足以证明幻象的真伪吗?

他肩扛碎瑛刃,神情肃穆地走向北面战线,跨过一具具倒下的尸体。在那儿,仆族智者被他和撒迪亚斯的部队困住了。他觉得越来越恶心。

他到底怎么了?

"父亲!"阿多林惊慌地喊道。

达力拿转身看着奔向自己的儿子。年轻人的碎瑛甲上沾满仆族智者的鲜血,但碎瑛刃依旧闪耀如新。

"我们该怎么办?"阿多林气喘吁吁地问。

"什么怎么办?"达力拿问。

阿多林转身,手指西方——那里有一块高地,就在达力拿一小时前发动攻击的高地南面。又一支仆族智者的大军正从那里逼近,他们正在跳跃,跃过宽广的深渊。

达力拿一把甩开面罩,向前踏了一步,让沁人的风吹过汗涔涔的脸庞。他预见到这种可能行,但应该有人发出警报。那些斥候哪儿去了?这究竟——

他如堕冰窟。

他颤抖着奔向附近一座平顶石台,这种岩石构造在塔地上十分常见。

"父亲?"阿多林一边喊,一边跟他跑。

达力拿丢开碎瑛刃,攀上石台。他在石顶挺身瞭望北方,望向比自己的部队和仆族智者更远的地方——望向北面,撒迪亚斯所在的方位。阿多林也爬上来,站在他身边,用覆着护甲的手拉开面罩。

"哦,不……"他低语道。

撒迪亚斯正在撤退,越过深渊,撤往北部的集结高地。已有半数部队抵达深渊另一头。他借给达力拿的八支冲桥队也撤走木桥,不见了。

撒迪亚斯要抛下达力拿和他的部队,把他孤零零地留在破碎平原,任仆族智者三面包围。他还带走了所有木桥。

66 法典

"那吟唱,那歌声,多么刺耳。"

——收集于1173年第八月第九周第三天,死前十六秒。死者是一名中年陶工,据说人生最后两年都会在飓风来临时经历离奇的梦境。

卡拉丁用疲惫的手揭开绷带,检查他为斯卡缝合的伤口,然后更换绷带。那支箭射中右脚踝,被腓骨骨节弹开,一路往下,划破了脚踝右侧的肌肉。

"你很走运,斯卡,"卡拉丁包上新绷带,"痊愈之前别让伤处受力,你就还能走路。我们会找几个人把你扛回去。"

在他们身后,战斗继续激烈地进行,传来此起彼伏、充满韵律的惨叫和击打声。好在战场已经远离他们,主要在高地东部展开。在卡拉丁右边,偻朋正往泰夫特嘴里倒水。老冲桥手一皱眉,用没受伤的手夺过水囊,喝道:"我还没残废咧。"他还很虚弱,但已从起初的昏迷中恢复神智。

卡拉丁往后一坐,体力仿佛被吸干了。飓光消散后,他总是筋疲力尽。幸亏疲惫感很快会过去，离第一波冲锋已过去一小时，口袋里还有几颗注了光的润石，他强迫自己克制住吸取飓光的冲动。

他站起身，打算招呼几个人来，把斯卡和泰夫特扛到高地另一头，以防战局不利、必须撤退的情况发生。这种可能性不大，他上次观察战况时，阿勒斯卡军打得很顺利。

但他再次扫视战场时，被见到的景象惊呆了。

撒迪亚斯正在撤退。

这一切显得太荒谬，让卡拉丁无法接受。撒迪亚斯是想率部下绕到另一侧突袭吗？不对，连后卫都在过桥，撒迪亚斯的旗帜离他们越来越近。是轩亲王受伤了？

"德雷赫、雷滕，照顾斯卡。石头和皮特，你们负责泰夫特。赶快带他们退到高地西侧，准备撤离。其余人入扛桥位。"

众人这才发现前方变故，赶紧焦急地行动起来。

"莫阿什，你跟我来。"卡拉丁紧着步子走向他们的木桥。

莫阿什急忙追到卡拉丁身边："这是怎么回事？"

"撒迪亚斯在撤兵。"卡拉丁望着撒迪亚斯的士兵如绿色潮水般从仆族智者的防线前退却，像是融化的蜡。"这没道理，战斗才刚刚开始，而他们占了上风。撒迪亚斯一定受了伤，我只能这么猜测。"

"那为什么要全军撤退？"莫阿什说，"你觉得他会不会是……"

"他的旗帜没倒，"卡拉丁说，"所以他应该没死。除非他们害怕引起士兵恐慌，所以隐而不报。"

他和莫阿什来到桥边，身后，其余冲桥手正快步赶上列队。马塔尔在深渊另一侧，和后卫部队的指挥官交谈。迅速交代完事项后，马塔尔踏过桥，从冲桥队身旁跑过，招呼他们准备扛桥。他看了卡拉丁的队伍一眼，见他们已准备就绪，便赶紧继续向前。

在卡拉丁右侧的毗邻高地，也就是达力拿发起攻击的高地上，八支借给友军的冲桥队已撤走了桥，来到卡拉丁所在的高地。一名卡拉丁不认识的光眼种军官正向他们发令。在他们身后远处,西南方向有一支仆族智者的生力军已经抵达,正一窝蜂跃上塔地。

撒迪亚斯骑马来到深渊旁,他的碎瑛甲在阳光下光彩夺目,上面连一道擦痕都没有。事实上,他的亲卫队没有一个人受伤。他们登上了塔地,却又脱离战斗、退回来。为什么呢?

卡拉丁找到了原因:一路冲到楔形高地的坡道中上部的达力拿军被团团包围。仆族智者的生力军如潮水般拥向撒迪亚斯军曾占据的阵地,而他本该守住达力拿的退路。

"他们要抛下他!"卡拉丁说,"这是个陷阱,设计好的。撒迪亚斯要让轩亲王寇林——连同其所有士兵——都死在这里!"卡拉丁跌跌撞撞地绕到桥尾,从撤退的士兵中挤出一条道来。莫阿什骂骂咧咧地跟上去。

卡拉丁不清楚自己为什么要顶着密集的人流前往下一座桥——十号桥,也就是撒迪亚斯走的桥。也许他要确定撒迪亚斯有没有受伤,也许他还没从震惊中缓过来。这是一场恐怖的背叛,可怕至极,与此相比,亚马兰对卡拉丁的背叛几乎不值一提。

撒迪亚斯不紧不慢地策马过桥,木桥咯咯作响。两名身披寻常盔甲的光眼种在一旁随行,三人都把头盔夹在腋下,仿佛是在阅兵。

面色不善的亲卫队员拦住卡拉丁,但他已经够近了,足以确认撒迪亚斯毫发无伤,也足以看清撒迪亚斯掉转马头回望塔地时的表情——那是得意的快感。第二支仆族智者的部队淹没了寇林的部队,把他们死死围困。就算敌人没有援军,寇林依然没有桥,无法撤退。

"我告诉过你,老朋友。"撒迪亚斯的声音很轻,但在远方惨叫声的应和下显得如此清晰,"我说过,你的荣誉感终有一天会害死你。"他摇摇头。

然后他拨转马头,徐徐远离战场。

达力拿砍倒一对仆族智者。敌人前仆后继，死了总有人接上。他咬紧牙关，摆出风姿剑的防御姿态，如磐石般钉住坡上的这片小高地，让汹涌如潮的敌人不得不一分为二。

撒迪亚斯的撤退计划周详，其部下没遇到什么麻烦；看来他早已命令士兵以方便随时撤退的方式战斗，而且有整整四十座桥可资利用。这些因素综合起来，尽管战斗规模很大，他还是能迅速抛下达力拿。达力拿立刻命令士兵向前突围，指望在桥撤走之前赶上撒迪亚斯，可他的速度远远不够。撒迪亚斯的桥都被拖走了，他的士兵全部越过了深渊。

阿多林在不远处战斗。两个疲惫的人，迎向一整支军队。盔甲上的裂痕多得触目惊心，虽然目前还没有使碎瑛甲解体的损伤，但珍贵的飓光正从裂缝中流走，一缕缕光雾腾起，嘶嘶作响，就像仆族智者垂死时的歌谣。

"我警告过你，不能信任他！"阿多林边打边吼，他砍倒一对仆族智者，又挡下附近一队弓箭手射来的一波箭雨。箭矢被盔甲弹开，划破漆面，有一支正中一条裂缝，使其扩大了。

"我警告过你。"阿多林继续呐喊，放下遮脸的手臂，刀刃划过另一对仆族智者的身体，他们的战锤差点儿砸到他身上，"我说过他是条鳗鱼！"

"我知道！"达力拿回以大喊。

"我们一头扎进这个圈套。"阿多林嘴上不停，仿佛没听见达力拿的回答，"我们让他换掉我们的桥。我们被他引上高地，就在第二波仆族智者到达之前。我们让他控制斥候。我们甚至主动建议这种战术，其结果是他不支援的话，我们就会被围！"

"我知道。"达力拿的心隐隐作痛。

撒迪亚斯执行的是一场蓄谋已久、计划周详、彻头彻尾的背叛。他绝对没被击溃，也不是为了安全才撤退——但毫无疑问，他回营后将如此宣称。他会说这是一场灾难。仆族智者从天而降、势不可挡。他们的联合攻击打破了均势，从而引起敌人的剧烈反应——他被迫撤出，被迫抛下朋友，何其不幸！哦，也许撒迪亚斯的一些部下会说实话，有些轩亲王也能猜出真相。但没人敢公然挑战撒迪亚斯，至少不会在一场如此有力、如此致命的阴谋得逞之后。

营里的人会接受现实。其他轩亲王对达力拿没多少好感，不会为他出头。唯一一个会有所表示的是艾尔霍卡，可国王更亲信撒迪亚斯。达力拿为此心痛不已。难道一切都是演戏？难道他对撒迪亚斯的误判如此彻底？为什么他要证明达力拿的清白？他们在一起的叙旧和计划又算什么？全是谎言吗？

我救了你的命，撒迪亚斯。达力拿看着撒迪亚斯的旗帜撤过集结高地，渐行渐远。在那队远去的人当中，有个身穿深红碎瑛甲的骑手转过马头，回头张望。那是撒迪亚斯，他眼睁睁看着达力拿奋力求生。那个人影停留片刻后，掉转马头继续前行。

达力拿和阿多林挺立于阵前战斗，他们正被仆族智者包围。敌人太多了，达力拿觉得守不住，便跳下制高点，又击杀了一对敌兵，但前臂也挨了一击。仆族智者把达力拿围得水泄不通，他渐渐疲于招架。

"撤！"他冲阿多林大喊，随即朝本阵后退。

年轻人骂了几声，还是依令行事，和达力拿一同退到本军防线之后。达力拿扯下开裂的头盔，喘个不停。他连续不断战斗了很久，就算有碎瑛甲，也免不了上气不接下气。他让一名卫兵去取水囊，阿多林也下了同样的命令。达力拿把温热的水挤进嘴里、挤在脸上。水里有股飕水的矿物味。

阿多林放低水囊，大口漱着嘴里的水。他迎向达力拿的视线，面色凝重沉峻。他知道，达力拿知道，士兵们大概也知道，这场战斗恐怕不会有幸存者，仆族智者不会留活口。达力拿强打精神，准备承受阿多林更多的责备。那孩子一直是对的。不管幻象的真相如何，达力拿至少在一点上被误导了：信任撒迪亚斯给他们带来了毁灭。

附近的士兵纷纷倒下，发出惨叫和咒骂。达力拿渴望战斗，但也急需休息。让碎瑛武士因为疲惫送命不会给部下带来任何好处。

"怎么了？"达力拿不想让沉默继续，"说出来吧，是我带领大家走向灭亡。"

"我——"

"这是我的错。"达力拿说，"我绝不该为那些愚蠢的梦境拿家族冒险。"

"不，"阿多林说，他似乎也对自己的话吃了一惊，"不，父亲，这不是你的错。"

达力拿怔怔地看着儿子，他没想到会听到这番话。

"如果重来一遍，你会改变做法吗？"阿多林问，"你会停止为阿勒斯卡追求更好的未来吗？你会变成像撒迪亚斯和其他轩亲王那样的人吗？不，你不会，我也不会让你变成那样的人，父亲，无论你的坚持给我们带来什么。令使在上，我真希望撒迪亚斯没把我们骗到这步田地，可我不会因为他的背信弃义而责怪你。"

阿多林凑上前，抓住达力拿被碎瑛甲覆盖的手臂："你坚守法典是对的，你想团结阿勒斯卡也是对的。是我太蠢，在你追求的道路上不断阻挠。如果我没给你添那么多麻烦，也许我们早就看到那一天的到来了。"

达力拿眨眨眼，一时不知所措。*这些话是从阿多林嘴里说出来的？是什么改变了这孩子？他为何在这时候——在达力拿即将一败涂地之际——说出这些话？*

这些话犹在耳畔，达力拿的歉疚感却马上消散了，被濒死之人的惨叫吹得无影无踪。现在感到抱歉是一种自私。

如果重来一遍,他会改变吗?是的,他可以更加小心,他可以对撒迪亚斯多留个心眼。但他会放弃法典吗?会成为年轻时那个冷血刽子手吗?

不会。

启示对撒迪亚斯的判断是错的,但这重要吗?幻象和《王者之路》改变了他,他该为此羞愧吗?现在,最后一根支柱填入他心房,他发觉自己摆脱了怀疑、摆脱了忧虑。困惑消失了,时隔许久之后,他终于知道该做什么,不再有任何犹豫。

他走上前,握住阿多林的手臂:"谢谢你。"

阿多林短促地点点头。他依然在生气,达力拿看得出,但他选择跟随达力拿——跟随领袖就意味着在败局已定时也不离不弃。

他们放开彼此的手臂。达力拿转身对身旁的士兵说:"战斗的时刻到了。"他的声音越来越洪亮,"我们战斗,不是为了追求男人的荣耀,而是因为没有更好的选择。我们遵从法典,不是为了从中得到什么,而是为了不成为我们所憎恶的那种人。我们孤立于战场,因为我们都是同样的汉子。"

围成一圈的深蓝卫士一个个转过身来,看着他。更外围的预备队士兵——有光眼种、也有暗眼种——聚得更紧,眼中透出恐惧,但面容无比坚定。

"死亡是所有人的终点!"达力拿大吼,"辞世以后,旁人以何盖棺定论?为后代留下多少财富?获得多少为仇敌做嫁的荣耀?还是凭运气爬到的高位?

"不。我们在这里战斗,我们都明白,终点没有区别,走过的道路才是不同。当我们品尝终结的滋味时,要高昂着头,面向太阳。"

他伸出手,召唤渡誓。"我不为自己的行为羞愧。"他十分坚定地大喊。涤除负罪感的滋味是如此奇特,"其他人会为毁灭我而自损品格，让他们自欺欺人去吧，因为我的荣耀将无人可夺！"

碎瑛刃成形，落入手掌。

众人没有欢呼，但他们确实站得更高了，后背挺得更直了，他们的恐惧略微消退。阿多林套上头盔，他的碎瑛刃也出现在手中，蒙着一层冰露。他点点头。

两人一同重新杀敌。

*这是我的死地。*达力拿冲进仆族智者阵中。在这里，他感到平静，战场上有这种感受令人意外，但他一点也不抗拒，反而觉得难能可贵。

不过，他确实想到一桩憾事：他要抛下可怜的雷纳林，让他成为寇林的轩亲王，身边挤满靠他父亲和哥哥的尸体喂饱的敌人，并被他们淹没。

*我没能把承诺的碎瑛甲给他，*达力拿心想，*他只能靠自己了。愿先祖的荣誉保护你，孩子。*

你要坚强——还要比你父亲更早学会做人的智慧。

永别了。

67 真言

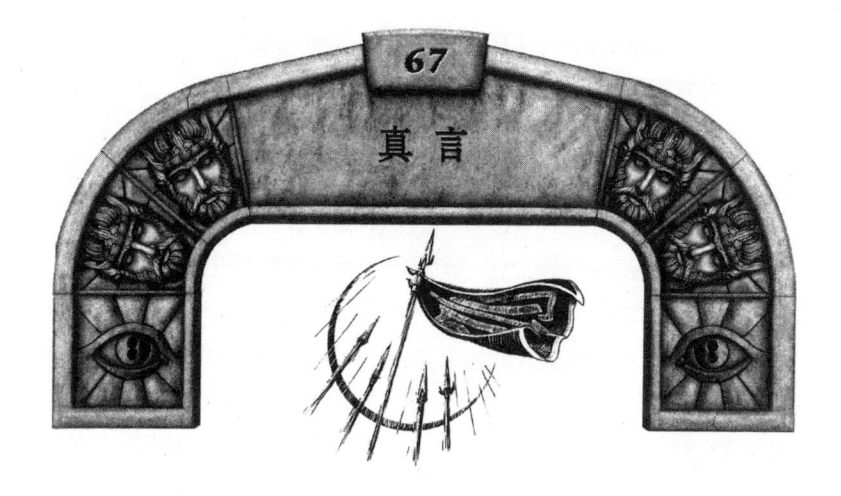

"别让我再受伤!别让我再哭泣!达贡纳西斯!我的悲伤被黑渔夫占有、吞噬。"

——收集于1173年第九月第一周第三天,死前二十八秒。死者是一名街头变戏法的女暗眼种,注意本例与例1172—89的相似性。

第四冲桥队落在军队后面,他们有两个伤员,还有四个人要扛他们,桥便显得愈发沉重。所幸,撒迪亚斯出动了几乎所有的冲桥队,包括借给达力拿的八支,因此,军队无须等候卡拉丁的队伍就能通过深渊。

卡拉丁全身疲惫不堪,肩头的木桥仿佛是石头做的。自成为冲桥手以来,除了一开始那段日子,他从未这么辛苦过。茜尔浮在他身前,揪心地看他领着队员,在崎岖不平的高地上艰辛跋涉,汗水顺着脸颊不住往下淌。

前方,撒迪亚斯的最后一批部队已在深渊旁列好队,正在过桥。集结高地几乎撤空了。撒迪亚斯令人发指的无耻行径使卡拉丁的内心无法平静。他以为自己的遭遇算得上可怕,但在他眼前,撒迪亚斯冷血地将几千人置于死地,包括光眼种和暗眼种,而且那些还是他的盟友。这场背叛仿佛和卡拉丁肩头的桥一样沉重,压迫着他,让他喘不过气。

人类就没希望了吗?他们杀死那些本该去爱的人。如果不分敌我,战斗又有什么价值,获胜又有什么好处?什么才叫胜利?卡拉丁的朋友和战友是为什么死的?一切都毫无意义。整个世界就是一颗脓包,绿得令人作呕,涨满腐败的脓液。

卡拉丁麻木地和众人抵达深渊旁,但他们来得太晚,已经用不到他们。先头的六个人已经到了,泰夫特一脸阴郁,斯卡倚着根长矛来支撑伤腿。一小堆矛兵的尸体躺在附近。撒迪亚斯的士兵尽可能带走了伤员,但有些人在接受救助时死了,其中一部分被扔在这儿。撒迪亚斯显然急于离开现场。

死者的装备还留在身上,斯卡的拐杖大概就是这里捡的。过几天,一些倒霉的冲桥手会大老远跑回来搜集这些物资,也搜集达力拿死去的部下身上的物资。

他们放下桥后,卡拉丁抹抹额头。"别架桥,"他告诉大伙,"我们等最后一批士兵通过,然后扛着桥从其他桥上过去。"马塔尔看了一眼卡拉丁和他的队伍,但没有命令他们架桥。他明白,等桥架好,他们也该收起桥赶路了。

"这场面很壮观吧?"莫阿什走到卡拉丁身边,望向身后。

卡拉丁转过身。他们身后是高耸的塔地,斜坡一览无遗。寇林的军队是一圈蓝色,试图向下突围、追上撒迪亚斯,却徒劳无功地被困在山坡上。仆族智者是一片黑色海洋,夹杂着点点红斑,那来自大理石般的皮肤纹理。他们向阿勒斯卡军的环形阵施压,不断推挤。

"真不要脸。"德雷赫坐在桥沿上说,"让我恶心。"

其他冲桥手点点头,脸上显出忧虑之色,这令卡拉丁感到吃惊。石头和泰夫特来到卡拉丁和莫阿什身边,他们都穿着覆盖仆族智者壳甲的盔衣。幸好他们把申留在营房，见到这些，他一定会精神崩溃。

泰夫特捧着伤臂。石头一手遮阳，望向东方，摇了摇头："可耻，倒霉。撒迪亚斯可耻，我们倒霉。"

"第四冲桥队，"马塔尔喊道，"快跟上！"

马塔尔挥手叫他们从第六队的桥上通过，离开集结高地。卡拉丁突然灵机一动，一个绝妙的点子，就像一朵盛开的石壳木，在他脑海中绽放。

"我们会用自己的桥赶上大部队，马塔尔。"卡拉丁喊道，"我们才停下没多久，还要多坐几分钟。"

"现在就过！"马塔尔大喊。

"现在硬撑，接下来只会落后更多！"卡拉丁反驳，"你想让撒迪亚斯全军等候一队下贱的冲桥手，然后跟他解释原因吗？我们自己有桥，让我的人歇会儿，等下会赶上来的。"

"如果那些蛮子攻击你们呢？"马塔尔质问。

卡拉丁耸耸肩。

马塔尔眨眨眼，似乎这才想起自己多么希望那种事发生。"随你。"他喊罢，从第六冲桥队的桥上跑过。各队都开始收桥，几秒钟后，深渊旁只剩卡拉丁的队伍，军队向西方撤退。

卡拉丁开怀大笑："真不敢相信，亏我还担心了这么久……伙计们，我们自由了！"

其他人迷惑地看着他。

"我们过一会儿就动身。"卡拉丁热切地说，"马塔尔以为我们会跟上，我们故意走慢，逐渐拉开和军队的距离，直到离开他们的视野范围。接着我们转往北去，用这座桥跨过深渊。我们可以往北逃，别人都会以为我们被仆族智者抓住杀了！"

其他冲桥手瞪大双眼看着他。

"补给呢？"泰夫特说。

"我们有这些球币。"卡拉丁扯下口袋,"就在我手里,一大笔钱。我们还能拿死者的盔甲和武器防身,抵御强盗。这一路会很艰难,但我们不会被追捕!"

众人兴奋起来。不过,有件事令卡拉丁犹豫不决:营房里受伤的冲桥手怎么办?

"我得留下。"卡拉丁说。

"什么?"莫阿什追问。

"为照顾营房里的伤员,必须有人留下,"卡拉丁说,"我们不能抛下他们不管。如果留下的人是我,我可以让军队相信说辞。把我弄伤、留在某片高地上。撒迪亚斯一定会派人来搜集物资,到时候我会告诉他们,因为亵渎死者,你们都被仆族智者杀死了,木桥被推下深渊。他们会信的,他们都看到仆族智者有多恨我们。"

大伙站了起来,彼此交换眼神,很不自在。

"你不走,我们也不走。"西格吉尔说。很多人点头认同。

"我会赶上你们,"卡拉丁说,"我们不能扔下那些人不管。"

"卡拉丁,小伙子——"泰夫特张口欲言。

"关于我的事可以以后再说。"卡拉丁打断他,"也许我可以先跟你们走,再找机会溜回营地救出伤员。现在先把尸体上的装备取来再说。"

大家都犹豫不决。

"这是命令,诸位!"

他们行动起来,不再争辩,跑去搜刮撒迪亚斯抛下的尸体,只剩卡拉丁一人留在桥边。

他依然心绪难平。因为留在营房里的伤员?不,不止如此。那究竟是什么?这是个绝佳机会,当奴隶的时候,他曾为获得这样的机会而杀人。他们不是可以就此从世间消失、被当做死人了吗?大伙儿不用再战斗了,他们自由了。那他为何如此焦虑?

卡拉丁转身打量众人，突然被眼前的景象惊呆了。有人站在他身旁，是一个女子，半透明的身体闪着白光。

是茜尔，他从未见过她这般形象，与正常人同等大小，双手交叠于身前，头发和裙子被风吹向一边，如同荡漾的水面。他从不知茜尔可以变得这么大。她凝望东方，表情惊恐，双眼圆睁，充满悲伤。这表情就像一个孩子，正亲眼目睹一桩会毁掉她童真之心的谋杀。

卡拉丁慢慢转身，对着她凝望的方向，对着塔地。

对着达力拿·寇林濒临绝境的军队。

他的心为眼前的景象抽搐。他们的战斗是如此绝望，他们被包围、被遗弃，独自迎接死亡。

我们有座桥，卡拉丁意识到，如果能架起来……大部分仆族智者一心对付阿勒斯卡军，只有少数象征性的预备队留在坡底的深渊旁，数量很少，也许冲桥手能对付。

不，这是白痴行为，毕竟有数千仆族智者挡着寇林军通向深渊的道路。何况，没有弓箭手支援，冲桥手怎么架桥？

几个冲桥手迅速收拾好装备回来了。石头跑到卡拉丁身边，望向东方，表情凝重。"真可怕，"他说，"我们能不能帮忙？"

卡拉丁摇摇头："那是自杀，石头。我们必须真刀真枪地冲锋，还没有军队支援。"

"就稍微退回去一点儿行吗？"斯卡问，"等上一阵，看看寇林能不能杀出一条路来？如果他办得到，我们再架桥。"

"不。"卡拉丁说，"如果我们停在远处，寇林会把我们当成撒迪亚斯留下的斥候。我们必须冲向深渊，否则他不会朝我们的方向突围。"

这句话令冲桥手们脸色惨白。

"还有，"卡拉丁补充，"假如我们真的救下这些人，他们便会走漏风声，撒迪亚斯会知道我们还活着。他会追捕我们、杀死我们。

只要回头，我们就等于丢掉了自由的机会。"

听闻此言，其他冲桥手纷纷点头。剩下的人也都带着武器聚拢过来。该走了，卡拉丁试图压下心头的绝望。这个达力拿·寇林也许和其他人一样，和荣寿、和撒迪亚斯、和所有的光眼种一样道貌岸然。

可他身旁还有几千个暗眼种士兵，他心中有个声音说，他们不该遭此厄运，他们和我过去小队里的士兵没有区别。

"我们不欠他们什么。"卡拉丁喃喃自语。他似乎能看到达力拿·寇林的蓝色旗帜，飘扬在本军阵前，"是你把他们卷入这一切的，寇林，我不会让自己的手下为你送死。"他转过身，背对塔地。

茜尔还站在他身旁，面朝东方。她的眼神是如此绝望，看得卡拉丁内心纠结不已。"是风吸引了风灵，"她柔声低语，"还是风灵制造了风？"

"我不知道，"卡拉丁说，"这重要吗？"

"也许不重要。你瞧，我想起来了，我想我是哪一类精灵了。"

"现在说这个合适吗，茜尔？"

"我束缚东西，卡拉丁。"她转过头来直视他的眼睛，"我是荣灵，司掌誓言、承诺和一切高贵精神的荣灵。"

卡拉丁能听到战场传来的隐约声音。这是幻听吗？是头脑为呼应内心而创造出来的吗？

他能听见垂死之人的呼喊吗？

他能看见士兵抛下受伤的将军、奔逃四散的景象吗？

人们四散奔逃。卡拉丁跪在戴立特的尸体旁。

绿和紫红的双色旗，在战场孑然飘零。

"我见过这种事！"卡拉丁大吼一声，转身面对那面蓝色的旗帜。

达力拿总是在阵前战斗。

"上一次是什么结果？"卡拉丁呐喊，"我长教训了！我不会再上当了！"

这几乎要把他压垮。撒迪亚斯的背叛、他浑身的疲惫、周围这么多的死亡。有一刻，他又回到那个地方，跪在亚马兰的行营里，看着朋友和伙伴被屠戮殆尽，他浑身虚弱疼痛，无法挽救他们。

他用颤抖的手捂住头，抚摸着被汗水润湿的烙印。"我什么也不欠你，寇林。"

仿佛是回应他的话，父亲的言语在耳边响起：总得有人带头，总得有人站出来，只为正确而正确。如果没人起这个头，就不会有更多的人跟随。

达力拿帮过卡拉丁的队员，他击倒那些弓箭手，拯救了第四冲桥队。

光眼种草菅人命，李伦说，而我绝对不会。我们绝对不会。

你绝对不会……

生先死。

我失败了太多次，我一直被打倒、被践踏。

强护弱。

我会把朋友和伙伴领向死亡……

行胜果……死亡，以及正确的事。

"我们必须回去。"卡拉丁轻声说，"风操的，我们必须回去。"

他转身看着第四冲桥队的成员，大伙儿一个接一个点头。仅仅几个月前，这些人还是军队里的渣滓，除了保命什么都不在乎。现在，他们用力做了几个深呼吸，把自己的安危抛诸脑后，然后一起点头。他们愿意跟随自己。

卡拉丁抬起头，他也深深地吸了口气。飓光如潮水般涌入体内，就仿佛把嘴凑到飓风旁，将飓风吸入脏腑。

"起桥！"他下令。

第四冲桥队一声吆喝，抓起杠把，将桥举高。卡拉丁抽出一面盾牌，一手握住皮带。

他转过身，把盾牌高高举起，然后发出呐喊，率领众人冲向被遗弃的蓝色旗帜。

飓光从达力拿碎瑛甲上的几十道小裂缝中逸出，目前盔甲还没有大块脱落。光雾腾起，就像大锅里冒出的蒸汽，在他头顶盘旋片刻，慢慢随飓光一同消散。

阳光直射在他身上，在战斗时烘烤着他。他太累了。撒迪亚斯的背叛并没有过去多久，不如战斗给人的感觉那么漫长，但达力拿拼命逼迫自己，一直在最前线和阿多林并肩战斗。他的碎瑛甲流失了大量飓光，越来越沉，使他的攻击愈发无力。很快，他就会被碎瑛甲的重量压垮，行动迟缓，为仆族智者的人海吞没。

他杀了很多敌人，太多了，多得吓人，而且他没有激越感支撑。此刻他心中一片空白，这比愉悦要好。

但他杀得远远不够。仆族智者集中攻击达力拿和阿多林，有他们两个碎瑛武士在前线，阵地上的任何缺口都会迅速被一身亮甲、手舞死亡之刃的身影填上。仆族智者必须先把他和阿多林击倒。他们知道，达力拿知道，阿多林也知道。

在故事中，碎瑛武士总是在战场上屹立到最后一刻，经过漫长而英勇的战斗才倒下。但那是彻头彻尾的谎言。只要先杀掉碎瑛武士，就能夺过碎瑛刃，对付剩下的敌人。

他又挥出一击，然而疲劳迟缓了动作。身先士卒，死得其所，**绝不要求部下做你自己不愿做的事**……达力拿脚下一软，磕在岩石上，他觉得碎瑛甲和寻常盔甲一样沉重。

他可以就这样心满意足地结束生命。但他的手下……他辜负了他们。一想到他愚蠢地领着他们踏进陷阱，他就心中郁郁。

还有纳瓦妮。

这么多年过去，终于能和她在一起，达力拿心想，她等待了六年，蹉跎了一生，现在又要陷入悲伤。

这个念头让他抬起沉重的胳膊，在石头上站稳脚跟，继续挣扎，继续击退仆族智者。为了她，只要还有力气，他就不能倒下。

不远处，阿多林的盔甲也四面漏光。为保护父亲，年轻人照顾的范围越来越广。也许他们可以跳过深渊逃跑？但这主意两人压根儿没提。裂谷太宽，机会渺茫——除此之外，他们绝不能把部下丢在死地。他和阿多林依法典而生，也将依法典而死。

达力拿再次挥击。他待在阿多林身侧，两人以碎瑛武士独有的方式并排战斗，勉强不让仆族智者近身。汗水在头盔里顺着脸颊往下淌，他朝即将从地平线上消失的撒迪亚斯军投去最后一眼。达力拿所在的位置能把西方一览无遗。

诅咒那个男人，因为……

因为……

先祖之血啊，那是什么？

一小队人正在穿越西侧高地，向塔地奔来。那是一支扛桥的冲桥队，是那片高地上唯一的队伍。

"这不可能。"达力拿退出战斗，让残余的深蓝卫士冲上前保护自己。他推起面罩，不敢相信自己的眼睛。撒迪亚斯的军队已经撤走，可这支冲桥队留了下来。为什么？

"阿多林！"他用碎瑛刃指着远处大吼。希望如一股热流，涌入他的四肢。

年轻人转过身，顺着达力拿所指的方向看去。他呆住了。"不可能！"他大喊，"那是什么陷阱？"

"如果是陷阱，那也太蠢了。我们已经死定了。"

"可为什么他要派一支冲桥队回来？有什么目的？"

"这重要吗?"

在激战旋涡中,两人犹豫片刻,彼此都明白接下来该怎么做。

"突击阵形!"达力拿转身冲部下大吼。飓风之父啊,剩下的人太少了,还不到原来八千人的一半。

"列阵,"阿多林喊道,"准备前进!伙计们,我们要在敌阵里钻个窟窿。只有一次机会,我们拼了!"

微乎其微的机会。达力拿盖上面罩,心想,*我们必须突破仆族智者的大军*。就算能冲到坡底,等待他们的可能也只是冲桥队的尸体和被掀到谷底的木桥。仆族智者的弓箭手已经开始列队,有上百个弓箭手。这将是一场屠杀。

可这毕竟是希望,微小但珍贵的希望。如果他的军队注定要覆灭,那就在追寻希望的过程中覆灭吧。

达力拿高高举起碎瑛刃,身先士卒,向前猛冲,体内涌起力量和决心。

<hr />

一天中,卡拉丁第二次冲向严阵以待的仆族智者,盾顶在身前,穿着从倒下的敌人身上割来的壳甲。也许,他应该为造出这身盔甲的手段反胃,可仆族智者杀死了杜内和图人,还有在卡拉丁入队第一天关心过他的无名男子。他的鞋,如今还穿在卡拉丁脚上。

我们、他们,他想,*这是战士唯一的思考方式*。今天,达力拿·寇林和他的部下是"我们"的一部分。

一队仆族智者发现冲桥手接近,正在张弓搭弦。所幸,达力拿似乎也看到了卡拉丁的队伍,蓝色的军队正朝逃生方向硬杀出一条血路。

不成。仆族智者太多,达力拿的士兵太疲惫。这又将是一场灾难。

但这一次，卡拉丁眼睛眨也不眨，笔直地冲向这场灾难。

这是我的选择，他看着仆族智者弓箭手列队，不是某个愤怒神灵的指示，不是某个精灵的戏法，不是命运的捉弄。

是我自己。我选择陪伴提安；我选择冲向碎瑛武士、保护亚马兰；我选择逃脱奴役。现在，我选择尽力拯救这些人，哪怕明知会失败。

仆族智者松开弓弦，卡拉丁一阵亢奋，疲劳烟消云散。他不为撒迪亚斯而战，也不为填饱某人的私囊卖命。他是为保护他人而战。

箭矢朝他飞来，他将盾挥出一道弧线，把箭矢弹开。另一波又杀气腾腾地抵近，从各个角度将他笼罩，但他的动作总是比箭矢快半步。他向上一跃，躲过射向大腿的箭矢；他一扭身，闪过瞄准肩膀的箭矢；他举起盾，挡下飞向面门的箭矢。这并不轻松，不少箭矢擦身而过，擦到胸甲或护胫，但无一射中。他干得不错，他——

有些不对劲。

他侧身从两支箭当中困惑地闪过。

"卡拉丁！"不远处，浮在半空的茜尔大喊，"看那儿！"她变回了小巧的形态。

她指向毗邻的另一片集结高地，就是达力拿发动冲锋的那一块。现在有一大批仆族智者跃到那里，正单膝跪地、抬箭弯弓。

他们瞄准的不是他，而是第四冲桥队毫无防备的侧面。

"不！"卡拉丁一声嘶吼，飓光从嘴里逸出，形成一片光雾。他转身朝队伍奔去，箭矢从身后袭来，一支正中背甲，滑开了，另一支击中头盔。他越过一道岩缝，用飓光所能给予的最快速度奔跑。

侧面的仆族智者至少有五十人，正在张弓。他赶不及了，他会——

"第四冲桥队！"他咆哮道，"向右侧扛！"

他们有几周没练习这个动作了，但训练的效果此刻显现出来，他们毫不迟疑地服从命令，在弓手松弦的一瞬间放低桥身。箭雨击中桥面，在木板上插得密密麻麻。卡拉丁长吁一口气，跑到队伍边上。

侧扛法拖慢了速度。

"卡拉丁!"石头举手大叫。

卡拉丁一转身。后方塔地上的弓箭手正在拉弓,准备进行一波大规模齐射。

冲桥手们现在都暴露了,弓箭手松开弓弦。

他再次呐喊,把吼声倾泻出来,周围充盈着飓光,每一滴都被他注入盾中。吼声在他耳中鼓荡,飓光从他体内爆发,衣衫在冻结、在皲裂。

箭矢遮天蔽日。他被某个东西砸中,巨大的、连绵不断的冲击将他生生推后,推到冲桥手的队伍当中。这是猛烈的一击,持续的冲力不断压迫着他,令他闷哼不已。

桥的前进势头渐渐停止,大伙都停下脚步。

一切都凝固了。

卡拉丁眨眨眼,完全虚脱了。他全身发疼,手臂刺痛,后背酸胀,手腕更是钻心地痛。他呻吟着睁开眼,脚下一软,石头从后面扶住了他。

伴着一声巨大的闷响,桥落在地上。*笨蛋*!卡拉丁心想,*别放桥……快撤……*

冲桥手们围拢过来。他瘫软在地,大量消耗飓光给身体带来了无法承受的负担。他眨眨眼,看看身前的东西——附在他血淋淋的手臂上。

他的盾被箭矢覆满,有好几十支,有些箭尾被后至的箭矢劈开。盾面的骨头成了粉,木头裂成碎片。一些箭矢穿透盾牌,扎进他的前臂。那便是疼痛的来源。

不,这里有一百多支箭,整整一轮齐射,全被一面盾吸住。

"光明召唤者的圣光在上,"德雷赫轻声说,"这……这是……"

"像是光的喷泉。"莫阿什跪在卡拉丁身旁,"你体内像有个太阳突然爆发,卡拉丁。"

"仆族智者……"卡拉丁挪开盾牌,嘶哑地说。皮带已经断了,他起身时的挣扎令盾牌彻底解体,化作碎片掉落,上百支箭矢散落到脚边。其中几支还扎在他胳膊上,但他无视疼痛,望向深渊另一头的仆族智者。

两块高地上的弓箭手都呆住了,从姿势来看,他们十分震惊。正前方的弓手用卡拉丁无法理解的语言交谈起来。"内书亚—卡达!"他们纷纷起身。

然后撤退。

"怎么回事?"卡拉丁说。

"我不知道。"泰夫特抱着自己的伤臂,"可我们得把你挪到安全的地方。该死的胳膊。偻朋!"

小个子叫上达彼德,两人扶着卡拉丁朝高地中央走去,寻找更安全的位置。卡拉丁扶着胳膊,浑身麻木,疲惫不堪,几乎无法思考。

"起桥!"莫阿什喊道,"我们还有活儿呢!"

其余冲桥手面色冷峻地跑到桥边,抬起木桥。塔地上,达力拿的部队正朝冲桥队可能提供退路的方向拼死突围。*他们的损失一定很惨重*……卡拉丁木然地想。

他脚步踉跄,摔倒在地。泰夫特和偻朋把他拖到一处隐蔽的凹坑里,斯卡和达彼德也挤进来。斯卡脚上的绷带一片血红,当做拐杖的矛靠在他身旁。*我都告诉他了……别用那只脚……*

"我们需要球币。"泰夫特说,"斯卡?"

"他今早就要去了,"瘦削的斯卡说,"我全都给他了。我想大部分人也一样。"

泰夫特轻声骂了几句,从卡拉丁的手臂中拔出余下的箭矢,然后用绷带包好。

"他会好起来吗?"斯卡问。

"我不知道。"泰夫特说,"我啥也不知道,克勒克!我真蠢。卡拉丁,小伙子,听得见我说话吗?"

"只是……有点儿吃惊……"卡拉丁说。

"你看起来很奇怪,黑发哥,"偻朋紧张地说,"脸色发白。"

"你的皮肤一片死灰,小伙子,"泰夫特说,"可能是因为刚才那一招。我不知道……我……"他又咒骂起来,手掌猛拍石头,"我该用心听的!太蠢了!"

他们把他侧身横放在地,所以他几乎看不到塔地的情况。另外几队没见到卡拉丁所作所为的仆族智者正走向深渊,身上携有武器。第四冲桥队已抵达谷边,也放下了桥。他们解下盾牌,匆忙从系在桥边的装备袋中取出矛来。然后,众人到桥侧各就各位,开始推桥,准备将桥推到另一头。

这些仆族智者没装备弓箭。他们列好队,亮出兵刃等候,人数至少是冲桥手的三倍,还有更多在靠近。

"我们得去帮忙。"斯卡对偻朋和泰夫特说。

另两人点点头,于是这三个冲桥手——两个伤员、一个独臂的残废——站了起来。卡拉丁也想起身,可又跌了回去,腿脚实在无力。

"待着别动,小伙子。"泰夫特笑着说,"我们能应付。"他们从偻朋塞进担子的物品中挑出几杆矛,一瘸一拐地走向同伴,就连达彼德也跟去了。从第一次出桥受伤至今,他从未开过口。那已经过去多久了?

卡拉丁爬到凹地边,看着他们。茜尔落在身旁的石头上。"风操的笨蛋,"卡拉丁喃喃道,"不该跟我来送死。但我还是要为他们骄傲。"

"卡拉丁……"茜尔说。

"你有任何办法吗?"他风杀的累,"能让我变强吗?"

她摇摇头。

前方不远处，冲桥手开始推桥，桥底的木头在岩地上发出巨大的摩擦声，挪向深渊另一头，挪向静静等候的仆族智者。他们唱出刺耳的战歌，每当看到身穿壳甲的卡拉丁，他们都会唱这首歌。

仆族智者们显得急切而愤怒，他们想要杀人，他们渴望鲜血，他们会把寒冷的兵刃扎进冲桥手的身体，把他的弟兄们大卸八块，然后把木桥——连同冲桥手的尸体——一同抛下深渊。

又是这样的结局，卡拉丁心想，头昏眼花、不堪重负。他发觉自己无意间蜷成一团，无力地颤抖着。我救不了他们，他们会死，死在我眼前。图克斯，死了。内尔达，死了。戈舍尔，死了。戴立特，死了。塞恩、图人、杜内。死了。死了。死了。

提安。

死了。

他蜷缩在石坑里，远方传来战场的喧嚣。死亡笼罩着他。

一瞬间，他又回到那个地方，回到那个最可怕的日子。

卡拉丁跌跌撞撞地走着，攥紧矛杆，穿行于充斥着咒骂、惨叫和血腥恶斗的混沌战场。他的盾掉了，得再找一面。没盾是不行的吧？

这是他第三次实战。加入亚马兰军仅仅数月，可赫斯通似乎已是另一个世界的地名。他走到一处岩石的凹陷里，背靠石头蹲下，大口喘气，矛杆滑不溜丢，怎么也攥不住。他在发抖。

他过去从未意识到自己的生活有多悠闲。远离战争、远离死亡、远离那些惨叫和嘈杂的敲打声——金属与金属、金属与木头、金属与皮肉。他合紧眼皮，努力屏蔽一切。

不，他心想，睁开眼。万一被敌人发现，你就死定了。

于是他强迫自己睁眼，转身窥探战场情况。这完全是一场烂仗，战斗在一片宽广的山坡上打响,双方各有数千人,混杂在一起,彼此杀戮。简直是一群疯子,谁有本事搞清楚状况?

亚马兰军——也就是卡拉丁的部队——试图守住山头,另一支阿勒斯卡军队则想攻占它。卡拉丁只知道这些。敌人看起来比他们数量更多。

他会没事的,卡拉丁想,**会没事的!**

但他很难说服自己。提安得到的优待——只送送信跑跑腿——并没持续多久。他们说征兵数量不足,每个能握矛的人都得用上,于是提安和一些更年长的传令兵被编入各支预备小队。

达拉尔说这些预备队永远也用不上。也许吧,除非军队遇上大麻烦。被围在险峻的山头、防线一片混乱算不算大麻烦?

去山顶。他心念一动,抬头望向坡顶。亚马兰的旗帜依然在那里招展,他的士兵一定还在坚守,但卡拉丁只能看到搅成一锅粥的人,大部分是橙色,夹杂着零星的森绿色。

卡拉丁开始沿山坡往上跑。有人冲他大喊,他没有回头,没去看究竟是哪边的人在叫他。一片片青草在他身前退缩,他差点儿被几具死尸绊倒,又冲过两棵歪歪斜斜的墩树,刻意避开有人交战的区域。

在那儿。前方有一队矛兵站成一线,警惕地观察四周。是绿色的,亚马兰的颜色。卡拉丁跟跟跄跄地扑向他们,士兵让他通过。

"士兵,你是哪个小队的?"一个矮矮壮壮的光眼种问,肩头的绳结显示他是下级军官。

"死了,长官,"卡拉丁脱口而出,"全死了。我们是光明贵人塔什林中队的,他——"

"该死,"那光眼种扭头对一个传令兵说,"这是第三次有人报告塔什林死了。去告诉亚马兰,东翼防线薄弱。"他看着卡拉丁,"你,去预备队报道,接受整编。"

"遵命,长官。"卡拉丁麻木地回答。他低头看了看来时的路。

山坡上横七竖八躺着许多尸体，有很多是绿色。就在他看的时候，三个冲向山顶的掉队士兵被敌军拦截杀死。

山顶上没有一个人下去帮忙。仅仅片刻之前，卡拉丁也有可能在离安全区域只有几步之遥时就这样倒下。他明白，让这些士兵守在原地、维持防线，大概在战术上很重要，可这实在令人觉得冷血无情。

快找提安。想到这里，他赶紧朝位于山顶北侧的预备队集结区跑去。山顶挺宽敞，可到了那儿，他发觉军队的状况更为混乱。一群群不知所措、挂伤带血的士兵被编入新的小队，打发回战场。卡拉丁在人群中挤来挤去，搜寻用送信的孩子组成的小队。

他首先找到了达拉尔。这个瘦长的预备队士官一只手只有三根手指，他站在一根高高的杆子旁，杆上飘着一对三角旗。他正用新组建的小队填补下方作战的中队损失的兵力。卡拉丁依然听得到战斗的呐喊。

"你，"达拉尔指着卡拉丁说，"去那边接受小队整编。别磨蹭，走起来！"

"我要找一个由送信的孩子组成的小队。"卡拉丁说。

"该下诅咒之地的，你为啥要找？"

"我怎么知道？"卡拉丁耸耸肩，努力保持镇定，"我只是服从命令。"

达拉尔咕囔着说："在光明贵人谢勒的中队，东南侧，你可以——"

没等他说完，卡拉丁已开跑了。这种事不该发生，提安应该待在安全的地方。飓风之父啊，连四个月都没到！

他一路奔向山坡东南侧，在山腰四分之三高的位置发现一面旗帜。漆黑的对铭读做"shesh lerel"——正是谢勒的中队。惊讶于自己的决心，卡拉丁冲过守卫山顶的士兵，再次进入交战区域。

这里的情况看来好一些。谢勒的中队还守着阵地，但正受到一波敌兵的攻击。卡拉丁冲下山坡，不时踩到鲜血，脚底打滑。然而他的恐惧感消失了,被对弟弟的担忧所取代。

他跑到那个中队的防线时,有几个敌人的小队正在进攻。他想跑到近处去寻找提安,却被敌人的攻势困住,只能狼狈地逃到一旁,混进某个矛兵小队的队列。

敌人立刻扑到跟前。卡拉丁用双手举起矛,站在队伍边缘,努力不给战友添麻烦。他不太明白自己在干什么,只是勉强利用搭档的盾牌来保护自己。交锋的过程很快,卡拉丁只来得及戳一下,敌人便被打退了,他好歹没有受伤。

他站在那儿,紧紧握住矛,大口喘气。

"你,"有个威严的声音说。一个男人指着卡拉丁,肩头有小队长的绳结,"我的队伍也该有点儿增援了。照现在的光景,我看人都被瓦兹抢去了。你的盾牌呢?"

卡拉丁尴尬地从附近一名倒下的士兵身上取来一面盾。这当口,身后的小队长咒骂起来。"该下诅咒之地的,他们又来了,还是钳形突击,我们挡不住。"

一名身穿绿色传令兵制服的男子从附近岩架上翻了过来,"梅什,挡住东侧的敌人!"

"南面的敌人怎么办?"这个叫梅什的小队长大喊。

"你别操心。守住东面!这是命令!"传令兵攀山而去,到防线上毗邻的小队去传达同样的命令,"瓦兹,你们的小队守住东面!"

卡拉丁举起盾。他得找到提安。他不能——

他突然一个趔趄,停下脚步。有三个人站在毗邻的小队把守的防线上,都是少年,他们在盔甲的映衬下显得又矮又小,不知所措地握着矛。其中一个就是提安。他所在的预备队显然被拆散了,用来填补其他小队的空缺。

"提安!"卡拉丁大喊一声,迎着不断逼近的敌军冲出防线。**为什么他们三人位于小队阵形的前排正中?他们连矛都拿不利索!**

梅什在后头冲卡拉丁大吼,但卡拉丁不闻不问。敌兵旋即杀到跟前,梅什的小队崩溃了,失去了组织,战斗演变为更疯狂、更没有章法的混战。

卡拉丁觉得脚上狠狠挨了一下。他晃了晃,跌倒在地,心中一惊,意识到被矛戳中了。奇怪,他居然不觉得疼。

提安!他挣扎着想站起来。有人出现在他头顶,卡拉丁立刻做出反应,滚到一旁,躲过对准他心脏的一击。他想都没想,双手已经抓回矛,随即朝上一捅。

他僵住了,矛头已洞穿敌兵的脖子。一切发生得太快。*我刚杀了人。*

他翻身而起,抽出矛,看着敌兵颓然跪倒。瓦兹小队的位置稍稍靠后。攻击卡拉丁所在的防线之后,敌人又对他们进行了试探性进攻。提安和另两个大男孩依然处于最前线。

"提安!"卡拉丁大喊。

那孩子朝他看来,眼睁得老大。可他还是笑了。在他身后,小队的其余成员往后退去,让三个未经训练的孩子暴露在外。

发现薄弱点后,敌兵立刻扑向提安和另两个孩子。有个一身亮甲的光眼种在阵前,挥起手中的剑。

卡拉丁的弟弟就这么倒下了。他原本站在那儿、一脸惊恐,只一眨眼的工夫,就躺在了地上。

"不!"卡拉丁嘶吼着。他想站起来,但脚下一软,双膝点地,动弹不得。

瓦兹的小队急忙上前攻击被提安和其他两人分了心的敌人。他们把未经训练的士兵放在前排,就是为了延缓敌人的攻击势头。

"不,不,不!"卡拉丁尖叫。他用矛支撑着站起来,一步一瘸地向前走。他一定是搞错了,不可能这么快就结束。

没人来收拾卡拉丁,真是奇迹。他瘸着腿走完这一程,不再考虑自己的生死,只是盯着提安倒下的地方。雷声响起,不,是马蹄声,亚马兰领着骑兵出现,正在扫荡敌军阵线。

卡拉丁什么也不想管。他终于走到那里,在石地的凹坑中找到三具幼小的尸体。怀着惊恐和麻木,卡拉丁伸出手,把一具面朝下的尸体翻转过来。

提安的双眼瞪视上天,毫无生气。

卡拉丁跪在这具尸体边一动不动。他应该给自己包扎一下,退到安全的地方,可他实在太麻木。

所以他只是跪着。

"也该来了。"有人说。

卡拉丁抬起头,见一群矛兵聚在附近,看着骑兵。

"他想等敌人聚集起来再冲。"另一个矛兵说。他的肩头有绳结,他是瓦兹,弟弟的小队的队长。他的眼神如此锐利,说明他不是粗野的莽汉,他精干而机敏。

*我应该感到愤怒。*卡拉丁心想,*我应该……有点感觉。*

瓦兹低头看着他,又看看三个少年传令兵的尸体。

"你这混蛋,"卡拉丁咬牙切齿地低语,"你把他们放到前排。"

"我要利用好手头的资源。"瓦兹看看自己的手下,又指向一处防御工事,"如果他们派不会打仗的人给我,我就得想其他法子来使用他们。"他的队伍走向远处,他顿了顿,似乎有点儿后悔,"小子,为了生存,你要竭尽所能。只要有机会,就要把不利转化成优势。如果你想活下去,记住这句话。"

说罢,他迈步走开。

卡拉丁低下头。*为什么我不能保护他?*他看着提安,回忆起弟弟的笑容。他的天真、他的微笑、他探索赫斯通郊外山陵的兴奋劲头。

求求你,让我保护他,让我变得够强。

他如此虚弱,大概是因为失血的关系吧。他往边上一倒,用疲龛的双手捂住伤口。然后，怀着可怕的空虚感，他躺在提安身边，拉紧弟弟的身体。

"别担心，"卡拉丁低语。他什么时候开始哭的？"我会带你回家，我会保护你，提安。我会带你回去……"

他抱着尸体，直到黑夜。战斗早已结束，他还是紧紧抱着，伴着渐渐冰凉的体温。

♛

卡拉丁眨眨眼，他不在那个凹坑里，不在提安身旁，他在高地上。他听见远处有人死去。

他不愿再回忆那天，他甚至希望那天没去寻找提安，那样的话，他就不用旁观，不用跪在尸体旁，不用无能为力地目睹弟弟被杀。

这种事即将再次上演。石头、莫阿什、泰夫特，他们都会死。而他躺在这里，再次无能为力。他几乎动不了，实在是油尽灯枯。

"卡拉丁。"有人低语。他眨眨眼，茜尔飘到他跟前，"你知道真言吗？"

"我只想保护他们。"他低语。

"我就是为这个来的。卡拉丁，真言。"

"他们要死了，我救不了他们。我——"

亚马兰当着他的面屠杀他的部下。

一个无名的碎瑛武士杀了戴立特。

一个光眼种杀了提安。

不。

卡拉丁翻过身，强迫自己站起来，无力的双腿不住颤抖。

不！

令他吃惊的是，第四冲桥队还没有架好桥，依然在往对岸推桥。

仆族智者聚集在另一侧，他们急不可耐，歌声愈发狂野。他刚才的幻觉仿佛持续了几小时，实际却只用了几下心跳的时间。

不！

偻朋的担子就在卡拉丁身前。干瘪的水囊和杂乱的绷带间摆了一把矛，钢头反射着阳光，它向他私语、令他恐惧，也让他爱不释手。

到了危急关头，我希望你准备好了，因为这帮家伙需要你。

他抓起矛，自从在谷底演练套路以来，这是他第一次手握真正的武器，已经隔了好多个星期。他跑起来，起先速度很慢，接着逐渐加速。他的身体并没有丝毫力气，但他不管不顾，脚步不停。他逼着自己前进，不断努力，冲向木桥。此时，桥的前端已越过深渊的中点。

茜尔迅速飞到他身前，一边回头，一边焦急地喊："卡拉丁，真言！"

桥还在移动，卡拉丁冲上桥去。石头大叫起来。桥身在他脚底摇摆，悬在深渊上方，还没有抵达另一头。

"卡拉丁！"泰夫特喊道，"你干什么？"

卡拉丁冲到木桥最前端，高声咆哮，从体内某处榨出一点微弱的力气。他举起矛，纵身一跃，脚下是无底的深渊。

冲桥手们大声惊呼。茜尔忧心忡忡地蹿到他身旁。仆族智者仰起头，诧异地看着一个冲桥手独自跃过深渊，向他们飞来。

他已疲惫至极，损耗严重的身体再也榨不出半分力气。在那个冻结的腾空瞬间，他低头看向敌人。仆族智者，大理石般的红黑皮肤，他们举起工艺精良的兵器，仿佛要把他当空砍断。这些异类有壳质胸甲，还有头盖甲。很多人蓄着胡子。

胡子上串着发光的宝石。

于是卡拉丁张口吸气。

飓光从这些宝石中绽放开来，仿佛是救世主本人的力量、仿佛是全能之主的双眼射出的阳光，在空气中流淌、爆炸。它们画出清晰可见的光之河流，犹如一条条闪亮的烟雾，蜿蜒着，盘旋着，仿佛微小的龙卷云，灌注到他体内。

飓风再次有了生命。

卡拉丁坠向岩地，双腿突然变得强壮有力，头脑、躯体和血液都因这股能量而复苏。他在下落过程中蜷起身体，把矛夹在腋下，一小环飓光向周围炸开，激荡如波，随着落地之势轰向脚底的岩石。仆族智者们大惊失色，纷纷后退，双目圆睁，歌声变得七零八落。

一缕飓光愈合了他臂上的伤口。他笑了，矛头前挺。这触感是如此熟悉，如同久别的爱人的身体。

真言。有个声音急切地说，仿佛直接来自他的大脑。在那一刹那，卡拉丁惊讶地发现，他知道真言是什么，尽管从未听说过。

"保护无法自卫的人。"他低语。

这是光辉骑士的第二信条。

空中爆出一声惊雷，可天空晴朗无云。桥已架好，泰夫特踉跄倒地，发觉第四冲桥队的成员都和他一样惊得合不拢嘴。

一片白雾从他身边席卷而过，那是飓光。光雾冲向前排的仆族智者，巨大的推力令他们踉跄后退。泰夫特不得不抬起手，抵挡光波激荡出的气流。

"有些事情发生了，"莫阿什抬手低语，"有些重要的事情。"

卡拉丁举起矛，身上耀眼的强光渐渐变弱、褪去，化作柔和的光雾。他那光辉的形影，仿佛来自永恒不灭的火焰。

在他周围，一些仆族智者开始逃跑，另一些却踏上前，以挑战的姿态举起武器。卡拉丁冲向他们，腾身起舞，用钢铁、木头和决心掀起一场有生命的风暴。

68

伊舒娜

"他们称之为最后的灭世,可他们说了谎,我们的神说了谎。噢,好一个弥天大谎。灭世风暴将临,我听见了它的呢喃,看到了它的序幕,也知道它的内心。"

——收集于1173年第九月第二周第一天,死前八秒。死者是一名亚泽尔流动工人。本例尤其值得重视。

蓝衣士兵们呐喊着、咆哮着,为自己打气。这些声音在阿多林身后炸响,有如山崩石裂。他用力挥动碎瑛刃,空间太小,根本没法使用像样的剑姿。他必须不断移动,在仆族智者的人海中凿出口子,领导部下抵达西方的深渊。

父亲和阿多林自己的马都还安全,驮着一些伤员跟在队列后方。但碎瑛武士不敢上马。在这种拥挤的战场,雷沙迪乌马会被砍倒,骑手会跌落。

这是一种没有碎瑛武士就不可能执行的战术。用疲惫、满是伤员的部队突击数量占优的敌人?他们会寸步难行、被狠狠地打残。

然而碎瑛武士锐不可挡。他们的盔甲逸出飓光,六尺长的碎瑛刀划出一道道宽阔的弧线。阿多林和达力拿联手粉碎了仆族智者的防御，撕开突破口，他们的部下——阿勒斯卡全军最精锐战士——知道如何利用。他们组成楔形阵紧随碎瑛武士，插入突破口，利用长矛扎入敌阵，不断向前。

阿多林几乎是小跑着前进。下坡对他们有利，更容易立足，而且顺坡直下的势头很猛，就像冲刺的红甲蟹。在绝境中看到一线生机，这让他们斗志昂扬，甘愿为突围作最后一搏。

但他们伤亡惨重。达力拿的四千余部又损失了一千，可能还不止。没关系。仆族智者为杀戮而战，阿勒斯卡人——至少这一次——是在为生存而战。

天上的令使啊。泰夫特看着卡拉丁战斗，心里默想。就在刚才，那小伙子看起来没几口气了，肤如死灰，双手颤抖。然而现在，他是闪耀的旋风，是矛舞的风暴。泰夫特对战场再熟悉不过，但他从未见过这种景象，连相似的情形都没有。只见卡拉丁独守桥头，白色飓光从他身上升腾而起，仿若熊熊火焰。他的速度快得难以置信，简直不属于人类，而他的攻击如此精准——每一击都打到脖子、身侧或其他无盔甲防护的部位，正中仆族智者的皮肉。

这不单是飓光。泰夫特只依稀记得一部分家人教给他的东西，但那些记忆都认同这一点：飓光不能赋予技巧，不能让人升华，飓光只能提升、强化和激活人体。

它只是使人完美。

卡拉丁俯身横扫，矛尾击中仆族智者的小腿，把对方打翻在地，旋即起身挡下一斧，矛尾朝上，矛杆抵住斧柄。他松开一只手，单手旋转矛杆，矛头便向上划出弧线，刺进仆族智者的腋窝。对手倒下时，卡拉丁抽出矛，用矛尾砸中一个靠得太近的敌人的面门。木片飞溅，仆族智者的头甲被砸得四分五裂。

不，这决不仅是飓光，这是炉火纯青的矛术。卡拉丁的技巧已被提升到令人瞠目的程度。

冲桥手们聚在泰夫特身边，惊奇万分。卡拉丁的胳膊原本伤得挺重，可目前看来却没有大碍。"他仿佛和风是一体，"德雷赫说，"从天而降，赐予生命。他完全不是人类，他是灵体。"

"西格吉尔？"斯卡睁大双眼问，"你见过这种事吗？"

黑肤男子摇摇头。

"飓风之父啊，"皮特低声说，"他……他究竟是什么？"

"他是我们的队长。"泰夫特从恍惚中猛醒。在深渊另一头，卡拉丁堪堪躲过仆族智者挥出的战锤。"而他需要我们的帮助！第一、第二队，守住左翼，别让仆族智者绕到他背后。第三、第四队，跟我把守右翼！石头、偻朋，随时准备撤下伤员。其余人排成波浪阵，不用进攻，只要保好自己的命，别让敌人接近就成。还有，偻朋，丢一把没坏的矛给他！"

✦

达力拿咆哮着击倒一群仆族智者剑士。他越过尸堆，冲上一段小斜坡，纵身跃上数尺，落进仆族智者中，再次挥舞碎瑛刃。他的盔甲重得要死，但拼死一搏的信念支撑他不断前进。在他身后，残破不堪、所剩无几的蓝衣卫士呐喊着跳下小坡。

他们难逃一死，那些冲桥手现在肯定都完了，但达力拿依然为那些甘愿牺牲的人祈祷。这也许丝毫改变不了结果，但改变了行程。他的士兵应当如此死去——不是恐惧地缩在角落等死，而是血洒沙场、马革裹尸。

他不甘心悄无声息地被黑暗吞噬。决不。于是他再次发出不屈的呐喊,冲向一群仆族智者,挥扫劈砍。一片仆族智者带着焦黑的双眼倒下,他踉跄着从中穿过。

达力拿的眼前突然开阔了。

他呆站着眨眨眼。*我们成功了*,他不敢相信,*我们突破了所有敌军*。在他身后,士兵们用疲惫的嗓子叫喊着,听起来跟他一样难以置信。最后一群仆族智者横在达力拿和深渊之间,却背对着他。为什么——

是冲桥手。

那些冲桥手在战斗。达力拿瞠目结舌,麻木的胳膊一软,渡誓随之垂下。那一小股冲桥手坚守着桥头,不顾一切地抵挡试图把他们逼退的仆族智者。

这是达力拿一生中见过的最神奇、最荣耀的事。

阿多林高声欢呼,冲破敌阵,来到达力拿左侧。年轻人的碎瑛甲布满裂痕、擦痕和划痕,头盔已经破碎,头部危险地暴露在外。但他脸上写满欢欣。

"上,上。"达力拿指着桥头咆哮,"风杀的!快支援他们。如果那些冲桥手倒下,我们就全死定了!"

阿多林和深蓝卫士向前猛冲。加兰特和血伯兰撒蹄飞奔而至,各载着三个伤员。达力拿恨自己把那么多伤员留在坡上,但法典写得很清楚,这种情况下,保护他能保护的人是第一要务。

达力拿自己转身攻向仆族智者的主力,把他们往左侧逼,为部队清出突围通道。很多士兵拼死冲到安全区域,也有几个小队表现出非凡的勇气,继续在两翼战斗,确保通道通畅。达力拿的汗水浸透了头盔内衬,滴下来,漫过眉毛,迷住了左眼。他咒骂着伸出手,打开面罩——然后惊呆了。

敌阵一分为二,中央站着一个身形巨大的仆族智者,有七尺高,一身银亮的碎瑛甲。只有碎瑛甲才会如此合身,仿佛为他庞大的体型量身定制。他的碎瑛刃布满锯齿,邪气冲天,犹如被冻结成金属的火焰。他朝达力拿举起碎瑛刃,算是致敬。

"现在?"达力拿难以置信地大吼,"你现在倒来了?"

碎瑛武士向前迈步,靴底在石头上铿锵作响。其余仆族智者纷纷退开。

"何不早点来?"达力拿一边质问,一边急忙摆出风姿剑法,双眼猛眨,拼命不让汗水流进眼眶。他站在一块长条形大岩架的阴影附近,那石头看起来就像书本合起的侧边。"为何等到战斗快结束才出手?当……"

当达力拿几乎准备等死时。显然,仆族智者之前的计划是趁达力拿明显不支时蜂拥而上,也许他们也会让普通士兵获得赢取碎瑛武器的机会,就跟人类军队一样。现在,达力拿有可能逃脱,如果错失一套几乎到手的碎瑛甲和碎瑛刃,损失就太大了,于是他们派出碎瑛武士来挑战他。

碎瑛武士向前走来,说着语调浓重的仆族智者语,达力拿一个词也听不懂。他举起碎瑛刃,摆出战斗姿态。仆族智者又说了几句,接着一声低吼,欺身出剑。

达力拿暗自咒骂,左眼依然无法视物。他往后一闪,挥出碎瑛刃格挡敌人的兵器。撞击传到盔甲内,震得达力拿浑身发麻。他的肌肉反应迟钝,飓光还在从裂缝中漏走,但越来越暗淡。过不了多久,碎瑛甲就会废了。

仆族智者的碎瑛武士再次攻击。达力拿不熟悉对手的剑姿,但看得出对手非常老练。他是个训练有素的碎瑛武士,并没有倚仗强大的武器乱挥一气。达力拿被迫再次格挡,这不是风姿剑应有的打法,但他的肌肉被沉重的盔甲拖累,无法闪避,而严重受损的碎瑛甲也经不起打击。

这一击几乎令他站姿崩溃。当仆族智者挥出下一击时，达力拿咬紧牙关，把体重压到剑上，刻意加上比平时更大的力量。碎瑛刃相互碰撞，发出一声巨响，溅起一大片火花，仿佛一桶熔融的金属被泼上半空。

达力拿迅速恢复平衡，身体前冲，想用肩膀撞击敌人的胸口。但仆族智者的力量没有削弱分毫，碎瑛甲也没有开裂。他闪到一旁，反倒差点儿击中达力拿的后背。

达力拿堪堪扭身闪过这一击，转身跃到一小块岩架上，又踏上更高处的平台，最终攀到顶端。仆族智者跟上来，而达力拿正希望如此。石台上站立困难，增加了战斗风险——这对他来说是好事。仅仅一击就能毁掉达力拿，所以达力拿要采用更冒险的打法。

待仆族智者抵近岩架顶端，达力拿凭借高处的优势出招。仆族智者不屑躲闪，用头盔硬扛下一击。虽然头盔破裂，但他也借机砍向达力拿的双腿。

达力拿往后一跳，为迟钝的动作暗暗叫苦。他勉强躲开，来不及再次出手，仆族智者已爬到顶上。

仆族智者挺剑就刺，剑势凌厉。达力拿一咬牙，抬起前臂不退反进，祈求令使让自己的前臂护甲挡下这一击。仆族智者的剑刃砍在碎瑛甲上，前臂一阵颤动，拳上的护手甲突然重如铅块，但达力拿毫不停顿，跟着挥剑出招。

他没有对准仆族智者的盔甲，而是对准对手脚下的岩石。

就在前臂甲熔融迸裂、碎片四散的同时，他将敌人脚下的石架一刀两断。整块突出部完全断开，连带碎瑛武士一起坠落。

对手轰然倒地。

达力拿高举前臂甲粉碎的那只手，使劲捶击地面，甩开护手甲，抽出手来。汗水被风一吹，感觉凉飕飕的。他将护手甲弃之不顾——缺了前臂甲，这部分已失去功能——单手挥舞碎瑛刃，一声大喝，砍断另一截岩石，让它坠向下方的碎瑛武士。

仆族智者挣扎起身，但石块正中他头顶，砸得飓光四溅，还伴随着巨大的断裂声。达力拿攀下岩架，想趁敌人动弹不得时下手。不幸的是，他的右脚愈发沉重，只能拖着走，下到地面已经一瘸一拐。如果卸下靴子，就不能支撑余下碎瑛甲的重量。

他咬紧牙关，停下脚步看着仆族智者起身。他现在的移动能力实在太有限。仆族智者的碎瑛甲虽有几处破损，但远不像达力拿的碎瑛甲那般破破烂烂。值得佩服的是，对手的碎瑛刃始终没有脱手。他抬头平视达力拿，双眼隐藏在头盔面罩后。在两人周围，其他仆族智者静静地看着，排成环形，但没有插手。

达力拿用双手举起碎瑛刃，一只手有护甲，另一只手完全赤裸。微风拂过汗湿的裸手，带来一股凉意。

他无路可逃，必须在此战斗。

♛

卡拉丁不记得上次有这种感觉是多少、多少月之前的事了。他现在是如此清醒、如此充满活力。

矛在空中舞动得美轮美奂，身心合一。手脚瞬间的反应，超越了大脑控制的极限，他人生最可怕的岁月中练成的那些招式，如今使来是如此纯熟。

武器就是他躯体的延伸，挥舞起来如同臂指。他腾身旋转，矛头划过仆族智者的身体，他向屠杀了他那么多伙伴的敌人送上报应，为射向他的每一支箭送上报应。

伴着体内激荡涌动的飓光，他感受到战场的节拍。这简直像是仆族智者唱歌的拍子。

他们确实是在歌唱。他们已从见到他豪饮飓光、念出第二信条真言的震惊中恢复过来,一波接一波地发动疯狂的攻势,意图接近木桥,将其击翻。一些仆族智者跃到他背后,试图从那里偷袭,但莫阿什率领冲桥手们上前迎敌。令人吃惊的是,他们守住了。

茜尔绕着卡拉丁打转,快如残影,驾着自他体内升起的飓光,仿佛暴风中的一片叶子,她欣喜若狂。他从未见她这个样子。

他的攻击从未中断——从某种意义上讲,他只出了一招,但每一击都天衣无缝地连接到下一击。他的矛从未停顿,他和同伴们一起打退仆族智者,并接受了冲上前来的二人小组的每一次挑战。

杀戮。屠杀。血溅当空,垂死者在脚下哀号。他努力不去想太多。他们是敌人。可这壮举卓显的无上荣耀似乎与他造成的凄楚格格不入。

他在保护,他在拯救,可他也在杀戮。怎可能有如此恐怖、又如此美好的事物?

他躲开一把精美的银剑送来的斩击,把矛抢向一侧,打断几根肋骨,接着旋起矛杆,将已破裂的矛身砸向那名仆族智者的同伴,又把手中的断矛掷向第三个敌人,然后接过偻朋扔来的一把新矛。赫达孜人从附近倒下的阿勒斯卡人身上搜集到不少,以便随时满足卡拉丁的需要。

当你和某人交战,你会更了解某人。你的敌人谨慎吗?出招精准吗?他们是不是猛冲猛打、气势凌人?他们会不会破口大骂、引你发怒?他们是否冷酷无情?他们会不会放过完全失去战斗能力的人?

他钦佩这些仆族智者,他已经和好几十个仆族智者交过手,每一个的战斗风格都略有不同。他们似乎一次只上两人或四人,出招谨慎、进退有据,每一对都协同作战。他们似乎相当敬重他的武艺。

最令人震撼的是,他们似乎刻意回避与斯卡或泰夫特这两个伤员交战。相反,他们集中攻击卡拉丁、莫阿什和其他矛术最好的人。

卡拉丁原本以为仆族智者都是未开化的野蛮人,但他错了,他们乃是素养出众的战士,秉持着高尚的战场荣誉——卡拉丁在大部分阿勒斯卡人身上都看不到这点。在这些异类身上,他找到了过去一直希望从破碎平原的士兵身上看到的气质。

这一发现令他震撼。他发觉自己在杀戮仆族智者的同时也对他们产生了敬意。

然而体内的风暴驱使他向前。他业已选定道路,而这些仆族智者会毫不迟疑地杀光达力拿·寇林的部队。卡拉丁下了决心,要让自己和战友们活到最后。

他不清楚自己战斗了多久。第四冲桥队打得相当出色,但战斗时间肯定不长,否则迟早会被打垮。然而卡拉丁身边受伤和死去的仆族智者数量惊人,就像打了好几个小时。

当一个身穿碎瑛甲的身影突破仆族智者的阵线,让蓝色士兵如潮水般决堤而出,卡拉丁既觉得解脱,又有些莫名的失望。他心有不甘地后退,心跳犹如奔雷,体内的风暴有所缓和,冒出体外的光不再那么显眼了。战斗初期,仆族智者胡须上的宝石曾为他持续不断地供应飓光,但后来攻上前的敌人都没佩戴宝石。这是又一个证明,证明他们并非光眼种宣称的愚昧类人种。他们看穿了他的作为,就算不理解原理,也找到了反制手段。

他的飓光足够支撑他战斗。但当阿勒斯卡人逼退仆族智者,卡拉丁才意识到他们来得有多及时。

我必须非常小心。他心想。体内的风暴令他渴望行动和攻击,但这会给身体带来极大负担。飓光用得越多、越快,飓光耗尽后的反应就越糟糕。

阿勒斯卡士兵接管了桥两侧的防御,疲惫不堪的冲桥手退后,很多人捂着伤口就地坐下。卡拉丁赶紧跑到他们身边,"战况如何!"

"三人战死。"石头一脸阴沉地跪在他摆好的尸体旁。是马洛普、断耳亚克斯和纳姆。

卡拉丁悲痛地皱起眉头。**其他人能活着值得庆幸**，他告诉自己，但想想容易，接受却很难。"其余人怎么样？"

五人受了重伤，不过石头和倭朋已经处理过。他们在卡拉丁的指导下很有长进，伤口都处理得很好，卡拉丁几乎不用再做什么。他看着马洛普的尸体，手臂被斧子砍断，骨头折断，死于失血。如果卡拉丁没在战斗，他也许能——

不。不是懊悔的时候。

"过桥，撤退。"他指着桥的另一头吩咐冲桥手们，"泰夫特，你来指挥。莫阿什，你还有力气陪我留一会儿吗？"

"那当然。"莫阿什说，沾满鲜血的脸上露出灿然的笑容，看起来是兴奋而非疲惫。三名死者都是他那一队的，可他和其他人一样打得很棒。

其余冲桥手开始撤退。卡拉丁转身打量阿勒斯卡士兵，感觉自己进了伤兵营。每个人都带着伤，位于中间的人晃晃悠悠，一瘸一拐；外围的人依旧在战斗，破破烂烂的制服上满是鲜血。撤退已演变成溃退。

他冲到伤员跟前，招呼他们过桥。一些人照做了，另一些茫然地站着，不知所措。卡拉丁奔到一队看起来状况最好的士兵旁："这里由谁指挥？"

"这……"士兵有一道横贯脸颊的伤口，"是光明贵人达力拿。"

"我是说直属军官。谁是你们的长官？"

"都死了，"他说，"中队长死了，副队长也死了。"

飓风之父啊，卡拉丁心想。"你们快过桥。"说罢，他继续向前，"我需要一个军官！谁负责指挥撤退？"

他看到前方有个身穿破烂碎瑛甲的人影立于阵前战斗。那是达力拿之子阿多林，正忙着阻挡仆族智者，打扰他不是明智之举。

"这儿，"有人喊道，"我找到光明贵人哈拔了！他是殿后部队的指挥！"

总算有个负责人。卡拉丁在一片混乱中穿梭，找到一名躺在地上的光眼种，这个一把胡子的男人正在咳血。卡拉丁检查他全身，见他肚子上有大得骇人的伤口，肠子都流出来了。"他的副官是谁？"

"死了。"指挥官身旁的男子说。他也是光眼种。

"你叫什么？"卡拉丁问。

"纳孔·伽瓦尔。"他看起来很年轻，比卡拉丁还小。

"你晋级了，"卡拉丁说，"迅速组织所有人尽快过桥。如果有人问起，就说你得到战场委任，临时担任殿后部队指挥。如果有人自称军阶比你高，就让他来见我。"

他一愣："晋级……你是谁？你有权这么做吗？"

"总得有人做。"卡拉丁断喝，"快，快去。"

"我——"

"快！"卡拉丁咆哮。

光眼种男子出人意料地向他敬了个礼，随即大声呼喊自己的小队。寇林的部下虽然浑身带伤、憔悴不堪，却训练有素。一旦有人指挥，命令便迅速下达，一个个小队排成行军队列相继过桥。在这片混乱中，也许他们本能地选择了最熟悉的队形。

不出几分钟，位于中央的寇林军主力已有序地通过木桥，就像沙漏中的沙粒。环形战线越缩越小。但在剑与盾、矛与金属的碰撞喧嚣中，依然有人惨叫和死去。

卡拉丁赶紧扯下身上的壳甲——现在激怒仆族智者可不明智——在伤员中穿梭，想再找几个军官。他看到两个，但都已经昏迷，伤势严重，气息微弱。显然，还能战斗的军官都在两翼指挥，以阻挡仆族智者。

在莫阿什的指引下，卡拉丁急忙奔向前线中央，那里的阿勒斯卡军看来撑得最稳。在那里，他总算找到一名指挥官：一个高大威严的光眼种，一身钢甲，戴着配套的头盔，制服的蓝比其他士兵更深。他就在前线指挥战斗。

那名男子冲卡拉丁点点头，大声压过战场的喧嚣："是你在指挥冲桥手？"

"是。"卡拉丁说，"你的部下为何不过桥？"

"我们是深蓝卫士，"男子说，"我们的职责是保护光明贵人阿多林。"他指着前方不远处一身蓝色瑛甲的阿多林。那个碎瑛武士似乎在急切地寻找什么。

"轩亲王呢？"卡拉丁大喊。

"不知道，"他蹙额道，"他的亲卫队不见了。"

"你们必须撤退。部队主力已过桥，留下就会被包围！"

"抱歉。我们不会离开光明贵人阿多林的左右。"

卡拉丁环顾四周。两翼的阿勒斯卡士兵几乎撑不住了，但没有命令，他们不会后退。

"好吧。"卡拉丁提矛冲向前线。这一带的仆族智者攻得很猛。卡拉丁割断一个敌兵的喉咙，旋身冲进敌群，矛头寒光四射。体内飓光几乎耗尽，但这些仆族智者的胡子上都有宝石。卡拉丁张口吸入——只是一点点，以免阿勒斯卡士兵察觉——然后全力攻击。

仆族智者被他狂风骤雨般的攻击逼退，周围有几个深蓝卫士也跟跄退开，错愕地看着他。几秒钟内，十多个仆族智者已倒在他身旁，或伤或死。敌阵被撕开一个口子，他挺矛直进，莫阿什紧随其后。

大批仆族智者正围攻阿多林，蓝色碎瑛甲破烂不堪。卡拉丁未见过状况如此糟糕的碎瑛甲，从缝隙中漏出的飓光多得惊人，就和卡拉丁大量消耗飓光时腾起的光雾差不多。

但战场上的碎瑛武士如同一团烈焰，卡拉丁不得不停步。他和莫阿什停在阿多林的攻击范围之外，仆族智者也不管这两个冲桥手，不顾一切地试图打倒碎瑛武士。阿多林的刀锋每次都能砍过数人,就如卡拉丁见识过的那样,碎瑛刃不会切开皮肉。仆族智者双眼起火、焦黑,几十具尸体倒在周围。阿多林就像尸体收割者,而那些尸体就像树上掉下的熟透的果子。

阿多林显然是在勉力支撑。他的碎瑛甲不只开裂,还有不少破口。头盔不见了,取而代之的是普通矛兵的军帽。他的左腿很不利索,几乎只能拖着走。他的碎瑛刃依然致命,但仆族智者越靠越近。

卡拉丁不敢踏进攻击范围。"阿多林·寇林!"他大喊。

那人还在战斗。

"阿多林·寇林!"卡拉丁再次呐喊,觉得有一丝飓光从嘴中溢出,使声音响若洪钟。

碎瑛武士停下动作,回头看着卡拉丁。他不太情愿地退开,让通过卡拉丁打开的通道赶来的深蓝卫士冲上前去抵挡仆族智者。

"你是谁?"阿多林走向卡拉丁,质问道。骄狂的年轻脸庞沾满汗水,夹着黑色的金发成了一团乱麻。

"我是救了你命的人。"卡拉丁说,"我要你下达撤退命令。你的部队不能再打了。"

"我父亲还在外面。"阿多林用那大得不成比例的碎瑛刃指着身后,"我刚才还看到他。他的雷沙迪鸟马去接他了,可人和马都没回来。我要带一支队伍去——"

"你必须撤退!"卡拉丁恼火地说,"看看你的人,寇林!他们站都站不稳,别说战斗了。你每耽误一分钟,就会损失几十号手下,你得让他们撤!"

"我不会丢下父亲。"阿多林固执地说。

"看在宁静园的分上……阿多林·寇林,如果你倒下,这些人就一无所有了。他们的指挥官非死即伤。你没法去找你父亲,你连站都没法站!我再说一遍:带上你的人退到安全的地方!"

年轻的碎瑛武士退后一步,眨眨眼,惊讶于卡拉丁的口气。他望向东北方,有个岩灰色的身影突然出现在一块突起的岩石上,与另一个身穿碎瑛甲的人交手。"好近……"

卡拉丁深吸一口气:"我去救他。你指挥撤退,守住桥,只要守住桥就可以了。"

阿多林瞪着卡拉丁。他上前一步,但盔甲中的某个部件突然崩坏,令他脚下一软,单膝跪地。他咬紧牙关站起来。"卫队长马兰,"阿多林咆哮,"带上你的士兵跟他走,把我父亲带出来!"

与卡拉丁交谈过的男子利落地行了个礼。阿多林又瞪了卡拉丁一眼,掂了掂碎瑛刃,艰难地向木桥走去。

"莫阿什,跟他走。"卡拉丁说。

"可是——"

"快走,莫阿什。"卡拉丁语气强硬。他望着达力拿战斗的突出岩架,深吸一口气,把矛夹在腋下,视死如归地冲了过去。

深蓝卫士冲他大喊,想要跟上,但他没有回头。他冲入仆族智者的阵线,转身用矛杆扫倒两人,跃过倒地的敌人继续前进。一路上,大部分仆族智者或是被达力拿的战斗所吸引,或是忙于向桥头进攻,两条战线之间的敌兵比较稀少。

卡拉丁脚下生风,闪躲回避想和他过招的仆族智者,边跑边吸收飓光。没过多久,他已来到达力拿之前战斗的地方。虽然岩架上空无一人,但底下聚集了一大群仆族智者。

*就是那里。*他想着,跳向前方。

马在嘶叫。达力拿抬头一看,震惊地发现加兰特冲进了观战的仆族智者围出的圆形开阔地。雷沙迪乌马是来找他的。怎么会……这是哪儿……？他的马应已逃到安全的地方、退到集结高地才对。

太晚了。达力拿单膝跪地，被敌人的碎瑛武士打得毫无还手之力。敌人一脚踹在达力拿的胸口，踢得他仰面摔倒。

下一击打中头盔，又一下、再一下。头盔裂了，击打的冲击令达力拿头昏眼花。他在哪儿？发生什么了？他身上为什么压着如此沉重的负担、动弹不得？

是碎瑛甲，他挣扎着想站起来，*我穿着……我的碎瑛甲……*

微风拂过脸颊。头部重击，你必须尽量避免头部重击，就算穿着碎瑛甲也一样。敌人站在他身旁，居高临下，仿佛在打量他，仿佛在寻找着什么。

达力拿的碎瑛刃已经脱手。仆族智者士兵包围了决斗区域，迫使加兰特后退。马儿焦急地嘶鸣，抬起前腿踢踏。达力拿看着坐骑，视线渐渐模糊。

为什么敌人的碎瑛武士不干脆地结果他？这个身材庞大的仆族智者凑下身子，开口说话，带着浓重的口音。达力拿原先根本不在意，但现在凑得这么近，他突然开了窍，他发现自己能听懂这些话。敌人的口音浓得辨不出词句，但这确实是阿勒斯卡语。

"是你，"仆族智者碎瑛武士说，"终于找到你了。"

达力拿眼里闪过惊讶的光芒。

观战的仆族智者士兵后排出现了骚乱。此情此景，似曾相识：四面八方都是仆族智者，碎瑛武士面临危险。达力拿之前经历过这番场景，但不是倒在地上的那位。

那个碎瑛武士不可能对他说话。肯定是因为头部受了重击，出现幻觉了。观战敌兵的环形阵为何如此混乱？

撒迪亚斯，达力拿不禁心想，头脑一片混乱，*他来救我了，就像我救他那样。*

把他们团结起来……

他会来的，达力拿心想，*我就知道。我会把他们团结起来……*

仆族智者大喊着，纷纷转身。突然间，一个人影冲破敌阵。那不是撒迪亚斯，完全不是，而是个面容硬朗的年轻人，一头长长的黑色卷发，手提一杆战矛。

他在发光。

*什么？*达力拿神志恍惚地想。

※

卡拉丁落在人圈当中。中央有两个碎瑛武士，其一倒地，身上闪着微弱的飓光——实在太微弱了。看裂缝的数量，他的宝石几近枯竭。另一个从块头和四肢形状来看是仆族智者，他站在倒下的人身边。

*好极了。*卡拉丁身随心动，不待仆族智者士兵反应过来便向他们的碎瑛武士发动攻击。他猛冲上去，敌方的碎瑛武士弯着腰，注意力全放在达力拿身上，其腿甲上有一条大裂缝，飓光不断往外冒。

于是——救下亚马兰的那一瞬突然在脑海中闪回——卡拉丁冲到近身，把矛头砸进腿甲裂缝。

猝不及防的碎瑛武士一声惨叫，碎瑛刃脱手、化作雾气。卡拉丁拔出矛，向后一闪。碎瑛武士覆着护甲的拳头向他飞来，但落空了。卡拉丁往前一跃，使尽全身力气，再次把矛捅入腿甲的裂口。

碎瑛武士发出更大的惨叫，脚步踉跄、膝头点地。卡拉丁想拔出矛，但矛杆被敌人的膝盖压断了。卡拉丁往后一闪，面对从四面逼近的仆族智者，飓光不断涌出体内，他已是空手。

一片寂静，随后他们又张开嘴，说出之前说过的话："内书亚—卡达！"他们彼此低声传念这两个词，看起来充满困惑。接着，他们齐唱出一首他从未听过的歌。

好吧，卡拉丁心想，*只要他们不来攻击就好。*达力拿·寇林在

挪动身子，想坐起来。卡拉丁跪下，将体内的大部分飓光注入岩地，只留下还够支撑自己、但不足以发光的量。随后，他急忙奔向环阵一侧，奔向那头披盔带甲的战马。

仆族智者纷纷给他让路，看起来十分恐惧。他抓起缰绳，迅速赶回轩亲王身旁。

♛

达力拿晃晃脑袋，试图理清头绪。他的视野依旧模糊，但思维能力正在恢复。刚才发生了什么？他被打到了头，然后……然后那个碎瑛武士倒下了。

倒下？是什么把他打倒的？那个异类真的对他说过话？不，这一定是他自己的想象。还有那个会发光的年轻矛兵，也是幻觉。他现在就没有发光。这年轻人握着加兰特的缰绳，十万火急地朝达力拿挥手。达力拿强迫自己站起来。在他们周围，仆族智者正低声说着一些听不懂的话。

那件碎瑛甲，达力拿看着跪地不起的仆族智者，*还有碎瑛刃……我可以实现对雷纳林的承诺。我可以……*

碎瑛武士呻吟着，用穿护甲的手握住腿。达力拿难以抑制上前结果他的冲动，于是踏前一步，拖着毫无反应的右脚。三人身旁，仆族智者士兵默默地看着。他们为什么不攻击？

个头高高的矛兵奔向达力拿，一手握着加兰特的缰绳。"上马，光眼种。"

"我们应该干掉他。我们可以——"

"上马！"年轻人把缰绳抛给他，用命令的口吻说。此时，仆族智者部队转过身去，和一队抵近的阿勒斯卡士兵交锋。

"你应该有点荣誉感。"矛兵喝道。达力拿几乎从未被人用这种口气说话，何况还是个暗眼种。"你不走，你的部下就不会走；你的部下不走，我的部下就不会走。所以你必须上马，我们必须逃出这片死地。明白吗？"

达力拿迎向年轻人的视线，点点头。当然，他是对的，他们只能把敌人的碎瑛武士留在这里了。毕竟，要怎么才能把这身碎瑛甲搬出去？难道要一路拖着尸体逃跑吗？

"撤！"达力拿向部下大吼，使劲攀上加兰特的鞍座。他差点儿上不去，盔甲中的飓光所剩无几。

忠诚的加兰特撒开四蹄，稳稳当当地沿着部下用鲜血为他换来的逃生通道向下俯冲。那个无名的矛手在身后飞奔，深蓝卫士围在他们四周。前方的高地上有一大群他的部队，桥还在，阿多林焦急地等在桥头，坚守着达力拿的退路。

达力拿纵马跨过木桥，抵达毗邻高地，心头猛地一松。阿多林和坚守到最后的部队跟在他身后。

他让加兰特调转方向，看向东方。仆族智者朝深渊蜂拥而至，但没有追来。一队敌兵正在高地顶端砸石蛹。狂热的战斗中，双方都忘了那档子事。仆族智者从不追击，但如果他们现在改变主意，还能一路攻打达力拿，直到他们退到固定桥梁所在区域为止。

他们没有这么做。他们列好队，放声齐唱另一首歌谣——每次阿勒斯卡军撤退时唱的歌谣。一个人影一瘸一拐地走到敌军阵前，穿着破裂的银色碎瑛甲和红披风，他的头盔已拿下，但距离太远，看不清红黑皮肤上的面容。这个方才与达力拿死斗的敌人举起碎瑛刃，那动作绝不会错，那是致敬，是在表示敬意。达力拿也不假思索地召唤出碎瑛刃，十次心跳后举剑回礼。

冲桥手把桥拖过深渊，两军就此分隔。

"架起医疗帐，"达力拿高喊，"我们不能抛下任何一个有机会生还的人。仆族智者不会攻过来！"

士兵们爆发出一阵欢呼。死里逃生比他们夺取的每一块琼心石都更有胜利的感觉。疲惫的阿勒斯卡军按大队恢复建制。参战大队共有八个，现在恢复成八个——但好几个大队只剩两三百人。受过战场急救训练的人在队伍中寻找伤员，还活着的军官开始清点生还人数。士兵们在痛灵和疲灵的包围下纷纷坐下，浑身是血，有些人没了武器，很多人的制服破破烂烂。

在另一片高地上，仆族智者继续唱着古怪的歌谣。

达力拿发觉自己的视线不知不觉间被冲桥队所吸引。那个救了他的年轻人显然是领导者。**他刚才打倒了一名碎瑛武士？**达力拿依稀记得那迅捷锐利的一招，一杆矛刺向腿部。这小伙子显然武艺高强，运气也不错。

尽管地位卑微，但这些冲桥手的协作性和纪律性远超达力拿的想象。他再也耐不住了，轻拍马背，示意加兰特上前，穿过石丘、穿过伤者和疲惫不堪的士兵。他意识到自己有多疲劳，但现在能坐在马上，慢慢恢复，脑袋里也不再嗡嗡作响。

冲桥队的领导者正为别人检查伤势，手法相当老练。**冲桥手中竟有人学过战场医护？**

当然，达力拿心想，**就像他们竟还是优秀的士兵。撒迪亚斯有事瞒着他。**

年轻人抬起头。达力拿第一次发现他额头的烙印，之前一直被长发遮掩。年轻人站起身，两臂一抄，姿势不太友善。

"你应当得到嘉奖，"达力拿说，"你们所有人都是。你们的轩亲王撤退后，为什么只派你们来接应？"

有几个冲桥手忍不住笑了。

"不是他派我们回来。"他们的领袖说，"是我们自己要回来，这违背了他的意愿。"

达力拿不禁点头，他明白，这是唯一说得通的答案。"为什么？"

他问,"为什么来救我们?"

年轻人耸耸肩,"你任凭自己被困成那副德行。"

达力拿疲惫地点头。也许他该对年轻人的语气感到不满,可对方只是说出实话。"没错。可你为什么要来?你又是怎么练成这身武艺的?"

"意外。"年轻人说罢,转身继续照料伤员。

"我该怎么回报你?"达力拿问。

冲桥手回头看着他。"我不知道,我们本打算趁乱溜走,逃离撒迪亚斯的掌控。现在也许还有机会,但他肯定会派人追捕,不杀掉我们不罢休。"

"我的军营可以接纳你和你的人,让你们脱离撒迪亚斯。"

"我担心他不会放我们走,"冲桥手眼中充满忧虑,"你的营地也未必安全。撒迪亚斯今天的行动将引发你和他之间的战争,不是吗?"

是吗?达力拿刚才一直不让自己去想撒迪亚斯——他一心只想着如何活下去——但他对那人的怒气已渗入骨髓,熊熊燃烧。他会让撒迪亚斯付出代价。可他能让两大公国公然开战吗?这必将使阿勒斯卡四分五裂。不止如此,这还将毁灭寇林家族。经过这场灾难,达力拿没有足够的兵力对付撒迪亚斯,也没有盟友。

达力拿回去之后,撒迪亚斯会作何反应?他会正面宣战、补上一刀?不,达力拿想,不,他这么做是有原因的。撒迪亚斯没有自己动手,他抛弃了达力拿,以阿勒斯卡人的观念,这和自己动手完全是两码事。撒迪亚斯也不想拿王国的气运冒险。

撒迪亚斯不想正面开战,达力拿则不能承受开战,哪怕他怒气满盈。于是他捏紧拳头,看着这个年轻人。"不会演变成战争,"达力拿说,"至少目前不会。"

"好吧,若是这样,"那矛兵道,"让我们加入你的军队就是对友军的抢夺。我的队员一直声称你践行法典、遵守国王的律法，可按照律法和法典，你应该把我们交还给撒迪亚斯。**他不会轻易放我们离开。**"

"我能应付撒迪亚斯。"达力拿说，"和我回去，我发誓保护你们的安全，以我拥有的全部荣誉发誓。"

年轻冲桥手迎向他的目光，寻找着什么。他是如此凛然而冷酷，和年龄太不相称。

"好吧。"他说，"我们跟你回去。我不能把营房里的伤员留下，何况现在又有这么多人受伤，要逃跑也没有充足的补给品。"

说完年轻人转身去继续忙活，达力拿骑加兰特去听取伤亡报告。他强迫自己压抑对撒迪亚斯的怒气。这很难。不，达力拿不能让这股怒气引发战火——但也不能让一切回到从前，假装什么都没发生。

撒迪亚斯搅乱了平衡，永远也无法恢复。一切都不一样了。

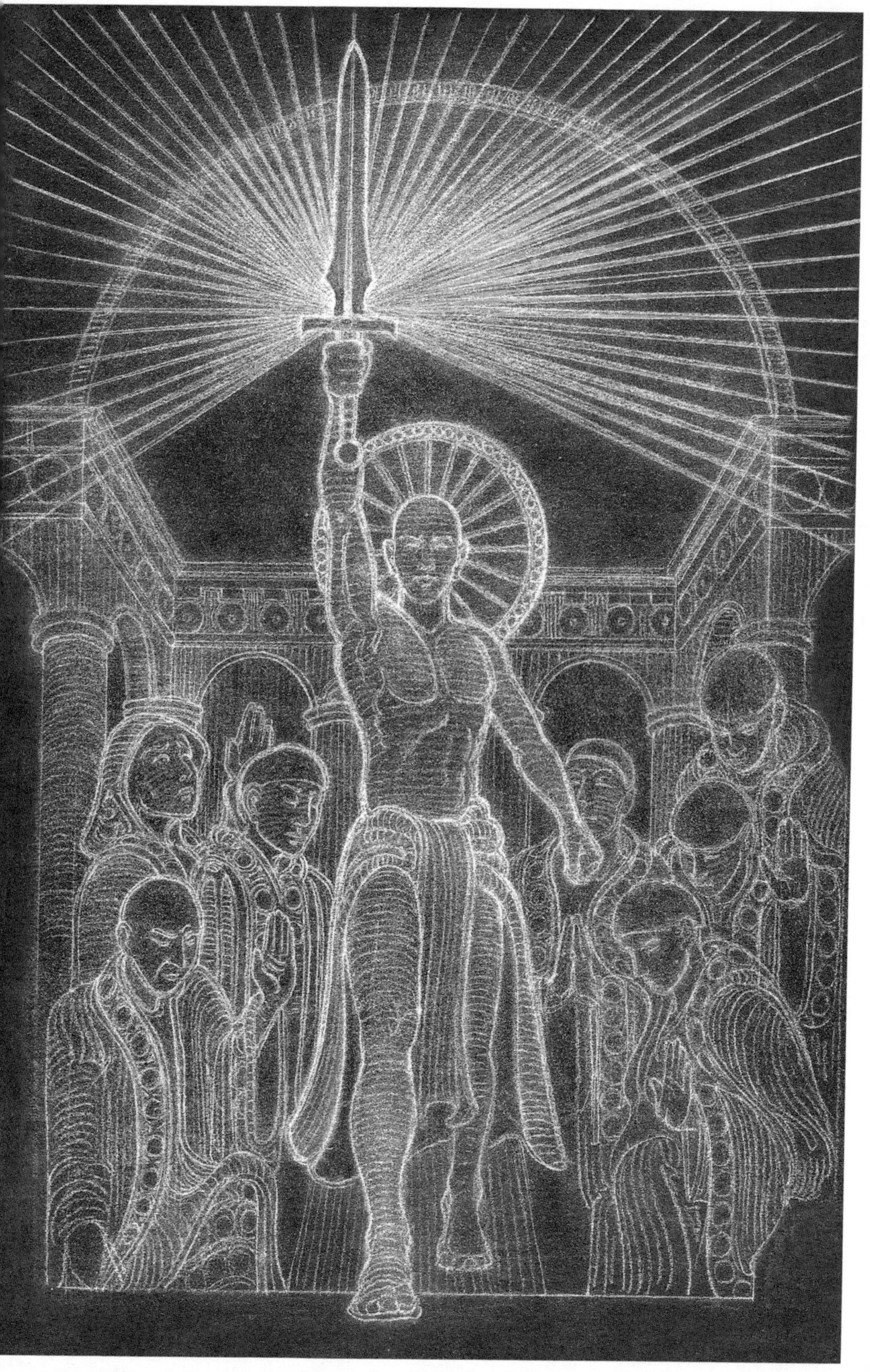

69 公正

"一切都离我而去。我与救命恩人为敌,我保护那些毁掉我承诺的人。我抬起手,风暴呼应。"

——收集于1173年第九月第二周第四天,死前十八秒。死者是一名六十二岁的暗眼种女性,育有四名儿女。

纳瓦妮挤过一群守卫,不顾他们的反对和随行侍女的呼唤。她强迫自己保持冷静。她必须保持冷静!那只是传闻,一定是传闻。

不幸的是,她年龄越长,就越不善于保持光明女士该有的娴静。她加快脚步,在撒迪亚斯的军营里穿行。一路上,士兵纷纷向她伸手,有的是想帮她,有的是想叫她停步,她谁都不理。没人敢碰她一下,国王的母亲总能享受一些特权。

军营里乱糟糟的,布局混乱。商人、妓女和工匠住的破屋一堆堆地挤在营房的背风面。大部分背风的屋檐下都挂着一根根硬化的飓砂柱,就像泼在桌上的蜡液沿桌边淌下凝固成蜡条。这一切与达力拿营地里齐整干净的建筑形成鲜明反差。

他没事的,她对自己说,他不能有事!

若是平时的她，一定会思索如何为撒迪亚斯设计一套新的街道布局，可现在她完全没这个念头，由此可见她有多慌乱。她笔直走向集结区，在那里看到一支仿佛没上过战场的军队。士兵的制服上没有血迹，彼此有说有笑，军官沿着队伍行进，一个小队接一个小队地解散士兵。

这番景象理应让她宽心，这不像是刚从灾难中逃生的队伍。可恰恰相反，她更紧张了。

撒迪亚斯身穿完好无损的红色碎瑛甲，正在附近一顶遮阳篷下对一群军官说话。她大步朝那里走去，却被一群卫兵挡住。他们肩并肩排成人墙，其中一人跑去通知撒迪亚斯。

纳瓦妮不耐烦地抄起胳膊。也许该听听侍女的建议，坐轿子过来才是。有几名侍女刚走到集结区，看起来颇为狼狈。她们之前解释道，如果路途较远，轿子要比走路更快，因为可以事先派人传话，让撒迪亚斯前来迎接。

过去的她遵守这些规矩，她还记得年轻时自己把这种游戏玩得得心应手，且以利用制度、操纵规则为乐。这给她带来了什么？一个死去的、她从未爱过的丈夫，还有宫廷中的"特权"地位——和强制赋闲没什么两样。

如果她大声尖叫，撒迪亚斯会怎么做？国王的生母，像一头触须被拧弯的斧狐犬那样鬼哭狼嚎？她思索着，那名士兵在等待向撒迪亚斯呈报的机会。

通过眼角余光，她看到一个身穿蓝色制服的年轻人来到集结区，有三名亲卫队成员同行。那是雷纳林，他脸上不再挂着冷静、好奇的旁观者表情，而是双目圆睁，惊惶之色溢于言表。他大步朝纳瓦妮走来。

"玛莎拉，"他用特有的平静语气恳求，"求求您告诉我，您知道些什么？"

"撒迪亚斯的部队回来了,你父亲的部队还没有。"纳瓦妮道,"据说是一场溃败,但这些人却不像是败兵。"她狠狠盯着撒迪亚斯,认真考虑是否要当场发作。所幸,撒迪亚斯总算和那个士兵说了话,然后打发他回来。

"您可以过去了,光明女士。"他鞠了一躬。

"真够快的。"她一声怒喝,从士兵身旁挤过,走到遮阳篷下。雷纳林犹豫了一下,追上她。

"光明女士纳瓦妮。"撒迪亚斯两手交握背后,刻意凸显自己在深红色碎瑛甲中的英姿,"我本打算在国王陛下的行宫里向您禀报此事。不过,如此惨重的灾难看来片刻都隐瞒不了。对于贤弟的牺牲,我向您致以哀悼。"

雷纳林低声惊呼。

纳瓦妮努力不让自己失态,她两臂交叠,试图压抑无法接受现实的悲鸣和意识深处传来的痛苦。这是规律,她经常从事物中总结规律,而这次的规律,是她永远无法长久拥有任何宝贵的东西。每当希望出现,总是会被夺走。

冷静,她叱责自己。"请你解释一下。"她与撒迪亚斯对视。这种眼神她练了几十年,她欣慰地看到他被瞪得有些慌乱。

"我很抱歉,光明女士,"撒迪亚斯支支吾吾地说,"仆族智者数量太多,困住了贤弟的部队。联合出兵是个愚蠢的主意,我们战术上的变化对那些蛮子构成了极大威胁,所以他们把每一兵每一卒都投入这场战斗,我们被包围了。"

"所以你就抛下了达力拿?"

"为了营救他,我们拼死作战,可兵力相差太过悬殊。我们只能撤退,否则自身难保!我本来想再坚持一下,可我亲眼看到贤弟倒下,被一群仆族智者的战锤击倒。"他一脸痛苦,"我看到他们把染血的碎瑛甲碎片当作战利品搬走,这群野蛮的禽兽。"

纳瓦妮感到一阵寒意。冰冷、麻木。怎么会这样？总算——总算——让那个石头脑瓜的男人把她看作女人而非姐姐，可现在……

可现在……

她咬牙忍住泪水："我不信。"

"我明白，这很难接受，"撒迪亚斯挥手示意一个侍从为她搬张椅子，"我真希望不必亲口告诉你这个噩耗。达力拿和我……我们相识多年，虽然观念上不无分歧，可我视他为盟友，我们也是朋友。"他低声咒骂，望向东方，"他们会付出代价，*我会让他们付出代价。*"

他说得如此诚恳，纳瓦妮不禁有些动摇。可怜的雷纳林则面色苍白，双目圆睁，震惊得说不出话来。椅子搬来后，纳瓦妮不肯坐，于是雷纳林坐了上去，引来撒迪亚斯不满的目光。雷纳林把头埋进手里，怔怔地看着地面。他在发抖。

*他现在是轩亲王了。*纳瓦妮意识到。

不。不。除非她接受达力拿的死，否则他就不是。他没有死，他不能死。

撒迪亚斯控制着所有的桥，她心想，低头望向堆木场。

纳瓦妮走出遮阳篷，来到黄昏的阳光下，感受阳光照在皮肤上的暖意。她逆坡走向随从，吩咐为她保管物品的玛凯："毛笔，要最粗的，还有焚墨。"

这个身材敦实的随从女子打开背包，取出一支长长的毛笔，笔端有一段拇指宽的鬃毛。纳瓦妮接过，墨水也在她身边摆开。

在周围卫兵的注视下，纳瓦妮将笔头浸入血色的墨水。她跪倒在地，以岩地为纸挥毫。

艺术在于创造，这是艺术的灵魂和精髓。与秩序结合，利用某些无序的东西——一汪墨水、一张白纸——从中构建出某种新东西。从无到有。*这便是创造。*

她一边作画，一边感受顺着脸颊流下的泪水。达力拿没有妻女，没人为他祈祷。所以，纳瓦妮在岩石上画了一张祈祷符。她吩咐随从取来更多墨水，在棕褐色岩地上不断涂抹，先确定符文的大小，然后描边，最后填充。这是一个巨大的符文。

士兵们聚集在周围，撒迪亚斯走出遮阳篷看她作画。她背对太阳，趴在地上，发狂般地把毛笔伸进墨水罐。除了创造，祈祷符还能是什么？于一无所有中造出东西，于绝望中造出愿望，于痛苦中造出祈求，在全能之主面前折腰、于人性空洞的傲慢中造出谦卑之心。

从无到有，真正的创造。

她趴在地上，禁手按地，摩挲着岩石，不时擦拭泪水。她的脸庞被墨染红，泪水和墨汁混在一起，一片狼藉。她用尽四罐墨水，才终于完成，然后她直起腰，跪在二十步长、仿佛以鲜血画成的铭文前。未干的墨水反射着阳光，被她用蜡烛点燃——焚墨无论干湿都能燃烧。只见火焰沿笔画一路逶迤，杀死了符文，将它的灵魂送往全能之主。

她在祈祷符前垂下头，符文只有一个词，一个复杂的词：Thath，公正。

人们默默地看着，仿佛生怕打搅这肃穆庄严的祈愿。冷风乍起，打皱了旌旗与披风。祈祷符已经烧尽，但没关系，本来就不用烧很久。

"光明贵人撒迪亚斯！"有个焦急的声音传来。

纳瓦妮抬起头。士兵们纷纷为一名绿衣信使让道，他匆匆赶到撒迪亚斯身前，张口欲言，但轩亲王用碎瑛甲赐予的神力抓住他肩膀，抬手一指，示意卫兵们清出空间，随即将信使拖到遮阳篷下。

纳瓦妮依旧跪在祈祷符旁，火焰在地上留下铭文状的黑色焦痕。有人走到她身旁——是雷纳林。他单膝跪下，一手放在她肩头："谢谢，玛莎拉。"

她点点头，站了起来，闲手沾着一滴滴红色墨汁。带着未干的泪痕，她眯起眼，视线穿透层层叠叠的士兵，直向撒迪亚斯。只见他如五雷轰顶，脸色涨红，双眼怒睁。

她转过身，从水泄不通的士兵中挤出道，跌跌撞撞地走到集结区边缘。雷纳林和几个撒迪亚斯的军官随后赶到，一同注视着破碎平原。

他们看到一支步履缓慢的队伍艰难地朝营地走来，领头男子骑着马，一身岩灰色盔甲。

※

达力拿骑着加兰特，身后是两千六百五十三人的队伍。这是八千攻击部队剩下的残部。

漫长、艰辛的归途给了他思考时间。他内心依旧如暴风般狂乱，充斥着各种情绪。他握着左拳——现在套着阿多林借给他的蓝色碎瑛护手甲。达力拿的碎瑛甲需要好几天时间才能重新长出护手甲。如果仆族智者试图用他丢弃的护手甲长出一套完整的碎瑛甲，达力拿要花费的时间则会更久。只要持甲侍卫不断向他的碎瑛甲注入飓光，仆族智者就不会得逞。遗弃的护手甲会退化、碎成粉末，达力拿的碎瑛甲上会长出新的来。

眼下，他只能先用阿多林的。他们收集了这两千六百多人身上所有带飓光的宝石，以为他的碎瑛甲补充飓光、进行强化。碎瑛甲上依旧遍布裂痕，如此严重的损伤需要几天才能复原，但已经可以作战——如果情势演变至此的话。

他必须确保这种情况不会发生。他渴望与撒迪亚斯对峙，也想在对峙时有碎瑛甲护身。说真的，他渴望率部杀上撒迪亚斯营地的斜坡，对这个"老朋友"正式宣战，召唤出碎瑛刃，亲手杀掉撒迪亚斯。

但他不会这么做。他的士兵太疲弱，局势危如累卵，正式开战会毁掉他、也毁掉整个王国。他只能选择别的方式，可以保护王国的方式。复仇的一天终会到来，但阿勒斯卡重于一切。

他放下套着蓝色护手甲的拳头，握起加兰特的缰绳。阿多林骑着马，跟在后面不远处。他的盔甲也做了紧急修复，只是少了一只护手甲。达力拿起先不愿接受儿子的护手甲，但最终被阿多林说服了。如果两人中有一人必须裸着手战斗，应该是年轻的那个。在碎瑛甲的庇护下，两人年龄上的差异无关紧要——但暴露时，阿多林是个二十多岁的青年，而达力拿是个五十多岁的中年人。

他还是不知对幻象该作何想，启示让他信赖撒迪亚斯，这显然是错的。他以后得认真思考这个问题。一步一步来吧。

"艾萨。"达力拿喊道。艾萨腿脚轻灵，面容硬朗，留着稀疏的胡子，是这场灾难中幸存下来的军官中军阶最高的，也是与达力拿一同坚守撤退通道到最后时刻的战士之一。他一条胳膊吊着绷带。

"光明贵人，您找我？"艾萨跑到达力拿身旁。除了两匹雷沙迪乌马，所有的马都驮着伤患。

"把伤员带回营地。"达力拿说，"吩咐泰莱布让全营警戒，动员剩余的所有中队。"

"遵命，光明贵人。"男子敬礼道，"要吩咐他们特意警戒什么吗，光明贵人？"

"警戒一切。不过但愿没事。"

"我明白，光明贵人。"艾萨领命而去。

达力拿拨转马头，走向冲桥手。他们依然跟着那个阴郁的领导者，一个名叫卡拉丁的男子。一到固定桥梁所在高地，他们就扔下了肩上的木桥；撒迪亚斯迟早会派人来扛走的。

见他靠近，冲桥手们停下脚步，看起来和他一样疲惫。随后，他们排成透出一丝敌意的队形，攥紧手中的矛，仿佛认定他将带走他们。他们救了他的命，可显然并不信任他。

"我正让伤员回营，"达力拿说，"你们应该和他们一起去。"

"你要和撒迪亚斯对质?"卡拉丁问。

"我必须去,"我必须知道他这么做的理由,"同时为你们赎回自由。"

"那我和你一起去。"卡拉丁说。

"我也去。"卡拉丁身旁的鹰脸男子说。很快,所有冲桥手都表示愿意留下。

卡拉丁转身看着他们:"我要你们回营。"

"什么?"一名长着灰色短须的老冲桥手说,"你能冒险,我们就不能?撒迪亚斯营中还有咱们的伙伴,得把他们弄出来。最起码,咱们得待在一起,同舟共济。"

其他人纷纷点头。达力拿再次被这些人的纪律性震惊了。他愈发肯定,撒迪亚斯与此无关,那个领头人才是关键。虽然他的眼睛是深褐色,可他有光明贵人的气质。

好吧,他们不想走,达力拿也不会强迫。他继续骑马前进。少顷,近千士兵脱离达力拿的队列,向他在南方的军营行进。余下的人继续朝撒迪亚斯的营地前行。随着距离拉近,达力拿看到一小群人聚集在最后一道深渊旁,两个人影立于最前方。那是雷纳林和纳瓦妮。

"他们在撒迪亚斯的营地里干什么?"阿多林问,疲惫的脸上绽出笑意,他驱策血伯兰缓缓移动到达力拿身旁。

"不知道。"达力拿说,"但飓风之父赐福,他们来了。"看到两人欣喜的面容,他终于真切地感受到,自己确实熬过了今天。

加兰特越过最后一座桥,雷纳林等在对面,达力拿面露欢欣。

这孩子少见地欣喜若狂。达力拿翻身下马,紧紧抱住了儿子。

"父亲,"雷纳林说,"你活着!"

阿多林笑了,他也翻身下马,盔甲铿锵作响。雷纳林放开父亲,一把抓住阿多林的肩膀,另一只手轻拍碎瑛甲,笑得合不拢嘴。达力拿也笑了。接着他把视线从两兄弟身上移开,看向纳瓦妮。她站在那里，两手交握身前，挑着一边眉毛。奇怪，她脸上有几道红色细痕。

"你压根儿没担心，是吗？"他问她。

"担心？"她反问，与他四目相接，他这才发现这双眼睛是多么红肿，"我吓坏了。"

达力拿不禁抱住了她。因为还穿着碎瑛甲，他必须非常小心。但隔着护手甲，他感受到丝裙的触感，没有了头盔，他也能闻到皂角的芬芳。他用力抱住，直到不敢再用力，这才低下头，用鼻子抵住她的头发。

"嗯……"她温柔地提醒，"看来某人确实想我。别人在看，他们会说道的。"

"我不管。"

"嗯……*看来某人是非常想我*。"

"在战场上，"他沙哑地说，"我以为会死，于是想通了，这没什么关系。"

她把头往后一仰，一脸困惑。

"我这辈子花了太多时间去操心别人的想法，纳瓦妮。当我以为大限将至，我才意识到这些担心都是多余的。在最后时刻，我为我的人生感到满足。"他低头看着她，然后用意念卸下右手护手甲，让它伴着一声脆响落到地面。他抬起满是老茧的手，托起她的下巴，"只有两件事让我遗憾，你，还有雷纳林。"

"这么说，你愿意接受死亡，也能安心离开人世？"

"不，"他说，"我是说，我面对着永恒，从中找到了平静，这将改变我的人生。"

"毫无负罪感地活下去？"

他有些犹豫："像我这样的人恐怕没法完全摆脱负罪感。人生的终点是平静，但过程……是一场风暴。不过，我现在看待生活的方式不同了，是该让自己从骗子们的包围中脱身了。"他抬起头，看着上方石脊,越来越多的绿衣士兵在那里聚集。"我一直在回想一个幻象,"他轻声说,"最后那一个,我遇到诺哈东,他拒绝了我让他把自己的智慧编著成书的建议。其中有些深意,我要领会它。"

"是什么?"纳瓦妮问。

"我还不知道,但快要领悟了。"他再次抱紧她,手心贴着她脑后,感受发丝的触感。他希望没有这身碎瑛甲,不想让金属隔开彼此。

但现在还不是时候。他心有不甘地松开臂弯,转过身,雷纳林和阿多林正尴尬地看着他们。他的士兵抬头看着在坡顶聚集的撒迪亚斯军。

我不能让事态演变成流血冲突。达力拿心想,一边蹲下身,把手伸进掉落的护手甲。皮带自动扣紧,与盔甲连成一体。*但我也不会一声不响地退回本营,我要当面跟他说清楚。他至少要知道这场背叛的理由,本来一切都很顺利。*

此外,还有他对冲桥手的承诺。达力拿走上斜坡,染血的蓝披风在身后猎猎飞扬。阿多林踩着哐当作响的步子赶到他身边,纳瓦妮在另一侧,雷纳林跟在身后,余下的一千六百士卒也一起跟上。

"父亲……"阿多林看着充满敌意的撒迪亚斯部队。

"别召唤碎瑛刃,不会闹翻的。"

"撒迪亚斯抛下了你,对吗?"纳瓦妮静静地问,眼中怒火满盈。

"他不止抛下我们,"阿多林啐了一口,"他设了局,然后背叛了我们。"

"我们活下来了。"达力拿坚决地说。前方道路变得更加清晰,他知道自己该做什么。"他不会在这里攻击我们,但也许会设法挑衅我们出手。阿多林,且让你的剑隐在雾中,也别让我们的部队犯任何错误。"

绿衣士兵手执长矛,面带敌意,不太情愿地退到两边。一旁,卡拉丁和冲桥手们走在达力拿军靠前的位置。

阿多林没有召唤碎瑛刃，但对包围他们的撒迪亚斯军投出鄙夷的目光。再次被敌兵包围的滋味并不好受，可达力拿的部下还是随他走上集结区。撒迪亚斯站在前方，背信弃义的轩亲王抄手以待，依然碎瑛甲在身，黑色卷发在微风中摆动。有人在石地上焚烧了一个巨大的铭文，是公正，而撒迪亚斯就站在公正的正中央。

公正。撒迪亚斯就站在这里，践踏公正，何其贴切的景象。

"达力拿，"撒迪亚斯朗声道，"老朋友！看来我高估了你遇到的麻烦。真抱歉，我不该在你身处险境时撤退，但我部下的安危是最优先的。你一定能理解。"

达力拿停在离撒迪亚斯不远处，两人面对面，令双方士兵紧张起来。一阵冷风吹打着撒迪亚斯身后的凉篷。

"当然，"达力拿波澜不惊地说，"你也是不得已而为之。"

撒迪亚斯明显松了口气，但几个达力拿的士兵小声议论起来。阿多林瞪了一眼，让他们噤声。

达力拿转身，挥手示意阿多林和部下们退后。纳瓦妮冲他挑挑眉毛，但见他神情坚决，便和其他人一同退下。达力拿回头看着撒迪亚斯，后者带着一脸好奇，挥手示意自己的随从也退开。

达力拿走到"公正"铭文的边缘，撒迪亚斯也走上前，直到两人仅隔寸许。他们身高相当，紧紧站在一起，达力拿可以从撒迪亚斯眼中读出紧张和愤怒。他的生还毁了撒迪亚斯几个月的苦心策划。

"我要知道理由。"达力拿问，轻得只有撒迪亚斯能听见。

"因为我的誓言，老朋友。"

"什么？"达力拿两手攥成拳头。

"几年前，我们一起发过誓。"撒迪亚斯叹道，语气坦诚，不像平时那般轻佻，"保护艾尔霍卡。保护王国。"

"我正是这么做的！我们意图一致，而且并肩战斗，撒迪亚斯，一切都很顺利。"

"没错。"撒迪亚斯说,"但我现在有信心独力打败仆族智者。我们在一起能做到的,我一个人也能办到,只要把我的部队一分为二——一支打先头,另一支更大的部队跟进就行。我必须抓住机会除掉你,达力拿,你看不出来吗?迦维拉尔死于他的软弱。我一开始就打算用武力对付仆族智者、征服他们。可他坚持要签那份条约,从而招致死亡。现在,你的所作所为就和他一样。相同的理念、相同的口吻。通过你,这些观念也开始感染艾尔霍卡。他的衣着像你,他和我谈论法典,还谈论有没可能在所有营地推行法典。他开始考虑撤兵。"

"所以你想让我相信,你的行为是出于荣誉?"达力拿低声咆哮。

"怎么可能。"撒迪亚斯笑出了声,"多年来,我一直努力成为艾尔霍卡最信赖的顾问——可你总是抢走他的关注,不管我怎么努力,你总能让他听你的。我不会假装一切都出于荣誉心,可能确实有一点儿是这样吧,总之一句话,我希望你消失。"

撒迪亚斯的语调变得冰冷:"你正在走向疯狂,老朋友。你可以称我为骗子,但我今天的做法是出于仁慈,好让你光荣地死去,而非一点一点变成废物。我可以保护艾尔霍卡、让他不再受你影响,以你为鉴警示其他人,让他们记住我们在这里的真正目的。你的死也许会最终团结我们。想来还真讽刺。"

达力拿大口呼吸,努力不让自己被怒气和愤慨左右,这并不容易,"就告诉我一件事:既然你迟早要出卖我,何不把暗杀罪名推给我?为何还替我正名?"

撒迪亚斯哼了一声。"呸!你意图弑君?没人真信。他们会说闲话,但不会相信。那样归罪于你,只会让我自己受怀疑。"他摇摇头,"我觉得艾尔霍卡知道暗杀者的身份。他对我说过,但不愿说出姓名。"

*什么?*达力拿心想,*他知道?可……怎么会?为什么不让我们知道?*达力拿调整了计划。他不清楚撒迪亚斯是否在说实话,但如果对方没撒谎,他可以利用这点。

"他知道不是你干的,"撒迪亚斯接着说,"这一点我看得出来,他可不晓得自己有多容易被看透。怪罪你毫无意义,艾尔霍卡会替你辩护,我很可能还会失去轩督王的地位。但另一方面,这给了我绝好的机会,能重新获得你的信任。"

*把他们团结起来……*这是幻象的教诲,幻象中与达力拿说话的人错得离谱。践行荣誉不但没换来撒迪亚斯的忠诚,却令达力拿对背叛毫无防备。

"虽然说了也没有意义,"撒迪亚斯不以为意地说,"但我喜欢你,真的。你只是我前进道路上的绊脚石,一股毁灭迦维拉尔王国的力量——虽然你自己浑然不觉——所以当机会出现时,我抓住了。"

"这可不是什么机会,"达力拿说,"是你设的局,撒迪亚斯。"

"我是计划过,但我经常计划,也不总会执行。只不过今天我碰巧执行了。"

达力拿嗤之以鼻:"好吧,你只向我证明了一件事,撒迪亚斯——凭你想除掉我的行动。"

"证明了什么?"撒迪亚斯饶有兴味地问。

"证明我仍有威胁。"

♛

两位轩亲王继续低声交谈。卡拉丁和第四冲桥队的成员一起,疲惫不堪地站在达力拿的士兵旁。

撒迪亚斯瞥了他们一眼。马塔尔站在人群中,从头至尾一直盯着卡拉丁的队伍,满脸涨红。马塔尔也许知道自己会受到和拉马利尔一样的惩罚。他们应该学到教训,应该一开始就把卡拉丁杀掉。

*他们试过,*他心想,*也失败了。*

他不知自己身上发生了什么,不知茜尔是怎么了,也不知头脑中那些真言是怎么回事。飓光对他的效用似乎更大了，变得更强、更有力。可现在飓光已散，他是如此疲倦，如此枯竭。他把自己和第四冲桥队逼得太狠、太过了。

也许他们应该到寇林的营地去，但泰夫特说得对，他们需要亲眼看到结局。

他承诺过，卡拉丁心想，**承诺会把我们从撒迪亚斯手中解放出来。**

可是，光眼种的承诺给他带来了什么？

两名轩亲王结束交谈，向后退去，彼此分开。

"好吧，"撒迪亚斯大声说，"达力拿，你的部下显然很疲劳，我们不妨以后再检讨今天的错误。但我想，联合出兵行不通，这点基本可以确定。"

"行不通，"达力拿说，"说得好。"他朝冲桥手们点点头，"我要把这些冲桥手带回我的营地。"

"恐怕我不能放他们走。"

卡拉丁的心一沉。

"他们对你没有太多价值。"达力拿说，"开个价。"

"我不打算卖。"

"我会为每人支付六十个绿宝石布罗姆。"达力拿说。听闻此言，双方士兵都发出惊呼。这是一个上好奴隶的二十倍价钱。

"一千布罗姆也不卖，达力拿。"撒迪亚斯说。从他眼里，卡拉丁看到了冲桥手的死期。"带上你的士兵走，把我的财产留下。"

"不要逼我，撒迪亚斯。"达力拿说。

突然间，气氛又变得剑拔弩张。达力拿的军官手握剑柄，矛兵挺直身子，握紧矛杆。

"不要逼你？"撒迪亚斯问，"这算哪门子威胁？请你离开我的营地，很明显，我们没什么可说的了。如果你想偷走我的财产，我就有一百个攻击你的理由。"

达力拿站在原地，看起来充满信心，但卡拉丁看不出他的信心有任何来源。*又一个失败的承诺。*卡拉丁转过身去。到头来，尽管一片好心，达力拿·寇林还是和其他人没有区别。

在他身后，众人发出惊呼。

卡拉丁一愣，猛然转身。达力拿·寇林已唤出巨大的碎瑛刃，成形时凝成的水珠顺着刀身往下淌。他的盔甲微微放光，飓光从裂缝中逸出。

撒迪亚斯退了几步，双目圆睁。他的亲卫队拔出剑来。阿多林·寇林把手放到一边，显然打算召唤碎瑛刃。

达力拿上前一步，将剑插进岩地，插入焦黑的"公正"铭文之中，然后退开。"换冲桥手。"他说。

撒迪亚斯眨眨眼。低语声渐渐沉寂，众人都惊呆了，甚至忘了呼吸。

"什么？"撒迪亚斯问。

"碎瑛刃，"达力拿坚定的声音响彻天际，"交换你的冲桥手。所有人，你营里每一个冲桥手，让我按自己的意愿处置，你永远不能再碰他们。作为交换，你可以把碎瑛刃拿走。"

撒迪亚斯低头看着碎瑛刃，不敢相信这一切。"这是无价之宝，能换取城市、宫殿、王国。"

"换不换？"达力拿问。

"父亲，不要！"阿多林·寇林说，碎瑛刃从他手中显形，"你——"

达力拿抬起一只手，让年轻人闭嘴，两眼一直不离撒迪亚斯。"换不换？"他又问一遍，每个字都掷地有声。

卡拉丁瞪着他，无法移动，无法思考。

撒迪亚斯贪婪地看着碎瑛刃。他瞥瞥卡拉丁，只有片刻的犹豫，随即伸手抓住剑柄。"把那些风杀的废物带走吧。"

达力拿简短地点头，转身离去。"我们走。"他对随行众人说。

"你知道，他们一文不值。"撒迪亚斯叫道，"你是十蠢附体，达力拿·寇林！你还不明白自己疯得有多厉害？这将成为古往今来的阿勒斯卡轩亲王做出的最荒唐的决定！"

达力拿头也不回，径直走向卡拉丁和第四冲桥队的其他成员。"走吧。"达力拿和蔼地说，"拿上你们的东西，带上你们留下的同伴。我会派士兵陪你们，保护你们。来我营地就别带桥了，走起来轻便些。在那里，你们会安全的，我以我的荣誉担保。"

说罢，他转身就走。

卡拉丁努力从呆滞中恢复过来，跟跄着赶上去，抓住轩亲王的护臂。"等等，你——那个——究竟发生了什么？"

达力拿回过身，一手放在卡拉丁肩头，护手甲闪着蓝光，在一身岩灰色盔甲上显得很突兀。"我不知道你们都经历过什么，对于你们过去的人生，我只能猜测。但请放心，你们在我的军营里不会再当冲桥手，也不会成为奴隶。"

"可……"

"一个人的生命值多少？"达力拿轻声问。

"奴隶主说，一条人命差不多值两个绿宝石布罗姆。"卡拉丁蹙眉道。

"你觉得呢？"

"生命无价。"他立刻回答，这是在引用父亲的话。

达力拿笑了，堆出一道道鱼尾纹来："巧得很，这和一把碎瑛刃的价值完全一样。今天，你和你的手下牺牲自己，为我挽回两千六百条无价的人命。而我付出的回报只是一把无价的宝剑。要我说，这是赚了大便宜。"

"你真的认为很值得？"卡拉丁惊讶地问。

达力拿又笑了，笑得像是一位慈父："以我的荣誉担保？不错，毫无疑问。去吧,士兵,带着你的人到安全的地方,今晚我还有些事要问你。"

卡拉丁瞥了一眼撒迪亚斯,那位轩亲王一脸敬畏地握着刚到手的碎瑛刃。"你说你会对付撒迪亚斯,这就是你的计划?"

"这不算对付撒迪亚斯,"达力拿说,"只是为你和你的手下善后。我今天还有事要办。"

♛

达力拿在国王行宫的起居室里找到艾尔霍卡。

他再次朝门外的守卫点点头,然后关上门。他们显得很紧张,也完全有理由紧张,因为他的命令很不寻常。他们还是听命行事。守卫身上的制服是蓝金色的,是国王的配色,但他们都是达力拿的人,因为对达力拿忠心耿耿才被选中。

关门声清脆利落。国王一身碎瑛甲,正盯着一幅地图。"啊,叔叔,"他转过身,"甚好,我正想找你谈谈。你知道那些关于你和我母亲的谣言吗?我知道你们没什么古怪,可我确实担心别人的想法。"

达力拿穿过房间向他走去,靴底在厚厚的地毯上踏出沉重的闷响。屋子四角挂着注光的钻石,刻着浮雕的墙壁中嵌着一组组微小的石英片,用来反射和匀化光线。

"说真的,叔叔。"艾尔霍卡摇头道,"我对这些中伤你的流言几乎忍无可忍了。他们的话我一点儿都不信,你明白的,还有……"他渐渐收声,见达力拿在一步开外的地方停步,"叔叔?一切还好吗?我门外的卫兵禀报,说你今天的高地战遇到些麻烦,可我当时满腹心事。我是不是错过了什么要紧事?"

"是的。"达力拿说罢,抬起脚,踹向国王的胸口。

这一脚踢得国王向后飞起,砸在桌侧。上好的木料被沉重的碎瑛武士撞得粉碎。艾尔霍卡摔倒在地,胸甲微微裂开。达力拿抢到他身边,照准国王的肋部又是一脚,再次使胸甲破裂。

艾尔霍卡惊恐地大喊起来:"卫兵!来人!卫兵!"

没人进来。达力拿又踢了一脚,艾尔霍卡咒骂着抓住他的靴子。达力拿哼了几声,弯下腰,抓住艾尔霍卡的胳膊往边上一扯,把他整个人甩向一旁。国王在地毯上连滚带爬,撞烂一把椅子。圆形木椅腿散了架,木片散了一地。

艾尔霍卡瞪大双眼,挣扎着爬起来。达力拿向他逼近。

"叔叔,你怎么回事?"艾尔霍卡大喊,"你一定是疯了!卫兵!国王房内有刺客!卫兵!"艾尔霍卡想朝门那边跑,但达力拿用肩膀一撞,又把年轻人顶翻在地。

艾尔霍卡滚了几圈,一手撑地直起上身,另一只手放到身侧。掌边笼起一团冷雾,他在召唤碎瑛刃。

就在碎瑛刃显形的一刹那,达力拿踢开国王的手。碎瑛刃跌落,立刻重新化为雾气。

艾尔霍疯了似的挥拳冲向达力拿,达力拿接住拳头,往下一压,把国王压得跪倒。接着他一把将艾尔霍卡扯到身前,另一手握拳正中国王的胸甲。艾尔霍卡挣扎着,但达力拿用护手甲包裹的拳头再次捶打,连指节上的甲片都裂了,令国王不住呻吟。

下一拳直接砸碎了艾尔霍卡的胸甲,爆出一片熔融的碎瑛。

达力拿把国王放倒在地。艾尔霍卡挣扎着想再站起来,可胸甲是碎瑛甲力量的核心,失去这一部分,四肢都变得无比沉重。达力拿在蠕动不停的国王身边单膝跪下。艾尔霍卡的碎瑛刃又成形了,但达力拿抓住国王的手腕狠狠砸向石地,再次令碎瑛刃脱手、消失于雾气中。

"卫兵!"艾尔霍卡惊声尖叫,"卫兵,卫兵,**卫兵**!"

"你叫破喉咙也没人救你,艾尔霍卡。"达力拿轻声说,"他们都是我的人,我下了命令,不准他们进来,也不准他们放任何人进来,不管他们听到什么,哪怕是你喊救命。"

艾尔霍卡闭上了嘴。

"他们是我的人,艾尔霍卡。"达力拿又说一遍,"我训练他们,并把他们安插在这里。他们一直忠于我。"

"为什么,叔叔?你这是干什么?求求你,告诉我。"他快哭了。

达力拿弯下腰,凑得很近,近到能互相嗅到对方的呼吸。"你打猎时的那根鞍带,"他波澜不惊地说,"是你自己割的,对不对?"

艾尔霍卡的双眼睁得更大。

"到我营地之前,你已把马鞍调包。"达力拿道,"你这么做,是因为你心疼你的马鞍,不想让它在脱落时损坏。一切都是你计划好的,是你一手造成。正因如此,你才如此确定鞍带被人割过。"

艾尔霍卡缩起身子点点头:"有人想杀我,可你们都不信!我……我担心可能是你!所以就决定……我……"

"所以你决定割了自己的鞍带,"达力拿说,"演出一场大家都看得见的暗杀好戏,逼我或撒迪亚斯去调查。"

艾尔霍卡犹豫片刻,又点点头。

达力拿闭上眼,缓缓呼出一口气:"艾尔霍卡,你明白自己干了什么吗?你让我蒙受全军的怀疑!你给撒迪亚斯送上毁掉我的机会。"他睁开眼,居高临下地看着国王。

"我非知道不可,"艾尔霍卡低声说,"我谁也没法信任。"在达力拿充满压迫力的注视下,他的声音越来越低。

"你碎瑛甲里的宝石为什么会裂开?也是你事先放好的吗?"

"不。"

"那你也许确实发现了什么。"达力拿哼了一声,"我看,这也不能完全怪你。"

"那你能不能让我起来?"

"不行。"达力拿弯下腰,凑得更近,一手按住国王的胸口。

艾尔霍卡不再挣扎,他抬起头,眼中充满恐惧。"如果我用力,"达力拿说,"你就会死。你的肋骨会像折断的细枝,你的心脏会像砸烂的葡萄。没人会找我问罪。他们私底下一直说,'黑荆棘'在好几年前就该夺下王位。你的卫兵忠于我,没人会为你复仇,没人会介意。"

达力拿稍微用力,艾尔霍卡立刻被压得喘不过气。

"你还不明白?"达力拿平静地问。

"不明白!"

达力拿叹口气,放开年轻人,站了起来。艾尔霍卡大口喘息。

"你的臆想也许是无中生有,"达力拿说,"也许有根有据。但不管是哪种情况,你都必须明白一点:我不是你的敌人。"

艾尔霍卡皱起眉:"那你不杀我了?"

"风杀的,不!我爱你如己出,孩子。"

艾尔霍卡揉揉胸口:"你……你表现父爱的方式也真够奇怪的。"

"这么多年,我一直追随你,"达力拿说,"我奉上忠诚、付出一切、为你出谋划策。我发誓一心服侍你——我对自己承诺、对自己起誓,永不觊觎迦维拉尔的王位。一切都是为了保持我的忠心。可你还是不信任我,你用那条鞍带演了一出好戏,让我卷入嫌疑,让你真正的敌人有机会对付你,你自己还浑然不知。"

达力拿朝国王走去,艾尔霍卡把身子一缩。

"好了,现在你知道了,"达力拿厉声道,"艾尔霍卡,如果我想杀你,你早就死上一百回了。既然你不把我的忠诚和奉献视为诚实的证明,既然你表现得像个孩子一样,也就会被当成孩子对待。现在你该知道,我不想让你死,这是千真万确的事实。如果我想,我的拳头早就捣进你的胸口,叫你当场毙命!"

他死死盯住国王。"现在,"达力拿说,"你明白了吗?"

艾尔霍卡缓缓点点头。

"很好。"达力拿说,"明天你要任命我为轩战王。"

"什么?"

"今天,撒迪亚斯背叛了我,"达力拿说。他走到破损的桌旁,踢开破片。国王的印玺从平常惯放的抽屉里滚出来。他捡起王玺,"我有将近六千名部下被杀。阿多林和我几乎性命不保。"

"什么?"艾尔霍卡使劲坐起来,"那不可能!"

"事情就这么发生了。"达力拿看着侄儿说,"他抓住了从战场上抽身、让仆族智者毁掉我们的机会,便予以实施。这就是阿勒斯卡人的行事风格,冷酷无情,却要伪装出荣誉或高尚的样子。"

"那么……你想让我审判他?"

"不,撒迪亚斯不比其他人好,也不比其他人坏。任何一名轩亲王都会背叛同伴,只要有机会,又不必承担风险。我想找到团结他们的方法,不仅是名义上的团结。明天,等你任命我为轩战王,我就把碎瑛甲授予雷纳林,以此兑现一个承诺。我已送出碎瑛刃,那是为兑现另一个承诺。"

他走近一些,再次直视艾尔霍卡的双眼,然后抓起印玺。"作为轩战王,我要在全部十座营地里执行法典。我会直接协调作战,选择每次高地战出战的部队。赢来的琼心石都归王室所有,作为你的战利品、由你赏赐给众轩亲王。我们会把这场竞赛变成真正的战争,我会利用这个机会,把十支军队——以及军队的统帅——打造成真正的士兵。"

"飓风之父啊!他们会杀了我们!轩亲王会造反!连一个星期都扛不住!"

"他们不会高兴,这是肯定,"达力拿说,"而且风险也很大。我们必须加倍小心,大幅度强化警备。如果你没错,那么早就有人想杀你,我们横竖都得加强防备。"

艾尔霍卡瞪着他,又看看损坏的家具,揉揉胸口,"你是当真的,对吗?"

"对。"他把印玺抛给艾尔霍卡,"等我一走,你马上让文书员起草对我的任命书。"

"可我记得,你说强迫大家遵守法典是错的,"艾尔霍卡说,"你说改变别人的最好方法是践行正道,用榜样的力量来影响他们!"

"那是我被全能之主欺骗之前的想法。"达力拿说,他还是不知对此该作何想,"我对你说过的很多话是从《王者之路》中学来的,可有件事我没弄明白。诺哈东是在人生末年写这本书的——在创建秩序之后、在强迫诸王国团结之后、在重建沦陷于灭世的大陆之后。

"他写这本书是为传达理念,给业已手握权柄、有力量践行正道的人看。而这是我的错误。在书中道理行得通之前,我们必须被剥夺荣耀和尊严。几周前,阿多林对我说了一番非常深刻的话。他问我,为何强迫自己的儿子用生命去履行如此高标准的期望,却任凭其他人走上歪路、毫不责怪。

"我一直把其他轩亲王和他们麾下的光眼种当成年人看待。成年人可以接纳原则、按自己的需要权宜把握。可我们没长进到这份上,我们还是孩子,而你教育孩子时,*就得要求他们遵守正道*,直到年纪够大、可以自主选择为止。白银十王国起初并未统一,也不是捍卫荣誉的光荣堡垒。他们是教出来的,一点一点成长起来的,就像年轻人被培养成成年人。"

他大步向前,跪在艾尔霍卡身旁。国王还在揉胸,碎瑛甲少了中央的一大块,看起来颇为古怪。

"我们必须为阿勒斯卡做些什么,侄儿。"达力拿温和地说,"轩亲王们曾宣誓效忠迦维拉尔,但这份誓言非常浅薄。是时候停止放任自流了。我们必须赢得这场战争,我们必须把阿勒斯卡再次变成世人羡慕的国度。他们不是羡慕我们强大的军力,而是羡慕这里的人民能够安居乐业、在这里公正高于一切。让我们为此大干一场吧——否则你和我迟早都会被人暗杀。"

"你听起来很急切。"

"因为我终于明白该怎么做。"达力拿站直身子,"我一直以和平缔造者诺哈东为榜样,可我不是那块料。我是'黑荆棘',我是个马上将军,没有在黑屋子里勾心斗角的才能。可我非常善于训练部队,从明天起,每座营地的每个人都属于我。在我眼里,他们都是新兵,连轩亲王也不例外。"

"前提是我会这么宣布。"

"你会的,"达力拿说,"作为回报,我保证会找出想害你的人。"

艾尔霍卡嗤之以鼻,动手一块一块地卸除身上的碎瑛甲:"胁迫我宣布这种任命后,此事一点儿也不难。你可以把十座营地里的每个人都写进意图弑君者的名单!"

达力拿咧嘴笑道:"至少我们不用去猜了。别闷闷不乐,侄儿,今天你好歹弄明白一件事:你叔叔不想害你。"

"他只想让我成为靶子。"

"这也是为你好,孩子。"达力拿向门口走去,"别太愁眉苦脸,关于如何保障你的安全,我已有一些非常明确的计划。"他打开门,看到一群紧张的卫兵,挡住了一群紧张的侍从和随员。

"他没事,"达力拿对众人说,"瞧?"他走到一旁,让卫兵和侍从进去陪护国王。

达力拿转身欲走,随即又顿了顿:"哦,艾尔霍卡?你母亲和我确实在交往,你最好现在就开始慢慢习惯。"

尽管过去几分钟里发生了那么多事,这句话还是让国王无比震惊。达力拿笑笑,关上门,迈着坚定的步伐离去。

一切还是几乎全不对劲。他仍然为撒迪亚斯的行径暴怒,为损失如此之多的部下痛苦,为如何对待纳瓦妮困惑,为自己的幻象不知所措,为团结各军的想法而胆怯。

但至少现在,他有了可以着手的工作。

第五部分
上之默静

沙兰 达力拿 卡拉丁
泽斯 知策

70

琉璃海

　　沙兰静躺在床上,病房很小。她哭干了眼泪,然后呕在床边的便盆里。她为自己感到作呕。她感觉糟透了。

　　她背叛了迦熙娜,还让迦熙娜知道了。不知为何,令王女失望的滋味比偷盗本身更糟。从一开始,这份计划就是彻头彻尾的愚行。

　　此外,卡波萨也死了。为何这令她如此难受?他是个刺客,意图谋害迦熙娜,还不惜为此危及沙兰的性命。然而,她思念他。对于有人想杀她这件事,迦熙娜似乎并不吃惊;也许刺客是她日常生活的一部分。沙兰想把卡波萨看成一个冷血杀手,可他对自己委实贴心。难道这一切真的只是欺骗吗?

　　他一定多少有些真心的,她在床上缩成一团,对自己说,如果他丝毫不在乎我,何必逼我吃果酱?

　　他先把解药递给沙兰,然后自己才吃。

　　可他最后是吃了解药的,她想,他把蘸满果酱的指头塞进嘴里,为什么没能救他?

　　这个问题困扰着她。与此同时,另一个疑点也涌上心头——这点她之前就注意到了,可由于一直为自己的背叛心神不宁,没有心思去想。

迦熙娜也吃了面包。

沙兰紧紧抱住自己,坐直身子,把头枕往后推了推。**她吃了,却没有中毒,她心想,我最近的经历实在诡异。头部扭曲的怪物、黑色天空的异域、塑魂术……还有这件事。**

迦熙娜是怎么逃过一劫的?怎么做到的?

沙兰用颤抖的手指探向床头柜上的口袋,从袋子里摸出迦熙娜用来救她的石榴石球币。润石微微发光,大部分飓光都被塑魂术耗去,但足以照亮放在床边的素描本。迦熙娜也许压根儿没兴趣看一眼,她对视觉艺术是如此不屑。素描本边上是迦熙娜送她的《无尽之书》。她为什么把这本书留下?

沙兰拾起炭笔,翻开素描本,找到一张空白页。翻找时,她看到几张符号脑袋的怪物的素描,有几个就画在这间屋里。他们总是潜伏在她周围。有时,她觉得他们出现在眼角余光里,有时,她能听见他们说悄悄话,却不敢回嘴。

她开始作画,用颤抖的手描绘那天迦熙娜在医院中的姿态。她坐在沙兰床边,拿着果酱罐。沙兰没有特意印下那一刻的记忆,画出的场景也便没那般精准,但以足够表现出迦熙娜用手指蘸果酱的样子。她抬起手指,闻了闻草莓的味道。为什么?为什么把手指伸进去?把罐子举到鼻子底下不就行了吗?

那一刻,迦熙娜的表情没有变化。事实上,她没有表示果酱已经变味,只是重新拧好盖、递还罐子。

沙兰翻到另一张空白页,画下迦熙娜把一片面包递到嘴边的场景。吃的时候,她直皱眉头。怪了。

沙兰放下笔,看着迦熙娜把一片面包捏在指间的画像。这不是当时场景的完美重现,但八九不离十。画中,**那片面包似乎在融化,仿佛以一种诡异的方式被迦熙娜的手指挤扁,然后才送进嘴里。**

莫非是……这可能吗?

沙兰溜下床,把润石握在手里,将素描本夹在腋下。守卫已走了。似乎没人关心她的遭遇,反正她明早会被遣走。

她赤着脚,感受到石地板的冰凉。她身上只有一件白袍,感觉跟没穿一样。至少禁手还遮着。走廊尽头有扇门,通往外面的城区,她迈步跨了过去。

她默默地在城中穿行,避开黑暗的小巷,踏上阮林沙,沿主道向上,走向大岩宫,红色的长发无拘无束地飘在身后,引来不少注目。夜已深,路上的人都不会操这个心,问她是否需要帮助。

大岩宫入口处的侍从大师没有拦她。他们认得她,有好几人问她是否需要帮助。她拒绝了,独自走进浣纱厅,抬头看着挂满露台的墙壁,有一部分被润石点亮。

迦熙娜的壁读台里有人。当然了,迦熙娜总是在工作。为沙兰伪装的自杀浪费这么多时间,她一定特别懊恼。

仆族操纵升降台,把沙兰送向迦熙娜所在楼层。她脚底感受着升降台的摇摆,默不作声地站着,仿佛与周围世界断了干系。在大岩宫、在城里到处乱走,只穿一件袍子?再次与迦熙娜对质?她还没学乖吗?

可她还能失去什么?

沿着熟悉的石走廊,她朝壁读台走去,把一块幽蓝的润石举在身前。迦熙娜坐在桌边,眼中疲态尽显,眼眶下还有黑黑的眼袋,压力写在她脸上,这可不像她。她抬头见到沙兰,浑身一僵,"这里不欢迎你。"

沙兰还是走了进去,惊讶于内心的平静。她应该双手发抖才对。

"别逼我叫士兵拖你走,"迦熙娜说,"凭你的所作所为,我可以把你投进监狱,关上一百年。你到底知不知道——"

"你戴的魂器是假的,"沙兰平静地说,"一直都是假的,甚至在我调包之前。"

迦熙娜愣住了。

"当初我很奇怪,不知你为何没发现调包。"沙兰坐到壁读台中另一张椅子上,"我困惑过几星期,以为你是不是发现了,但为了捉贼故意不声张?可那段时间,你不是一直在用塑魂术吗?这说不通,唯一的解释就是,我偷走的魂器是假的。"

迦熙娜放松下来:"对,能看穿这一点,你很聪明。我有几个做诱饵的假货。你应该明白,你不是第一个想偷魂器的人,我当然会把真魂器好好收藏。"

沙兰取出素描本,寻找一张图画,是那个由玻璃珠的海洋、飘浮的火焰、遥远的太阳和漆黑乃至纯黑的天空组成的异域空间。找到后,沙兰看了一眼,把画翻转,呈现在迦熙娜眼前。

迦熙娜极度震惊的表情简直让沙兰觉得一整晚的恶心和负罪感都值了。王女的眼珠几乎要迸出来,双唇飞快翕动,却说不出话。沙兰眨眨眼,记下这幅场景,她实在忍不住。

"你在哪儿找到的?"迦熙娜质问,"哪本书中描绘了这个场景?"

"不是书,迦熙娜,"沙兰放下画纸,"我去过那里。就那天晚上,我在自己屋里无意中施放出塑魂术,把高脚杯变成了血,随后用自杀来掩饰。"

"不可能。你以为我会相信——"

"根本没有什么魂器,对不对,迦熙娜?从来就没有什么魂器。你用假'魂器'掩盖真相,不让别人知道你有能力空手施放塑魂术。"

迦熙娜沉默了。

"我也能做到。"沙兰说,"当时,魂器在我的禁袋里,我没摸它——其实摸不摸都一样,那是假的。而我成功了,没有依靠魂器就成功了。也许是一直待在你身边,使我发生了某种变化。那个地方、那些怪人，一定和他们有关。"

迦熙娜还是没作答。

"你怀疑卡波萨是刺客，"沙兰说，"我一倒下，你马上就明白发生了什么。你早已料到他会下毒，至少留了个心眼。可你以为毒下在果酱里。打开盖子时，你佯装闻味，其实在对它施放塑魂术。你不懂怎么重塑草莓酱，所以变出一坨恶心的玩意儿。你自以为把毒药给毁了，其实却在无意中用塑魂术毁掉了解药。"

"你也不想吃面包，以防其中有诈。你从来都不肯尝。被我说服后，你先用塑魂术把面包变成了别的东西，才放进嘴里。你说自己对创造有机物质很不擅长，所以塑出的东西也令人反胃。可这至少能去除毒药，所以你才没中毒。"

沙兰看着前导师的眼睛。为何她能如此淡然地和这个女人对质？是不是因为太累了？还是因为她掌握了真相？"这一切，迦熙娜，"沙兰作结，"都是戴着假魂器办到的。你那时根本没发现我调包的事，别否认，我是在你杀掉那三个强盗的晚上下的手。"

迦熙娜紫罗兰色的眼眸里闪过一丝惊讶。

"没错，"沙兰说，"魂器早就被我调包了。你没拿假诱饵替换，也不知道自己上了当，直到我取出魂器，让你用它来救我。一切都是谎言，迦熙娜。"

"不，"迦熙娜说，"这只是你的疲劳和紧张所导致的幻觉。"

"很好，"沙兰站起来，握着渐渐暗淡下去的润石，"看来我必须做给你看，如果我能办到的话。"

喂，怪物们，她在心中默念，你们能听见吗？

听得见，一直都听得见。一声耳语答道。尽管希望听见，她还是吓了一跳。

你能再送我去那个地方吗？她问。

你得告诉我们一些真相，它回答，越真实，我们之间的约束就越强。

迦熙娜用的是假魂器，沙兰默念，我肯定这是真相。

这还不够，耳语声说，我必须知道一桩关于你的真相。告诉我吧。真相越有力、隐藏得越深，约束就越强。告诉我，告诉我，你是什么？

"我是什么？"沙兰低声说，"说实话吗？"今天可真是撕破谎言的好日子。奇怪，她只觉得坚定、十分坚定，是时候说出来了。"我是凶手，我杀了我父亲。"

啊，那个声音低语，确实是有力的真相。

岩洞消失了。

沙兰坠落，跌入黑色琉璃珠的海洋。她挣扎着、努力不沉下去，但只坚持了一小会儿。有什么东西抓住她的脚，把她往下扯。她尖叫着往下滑去，微小的珠子填进她嘴里。她慌了，她会被——

上方的珠子一分为二，脚下的珠海向上涌起，把她抬起，抬到某人身边，那人就站在那儿，伸出一只手来。那是迦熙娜，背对黑天，脸庞被附近飘浮的火焰照亮。迦熙娜抓住沙兰的手，把她拉上来。她们站在一条琉璃珠做的筏子上，这些珠子似乎遵从迦熙娜的意愿。

"蠢孩子。"迦熙娜挥挥手，珠海便流向左侧的裂缝，筏子一倾，载她们朝一旁漂去，漂向几朵光明的火焰。迦熙娜推了沙兰一把，她倒跌出筏子，掉进一小朵火焰中。

然后她落到了岩洞的地面。迦熙娜坐在之前的位置，闭着眼。不一会儿，她睁开眼，怒气冲冲地瞪着沙兰。

"蠢孩子！"迦熙娜再次数落，"你完全不知道刚才有多危险！只带一颗快没光的润石去裂影界！？蠢货！"

沙兰咳嗽着，感觉喉咙里仿佛还有珠子。她吃力地站起来，迎向迦熙娜的目光。王女还是一脸怒容，但不再言语。她知道被我抓住了把柄，沙兰意识到，如果我把真相传出去……

那意味着什么？王女有怪异的力量，所以是类似虚渡的存在？

别人会怎么讲？难怪她要用赝品来掩饰。

"我想参与。"沙兰不知不觉开口。

"你说什么？"

"不管你正在做什么，不管你正在研究什么，我想参与。"

"你根本不知道自己在说什么。"

"我明白，"沙兰说，"我无知，但这毛病有个很简单的疗法。"她上前一步，"*我想知道*，迦熙娜。我想成为你真正的学徒。不管那种能力的来源是什么，你能做到，我也能做到。我想请你训练我，让我参与你的工作。"

"你偷过我的东西。"

"我知道，"沙兰说，"也很抱歉。"

迦熙娜扬扬眉毛。

"我不会为自己开脱。"沙兰说，"可是，迦熙娜，我是抱着偷你东西的打算来这里的。这是我一开始的计划。"

"这话能让我好受一点儿吗？"

"我计划从迦熙娜，那个刻薄的异端身上偷东西。"沙兰说，"我必须这么做，却没想到这件事会令我后悔。不光是因为你，也因为下手就意味着离开这一切。可我已经爱上了这里。我错了，求你了。"

"这是很大的错误，大到不能再大。"

"赶我走是更大的错误，请别这么做。我知道你的真相，你可以不必一直防着我。"

迦熙娜往后重重一靠。

"在你杀死那几个人的晚上，我偷走了魂器。"沙兰说，"我本来断定自己办不到，是你说服了我，让我相信真相不像我想的那么简单。你开启了我体内装满风暴的魔盒。我以前犯过错，以后还会犯下更多，所以我需要你。"

迦熙娜深吸一口气："坐下。"

沙兰坐下。

"你永远不准再对我撒谎，"迦熙娜抬起一根指头，"也永远不准再偷我，或是任何人的东西。"

"我保证。"

迦熙娜坐在那里，愣了愣，然后叹道："到这边来。"说罢取出一本书，翻开。

沙兰照做了。迦熙娜抽出几张写满笔记的纸。"这是什么？"沙兰问。

"你想参与我的研究？好，那就读读这个。"迦熙娜低头看着笔记，"是有关虚渡的。"

71
血的证言

深国无真奴，瓦拉诺之孙泽斯，扛着一袋谷子，弯腰驼背地下船，踏上卡哈巴兰斯的码头。铃城有股清冽的味道，犹如海上的清晨，平和又暗藏激情，渔民们一边准备渔网，一边大声和朋友打招呼。

泽斯加入其他脚夫的行列，扛着麻袋，在弯弯绕绕的街道中穿行。也许其他商人会用红甲蟹拖车，可卡哈巴兰斯的街道出了名的拥挤和陡峭，雇一队脚夫更有效率。

泽斯的视线始终对着脚下。一方面是为模仿劳工该有的样子，另一方面是为避开头顶熊熊燃烧的太阳，不敢直视看着他、见证他可耻行径的万神之神。泽斯白天不该出门，他应该把自己这张可憎的脸隐藏起来。

他觉得自己的每一步都留下了血印。这几个月，为那个不见真容的主人所制造的屠杀……只要闭上眼，他总能听见垂死者的惨叫。他们折磨着他，阴魂不散，把他吞噬，把他的灵魂消磨得一干二净。

那么多人死了，太多太多的人死了。

他疯了吗？每次暗杀时，他都会责怪受害者，诅咒他们，恨他们不够强、不能还手、不能杀掉他。

每次屠杀时,他都按照吩咐,身穿白衣。

走一步看一步,别去思考,别去想你做过什么。只做眼前的事,做……你该做的事。

他的名单只剩最后一人:塔拉梵吉安,卡哈巴兰斯之王,一位广受爱戴的君主,以在城中大兴医院著称。其美名传遍四方,远在亚泽尔的人都知道,如果你病了,塔拉梵吉安会接纳你,到卡哈巴兰斯就能得到救治。国王对所有人都充满爱心。

而泽斯却要杀他。

在险峻的城市之巅,泽斯和其他脚夫一起,扛着麻袋,举步维艰地绕到宫殿后方,走进一条昏暗的石廊。塔拉梵吉安为人单纯,按理说,这该令泽斯的负罪感更深,但他早已被憎恨所吞没。塔拉梵吉安不够聪明,会对泽斯的暗杀毫无防备。他是个蠢货、笨蛋。泽斯就永远也碰不到一个足以杀掉他的强者吗?

泽斯提前来城里当脚夫。他得先踩踩点,做些调查。因为这次的指示破天荒地要求他只杀一个人。塔拉梵吉安必须死得无声无息。

为何这次和之前不同?根据指示,他要传个信,"其他人都死了,我来做个了结。"要求很明确:在他动手之前,塔拉梵吉安必须听到和答复这句话。

这像是某种复仇,似乎有人派泽斯来猎杀和毁灭所有害过他的人。泽斯在宫殿储藏室里放下麻袋,机械地转身,随脚夫的行列一同踩着拖沓的步子下山。他朝仆人用的厕所点头示意,脚夫长挥挥手,示意他快去快回。这种事泽斯干过几回,每回都马上返回队列,所以脚夫长没有起疑。

厕所的味道比他预想中的好得多。这间厕所依地下的洞穴扩成,本该一片漆黑,但室内点着一根蜡烛,蜡烛旁有名男子站在便槽边。他向泽斯点点头,扎起裤绳,一边在身上擦手,一边朝门走去。他带走了蜡烛,但离开之前好心地点亮了一小截被丢弃的蜡烛残段。

他一走，泽斯马上从口袋里吸入飕光，一手按门，施放捆缚风行术，把门板和门框死死固定在一起。碎瑛刃随即显形。宫殿的结构从上往下插入地底。根据他买来的图纸，他跪在地上，切出一个上窄下宽的方块。当方石往下滑落时，泽斯注入飕光，以上方为重力面施放半个基础风行术，令石头失重。

接着，他向上方对自己施放风行术，分量捏得很准，使自己的体重减去九成。他跳上那块方石，剩余的体重压着石块缓缓下落，进入下方房间。墙边放着三张紫色长毛绒厚垫睡椅，椅边立着精美的银镜。是光眼种的私人休息室。烛台上有一截焰头不大的蜡烛，但屋里没有人。

石块轻轻落到地上，泽斯跳下来，脱去外衣，露出一身黑白两色的侍从大师制服。他从口袋里取出一顶配套的帽子戴上，不太情愿地收起碎瑛刃，然后溜进走廊，迅速用风行术把门紧闭。

这些天来，他几乎没去想自己在石头上行走的事实。过去，他会对这样的石走廊感到敬畏。那个人竟然是他？他还剩丝毫敬畏之心吗？

泽斯快步向前，他的时间并不多。所幸，塔拉梵吉安是个严格遵行日程表的国王。第七次钟鸣时，国王会在书房里独自沉思。泽斯可以看到前方通往书房的门廊，有两名士兵把守。

泽斯低下头，快步从他们身边走过，不让他们看到深族的大眼。其中一人伸手阻拦，泽斯抓住一拧，扭断了对方的手腕，随即一肘砸中面门，把他重重打到墙上。

他的同伴大吃一惊，张嘴要喊，但泽斯一脚踢中他腹部。就算没有碎瑛刃，浑身飕光、精通卡马武术的泽斯也很危险。他抓住第二个卫兵的头发，将其前额狠狠砸向岩壁，然后跃起踢开门扉。

他走进了一间照明充足的房间。左侧有两排灯盏，塞得满满当当的书架铺满右墙，高及天花板。就在正前方，有个人背对他，盘腿坐在一小块地毯上,透过一扇在岩石上直接开凿的巨大窗户,望着外面的大海出神。

泽斯大步向前:"有人命我向你传话:其他人都死了,我来做个了结。"他抬起手,碎瑛刃慢慢成形。

国王没有回头。

泽斯犹豫了。他必须让此人做出答复。"你听见了吗?"泽斯上前一步质问。

"你杀了我的卫兵吗?瓦拉诺之孙泽斯。"国王平静地问。

泽斯一愣。他暗自诅咒着,挪步后退,同时举起碎瑛刃摆出防御姿态。又是陷阱?

"你的工作干得很出色。"国王依旧没和他面对面,"领袖死去、生灵涂炭,带来恐慌与混沌。你从你的同胞手中得到这把凶险的碎瑛刃,你被逐出家园,又被赦免了每一个主子要求你背负的罪恶。这是你的宿命?你从不怀疑吗?"

"我并未被赦免,"泽斯全神戒备,"这是踩石客常犯的认识错误。被我夺去的每一条生命都压在我身上,蚕食着我的灵魂。"

那些声音……那些惨叫……地底的幽灵,我能听见他们咆哮……

"可你依然杀个不停。"

"这是我得到的惩罚。"泽斯说,"我必须杀戮,别无选择,同时我也要背负罪孽。我是无真奴。"

"无真奴,"国王莞尔道,"我却要说,你知道的真相比你的同胞多得多。"他终于转过身来,面对泽斯。泽斯发现他错估了眼前的男人。塔拉梵吉安国王不是什么傻子。他有一双锐利的眼睛,一张睿智的脸庞,脸上围着一圈胡须,根根雪白,利如箭头。"你见过死亡和谋杀能给人带来什么,瓦拉诺之孙泽斯,你可以宣称,你替自己的同胞背负深重的罪孽。你所理解的,他们不懂。所以你拥有真相。"

泽斯皱起眉,随即豁然开朗。他知道接下来会发生什么,与此同时，国王从宽大的袖管里取出一枚发光的小石头，亮度抵得上几十盏灯。"那个人一直都是你，"泽斯说，"从不露面的主人。"

国王把石头放到地上，放在两人之间。那是泽斯的誓约石。

"你把自己的名字也写在了名单上。"泽斯说。

"以防你被活捉。"塔拉梵吉安说，"免除怀疑的最好方法是混入受害人的行列。"

"要是我杀了你呢？"

"指示很明确，"塔拉梵吉安说，"而且我们确信，你总是一**字不差地遵从指示**。好吧，现在也许不必多此一举，但我还是要明确命令你：**不得伤害我**。告诉我，你是否杀了我的守卫？"

"我不知道。"泽斯说罢，强迫自己单膝跪下，遣走碎瑛刃。他说得很大声，想要盖过脑海中轰鸣的惨叫——仿佛从屋子上方传来，"两人都被我打昏，我相信其中一个人的头骨裂了。"

塔拉梵吉安叹口气，起身走向门廊。泽斯回头看着年迈的国王检视卫兵的伤势。塔拉梵吉安开口求助，其他卫兵赶来照顾这两人。

泽斯独自留在屋里，体内涌起的情绪犹如一场可怕的风暴。这位和善体贴的老国王真的派他去四处杀戮？永远不散的惨叫声真的是他造成的？

塔拉梵吉安回来了。

"为什么？"泽斯嘶哑地问，"复仇？"

"不。"塔拉梵吉安听来十分疲惫，"你杀的人中不乏我的挚友，瓦拉诺之孙泽斯。"

"为了多加几层保险？"泽斯唾道，"免得自己受怀疑？"

"算是部分原因。也因为他们必须死。"

"为什么？"泽斯质问，"这能有什么好处？"

"稳定。你杀的都是全柔刹权倾一时、最有实力的人物。"

"这岂能有助于稳定？"

"有时候,"塔拉梵吉安说,"你必须先拆除旧城,才能造出更坚固的新城。"他转身望着大海,"我们很快就用得上坚固的围墙了,要非常、非常坚固才行。"

"你的话就像百鸽乱舞。"

"放手易,坚守难。"塔拉梵吉安用深族语言说。

泽斯猛然抬头。此人竟然会说深国语,还知道他们的谚语?对踩石客而言很不寻常,尤其对一个刽子手来说。

"没错,我会讲你们的语言。有时我不禁会想,是不是生命之兄亲手把你送到我面前的。"

"让我去干血淋淋的勾当,免得脏你自己的手。"泽斯说,"嗯,这听起来是你们沃林教诸神会干的事。"

塔拉梵吉安沉默片刻,方才开口:"起来。"

泽斯遵从了,他永远会遵从主人的吩咐。塔拉梵吉安领他走到书房一侧一扇门前,这位老人从墙上取下一盏润石灯,照亮了一道弯弯曲曲、通向深处的窄梯。他们拾阶而下,最终来到一处楼梯平台。塔拉梵吉安推开另一扇门,进入一个大房间。无论是泽斯买来的地图,还是他通过贿赂所看到的地图,都没有标出这个地方。这个房间很长,四边有宽宽的护栏,营造出类似露台的观感。一切都被刷成白色。

屋里放满了床,成百上千张床。很多床上躺着人。

泽斯皱起眉,跟着国王走。一间在大岩宫的石壁中开凿出的巨大密室?很多白衣人走来走去,一片忙碌。"这里是医院?"泽斯说,"你想让我看到你的救赎?为了补偿你命令我犯下的杀孽?"

"这不是什么救赎。"塔拉梵吉安慢慢向前走,橙白两色袍子簌簌作响,一路上众人都恭敬地向他鞠躬。塔拉梵吉安把泽斯带到一间凹室,里面摆满了床,每张床上都躺着病恹恹的人。医护人员正在他们身边忙碌,在对病人的胳膊做些什么。

在放他们的血。

一名拿着写字板的女子握笔站在一旁,等待着什么。是什么呢?

"我不明白。"泽斯满怀恐惧,眼看着四名患者的脸色变得越来越苍白,"你在谋杀他们,是不是?"

"不错,我们不需要他们的血,但这是缓慢而方便地杀死他们的手段。"

"你要杀死这间凹室里的每一个人?"

"我们尽量只挑选病情最重的。因为,一旦他们转移到这里,就算病情好转,也不能让他们离开。"他转过身,用悲伤的眼睛看着泽斯,"有时,绝症患者的数量不够,我们只能把那些处于底层、被世间遗忘的人带到这里,因为没人会想念他们。"

泽斯说不出话来。他不能把自己的恐惧和憎恶说出口。在他面前,一名年纪轻轻的受害者死了。余下的人当中,有两个是孩子。泽斯向前走去,他必须制止这一切,他必须——

"停下,"塔拉梵吉安说,"回到我身旁。"

泽斯按主人的命令做了。多几个死人又怎么样?不过是多几声缠着他不放的惨叫。他现在就听得见,来自床底,来自家具背后,到处都是。

或者杀了这个人,泽斯心想,我可以制止这一切。

他差点就动手了,可荣誉心占了上风,至少眼下是。

"你看,瓦拉诺之孙泽斯,"塔拉梵吉安说,"我没差你替我去干这血淋淋的勾当。在这里,我自己动手,我亲手用小刀割开了很多人的血管。而且,和你一样,我不能从罪恶感中逃脱。我们两个人,怀着同样的心,这是我要找你的原因之一。"

"可这到底是为什么?"泽斯说。

一张床上,一个垂死的年轻人开口说话。一名握着写字板的女子迅速上前,记录他的言语。

"这是我们的胜利,却被他们夺走,"男孩喊到,"飓风之父!

你怎能允许这种事发生。胜利是我们的。他们来了,声音多么刺耳,光明不再。噢,飓风之父!"男孩后背反弓,突然沉默下来,双目死寂。

国王看着泽斯:"一人作孽好过一族毁灭,你说对吗,瓦拉诺之孙泽斯?"

"我……"

"并非所有人都会开口,我们不知道原因。"塔拉梵吉安说,"可垂死之人能看到一些东西,这种情况最早出现在七年前,也就是迦维拉尔国王第一次探索破碎平原的时候。"他的眼神飘向远方,"越来越近了,这些人能看见。在那座从生通往无边死海的桥上,他们看到了什么东西。他们的遗言也许能拯救我们。"

"你这个禽兽。"

"对,"塔拉梵吉安说,"但我这个禽兽会拯救世界。"他看着泽斯,"我要在你的名单上添个名字。本来我想尽量避免的,可最近的事件令我别无选择。我不能让他掌控局势,否则一切都会被破坏。"

"谁?"泽斯问。不知还有什么事能让他更恐惧。

"达力拿·寇林。"塔拉梵吉安说,"恐怕此事必须尽快办成,在他团结阿勒斯卡众轩亲王之前。你要到破碎平原去了结他,"他顿了顿,"抱歉,你还必须做得残忍血腥。"

"我的工作很少有不残忍、不血腥的时候。"泽斯闭上双眼。

惨叫声在呼唤他。

72 求真

"读笔记之前,"沙兰说,"我有件事想弄明白。你对我的血使用了塑魂术,对吗?"

"嗯,为了去毒。"迦熙娜说,"我的动作必须极快。我说过,毒药一定是某种高浓缩粉末。我必须对你的血反复施放塑魂术,同时让你呕吐,因为你的身体会不断吸收毒素。"

"可你说,你对有机物质不太擅长,"沙兰道,"你还把草莓酱变成了恶心的东西。"

"血不一样,"迦熙娜挥挥手,"血属于十元素之一。如果我决定教你塑魂术,你会学到的。现在你只需明白,创造纯粹的元素相当简单。例如,血液共分八种,每种都比水更容易创造。可草莓酱那种复杂东西——一团我从未尝过、闻过的水果制成的烂糊——远远超出我的能力。"

"还有虔诚者,"沙兰说,"那些会用塑魂术的人,他们真的使用魂器吗?抑或都是骗人的幌子?"

"不,用于施法的魂器确实存在,这是千真万确的。据我所知,世界上的所有人,除了我——除了我们——都要依靠魂器才能施法。"

"那符号脑袋的怪物又是什么东西?"沙兰问。她在素描中翻找片刻,举起一张他们的画像,"你也看得到他们?他们与此事有何关系?"

迦熙娜眉头一皱,接过画纸:"你是在裂影界看到这种东西的?"

"他们出现在我的画里,"沙兰说,"他们就在我身边,迦熙娜。你看不到吗?我是不是——"

迦熙娜一抬手。"他们是某种灵体,沙兰,他们与你的能力确实有关。"她轻叩桌台,"有两个光辉骑士团天生具备塑魂术的能力,我相信,最早的魂器就是根据他们的能力设计的。我本以为你……不,那显然说不通。现在我明白了。"

"明白了什么?"

"我会一边教你、一边跟你解释。"迦熙娜把写着笔记的纸页递还给她,"你现在还无法理解,得先打好基础。姑且这么讲,每个光辉骑士的能力都与灵体束缚在一起。"

"等等,光辉骑士?可——"

"我会解释的。"迦熙娜说,"但首先,我们说说虚渡。"

沙兰点点头:"你认为它们会卷土重来,是吗?"

迦熙娜端详着她。"你为什么这么说?"

"传说中,为了毁灭人类,虚渡降临过一百次。"沙兰接着补充,"我……我读了一些你的笔记。"

"你说什么?"

"我想找有关塑魂术的资料。"沙兰承认。

迦熙娜叹口气:"好吧,我想那是你最轻的罪行了。"

"我不明白,"沙兰说,"你为什么费心去研究那些怪力乱神、捕风捉影的故事?另一些学者——据我了解,是你尊重的学者——认为虚渡只是捏造出的谎言。你却挖出农夫讲的故事,还写进笔记本。为什么,迦熙娜?为什么你对虚渡如此执着,却不肯接受远比它们可信的其他东西?"

迦熙娜看着那叠笔记,"沙兰,你知道我和信徒的区别在哪儿吗?"

沙兰摇摇头。

"我坚信,宗教的本质是竭力用超自然理论来解释自然现象。而我呢,我深究超自然现象,找出其背后的自然因果。也许这就是科学和宗教的终极分野。它们是一张牌的两面。"

"那么……你认为……"

"虚渡有其自然的、真实的对应物,"迦熙娜坚定地说,"我十分肯定,传说有其根源。"

"那它们是什么?"

迦熙娜把一页笔记递给沙兰。"这是我找到的最具说服力的证据。读一读,告诉我你能想到什么。"

沙兰迅速浏览页面。部分引文——至少是其中的大概——是她熟悉的,在之前的阅读中接触过。

它们突然变得危险,就像平和的天气突然风暴大作。

"它们是真实的。"迦熙娜重复。

火与灰烬的生物。

"我们和它们战斗过。"迦熙娜说,"次数太频繁,以至于开始用隐喻来表达。上百次——上千次的战斗……"

火与炭。恐怖的皮肤。两眼如漆黑的窟窿。杀戮时的歌谣。

"我们打败过它们。"

沙兰如坠冰窟。

"……但传说在一件事上撒了谎。"迦熙娜续道,"传说宣称,我们将虚渡逐出了柔刹,甚至是消灭了它们。但这并非人类的行事风格。我们不会丢弃可用之物。"

沙兰站了起来,走到壁读台边,看着两名升降工操纵升降台缓缓下落。

仆族，红黑色皮肤。

火与灰烬。

"飓风之父啊……"沙兰惊恐地低语。

"我们没有消灭虚渡。"身后的迦熙娜开口，话语声在浣纱厅中久久回荡，"我们奴役了它们。"

73 信任

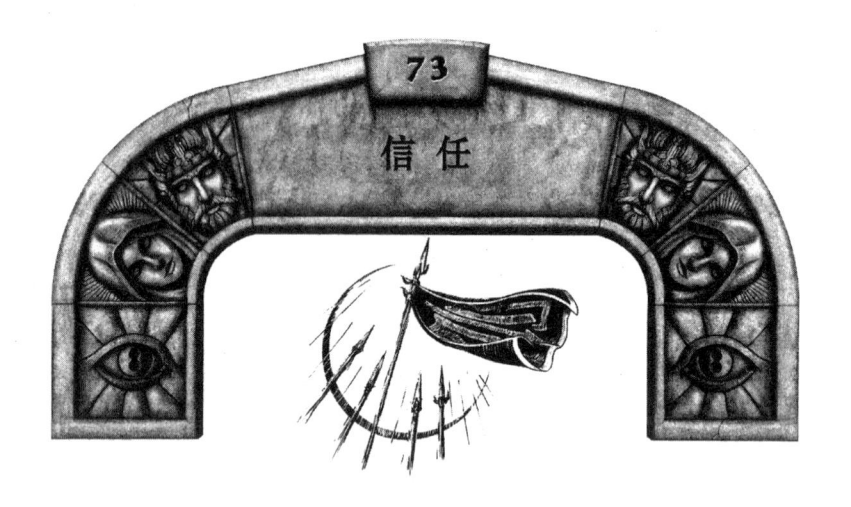

寒冷的春季也许终于到了尾声,夏季应该快回来了。夜里依然挺冷,但不算难熬。卡拉丁站在达力拿·寇林的集结区,眺望东方的破碎平原。

这场失败的背叛和随之而来的营救行动后,卡拉丁一直有点紧张。自由。用一把碎瑛刃赎来的自由。这不可能。他人生每一点每一滴的经历都告诉他,这是个圈套。

他背着双手,茜尔坐在他肩头。

"我敢信任他吗?"他轻声问。

"他是个好人。"茜尔说,"我观察过他。**虽然他有那东西,但人挺好。**"

"什么东西?"

"碎瑛刃。"

"你为什么在意那个?"

"不知道。"她抱紧自己,"只是觉得……有问题。我恨那东西,他能摆脱那东西,我很高兴。他现在是更好的人了。"

诺梦升起,第二个月亮用苍蓝色明光沐浴大地。与卡拉丁交战的仆族智者碎瑛武士一定还在平原某处。他从背后下手，扎中那人的腿。旁观的仆族智者没有插手，也尽量不去攻击受伤的冲桥手，卡拉丁却以最卑劣的方式突袭他们的勇士，介入一场一对一的较量。

他对自己的行为感到不安，这令他沮丧。战士不能操心攻击的对象和方式，生存是战场上的唯一法则。

好吧，除了生存，还有忠诚。有时，他会放过受伤的敌人，只要他们不构成威胁。他也救过需要保护的年轻士兵。而且……

而且他从来就不擅长做战士。

今天，他救了一位轩亲王——一个光眼种——及其麾下几千士兵。靠杀戮仆族智者来救他们。

"你能靠杀戮来拯救吗？"卡拉丁大声发问，"这不是自相矛盾吗？"

"我……我不知道。"

"你在战场上表现很奇怪。"卡拉丁说，"你在我身边转了一阵，然后就飞走了。我没怎么见到你。"

"杀戮，"她小声说，"让我难受。我只能离开。"

"可催促我去救达力拿的也是你，你想让我回去杀戮。"

"我知道。"

"泰夫特说，光辉骑士有一套行事准则。"卡拉丁道，"他说，按他们的规矩，你不能为了好的目标而去做可怕的事。可我今天干了些什么？为了救阿勒斯卡人去屠杀仆族智者，这算什么？对方不算无辜，可我们也一样，不管是凭飓风还是微风的名义。"

茜尔没有回答。

"如果我没去救达力拿的部下，"卡拉丁说，"就会让撒迪亚斯犯下可怕的背叛罪行，就会眼睁睁看着我能救的人去死，就会对自己感到恶心。然而结局是我失去了三个好伙伴，他们离自由仅咫尺之遥。为了别人牺牲他们的生命，这值得吗？"

"我不知道答案,卡拉丁。"

"有谁知道?"

脚步声从身后传来。茜尔转过头:"是他。"

月亮刚刚升起,看来达力拿·寇林是个非常守时的人。

他走到卡拉丁身旁,腋下夹着一包东西,即便没穿碎瑛甲,达力拿也散发出行伍气息。实际上,他不穿碎瑛甲时更威严。从肌肉线条看,他并不依赖碎瑛甲赋予的力量,整洁笔挺的制服表明,他明白领袖的仪容能鼓舞部下的士气。

那些伪君子看起来也一样高贵,卡拉丁心想。可谁会为保持形象而放弃碎瑛刃?如果真有这种人,他们的伪装又算不算是一种诚实?

"抱歉这么晚约你见面。"达力拿说,"我知道,今天是漫长的一天。"

"反正我也睡不着。"

达力拿一声低吟,似乎能够理解:"你的手下都安顿好了?"

"嗯。"卡拉丁说,"说真的,安顿得挺不错。谢谢你。"冲桥手们被安置到空营房,还得到达力拿手下最好的手术师的照料——**比受伤的光眼种军官优先**。其他队伍的冲桥手想都没想,便立刻接受了卡拉丁的领导。

达力拿点点头:"你觉得有多少人会接受我给予的自由和遣散路费?"

"不少其他冲桥队的人会。但我敢打赌,不想走的人更多。冲桥手通常不会动逃跑或重获自由的脑筋,他们不知道怎么做。至于我的队员……我有预感,他们会跟着我。我留下,他们也留下;我走,他们也走。"

达力拿点点头:"你怎么打算?"

"还没想好。"

"我和手下军官商量过，"达力拿脸上闪过一丝苦涩，"和还活着的那些。他们说，你给他们下达命令，就像光眼种那样掌控战局。我儿子还在为你……你对他说话的口气闹别扭。"

"连傻瓜也看得出，他没法杀到你身边。至于那些军官，他们几乎个个六神无主，或是疲于奔命。我只是催促他们一下。"

"你救了我两次，"达力拿说，"还救了我儿子和我的部下。"

"你已经还清了。"

"没有，"达力拿说，"我只是做了力所能及的事。"他看着卡拉丁，仿佛在打量他、琢磨他，"你的队员为什么来救我们？说真的，究竟为什么？"

"你又为什么交出碎瑛刃呢？"

达力拿迎向他的目光，点点头："说得是。我有个提议，国王和我打算做一件非常非常危险的事，让十片营地天翻地覆的大事。"

"恭喜。"

达力拿淡淡一笑："我的亲卫队几乎全部阵亡，那些确实听命于我的人还得用来扩充国王的卫队。最近，我能信任的人越少了，用人之处却越来越多。我需要有人保护我和我的家人，就此，我想让你和你的手下来担当这份工作。"

"你想让一群冲桥手当护卫？"

"是让冲桥手中的精锐，"达力拿说，"也就是你的队伍，你亲手训练的那些人。至于其他冲桥手，我想让他们加入我的军队。我听说，你的手下战斗力很出色。你瞒着撒迪亚斯训练他们，一边还要扛桥。我很好奇，如果给你充分的条件，你能做到什么程度。"达力拿转身望着北方，那是撒迪亚斯营地的方向。"我的兵力锐减，必须用上每一个能得到的人手，但征募来的人不能完全让我放心。撒迪亚斯会派间谍混进我的营地，还有叛徒、刺客之流。艾尔霍卡觉得我们撑不过一星期。"

"飓风之父，"卡拉丁说，"你们究竟打算干什么？"

"我要禁止他们继续玩游戏，可以想见，他们的反应一定会和丢掉心爱玩具的小屁孩儿一样。"

"这些小屁孩儿有军队，还有碎瑛刃。"

"何其不幸。"

"你要我在这样的威胁下保护你？"

"是的。"

不绕弯子，直截了当。这种说话方式值得敬重。

"我要增加第四冲桥队的人手，才能把它扩充成亲卫队。"卡拉丁说，"我还要将其余冲桥手训练成矛兵中队。加入亲卫队的冲桥手应得到与之相应的报酬。"通常，光眼种护卫的薪饷是普通矛兵的三倍。

"当然。"

"我还需要训练场地。"卡拉丁说，"我有权在军需官那里得到想要的物资。而且，要由我来安排手下的日程，士官和小队长都由我们自己任命。除了你、你的儿子和国王，其他光眼种的命令我们概不接受。"

达力拿扬扬一边眉毛："最后一条有点儿……超出常规。"

"你不是想让我来保护你和你的家人吗？"卡拉丁说，"我要对付的是刺客和其他轩亲王，他们会派人混进营地，军官中间也可能有他们的眼线。如果军营里每一个光眼种都可以对我发号施令，我岂能担当此任？"

"你说得在理。"达力拿道，"可你要明白，如果我同意，就等于是给了你四等光民的权限。你将统御一千名曾经的冲桥手，整整一个大队。"

"对。"

达力拿思索片刻："很好，从现在起，你就是军尉了——我不敢给暗眼种更高的军衔，如果任命你为军校，会引出一大堆麻烦。但我会吩咐下去，你不在指挥系统之内，你不能对低级别光眼种发号施令，但也不用服从高级别光眼种的命令。"

"好。"卡拉丁说，"但我希望让我训练的士兵承担巡逻任务，不用上高地战斗。听说你有好几支大队专门负责清剿盗匪、维护外围集市的治安，我想让他们承担那类任务。为期至少一年。"

"这很简单。"达力拿说，"我想，你是希望在他们投入战斗之前进行充分的训练。"

"这是一部分原因。此外，我今天杀了很多仆族智者，我对他们的死感到遗憾。从他们身上，我看到了比本军大部分士兵更多的荣誉感。我不喜欢这种感受，我需要一些时间来思考。至于为你训练的护卫，我们会上战场，但主要职责是保护你，不是杀仆族智者。"

达力拿有些困惑。"可以。不过你没必要担心，从今以后，我的角色会有所变化，上前线的次数不会太多。无论如何，我们说定了。"

卡拉丁伸出手："前提是我的手下同意。"

"我记得你说过，你做什么，他们就做什么。"

"或许如此。"卡拉丁道，"我能指挥他们，但不是他们的主人。"

达力拿伸出手，在冉冉升起的蓝月下与他握了手，然后取出胳膊底下那包东西。"拿着。"

"这是什么？"卡拉丁接过。

"我今天在战场上穿的披风，已经洗过、补好。"

卡拉丁把披风抖开，是深蓝色的，背面有白线绣成的塔冠对铭。

"某种意义上，"达力拿说，"凡穿我家族服色的都是我的亲人。这件斗篷不算什么贵重礼物，但我能给的东西不多，像这样有意义的就更少。连同我的感激一起收下吧，'飓风恩护者'卡拉丁。"

卡拉丁慢慢把斗篷重新叠好："你从哪里听来这个称呼的？"

"从你的手下那里，"达力拿说，"他们对你评价很高，我也对你有很高的期待。我需要你这样的人，你们这样的人。"他眯起眼，似乎在沉思，"整个王国都需要你们，也许整个柔刹都需要。终极灭世就要来了……"

"最后那句话是什么意思？"

"没什么。"达力拿说，"请务必休息一下，军尉，希望早日得到你肯定的答复。"

卡拉丁点头告辞，从今晚担任达力拿护卫的两人中间穿过。返回新营房的路并不远，达力拿为每队冲桥手准备了一间营房。这里总共有一千多号人，他该怎么办？他只指挥过二十五人的队伍。

第四冲桥队的营房空无一人。卡拉丁在门外犹豫不决，探头张望。营房里每人有张床有个锁柜。这简直是宫殿。

他闻到烟气，皱起眉，绕到营房后面，发现众人坐在篝火旁的树墩或石头上，神色悠闲地等待石头为他们煮炖菜。他们在听泰夫特说话，老兵坐在那儿，手臂缠着绷带，语调平和地讲述。申也在，这个仆族静静地坐在最靠外的地方。他们把他连同伤员一起带出了撒迪亚斯的营地。

见到卡拉丁，泰夫特立即止住话头，大伙转过身来，大部分人缠着绷带。达力拿想让这些人当护卫？卡拉丁心想，他们就像一群叫花子。

然而，他马上认同了达力拿的选择。若要性命相托，他也会选择这群家伙。

"你们搞什么？"卡拉丁严肃地问，"应该都去休息。"

冲桥手们面面相觑。

"我们只是……"莫阿什说，"只是觉得睡觉前应该……应该干这个，否则就觉得不对劲。"

"今天可够呛的，睡不着啊，黑发哥。"偻朋加了句。

"你睡不着，我可困呢。"斯卡打个哈欠，伤腿靠在一截树墩上，

"可为了炖菜也要撑一撑,哪怕锅里煮的是石头。"

"我没放石头!"石头气鼓鼓地说,"吸多空气的低地人。"

他们为卡拉丁留了个位置。他坐到那里,用达力拿的披风垫着后背和脑袋。德雷赫递上一碗炖菜,他感激地接过。

"大伙儿在谈论今天的见闻,"泰夫特说,"谈你做的事。"

卡拉丁的勺子停在嘴边。他差点儿忘了——或许是故意忘记——他向手下显露了使用飓光的本事。但愿达力拿的士兵没看见。那时,他身上的光已暗了,日光也很亮。

"哦。"卡拉丁立刻没了胃口。他们会不会把他视为异类?会不会觉得他吓人?会不会觉得他是某种应该排斥的东西,就像他父亲过去在赫斯通那样?更糟的是,他们会不会把他看作崇拜的对象?他看着一双双瞪大的眼睛,准备承受议论。

"这太棒了!"德雷赫凑上前。

"你是光辉骑士,"斯卡指着他,"我相信你是,就算泰夫特说你不是。"

"现在还不是,"泰夫特厉声驳斥,"没听我说吗?"

"你做的那些事,能教我们吗?"莫阿什插进来。

"我也要学,黑发哥。"偻朋说,"如果你肯教的话。"

卡拉丁眨眨眼,不知如何是好,其他人也七嘴八舌地说开了。

"你还有啥本事?"

"那是什么感觉?"

"你能飞吗?"

他抬起一只手,压下众人的提问:"你们见了不觉得吓人吗?"

有几人耸耸肩。

"这本事能保命,黑发哥。"偻朋说,"只有一件事我觉得吓人,以后女人怕是想赶都赶不走。她们会说,'偻朋,你只有一条胳膊,可你会发光啊。快亲亲我。'"

"但这很怪，很特殊。"卡拉丁反驳，"这是光辉骑士干的事！谁都知道他们是叛徒。"

"对啊，"莫阿什哼了一声，"就像人人都知道光眼种是全能之主选中的统治者，永远高贵、永远正义一样。"

"我们是第四冲桥队，"斯卡补充，"我们什么没经历过？我们活得像飓虫，被人当诱饵。如果这本事能帮你活下去，这就是好事，别的都是废话。"

"你能教吗？"莫阿什问，"能把这手本事演示给我们看吗？"

"我……我不知道这本事能不能学。"卡拉丁瞥了茜尔一眼，她坐在旁边一块石头上，一脸好奇，"我还不清楚这是怎么回事。"

他们看起来相当丧气。

"不过，"卡拉丁补充，"也不是不能试试。"

莫阿什笑了。

"能演示下吗？"德雷赫摸出一枚发光的润石，是小颗钻石齐普，"就现在？我想好好看看。"

"这可不是什么节日表演，德雷赫。"卡拉丁说。

"你不觉得我们有这个资格吗？"坐在石块上的西格吉尔往前凑。

卡拉丁顿了顿，不无犹豫地伸出一根手指触碰润石。他猛吸一口气；吸收飓光越来越成为他的本能。只见润石暗淡下去，飓光在卡拉丁身上闪烁，他维持正常呼吸，让光漏得更快、更容易看见。石头取出一张用来生火的破旧毯子，抛到篝火上，惊起一片火灵，它在被火焰穿透之前营造出短暂的黑暗。

在这片黑暗中，卡拉丁的皮肤泛起纯白光芒。

"飓风啊……"德雷赫赞叹。

"那么，你可以用它干什么？"斯卡急切地问，"你还没回答。"

"我还没完全搞清楚，"卡拉丁把一只手举在身前。光很快散去，火焰烧穿毯子,重新把众人照亮。"我几个星期前才确信这是真的。我可以吸引箭矢,能把石块粘到一起。这些光还让我更快、更强,也能治愈我的伤口。"

"究竟有多强?"西格吉尔说,"你粘住的石块能承受多大重量?能粘多久不脱落?你能变多快?两倍?二又四分之一倍?你能吸引多远的箭矢?还能吸引其他东西吗?"

卡拉丁眨眨眼,"我……我不知道。"

"好吧,看来搞清楚这些事是挺要紧的。"斯卡摸着下巴说。

"我们可以试验。"石头抄手笑道,"这是个好主意。"

"也许还能找到让我们学会这本事的方法。"莫阿什指出。

"这不是靠学的。"石头摇摇头,"是'霍勒天塔',只有他办得到。"

"你不能肯定。"泰夫特说。

"你不能肯定我不能肯定。"石头冲他晃晃勺子,"吃你的菜。"

卡拉丁举起双手:"伙计们,你们不能把这事泄露出去。别人会被我吓到,也许会以为我和虚渡或光辉骑士有关。我要你们发誓。"

他们看着他,然后一个接一个点头。

"可我们想帮忙。"斯卡说,"就算学不了,这也是你身上的东西,而你是我们的一分子,第四冲桥队,对吧?"

卡拉丁看着他们热切的脸庞,不禁点头:"对,对,你们能帮上忙。"

"好极了,"西格吉尔说,"我会准备一份列表,列出测试项目,以评估你的速度、准确度和束缚物体的力量。我们会想出办法,弄明白你究竟还有没有其他能耐。"

"把他扔下悬崖。"石头说。

"那有啥好处?"皮特问。

石头耸耸肩。"如果他还有其他能耐,这一招定能逼出那些本事,对不?要把男孩变成男人,扔下悬崖是最好的办法!"

卡拉丁哭笑不得地看着他。石头笑道:"小悬崖。"他伸出拇指和食指,比出很小的一段,"我那么喜欢你,摔大的不舍得。"

"我想你是在开玩笑。"卡拉丁吃了口炖菜,"但安全起见,今晚我要把你粘在天花板上,免得你趁我睡觉了来做试验。"

冲桥手们捧腹大笑。

"我们睡觉时尽量别太亮堂,行么,黑发哥?"偻朋说。

"我尽力。"他又喝了口汤,味道比平时更好。石头改食谱了吗?又或是别的原因?他往后一靠,专心品味。其他冲桥手开始闲聊,谈论家乡和自己的过去,这些以往都是禁忌。许多其他冲桥队的人溜达过来——他们要么是卡拉丁帮助过的伤员,要么是睡不着的夜猫子——第四冲桥队的成员招呼他们加入,递上炖菜,腾出座位。

卡拉丁觉得筋疲力尽,众人看起来也一样累,但没人提出回屋。他知道原因。现在,大伙儿聚在一起,吃着石头煮的菜汤,一同低声交谈,篝火噼啪作响,火苗舞动,散发出暖黄色火光……

这比睡觉更让人放松。卡拉丁笑了,往后一躺,仰头看着黑暗的夜空和大大的蓝月,然后闭上眼,聆听。

又有三个人死了。马洛普、断耳亚克斯和纳姆。卡拉丁辜负了他们,但他和第四冲桥队保护了数千条人命。有上千人再也不用扛桥,再也不用面对仆族智者的箭矢,再也不用被迫战斗。在更私人的层面,有二十七个朋友活下来了。部分是因为他的行动,部分是因为他们自己的英勇。

二十七人活着。他终于成功地救了人。

眼下,这已足够。

74 鬼血

沙兰揉揉眼睛。她已通读迦熙娜的笔记——至少是其中最重要的部分,而仅仅这些就有厚厚一叠。她没走出过壁读台,不过侍从们打发一个仆族去拿来一条毯子给她御寒,盖在病袍外面。

她两眼红肿,因为整晚的哭泣,还有之后的阅读。她筋疲力尽,却又精神昂扬。

"不错,"她说,"你是对的。虚渡就是仆族。我想不出其他结论。"

迦熙娜笑笑。她只不过是说服了一个人接受她的理论,也不知这股高兴劲儿是从哪里来的。

"接下来该怎么做?"沙兰问。

"那和你之前的研究有关。"

"我的研究?你是指令尊的死?"

"不错。"

"仆族智者对他下手,"沙兰说,"不经警告,突然把他杀了。"她盯着眼前的女人,"所以你才开始调查这一切,对吗?"

迦熙娜点点头:"那些旷野中的仆族——破碎平原上的仆族智者——乃是解开谜团的关键。"她向前欠身,"沙兰,迫在眉睫的灾难实在太真切、太恐怖了。用不着神迹的警示,用不着神学家的布道,我已经很害怕了。我自己的发现让我怕得要死。"

"可我们把仆族驯化了。"

"是吗?沙兰,想想他们都做些什么,我们是怎么对待他们的,驱使他们有多频繁。"

沙兰一愣。仆族无处不在。

"他们为我们烹制食物,"迦熙娜接着说,"他们打理我们的储藏室,照料我们的孩子。柔刹的每一个村庄都有仆族。我们把他们视若无物,对他们的存在习以为常,对他们的行为不闻不问。因为他们只知道干活,从无怨言。

"然而,有一群仆族突然从和平的伙伴变成了杀人不眨眼的战士。某些原因促使他们行动起来,就像若干世纪以前,被称为令使纪元的时代。经过一段和平时期,突然发生仆族入侵——出于无人知晓的理由,他们变得疯狂、愤怒和狂暴。这就是人类为阻止被'放逐到诅咒之地'所进行的战争背后的真相。这种战争几乎终结我们的文明,并成为反复降临的恐怖灾难。人类为之胆寒,于是称之为灭世。

"现在我们又让仆族繁衍生息,把他们融入到社会的每个角落。我们依赖他们,从未意识到这正在孕育一场随时可能爆发的飓风。来自破碎平原的消息称,这些仆族智者能够互相沟通,相隔很远也能唱同一首歌谣。他们的思维彼此连通,就像对芦。你明白这意味着什么吗?"

沙兰点点头。如果突然之间,全柔刹每一个仆族都与自己的主人反目呢?如果他们想争取自由——或者更糟的情况,想复仇呢?

"我们会被毁灭。文明将会崩溃。我们必须做点什么!"

"我们正在做。"迦熙娜说,"我们在搜集事实,以确定我们的判断是正确的。"

"我们掌握了多少事实?"

"现在还不够,很不够。"迦熙娜看着一堆堆书本,"我对历史中的一些要素还有疑问。那些和仆族一同战斗的生物是什么?它们是岩石构成的怪物,也许是某种巨壳生物。另外,史料中还提到一些古怪的东西,我觉得也许具有一定真实性。卡哈巴兰斯的图书馆已被我们翻遍了。你真的想卷入这趟浑水?我们会背负沉重的负担,你将有一段时间无法回家。"

沙兰咬咬嘴唇,想到了兄长:"我知道了这么多,你还会让我走吗?"

"我不想让一个成天想着逃跑的人为我做事。"迦熙娜的声音透着极度疲惫。

"我不能就这样抛弃兄长。"沙兰的内心再次纠结起来,"可这件事比家里的麻烦更要紧。诅咒之地啊——比我、比你、比任何人都要紧。我必须出点力,迦熙娜,我不能就这么走开。我会想其他法子来帮助家里。"

"好。那就去收拾好我们的东西。明早我们坐船离开,坐那艘我给你订的船。"

"我们要去雅克维德?"

"不,我们去一切事件的核心。"她看着沙兰,"我们去破碎平原,查明仆族智者是不是普通仆族变成的。如果是这样,我们还要查出令他们变化的原因。也许我判断有误,但如果我是正确的,那么仆族智者身上隐藏着将普通仆族变成战士的关键。"她脸色肃然,"我们还要抢在别人之前完成这项工作,赶在他们利用这个秘密对付我们之前。"

"别人?"沙兰,"还有人在调查此事?"

"当然有。你以为是谁费尽周折来暗杀我?"她踱到桌旁,捧起一叠纸,"我对他们所知不多,只知道有很多团体在调查这些秘密。我确定其中有一个组织,自称为'鬼血会'。"她抽出一页纸,"你的朋友卡波萨便是其中之一。我们在他胳膊内侧发现一个文身,那是该团体的标志。"

她放下那张纸。纸上画着一个符号,三个彼此重叠的菱形。

这和长子巴拉特几周前画给她看的符号一模一样,是父亲的管家卢维什项链坠上的符号,而那个男人知道如何使用魂器。那些逼她的家族交还魂器的人身上也有这种符号。他们曾资助沙兰的父亲,意图扶持他当轩亲王。

"全能之主在上,"沙兰抬起头,低声说,"迦熙娜,我觉得……我觉得我父亲生前也是该团体的成员。"

75 风巅

飓风呼啸,扑向达力拿的营区,强劲的风力令岩石呜咽。纳瓦妮依偎在达力拿身边,紧紧抱着他。她的体香如此美妙。而他过去是如此惧怕她,想来真是……令人惭愧。

眼下,她暂时不想计较达力拿对艾尔霍卡的所作所为,他能死里逃生,这份喜悦足以消弭她的愤怒。她的气会消的,那么做确实有必要。

飓风势如破竹地袭来,达力拿能感觉到幻象临近。他闭上眼,任自己被幻象掌控。他要做个决定,这是他的责任。以后该怎么办?启示欺骗了他,至少是误导了他。看来他无法信任这些启示,至少不能像以前那样彻底信任。

他深吸一口气,睁开眼,发现身处一个烟雾缭绕的地方。

他四处张望,全神戒备。天空漆黑一片,他站在光秃秃的、白如骨骸的岩地上,地面犬牙参差,粗糙不平,向四面八方延伸开去。缭绕的烟雾从地面升起,形状无定,变化万千,像一个烟圈,但形状更特别。有的像椅子,有的像石壳木,藤蔓朝周围展开、卷曲,最后消失。他身边出现了一个身穿军装的雾状人影,张着嘴却沉默不语,漠然升向天际。这些烟雾袅袅上升,一路消融、扭曲,但保持形状的时间还是太长了些。这番景象令人紧张——站在仿佛永恒的平原上,天顶是纯粹的漆黑,四面八方都是奇形怪状的烟雾。

这不像他过去经历过的任何幻象。这是……

不,等等。他眉头一皱,退后几步,一团像树的烟雾从身旁腾起。*我见过这地方,在最早的幻象里,那是很多个月之前了。*当时的记忆已经模糊。他那时很糊涂,幻象模糊而不真切,仿佛他的头脑还没学会接受所看到的东西。事实上,他唯一记得分明的——

"你必须把他们团结起来。"一个坚实有力的声音响彻天际。

——只是这个声音。它从四面八方涌向他,令烟雾模糊、扭曲。

"你为何欺骗我?"达力拿在黑暗的旷野中质问,"我遵循你的指示,却遭到背叛!"

"团结他们。太阳沉落天际。灭世风暴将临。终极灭世将临。悲惨之夜将临。"

"我需要答案!"达力拿说,"我不再信任你了。如果你想让我听你的,你就要——"

幻象忽然变了。他猛一转身,发现自己依然站在空旷的岩石平原上,但天上挂着普普通通的太阳。这地方看起来就像柔刹常有的石地。

很奇怪,幻象竟让他身处一个没人可以交谈和互动的地方。不过这一次,他穿着自己的衣服,蓝得耀眼的寇林制服。

他以前去过那里吗?那个满是烟雾的地方?对……他去过,这是他第一次重返之前的幻象。为什么呢?

他仔细打量周围。既然那个声音没再对他说话,他便自己走了起来,穿过开裂的巨石,踩过一片片碎岩、卵石和石块。这里没有植物,连石壳木也没有,只是遍布碎石的大地,一片空白。

终于,他发现一个山头。到高处去似乎是好主意,但这段路可能要花几小时。幻象一直没有结束，幻象中的时间往往不合常规。他不断前进，向石山高处跋涉，满心希望能有碎瑛甲的助力。终于，他攀到山顶，走到石脊边缘向下眺望。

他看到了塔冠城，他的家园，阿勒斯卡的首都。

一座被毁灭的城市。

华美的建筑已成粉齑。风刃山也倒了。这里没有一个人，也没有尸体，只有破碎的石头。这不是他见到诺哈东的幻象，不，这不是很久以前的塔冠城，因为他能见到自己的宫殿化作的废墟。可现实中，塔冠城附近并没有他脚下这座石山。总是过去，幻象总是向他呈现过去的景象。但这一次，他见到的会不会是未来？

"我不能再和他战斗了。"那个声音说。

达力拿吓了一跳，瞥向身边。有个人站在那儿。黑色皮肤、纯白头发，身型高大，胸膛魁梧，但不算过分壮硕。他穿着式样古怪的奇异服装：裤子松垮、波纹滚滚，上衣只到腰间。这些衣服似乎是金子做的。

对……这一切发生过，在他的第一次幻象里。达力拿现在想起来了。"你是谁？"他质问，"为什么向我呈现这些幻象？"

"往那边看。"那个人指着某处说，"看仔细了，一开始距离很远。"

达力拿气恼地朝那边看了一眼，没看见任何特别的东西。"风杀的，"达力拿说，"就算一次也好，你就不能好好回答我的问题吗？如果只让我猜谜，对你又有什么好处？"

对方没有回答，只是一直指着那个方向。那里……不错，确实发生了什么。空中有一片阴影，正不断逼近，那堵黑墙仿佛是飓风一样。不，那不是飓风。

"至少告诉我一件事，"达力拿说，"我弄不清楚这是哪个时代，过去、未来，还是完全不同的时空？"

那人没有马上回答，过了一会儿才开口："你也许在想，这可能是关于未来的幻象。"

达力拿一惊:"我才……才问过……"

这很熟悉,太熟悉了。

上次,他说了一模一样的话,达力拿一个激灵,突然醒悟,这一切都发生过,我又看到了同样的幻象。

那人眯起眼,看着地平线,"我不能完全看清未来。培养更擅长此道。未来就像一扇不断破碎的窗户,你看得越深远,窗户就破得越厉害。不远的未来可以预料,但遥远的未来……我只能猜测。"

"你听不见我说话,对吗?"达力拿感到一阵恐惧,他终于有点明白了,"你从来都听不见。"

先祖之血啊……他没有无视我,而是根本看不见我!他没有故弄玄虚,一切都是我的误解,我自己以为他在用晦涩的方式回答我的问题。

他没让我信任撒迪亚斯,只……只是我自己想当然……

达力拿身边的一切都在动摇。他的预想,他以为自己知道的真相。还有地面。

"这是可能会发生的事,"那个人朝远方点点头,"也是我最害怕的事。这是他想要的结果。终极灭世。"

不,空中的黑幕不是飓风。这片巨大的阴影不是积雨云,而是飞扬的尘埃。现在,他完全记起这场幻象了。上一次就在此刻结束,在他不知所措地望着逼近的尘幕时。但这一次,幻象持续下去。

那个人转向他:"我很抱歉对你所做的一切,希望见到这些之后,你能有所领悟。但我无法肯定。我不知道你是谁,也不知道你是怎么来到这里的。"

"我……"该说什么?这重要吗?

"大部分向你呈现的场景是我亲眼见过的。"他说,"但有一些,譬如这次,源自我的恐惧。如果我为之恐惧,那你们也应该恐惧。"

大地在颤抖。这道尘幕是由某种东西造成的，而它在接近。

地面在坠落。

达力拿倒吸凉气。眼前的岩石颤动、崩裂、化作尘埃。他往后退去，天地都开始摇晃，这是一场巨大的地震，伴着岩石垂死前恐怖的哀号。他不由得倒在地上。

这一刻宛如噩梦，可怕、恐怖，充斥着刺耳巨响。一切都在晃动、一切都在毁灭，仿佛是大地临死前的惨叫。

随后，一切又都过去了。达力拿大口喘气，用发抖的双腿站起来。他和那个人站在一柱遗世孤立的尖石之巅，不知为何，只有这一小块地面被保护下来，犹如一座耸立的尖塔，顶端只有几步空间。

周围的大地全都不见了。塔冠城消失了。一切都坠入深不见底的黑暗之中。站在这块逼仄的、不可能存在的岩地上，他感到阵阵眩晕。

"这是怎么回事？"达力拿质问，尽管他知道对方听不见。

那个人悲戚地环顾，"我没法留下太多东西，只能给你这些影像。不管你是谁。"

"这些幻象……就像一段旅程，对不对？一段你写下的历史，一本你留给后人的书，只是我能身临其境，而非仅仅读到。"

那人抬头望天。"我甚至不知道究竟会不会有人看到这一切。你知道，我已不在世间。"

达力拿没有回答。他望向尖石地之外，望着脚下的虚空，满心恐慌。

"这不止和你有关，"他把手伸向空中。天光一闪，一抹光明消失了，达力拿之前甚至没意识到这光明的存在。接着又是一闪，太阳越来越暗淡。

"而是和所有人有关。"那个人说，"我早该想到他会来对付我。"

"你是谁？"达力拿用只有自己能听见的声音问。

那人依旧凝望着天，"我留下这些，是因为我必须留一些东西。

一份希望，等待被人发现。一个机会，但愿有人找出应对的方法。你愿意和他战斗吗？"

"我愿意。"达力拿不由自主地说，虽然知道说不说都一样，"我不知他是谁，但如果他想做出这些事，我愿意去和他战斗。"

"必须有人领导他们。"

"我愿意。"达力拿脱口而出。

"必须有人团结他们。"

"我愿意。"

"必须有人保护他们。"

"我愿意！"

那人沉默了一会儿，然后一字一字、历历分明地说："生先死。强护弱。行胜果。再次说出这古老的誓言，让碎瑛重归人类。"他转向达力拿，看进达力拿的眼睛，"光辉骑士必须再次挺身而出。"

"我不知道该怎么做，"达力拿轻声说，"但我会努力。"

"人类必须团结一致、共同御敌。"那人走向达力拿，把手放在他肩头，"你们不能像过去那样纷争不休。他已经明白，只要给你们时间，你们就会与自己为敌。他无须和你们战斗，只要让你们遗忘、让你们彼此为敌。你们的传说声称你们赢了，但真相是，我们输了，而且我们还在输。"

"你到底是谁？"达力拿又问，声音更低。

"我希望自己能做得更多。"一身金衣的人重复，"你也许能迫使他去挑选一名代理斗士，他也被某些规则约束着。我们都是如此。一名代理斗士能帮上你的大忙，可也不一定。何况……没有晨瑛……好了，能做的我都做了。可要把你独自留下，这是多么、多么可怕的事。"

"你到底是谁？"达力拿再次追问。他觉得自己已经知道答案。

"我……*我曾是神*。我被你们称为全能之主、人类的创造者。"那人闭上双眼，"现在，我死了，仇恨杀了我。我很抱歉。"

尾声

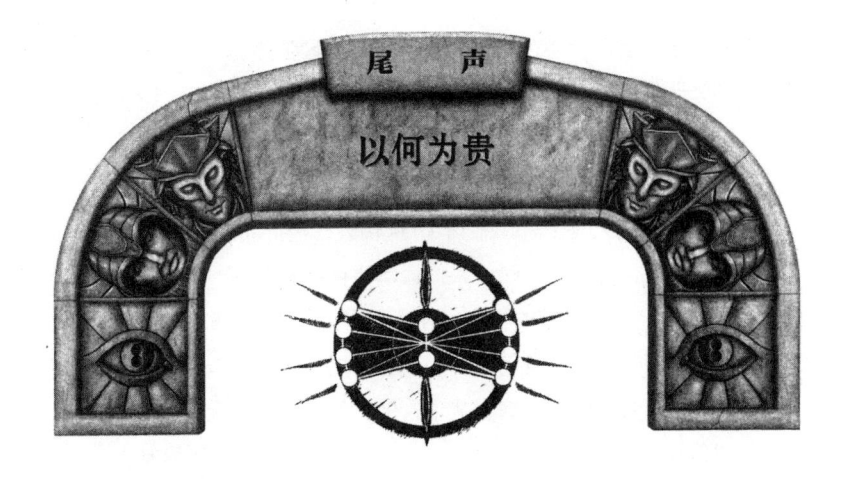

以何为贵

"你们能感觉到吗?"知策对着户外的夜色发问,"就在刚才,有些东西变了。我相信,这是世界尿裤子的声音。"

三名守卫站在塔冠城厚重的木城门后面,看着知策,一脸烦忧。

城门关着,这些人是守夜的哨兵,但算不上名副其实。他们没怎么"守夜",倒是整晚闲聊、打哈欠、赌钱,或者——在今晚这种情况下——不安地站在一个疯子身旁听他说话。

那个疯子恰好有一双蓝色的眼睛,这使他免于一切麻烦。这些人把瞳色看得那么重,靠它来决定人的血统和身份,也许知策应该觉得好笑。可他去过太多地方,见过太多统治体系,跟其中的大部分相比,这套办法算不得荒唐。

而且,不管人们干什么,背后总有理由。好吧,一般是有理由的。而他不得不承认,用瞳色来决定血统是挺好的理由。

"光明贵人?"有个哨兵看着知策所坐的位置,问道。他坐在某个商人留下的一堆箱子上,那商人给了哨兵一点好处,要他们夜里看紧这些货,别让贼偷去。对知策而言,这只是一个安屁股的方便地儿。他的包放在身旁,膝上摆着一把恩瑟琴,正在调音。这是一种方形的弦乐器，要把琴摆在腿上，从上方拨动琴弦弹奏。

"光明贵人？"哨兵又问一声，"您在干什么呢？"

"等待。"知策抬头朝东方瞥了一眼，"等待风暴降临。"

这句话令哨兵们不安起来。根据预报，今晚没有飓风。

知策奏起恩瑟琴："我们不妨聊聊天，借此打发这段等待的时光吧。告诉我，评价他人时，人们最看重什么？"

乐声响起，将沉默的楼宇、街巷和饱经风霜的卵石当作听众。哨兵们没有回答。一个身着黑衣的光眼种男子，在夜色将临时进城，然后坐在城门旁的箱子上演奏音乐？他们似乎不知该拿他怎么办。

"怎样？"知策停止弹奏，"你们觉得是什么？如果某人——无论男女——能拥有一项才能，那什么才能是最受人尊敬、最获得肯定、在人们眼中是最宝贵的呢？"

终于，有一个哨兵开口："呃……音乐才能？"

"不错，这是一种常见的回答。"知策弹出几个音符，"我向一些非常睿智的学者提过这个问题。在人们眼中，最宝贵的才能是什么？你的猜测很有见地，有一位大学者也说是艺术，另一位学者认为是非凡的智慧，第三个人选择了发明的才能，也就是设计创造出了不起的器械装置的能力。"

他没在恩瑟琴上弹奏任何明确的曲目，只是随意拨动琴弦，奏出一个个漫不经心的音阶或五度音，就像以弦为舌的闲谈。

"美学天赋，"知策道，"发明，洞见，创新。确实都是高贵的理想。如果要选，大部分人会从中择其一，称之为最伟大的才能。"他撩拨一下琴弦，"何其美丽的谎言。"

哨兵们面面相觑，城墙的铁环里插着火把，给他们染上橙黄色光晕。

"你们一定觉得我愤世嫉俗。"知策说，"你们以为我会说人们交口称赞这些理想的价值，暗地里却更中意卑鄙的本事，譬如敛财、或者勾引女人。不错,我是有些愤世嫉俗,但在这件事上,我倒觉得学者们所言不虚。他们的答案源自人类的灵魂。我们发自内心地相信伟大的成就和美德,也会选择它们作为最宝贵的才能。所以我们的谎言——特别是说给自己听的谎言——才会如此美丽。"

他开始弹奏一首真正的曲子,起初的旋律很简单,轻柔而含蓄,适合整个世界发生翻天覆地转折的寂静的夜。

一名士兵清清喉咙:"那么,*一个人最宝贵的才能究竟是什么呢*?"他的好奇是发自内心的。

"我对此没有概念。"知策说,"还好,我问的不是最宝贵的才能,而是'人们眼中'最宝贵的才能。两者间的差异,小如一沙一叶,大到整个世界。"

他继续用指头抚弄琴弦,奏出曲子。恩瑟琴不该乱拨,这不是正常的演奏手法,懂一点规矩的人都不会这么弹。

"关于艺术,"知策说,"就和世间万事一样,我们被自己的行动所出卖。如果艺术家用创新的技巧创作出震撼人心的杰作,她会被誉为大师,会引领一股艺术潮流。可如果仅仅一个月后,另一个人以毫不逊色的技艺独力完成同样的成果呢?她会得到同样的赞誉吗?不,她只会被当成模仿者。

"关于智慧。如果一名伟大的思想家创立了一套数学、科学或哲学理论,我们会尊他为智者,会坐在他脚边、聆听他教诲,并在历史中记下他的名字,让千万人景仰。可如果另一个人独力创出同样的理论,只是仅仅晚了一星期才发表呢?他会作为伟人被铭记吗?不,他会被世人遗忘。

"还有发明。如果一位女子完成极具价值的新设计——例如某种法器,或是了不起的工程装置,她会被视为发明家。可如果某个才能不逊于她的人对此毫不知情,在一年后完成同样的设计,她会不会因自己的创造获得回报呢?不,她会被称为剽窃者、仿冒者。"

他拨弄琴弦，让旋律继续流淌、萦绕，却带着一丝戏谑的弦外之音。"那么，"他说，"到头来，我们该如何决断？**我们该崇敬天才人物的智慧吗？**若是我们崇敬他们的艺术、崇敬他们的思维之美，我们不是应该赞美他们，不管是否见过同样的成果？

"可惜我们没有。若是眼前有两件不分高下的艺术杰作，我们会把更多的赞美献给第一个完成它的人。**于是关键不在于你创造了什么，关于在于你能否抢在其他人之前创造。**

"所以，我们崇敬的不是美，也不是智慧，更不是发明、艺术和创造。我们眼中最伟大的才能？"他拨响最后一个音符，"在我看来，不过是求新而已。"

几个卫兵听得一脸茫然。

城门晃了晃，被什么东西从外面狠狠砸了门一下。

"风暴来了。"知策起身道。

守卫们狼狈地奔到城墙边，抓起靠在墙上的矛。边上有一间他们的哨所，但里头没有人，他们喜欢在户外过夜。

城门又一震，似乎外头有什么巨大的活物。卫兵们冲墙头的人大喊。一片混乱中，城门发出第三声巨响，并猛烈地颤动起来，仿佛被巨石砸中。

接着，在两扇巨大的门扉之间，一把耀眼的银刃穿过缝隙，从下往上切过，切断门闩。这是一把碎瑛刃。

门晃晃悠悠地开了。守卫们仓皇后退。知策站在箱子旁等待，一手握着恩瑟琴，背囊搭在肩头。

在门外昏暗的岩石道路上，一个黑肤男子孑然而立，长发乱作一团。他衣衫褴褛，破麻袋般的上衣裹在腰间。他低头站着，湿漉漉的头发里满是污秽，垂在面前，与粘着木屑和碎叶的胡子缠在一起。

他的肌肉泛着光，满是湿气，仿佛刚游过好长一段距离。一把巨大的碎瑛刃被他握在身侧，刃尖向下，插进石地一指来宽的长度。

他手握剑柄，碎瑛刃反射着火炬光芒，剑身笔直，长且细窄，就像一柄巨矛。

"欢迎你，迷途的孩子。"知策低语。

"你是什么人！"一名卫兵紧张地喊。另一人跑去示警：有个碎瑛武士闯进了塔冠城！

那人浑然不觉。他迈步向前，碎瑛刃拖在身后，仿佛无比沉重。刀刃划开了身后的岩地，留下一条细槽。他脚步蹒跚，差点儿跌倒，倚在城门上稳住身形，一绺头发从脸上荡开，露出一双眼睛。那是深棕色的眼睛，和那些贱民一样。那双眼睛透着狂乱和恍惚。

他终于注意到两名卫兵。他们站在那儿，举矛对着他，恐惧不已。他朝卫兵抬起空着的那只手。"快去，"他嗓音嘶哑，但说的是纯正的阿勒斯卡语，不带任何口音，"快去！告诉大家！发出警报！"

"你是谁？"一名守卫壮着胆子问，"什么警报？谁要攻击？"

他一愣，一手按头，浑身发抖，"我是谁？我……我是'石筋'塔拉内艾林，全能之主的令使。灭世已临。噢，神哪……它已经来了。我失败了。"

他向前重重倒下，摔在岩地上，碎瑛刃"哐当"一声落在身后，但没有消失。卫兵们一点一点挪上去，其中一人用矛尾捅了捅他。

那个自称是令使的男人没有动。

"我们以何为贵？"知策低声道，"创新，新意，新鲜，但最重要的是……要及时。恐怕你晚了一步，不知所措的塔拉内，不幸的塔拉内，我的朋友。"

尾注

"静默之上,耀闪风暴——垂死风暴——暴风闪耀,上之默静。"

上例值得一提,因为它是一段回文诗,一种结构复杂的沃林圣体诗。回文诗不仅正序倒序阅读都一样(动词变格允许存在差异),还能分割成五个单元,每个单元都单独成意。

一篇完整的诗歌一定是语法正确的完整句子,(理论上)其含意也应当十分深刻。由于创作难度极大,回文诗被视为沃林诗歌中最杰出、最崇高的表现形式。

然而这段诗却是由一个不识字的、垂死的赫达孜人用他几乎一无所知的语言说出来,因此本案例值得特别留意。任何沃林诗集中都没有出现过这句回文诗,所以该研究对象在复述自己生前所闻的可能性极低。我们给许多虔诚者看过这段诗词,他们对此也一无所知,但其中三人称赞其范式精严,希望能见见诗人本人。

在这段诗中,风暴乃是一个重要象征,而风暴上方和下方都存在某种静默。至于其中的深意,我们留待陛下圣裁,在某个好日子。

——乔舒,国王陛下的首席沉默搜集者,1173年第九月第二周第四天。

秘典

十元素及其历史渊源

数	对应令使	宝石	元素	对应体征	擅长塑魂术	主/从神性
一	杰泽雷泽	蓝宝石	天风	吸气	轻烟，空气	保护/领导
二	纳兰	烟晶石	水烟	呼气	浓烟，雾气	学识/给予
三	恰娜兰娜奇	红宝石	火花	灵魂	火焰	勇敢/服从
四	维德蕾德芙	钻石	光晶	眼睛	石英，玻璃，水晶	爱/治疗
五	佩莱阿	绿宝石	木纤	头发	木头，植物，苔藓	正义/自信
六	莎拉什	石榴石	青血	血液	血，一切非油类液体	创意/诚实
七	巴忒阿	锆石	膏脂	油脂	所有油类	智慧/谨慎
八	克勒克	紫晶	金箔	指甲	金属	决心/建设
九	塔拉内拉塔	黄玉	地骨	骨骼	岩石	可靠/机智
十	艾什	金绿柱石	肉筋	皮肉	皮肉	虔诚/指引

上表罗列了沃林教的传统符号与十元素的关联，并不详尽。这些符号组合起来，即构成全能之主的双瞳眼，这是一只有两个瞳孔的眼睛，是全能之主创造动植物的象征。经常与光辉骑士联系到一起的沙漏也是这种形状。

古代学者还在该表中加入十个光辉骑士团以及十令使，让他们分别对应相应的数字和元素。

我目前还不能确定，共分十级的虚魂术、或者它的近亲古魔法，是否也可纳入这张表格，以及该如何纳入。我的研究表明，应该还存在另一种比虚魂术更玄奥的魔法体系，也许那就是古魔法。但我开始怀疑，那是另一种截然不同的魔法。

关于法器的制造

迄今为止,已知的法器共有五类。法器团体牢牢把守着有关其制造方法的秘密,但看起来它们都是现代科学家心血的结晶,而非古代光辉骑士所使用的、更加神秘的飓能术。

变化类法器

增幅型:此类法器可以增强某种事物,例如生成热量、疼痛乃至微风。和所有法器一样,它们靠飓光提供能量。增幅型法器的效力似乎对力量、情绪和感官最为明显。

雅克维德人发明的所谓半瑛甲就是用这类法器制成的。他们在金属板后附上增幅型法器,以增强其牢固程度。我见过多种使用不同宝石的此类法器,我猜想,安装十种宝石的任何一种都可以。

衰减型:这类法器的效果与增幅型相反,适用范围和后者类似。愿意与我分享秘密的法器学者相信,法器科技还有极大的潜力可挖,尤其在增幅型和衰减型法器的领域。

配对类法器

联动型:为红宝石注入飓光,将其一分为二,通过某种我目前还不清楚(但有所猜想)的方法,可以创造一对联动的宝石。两部分宝石具备远距离同步联动功能。对芦是最常见的联动型法器之一。

联动型法器能维持同样的力。例如,如果其中一件附在一块沉重的石头上,扛起这块石头需要多少力气,扛起另一件联动的法器也需要多少力气。至于两部分能在多远的距离下保持联动，似乎取决于制作过程和工艺。

反联动型：用紫晶替代红宝石，能制造出反联动型法器，其联动作用是相反的。例如，抬起其中一件，另一件就会被往下压。

该型法器问世不久，学者已开始发掘其各种可能的用途。它们似乎存在一些预料之外的局限，但我尚未发现那究竟是什么。

警示类法器

这类法器只有一种，俗称"警示器"。警示器可以在附近出现某种物体、感觉、感官或现象时发出警示。这类法器的内核为金绿柱石。我不知道其他宝石是否可用，也不知道为何要使用金绿柱石。

这类法器的有效警示范围取决于你可以注入的飓光量，所以作为内核的宝石的大小至关重要。

风行骑士和风行术

通过白衣刺客所具备的一些奇能异术的报告，我顺藤摸瓜，找到一些资料，我相信这些资料基本不为人知。风行骑士乃是光辉骑士团的一支，他们使用两大类别的飓能。这些飓能的效用被该骑士团成员划分为三种风行术。

基础风行术：改变重力

这是该骑士团成员最常用的风行术，但并非最易施放（最易施放的是下文要介绍的捆缚风行术）。基础风行术可以撤销施法对象与脚下大地之间的重力灵缚，暂时将之与其他物体或方向束缚在一起。

这种风行术能有效改变重力方向，扭曲大地的能量场。透过基础风行术，风行骑士可以飞檐走壁、将其他物体或人甩上半空，或者制造类似的效果。风行骑士队对该法术的进阶用法是将自己的一部分质量束缚到上方，从而达到身轻如燕的效果（从纯数学角度讲，向上束缚四分之一的质量即可减少一半体重，向上束缚一半的质量即可创造失重）。

多重基础风行术可以使物体或人体受到两倍、三倍乃至更多倍的重力牵引。

捆缚风行术：将物体捆缚在一起

捆缚风行术或许看起来和基础风行术非常相似，但作用原理截然不同。后者操纵重力，而前者操纵束缚力（光辉骑士称之为束缚飓能）。我相信，该种飓能也许和大气压力有关。

为施放捆缚风行术，风行骑士需要将飓光注入到施法对象中，然后将其与另一个物体按在一起。两个物体会紧紧粘贴，其结合力极大，几乎不可能分开。事实上，大部分材质的强度都低于这种结合力，哪怕物体本身断裂，结合也不会被打破。

逆转风行术：使对象成为重力源

我相信，这实际上是基础风行术的一种特殊形式，它消耗的飓光在三种风行术中是最少的。施行这种风行术时，风行骑士对某个物体注入飓光，并用意念指挥它，使其产生引力，吸引其他物体。

这种风行术会在施法对象周围创造一个界域，模拟物体与地面的重力灵缚，正因如此，该风行术对接触地面的物体很难起效，因为在那种情况下，其与大地的灵缚力最强；另一方面，在下坠或飞行中的物体最易受其影响。当然，其他物体也可以受该法术影响，只是需要风行骑士使用更多的飓光和掌握更高的技巧。